DIE ROSENROTE BRAUT

CLAIRE DELACROIX

Übersetzung:
EVA MARKERT
Redaktion:
CHRISTINA LÖW

DEBORAH A. COOKE

DIE ROSENROTE BRAUT

KAPITEL 1

Kinfairlie, an der Ostküste Schottlands – August 1421

Alexander gratulierte sich selbst, weil er die Angelegenheit zu einem guten Abschluss gebracht hatte. Obwohl der Beginn der Ehe seiner ältesten Schwester Madeline nicht verheißungsvoll gewesen war, hatte sich seine Lösung letztendlich als gut erwiesen. Wie er es vorhergesagt hatte, war Madeline glücklich verheiratet und umso zufriedener, als ein Baby ihren Bauch bereits rundete. Obwohl Alexander die Ehe mit Rhys FitzHenry nicht auf konventionelle Art und Weise gestiftet hatte, zeigte sich, dass der Mann, der Madelines Hand bei einer Versteigerung erworben hatte, ein hervorragender Gatte war.

Alles war gut ausgegangen und Alexander war geneigt, sich dies als Verdienst anzurechnen. Ein Mann musste Ermutigung finden, wo er konnte. Wenig sonst in Kinfairlie gereichte Alexander zur Ehre und er fühlte sich oft erdrückt von der Bürde seines ererbten Besitzes.

Er starrte aus dem Fenster auf die Felder von Kinfairlie und runzelte die Stirn, weil sie nicht saftiger grün waren. Die Ernte war ein wenig besser, als sein Kastellan es vorausgesagt hatte, aber nicht gut genug. Obwohl seine Schwester Madeline verheiratet war, sein

Bruder Malcolm auf Ravensmuir ausgebildet wurde und sein anderer Bruder auf Inverfyre, blieben noch vier unverheiratete Schwestern, für die Alexander verantwortlich war. Der Kastellan hatte ihm mit Nachdruck den Rat erteilt, dafür zu sorgen, dass er im Winter weniger hungrige Mäuler zu stopfen hatte.

Die Felder erinnerten ihn wirkungsvoll daran. Alexander würde sich noch darum kümmern müssen, dass seine Schwester Vivienne, die zweitälteste nach Madeline, sich vermählte, bevor der erste Schnee fiel.

Unglücklicherweise war Vivienne keineswegs leichter zu verheiraten als ihre ältere Schwester Madeline. Vivienne war zwar bereit dazu, doch sie wollte Zuneigung für ihren Gatten empfinden, bevor die Hochzeit gefeiert wurde. Tatsächlich wünschte sie sich, verliebt zu sein. Alexander war sicher, dass sie jeden Mann in der gesamten Christenheit aufgesucht hatten – vergeblich. Er würde aufbrüllen, wenn Vivienne noch einmal seinen Blick suchte und dann beinahe unmerklich den Kopf schüttelte.

Zwar würde Alexander es vorziehen, wenn Vivienne glücklich wäre, doch es war bereits August. Bald würde er gezwungen sein, die Angelegenheit selbst in die Hand zu nehmen.

Er seufzte und vergrub sich in die Abrechnungen für den Grundbesitz. Hoffentlich würde er feststellen, dass die Lage etwas besser war, als er dachte. Bevor ihm jedoch beim Überprüfen der Abrechnungen langweilig werden konnte, klopfte es an der hölzernen Tür.

Anthony, der ältliche Kastellan von Kinfairlie, räusperte sich, als Alexander nicht sofort antwortete. „Ein Herr ist hier, der Euch sprechen möchte, Mylord. Er bittet um eine vertrauliche Unterredung zum frühestmöglichen Zeitpunkt."

Das machte Alexander neugierig, denn ungeladene Gäste erschienen selten auf Kinfairlie und noch seltener bestanden sie auf Vertraulichkeit. „Hat er einen Namen?"

„Nicholas Sinclair, Mylord." Anthony schnaubte, als Alexander bei dem ihm bekannten Namen überrascht hochschaute. „Ich zweifele an seinem Charakter, Mylord. Kein Mann von Ehre flüstert seinen Namen und verbirgt sein Gesicht im Schatten seiner Kapuze."

Alexander lehnte sich verwundert zurück. „Nicholas Sinclair war doch der Mann, der Vivienne vor einigen Jahren den Hof gemacht hat."

Anthonys Missfallen wurde deutlich, als er sich höher aufrichtete. „Das denke ich auch, Sir, allerdings sind die Sinclair-Männer allesamt Schurken – einer ist so schlimm wie der andere. Es heißt, sie stammen von den Wikingern ab, Mylord, und das spricht nicht gerade für sie." Anscheinend bemerkte er Alexanders Interesse an dem Neuankömmling und räusperte sich erneut. „Natürlich räume ich ein, dass dies nur meine persönliche Meinung ist, Sir. Es gibt auch solche – oft Frauen, wie ich gehört habe –, auf die diese Sinclair-Männer eine gewisse Anziehungskraft ausüben."

Was war zwischen Nicholas und Vivienne schiefgelaufen? Alexander konnte sich nicht erinnern. Vielleicht hatte er es auch nie gewusst. Er hatte der Tatsache, dass Vivienne einen Verehrer verloren hatte, wenig Aufmerksamkeit geschenkt, denn in jenen Tagen kümmerte er sich noch nicht um derartige Angelegenheiten.

„Ich wäre hocherfreut, Nicholas Sinclair zu empfangen." Er bemerkte, dass Anthony verblüfft über seine Begeisterung war. Alexander grinste, denn inzwischen machte es ihm Spaß, seinen sehr korrekten Kastellan zu überraschen. „Bringen Sie ihn bitte in aller Eile zu mir, und auch etwas Bier."

„Bier, Sir?" Anthonys silbrige Augenbrauen zogen sich in die Höhe. „Seid Ihr sicher, dass es weise ist, einem Sinclair ein solches Willkommen zu bereiten?"

„Selbstverständlich Bier, Anthony!", erwiderte Anthony mit einer Bestimmtheit, die er sich angewöhnt hatte, wenn er mit seinem eigensinnigen Kastellan sprach. „Ein Gast ist ein Gast, ganz gleich, wie sein Name lautet."

Anthony warf einen Blick auf die Abrechnungen, die vor seinem Herrn auf dem Tisch ausgebreitet waren, und presste die Lippen noch fester zusammen. „Ich würde vorschlagen, dass Ihr Eure Geschäfte nicht so offenlegt, Mylord. Die Sinclairs haben den Ruf, das zu begehren, was ihnen nicht gehört."

„Für heute habe ich sowieso genug von der Buchführung." Alexander begann, die Abrechnungen wegzuräumen, während sich der Kastellan auf den Weg machte. Er rollte die Pergamente fest zusammen, band die Schleifen wieder zu und verstaute alles sorgfältig in einer Truhe.

Der Tisch vor ihm war leer, als ein großer Mann im Umhang die Kammer betrat. Er hinkte auf dem rechten Bein, dennoch bewegte er sich kraftvoll vorwärts. Wie Anthony bereits festgestellt hatte, behielt der Mann seine Kapuze auf, sodass sein Gesicht im Schatten lag.

Alexander wandte sich ihm zu. Seine Neugier war geweckt. „Nicholas Sinclair?"

Der Mann nickte kurz. „Ich wünsche Euch einen guten Tag und danke für dieses Entgegenkommen." Nicholas streckte seine Hand aus und Alexander schüttelte sie. Es war eine große Hand, braun gebrannt und rau – die Hand eines Mannes, der es gewöhnt war, das Gewicht einer Waffe zu halten. Sein Griff war so fest, wie Alexander erwartet hatte. Er trat entschlossen und selbstbewusst auf und Alexander konnte sich des Gedankens nicht erwehren, dass ein Mann, der mit beiden Beinen auf der Erde stand, ein guter Gefährte für seine Schwester sein könnte, die wundersame Geschichten liebte.

Alexander nahm wieder Platz und wies auf die Bank ihm gegenüber. „Ich muss gestehen, dass ich ein wenig neugierig bin, warum Ihr hierhergekommen seid."

Der andere schob seine Kapuze zurück und setzte sich. Alexander gab sich Mühe, seinen Schock zu verbergen. Er blinzelte, schaute auf seine Hände hinunter, um seinen Gesichtsausdruck unter Kontrolle zu behalten, dann sah er seinem Gast direkt in die Augen.

Nicholas Sinclair beobachtete ihn scharf und Alexander wusste, dass er sein Unbehagen bemerkt hatte. „Es war nicht meine Absicht, Euch zu erschrecken", sagte er, doch Alexander hegte den Verdacht, dass dies nicht vollständig der Wahrheit entsprach.

Jeder wäre über die Narbe erschrocken gewesen, die links von der Schläfe bis zum Kinn über Nicholas' Gesicht lief. Sie war wulstig und entzündet und so auffällig, dass Alexander sicher war, sie wäre ihm im Gedächtnis geblieben, wenn er sie vorher schon gehabt hätte. Sie war so hochrot, dass er vermutete, Nicholas hatte sie sich erst kürzlich zugezogen.

Um der Wahrheit die Ehre zu geben, Alexander konnte sich nicht allzu gut an Nicholas erinnern, obwohl der Mann ihm abgesehen von der Narbe entfernt bekannt vorkam. Nicholas war groß genug, um Alexander zu überragen, und er hatte breitere Schultern. Haar- und Augenfarbe ließen in der Tat auf Wikingerblut in seinen Adern schließen, denn sein Haar war hell und wäre bis zu den Schultern gefallen, wenn er es nicht mit einem Lederband zurückgebunden hätte. Seine Augen waren von einem leuchtenden, klaren Blau. Er war gebräunt und muskulös und wäre attraktiv genug gewesen, um den Blick einer jeden Maid auf sich zu ziehen, zumindest bevor er diese Narbe davontrug.

„Ich bitte um Verzeihung, aber ich bin ein Mann deutlicher Worte", sagte Nicholas. „Ich bin hier, weil ich um Viviennes Hand anhalten will."

Alexander kam die Ankunft dieses Mannes zu sehr gelegen, um ihm bereitwillig zu glauben. Er hatte bei der Planung von Madelines Eheschließung gelernt, dass er etwas Vorsicht walten lassen musste, und der harte Unterton in Nicholas' Stimme würde jeden stutzig machen. „Meines Wissens wurde die Brautwerbung vor einigen Jahren von Euch und Vivienne beendet."

Nicholas wandte seinen Blick ab. „Dies geschah allein aufgrund meiner Torheit."

„Wenn dies Eure Meinung ist, warum seid Ihr dann nicht eher zurückgekehrt?"

„Ich besaß kein Heim, das ich einer Braut hätte bieten können." Bei dieser Antwort schaute Nicholas noch grimmiger drein, falls das überhaupt möglich war.

„Ich entsinne mich jetzt." Alexander hob seinen Finger, als die Erinnerung zurückkehrte. Sein Vater und Vivienne hatten hitzig darüber gestritten, ob es Torheit wäre, einen Mann zu heiraten, der wahrscheinlich keinen Besitz erben würde. Obwohl Nicholas' Name nicht gefallen war, hatte Vivienne ihrem Vater so temperamentvoll widersprochen, dass alle gewusst hatten, diese Frage war von Belang für sie.

Und wenn Alexander sich nicht irrte, war der feurige Nicholas kurz darauf von Kinfairlie verschwunden. Er nickte seinem Gast zu. „Ihr hattet einen älteren Bruder, der vor Euch erben würde, war es nicht so? Erik war sein Name."

Ein Schatten zog über das Gesicht des anderen Mannes. „Erik Sinclair wurde verstoßen. Nicholas ist jetzt Laird der Sinclair-Ländereien von Blackleith."

Viel Bitterkeit klang in der Stimme des Gastes mit, und obwohl Alexander fand, dass er den Verweis auf sich selbst merkwürdig ausgedrückt hatte, ließ sich der singende Tonfall des schottischen Hochlands, mit dem sein Gast sprach, nicht verleugnen. Möglicherweise war der Mann mehr daran gewöhnt, Gälisch statt Englisch zu sprechen, und im Gälischen wäre die Aussage vielleicht unauffällig gewesen.

Wie von selbst wanderte Alexanders Blick zu der Narbe des anderen Mannes und er fragte sich, was zwischen den Brüdern vorgefallen war, um diese Verleugnung und so viel Bitterkeit hervorzurufen. Es gab keine gute Art und Weise, Fragen zu solch einem sensiblen Thema zu stellen, aber spielte es eine Rolle, solange Alexander dafür sorgen konnte, dass Vivienne den Mann heiratete, den sie wollte, und ein angenehmes Leben führte?

Wenn die Brautwerbung geendet hatte, weil Nicholas kein Erbe hatte, würde sie sicherlich entzückt sein, ihn nun zu heiraten, da er über eines verfügte.

Tatsächlich könnte sie immer noch Zuneigung für diesen Mann hegen und deshalb keinen anderen Verehrer finden, der ihr zusagte. Madeline hatte gewiss einen ähnlichen Grund gehabt, warum ihr alle Verehrer nicht genügten, und Alexander war bemüht, so viel zu lernen, wie er konnte, um seine Schwestern zu verstehen und zu tun, was ihnen gefiel.

Schließlich musste er nach Vivienne noch drei weitere verheiraten.

Nicholas fuhr entschlossen fort: „Es wird Zeit, dass ich mir eine Braut nehme, und meine Wahl ist auf Vivienne gefallen."

Alexander merkte, wie seine Vorbehalte dahinschmolzen. Diesem Mann hatten sich erhebliche Hindernisse in den Weg gestellt, das war offensichtlich, und doch litt er unter dem, was seine Familie zerrissen hatte. Er konnte sich gut vorstellen, dass Nicholas Vivienne nie vergessen hatte, denn obwohl sie seine Schwester war, konnte er ihren reichlich vorhandenen Charme nicht übersehen. Ihre Fröhlichkeit und ihr Optimismus waren vielleicht genau der Balsam, den dieser Mann benötigte.

Möglicherweise war seine Liebe zu Vivienne die einzige Hoffnung gewesen, die ihn angesichts solcher Prüfungen aufrecht gehalten hatte.

Je mehr Alexander über die Verbindung nachdachte, desto besser gefiel ihm diese Aussicht. Er fragte nach den Einkünften von Blackleith und wo es lag, weil diese Dinge in seine Verantwortung fielen, doch solche Details waren von geringerer Bedeutung als das Glück seiner Schwester. Er war beruhigt, dass Nicholas alle Einzelheiten über seinen Besitz kannte: die Anzahl der Pächter und den Umfang der Ländereien, den jährlichen Zehnten und was noch zu tun war. Er war eindeutig ein verantwortungsbewusster Lehnsherr.

„Ihr braucht nicht an dem Gewicht meiner Geldbörse zu zweifeln", sagte Nicholas abschließend. Er holte einen Beutel hervor, in dem das Geld klimperte, und setzte ihn auf dem Tisch ab. Er schob ihn Alexander über die Holzfläche zu. „Und ich bin bereit, mich Euch gegenüber erkenntlich zu zeigen, wenn mein Antrag unverzüglich von Erfolg gekrönt ist."

Alexander starrte auf den Sack voller Münzen und vermutete, dass darin Kinfairlies Rettung lag. Er nahm ihn, als wäre er weniger am Inhalt interessiert, als er es tatsächlich war, und schaute hinein. Sein Herz machte einen Sprung, als er die Menge an Silbermünzen sah, obwohl er eine ungerührte Miene aufsetzte. Dieses Geld würde sie alle durch den Winter bringen und er könnte sich bei der Verheiratung seiner drei jüngeren Schwestern noch etwas Zeit lassen.

„Ihr scheint darauf bedacht, dass es schnell geht", sagte er und erwähnte damit das Einzige, was ihm Sorge bereitete. *Ein ehrlicher Mann hat keine Eile*, hatte Alexanders Vater oft gesagt und Nicholas' Drängen machte ihn misstrauisch.

„Welcher Mann würde sich nicht wünschen, dass es schnell geht, wenn er genau weiß, was sein Herz begehrt?" Nicholas lächelte. Für ihn schien es jedoch so ungewohnt, die Mundwinkel nach oben zu ziehen, dass es eher wie eine Grimasse aussah. „Ich werde nicht jünger. Ich habe zu viel Zeit in dieser Angelegenheit vertrödelt und möchte diese nun erledigt sehen. Ein Mann muss den Augenblick nutzen, wenn das Schicksal ihm hold ist."

„Ihr habt einen Plan." Alexander schloss seine Hand nicht über dem Geld, noch nicht.

„Ich würde mich nicht mit Aufgebot und Verlobung aufhalten."

„Was dann?"

Nicholas runzelte die Stirn, lehnte sich nach vorn und stützte die Ellenbogen auf den Tisch. Seine Augen leuchteten in einem durchdringenden Blau, was Alexander verriet, mit wie viel Elan er seine Absicht verfolgte. „Ich will meine Zukünftige in der Nacht entführen, unsere Ehe vollziehen und am darauffolgenden Morgen getraut werden."

Alexander stellte den Geldbeutel mit Nachdruck zurück auf den Tisch und schob ihn dem Mann zu. Er rutschte über das polierte Holz, bis Nicholas ihn auffing. „Es ist unanständig, eine Braut zu stehlen. Obwohl andere Entführung und Vergewaltigung als zweckdienlich billigen, wird dies auf Kinfairlie nicht geduldet."

„Dieser Ablauf ist notwendig."

„Kein Mann von Ehre weigert sich, um seine Braut zu werben."

Nicholas lehnte sich zurück, berührte die Wunde in seinem Gesicht mit einer Fingerspitze und sagte nichts mehr.

„Die Lammergeiers vermählen sich", beharrte Alexander, der fürchtete, Nicholas bot einen heidnischen Brauch statt einer Eheschließung an. „Wir sprechen unsere Gelübde ehrenhaft und vor Zeugen."

„Ich habe die feste Absicht, Vivienne zu heiraten, wie Ihr es vorschlagt. Ich würde nur die Hochzeitsnacht vor dem Ehegelübde feiern."

Alexander begriff, dass er fürchtete, die Narbe würde seine Auserkorene abstoßen, dennoch war er besorgt. Man hörte von solchen Regelungen, doch gewöhnlich wurde die Maid verführt, weil der Vater die Verbindung ablehnte. „Warum diese Hast?"

Nicholas' Lippen pressten sich zu einer harten Linie aufeinander. „Mein Cousin will meine Oberhoheit über Blackleith anfechten mit der Begründung, dass ich keine Braut habe. Ich brauche eine Ehefrau und einen Sohn, ich brauche beides bald und ich wähle Vivienne." Er schaute Alexander in die Augen. „Die Sache erlaubt keinen Aufschub, denn ein Baby kommt nicht von einem Tag auf den anderen zur Welt. Ich wünsche Vivienne zu ehelichen und ich möchte sicherstellen, dass sie meine Werbung nicht wegen meiner Narbe ablehnt." Er warf den Geldbeutel zurück über den Tisch und Alexander fing ihn auf.

Diesmal schlossen sich Alexanders Finger um die harten Münzen. Obwohl er das Vorgehen nicht guthieß, hatte er an dem Endergebnis nichts zu bemängeln. Und er vermutete, dass Nicholas Kinfairlie verlassen und sich eine andere Braut suchen würde, wenn er den Plan ablehnte.

Alexander konnte Vivienne nicht so enttäuschen. Er wusste, wenn es eine Frau gab, die über das Gesicht eines Mannes hinweg in sein Herz schauen konnte, dann war das seine Schwester. Und er glaubte, dass kein anderer Verehrer Gnade vor ihren Augen fand, weil dies der Mann war, den sie zu ehelichen wünschte.

„Es ist Donnerstag", sagte Alexander nachdenklich. „Es wäre unschicklich, an einem Freitag Hochzeit zu feiern, trotz Eures Wunsches nach Eile, denn der Tag dient der Buße. Lassen wir die Begegnung mit Vivienne also morgen Nacht stattfinden. Die Ehegelübde können direkt danach am Samstagmorgen abgelegt werden. Samstagshochzeiten sind außerdem ein gutes Omen für künftiges Glück. Ich werde dafür sorgen, dass Vivienne allein im höchsten Turmzimmer schläft."

„Wie?"

Alexander lächelte, denn er wusste genau, welche Geschichte er erzählen würde, damit seine Schwester freiwillig tat, was er wollte. „Überlasst das mir. Sie wird da sein. Ich bestehe nur darauf, dass Ihr Vivienne die Höflichkeit erweist, die einer Dame gebührt."

Sein Gast neigte zustimmend sein Haupt. „Euer Turm geht auf die See hinaus und ganz oben befinden sich Fenster."

„Dort sind drei große Fenster und sie führen alle in diese Kammer. Ihr werdet die Wand hinaufklettern müssen, und sie ist mit Absicht glatt, um solch eine Tat zu erschweren", sagte Alexander. „Euer Begehren ist doch sicherlich stark genug, dass Ihr diese Mutprobe bestehen werdet?"

Nicholas' Augen wurden schmal, als er das Vorhaben durchdachte. Plötzlich sah er gefährlich und verrucht aus – wie ein Mann, den die Aussicht nicht störte, eine Mauer erklimmen zu müssen, um seine Braut zu verführen.

Doch Vivienne liebte alte Geschichten. Wenn ihre wahre Liebe solche Mühen auf sich nahm, um ihre Hand zu gewinnen, würde sie das zweifellos verzaubern. Alexander war beruhigt, dass Nicholas Vivienne so gut kannte.

„Und die Wachen?", fragte Nicholas, entschlossen, als er aufstand.

Alexander überlegte einen Augenblick, dann wusste er, was er tun würde. „Ich kann sicherstellen, dass sie wegschauen, obwohl ihre Unaufmerksamkeit nicht lang anhalten wird. Beeilt Euch, wenn die Glocke der Dorfkirche Mitternacht schlägt."

Nicholas nickte und zog seine Kapuze wieder über den Kopf. Er schüttelte Alexander kräftig die Hand. „Ich danke Euch für Eure Hilfe in dieser Angelegenheit. Ihr ahnt nicht, welche Bedeutung sie für mich hat."

„Seid gewarnt, dass ich Euch das Fell gerben werde, wenn Ihr meine Schwester nicht ehrenhaft behandelt."

Die Männer maßen einander mit stahlharten Blicken, dann wandte sich Nicholas mit wehendem Umhang um. Als Anthony mit zwei Krügen Bier zurückkam, war Alexanders Gast bereits gegangen.

∽

EINE NEUE RASTLOSIGKEIT hatte von Vivienne Besitz ergriffen, seit sie von Madelines neuem Heim auf Caerwyn zurückgekehrt war. Es lag nicht nur daran, dass nach dem Abenteuer, Madeline und Rhys mit einigen Geschwistern quer durch England zu verfolgen, wieder strenge Routine eingekehrt war. Es lag auch nicht daran, dass sie Madeline vermisste, obwohl sie beide mehr Geheimnisse miteinander geteilt hatten als mit ihren anderen Schwestern.

Die Ursache für Viviennes Unzufriedenheit war vielmehr das Lächeln, das sich Madeline auf ihrer Reise angewöhnt hatte. Es war ein eigenartiges Lächeln, zufrieden und gleichzeitig neckisch, mit dem Madeline ihren Ehemann in den seltsamsten Momenten bedachte, ein Lächeln, das von Madelines Lippen Besitz ergriff, wenn ihre Hand über die Rundung ihres Bauches glitt, ein Lächeln, das geheimnisvoll wurde, wenn Vivienne sie darüber ausfragte, was sich im Ehebett abspielte.

Es war ein Lächeln, das Vivienne auch nicht losließ, als sie sich nicht länger in der Gegenwart ihrer Schwester befand. Madeline wusste etwas – und Vivienne konnte sich denken, was das war –, wovon Vivienne keine Ahnung hatte. Dies schuf eine Kluft zwischen den Schwestern, die breiter war als die Entfernung, die zwischen ihnen lag.

Vivienne hatte Geheimnisse noch nie gemocht und nie etwas unausgesprochen gelassen. Sie konnte kein Geheimnis bewahren und gewöhnlich gelang es ihr nicht, ihre Geschwister zu überraschen, denn sie schaffte es nicht, Einzelheiten eines Plans oder Geschenks für sich zu behalten. Und Geduld war nie ihre Stärke gewesen.

Sie wollte wissen, was Madeline wusste, und zwar sofort, wenn nicht noch eher.

Vivienne war bekannt, dass Alexander sie auch gern verheiratet sehen würde, und sie war bereit für die Ehegelübde am Altar. Sie wollte sich jedoch an einen Mann binden, den sie liebte, so wie Maiden und Ritter in ihren Lieblingsgeschichten einander liebten.

Es gab nicht viele Frauen, die so lächelten wie Madeline. Viviennes Ziel war es, eine von ihnen zu werden. Sie hatte an jedem gesellschaftlichen Ereignis teilgenommen, von dem sie gehört hatte. Sie hatte Alexander gebeten, sie nach York, Edinburgh und Newcastle zu begleiten, und hatte voll Optimismus jeden heiratswürdigen Mann getroffen.

Vergebens. Nicht einer von ihnen hatte sie so neugierig gemacht, dass sie mehr über ihn erfahren wollte. Tatsächlich hatte Vivienne außer Verzweiflung nur wenig gefühlt. Sie wusste, dass Alexander sich nicht ewig gedulden würde – schließlich hatte sie schon einundzwanzig Sommer erlebt. Die Zeit und das Recht, zu wählen, zerrannen ihr zwischen den Fingern wie Sand in einer Uhr.

Vivienne war sich einer Sache sicher: dass es im Leben eines jeden Menschen kritische Augenblicke gab, an denen er eine Wahl treffen musste – Augenblicke, die unwiderruflich von der kleinsten Entscheidung zu Ereignissen von großer Tragweite führten. Der Moment, an dem ihre Eltern beschlossen hatten, für eine Reise auf einem bestimmten Schiff zu bezahlen, hatte enorme Auswirkungen gehabt. Als sie einmal an Bord des Schiffes gegangen und die Segel gesetzt waren, gab es nur wenig oder gar nichts, was sie hätten tun können, um das Sinken des Schiffes zu verhindern, und so hatten sie ihr Leben verloren.

Der Augenblick, als Madeline beschlossen hatte, vor Rhys, ihrem zukünftigen Ehemann, zu fliehen, war ebenfalls so ein entscheidender Moment gewesen, wenn auch einer, der eine Kette von glücklicheren Ereignissen in Gang gesetzt hatte. Vivienne wusste, es musste einen solchen auch in ihrem Leben geben. Doch als die Tage vergingen und ihr kein Mann ins Auge fiel, begann sie zu fürchten, dass sie ihre Chance verpasst hatte.

Was, wenn nur Frauen wie Madeline eheliches Glück finden konnten? Als ältere Schwester hatte sie immer einen Maßstab gesetzt, dem Vivienne unmöglich entsprechen konnte. Nicht nur war Madeline stets diejenige, die etwas zum ersten Mal machte, sondern sie war auch von Natur aus immer ruhiger gewesen als Vivienne. Madeline neigte weniger dazu als sie, spontane Entscheidungen zu treffen, und hatte selten Grund, sich bei einem Familienmitglied zu entschuldigen.

Schlimmer noch: Madeline war immer tadellos gepflegt. Ihr Haar löste sich nicht aus dem Zopf, ihr Schleier verrutschte nicht, ihr Saum zerriss nie. Alle drei Makel plagten Vivienne. Ihr widerspenstiges Haar allein ließ jede Magd seufzen, die ihr dienen musste. Madeline hatte nie einen Handschuh, einen Schuh oder Strumpf verloren, Vivienne dagegen hatte so viele verloren, dass die übriggebliebenen oft zu neuen Paaren zusammengefügt werden konnten. Madeline war das Ebenbild ihrer Mutter: sogar als Kind schon adrett, während Vivienne immer zerzaust aussah, egal, wie viel Mühe sie sich gab.

Könnte es sein, dass die Liebe nur für solche Frauen gedacht war, die so beherrscht wie Madeline und ihre Mutter Catherine waren? Was, wenn Männer nur ordentliche Frauen anziehend fanden? Diese Aussicht erschreckte Vivienne.

Hoffnung ist ein starkes Elixier, besonders für Menschen wie Vivienne, die reichlich von diesem Kelch getrunken hatten, doch selbst Viviennes Hoffnung begann zu schwinden, als die Augustabende herbstliche Kühle annahmen.

Hätte sie doch nur noch die Chance, ihre Wahl zu treffen!

Diese beunruhigenden Gedanken nagten an Vivienne, sodass sie am Freitagabend so wenig Appetit an der Tafel zeigte, dass ihre Stimmung nicht unbemerkt blieb. Trotz der Abwesenheit von Ross und Malcolm hatten die Neckereien unter den Geschwistern, die auf Kinfairlie geblieben waren, nicht nachgelassen und Vivienne war überzeugt, dass ihre drei jüngeren Schwestern einen Adlerblick hatten.

„Willst du deinen Fisch nicht?", fragte Isabella. Sie war schon so groß wie Vivienne, hatte jedoch kürzlich begonnen, noch weiter in die Höhe zu schießen, und ihr Appetit war im gleichen Maße gewachsen. „Die Soße ist köstlich. Ich könnte noch ein Stück essen, bevor du alles wegwirfst."

Vivienne schob ihrer Schwester den Holzteller zu. „Du kannst den Fisch haben." Isabella machte sich mit solcher Begeisterung darüber her, als hätte sie eine Woche lang nichts gegessen.

„Hat es dir nicht geschmeckt?", fragte die ruhige Annelise mit offenkundiger Besorgnis. Annelise war nach Vivienne die drittälteste. Die beiden abwesenden Brüder lagen im Alter dazwischen. „Ich habe der Köchin vorgeschlagen, zur Abwechslung mal Dill für die Soße zu nehmen. Aber ich wollte nicht, dass du unzufrieden bist."

„Die Soße ist köstlich, wie Isabella gesagt hat." Vivienne lächelte. „Ich bin bloß heute Abend nicht hungrig, das ist alles."

„Bist du krank?", fragte Elizabeth, die Jüngste.

Vivienne kämpfte gegen ihren Unmut an, während ihr jeder in der Halle mitleidvolle Blicke zuwarf. Über alles wurden in diesem Haushalt Bemerkungen gemacht! „Mir geht es ganz gut." Sie zuckte mit den Schultern. Dabei war ihr klar, dass sie nicht wieder wegsehen würden, bis sie einen Grund für ihre Stimmung lieferte. „Ich vermisse bloß Madeline."

Die Schwestern seufzten im Chor und starrten auf ihre Holzteller. Sogar Isabella hörte für einen Moment auf, zu essen.

„Vielleicht braucht ihr eine Geschichte", sagte Alexander so munter, dass Vivienne augenblicklich Verdacht schöpfte. Ihr ältester Bruder, der nun Laird von Kinfairlie war, hatte seinen Schwestern über die Jahre so viele Streiche gespielt, dass jedes Anzeichen von Entgegenkommen sie misstrauisch machte.

„Er wird dir vom traurigen Schicksal einer Maid erzählen, die es ablehnte, nach Weisung ihres Bruders zu heiraten", sagte Elizabeth düster.

„Wenigstens sind Malcolm und Ross nicht hier, um Alexander bei seinem Scherz zu helfen", meinte Isabella. Die Bedienstete, die für die Mädchen zuständig war, schnalzte mit der Zunge, weil Isabella mit dem Mund voll Fisch gesprochen hatte.

„Ross wird zu Weihnachten von Inverfyre nach Hause kommen",

sagte Alexander fröhlich. „Zweifellos wird er Grüße aus dem Heim unseres Onkels überbringen."

„Malcolm ist zu lernbegierig, er wird es nicht mal wagen, die kurze Strecke von Ravensmuir bis hier zurückzulegen, um uns zu besuchen", beschwerte sich Elizabeth.

„Onkel Tynan ist ein gestrenger Lehrer", sagte Alexander ruhig. „Ihr könnt sicher sein, dass Malcolm jeden Abend zu erschöpft ist, um an viel anderes zu denken als daran, wie er seinem Herrn am nächsten Tag noch gefälliger sein kann."

Vivienne schaute Alexander verstohlen an, denn er sprach selten über seine Erfahrungen, als er sich unter Tynan seine Sporen verdient hatte. Er bemerkte ihren Blick und bedachte sie mit einem so gewinnenden Lächeln, dass sie blinzelte. „Was begehrst du von mir, dass du so um meine Gunst buhlst?", fragte sie unvermittelt.

Alexander lachte. „Ich möchte dich nur wieder lächeln sehen, Vivienne. Ich bin nicht der Einzige, der deine Traurigkeit in den letzten Wochen bemerkt hat."

„Das ist zweifellos so, obwohl nur du glaubst, dass Viviennes Problem mit einem Baby im Bauch und einem Ring an ihrem Finger gelöst wäre", erwiderte Isabella. Die jüngeren Schwestern rollten bei dieser Bemerkung mit den Augen. Ihre Antwort bewirkte, dass Vivienne sich noch einsamer fühlte.

„Er wird eine Geschichte über eine Maid erzählen, die voll Freude auf die Ankunft ihres ersten Kindes wartet", schlug Elizabeth vor und die Schwestern kicherten über diese aberwitzige Idee.

Vivienne lachte nicht. Sie war schließlich die Einzige, die Vorteile in Alexanders Vorhaben sah.

„Du weißt, wie sehr ich Geschichten liebe", sagte sie zu Alexander und spürte, dass ihre Gründe dafür vielleicht genau dieselben waren. „Obwohl ich mir nicht vorstellen kann, dass du eine kennst, die ich noch nicht gehört habe."

„Ah, aber ich weiß eine, und es ist eine Geschichte über Kinfairlie selbst."

„Nanu? Und du hast sie nie zuvor erzählt?", rief Vivienne in vorgetäuschter Empörung aus.

Alexander lachte erneut. „Ich habe sie erst diese Woche im Dorf gehört und auf den richtigen Moment gewartet, um sie euch zu erzählen." Er räusperte sich und schob seinen Holzteller weg.

Er war ein feiner Mann, ihr Bruder. Vivienne konnte schon die Auswirkungen seiner kürzlich übernommenen Verantwortung auf sein Verhalten feststellen. Alexander dachte nun nach, bevor er sprach, und er sprach mit neuer Bedachtsamkeit und erwog seine Worte, bevor er sie andere hören ließ. Er behandelte die Bediensteten gut und seine Autorität wurde respektiert. Seine Urteile galten als die gerechtesten in der Gegend, sein Ruf kam dem ihres Vaters bereits gleich. Er stand aufrechter und war mehr zu einem Mann geworden, als er es vor nur einem Jahr gewesen war, als ihre Eltern starben.

Ihre jüngeren Schwestern waren von diesem Wandel allerdings weniger begeistert. Einst war Alexander der beste Spielkamerad von allen gewesen und Vivienne wusste, dass besonders ihre jüngste Schwester Elizabeth Alexander seine neue Rolle und seine Forderung, dass sie sich alle schicklich betragen sollten, übel nahm. Es war ein bemerkenswerter Sinneswandel für jemanden, dem von allen acht Geschwistern angemessenes Benehmen immer am unwichtigsten gewesen war.

Doch Vivienne wusste, dass sich Alexander seit dem plötzlichen Tod ihrer Eltern keiner kleinen Herausforderung stellen musste, und sie empfand auf einmal großen Stolz auf die Leistungen ihres Bruders. Sie zweifelte nicht, dass er viel entschieden und auf sich genommen hatte, ohne das ganze Ausmaß je mit seinen Geschwistern zu teilen.

„Ihr kennt alle die Kammer hoch oben im Turm von Kinfairlie", begann er, unbeeindruckt davon, dass sich die Augen aller Anwesenden in der Halle auf ihn richteten. „Allerdings wisst ihr vielleicht nicht den Grund, warum sie abgesehen von den Spinnweben und dem Wind leer steht."

„Die Tür war immer verriegelt", erwiderte Vivienne. „Mama weigerte sich, über die Schwelle zu treten."

„Es war Papa, der die Tür verschließen ließ", bestätigte Alexander.

„Ich habe nur eine ganz schwache Erinnerung daran, die Tür in meiner Kindheit jemals offen gesehen zu haben. Wenn ich von den Einzelheiten in dieser Geschichte ausgehe, vermute ich, dass sie nach Madelines Geburt gesichert wurde, und damals war ich erst zwei Sommer alt."

Die Schwestern lehnten sich gleichzeitig zu Alexander hinüber. Elizabeths Augen leuchteten, denn sie liebte Geschichten fast genauso sehr wie Vivienne. Isabella, die das zweite Stück Fisch im Nu verzehrt hatte, wischte sich ihre Lippen an der Leinenserviette ab und legte sie beiseite. Annelise hatte die Hände im Schoß gefaltet. Sie war wie immer still, obwohl ihr lebhafter Blick ihr Interesse verriet. Sogar die Bediensteten blieben in den Schatten stehen und warteten auf Alexanders Geschichte.

Der stützte die Ellenbogen auf den Tisch und ließ seinen Blick über seine Schwestern schweifen. Seine Augen funkelten vergnügt. „Vielleicht sollte ich die Geschichte nicht mit euch teilen. Es geht darin um eine Bedrohung für unschuldige Maiden ..."

„Du musst sie uns erzählen!", rief Isabella.

„Du kannst uns nicht nur einen Teil der Geschichte verraten!", meinte Vivienne.

„Was für eine Bedrohung, Alexander?", wollte Elizabeth wissen. „Sicher haben wir doch das Recht, dies zu erfahren?"

Alexander täuschte Besorgnis vor und runzelte streng die Stirn. „Vielleicht verlangt ihr, die Geschichte zu hören, weil ihr alle keineswegs so unschuldige Maiden seid, wie ich geglaubt habe ..."

„Oh!", riefen die Schwestern wie aus einem Mund und Alexander grinste so schalkhaft, wie sie es von ihm gewöhnt waren. Annelise, die neben ihm saß, schlug ihm wiederholt auf den Arm. Elizabeth auf seiner anderen Seite hieb ihm mit solcher Kraft auf die Schulter, dass er aufstöhnte. Isabella warf ein Stück Brot nach ihm und traf ihn an der Augenbraue. Alexander flehte lachend um Gnade.

Vivienne musste ebenfalls lachen. „Du solltest uns besser kennen, um uns so zu verleumden!" Sie drohte ihm mit dem Finger. „Und du solltest uns keine Geschichte versprechen und sie dann nicht zu erzählen."

„Ich ergebe mich. Ich ergebe mich!", rief Alexander. Er richtete seinen Tappert, fuhr sich mit der Hand durchs Haar und nahm dann einen Schluck Wein zur Stärkung.

„Es dauert zu lang, bis du endlich anfängst", sagte Elizabeth anklagend.

„Ungeduldige Frauenzimmer", scherzte Alexander. Dann begann er: „Ihr alle wisst, dass Kinfairlie in der Jugend unserer Urgroßmutter dem Erdboden gleichgemacht wurde." Er kniff Elizabeth in die Wange und seine Schwester lief blutrot an. „Du wurdest nach unserer furchtlosen Urahnin, Mary Elise von Kinfairlie, benannt."

„Die Krone gab den Besitz Ysabella zurück, die Merlyn Lammergeier, den Laird von Ravensmuir, geheiratet hatte", ergänzte Vivienne, denn sie kannte diesen Teil ihrer Geschichte. „Roland, unser Vater, war der Sohn von Merlyn und Ysabella und der Bruder von Tynan, ihrem älteren Sohn, der nun auf Ravensmuir herrscht, wo Malcolm sich mühsam seine Sporen verdient. Unser Großvater Merlyn baute Kinfairlie wieder auf, sodass Roland dort Laird werden konnte, wenn er erwachsen war." Sie rollte mit den Augen. „Erzähle uns etwas, was wir nicht wissen!"

„Und so ging Kinfairlie auf Alexander über, Rolands ältesten Sohn, als er und seine Frau, unsere Mutter Catherine, diese Erde verließen", fügte Annelise leise hinzu. Die Geschwister und die Bediensteten bekreuzigten sich schweigend und einige schauten angestrengt zu Boden in der Erinnerung an diesen Schmerz, der noch so frisch war.

„Meine Geschichte handelt von glücklicheren Zeiten", fuhr Alexander mit gezwungener Fröhlichkeit fort. „Als Roland und Catherine frisch verheiratet nach Kinfairlie kamen, gab es bereits Geschichten über diesen Besitz und diese Kammer."

„Was für Geschichten?", erkundigte sich Vivienne.

Alexander lächelte. „Man erzählt sich schon lange hinter vorgehaltener Hand, dass Kinfairlie den Rand des Feenreichs berührt."

Elizabeth erschauerte vor Wonne und stupste Vivienne an.

„Unsinn", murmelte Isabella, doch ihre Schwestern stießen sie mit den Ellenbogen an, damit sie ruhig war.

Alexander beachtete sie alle nicht und fuhr fort: „Obwohl Merlyn und Ysabella nicht sehr viel Zeit in dieser Burg verbrachten, gab es einen Kastellan und Bedienstete innerhalb ihrer Mauern, die sich in ihrer Abwesenheit um die Verwaltung kümmerten.

Der Kastellan aber hatte eine Tochter, eine holde Maid, die sehr neugierig war. Da sich nur Bedienstete auf dem Burggelände aufhielten und man der Meinung war, dass sie an einem Ort, der gerade erst erbaut worden war, nicht viel Unheil anrichten konnte, und weil sie zugegebenermaßen großen Liebreiz besaß, den sie einsetzte, um ihren Willen zu bekommen – im Unterschied zu Maiden, die mir bekannt sind …" Die Schwestern protestierten lautstark, doch Alexander grinste und legte einen Finger auf seine Lippen, um sie zum Schweigen zu bringen. „Deswegen also hatte das Burgfräulein die Erlaubnis, sich innerhalb der Mauern frei zu bewegen.

Und so geschah es, dass sie die Kammer oben im Turm erforschte. In dieser Kammer gibt es drei Fenster, habe ich mir sagen lassen, und alle drei gehen auf die See hinaus "

„An der Stelle, wo der Wachposten steht, kann man die drei Fenster von unten sehen", bemerkte Vivienne.

Alexander nickte. „Obwohl der Ausblick prachtvoll ist, ist es in der Kammer schneidend kalt, denn die Fensteröffnungen sind zu groß für Glas und die hölzernen Läden bieten keinen Schutz vor dem Wind, vor allem nicht, wenn ein Sturm aufzieht. Darum hat niemand viel Zeit in dem Raum verbracht. Diese Maid jedoch tat es und sie sah, dass ein Fenster nicht den Ausblick bot, den man hätte erwarten sollen.

Von diesem Fenster aus sah man Wolken über den Himmel ziehen, die in den anderen nicht erschienen. Nur an dem einen Fenster konnte man ungewöhnliche Vögel erspähen und auch die See wirkte dort nie ganz genauso, wie wenn man sie durch die anderen Fenster betrachtete. Der Unterschied war gering und ein flüchtiger Blick genügte nicht, um eine Abweichung festzustellen, doch die Maid war am Ende davon überzeugt, dass dieses dritte Fenster magisch war. Sie fragte sich, ob man von dort in die Vergangenheit oder in die Zukunft schaute oder in das Feenreich oder auf einen ganz anderen Ort.

Und so beschloss sie, die Wahrheit herauszufinden."

„Es war ein Portal ins Feenreich", rief Elizabeth aufgeregt.

„So einen Ort gibt es nicht." Isabella verdrehte die Augen.

„Es ist doch nur eine Geschichte, Isabella", schalt Annelise. „Kannst du sie nicht als das genießen, was sie ist?"

Vivienne rutschte auf der Bank nach vorn, ganz im Bann von Alexanders Geschichte und begierig darauf, mehr zu hören. „Was geschah dann?"

„Keiner weiß es genau. Die Maid schlief mehrere Nächte in der Kammer und wenn man sie fragte, was sie gesehen hatte, lächelte sie nur. Sie behauptete beharrlich, sie hätte nichts gesehen, doch ihr Lächeln … Ihr Lächeln deutete tausend Geheimnisse an."

Viviennes Aufmerksamkeit war inzwischen völlig in Beschlag genommen, denn sie glaubte zu wissen, wie diese Maid gelächelt hatte.

Alexander erzählte weiter: „Und an dem Morgen, nachdem sie drei Nächte in der Kammer verbracht hatte, konnte das Fräulein nicht aufgefunden werden."

„Was war passiert?", fragte Isabella.

„Sie erschien nicht bei Tisch." Alexander zuckte die Achseln. „Die Frau des Kastellans war sicher, dass das Mädchen zu lang im Bett herumlungerte. Deshalb stieg sie die Treppe hinauf, um ihre Tochter zu schelten. Die Tür zu der Kammer war geschlossen und als sie sie öffnete, war der Wind bitterkalt. Da fürchtete sie, dass es dem Mädchen zu kalt geworden war, doch es war nicht in der Kammer. Die Mutter trat hintereinander an jedes Fenster und schaute nach unten in der Angst, ihre Tochter wäre in den Tod gestürzt, aber es gab keine Spur von dem Mädchen."

„Jemand hat sie entführt", sagte Isabella nüchtern.

Alexander wiegte den Kopf. „Sie wurde jedenfalls nie mehr gesehen. Aber auf einer Fensterbank – ich glaube, ich weiß, welche es war – fand die Frau des Kastellans am Morgen des Verschwindens eine einzelne Rose. Sie war rot, so rot wie Blut, doch sobald sie die

Blume in die Hand nahm, begann sie, zu verblassen. Bis sie die Rose in die Halle gebracht hatte, war sie weiß, und kaum hatte der Kastellan sie gesehen, begann sie, zu schmelzen. Sie war aus Eis gemacht und nach ein paar Augenblicken war nichts als eine Wasserpfütze auf dem Boden von ihr übrig geblieben."

Alexander erhob sich und ging in die Mitte der Halle. Er zeigte auf einen Fleck auf dem Boden, eine Stelle, die Vivienne zuvor noch nicht bemerkt hatte. Sie schimmerte, als rührte der Fleck von einer Substanz her, die niemand hätte benennen können.

„Hier ist das Wasser heruntergetropft", sagte Alexander mit leiser Stimme. „Und als eine alte Frau, die in der Küche arbeitete, diese Stelle erblickte und von der Rose hörte, schrie sie auf vor Schreck. Offenbar gibt es eine alte Geschichte über Liebhaber aus dem Feenreich, die sich bei den Sterblichen eine Braut holen, und es wird erzählt, dass sich die Pforte zwischen ihrer und unserer Welt auf Kinfairlie befindet. Ein Verehrer kann vom Feenreich aus durch dieses Portal spähen, obwohl alle wissen, dass sie das nicht tun sollten, und er könnte sich in eine sterbliche Maid verlieben, die er dort erblickt."

Alexander lächelte seine Schwestern an. „Und der Brautpreis, den ein verliebter Freier aus dem Feenreich zurücklässt, wenn er sich seine Braut holt, ist eine einzelne rote Rose – nicht wirklich eine Blume, sondern eine Feenrose aus Eis." Er fuhr mit seiner Stiefelspitze über den Boden. „Obwohl ihre Form die Zeit nicht überdauert, geht das Zeichen ihrer Magie nie gänzlich verloren."

Einen Augenblick herrschte Stille in der Halle. Das Kerzenlicht ließ die Stelle auf dem Boden noch heller schimmern.

Alexander zuckte mit den Schultern. „Ich kann mir nicht vorstellen, dass Papa die Geschichte geglaubt hat, doch als er einmal eine Tochter hatte, verspürte er zweifellos nicht den Wunsch, sie gegen eine Rose aus Eis einzutauschen."

„Jemand sollte die Wahrheit herausfinden", sagte Isabella mit Entschlossenheit. „Zweifellos steckt ein Unfug der Dorfbewohner dahinter."

Annelise schauderte. „Aber was, wenn die Geschichte wahr ist?

Wer weiß, wohin die Maid gegangen ist? Wer würde das Risiko auf sich nehmen, ihr zu folgen?"

Vivienne presste ihre Hände zusammen und hielt nur mit Mühe den Mund. Sie wusste, wer solch ein Risiko eingehen würde. Sie wusste mit geradezu unheimlicher Gewissheit, dass diese Geschichte ausgerechnet jetzt zur Sprache gekommen war, weil sie eine Botschaft für sie enthielt.

Das war der Moment, auf den sie gewartet hatte! Ein Feengatte käme ihr zweifellos sehr gelegen, genauso wie das Abenteuer, in einem anderen Reich zu leben. Jeder vernünftige Mensch wusste, dass Feen nicht gerade ein gepflegtes Äußeres hatten und ein ungebärdiges Völkchen waren. Sie würde hervorragend in ihre Mitte passen.

Und so beschloss Vivienne: Heute Nacht würde sie im Turmzimmer schlafen. Sie musste nur noch herausfinden, wie sie das bewerkstelligen konnte, ohne den Verdacht ihrer Geschwister zu erregen.

KAPITEL 2

*V*iviennes Aufgabe erwies sich als weniger schwierig, als sie befürchtet hatte.

An diesem Abend saß sie über ihre Nadelarbeit gebeugt mit ihren Schwestern zusammen und bemühte sich, ihre Ungeduld zu verstecken. Sie arbeiteten an einem großen Wandteppich für die Halle, dabei bestickte jede eine einzelne Stoffbahn. Die fertige Arbeit würde nie so fein sein wie jene Stickereien, die aus Frankreich und Belgien stammten, aber dass das Werk von der Familie fertiggestellt worden war, verlieh ihm einen gewissen Reiz.

Annelise hatte das Motiv entworfen, denn sie konnte am geschicktesten mit einem Stück Kohle umgehen. Mythische Kreaturen tollten über die Oberfläche und jede nahm mit farbigen Fäden langsam Gestalt an. Vivienne gefiel das Bild und sie arbeitete lieber daran, als sie gewöhnlich mit Nadel und Faden umging, aber an diesem Abend machte ihr die Aufgabe keine Freude. Tatsächlich schienen die Fäden einen eigenen Willen zu entwickeln und verwirrten und verknoteten sich ständig.

Die Zeit verging so langsam, dass Vivienne kurz davorstand, zu schreien. Ausnahmsweise beneidete sie Alexander, weil er sich zurückziehen musste, um die Wirtschaftsbücher von Kinfairlie zu prüfen. Unbewusst klopfte sie mit dem Zeh auf den Boden. Sie versteckte ihre Füße unter ihren Röcken und hoffte, dass niemand ihre Rastlosigkeit bemerkte.

„Du bringst alles noch mehr durcheinander als sonst, Vivienne", stellte Isabella fest, die so ordentlich war wie Madeline.

„Ich habe kein Talent zum Sticken, so viel ist klar", erwiderte Vivienne.

Isabelle nahm die verknotete Wolle aus Viviennes nervösen Fingern und machte sich ruhig daran, sie Strang für Strang zu entwirren. „Du hast keine Geduld dafür", sagte sie ohne tadelnden Unterton. „Das ist etwas anderes."

„Dennoch bist du sonst geschickter", bemerkte Annelise und betrachtete Vivienne mit einiger Besorgnis. „Fühlst du dich nicht gut?"

Als Antwort gähnte Vivienne und rieb sich die Augen, als wäre sie zu erschöpft, um wach zu bleiben. Dann tat sie so, als fiele es ihr schwer, sich auf ihre Nadelarbeit zu konzentrieren.

„Du siehst wirklich müde aus, Vivienne." Für alle klang Isabella so wie ihre Mutter.

„Es passt gar nicht zu dir, so früh müde zu werden", äußerte Annelise. „Meistens bist du die Letzte von uns, die ins Bett kommt."

Vivienne zuckte die Schultern. „Ich war den ganzen Tag schon müde."

„Und du hast heute Abend nichts gegessen", erinnerte die scharfsichtige Elizabeth alle.

„Vielleicht wäre Schlaf das Beste für dich", meinte Isabella. „Und morgen früh bist du wieder wohlauf."

Scheinbar widerstrebend legte Vivienne ihre Arbeit beiseite. „Ich gebe zu, dass diese Vorstellung verlockend ist."

„Geh!", drängte Annelise sie. „Du kannst an einem anderen Tag an deiner Stoffbahn arbeiten."

Isabella lächelte. „Nadelarbeit wartet äußerst geduldig darauf, dass wir ihr unsere Aufmerksamkeit zuwenden." Die anderen Schwestern lachten und Vivienne brauchte keine weitere Aufforderung, um sich aus ihrer Gesellschaft zurückzuziehen.

Solange sie sie sehen konnten, stieg sie die Treppe langsam empor – so mühsam hob sie die Füße, als hingen Gewichte daran. Sie hörte, wie Isabella „Oh je!" sagte, und lächelte in sich hinein. Dann flitzte sie über die obere Etage, um eine Kerze zu holen und sie anzuzünden. Es war Neumond, also würde es in den Kammern dunkel sein.

Die Burganlage von Kinfairlie bestand nur aus einem einzigen quadratischen Turm, der aus Steinen erbaut war. Er war hoch – so hoch, dass Viviennes Vater ihn einst mit einem Finger verglichen hatte, der zum Himmel hinaufzeigte, so hoch, dass er weithin sichtbar war, sogar von Ravensmuir aus, der Festung ihres Onkels.

Kinfairlie war nicht genauso wiedererrichtet worden, wie es gewesen war, bevor es dem Erdboden gleichgemacht wurde. Ringmauern, so dachte man zum Beispiel jetzt, waren zu schwierig zu verteidigen, und deshalb waren die Mauern, die Kinfairlie umgeben hatten, nicht wiederaufgebaut worden. Doch die Überreste der alten Mauern markierten den Besitz, obwohl sie an einigen Stellen eingebrochen waren, an anderen von Dornen überwuchert wurden und an wieder anderen verschwunden waren.

Dennoch konnte die Anlage leicht von ein paar kräftigen Männern verteidigt werden. Es gab nur einen Zugang zum Turm, der mit einem Fallgitter ausgestattet war, und eine große, mit Eisen beschlagene Holztür. Der Eingang war raffiniert angelegt, indem ein Eindringling dazu verleitet wurde, den breiter erscheinenden Gang zu wählen, obwohl dieser nur zum Kerker führte. War er einmal dort angekommen, saß er in der Falle und war der Gnade des Lairds ausgeliefert. Darüber hinaus bot der Gang, der tatsächlich zur Halle führte, zahlreiche Möglichkeiten, einen Angreifer zu überwältigen, dem es gelungen war, durch die schwer gesicherte Eingangstür zu kommen.

Der Turm über diesem Eingang war schlicht. Eine Treppe führte innen an der Mauer schräg nach oben und machte an jedem Stockwerk eine Vierteldrehung. Es gab insgesamt vier Etagen, die oberste hatte eine schräge Decke entsprechend der Neigung des Daches. Die

Fahne von Kinfairlie, die von einer glänzenden Kugel geziert war, flatterte auf der Turmspitze.

Vivienne kannte den Turm und sein Geflüster so gut wie ihre eigene Hand. Sie wusste – wie wahrscheinlich auch die meisten ihrer Geschwister –, welche Stufe mit Sicherheit knarren würde, und welche Ecke dunkel genug war, um einen Lauscher zu verbergen. Sie blieb auf dem Treppenabsatz des zweiten Stockwerks stehen, das genau über der Halle selbst lag, und horchte, wo sich ihr Bruder aufhielt. Sie ging an der einen leeren Kammer auf der zweiten Etage vorbei, die einst ihre jüngeren Brüder geteilt hatten, und fragte sich flüchtig, wie es ihnen bei ihrer Ausbildung auf Ravensmuir beziehungsweise Inverfyre erging. Vermissten sie ihre Schwestern genauso sehr, wie Vivienne sie vermisste? Sie lief an dem größeren Zimmer vorbei, in dem sie und ihre Schwestern untergebracht waren, und stieg dann weiter die Treppe hinauf.

Im nächsten Stockwerk befand sich das Quartier des Lairds, das ein großes Privatgemach und eine kleine Kammer umfasste, wo Alexander die Wirtschaftsbücher des Anwesens aufbewahrte. Beide Räume konnten gesichert werden, sodass sie von der Treppe und dem angrenzenden Korridor nicht zugänglich waren. Von seinen Räumen aus konnte der Laird in drei Richtungen über sein Anwesen blicken. Noch nicht mal eine Kerze brannte im Gemach des Lairds, allerdings fiel ein Lichtschimmer unter der Tür des kleineren Raumes hindurch. Vivienne vermutete, dass Alexander noch an der Arbeit war.

Sie schlich an seiner Tür vorbei und stieg dann geräuschlos zur obersten Etage des Turms hinauf. In diesem Stock kam die Treppe in der Mitte aus. Auf beiden Seiten lag jeweils ein Zimmer unter dem schrägen Dach. Eine Leiter führte hinauf zur Turmspitze, eine Klappe dort gewährte Zugang zur Fahne. Die Tür an Viviennes linker Seite war einen Spalt geöffnet und sie wusste, dass der Raum voller Gegenstände war, die für nützlich gehalten und deshalb aufbewahrt worden waren, nur um dann vergessen und dem Staub überlassen zu werden.

Die Tür zur ihrer Rechten war verriegelt und abgeschlossen. Vivienne hatte sich gerade hinuntergebeugt, um sich das Schloss genauer anzusehen, als sie Männerstimmen hinter sich hörte. Sie löschte die Kerzenflamme und schlüpfte in die schützenden Schatten der zweiten Kammer. Das Licht einer Laterne wurde so schnell an den Wänden der Treppe sichtbar, dass sie schon fürchtete, sie wäre entdeckt worden. Ihre Nase kribbelte von dem Staub, den sie aufgewirbelt hatte, und sie kämpfte gegen den Drang an, zu niesen.

„Die alte Geschichte hat mir diese Kammer ins Gedächtnis gerufen", sagte Alexander, als ob er jemandem seinen Aufstieg erklären würde. Sein Schatten wurde an die Wand geworfen, als er sich näherte, und Vivienne wich weiter rückwärts in den Raum hinein. „Ich weiß gar nicht, warum wir ihn nicht benutzen."

„Vielleicht, weil Ihr das ganze Haus voller Maiden habt?", schlug Anthony vor, der offensichtlich ein wenig verärgert war, dass er zu dieser späten Stunde für diesen Auftrag gerufen worden war.

„Es ist bloß eine Geschichte! Nichts als ein überspannter Einfall", äußerte Alexander verächtlich. Dann hielt er inne und schnupperte hörbar. „Riechen Sie auch eine Kerze, die ausgemacht wurde?"

Anthony schnüffelte pflichtschuldigst, während Vivienne gegen das Kitzeln in ihrer Nase ankämpfte. „Der Geruch muss aus der Halle heraufgezogen sein, denn seit Jahren ist niemand zu diesen Kammern hinaufgestiegen."

„Hm", machte Alexander. Vivienne hielt den Atem an. Sie rechnete fest damit, dass er die Tür der zweiten Kammer aufstoßen und sie dort entdecken würde. „Es muss so sein, wie Sie sagen", setzte er hinzu und sie atmete erleichtert auf.

„Wir sollten noch nicht einmal hier sein, Mylord", sagte Anthony.

„Welchen Schaden könnte das anrichten?", fragte Alexander. „Zumindest möchte ich das Zimmer dahinter sehen. Vielleicht wäre es ein freundlicherer Ort, um die Haushaltsbücher zu prüfen."

„Bitte vergebt mir meine Direktheit, Mylord, aber ich hege den Verdacht, Ihr würdet mehr Zeit damit verbringen, auf die See hinauszuschauen, böte sich Euch diese Zerstreuung."

Alexander lachte. „Vielleicht wäre es gar nicht schlecht, eine Ablenkung von diesen verdammten Haushaltsbüchern zu haben. ‚Posten: ein Pfund Butter, drei Pfund Lauch, zwei Hennen, ein Gelege, abzugeben an den Laird am Michaelistag von Cornelius Smith als Anteil für die Pacht seines Grundes. Bezahlt und bezeugt. Posten: zwei Schillinge, geschuldet vom Braumeister von Kinfairlie für den zu geringen Verkauf an Mariä Verkündigung, nicht vor Mittsommer bezahlt wegen Geldmangels.'" Vivienne hörte das Lachen in der Stimme ihres Bruders. „Also wirklich, ein Mann könnte den Verstand verlieren, wenn er einen endlosen Strom solcher Eintragungen überprüft."

„Und ein Mann, der sich nicht die Zeit genommen und die Mühe gemacht hat, dies zu tun, könnte gut und gern erleben, dass er bis aufs Hemd ausgezogen wird", entgegnete der Kastellan steif. Vivienne konnte sich leicht vorstellen, wie er Alexander beim Schimpfen mit dem Finger drohte. „Euer Vater hat sich jeden Morgen mit den Büchern beschäftigt, Mylord, und er war in Nah und Fern als gerechter Mann bekannt, den man nicht betrügen konnte."

Alexander stieß einen Seufzer aus. „Das haben Sie mir schon tausend Mal gesagt, Anthony. Ich fürchte, Sie werden immer finden, dass meines Vaters Fußstapfen zu groß für mich sind."

„Ich kann mich nur bemühen, es anders zu sehen, Mylord."

Vivienne spähte hinaus. Die beiden Männer wandten ihr den Rücken zu. Anthony hielt die Laterne, die seine missbilligend verzogenen Lippen beleuchtete. Er trug auch mehrere Werkzeuge. Alexander beugte sich nach vorn und betrachtete das Schloss. Er rasselte mit Schlüsseln an einem Ring aus Messing und versuchte, einen davon in das Schloss zu stecken.

Der Kastellan räusperte sich. „Glaubt Ihr, dass es klug ist, Mylord?"

Alexander bedachte den älteren Mann mit einem Lächeln. „Sind Sie nicht wenigstens neugierig? Diese Kammer ist seit über zwanzig Jahren verschlossen. Da sie in mein Hoheitsgebiet fällt, ist es mein Recht und meine Pflicht, sie in Augenschein zu nehmen."

Anthony seufzte.

Alexander probierte einen Schlüssel nach dem anderen aus. So viele von ihnen passten nicht, dass Vivienne die Hoffnung zu verlieren begann. Sie spürte Spinnweben an ihrer Wange und wagte nicht, sie wegzuwischen aus Angst, die Bewegung würde ein Geräusch verursachen. Der Staub schien um sie herumzutanzen und sie rieb verstohlen ihre juckende Nase.

Zu ihrem Entzücken konnte sie hören, wie der vorletzte Schlüssel an Alexanders Messingring das Schloss entriegelte.

„Ah!" Alexander trat zurück und betrachtete die Holzbalken, die quer über die Türöffnung festgehämmert worden waren. Vivienne spähte durch den Spalt zwischen Tür und Rahmen und beobachtete, wie er dem Kastellan ein eindrucksvolles Werkzeug abnahm.

„Wir könnten den Raum morgen von einem der Stallburschen öffnen lassen, Mylord. Es wäre nicht schicklich, wenn Ihr Euch bei einer solchen Arbeit verletzen würdet."

Alexander lachte. „So alt und schwach bin ich nicht!" Er löste erst einen Balken, dann entfernte er schnell die anderen. Er warf sie in die Ecke gegenüber der Treppe und grinste. Im Licht der Laterne wirkte er spitzbübisch und unberechenbar, so wie er früher immer ausgesehen hatte. „Was, glauben Sie, werden wir im Inneren finden, Anthony?"

Der Kastellan presste die Lippen noch fester zusammen, was fast unmöglich schien. „Ich habe nicht die geringste Ahnung, Mylord."

„Dann schauen wir nach." Alexander drückte die Klinke hinunter und stieß die Tür auf. Ein kalter Wind wirbelte sofort um Viviennes Knöchel und sie erschauerte, als sie in die Dunkelheit des Zimmers dahinter spähte. Der Drang, zu niesen, wurde noch stärker und sie hielt beinahe die Luft an, um ihn zu bezwingen.

Alexander nahm die Laterne und verschwand in der Kammer, seine Schritte dröhnten auf dem Boden.

„Es ist groß", sagte er mit widerhallender Stimme. „Diese Fensteröffnungen sind riesig. Kein Wunder, dass die Kosten für Glas enorm gewesen wären. Aber der Ausblick ist wunderbar. Kommen Sie und schauen Sie!"

Der Kastellan rührte sich nicht vom Fleck. „Ich warte bis zum Morgen, Mylord."

„Sie haben doch wohl keine Angst?" Ein Schmunzeln klang in Alexanders Stimme mit. „Man sagt von unschuldigen Maiden, dass sie Gefahr laufen, von Liebhabern aus dem Feenreich umworben zu werden."

Anthony schnaubte. „Natürlich habe ich keine Angst, Mylord. Ich bin nur vorsichtig."

„Es befindet sich nichts hier drinnen außer einer alten Strohmatratze. Glauben Sie, es ist diejenige, auf der das Mädchen geschlafen hat?"

„Ich habe keinerlei Anhaltspunkte, um das zu beurteilen, Mylord." Anthony richtete sich höher auf. „Tatsächlich würde ich Euch raten, sie nicht zu berühren, Mylord, denn sie könnte voll Ungeziefer sein."

„Ha! Das müsste kühnes Ungeziefer sein, das bis zu dieser Kammer hinaufklettern und ohne Nahrung überleben könnte."

Anthony gab nicht nach. Er war offensichtlich davon überzeugt, dass solch verwegenes Ungeziefer tatsächlich existierte und diese Kammer in Beschlag genommen hatte.

„Ich frage mich, welches Fenster dasjenige ist, um das es geht", überlegte Alexander. „Ich meine natürlich nicht, dass irgendwas an der Geschichte dran ist. Dies ist nur ein großes, ungenutztes Zimmer." Er erschien strahlend vor Freude an der Türschwelle. „Wir werden es morgen putzen lassen. Vielleicht frage ich meinen Onkel Tynan, ob der Preis für Glas inzwischen gesunken ist."

Anthony räusperte sich. „Wenn ich Euch daran erinnern dürfte, Mylord: Die Schatzkammer von Kinfairlie ist nicht so reichlich mit Geld ausgestattet, wie sie sein könnte."

„Die Lage hat sich gebessert", erwiderte Alexander geheimnisvoll. Vivienne sah nur ein kurzes Lächeln, bevor er den Blick wieder auf die Kammer richtete. „Dies Zimmer wird in der Tat gute Dienste leisten." Dann bedachte er Anthony mit dem selbstsicheren Lächeln, welches seine Schwestern immer vermuten ließ, dass er etwas im Schilde führte. Bevor Vivienne sich fragen konnte, was es hervorgerufen hatte, lief Alexander die Treppe hinunter und rief dem älteren Kastellan zu, er solle sich beeilen.

Vivienne blieb allein zurück, gegenüber dem Raum, wo sich eine Pforte zu einem anderen Reich befand. Obwohl die Versuchung groß war, ihn sofort zu betreten, schlüpfte sie wieder hinunter in die Halle. Sie beklagte sich bei ihren Schwestern, ihr wäre schrecklich kalt, und es fiel ihr nicht schwer, zu erschauern. Sie gab dem Drang, zu niesen, nach und ihre drei Schwestern stellten schnell fest, dass sie einen heißen Trunk benötigte.

Sobald Vivienne den dampfenden Becher in der Hand hatte, kehrte sie in die Kammer der Schwestern zurück und holte ihre Lieblingsstiefel. Sie waren ein Geschenk von ihrer Tante Rosamunde, das rote Leder war direkt unterhalb der Knie reichlich mit Stickerei verziert. Sie waren mit Kaninchenfell gefüttert und sehr warm. Selbstverständlich fiel ihre Wahl auch auf ihre feinste Chemise aus reinem Leinen, denn sie wollte ihren Liebhaber aus dem Feenreich mit ihrer vornehmen Kleidung beeindrucken. Sie war weit geschnitten und wurde, wie üblich, am Hals mit einem Band zusammengehalten. Auffällig waren die vom Ellenbogen bis zum Handgelenk eng anliegenden Ärmel, die mit Dutzenden von kleinen Muschelknöpfen geschlossen wurden.

Es war keine Kleinigkeit, die Chemise ohne Hilfe einer Schwester oder ihrer Bediensteten anzulegen, doch es gelang Vivienne.

Dann zog sie ihr Lieblingskleid über – auch ein Geschenk von Rosamunde –, das aus smaragdgrüner Seide in zwei Schattierungen gewebt war. Der Stoff für die Ärmel hatte einen Schlitz, sodass die Chemise sichtbar wurde, und reichte von den Schultern bis zum Boden. Der Rand des Saumes, des Halsausschnitts und der Ärmel war mit aufwendiger Goldstickerei versehen. Die Männer in ihrer Familie hatten es als höchst unpraktisches Kleidungsstück bezeichnet, während ihre Schwestern offen zugaben, dass sie sie darum beneideten. Vivienne machte anschließend ein Bündel auf ihrer Pritsche, damit ihre Schwestern glauben sollten, sie hätte sich tief in die Decken vergraben.

Als Glücksbringer warf sie ihren pelzgefütterten Umhang über ihre Schultern, denn Madeline hatte bei ihrem Abenteuer denselben getragen. Madelines Reise hatte gut geendet und Vivienne gefiel die Vorstellung, dass der Umhang seiner Trägerin Glück bescherte.

So war es immer in alten Erzählungen.

So bereit für eine Suche im Feenreich, wie sie nur sein konnte, nahm Vivienne ihren Trunk und eine Laterne und stieg die Treppe hinauf.

Der Schlüssel glänzte im Türschloss, wo Alexander ihn zurückgelassen hatte. Die schwere Tür öffnete sich nach einer federleichten Berührung durch Viviennes Hand, die Angeln quietschten noch nicht einmal. Der Wind griff nach ihr mit kalten Fingern, der Nachthimmel war durch die drei großen Fenster auf der gegenüberliegenden Seite sichtbar. Vivienne blies die Flamme ihrer Laterne aus und ließ die Sterne ihren Weg erleuchten. Sie hatte einen Feuerstein dabei und wollte das Öl sparen für den Fall, dass sie später dringend Licht benötigte.

Sie holte tief Luft und trat über die Schwelle. Sie schloss die Tür hinter sich und lehnte sich dagegen. Vivienne konnte das Meer rauschen hören und das Salz in der Luft riechen. Sie hätte sich allein auf einer Klippe befinden können. Die vertrauten Geräusche und Gerüche des Burggeländes hatte sie hinter sich gelassen, als ob sie sich hoch über dem Reich der Sterblichen und ihren Sorgen befinden würde. Sie konnte sich mühelos vorstellen, dass dies ein Ort zwischen zwei Reichen und diese verschwiegene Kammer die Schwelle zum Abenteuer war.

Obwohl sie jedes der drei Fenster nacheinander ausführlich betrachtete, konnte sie nicht feststellen, welches anders war. In Wahrheit war ein Teil des Problems, dass sie sich nicht überwinden konnte, sich einem von ihnen zu nähern. Vivienne hatte immer Angst vor großen Höhen gehabt, sie konnte nie von der höchsten Stufe oder mit ihren Geschwistern ins Meer springen. Sie wusste zu genau, wie hoch dieser Turm war, um auch nur einen einzigen Blick aus den Fenstern nach unten zu wagen.

Vivienne setzte sich auf die Pritsche, nippte an ihrem Trunk und musterte die Fenster noch aufmerksamer, während sie ihrem wild klopfenden Herzen befahl, langsamer zu schlagen.

ES WAR EINE MONDLOSE NACHT, ideal für eine schändliche Tat. Aus Gewohnheit verlagerte der Mann in seinem Versteck das Gewicht von seinem geschädigten Bein auf das andere, um sicherzugehen, dass es so ausgeruht wie möglich sein würde, wenn es Zeit war, sich in Bewegung zu setzen. Geräuschlos und ohne sich zu rühren stand er da. Sein Plan war perfekt.

Trotz seiner Entschlossenheit nagten Schuldgefühle an ihm, während er wartete. Es lag nicht in seiner Natur, jemanden zu täuschen oder auch Rache zu üben, obwohl die Umstände ihn dazu getrieben hatten, beides zu tun.

Er hatte Alexander nur einen Teil der Wahrheit gesagt. Tatsächlich war auch nicht alles, was er gesagt hatte, wahr. Er hatte zum Beispiel keinen ehrgeizigen Cousin, doch sein Bruder besaß genug Ehrgeiz für die ganze Familie. Er hatte nicht die Absicht, Vivienne am nächsten Morgen vor einem Priester und Zeugen zu ehelichen.

Allerdings brauchte er wirklich einen Sohn.

Die Glocken der Kapelle im Dorf von Kinfairlie läuteten und schlugen dann die Stunde. Mitternacht. Angespannt lauschte er. Er fürchtete, dass nicht alles so sein könnte, wie Alexander es versprochen hatte.

Doch es kam alles genau so, wie er gesagt hatte. Am anderen Ende der Burganlage ertönte Geschrei und er hörte, wie die Wachen dort hinrannten.

Er durfte keine Sekunde verlieren, trat aus der Dunkelheit und warf den Enterhaken gekonnt in die Höhe. Gleich beim ersten Versuch blieb er an der Brüstung hängen, die um das Dach herumlief. Das Kratzen, als er zuvor über das Dach rutschte, ging im Getöse von Alexanders Ablenkungsmanöver unter.

Er atmete tief durch und schwang sich in die Luft. Er stöhnte, als sein linker Stiefel gegen die Mauer stieß. Der Mann biss die Zähne zusammen, beachtete den Schmerz nicht und kletterte. Dabei hämmerte sein Herz vor Bangigkeit.

Denn der wirklich schwierigste Teil seiner Aufgabe lag noch vor ihm. Er hatte nie eine Frau verführt, bis auf seine verstorbene Gattin, und Beatrice war willig gewesen.

Es könnte sein, dass Vivienne überhaupt nicht willig war. Schließlich war der Mann, der in dieser mondlosen Nacht unbeobachtet den Turm von Kinfairlie erklomm, nicht Nicholas Sinclair.

Und die Frau, mit der er schlafen und die er in dieser Nacht entführen wollte, war die einzige Person auf Kinfairlie, die die Wahrheit kannte.

DURCH DEN SCHLEIER ihrer Träume hörte Vivienne die Glocken im Dorf von Kinfairlie Mitternacht schlagen. Ihr Trunk hatte sie einschlafen lassen. Ob das daran lag, dass er heiß gewesen war, oder an den Zutaten, konnte sie nicht sagen. In ihrem Umhang war ihr warm, sie lag bequem auf der Pritsche und warf kaum ein paar verschlafene Blicke auf die Fenster.

Und dann kam er.

Sie spürte seine Gegenwart wie ein Prickeln, das ihr den Rücken hinunterlief. Sie wusste, dass er da war, wusste es mit so fester Gewissheit, dass es fast beängstigend war. Sie drehte sich um, öffnete die Augen und sah seine Silhouette vor dem Fenster. Er war in Sternenlicht getaucht, sein helles Haar glänzte überirdisch im Licht.

Er war wegen ihr gekommen. Vivienne wagte nicht, zu atmen.

Er verharrte einen Augenblick. Vor dem Hintergrund des Nachthimmels wurde seine Gestalt vom Fenster eingerahmt und hob sich gegen die noch tiefere Dunkelheit in der Kammer ab. Sie wusste, dass sein Blick sich an die Schatten gewöhnte und er einen Hinweis suchte, wo sie sich befand und ob sie überhaupt zugegen war. Er war groß, größer als ihre Brüder, größer als jeder Mann, dem sie je begegnet war.

Es gefiel ihr, dass er so hochgewachsen war. Vivienne war es selbst auch und fühlte sich unwohl, wenn sie neben einem Mann stand, der kleiner war als sie. Es war zugegebenermaßen unbedeutend, denn ein Mann sollte an seinem Geist gemessen werden, dennoch war sie froh, dass ihr Zukünftiger größer war als sie. Sie mochte seine breiten Schultern und schmalen Hüften, dass er schlank, aber muskulös war und seine Haare golden schimmerten.

Nicholas hatte blondes Haar gehabt. Nicholas, der sie so grausam hatte fallen lassen, als sie es abgelehnt hatte, sich ihm für ein weiteres leeres Versprechen hinzugeben.

Vielleicht hatte sie Nicholas anziehend gefunden, weil sie gewusst hatte, dass der Liebhaber, den das Schicksal ihr zugedacht hatte, Haar wie gesponnener Flachs haben würde. Vielleicht hatte eine Art Wissen über ihr Los dazu geführt, dass sie sich beinahe zur Närrin gemacht hätte.

Es war nicht von Belang, jetzt nicht mehr.

Vivienne rührte sich, ohne es zu wollen, und das Stroh auf der Pritsche raschelte. Er drehte sich um, lauschte und sie fühlte seinen Blick, der auf ihr ruhte, so deutlich wie eine Berührung. Zweifellos konnte er geradewegs in sie hinein bis zu ihrem heftig klopfenden Herzen schauen, denn man sagte, dass Feen einen ungewöhnlich scharfen Blick hatten.

Egal, Vivienne hatte nichts zu verbergen.

„Vivienne?", fragte er leise und mit sonorer Stimme.

Sie erschauerte vor Entzücken, weil er ihren Namen kannte und im Voraus gewusst hatte, dass sie da sein würde. Er musste sie durch die Pforte zwischen den Reichen beobachtet haben. Bisher unbekannte Wahrnehmungen lösten ein Prickeln in ihr aus, ihre Sinne wurden geschärft in der Dunkelheit, die ihr die Sicht nahm. Die Nacht war wie Samt auf ihrer Haut, das Fell, mit dem ihr Umhang gefüttert war, fühlte sich weich an ihrem Kinn an.

„Ich habe auf dich gewartet", wisperte sie mit ungewöhnlich heiserer Stimme. Sie griff nach der Laterne und verschüttete in ihrer Hast beinahe das Öl, dann hantierte sie mit dem Feuerstein.

Im Bruchteil eines Augenblicks war er neben ihr, seine warme Hand bedeckte ihre. „Zünde in dieser Nacht kein Licht an", beschwor er sie. Seine Hand war stark, viel größer als ihre, so groß, dass ihre Finger fast in seinem Griff verschwanden.

Dennoch hielt er ihre Hand sanft. Sein heißer Körper ragte neben ihr auf, der Geruch seiner Haut beschleunigte Viviennes Puls. Sein Daumen glitt liebkosend über ihren Handrücken und Vivienne war überzeugt, dass ihr Herz nicht lauter hämmern könnte.

„Es ist der Feuerstein und das kratzende Geräusch", vermutete sie. Seine Berührung entwaffnete sie, sie konnte kaum einen klaren Gedanken fassen. In jeder Geschichte, die sie kannte, lehnten Feen Metall ab. „Das kannst du natürlich nicht ertragen."

„Es ist das Licht", murmelte er. „Ich möchte dich mit schärferen Sinnen entdecken als nur mit den Augen." Dann küsste er sie, nahm ihre Lippen so fordernd in Besitz, dass sie über die Heftigkeit verwundert war. Vivienne rang nach Luft und ihre zitternde Hand legte sich auf seine Brust.

Natürlich hatte er nach ihr verlangt. Er hatte sie von der Schwelle aus beobachtet und mit jedem Blick, den er von ihr erhaschte, hatte sich seine Leidenschaft gesteigert. Sie war keine Fremde für ihn, so wie er für sie. Obwohl sie weit davon entfernt war, Erfahrung in solchen Dingen zu haben, öffnete Vivienne zitternd ihre Lippen unter seinem Mund.

Und dann änderte sich sein Verhalten. Es war, als hätte ihre Unsicherheit sein Begehren gemildert, als würde ihre Zurückhaltung eine gewisse Zärtlichkeit in ihm erwecken. Tatsächlich umwarb er sie nun. Sie spürte es in seinem Kuss, wie er sich geduldete, bis sie sich an den Druck seines Körpers gegen ihren gewöhnt hatte, wie er ihre Reaktion abwartete, bevor er seinen Kuss erneut vertiefte.

Vivienne war verzaubert. Nur ein wahrer Liebhaber würde seine Leidenschaft im Zaum halten, sodass seine Lady keine Angst hatte.

Seine Finger glitten in ihr Haar, er legte seine Hand in ihren Nacken, sodass er sich an ihren Lippen laben konnte. Er zog sie auf die Füße und der Umhang, den sie sich nur übergeworfen hatte, fiel zu Boden. Er nahm sie in seine Arme und drückte sie an seine Brust, bevor sie die Kühle der Nacht empfinden konnte, und sie spürte das Pochen seines Herzens ganz nah bei ihrem.

Sie fühlte, wie seine andere Hand über sie wanderte und ihre Rundungen federleicht berührte, als ob sie ein Wunder für ihn wäre. Ihr Herz raste, als seine Fingerspitzen ihren Hals hinunterglitten, ihre Brustwarzen wurden hart, als er über ihren Busen strich, ihr Bauch zog sich zusammen, als seine Hand an ihrer Taille liegen blieb. Eine Art hitziges Ungestüm erwachte in ihr, etwas, das Vivienne als Verlangen erkennen konnte. Es wurde feucht zwischen ihren Oberschenkeln, ihr Kuss war hungrig und sie wusste genau, was sie von ihm wollte.

Es hatte wenig Bedeutung, ob sie sich erst liebten oder erst heirateten – beides konnte rechtzeitig stattfinden. Es konnte nicht anders sein, denn sie waren füreinander bestimmt.

Als er die Umarmung löste, war sie atemlos, doch begierig auf mehr von dieser neuen Lust. Sie glaubte, ein Funkeln in seinen Augen zu sehen, und lächelte ihn an. Dabei fragte sie sich, ob er ihr Lächeln erwiderte. „Das war wunderbar", sagte sie.

„Wunderbarer, als man es hätte erwarten können", erwiderte er, doch Vivienne verstand nicht recht, was er damit meinte. War der Liebesakt zwischen zwei vom Schicksal füreinander bestimmten Partnern machtvoller? Er nahm seinen Umhang ab und warf ihn mit einer anmutigen Bewegung im hohen Bogen auf ihre harte Pritsche.

Als er seine Hand wieder nach ihr ausstreckte, kam Vorfreude in Vivienne auf. Sie konnte nichts anderes tun, als sich zu fügen, denn dies war die große Leidenschaft, die sie mehr als alles andere ersehnte.

Es war Vivienne, die sich auf die Zehenspitzen stellte, um mehr von ihm zu verlangen, Vivienne, die sein Gesicht mit den Händen umfasste, um ihn näher zu sich heranzuziehen. Sein Kinn war glatt, wie das eines Sterblichen, der sich gerade rasiert hatte. Feen, das wusste Vivienne, blieben ewig jung. Vielleicht hatten ihre Männer noch nicht einmal Barthaare.

Ihre forschenden Finger fanden den Puls in seinem Hals und sie war überrascht, dass er genauso raste wie ihr eigener.

„Du kannst doch sicherlich keine Angst vor mir haben?", fragte sie.

Er hielt inne, als ob er sie betrachten würde, allerdings konnte Vivienne sein Gesicht in der Dunkelheit nicht erkennen. „Wie hätte ich erwarten können, auf diese Weise willkommen geheißen zu werden?" Seine Stimme klang so heiser, dass Vivienne die Luft wegblieb.

„Wie sollte ich dich nicht aus vollem Herzen willkommen heißen?" Vivienne streifte seine Lippen mit ihren und ergötzte sich daran, wie er überrascht aufkeuchte. Sie ließ ihre Hände über seinen Körper gleiten, so wie er es zuvor bei ihr gemacht hatte, und wusste, dass sie ihn erneut erstaunt hatte. Er zog sie an sich und Vivienne griff in sein dickes, seidiges Haar. Sie wölbte sich ihm entgegen, kühn in ihrer neuentdeckten Leidenschaft, und hörte, wie er scharf die Luft einsog.

Er wisperte etwas Unverständliches und hob sie erneut in seine Arme. Für einen berauschenden Augenblick lang presste er sie an seine Brust, sein Kuss ließ Vivienne schwindelig und erhitzt zurück. Dann ging er auf ein Knie, setzte sie auf den Oberschenkel des anderen Beines und seine Hand schlüpfte unter den Saum ihres Kleides und der Chemise.

Vivienne stöhnte in seinen Kuss hinein, als sich seine warme Hand auf ihr Knie legte. Seine Zunge tanzte mit ihrer und entfachte Funken, die durch ihre Adern rasten, sie merkte kaum noch, dass seine Hand auf ihrem Körper lag.

Dann schob er die Hand ihren Oberschenkel hinauf, seine Fingerspitzen glitten über ihre nackte Haut, doch er beendete seinen Kuss nicht. Sie keuchte, als sich seine Finger zu der heißen Stelle bewegten, die niemand außer ihr je berührt hatte, und die Empfindungen, die das in ihr auslöste, ließen sie stöhnen. Er knabberte an ihrem Ohr, küsste ihr Ohrläppchen, seine Küsse hinterließen eine brennende Spur, die sich ihren Hals hinunterzog, und da war Vivienne verloren.

Die Gefühle, die sie überwältigten, waren magisch, gingen sicherlich über das hinaus, was bloße Sterbliche genießen konnten, waren sein Geschenk für sie. Vivienne nahm alles an, was er ihr gewährte, und sehnte sich nach mehr.

Seine Finger ruhten nicht, sondern lockten und erregten sie weiter. Sie brachten Vivienne dazu, sich vor Verlangen zu winden. Er löste die Schnüre ihres Kleides und der Chemise mit den Zähnen, schob den Stoff mit Nase und Zunge beiseite. Sein Haar fiel auf Viviennes Haut wie ein weicher Vorhang und sie ächzte, weil seine Finger mit jedem Streicheln stärkere Hitze in ihr hervorriefen.

Ihre Brustwarzen hatten sich aufgerichtet und er küsste sie sanft, dann leckte er darüber. Vivienne stieß einen leisen Schrei aus und er schmunzelte. Sie lächelte über sein Entzücken, und wimmerte, als er an ihren Brüsten saugte. Im selben Augenblick tauchte er seine Finger in ihre Hitze. Sein Daumen rieb sie so fest, dass sie sich in seine Schultern krallte. Ihr Inneres geriet in Aufruhr, der in seiner Umarmung immer stärker wurde. Vivienne ritt auf dem Scheitelpunkt der Lust, unsicher, wohin sie dies führen würde.

Plötzlich flammten tausend Lichter vor ihrem geistigen Auge auf, eine Hitzewelle der Lust raste durch sie hindurch und versengte sie von der Schläfe bis zu den Zehenspitzen. Bei diesem unbekannten Gefühl stieß Vivienne einen Lustschrei aus, den er mit seinem Kuss verschluckte.

Obwohl sie schwer atmete, obwohl sie wusste, dass ihr Körper von Schweiß glänzen musste, gönnte ihr Liebhaber ihr keine Atempause. Er legte sie auf die Pritsche, zog sie sanft aus, während sie die Luft anhielt. Dann warf er sein eigenes Hemd und die Beinlinge zur Seite. Vivienne stöhnte und vergrub ihr Gesicht im dicken Fell seines Umhangs, als er sich hinkniete und von der Flut kostete, die er gerade hervorgerufen hatte.

Begehren rührte sich erneut in ihr, als er sie mit seiner Zunge liebkoste. Sie drehte und wand sich, doch er hielt sie fest, sodass es kein Entrinnen gab von der Lust, die er ihr unbedingt verschaffen wollte. Vivienne zuckte, diesmal kam der Höhepunkt schneller, sie packte den Umhang mit beiden Händen, denn ihren Liebhaber bekam sie nicht zu fassen. Sie wusste, der Augenblick war gekommen, und sie biss in das Fell, um den Schrei ihres Orgasmus zu ersticken. Sie klemmte ihren Liebhaber zwischen ihren Knien ein und zitterte wie ein Blatt im Wind.

Das war es, was Madeline zum Lächeln gebracht hatte, sie wusste es genau.

Er lag bereits ausgestreckt neben ihr, als ihr unregelmäßiger Herzschlag sich beruhigt hatte und sie ihn wieder an sich zog. Besitzergreifend ließ sie ihre Hände über ihn wandern, so wie er sie berührt hatte. Sie war erschöpft, doch sie wollte, dass er teilhatte an der Freude, die er ihr geschenkt hatte. Sie fühlte die Muskeln unter seiner weichen Haut, spürte erneut, wie er seine Kraft im Zaum hielt.

„Du bist mein", murmelte er, während er gleichzeitig das Innere ihres Ohrs küsste.

Vivienne fasste nach unten. Sie wusste genau, was sie dort vorfinden würde, und schloss ihre Hand um seine Erektion. Sie wollte ihm seine Liebkosungen auf die gleiche Weise zurückgeben, doch sie war überrascht, als er bei ihrer kühnen Berührung aufkeuchte. Er lockerte ihren Griff ein wenig und ließ sie wissen, wie sie ihre Finger bewegen sollte. Es gefiel ihr, dass sie dasselbe angespannte Begehren in ihm auslöste wie er in ihr. Sie spürte sogar, wie sich ihre eigene Leidenschaft aufs Neue entzündete, als sich seine Atmung veränderte. Es war ein Gefühl der Macht, ihm solche Freude schenken zu können wie die, mit der er sie überhäuft hatte, und sie genoss es jedes Mal, wenn er nach Luft schnappte oder vor Lust stöhnte.

Vivienne merkte, wie er erschauerte, sah seine Augen entschlossen aufleuchten, fühlte, wie sich seine Muskeln anspannten. Er atmete schneller und sie legte ihre Wange an seine Brust, um sein heftig pochendes Herz zu hören. Sie wurde immer sicherer, wie sie ihn berühren musste, und lernte schnell, was ihm am meisten gefiel. Dabei genoss sie die Wirkung, die sie auf ihn hatte.

Er murmelte etwas Unverständliches und griff um ihre Taille. Seine starken Hände umfassten sie beinahe vollständig, sodass sie sich klein und weiblich fühlte. Er drückte sie sanft hinunter auf den Rücken und dann war er über ihr. Er stützte sein Gewicht auf seinen Ellenbogen ab, sein Brusthaar kitzelte an ihrem Busen. Sein goldenes Haar berührte ihre Wange und Vivienne atmete seinen Duft ein und den Geruch des Windes in seinen Haaren. Sie fühlte seinen Körper in seiner ganzen Länge, seine Haut so anders als ihre, und sie rekelte sich unter ihm und wölbte sich seiner Hitze entgegen.

Er verflocht seine Finger mit ihren und sie dachte, sie sähe ihn lächeln, bevor sein Mund ihre Lippen erneut eroberte. Sein Kuss war zärtlich und doch besitzergreifend. Er küsste sie ausgiebig und mit träger Ungezwungenheit. Tränen brannten in Viviennes Augen, denn sie hätte nie erwartet, dass die Liebe zwischen ihr und ihrem Gefährten so süß sein könnte und sicherlich nicht so schnell.

Er positionierte sich zwischen ihren Oberschenkeln, während er sie küsste. Sie spürte, wie seine Hitze gegen sie drückte. Vivienne spreizte die Beine. Sie wusste genau, was passieren musste. Sie kniff die Augen zu und hoffte, dass es nicht so schmerzhaft war, wie sie gerüchteweise vernommen hatte, und war bereit, ihren einzig wahren Liebhaber in sich aufzunehmen.

Er schob sich so langsam und vorsichtig in sie hinein, dass sie wusste, er hatte dieselben Gerüchte gehört. Ihr stockte der Atem bei seiner Größe, sie krallte sich in seine Schultern, während sie sich an diese neue Empfindung gewöhnte. Aber der Schmerz ging schnell vorbei.

Während er sich in ihr bewegte, wurde sie von dem plötzlichen Gefühl überwältigt, dass sie beide eins geworden waren. Sie achtete auf seinen Rhythmus und passte sich diesem an. Wieder spürte sie Hitze in sich aufsteigen.

Er ließ eine Hand zwischen sie gleiten und berührte Vivienne erneut. Seine Fingerspitzen brachten sie dazu, sich unter ihm zu winden. Ihr Körper reagierte so selbstverständlich auf seine Berührung, als wären sie sich schon tausendmal auf diese Weise begegnet. Vivienne wusste, dies war das Zeichen, dass ihre Schicksale miteinander verwoben waren. Eine wilde Freude ergriff ihr Herz, denn ihr war das Los zuteilgeworden, das sie sich mehr als alles andere gewünscht hatte.

Während sie noch staunte über dieses Geschenk, stieg die Hitze zwischen ihnen unaufhaltsam an. Sie legte ihre Hand auf seine Brust und fühlte, wie sein Herz als Echo ihres eigenen hämmerte. Zwei Herzen schlugen wie eins, zwei Münder kosteten tief voneinander, zwei Körper spürten den Funken, der sich im selben Augenblick beschleunigte, zwei Menschen stießen gleichzeitig einen Schrei aus, als sie ihren ekstatischen Höhepunkt erreichten.

Und als Vivienne in der warmen Umarmung ihres einzig wahren Liebhabers einschlief, lächelte sie tatsächlich so, wie sie es ersehnt hatte.

~

DURCH EINEN HAHNENSCHREI im Dorf wurde er geweckt. Er war so plötzlich wach und fühlte sich so außergewöhnlich wohl, dass er im ersten Moment nicht wusste, wo er war. Es war noch dunkel, obwohl sich der östliche Horizont bereits rosa verfärbt hatte. Das Licht reichte aus, um die Gesichtszüge der Frau zu erkennen, die neben ihm schlief. Ihre vollen Lippen lächelten.

Dann erinnerte er sich.

Viviennes rostrotes Haar war über sie beide gebreitet wie ein Fischernetz. Er starrte sie an, genoss die Gelegenheit, sie unbemerkt zu betrachten. Sie war groß und hatte üppige Kurven, was er bereits in der Nacht gefühlt hatte. Ihre Lippen waren voll, sie hatte dichte Wimpern und einen hellen Teint. Auf ihrem Nasenrücken konnte er ein paar Sommersprossen erkennen, ebenso über ihrem Schlüsselbein, was sie jung und verletzlich aussehen ließ.

Das Blut ihrer Jungfräulichkeit befleckte die Leinenchemise, die sich um ihre Hüften gewickelt hatte. Schuldgefühle plagten ihn erneut, doch er wagte nicht, diesen nachzugeben. Er stand unvermittelt auf, um Abstand zwischen sich und sie zu legen, denn er wusste, die Wahrheit würde wenig dazu beitragen, das, was notwendigerweise folgen musste, leichter zu machen.

Tatsächlich war es seine eigene Schwäche, die ihn quälte. Normalerweise benutzte er andere Menschen nicht für seine eigenen Zwecke, so gerechtfertigt seine Ziele auch sein mochten. Er zog sich mit schnellen Bewegungen an. Sein Blick blieb auf die Frau gerichtet, die sich in der warmen Kuhle zusammenrollte, die sein Körper hinterlassen hatte. Dabei rief er sich in Erinnerung, was er tun musste.

Er war nicht wirklich überrascht, dass er den Mann hasste, der er geworden war, obwohl er von ganzem Herzen und mit ganzer Seele hoffte, dass die Belohnung den Preis wert sein würde.

Schließlich verdienten seine Töchter nicht weniger als alles, was er ihnen geben konnte.

KAPITEL 3

Vivienne erwachte. Sie fröstelte und kuschelte sich tiefer in das Pelzfutter ihres Umhangs. Sie war sehr zufrieden, denn sie hatte die Bedeutung von Madelines geheimnisvollem Lächeln erfahren. Sie lächelte ebenfalls und streckte eine Hand nach ihrem einzig wahren Geliebten aus, mehr als geneigt, seine Liebkosungen noch einmal zu spüren.

Viviennes Finger griffen ins Leere und ihre Augen flogen auf. Er war doch sicherlich nicht in sein Feenreich zurückgekehrt, ohne ein Wort für sie übrig zu haben?

Nur der erste Schimmer der Morgenröte erhellte den Fenstersims der Kammer, und Dunkelheit lauerte noch in den Ecken. Von den steinernen Wänden ging die Kälte der Nacht aus. Formen zeichneten sich nur als Schatten gegen Schatten ab, so wie der Umriss eines großen Mannes vor dem Fenster. Vivienne seufzte erleichtert auf.

Er stand mit verschränkten Armen da, die Füße fest auf dem Boden. Der Himmel hinter ihm leuchtete rosig wie eine Perle. Seine Kapuze hatte er über den Kopf gezogen, sodass sein Gesicht noch tiefer im Dunkeln lag. Dennoch wusste Vivienne, dass er sie begierig betrachtete. Sie hätte sich vielleicht vor ihm gefürchtet, weil er so groß war und so still dastand, hätte er sie nicht so zärtlich in die Wonnen des Ehebetts eingeführt.

Doch sie wusste genug über diesen Mann, um keine Angst zu empfinden. Sie schenkte ihm ein Lächeln, aber sie konnte nicht sehen, ob er es erwiderte.

Vivienne setzte sich auf. Sie wusste, dass sich ihr Haar aus dem Zopf gelöst und sich ihre Chemise um ihre Mitte verdreht haben musste, und sie vermutete, sie sah aus wie eine Maid, von der ausführlich gekostet wurde und die zufriedengestellt worden war. Zum ersten Mal in ihrem Leben war es ihr gleichgültig, dass sie nicht so ordentlich wie Madeline war.

„Du hast doch nicht die Absicht, so früh fortzugehen?", fragte sie. „Es ist noch dunkel. Du kannst sicherlich noch für ein paar Minuten zu mir zurückkehren." Sie rutschte zur Seite und machte ihm Platz auf der Pritsche, aber er rührte sich nicht.

„Es ist schon spät genug", sagte er kurz angebunden. Er warf einen sehr kurzen Blick aus dem Fenster und sein Ton wurde nicht freundlicher, als er hinzusetzte: „Kleide dich an. Wir brechen unverzüglich auf."

Vivienne bemühte sich, seine Worte und sein Verhalten zu begreifen. „Aufbrechen? Wir haben doch nur eine Nacht miteinander verbracht."

„Und das genügt, um unsere frühzeitige Abreise erforderlich zu machen." Er durchquerte die Kammer und hob ihr Kleid vom Boden auf. Er schüttelte es ungeduldig aus, bevor er es ihr reichte.

Vivienne strich sich das Haar aus der Stirn. „Aber dies entspricht nicht meinen Erwartungen", wandte sie ein. „In der Geschichte heißt es eindeutig, dass es nicht eine, sondern drei Nächte gibt, in denen um die Braut gefreit wird, und dass der Brautpreis eine rote Rose vor der Hochzeit ist."

„Dein Brautpreis war erheblich höher als eine einzelne Rose", erwiderte er scharf und hielt ihr weiter das Kleid hin.

Vivienne starrte ihn erstaunt an und ein furchtbarer Verdacht beschlich sie: Hatte sie eine Geschichte für die Wahrheit gehalten, die in Wirklichkeit ganz anders aussah?

Was hatte Alexander getan?

„Beeile dich. Wir haben keine Zeit zu verlieren."

Vivienne stand widerstrebend auf und nahm das Kleidungsstück an. Sie hoffte, dass sich ihre Befürchtungen als grundlos erweisen würden, doch als sie versuchte, seine Hand zu berühren, zog er sie weg. Ob es nun ein Versehen oder Absicht war, diese Geste verunsicherte sie noch mehr.

„Du kannst nicht gemeint haben, dass du bereits einen Brautpreis bezahlt hast." Das Herz schlug ihr bis zum Halse. „Sicher weißt du nur, wie hoch er ist, und willst ihn in zwei Tagen zahlen."

„Er ist beglichen und zweifellos schon zur Hälfte ausgegeben."

„Welchen Preis hast du gezahlt?" Sie dachte, dass er ihr möglicherweise nicht antworten würde, deshalb fuhr sie mit fester Stimme fort: „Sicher habe ich doch ein Recht darauf, zu erfahren, wie hoch mein Wert angesetzt wird?"

„Einen Beutel voll Silbermünzen, den dein Bruder schnell für sich beansprucht hat."

Vivienne zuckte bei seinem harschen Ton zusammen und fühlte sich bemüßigt, ihren Bruder zu verteidigen: „Alexander hat kein Geld für meine Hand angenommen!"

„Das hat er ganz gewiss getan." Ihr Geliebter zeigte voller Ungeduld auf den Boden. „Dein Gürtel liegt auf dieser Seite der Pritsche, deine Stiefel befinden sich auf der anderen. Ich sagte, wir müssen uns sputen."

Vivienne versuchte, seine Gesichtszüge zu erkennen, die von der Kapuze verborgen wurden. „Du bist kein Verehrer aus dem Feenreich, nicht wahr?" Die Antwort kannte sie bereits.

Dies ließ ihn innehalten und sie vermutete, dass er sie erneut musterte. „Natürlich nicht. Warum solltest du solch einen Unsinn glauben?"

Unsinn. Zu spät lag die Wahrheit auf der Hand. Vivienne starrte auf das Kleid in ihren Händen und fühlte sich wie eine Närrin sondergleichen. Alexanders Geschichte war nichts weiter als eine List gewesen, um sie dazu zu bringen, im Turm zu schlafen. Es war kein Zufall gewesen, dass Alexander die Tür am Abend zuvor aufgesperrt hatte.

Ihr Bruder hatte ihr einen Streich gespielt, wie er es so oft getan hatte. Er hatte sie getäuscht und ihr die Möglichkeit genommen, in dieser Angelegenheit eine Wahl zu treffen. Schlimmer noch, ihre eigene Unbesonnenheit hatte sie betrogen und um ihre Jungfräulichkeit gebracht.

Am schlimmsten war, dass sie ihre Unschuld an einen Mann verloren hatte, der sie gekauft hatte und dessen Namen sie nicht einmal kannte.

„Alexander ist ein unglaublicher Schuft!", rief sie aus und gab sich keine Mühe, ihren Ärger zu verstecken. Das war besser, als ihre Angst zu zeigen. „Wie kann er es wagen, meine Hand zu verkaufen? Er hat Rhys gelobt, er würde diesen Fehler nicht noch einmal machen ..."

„Also wissen wir, was sein Wort wert ist", stellte ihr Liebhaber trocken fest. „In unserem Land geht die Plage der Täuschung um, so scheint es."

Doch Vivienne war es gleichgültig, was er von ihrem Bruder hielt. Sie dachte an ihre Tante Rosamunde, die sich weigerte, die Weisungen von Männern zu befolgen, und hob herausfordernd ihr Kinn. „Ich werde weder Alexander noch dir nachgeben, indem ich mich dieser Abmachung beuge", sagte sie mit fester Stimme. Ihr Liebhaber erstarrte erneut. Er war so aufmerksam und auf der Hut wie ein Habicht auf der Jagd. „Ich wurde von dieser Abmachung nicht in Kenntnis gesetzt und ich werde nicht zu den vereinbarten Bedingungen stehen, welche auch immer das sein mögen."

„Was soll das heißen?"

„Ich werde nicht mit dir kommen." Vivienne funkelte den Mann an, der es als angemessen erachtet hatte, sie käuflich zu erwerben. Es missfiel ihr auch, dass er sein Gesicht vor ihr verbarg. War er wirklich ein Fremder oder vielmehr ein Mann, der nicht wollte, dass sie ihn erkannte, bevor sie sich seinem Schutz überlassen hatte?

„Du hast keine Wahl", sagte er. „Dein Bruder hat dich wie ein bewegliches Gut verkauft und als solches hast du keine Wahl, wann und wohin du verbracht wirst."

Bewegliches Gut? Er hätte keinen unangemesseneren Ausdruck wählen können!

„Nur eine törichte Frau würde ihren Familiensitz mit einem Fremden verlassen, der weder seinen Namen noch sein Ziel verrät, mit einem Mann, der noch nicht einmal sein Angesicht enthüllt."

Als er sich nicht rührte und nichts sagte, um ihre Zweifel zu zerstreuen, streifte sich Vivienne ihr schönes Kleid über den Kopf und band mit ungestümen Bewegungen die Seiten zu. „Egal, wie viel du bezahlt hast, ich würde vorschlagen, dass du Kinfairlie verlässt, bevor ich die Wachen auf dich hetze."

Mit einem entschlossenen Schritt überwand er den Abstand zwischen ihnen und umfasste ihr Kinn. Es war keine gewaltsame Geste, obwohl sie spüren konnte, dass Ärger in ihm kochte, und Vivienne fühlte, wie ihr Wille bei seiner Berührung gefährlich schwach wurde. Es war zu einfach, sich daran zu erinnern, wie er sie liebkost hatte, wie er ihr lustvolle Reaktionen entlockt und sie zu ihrem Liebesspiel verführt hatte.

Ihr wurde klar, dass entweder nur diese Handlungsweise oder diese Worte seinen Charakter widerspiegeln konnten, nicht beides. Zärtlichkeit und Härte – beides konnte nicht gleichzeitig in seiner Natur liegen.

Aber wie sollte sie diesen Mann einschätzen? Vivienne wusste, dass man eher mit Worten als mit Taten lügen konnte, aber das war eine magere Gewissheit, um darauf ihre Zukunft aufzubauen.

„Wer wird dir zu Hilfe kommen, nachdem dein Bruder seine Bezahlung erhalten hat?", fragte er. Es lag eine unerfreuliche Wahrheit in seinen Worten. „Du gehörst mir, seit dein Bruder mein Geld angenommen hat."

Sie war kein Besitztum! „Ich gehöre keinem Mann und das werde ich auch nie." Vivienne starrte wütend in seine Richtung, doch sein Gesicht lag im Schatten der Kapuze. „Du kannst mich nicht dazu zwingen, mich deinem Willen zu fügen, denn es gibt kein Band zwischen uns."

Seine Hand schloss sich um ihren Arm und er hob sie leicht vom Boden hoch. Sie konnte nicht übersehen, wie viel größer er war als sie, und ihr Selbstbewusstsein geriet ins Wanken.

„Kann ich das nicht?", murmelte er. Anscheinend bemerkte er ihre Unsicherheit. Sein Daumen begann, langsam Kreise auf ihre Haut zu zeichnen. Vivienne spürte es durch den gerafften Ärmel ihrer Chemise und verräterisches Begehren erwachte in ihr.

Aber allein auf Begierde konnte man nicht vertrauen.

„Ich will dir die Sache nicht einfach machen", sagte sie. „Ich werde nicht fügsam sein."

„Und du brauchst nicht zusammengebunden zu werden wie ein Lamm, das geschlachtet werden soll", sagte er ungeduldig. „Es ist deutlich, dass unsere Pfade in dieselbe Richtung führen, und noch deutlicher, dass unser Weg einfacher sein wird, wenn du diese Wahrheit anerkennst."

Vivienne entzog ihm ihren Arm und trat von ihm weg. Sie misstraute der Macht seiner Berührung. „Zeige mir dein Gesicht. Sage mir deinen Namen."

Da wich er zurück, sodass sie seine Kapuze nicht erreichen konnte. Seine Entschlossenheit, sein Gesicht vor ihr zu verbergen, machte ihren Willen, ihn richtig zu sehen, noch stärker.

Zumindest das könnte er ihr zugestehen!

„Es ist besser, wenn du mit mir kommst", sagte er freundlicher als zuvor. „Was wäre, wenn du mein Kind trügest?"

„Nach einer Nacht? Das wäre unwahrscheinlich", spottete Vivienne, doch im Geist war sie verzagt.

Sein Ton wurde wieder härter: „Du hast sieben Geschwister, alle von derselben Frau geboren, und deine Schwester hat kurz nach der Eheschließung ein Kind empfangen. Ich habe die Leute im Dorf darüber reden hören. Es wäre nicht ungewöhnlich, wenn dein Schoß schnell Frucht tragen würde, besonders in einer Familie, die so voller Lebenskraft ist wie deine."

Vivienne überkreuzte die Arme. „Dann werde ich diese Aussicht eher akzeptieren, als mit einem Fremden fortzugehen. Der höchste Preis, den ich zu zahlen hätte, wäre die Schande."

„Dein Schicksal könnte schlimmer sein als bloße Schande, obwohl auch diese schwerer zu ertragen ist, als du vielleicht glaubst", sagte er mit ruhiger Beharrlichkeit. „Dein Bruder war schnell dabei, deine Hand zu verkaufen – warum sollte er dies nicht noch einmal tun?" Er lehnte sich näher zu ihr herüber, und was er nun sagte, klang überzeugend: „Was für einen Ehemann wirst du für dich gewinnen, wenn du deine Jungfräulichkeit verloren hast? Und was wird ein solcher Mann glauben, wenn sich dein Bauch zu schnell rundet? Was wird er tun, wenn du ihm den Sohn eines anderen Mannes gebärst?"

Zu Viviennes Entsetzen ergab das auf gefährliche Weise einen Sinn. Sie lief zurück zur Pritsche, schloss ihren Gürtel, befestigte ihre Strumpfbänder und zog ihre Stiefel an. Tränen verschleierten ihren Blick, doch sie würde ihn nicht sehen lassen, wie sehr er sie mit seinen harten Fragen an diesem Morgen enttäuscht hatte.

Sie zog die Magie, die sie die Nacht zuvor gemeinsam gewirkt hatten, bei Weitem vor. Hatte sie den Liebhaber, der ihr im Bett mit so viel Respekt und Zuneigung begegnet war, nur geträumt? Sie warf einen Blick auf den schweigenden Mann mit der Kapuze hinter ihr. Vivienne wünschte, sie wüsste genau, was seine wahre Natur war.

Vollständig gekleidet, den Umhang über die Schulter geworfen, drehte sie sich, um ihn anzusehen, und machte ihm spontan ein Angebot: „Wenn deine Ziele so edel sind, heirate mich. Dann habe ich keine andere Wahl, als dich zu begleiten."

Er schüttelte den Kopf. „Es wird keine Eheschließung für uns geben."

Vivienne war schockiert, dass er ins Auge fassen konnte, sie so ehrlos zu behandeln. „Ich bin keine Kurtisane und ich werde auch keine werden."

„Und ich werde die Schwelle keiner Kapelle überschreiten, bevor nicht alles, was mir zusteht, wieder mein ist", sagte er. Vivienne hatte keine Gelegenheit, ihn nach seinen Verlusten zu fragen, denn er bot ihr seine rechte Hand. „Wie in alten Zeiten werde ich dir für ein Jahr und einen Tag Treue schwören. Wenn einer von uns während dieser

Zeit an dem anderen etwas auszusetzen hat, werden wir die Freiheit haben, uns zu trennen und von diesem Augenblick an ungebunden zu sein."

„Und wenn ich ein Kind gebäre?"

„Dann werde ich einen Jungen als meinen Sohn anerkennen. Er wird in meinem Haushalt aufwachsen und jeden Vorteil genießen, den ich ihm bieten kann."

Verglichen mit einer Ehe war dies ein mageres Angebot, doch ohne ihre Jungfräulichkeit fürchtete Vivienne, dass ihr wenig übriggeblieben war, worauf sie setzen konnte. Sie schaute auf seine starke Hand, die von einem Sonnenstrahl in Gold getaucht wurde. So hatte sie sich den Beginn eines gemeinsamen Lebenswegs mit einem Mann nicht vorgestellt und sie war noch nicht bereit, zu glauben, dass dies ihre einzige Wahl war.

Zögernd legte Vivienne ihre Hand in seine und war erneut zutiefst beeindruckt, wie ihre Finger ganz und gar von seinen umschlossen wurden. Als er ihr seine linke Hand hinhielt, sodass sie seine rechte überkreuzte, und dann die Handfläche nach oben drehte, tat Vivienne so, als wollte sie sie nehmen. Dann griff sie schnell nach seiner Kapuze – so schnell, dass er ihre Hand beinahe nicht rechtzeitig zu fassen bekommen hätte.

„Ich möchte deine Augen sehen, während du dieses Gelübde ablegst", protestierte sie. „Kein Mann von Ehre fürchtet so etwas."

„Du wirst mich nicht ansehen."

„Warum denn nicht?"

„Weil ich es verbiete." Sein Ton duldete keinen Widerspruch.

Dennoch entschied sich Vivienne, ihm zu widersprechen: „Du könntest ein Geächteter sein oder ein Mann, dessen Leumund mir wohlbekannt ist", sagte sie. „Du könntest ein Mann sein, der meine Ehre in der Vergangenheit verletzt hat, oder ein Mann, den ich verabscheue."

„Ich versichere dir, dass nichts dergleichen zutrifft."

„Dein Wort genügt mir nicht. Du kannst als Gegenleistung für so wenig nicht so viel von mir erwarten." Vivienne spürte, dass er zögerte, und nutzte dies aus. Sie zog ihre Hand aus seiner und riss hastig seine Kapuze nach hinten.

Er starrte sie ungerührt an. Seine Augen waren unglaublich blau.

Zu ihrer Erleichterung war er ein Fremder, kein Unmensch, dessen Annäherungsversuche sie zuvor abgelehnt hatte. Sie vermutete, sie sollte nicht so erleichtert sein, dass sein Name ein Geheimnis blieb, doch sein fester Blick wirkte vertrauenerweckend.

Sein vernarbtes Gesicht hätte den gegenteiligen Effekt haben müssen. Seine Kapuze hing jetzt um seinen Hals, als gehörte sie zu einer Mönchskutte, und sein Gesicht war unbedeckt. Das frühe Sonnenlicht beleuchtete das wulstige Fleisch einer Narbe. Diese verunstaltende Linie begann an seiner Schläfe, führte dazu, dass das Ende der Braue nach oben gezogen wurde, verpasste knapp den Augenwinkel, lief über die Wange, zupfte am Mundwinkel und endete mitten auf dem Kinn, wo sie vielleicht das Grübchen vertiefte, das immer dort gewesen war.

Vivienne hatte das unbestimmte Gefühl, dass er ihr bekannt vorkam, als ob sie jemandem aus seiner Verwandtschaft zuvor schon begegnet wäre, aber auch dieser Eindruck war alles andere als stark.

Er zuckte nicht mit der Wimper, als sie seine Narbe betrachtete, und sie spürte, dass er erwartet hatte, sie würde entsetzt zurückweichen. Ohne Eile inspizierte Vivienne die Verletzung, und als sie alles gesehen hatte, begegnete sie ruhig seinem Blick. Sie genoss das sichere Gefühl, dass er von ihrer Reaktion überrascht war.

„Du dachtest, ich würde dich nur wegen dieser Narbe abweisen", sagte sie mit leisem Vorwurf. „Aber ich bin klug genug, um zu wissen, dass das Gesicht eines Mannes kein Maßstab für seinen Wert ist."

Er starrte sie lange an – entweder ungläubig oder skeptisch. Das Blau seiner Augen wurde noch intensiver und Vivienne fragte sich, was er gerade dachte. Sie war sich deutlich seiner Hand bewusst, die sich schützend um ihre geschlossen und sie verschluckt hatte, als er erneut ihre andere Hand nahm. Sein Daumen rieb langsam und liebkosend darüber, doch sie konnte nicht sagen, ob er dies absichtlich machte oder nicht. Das Turmzimmer schien um sie herum wärmer zu werden.

Allein seine Gegenwart veränderte die Luft, allein das Geräusch seines Atems ließ Vivienne ein Kribbeln verspüren. Sie war sich seiner bewusst, wie sie sich in ihrem ganzen Leben noch nie eines anderen Menschen bewusst gewesen war. Sein fester Blick verminderte ihren Widerstand gegen ihn auf höchst beunruhigende Weise.

„Was ist dann der Maßstab für einen Mann?"

„Seine Taten", antwortete sie leise. „Obwohl deine heute Morgen wenig verdienstvoll erscheinen."

Ein Schatten legte sich über seine Augen und sie wusste, sie bildete sich nicht nur ein, dass seine Miene für einen Moment düsterer wurde. „Dann lass dies eine bessere Tat sein." Er drückte ihre Hände mit sanfter Entschlossenheit und schaute ihr so ruhig ins Gesicht, dass sie nicht wegschauen konnte. „Und so schwöre ich dir, Vivienne Lammergeier, dass ich dich ein Jahr und einen Tag lang mit Wertschätzung behandeln werde, dass ich dich verteidigen und ehren werde, dass alle Kinder, die du mir gebierst, als meine eigenen aufgezogen werden und dass wir beide nach einem Jahr und einem Tag die Wahl haben werden, ob wir beieinanderbleiben oder nicht."

Er gab ihre rechte Hand frei und legte seine Fingerspitzen an ihre Wange. Sie fühlten sich warm an und leicht wie ein Schmetterling auf einer Blüte. Unwillkürlich wandte Vivienne den Kopf, sodass ihre Lippen seine Handfläche streiften, und sie merkte, dass sie erneut von seiner ehrfürchtigen Berührung verführt wurde. Seine Fingerspitzen strichen über die Rundung ihrer Wange, über ihre Unterlippe, dann umfasste er ihr Kinn mit der Hand. Vivienne blickte in seine Augen und der letzte Rest ihres Widerstandes verflog.

Die Wahrheit war, dass dieser Mann sie in der Nacht zuvor hätte vergewaltigen können, doch er hatte ihr Zärtlichkeit zuteilwerden lassen. Er war darauf bedacht gewesen, dass sie in ihrer ersten Liebesnacht Lust empfand, und auch jetzt sorgte er sich um die Zukunft eines jeden Kindes, das sie bekommen könnte, und stellte richtig fest, dass Alexander nun, da sie ihre Jungfräulichkeit verloren hatte, möglicherweise einen schlechteren Partner auswählen würde. Nun kam er näher und sein Blick verdunkelte sich, weil er sie küssen wollte.

Und Vivienne war so schwach, dass sie sich nichts anderes wünschte.

Er war natürlich argwöhnisch, aber kein Mann konnte eine solch üble und frische Narbe haben, ohne eine gewisse Furcht vor seinen Mitmenschen zu empfinden. Die Wunde war ihm mit einer Klinge beigebracht worden, das war klar, und sie schauderte innerlich angesichts dessen, was er ertragen haben musste.

Seine Lippen legten sich auf ihre, sein Kuss war entschlossen, als er verlangte, was ihm seiner Meinung nach zustand. Vivienne wusste, dass sich eine vernünftigere Maid gegen seine Umarmung gewehrt hätte und vor ihm zurückgewichen wäre, bis er alle seine Geheimnisse enthüllt hatte. Doch Vivienne stellte fest, dass sie seine Umarmung begrüßte. Ihre Arme schlangen sich wie von selbst um seinen Hals und sie schwelgte in seinem wunderbaren Kuss.

Sie stellte sich auf die Zehenspitzen, denn sie war zwar groß, doch er war größer. Seine Hand schob sich in ihre wirren Haare im Nacken, ihre Hände legten sich auf seine Schultern, ihre Brüste drückten gegen seinen Oberkörper. Sie schloss die Augen und es gab nichts mehr außer seinem Kuss, nichts außer ihm und seinem Wunsch, dass sie mit ihm aufbrach.

Nichts als das Begehren, das er in ihr entfachte. Er zog sie enger an sich und Vivienne vergaß beinahe alles, was ihr als wahr bekannt war.

Aber nicht ganz.

VIVIENNE LÖSTE ihre Lippen von seinen und er ließ sie los. Sein ruhiger Blick blieb auf sie gerichtet. Sie trat von ihm zurück und mit jedem Schritt, den sie zwischen sich und ihn legte, entwirrten sich ihre Gedanken. Sie schaute von ihm weg und bemühte sich, ihre Vernunft wiederzufinden.

Küsse und Versprechungen sollten nicht genügen, nicht von einem Mann, der noch nicht einmal seinen Namen preisgab, einem Mann, der versucht hatte, sein Gesicht vor ihr zu verstecken.

Vivienne wünschte, sie hätte seine Narbe nie gesehen. Sie kannte zu viele Geschichten über Männer, denen übel mitgespielt worden war und die Gerechtigkeit suchten, mit einem furchteinflößenden Gesicht, hinter dem sich ein Herz aus Gold verbarg. Sie kannte zu viele Geschichten, in denen die Liebe einer tapferen Frau die Rettung eines Mannes war, der alles verloren hatte. Es war zu einfach, sich selbst in solch einer Erzählung zu finden, zu einfach, zu vergessen, dass ihr impulsives Wesen ihr oft schlechte Dienste erwiesen hatte.

Es waren schließlich eine Geschichte und ihr Glaube daran gewesen, die sie in diese Lage gebracht hatten.

„Beeile dich", sagte er leise. „Wir müssen unverzüglich aufbrechen."

„Nein. Ich kann nicht." In ihrem Bestreben, eine vernünftige Entscheidung zu treffen, kamen ihre Worte schnell. „Ich kann nicht mit dir gehen, nicht so bald. Du musst mir mehr Grund geben, dir zu vertrauen, als das. Du musst mich heute Nacht wieder hier treffen."

„Hab keine Angst, Vivienne", sagte er.

Allein indem er ihren Namen aussprach, brachte er ihre Überzeugung ins Wanken. Sie hielt drei Finger hoch und ärgerte sich, dass ihre Hand so sehr zitterte. „Drei Nächte hat die Geschichte versprochen."

Er schüttelte den Kopf und trat einen Schritt näher. „Was auch immer das für eine Geschichte war – sie ist erfunden. Wir brechen sofort auf."

„Ich will drei Nächte, in denen du um mich wirbst, und eine rote Rose aus Eis", beharrte Vivienne eigensinnig. Sie wusste, es war eine verrückte Forderung, doch sie benötigte Zeit fern von ihm, um ihr weiteres Vorgehen zu überdenken. Sie musste mit Alexander sprechen, um herauszufinden, warum er diesen Handel getätigt hatte, sie musste in Ruhe überlegen, ohne dass ihr Liebhaber sie ständig mit seinen unwiderstehlichen blauen Augen ansah.

„Dafür ist keine Zeit", sagte er.

„Dafür muss Zeit sein." Vivienne hastete zur Tür, wollte nur noch fliehen. War das die richtige Wahl? Sie wusste es nicht. Sie konnte keinen klaren Gedanken fassen mit seinem Geschmack auf ihren Lippen. Vorsicht wurde doch sicherlich immer belohnt? Sie hatte so wenig Erfahrung damit, dass sie nicht sicher war.

Sie wusste jedoch, dass impulsives Verhalten sie in die falsche Richtung lenken konnte.

Da krähte ein Hahn im Dorf von Kinfairlie. Vivienne beachtete weder das noch den gemurmelten Fluch ihres Gefährten. Sie hörte seine Schritte nicht und dachte, er würde sich nicht bewegen, bis er seinen Arm um ihre Taille schlang. Sie schrie auf, doch er warf sie mit gefährlicher Leichtigkeit über seine Schulter.

„Noch nicht!" Vivienne wehrte sich, aber er ließ ihr keine Gelegenheit, zu entkommen.

„Ich habe mich an dich gebunden, du hast dich mir hingegeben und dein Bruder hat den Preis akzeptiert." Unbeeindruckt von ihrem Protest durchquerte die Kammer. „Die Abmachung gilt, in guten wie in schlechten Tagen, für ein Jahr und einen Tag."

„Ich sagte, noch nicht!"

„Und ich sagte, dass du nicht wirklich eine Wahl hast." Er trat zur Fensterbank. „Wir haben heute Morgen schon zu viel Zeit vergeudet."

Vivienne sah weit unter sich den Erdboden und geriet erneut in Panik. „Nein!", schrie sie, denn ihr war vollkommen klar, was er vorhatte.

Unbeirrt ergriff er das Seil, das außen am Fenster hing, und mit kühnem Selbstvertrauen, das Vivienne nicht nachempfinden konnte, schwang er sich mit ihr hinaus in die Luft des frühen Morgens.

Vielmehr vergrub sie ihr Gesicht in seinem Tappert, klammerte sich an seiner Schulter fest und betete, während sich ihr der Magen umdrehte. Er stützte sich sicher mit beiden Füßen an der Wand ab.

„Halte dich fest", befahl er ihr. „Ich brauche beide Hände für das Seil."

Vivienne hatte kaum eine andere Wahl, denn sie wollte nicht in den Tod stürzen. Sie packte ihn, wusste, dass sich ihre Finger wie Krallen in ihn hineinbohrten, und es war ihr gleichgültig. Sie blieb jedoch nicht ruhig, obwohl sie ahnte, dass er dies vorgezogen hätte.

„Zu Hilfe!", schrie sie. „Hört, ihr Wachen von Kinfairlie! Helft mir!"

„Sie still!", knurrte ihr Entführer, aber Vivienne war genauso wenig geneigt, seinen Worten Folge zu leisten, wie er ihren. Sie schrie lauthals und war beglückt, als ein Antwortruf aus dem Burghof von Kinfairlie zu ihr heraufschallte.

Ein Wachmann brüllte etwas von seinem Posten aus. Ein Pfeil flog an ihnen vorbei und blieb in der Mauer stecken.

Viviennes Liebhaber fluchte und beschleunigte den Abstieg noch mehr.

„Helft mir!", schrie Vivienne erneut. „Ich bin Vivienne, die Schwester des Lairds, und dieser Mann will mich entführen!"

Dieser hielt lange genug inne, um ihr einen seiner Lederhandschuhe in den Mund zu schieben. „Du weckst noch das ganze Dorf auf." Ärger ließ saphirblaues Feuer in seinen Augen aufflammen.

Vivienne protestierte, doch ihre Worte waren wegen des Handschuhs nur undeutlich zu hören. Sie wagte nicht, ihren Entführer loszulassen, um das Leder zu entfernen. Er warf sie erneut über seine Schulter, was ihm anscheinend so wenig Mühe machte, als wäre sie ein Sack Korn.

Glücklicherweise hatten die Wachen sie bereits gesehen und sie hatte ihnen ihre Lage deutlich gemacht.

Ihr Entführer würde nicht weit kommen.

Doch zu Viviennes Überraschung folgte dem ersten Pfeil kein zweiter. Sie wagte einen Blick und erspähte drei der Wachmänner von Kinfairlie, die sich im Morgendunst miteinander berieten. Sie griffen nicht ein, obwohl sie noch nicht einmal vierzig Schritte entfernt sein konnten.

Stattdessen stützten sie sich auf ihre Bögen, um zuzusehen.

Was war da los?

Ihr Entführer kam am Boden an und schwang sie herum in seine Arme. Er klemmte ihre Knie ein und presste ihre Ellenbogen gegen ihre Seite; seinem Gesichtsausdruck nach war er verärgert. Zielsicher schritt er durch das Dorf und nun merkte sie, dass er hinkte. Trotzdem schlug er ein beindruckendes Tempo an und ihr Widerstand bremste ihn kaum. Noch stets unternahmen die Wachen nichts, um ihr zu helfen.

Er blickte auf sie herunter und musste ihre Verwunderung bemerkt haben, genauso wie er offenbar den Grund dafür erraten hatte.

„Du bist käuflich erworben worden", teilte er ihr mit, während er auf eine der bröckelnden Mauern zustrebte. „Damit ist dein Schicksal besiegelt. Dein Bruder hat dafür gesorgt, dass ich den Turm unbeobachtet erklimmen konnte, und es ist offensichtlich, dass seine Männer den Befehl erhalten haben, nicht einzugreifen. Eine weitere Bestätigung, dass er auf meiner Seite ist, brauchst du nicht."

Bei diesen Worten hörte Vivienne auf, sich zu wehren. Tatsächlich konnte sie sich keine andere Erklärung für diese Ereignisse denken. Alexander musste den Wachen Anweisung gegeben haben, sich nicht in ihre Entführung einzumischen.

Ihr grimmiger Entführer sprach etwas anderes nicht aus, was Vivienne auch als wahr ansah: Ihr Bruder hätte diese Vereinbarung nicht getroffen, hätte er nicht vollständiges Vertrauen in ihre Zukunft mit diesem Mann.

Alexander musste etwas wissen, was ihrem Entführer zur Ehre gereichte, um seine ungewöhnliche Brautwerbung zu akzeptieren. Sie konnte sich nicht vorstellen, dass er sie mit einem Mann verheiraten würde, der ihr Schaden zufügen wollte. Ihr Bruder liebte Streiche, doch er war nicht grausam.

Wer war dieser Mann?

In diesem Augenblick war er nicht geneigt, ihr seine Geheimnisse anzuvertrauen. Er warf sie auf den Sattel eines Pferdes, das an der bröckelnden Mauer verborgen war. Vivienne konnte sich gerade noch aufrecht hinsetzen, bevor er sich hinter sie auf das Ross schwang, sie fest an sich drückte und dem Hengst die Sporen gab.

Vivienne war nicht so dumm, vom Rücken eines galoppierenden

Pferdes zu springen. Außerdem hielt ihr Entführer sie so fest, dass sie kaum die Möglichkeit gehabt hätte, dies zu tun. Kinfairlies Hühner stoben vor ihnen auseinander, ein Ziegenpaar meckerte und die Wachen von Kinfairlie lehnten sich auf ihre Schwerter und beobachteten gleichgültig, wie das Schlachtross sich entfernte.

„Alles ist gut", rief einer, während die Kirchenglocken zum Morgengebet läuteten. Vivienne jedenfalls hätte ihnen entschieden widersprochen. Sie wünschte sich plötzlich dringend, sie wüsste dasselbe wie Alexander.

Sie bezweifelte jedoch, dass sie von dem Mann, der hinter ihr saß, viel erfahren würde.

～

ELIZABETH, die Jüngste der Geschwister von Kinfairlie, wurde früh von Lärm im Burghof geweckt. Sie hörte, wie die Wachen riefen, alles wäre in Ordnung, und kuschelte sich erneut in die Wärme ihrer Lagerstatt. Sie versuchte mit aller Macht, wieder einzuschlafen, doch es gelang ihr nicht.

Elizabeth war mit der Gabe geschlagen, Feen sehen zu können. Genau genommen, fühlte Elizabeth sich mit der Fähigkeit geschlagen, eine besondere Fee zu sehen, nämlich eine Spriggan mit Namen Darg. Diese besaß das Talent, Paare zusammenzubringen, und hatte eine gewisse Zuneigung für Elizabeth entwickelt, seit die Maid ihr das Leben gerettet hatte.

An diesem Morgen teilte Elizabeth diese Geneigtheit nicht, denn Darg hielt sie wach. Sie war über irgendetwas aufgeregt und ließ nicht davon ab, auf Elizabeths Brust herumzutanzen.

Nun überlegte Elizabeth, was sie eigentlich dazu veranlasst hatte, die Spriggan vor dem Ertrinken in einem Krug Bier zu bewahren. Heute Morgen schien es, als wäre es die bessere Wahl gewesen, wenn sie nicht eingegriffen hätte.

Überraschenderweise hatte der Umstand, dass ihr Ableben in dem alkoholischen Getränk gerade noch abgewendet werden konnte, Dargs Vorliebe für Bier nicht geschmälert. Tatsächlich hatte sie eine geradezu unselige Schwäche für Bier, obwohl es sogar eine stärkere Wirkung auf sie hatte als auf Sterbliche. Vielleicht war das der Grund, warum sie eine solche Vorliebe für das Gebräu hatte.

„Du hättest gestern Abend nicht das ganze Bier wegtrinken sollen", sagte Elizabeth unwirsch. „Es macht dich immer ruhelos, was bedeutet, dass ich überhaupt keinen Schlaf finde."

Darg gluckste und tanzte auf Elizabeths Brust herum. *„Große Ereignisse auf Ravensmuir, heute eilen wir über das Moor."*

„Wir begeben uns heute nicht nach Ravensmuir, sosehr du dir das auch wünschen magst."

Darg schrie auf, als hätte sie Schmerzen. Elizabeth zog eine Grimasse. Sie war nicht im Mindesten dankbar, dass sie die Einzige in ihrer Familie war, die die Spriggan sehen und hören konnte.

„Über Hügel und Täler, Rosen und Dornen, finden Glückliche ihren Weg am Morgen."

Elizabeth schüttelte ihr Kissen auf und drehte sich auf die andere Seite. Dabei schloss sie die Augen, um das Geplapper der Spriggan ausblenden. Nachdem ihr Schlaf in der Nacht so oft unterbrochen worden war, kümmerte es sie wenig, was Darg wünschte oder wohin die Fee gehen wollte. Der Himmel hatte sich noch kaum rosa gefärbt. Elizabeth konnte Hühner gackern hören und Ziegen meckerten, die gemolken werden wollten, aber insgesamt war es zu früh, um aufzustehen.

Sie wollte unbedingt wieder einschlafen und zog sich entschlossen die Decke über den Kopf, ohne der herumhüpfenden Spriggan Beachtung zu schenken.

Darg tanzte noch heftiger und trieb ihre winzigen Hacken wie Hämmerchen in Elizabeths Haut. *„Feen sind das eine, Sterbliche das andere, niemand mit Vernunft sieht das eine im andern"*, verkündete die Fee. *„Fleisch und Blut, Tod und Knochen, der sterbliche Mann ist seinesgleichen versprochen."*

Gegen ihren Willen war Elizabeth fasziniert. Sie war zwölf Sommer alt, fand sich plötzlich (und auf beunruhigende Weise) mit großen Brüsten ausgestattet und interessierte sich nun deutlich mehr für das Thema „Männer" als früher.

Sie spähte über den Rand der Decke, und um ihre Schwestern nicht zu wecken, flüsterte sie: „Welcher Mann?"

Darg gluckste triumphierend. Um der Wahrheit die Ehre zu geben: Darg war keine sehr anziehende Kreatur und sie hatte nicht immer die liebenswürdigsten Beweggründe. Elizabeth betrachtete sie mit ihrem üblichen Maß an Misstrauen.

Nach einem letzten Sprung ließ sich die Fee fallen, setzte sich im Schneidersitz auf Elizabeths neue Rundungen und wisperte hämisch: *„Eine Geschicht' ward erzählt, sie ist zum Teil wahr, ein Handel geschlossen, der Preis gezahlt in bar. Unbekannt ist des Mannes Name. Was, wenn er ohne Rose für die Dame?"*

Dann schnalzte die Spriggan missbilligend mit der Zunge, wodurch sie sich wie ein aufgeregter Vogel anhörte.

Darg musste die Geschichte meinen, die Alexander am Abend zuvor erzählt hatte. Eine von Elizabeths Schwestern musste davon getäuscht worden sein – Alexander hatte wahrscheinlich einen seiner Streiche gespielt. Die Schwester würde nicht von einem Geliebten aus dem Feenreich genommen werden, wie es in der Geschichte hieß, sondern von einem Sterblichen.

Elizabeth setzte sich so hastig auf, dass die Fee kopfüber von der Maid auf den harten Boden purzelte. Darg fluchte noch lang, nachdem sie mit dem Gesicht nach unten auf dem rohen Holz gelandet war, doch Elizabeth kümmerte sich nicht darum. Sie schaute sich in der Kammer um und war erleichtert, die zerzausten Locken von Annelise und Isabella zu sehen, die der einen rotbraun und der anderen feurig rot. Vivienne jedoch hatte sich unter ihren Decken vergraben, nur die Form ihres Körpers war zu erahnen.

Sie war sicher, dass Vivienne sie dafür verfluchen würde, und hoffte gleichzeitig, dass Darg unrecht hatte, doch Elizabeth schlich zu Viviennes Pritsche hinüber und riss jäh die Decken weg.

Bestürzt keuchte sie auf, denn die Erhebung im Bett war nicht Vivienne, sondern ein alter Umhang, der zusammengeknüllt war, sodass er wie ein Körper aussah.

Sie fuhr herum und stellte die Fee zur Rede: „Darg, wo ist Vivienne? Was ist mit ihr geschehen?"

Die Spriggan zog eine Augenbraue hoch, dann strich sie umständlich ihre Kleidung glatt. Es war eine offensichtliche Anspielung darauf, dass sie so grob aus Elizabeths Bett geworfen worden war. Mit großer Sorgfalt richtete sie ihre Ärmelaufschläge. Zweifellos war ihr bewusst, dass Elizabeth vor Ungeduld fast platzte. Endlich antwortete sie: *„Rüde Sterbliche könnt' ich als weise erachten, würden sie Boten mit freundlichen Augen betrachten."* Darg reckte ihre Nase in die Luft und stolzierte von Elizabeth weg.

Elizabeth schoss hinter ihr her, denn sie wusste, dass nun überschwängliche Schmeichelei vonnöten war, um eine Antwort zu bekommen. „Darg, es tut mir so leid, dass ich dich so grob verscheucht habe. Ich hatte Angst um meine Schwester." Elizabeth senkte unter dem empörten Blick der Fee den Kopf. „Obwohl das keine Entschuldigung ist, zu jemandem unhöflich zu sein, der so weise ist wie du. Ich bitte um Verzeihung, wirklich, das tue ich."

Darg schnaubte, verharrte jedoch und warf sich ein wenig in die Brust.

„Bitte erzähle mir, was mit Vivienne geschehen ist. Nur du bist klug genug, um die Wahrheit zu kennen, während wir Sterblichen im Dunkeln herumtappen."

„Nur was sie begehrte, nicht weniger, nicht mehr." Darg lachte, es klang ein bisschen gemein. *„Erst Schmieden im Feuer macht Spitze zum Speer."*

Diese Kunde flößte Elizabeth Furcht ein, doch da wurde ihr Gespräch mit Darg von Veras Ankunft unterbrochen, der älteren Zofe, die die Schwestern jeden Morgen weckte.

Vera kam polternd durch die Tür, stellte fluchend ihre Eimer mit dampfendem Wasser ab und wischte sich dann mit ihrer plumpen Hand über die Stirn. „Aufwachen, meine Damen! Die Kirchenglocken läuten und der Laird höchstpersönlich besteht darauf, dass ihr alle zur Frühmesse eilt."

Darg spuckte auf den Boden und tat so ihre Meinung über Frühmessen recht deutlich kund. Dann verschwand sie durch eine Ritze in der Wand. Elizabeth knurrte fast vor Ärger. Sie wandte sich um und sah, dass Veras wacher Blick auf ihr ruhte.

„Du sprichst wieder mit der Fee, stimmt's, Mädchen?" Vera schmunzelte über diese Schrulle und Elizabeth spürte, wie ihre Wangen brannten. Wenn sie geneigt gewesen war, auf Viviennes Abwesenheit hinzuweisen, so schwand diese Bereitschaft angesichts des skeptischen Verhaltens, das die Bedienstete an den Tag legte.

Vielleicht hatte Vivienne einen guten Grund, so früh an diesem Morgen verschwunden zu sein. Vielleicht hatte Darg sich geirrt. Vielleicht hatte Vivienne ein Schäferstündchen oder einen heimlichen Verehrer oder eine Aufgabe, über die niemand etwas wissen sollte. Es sah gewiss so aus, als hätte Vivienne die anderen über ihre Anwesenheit täuschen wollen, und das konnte nur bedeuten, dass sie freiwillig fortgegangen war.

„Wacht auf, meine Hübschen, der Laird zeigt keine Nachsicht für diejenigen, die hart dafür arbeiten müssen, dass ihr alle da seid – nay, nay, er nicht. Er erhebt seine Stimme, befiehlt und erwartet, dass alles genauso geschieht, wie er es angeordnet hat."

„Alexander ist jetzt der Laird, Vera", stellte Elizabeth fest.

Diese Bemerkung brachte ihr einen mürrischen Blick des Dienstmädchens ein. „Das mag sein, aber er ist nicht der König."

Isabella stöhnte, rollte sich auf den Bauch und vergrub ihr Gesicht im Kissen. „Ich gehe zur Messe am Spätvormittag", murmelte sie. So früh am Morgen war sie nicht in bester Stimmung.

Veras Augen begannen zu funkeln und das verhieß nichts Gutes für Isabella. „Seine Lairdschaft bestand darauf", erklärte die wackere Bedienstete laut und fröhlich. Sie stapfte durchs Zimmer und zog Isabella mit einem Ruck das Bettzeug weg.

Isabella schrie auf und wollte die Decken erhaschen. „Es ist kalt!"

Vera lächelte, während sie rückwärts tänzelte. „Dich der Kälte auszusetzen, ist die einzige Möglichkeit, dich aus dem Bett zu bekommen, mein Fräulein."

„Gib mir das Bettzeug zurück, und zwar sofort!"

„Der Laird hat bestimmt, dass niemand heute Morgen im Bett verweilen soll, nicht einmal du."

Isabella zitterte vor Kälte. „Vera, du bist unglaublich grausam." Sie setzte sich auf, schaute sich eindeutig schlecht gelaunt im Raum um und schlang die Arme um sich. „Alexander ist gemein bis ins Mark."

Vera schmunzelte. „Während du, Fräulein, morgens faul bist. Steh auf, steh auf und beeile dich, zur Messe zu kommen wie das brave Mädchen, das du bist. Wir haben alle irgendeinen Fehler und das ist ganz klar deiner." Sie warf Isabella einen verschmitzten Blick zu. „Wenn du aufstehen und zur Messe gehen würdest, könntest du unserem Laird mitteilen, was du von seinen Anordnungen hältst."

Isabella schnaubte. „Wenn ich die Lady von Kinfairlie wäre, würde ich befehlen, dass Gottesdienste vor Mittag verboten sind." Sie scheiterte bei einem zweiten Versuch, sich ihr Bettzeug zu schnappen.

Vera marschierte triumphierend mit den Decken davon. „Aber du bist nicht die Lady von Kinfairlie und das wirst du auch nie sein. Du kannst nicht deinen eigenen Bruder heiraten." Sie drohte Isabella mit dem Finger. Es war offensichtlich, dass sie ihr tägliches Spiel genoss. „Und der Laird hat ausdrücklich verlangt, dass du anwesend bist. Du stehst besser auf, denn du brauchst immer am längsten mit deinem Haar."

„Weil es zu rot ist", jammerte Isabella und fiel in scheinbarer Verzweiflung zurück in ihre Kissen. Sie starrte wütend an die Decke. „Es ist unzivilisiert, anderen zu befehlen, so früh zur Messe zu gehen. Alexander ist ein Barbar, so etwas zu verlangen."

„Ich glaube kaum, dass es barbarisch ist, sich so um dein Seelenheil zu sorgen", sagte Annelise mit lieblicher Stimme. Sie war aufgestanden und hatte sich gewaschen, während Isabella sich beschwerte.

Isabella zog eine Grimasse und sagte in düsterem Ton: „Unsere Seelen kümmern ihn nicht."

„Ich finde, er benimmt sich unmöglich, seit er Laird geworden ist", fügte Elizabeth hinzu. „Wenn ich mir vorstelle, dass ich meinen ältesten Bruder mal gemocht habe!"

Isabella nickte. „Denkt an meine Worte: Hinter diesem Befehl steckt irgendein Scherz. Alexander beeilt sich morgens auch nicht mit dem Aufstehen."

Die Schwestern hielten inne und wechselten Blicke, denn was

Isabella sagte, traf zu. „Denkt ihr, er weckt uns nur, um uns einen Streich zu spielen?" Annelises Zweifel war deutlich hörbar.

„Was sonst?" Isabella kam mühsam und mit einem Stöhnen auf die Beine. „Dafür werden wir ihm auch einen Streich spielen und es muss ein guter sein."

„Es erscheint unwahrscheinlich, dass sich irgendein Scherz von Alexander in der Kirche abspielt", war Annelises recht vernünftige Meinung. Sie hatte bereits ihre Strümpfe angezogen und schnürte nun ihre Chemise zu.

Bei dieser Bemerkung verharrten die Schwestern gleichzeitig.

„Die Kirche", wisperte Elizabeth und ihr Blick fiel auf Viviennes leere Pritsche. „Dorthin ist Vivienne vielleicht so früh am Morgen gegangen. Glaubt ihr, Alexander hat vor, sie zu einer Heirat zu zwingen?"

Vera lief durch die Kammer und zog Viviennes Bettzeug mit einem Schwung zurück. Die Schwestern und die Bedienstete starrten entgeistert auf die Lagerstatt, denn offensichtlich hatten alle gedacht, Vivienne schliefe noch. „Was weißt du darüber?", fragte Vera Elizabeth.

„Nichts, außer dass sie weg ist."

Annelise benetzte ihre Lippen. „Ehegelübde werden in der Kirche abgelegt", sagte sie mit deutlich leiserer Stimme.

„Wenn Vivienne seine Absicht erraten hat, ist sie diejenige von uns, die kühn genug wäre, solch einem Plan zu entfliehen", meinte Isabella.

Die Schwestern wechselten entsetzte Blicke. Ihnen fiel in furchtbarer Deutlichkeit die Entschlossenheit ihres ältesten Bruders ein, sie alle verheiratet zu sehen. Vera erstarrte und betrachtete sie mit unverhohlener Angst.

Isabella sprang auf die Bedienstete zu und zupfte am Ärmel ihres Kleides. „Was hast du in der Küche gehört, Vera?"

„Kein Wort, das schwöre ich euch! Obwohl gesagt wurde, dass der Laird heute Morgen sehr zufrieden mit sich selbst ist und zu Mittag ein Festessen verlangt hat."

„Ein Hochzeitsmahl", sagte Isabella zornig und trat gegen ihre Pritsche. „Dieser Schuft!"

Tränen stiegen der älteren Frau in die Augen. „Der Laird würde doch sicher die liebe Vivienne nicht mit einem verrufenen Ehemann plagen, so wie Madeline? Obwohl ich damals noch nicht hier war, habe ich von der verrückten Versteigerung gehört, denn ganz Kinfairlie hat darüber gesprochen."

„Wohl eher ganz Schottland", sagte Elizabeth. „Es war eine beispiellose Torheit."

„Alexander hat Rhys gelobt, dass er uns andere nicht versteigern würde, so wie Madeline", stellte Annelise fest.

Vera rang die Hände. Sie war so besorgt, dass sie ihre üblichen Aufgaben nicht erledigen konnte.

„Aber er hat uns auch noch nie zur Frühmesse zusammengerufen", sagte Isabella in scharfem Ton.

„Und in eurer besten Kleidung", jammerte Vera. „Das hat er befohlen."

„Er kann doch nicht vorhaben, uns alle heute Morgen zu verheiraten." In Isabellas Stimme klang Zweifel mit. „Das wäre eine Tat, die man noch nicht mal Alexander zutrauen würde."

„Bestimmt treibt er nur einen Scherz mit uns, so wie früher", vermutete Annelise.

„Er hat vergessen, was scherzen bedeutet", sagte Elizabeth grimmig. „Für ihn zählt nur noch Wohlanständigkeit."

„Aber wo ist dann Vivienne?", fragte Vera.

Sie schauten erneut auf die leere Pritsche.

Elizabeth begann zu fürchten, dass Darg die Wahrheit gesprochen hatte.

„Es gibt nur eine Möglichkeit, es genau zu erfahren", sagte Isabella entschlossen. „Wir müssen uns so verhalten, wie Alexander es erwartet, und ihm fröhlich bei der Morgenmesse gegenübertreten."

Elizabeth nickte. „Und wenn er vorhat, Vivienne gegen ihren Willen zu verheiraten –"

„Oder irgendeine von uns!", warf Annelise ein.

„– oder irgendeine von uns", fuhr Elizabeth fort, „müssen wir irgendwie dafür sorgen, dass die Gelübde nicht gesprochen werden. Es ist an der Zeit, dass er lernt, nicht alle seine Befehle werden ausgeführt."

Die Schwestern nickten, Entschlossenheit leuchtete aus ihren Augen. Dann machten sie sich schnell daran, ihre beste Kleidung für den Kirchgang anzulegen.

KAPITEL 4

Schnell wurde das Dorf von Kinfairlie hinter ihnen immer kleiner und Viviennes Entführer zog ihr den Handschuh aus dem Mund. Nachdem er entfernt worden war, spuckte sie einmal aus, räusperte sich und schwieg. In stoischer Ruhe saß sie vor ihm. Ihr gerade aufgerichteter Rücken zeigte ihm deutlicher als alle Worte, dass sie ungehalten war.

Oder dass sie nicht wünschte, ihn allzu viel zu berühren.

Er war selbst ebenfalls etwas verdrossen, weil er ziemlich viel Zeit mit dem Versuch verschwendet hatte, sie zu überreden, nur damit sie auf irgendeinem weiblichen Unsinn bestand. Ihre Annahme, sie würde drei Nächte umworben werden, war ja durchaus angebracht, doch er hatte etwas Vernünftigeres von ihr erwartet, als dass sie eine rote Rose aus Eis verlangte.

In seinem nüchternen Plan war kein Spielraum für eine Jungfrau mit Flausen im Kopf, die entschlossen war, in allem um sich herum etwas Romantisches zu sehen. Die Notwendigkeit, einen Sohn zu bekommen, ohne dass in Zweifel gezogen werden konnte, dass er der Vater war, machte es erforderlich, dass er sich eine Maid nahm. Allerdings hatte ihn Viviennes Leidenschaft im Bett überrascht. Sie war so lieb und süß, sodass er sich wie ein Schuft vorkam, dass er ihr weniger bot als eine vollgültige Ehe und Sicherheit.

Doch er konnte ihr eine solche Sicherheit nicht geben. Er hatte gutes Geld für sie bezahlt, und wenn ihr Bruder sie so bereitwillig verkauft hatte, dann war es dumm, deswegen Gewissensbisse zu haben.

Auch wenn sie vor seinem Anblick nicht zurückgezuckt war.

„Es scheint, mehr hast du nicht zu sagen", bemerkte er, weil ihm ihr Schweigen auffiel.

„Das hätte wenig Sinn. Ich kenne weder deinen Namen noch dein Ziel oder deine Absicht und du willst mir nichts davon offenbaren." Sie wies auf das offene Küstengelände. „Es ist keine Seele hier, die meine Schreie hören könnte, wenn nicht alle ohnehin schon die Anweisung erhalten hätten, mich meinem Schicksal zu überlassen – wie auch immer das aussehen mag."

„Ich hatte keine Wahl", sagte er barsch. „Es war Zeit, dass wir uns aus dem Staub machten."

Sie schnaubte. „In Anbetracht der Tatsache, dass niemand die Absicht hatte, mir zur Hilfe zu eilen, kann ich keinen Grund für diese Hast feststellen."

Dazu konnte er nicht viel sagen. Er hatte sich den Schutz der Dunkelheit ausbedungen, aus Gewohnheit und auch, weil ihr Bruder ihn für einen anderen hielt, als er war.

Er war noch nicht bereit, mit der Lady darüber zu sprechen. Er ließ das Pferd sein eigenes Tempo bestimmen, denn niemand jagte ihnen nach. Es war ein klarer Morgen, der Himmel nahm langsam die Farbe von milchigem Silber an und es ging ein frischer Wind. Der Hengst, den der Earl von Sutherland ihm geliehen hatte, war gut ausgeruht und bewegte sich mit der ihm eigenen Anmut.

Er nahm noch mehr Sinnesfreuden wahr: Viviennes Haar hing offen und glich einer Wolke, denn sie hatte es heute Morgen nicht geflochten. Wunderbar üppige rotbraune Locken tanzten um ihn herum im Wind. Er beschwerte sich nicht über das weiche Haar, obwohl es ihm ins Gesicht wehte und sich an seiner Schulter ringelte. Es fühlte sich wie eine unverfroren weibliche Berührung an, ein seidiger Luxus, den er in den letzten Jahren nicht erfahren hatte, und er gestand sich selbst ein, wie sehr er dies genoss.

Er konnte beinahe die Unbequemlichkeit seiner für den Süden des Landes typischen Kleidung vergessen, die er nur trug, um weniger Aufmerksamkeit zu erregen. Er verabscheute diese beengenden Beinlinge.

Besonders in diesem Moment, da er Viviennes Anziehungskraft ausgesetzt war, fühlte er sich eingeengt. Er konnte den süßen Duft ihrer Haut riechen und sehen, wie cremeweiß ihre Wange und ihr Hals waren. Er spürte die deutliche Rundung ihres Gesäßes und erfreute sich daran, wie groß und stark Vivienne war. Es gefiel ihm, dass sie hochgewachsen war, schlank und doch kurvig genug, um ihn in die Versuchung zu führen, sie zu berühren.

Es war zu leicht, sich vorzustellen, noch mal mit ihr ins Bett zu gehen. Schließlich würde mehr als eine Nacht nötig sein, um sicherzustellen, dass sie einen Sohn empfing, und dies duldete keinen Aufschub.

Er beschloss daher, jede Nacht in Viviennes Armen zu genießen, bis sie gewiss war, dass sie seinen Sohn unter dem Herzen trug. Er hatte sich so in der Vorstellung verloren, was sie zusammen machen könnten, dass er überrascht war, wie kurz angebunden sie mit ihm sprach.

„Du reitest ein Schlachtross, als wärest du ein Ritter", sagte sie. „Und doch trägst du ein Lederwams und kein Kettenhemd."

Er neigte den Kopf, genügend beeindruckt von der Intelligenz, die sie an den Tag legte, um sie ihre eigenen Schlussfolgerungen ziehen zu lassen.

„Ist das wirklich dein Hengst oder hast du ihn gestohlen?"

„Ich stehle nur Frauen", erwiderte er und war selbst erstaunt, eine Spur von Humor in seiner Stimme zu hören. Es war schon lange her, dass er einen Scherz gemacht hatte, aber dass ihr Haar ihn streifte, hob seine Stimmung. „Bis heute allerdings bloß eine, und nur, weil die Umstände dies verlangten."

Sie drehte sich um und schaute ihn an. Ihre grünen Augen blitzten vor Neugier. Er blinzelte, fassungslos, dass sie so wenig Angst vor ihm hatte, und verwundert über die intensive Farbe ihrer

Augen. „Was für ein Umstand könnte meine Entführung erforderlich machen?"

Er runzelte die Stirn. „Das ist eine lange Geschichte."

Ein Lächeln zupfte an ihren Mundwinkeln. „Du gibst deinem Hengst nicht mehr die Sporen. Es sieht so aus, als hätten wir reichlich Zeit."

Er musterte sie und konnte den Blick nicht von dieser munteren Maid wenden. Bemerkenswert war, dass sie nicht vermutete, irgendeine Geschichte würde ihn in einem schlechten Licht erscheinen lassen. Sie nahm das Beste von ihm an und hatte sich nicht gescheut, mehr von ihm zu verlangen. Auf einen Mann, der oft wegen seines Gesichts verdammt worden war und zu dessen Gunsten man im Zweifelsfall nie entschieden hatte, hatte dies in der Tat eine starke Wirkung.

Aber zärtliche Gefühle hatten ihn zuvor schon in die Irre geführt. Er wagte es nicht, etwas um diese Frau zu geben, die nur mit ihm ritt, bis – und falls – sich herausstellte, dass ihr Schoß fruchtbar war.

Er machte bewusst ein grimmiges Gesicht. „Ich brauche einen Sohn, dessen Vater ich eindeutig bin. Also benötige ich eine Frau – eine, die Jungfrau war, bevor sie mit mir ins Bett gegangen ist, eine Frau aus einer Familie, die bekanntermaßen fruchtbar ist, und die keine Gelegenheit hat, bei einem anderen Mann zu liegen, bis sie mir diesen Sohn geboren hat."

„Du brauchst eine Ehefrau", sagte Vivienne mit einem leichten Lächeln.

„Ich habe eine Ehefrau", sagte er knapp und sah, wie ihr Lächeln so vollständig verschwand, als wäre es nie da gewesen. Ihm war bewusst, er hätte erfreut sein müssen, dass er einen Keil zwischen sie beide getrieben hatte, und froh, dass sie ihm wieder den Rücken zukehrte und ihn so aus dem Bann ihrer wunderbaren Augen befreit hatte.

Stattdessen fühlte er sich wie ein Schurke und ein Schuft, denn nur ihm war es zuzuschreiben, dass das strahlende Lächeln der Lady erloschen war. Dagegen schien es nur ein kleiner Vorteil, dass er weitere Fragen von ihr unterbunden hatte.

„Allerdings ist Beatrice tot", fügte er leise hinzu.

Vivienne änderte ihre Haltung nicht, und auch ihre Neugier erwachte anscheinend nicht wieder. In quälendem Schweigen ritten sie weiter und es fiel ihm schwer, sich einzureden, dass es so besser wäre, und noch schwerer, dass er sich für dieses Schweigen entschieden hatte.

~

Elizabeth bemerkte, dass das beste Altarbesteck aus Silber in Kinfairlies Kapelle ausgelegt worden war und dass Alexander sich so herrschaftlich wie ein Prinz gekleidet hatte. Er trug seinen Lieblingstappert, nämlich den tief saphirblauen mit der Goldstickerei, der das intensive Blau seiner Augen unterstrich. Seine Stiefel waren poliert und der Griff seines Schwertes glänzte. Das ganze Dorf schien zu dieser ungewöhnlichen Stunde versammelt zu sein und alle machten erwartungsvolle Gesichter.

Als Elizabeth durch die Tür spähte, beruhigte sie das, was sie sah, ganz und gar nicht. Sie und ihre Schwestern zogen sich gleichzeitig zurück und wechselten grimmige Blicke.

„Wir haben richtig vermutet", sagte Isabella. „Ich weiß es genau."

„Du kannst es nicht genau wissen, bis wir Beweise haben", erwiderte Annelise vernünftig. „Abgesehen von Alexander stehen keine Männer am Altar."

Elizabeth warf einen kurzen Blick hinein und verzog das Gesicht. „Aber dass er sich so herausgeputzt hat, kann nur ein gutes Zeichen für ihn selbst sein."

„Ach, meine Mädchen!" Veras Stimme bebte. „Ich werde für euch alle beten – ja, das werde ich tun." Sie ergriff nacheinander ihre Hände. „Denkt jedoch daran, dass eine gute Ehe oft schlecht beginnt. Der Anfang macht nicht das Ende." Die Bedienstete schaute zwischen den drei Maiden hin und her und schien enttäuscht, dass keine Zustimmung über deren Lippen kam. Sie tätschelte Elizabeths Wange und ging dann in die Kirche hinein.

„Ich werde nie einen Mann heiraten, der so töricht ist, zu glauben, dass er meine Hand käuflich erwerben kann", erklärte Isabella. Sie richtete sich auf und lüpfte mit einer schnellen Bewegung den Rand ihres schimmernden grünen Schleiers. „Wenn Alexander vorhat, mich heute zu verheiraten, werde ich es ihm nicht leicht machen."

Damit riss Isabella die Tür auf. Ihr Verhalten war auffällig, denn es fehlte ihr an ihrer gewohnten Gelassenheit. Dann stolzierte sie durch das Kirchenschiff auf den Altar zu. Annelise und Elizabeth beobachteten, wie ihre Schwester ihren ältesten Bruder mit einem strengen Blick bedachte.

Alexander zeigte tadelloses Benehmen, neigte sich tief über Isabellas Hand und drückte einen keuschen Kuss darauf. Sie schaute ihn böse an, doch er lächelte so unschuldig wie ein Engel.

„Aber wenn Vivienne weg ist, bin ich die Älteste." Das Zittern in Annelises Stimme verriet ihre Furcht.

„Ich werde Alexander für immer hassen, wenn er zulässt, dass du schlecht behandelt wirst." Elizabeth drückte Annelises Hand und wünschte, sie hätte mehr an Ermutigung zu bieten als das.

Annelise straffte ihr Schultern und zwang sich zu einem tapferen Lächeln, dann betrat auch sie die Kirche. Elizabeth beobachtete alles und hielt dabei den Atem an, doch Alexander begrüßte Annelise genauso höflich wie Isabella.

Es gab jedoch keinen Zweifel, dass seine Augen erwartungsvoll funkelten, als er sich zur Eingangstür umwandte. Obwohl Elizabeth wusste, dass es am unwahrscheinlichsten war, dass sie als Nächste verheiratet werden sollte, hatte sie doch Herzflattern. Sie spürte, wie ihre Wangen brannten, als sie die hölzerne Kirchentür öffnete. Unter dem prüfenden Blick eines jeden Anwesenden in der Kapelle senkte sie die Augen.

Sie erreichte Alexander und war dermaßen erleichtert, als er ihr die Hand küsste und dann wieder zur Eingangstüre schaute, dass ihre Knie beinahe nachgaben.

Es ging also um Vivienne. Die Schwestern hielten einander fest bei den Händen, als Alexander mit einer Mischung aus Ungeduld und Stolz zum Eingang blickte.

Kein weiterer Schatten fiel durch die Türöffnung.

Die Sekunden verstrichen und niemand kam.

Alexander runzelte die Stirn. Er warf einen Blick zum Priester hinüber, der mit den Schultern zuckte. Elizabeth sah das als kein gutes Omen an.

„Wenn wir auf Vivienne warten, solltest du wissen, dass sie heute Morgen fort war", wisperte sie ihm zu.

Alexander nickte einmal, ohne überrascht zu sein. Elizabeths Augen weiteten sich, als ihr klar wurde, dass ihr Bruder von Viviennes Abwesenheit gewusst hatte.

Was bedeutete, dass ihm wahrscheinlich ebenfalls bekannt war, wohin sie gegangen war.

Alexander winkte den Kastellan zu sich und der alte Anthony kam schnell zu ihm herüber. Die Dorfbewohner scharrten mit den Füßen und wunderten sich offensichtlich über die Verzögerung. Interessiert beobachteten sie, wie Anthony auf flinken Füßen verschwand.

In den folgenden endlos scheinenden Minuten zündete der Priester die Kerzen auf dem Altar an.

Als Elizabeth gerade dachte, dass sie es nicht mehr länger aushalten könnte, kehrte Anthony zurück. Er blieb in der Türöffnung stehen und schüttelte beinahe unmerklich den Kopf.

„Nicht in der Kammer?", schrie Alexander.

Anthony schüttelte erneut den Kopf.

„Nicht im Burghof?" Seine Erregung war deutlich zu erkennen, als Anthony erneut den Kopf schüttelte. „Nicht im Gasthaus?" Der junge Laird begann, mit ausgreifenden Schritten den Mittelgang hinunterzulaufen. „Nicht in der Nähe der Tore?"

„Es tut mir leid, Mylord, aber von dem Paar fehlt jede Spur."

„Dieser Halunke!" Alexander drehte sich auf dem Absatz herum. Er fluchte und hieb mit der Faust in seine Handfläche. Er war so wütend, dass der vorwurfsvolle Ausruf des Priesters ihn nicht kümmerte.

Mitten in der Kapelle hob er die Faust. Der silberne Ring, der das Siegel von Kinfairlie trug, glänzte an seinem Zeigefinger. Seine dröhnende Stimme drang an jedes Ohr: „Heute Morgen sollte an diesem Ort eine Hochzeit gefeiert werden, doch der Schurke, dem die Hand meiner Schwester versprochen wurde, hat sein Wort gebrochen!"

Die Dorfbewohner flüsterten voller Bestürzung miteinander. Elizabeth hingegen konnte den Blick nicht von dem wütenden Alexander wenden. Nie hatte er dem Vater so sehr geähnelt wie an diesem Tag.

„Und ich setze einen Preis auf seinen Kopf aus für diesen Verrat. Sollte irgendjemand einen gewissen Nicholas Sinclair nach Kinfairlie bringen, ob tot oder lebendig, werde ich dieser Person vier Goldmünzen zahlen!"

Die Anwesenden keuchten auf, als sie die Summe hörten, und fingen sofort wieder an, zu flüstern. Annelise sprach leise ein Gebet, während Isabella Alexander zornig anblickte.

Nicholas Sinclair? Elizabeth erinnerte sich recht gut an ihn, denn er raspelte genug Süßholz, um allen Frauen in der Christenheit zu schmeicheln. Sie hatte ihn nie gemocht und sich einen großen Spaß daraus gemacht, ihn zu ärgern, als er vor Jahren Vivienne umworben hatte. Das war, bevor sie verstanden hatte, dass Männer über eine gewisse Anziehungskraft verfügten, und Nicholas hatte viele Streiche von ihr erdulden müssen.

Sie hatte noch nicht einmal gewusst, dass er nach Kinfairlie zurückgekehrt war, und konnte sich nicht vorstellen, dass er aufrichtig um Viviennes Hand anhalten würde.

Ebenso wenig konnte sie sich vorstellen, dass Vivienne ihn nehmen würde.

Alexander griff in seinen Geldbeutel und hielt die schimmernden Münzen vor der staunenden Gemeinde hoch. Die Dorfbewohner reckten die Hälse, um mehr Geld in der Hand eines einzigen Mannes zu sehen, als die meisten von ihnen zu ihren Lebzeiten insgesamt zu Gesicht bekommen würden.

„Mylord, es schickt sich nicht, im Hause Gottes ein solches Angebot zu machen ...", wandte der Priester ein, doch Alexander brachte ihn mit einem vernichtenden Blick zum Schweigen.

„Und jeder, der mir Nachricht von meiner Schwester Vivienne bringen kann", fuhr Alexander fort, „wird ebenfalls vier Münzen erhalten –", die Dorfbewohner schnappten alle gleichzeitig nach Luft bei der Aussicht auf so viel Geld, „– acht, wenn sie unversehrt nach Kinfairlie zurückgebracht wird."

Er blickte die versammelten Menschen finster an, als wollte er erreichen, dass ihnen widerstrebende Geständnisse über die Lippen kamen. Als niemand etwas sagte, wandte er sich an seinen Kastellan. „Anthony, sorgen Sie dafür, dass meine Ankündigung alsbald überall in der Umgebung bekannt gemacht wird. Sie können noch nicht weit sein." Der ältere Mann nickte und verneigte sich.

Damit verließ Alexander Lammergeier, Laird von Kinfairlie, die Kapelle – mit einem Blick so düster wie Gewitterwolken und ohne an der Messe teilzunehmen, die er so früh am Tag bestellt hatte. Die Schwestern brauchten einander nicht anzusehen, um zu wissen, dass ihr ältester Bruder sich um Viviennes Schicksal sorgte.

„Was hat er getan?", wisperte Isabella, doch niemand antwortete ihr.

„Lasst uns für die Lady und ihre sichere Rückkehr beten", rief der Priester und jeder erhob seine Stimme, um einzufallen.

Elizabeth jedoch betete, dass sie Darg wiederfinden konnte, denn die Spriggan stellte möglicherweise die beste Chance dar, Vivienne zu helfen.

VIVIENNE DACHTE EBENFALLS DARÜBER NACH, wie sie Hilfe finden könnte, wenn sie nicht gerade gegen ihre Enttäuschung ankämpfte. Jede Einzelheit, die ihr Entführer ihr anvertraute, ließ ihre Lage noch schlimmer erscheinen. Er hatte sie nur gewählt, damit sie ihm einen Sohn gebar, obwohl das kein ungewöhnlicher Wunsch für einen Mann war.

Und er war vorher verheiratet gewesen. Dass er sich so kurz angebunden gab, zeigte ihr, dass dies für ihn mit starken Gefühlen behaftet war – zweifellos hatte seine Frau sein Herz ganz und gar besessen, sodass ihr Tod ihn als dunkler Schatten seiner selbst zurückgelassen hatte. Vivienne wusste, dass es in den meisten Geschichten so war, und sie empfand ein wenig Mitleid für ihren Entführer, weil er einen solchen Verlust erlitten hatte.

Aber in Bezug auf ihre eigene Zukunft waren das schlechte Nachrichten. Vivienne hatte geglaubt, dass ihr Entführer nur deshalb auf der Zeremonie des Handfasting bestanden hatte, weil er vom Schottischen Hochland kam, wo noch die alten Sitten herrschten, und dass damit nur der Weg für eine dauerhafte Bindung bereitet werden sollte. Sie hatte angenommen, dass die Leidenschaft, die sie vom ersten Augenblick an zusammen im Bett entfacht hatten, ein Grund war, optimistisch in die gemeinsame Zukunft zu blicken, die vor ihnen lag.

Doch er liebte seine verstorbene Frau.

Zumindest hatte Vivienne gehofft, dass sie nicht nur wegen eines Kindes begehrt werden würde, das ihr Schoß hervorbringen könnte.

Trotz allem war sich Vivienne schmerzhaft des Mannes bewusst, der hinter ihr saß. Sie spürte jeden seiner Atemzüge, bemerkte, wie stark seine Hände waren, die die Zügel hielten. Sie bildete sich ein, sie könnte seinen Herzschlag hören, und wünschte, sie würde sich nicht daran erinnern, wie sein Kuss geschmeckt hatte.

Wie töricht war sie?

Sie ritten schweigend, bis die Sonne den Zenit überschritten hatte, dann näherten sie sich einem verlassenen Gebäude an der Küste. Die Steinmauern bröckelten auf den Boden und die üppige Vegetation war ein Hinweis darauf, dass in der letzten Zeit nur wenige des Wegs gekommen waren. Vivienne vermutete, dass es einst die Behausung eines Einsiedlers gewesen war, denn sie lag weit ab selbst von allen heutigen Verlockungen. Die Küste unterhalb des Felsvorsprungs war zerklüftet, das Holz des Daches war verrottet, wenngleich Teile davon vor Kurzem repariert worden waren.

Ihr Entführer gab dem Pferd einen Befehl, woraufhin es stehen blieb und nicht mehr von der Stelle wich. Nur seine Ohren zuckten. Er stieg ab und hob Vivienne herunter. Dann führte er das Ross zu einem Grasfleck, wo es weiden konnte. Er ließ sich Zeit bei der

Versorgung des Hengstes, nahm den Sattel ab, bürstete das Tier und verließ sich offensichtlich darauf, dass sie nicht weglaufen würde.

Tatsächlich hätte sie nirgendwo hinrennen können, wo er sie nicht sofort wiedereinfangen würde. Sie hatte bemerkt, wie schnell ihr Entführer sich trotz seines Hinkens bewegen konnte, und er war viel größer als sie. Im Norden sah Vivienne immer noch den hohen Turm von Ravensmuir, der Burganlage ihres Onkels, doch er war weit genug entfernt, dass selbst der schärfste Blick von der Turmspitze aus sie beide nicht entdecken konnte. Sie glaubte, Raben wahrnehmen zu können, die darüber kreisten, kleinste schwarze Punkte am azurblauen Sommerhimmel, doch sie wagte nicht, allzu lange in die Richtung zu schauen, damit ihr Interesse kein Misstrauen weckte.

Vivienne verschränkte die Arme vor der Brust und beobachtete ihren Entführer. Sie bemerkte, dass er seine Kapuze wieder hochzog, als wäre er daran gewöhnt, seine entstellten Gesichtszüge zu verbergen. Vielleicht ging es ihm auch darum, seine Gedanken vor ihr zu verbergen.

Nicht, dass es leicht gewesen wäre, in seiner Miene zu lesen. Die meiste Zeit hatte er gleichmütig gewirkt, vor allem, wenn er verärgert war. Vivienne biss sich auf die Lippe und prägte sich dieses Detail ein.

Er trug unauffällige dunkle Kleidung, die weder aus feinem Tuch bestand, noch mit auch nur einem Emblem oder einem Stickfaden verziert war. Seine Hosen waren dunkel, seine Stiefel noch dunkler, sein Hemd rau und ungefärbt. Der Farbton sowie der Zustand seiner Garderobe schienen ihn nicht zu kümmern. Vielleicht war er nicht eitel. Vielleicht dachte er nur praktisch. Arm konnte er nicht sein, wenn er Alexander einen Beutel voll Geld für sie gegeben hatte.

Vielleicht wollte er auf der Reise nicht beraubt werden. Vivienne konnte die Wahrheit nicht erraten.

Sein Wams bestand aus gehärtetem Leder, sein dunkler Umhang aus dicker Wolle war grob gewebt. Das Kleidungsstück war weit geschnitten und ging bis zu den Knien. Sein Gürtel war breit und schwer. An einer Seite hing ein Schwert, auf der anderen ein Dolch, beide in der Scheide. Die Griffe der Waffen waren sorgfältig gepflegt und glänzten, wenngleich sie einfach gestaltet waren. Dasselbe galt für Sattel und Zaumzeug, die robust waren und keine Verzierungen aufwiesen. Seine Lederhandschuhe hatte er in seinen Gürtel gesteckt.

Das einzige Schmuckstück, das er trug, war eine silberne Brosche am Kragen seines Umhangs. Sie war so groß wie seine Handfläche und geformt wie ein aufgerolltes Seil. Vivienne wusste, dass sie ihn besser nicht fragte, ob sie sich diese näher ansehen könnte.

Überhaupt schien er in übler Stimmung zu sein. Er bürstete den Hengst sorgfältig und es hatte ganz den Anschein, als ob er nicht merkte, wie genau sie ihn betrachtete, doch Vivienne bezweifelte, dass dem so war.

Sie fragte sich, wie er diesen Zufluchtsort so einfach gefunden hatte. Auf dem gesamten Ritt war ihnen nicht eine Menschenseele begegnet. Vivienne wusste, das war eine Leistung, denn in dieser Ecke von Schottland tummelten sich ziemlich viele Mönche und reisende Priester, Bauern, Schafhirten und reisende Adlige, und in der Heide gab es nur wenige Stellen, wo man sich verstecken konnte.

Vivienne vermutete, ihr Entführer kannte sich aus, und fragte sich, ob er diese Gegend erst kürzlich erkundet hatte oder ob er hier aufgewachsen war. Sie wagte nicht, ein Gespräch mit ihm zu beginnen, um es herauszufinden. Sie beschloss, bei der ersten Gelegenheit zu fliehen und ihn in Sicherheit zu wiegen, bis dieser Zeitpunkt gekommen war.

Sollte er doch eine andere Maid mit einem fruchtbaren Schoß finden. Es gab keine Zukunft für sie mit einem Mann, der seine tote Frau liebte, nur ihren Schoß benötigte und sie verlassen wollte, sobald er die Frucht ihres Leibes für sich beansprucht hatte. Sie würde entkommen, solange ihre Familie noch in Reichweite war.

In diesem Augenblick warf er ihr einen durchdringenden Blick zu und Vivienne fragte sich, ob er ihre Gedanken hören konnte. Würde er sich je sicher fühlen? Sie bezweifelte, dass er irgendeinem anderen Lebewesen voll und ganz vertraute.

Außer seinem Pferd. Das Tier graste, es war offensichtlich an eine solche Fürsorge gewöhnt; sein kastanienbraunes Fell glänzte gesund. Es war ein Schlachtross, das Pferd eines Ritters, mit einem weißen Stern auf der Stirn.

Widerstrebend und doch mit Interesse beobachtete Vivienne, wie ihr Entführer einen Ledersack ausfindig machte, der in den Schatten des Gebäudes versteckt gewesen war, welches sie für verlassen gehalten hatte.

Er war also schon vorher hier gewesen.

„Hast du Hunger?", fragte er. Ohne auf eine Antwort zu warten – als ob er geahnt hätte, dass sie nicht die Absicht hatte, ihm eine zu geben –, begann er, eine einfache Mahlzeit auf den flachen Steinen vor dem Gemäuer anzurichten. Vivienne hätte gern verweigert, was er ihr anzubieten beliebte, schon allein aus Prinzip, doch ihr Magen knurrte. Sie kam näher, angezogen durch den würzigen Geruch von gereiftem Käse, und sah, dass er auch Brot und Äpfel hatte.

„Das Brot wird hart", sagte er, ohne zu ihr aufzusehen. „Aber es ist dunkles Brot, daher war es von Anfang an nicht besonders weich. Ich vermute, du hast noch nie so etwas gegessen."

Vivienne konnte der Gelegenheit, diesen Mann zu überraschen, nicht widerstehen. „Im Gegenteil, auf Kinfairlie essen wir jeden Tag braunes Brot, außer sonntags. Mein Vater hat es immer vorgezogen, das feine Mehl zu verkaufen, und er sagte, gröberes Brot würde uns nicht schaden."

Ihr Entführer schaute hoch. „Dann muss das Geld auf Kinfairlie stets knapp gewesen sein."

„Wieso meinst du das?"

„Wenige Adlige würden sich dafür entscheiden, das Brot der Bauern zu essen. Vielleicht bist du deshalb auch nicht verwundert, dass dein Bruder mein Geld so bereitwillig angenommen hat."

„Vielleicht. Mein Vater war anders als die meisten Adligen und mein Bruder folgt seinem Beispiel." Vivienne kam zu dem Schluss, dass sie wenig zu verlieren hatte, wenn sie ihn provozierte. „Vielleicht hat Alexander dein Angebot bereitwillig angenommen, weil du ihn über deine Absichten getäuscht hast." Sie biss in das Brot und suchte seinen Blick, wobei sie ihn geradezu herausforderte, ihr zu widersprechen.

Er sah sie lange schweigend an, dann schaute er übers Meer, ohne noch etwas zu sagen. Es war wohl kaum ein Schuldeingeständnis, aber auch kein Argument gegen ihre Schlussfolgerung. Nachdem er seinen Blick abgewandt hatte, ignorierte er sie so gründlich, als wäre sie gar nicht da.

Vielleicht hatte er ihre gemeinsam verbrachte Nacht nicht als so wundervoll empfunden wie sie.

Vielleicht war seine geliebte Frau feuriger gewesen als sie.

Vivienne aß, erstaunt darüber, wie hungrig sie war und wie gut diese einfache Kost schmeckte. Als sie fertig war und merkte, dass auch er nicht mehr aß, rollte sie den übrig gebliebenen Käse in das Tuch ein. Er räumte schweigend die Reste ihres Mahls in die Ledertasche und bedachte sie dann mit einem aufmerksamen Blick.

„Wir reisen nachts, und zwar ausschließlich nachts. Ich würde vorschlagen, dass du jetzt schläfst." Ohne auf ihre Antwort oder Zustimmung zu warten, stand er auf und lief in dem kleinen Bereich auf und ab. Er schaute hoch zum Himmel und auf die See hinaus, dann betrachtete er die freie Fläche zwischen ihnen und Kinfairlie.

Vivienne wollte nicht schlafen, doch da er so wachsam war, würde sie nicht viel anderes tun können. Sie zog sich in die kühlen Schatten des verfallenen Gebäudes zurück, wickelte sich in ihren Umhang ein und lehnte sich ziemlich unzufrieden gegen eine Mauer.

Wie sich herausgestellt hatte, war dies alles andere als schicksalhafte Liebe. Sie zog ihre Kapuze hoch, kniff die Augen zusammen und hoffte, den Eindruck zu erwecken, als ob sie schliefe.

Tatsächlich beabsichtigte Vivienne nur zu warten, bis die Aufmerksamkeit ihres Entführers nachließ. Dann würde sie sein Pferd stehlen und zurück nach Kinfairlie fliehen, um Alexander zur Rede zu stellen.

~

AM ENDE SCHLUMMERTE Vivienne doch ein, denn ihr Entführer machte keine Anstalten, sich auszuruhen. Er lief hin und her, blieb stehen, lehnte sich an die Mauer und betrachtete sie eingehend und blickte über das Meer. Er bewegte sich leise und mit der Anmut eines Kriegers, doch er war rastlos. Vivienne unterdrückte den Drang, ihn zu necken, wie sie es bei einem ihrer Brüder getan hätte, und ihm zu sagen, dass ihn wohl sein Schuldgefühl umtrieb.

Bei diesem Mann könnte es durchaus zutreffen. Er behielt seine Kapuze auf und sein dunkler Umhang hüllte ihn ein, als wollte er sein vernarbtes Gesicht sogar vor den Vögeln verbergen.

Erschöpft von den jüngsten Ereignissen merkte Vivienne, wie sich ihre Augen schlossen, während die Sonne höherstieg. Das Geräusch der Wellen schläferte sie ein, obwohl sie ihre Umgebung immer noch halb wahrnahm.

Sie erschrak durch den Klang einer fröhlichen Stimme in unmittelbarer Nähe: „He, Junge, da bist du ja!"

Viviennes Augen flogen auf und sie sah, dass ihr Entführer bei dem Ruf herumfuhr und sein Schwert zog. Die Spannung in seinen Schultern ließ leicht nach, als er offenbar erkannte, wer ihn angesprochen hatte, obwohl er immer noch vorsichtig wirkte.

Vivienne spähte um die Mauer herum und sah einen untersetzten älteren Mann näher kommen, der einen gescheckten Zelter führte. Das Pferd war kleiner als die Tiere in den Ställen ihrer Familie und sein Fell war zottig.

„Sei gegrüßt, Junge!", rief der Mann und hob die Hand. Sein Gesicht war so fröhlich wie seine Stimme. „Auch wenn du dir eindeutig eine muntere Jagd mit mir geliefert hast."

„Ruari Macleod", sagte der jüngere Mann. Er stützte die Spitze seines Schwertes auf den Boden und seine Hände auf den Griff. „Ich hätte nie gedacht, dass ich dich je wieder zu Gesicht bekommen würde."

Der Ankömmling grinste. „Ah, wenn ich mit einer Mission betraut bin, Junge, gibt es vor mir kein Entrinnen. Meine Aufgabe war es, dich aufzuspüren, und, wie du siehst, das habe ich getan." Er verbeugte sich mit einer so großartigen Geste, dass Vivienne sich fragte, ob der beleibte Mann bei dieser Anstrengung seine Gürtel-schnalle sprengen würde. Sie war versucht, zu lächeln, so charmant war sein Gehabe, ihr Entführer jedoch fragte ihn kühl: „Wie hast du mich gefunden?"

Ruari schnaubte. „Wo du vorbeikommst, hinterlässt du eine deut-liche Spur, Junge. Wenn du unbemerkt reisen willst, musst du es geschickter anstellen, wenn ich deiner Fährte folge. Hast du nichts von mir gelernt? All meine Unterweisungen, wie man jemandem durch die Wildnis folgt, scheinen auf taube Ohren gestoßen zu sein, wenn man bedenkt, was sie dir genützt haben." Vivienne hörte den Tonfall des Schottischen Hochlands noch deutlicher in seiner Stimme als in der ihres Entführers.

Hatte er tatsächlich den jüngeren Mann bis hierher verfolgt? Warum?

Zu ihrer Verwunderung schienen seine Worte ihren Entführer aus der Fassung zu bringen. „Ich war vorsichtig", beharrte er.

„Nicht vorsichtig genug", entgegnete Ruari und drohte ihm mit dem Finger. „Menschen haben Augen im Kopf und heutzutage kann ihre Zunge mit der kleinsten vorstellbaren Summe gelöst werden. Es sind dunkle Zeiten, Junge, darauf kannst du dich verlassen, und ich bedauere bitterlich, dass wir gezwungen sind, diese zu ertragen."

Ruari streckte eine Hand zum Gruß aus, was der jüngere Mann demonstrativ übersah. Daraufhin zuckte er mit den Schultern und hakte seinen Daumen in den eng sitzenden Gürtel. Mit zusammen-gekniffenen Augen betrachtete er dabei den anderen. „Ich kann nicht behaupten, dass ich es dir übel nehmen würde, solltest du einen leisen Groll gegen mich hegen."

„Jeder Groll, den ich hege, ist alles andere als leise."

Ruari spähte in die Dunkelheit unter der Kapuze. „Du bist schroffer geworden, seit wir uns das letzte Mal begegnet sind."

„Vielleicht bin ich weiser geworden."

Vivienne lehnte sich gegen die Steinmauer und beobachtete, wie ihr Entführer sich von seinem Besucher entfernte. Er steckte sein Schwert zurück in die Scheide. Diese Geste und seine Körperhaltung verrieten, dass er dem Neuankömmling trotz seiner harten Worte vertraute.

Vivienne war neugierig und lauschte schamlos.

„Weiser? Ist das das Wort, mit dem du deine Umstände beschreibst?" In Ruaris Ton schwang Skepsis mit.

„Meine Umstände sind nicht allein meine Schuld."

„Was ist mit dem Preis, der in Kinfairlie auf deinen Kopf ausgesetzt ist? Geht das auch auf die Tat eines anderen zurück?"

Der jüngere Mann schaute über seine Schulter zu dem älteren, doch er sagte nichts. Diese Nachricht ließ Viviennes Herz schneller schlagen. Ihre Familie hatte sie nicht völlig ihrem Schicksal überlassen! Selbst wenn Alexander einem Handel zugestimmt hatte, ihre Abreise heute Morgen gehörte nicht dazu.

Ha! Sie hatte doch gewusst, dass Alexander ihr Wohl am Herzen lag!

Ruari drohte dem Jüngeren mit dem Finger, allerdings konnte Vivienne sich keinen Mann vorstellen, zu dem es schlechter passte, ausgeschimpft zu werden. „Vier Goldmünzen will der Laird von Kinfairlie demjenigen zahlen, der ihm deinen armseligen Balg bringt."

Vivienne biss sich auf die Lippe. Konnte Alexander sich solch eine Belohnung leisten?

Ihr Entführer lachte höhnisch. „Hast du mich gesucht, um das zu bekommen, was dir zusteht?"

Ruari schnaubte verächtlich. „Du solltest es besser wissen, Junge. Allerdings werde ich bestimmt nicht der Letzte sein, der dir hierhin folgt." Er hob einen fleischigen Finger wie ein Priester, der die Moral seiner Predigt verkündigt. „Tot oder lebendig. Das waren die Worte des Lairds. Tot oder lebendig! Jeder Mann mit etwas Verstand weiß, dass tot einfacher ist. Du forderst das Schicksal heraus, indem du in dieser Nähe verweilst. Würdest du den Verstand gebrauchen, den dein Vater dir vererbt hat, wärst du inzwischen schon auf halbem Weg nach Irland, statt am Meer entlangzulaufen."

Viviennes Entführer wandte sich erneut zur See um. Der Saum

seines Umhangs flatterte im Wind. „Ich danke dir für deinen Rat, Ruari. Und nun wünsche ich dir eine gute Reise."

Unbeeindruckt davon, dass er fortgeschickt werden sollte, fuhr Ruari ruhig fort: „Und vier weitere Goldmünzen, wenn die Schwester des Lairds zurückkehrt. Acht, wenn sie unverletzt ist. Was weißt du über das Verschwinden dieses Mädchens namens Vivienne?"

„Nichts, was du erfahren müsstest."

„Vivienne Lammergeier ist ihr Name – Vivienne Lammergeier von Kinfairlie. Ich kann nicht der Einzige von uns beiden sein, der den Namen schon einmal gehört hat."

Vivienne horchte auf. Wie konnte einer von ihnen ihren Namen zuvor gehört haben? Sie wusste nichts über diese beiden Männer.

„Deine Erinnerungen haben hier keine Bedeutung, Ruari."

„Ach nein? Es kommt nichts Gutes dabei heraus, wenn man eine unschuldige Maid als Rachewerkzeug missbraucht. Das solltest du wissen."

„Sie ist nicht länger unschuldig, Ruari."

Der Ältere fluchte. Er drehte sich um und lief ein Stück von dem jüngeren Mann weg, dann wandte er sich wieder zu ihm um: „Und was willst du nun unternehmen? Hast du das Mädchen geheiratet?"

„Nein, und das habe ich auch nicht vor."

Er sprach so überzeugt, dass Vivienne der Mut verließ. Also würde sie nicht mehr sein als eine Kurtisane.

„Liegt darin der Grund, warum der Laird deine Auslieferung gefordert hat?", wollte Ruari wissen. „Er wird deinen Schwanz für dieses Verbrechen haben wollen, darauf kannst du dich verlassen. Irgendein gerissener Kerl wird dich wegen des Kopfgeldes dorthin zurückschleifen, darauf kannst du dich verlassen. Und was du benutzt hast, um diese Tat auszuführen, wird das erste Opfer sein, das er von dir verlangt."

„Dann lasse ich mich am besten nicht erwischen." Der jüngere Mann wandte Ruari erneut den Rücken zu.

Zum ersten Mal sah es so aus, als stünde der andere kurz davor, die Beherrschung zu verlieren. Er holte tief Luft und schnauzte mit gerötetem Gesicht: „Ich habe dich nicht bloß aus einer Laune heraus verfolgt, Junge, und auch nicht wegen der Belohnung, die der Laird von Kinfairlie und seine Familie ausgesetzt haben. Ich brauche deine Geheimnisse und dein Vertrauen nicht, aber ich bin dennoch entschlossen, dich von nun an zu begleiten.“

„Das wirst du nicht tun.“

„Doch, das werde ich, und ich sage dir auch, warum. Nay, streite dich nicht mit mir. Ich tue es nicht, weil du einen solchen verdammten Schlamassel aus dem Rest deines Lebens machst, obwohl das allein schon Grund genug wäre. Sondern weil dein Vater am Ende die Wahrheit erkannt hat und mich deshalb zu dir geschickt hat. Ich soll dir helfen, Junge …“

„Der Zeitpunkt, an dem ihr, du und mein Vater, mir hättet helfen können, ist längst verstrichen.“ Viviennes Entführer richtete sich hoch auf straffte die Schultern. Sein Ton verriet ihr, dass er Ruaris Angebot nicht begrüßte.

„Hast du dich nie geirrt und deine Wahl bereut?“

„Doch, natürlich.“

„So ist es deinem Vater ergangen und du hast nicht das Recht, es ihm zu verdenken. Die Vergangenheit kann man nicht verändern, nur die Zukunft neu gestalten“, sagte Ruari streng. „Das hat mir dein Vater beigebracht und, wie ich weiß, auch dir.“

„Was für ein Pech, dass er meinen Bruder nicht Ähnliches gelehrt hat.“

Ruari spuckte auf den Boden. „Du kannst nicht behaupten, dass dein Bruder seine Zukunft nicht geändert hat, sodass sie ihm mehr behagt als seine Vergangenheit. Es gab zweifellos andere Lehren, die er nicht beachtet hat, aber diese hat ihn zu dem gemacht, was er heute ist.“

Ehe der jüngere Mann etwas erwidern konnte, hob Ruari eine Hand. „Wir sind uns einig, Junge, was Nicholas’ wahre Natur und die Schwere seiner Verbrechen betrifft. Obwohl ich dir spät zu Hilfe komme, ist meine Absicht deswegen nicht weniger fest.“ Er bot ihm erneut seine Hand. „Sind wir uns also in Frieden begegnet?“

„Ich brauche deine Hilfe nicht. Verschwinde, Ruari.“

„Du brauchst alle Hilfe, die du bekommen kannst."

„Ich habe die Unterstützung des Earls von Sutherland, das genügt mir vollauf."

„Hast du die?" Ruari zog eine buschige Braue in die Höhe. „Und wie viel weißt du über den Earl von Sutherland, dass du so begierig bist, seinem Wort zu glauben? Was wird er dafür von dir bekommen? Es sind trügerische Zeiten für diejenigen, die erpicht darauf sind, ihr Vertrauen in jemanden zu setzen, und wir beide wissen, dass du zu ihnen gehörst."

„Mir ist wenig über den Earl und seine Absichten bekannt, aber ich habe keine andere Wahl. Er hat mir zumindest Unterstützung angeboten, als meine eigenen Verwandten mir diese versagt haben."

„Und was hat es dich gekostet?"

Der jüngere Mann gab nicht nach und verschränkte die Arme vor der Brust. „Warum bist du also hergekommen, Ruari? Ich kenne dich, du wirst nicht fortgehen, bevor du nicht deine Geschichte erzählt hast. Also erzähle sie ganz, dann besteige deinen Hengst und verschwinde."

Mit einem gequälten Gesichtsausdruck wandte Ruari den Blick ab und tat ein paar langsame Schritte. Dann schaute er mit wachen Augen zurück und holte tief Luft, um ruhig zu werden. „So manches Jahr diente ich treu und ehrlich einem Mann. Ich diente ihm bereitwillig, unbeirrbar. Ich folgte ihm in jede Schlacht, ließ ihm meinen besten Rat angedeihen, ich liebte ihn wie den Vater, den ich nie hatte. Er behandelte mich gut, besser als jemand von so niedriger Geburt wie ich es rechtmäßig hätte erwarten können, und er verlangte nie mehr von mir als meine Treue und mein Vertrauen." Er schluckte sichtbar. „Bis vor einem Monat."

„Nein", sagte Viviennes Entführer, seine Stimme zitterte leicht.

Ruari neigte sein Haupt. „Aye, Junge, das Ende kommt früher oder später für uns alle und so kam es zu dem Mann, dem ich den größten Teil meines Lebens gedient hatte. Und als er im Sterben lag, als er seine Sünden bekannte und Bilanz zog, erkannte er, dass er in seinem Leben einen schweren Irrtum begangen hatte. Weil ihm nicht mehr viel Zeit blieb, flehte er mich an, an seiner Stelle alles in Ordnung zu bringen."

Vivienne lauschte begierig und kostete jede Einzelheit aus, als Ruari sich zu ihrem Entführer umwandte und eindringlich mit ihm sprach: „Er bat mich, seinen ältesten Sohn zu finden und dafür zu sorgen, dass die Verbrechen, die er erleiden musste, ausgeglichen wurden –" Ruari griff unter seinen Umhang und präsentierte ihm auf der Handfläche einen Langdolch in der Scheide. Der große Saphir im Knauf funkelte im Sonnenlicht. Vivienne beäugte die Waffe und bemerkte dann, dass ihr Entführer diese wie gebannt anstarrte.

Ruari fuhr mit ruhiger Entschlossenheit fort: „Er beauftragte mich, seinem Sohn diesen Talisman zu übergeben und ihm seine tief empfundene Bitte um Verzeihung auszusprechen."

„Nein!", rief der jüngere Mann, wandte sich ab und lief zum Rand der Klippe. „Das kann nicht sein."

Vivienne verkrampfte die Finger ineinander. Auch ihr missfiel Ruaris Botschaft. Sie hatte ihre eigenen Eltern vor weniger als einem Jahr verloren und wusste, dies war eine Wunde, die nicht so schnell heilte. Sie hatte plötzlich Mitleid mit ihrem Entführer und empfand den dringenden Wunsch, ihn zu trösten. Wie furchtbar, seinen Vater zu verlieren, an seinem Ende nicht bei ihm sein zu können, sich von ihm entfremdet zu haben, bevor er starb. Dies war eine Kluft, die sich nie mehr schließen konnte.

„Es ist aber so", erwiderte Ruari und sein Ton ließ keinen Raum für Zweifel. „So sicher, wie ich vor dir stehe, hat William Sinclair seinen letzten Atemzug getan. So sicher. wie ich dir das Vermächtnis anbiete, das dir zusteht, hat William Sinclair verfügt, dass Blackleith dein Leben lang dir gehören soll. So sicher, wie mein Name Ruari Macleod ist, hat mich dein Vater beauftragt, dich bei Streben nach diesem Ziel zu unterstützen und dafür zu sorgen, dass der schlechte Dienst, den er dir erwiesen hat, wiedergutgemacht wird."

Viviennes Entführer drehte sich nicht um. „Ich danke dir für deine Mühe, Ruari, und für die Kunde, die du mir gebracht hast, aber du wirst nicht bei mir bleiben. Gute Reise und Lebewohl!"

KAPITEL 5

Ruari ließ die Zügel fallen, entfernte sich von seinem Hengst und machte einen Schritt auf den jüngeren Mann zu. „Dein Vater wusste um seine Verfehlung. Dass er dir mehr schuldete als das, was dir gewährt worden war. Am Ende seines Lebens war ihm klar, dass er die Geschichten, die über dich erzählt wurden, niemals hätte glauben dürfen. Es hätte ihn umgebracht, zu erfahren, dass du gezwungen warst, den Earl von Sutherland um einen Gefallen zu bitten."

„Das sagst du so. Jene Tage werfen lange Schatten und das Zeugnis eines Toten ist mir weit weniger dienlich als das eines Lebenden." Viviennes Entführer drehte sich zu Ruari um und sie wünschte, sie könnte seinen Gesichtsausdruck sehen. „Wenn mein Vater sein Urteil wahrhaftig bereut hat, hätte er dies früher kundtun können. Seine Vergebung nützt mir jetzt wenig."

„Du bist nicht nur harsch geworden, Junge. Du hast kein Herz mehr!"

„Was immer ich verloren habe, ist mir gestohlen worden. Lebe wohl, Ruari." Damit marschierte Viviennes Entführer zu Ruaris Hengst hinüber, nahm die Zügel und hielt sie dem anderen Mann hin.

Ruari presste grimmig die Lippen aufeinander. Den Dolch

steckte er in seinen Gürtel und folgte dem jüngeren Mann. Seine Augen funkelten. „Wie kannst du es wagen, so mit mir zu sprechen! Ich habe einen Monat damit verbracht, dich armselige Figur zu suchen, Junge." Seine Stimme wurde immer lauter. „Ich war in jeder elenden Hütte und jedem Wirtshaus zwischen Blackleith und York, ich habe an Plätzen geschlafen, wo die Ratten so groß waren, dass das helle Fleisch von dem dunklen hätte unterschieden werden können. Ich habe tagelang nichts Anständiges gegessen und in den Nächten gegen Flöhe gekämpft, die so groß waren wie meine Faust. Und warum, warum habe ich das getan?"

Inzwischen brüllte er beinahe: „Ich tat dies aus Liebe zu deinem Vater, nicht mehr und nicht weniger. Ich konnte es nicht ertragen, ihn so verzweifelt zu sehen, weil es für einen Mann wie ihn so unpassend war, mich – mich! – um etwas zu bitten, damit er ewigen Frieden finden konnte."

Viviennes Entführer antwortete nicht und seine Körperhaltung wurde auch nicht entspannter.

Unbeirrt kam Ruari noch näher und packte den jüngeren Mann am Arm. „Ich tat es, weil dein Vater mehr verlangte als mein Wort, mehr als mein Versprechen. Er verlangte, dass ich bei meinem Seelenheil und auf die Reliquie im Griff dieses Dolches schwor, dass ich mir in den Finger schnitt und mein Blut auf die Klinge tropfen ließ, mit der ja bekanntlich jeder Eid besiegelt wurde, den je ein Mann in deiner Familie geleistet hat. Diese Klinge."

Er hielt dem jüngeren Mann erneut den Dolch in der Scheide hin und der nahm die Bürde widerstrebend an. An der Art und Weise, wie er damit umging, konnte Vivienne erkennen, dass ihr Entführer der Waffe Ehrfurcht entgegenbrachte, und sie wusste, dieses Andenken bedeutete ihm nicht so wenig, wie er Ruari glauben machen wollte.

„Ich tat es auch, weil königliches Blut in deinen Adern fließt, Junge, und weil ich geschworen habe, wenn du zu mutlos wärest, um für das zu kämpfen, was dir zusteht, dann würde ich es für dich tun. Und welchen Lohn bekomme ich dafür?"

Geschickt entriss Ruari dem jüngeren Mann die Zügel seines

Hengstes. „Noch nicht einmal ein Wort des Dankes. Noch nicht mal eine Begrüßung oder einen Händedruck zwischen zwei Männern. Oh, die Welt ist wahrlich ein trauriger Ort geworden, wenn wir nicht einmal mehr höflich miteinander umgehen können."

Der Jüngere schaute hoch. „Das hast du schön gesagt, Ruari, auch wenn ich mich nicht an viel Höflichkeit erinnern kann, als in Blackleith alles schieflief."

Ruari schluckte, dann nickte er bedächtig. „Dem lässt sich nicht widersprechen, aber du musst vergeben, was in der Vergangenheit geschehen ist, Junge, damit du dich von ihrer Bürde befreien kannst."

Mit einer schnellen Bewegung überwand Viviennes Entführer den kurzen Abstand zwischen sich und dem anderen Mann. Seine Haltung wirkte drohend, dann zog er absichtlich seine Kapuze herunter. Im Licht der Nachmittagssonne sah seine Narbe noch schrecklicher aus und sein harter Gesichtsausdruck trug nicht gerade dazu bei, ihre Wirkung zu mildern. „Diese Narbe der Vergangenheit werde ich niemals verlieren."

Der ältere Mann zuckte zurück, schaute weg, dann gab er sich einen Ruck und blickte dem jüngeren erneut in die Augen. „Das wusste ich nicht", sagte er leise.

„Die Vergangenheit wird vergeben werden, wenn sie gerächt wurde, Ruari. Du brauchst nicht zu verweilen, um zu erfahren, dass es so kommen wird."

Bei dieser düsteren Ankündigung hellte sich Ruaris Miene auf. „Dann willst du also kämpfen? Du hast dich nicht ganz ergeben?"

„Ich hatte nie vor, die Ungerechtigkeit ungesühnt zu lassen. Eine Wunde wie diese muss jedoch heilen, und sie war längst nicht die einzige meiner Verletzungen. Dem Himmel sei Dank, dass der Earl von Sutherland mich in sein Heim aufnahm, sonst läge ich immer noch blutend in einem Graben, ohne Hilfe von meiner Sippe zu bekommen."

Viviennes Entführer entfernte sich ein paar Schritte. Dabei drehte er den Dolch in seinen Händen. Der ältere Mann presste grimmig die Lippen aufeinander, als er bemerkte, dass der jüngere hinkte.

Vivienne konnte nicht ganz glauben, was sie gehört hatte. Ihr Entführer war irgendwie um seinen Besitz gebracht worden und seine Familie hatte nichts unternommen, um ihm zu helfen. Das war ein ungeheurer Verrat und sie konnte ihm keine Vorwürfe machen, dass er verbittert und zornig war. Tatsächlich war sie bereit, sich in dieser Auseinandersetzung gegen Ruari zu stellen, denn niemand sollte von seinen eigenen Verwandten so schäbig behandelt werden.

Aber Moment! Der Bruder ihres Entführers hieß Nicholas. Vivienne hielt inne, um erneut zu überdenken, was sie gehört hatte. Und der Besitz, um den es ging, wurde Blackleith genannt. Warum war ihr dieser Name vertraut?

Der Vater ihres Entführers war William Sinclair.

Vivienne keuchte auf, als sie plötzlich begriff, wie ihr Entführer und Ruari Macleod ihren Namen zuvor schon gehört haben konnten: Nicholas Sinclair hatte einen älteren Bruder gehabt, der den Familienbesitz Blackleith erben sollte.

Könnte ihr Entführer Erik Sinclair sein?

Der Mann, der wahrscheinlich diesen Namen trug, stockte und schaute zu dem halb verfallenen Gebäude hinüber, wo sie vermeintlich schlummerte. Vielleicht hatte er ihr erschrockenes Keuchen gehört. Instinktiv versuchte Vivienne, sich kleiner zu machen, doch Ruari musste sie schon entdeckt haben.

„Dort ist jemand", erklärte er. „Ist es wirklich die Schwester des Lairds?"

Vivienne verkroch sich tiefer in ihren Umhang und hoffte, es würde so aussehen, als ob sie noch schliefe. Sie hörte das Knirschen von Stiefeln, die näher kamen, wusste, wer solch einen ungleichmäßigen Schritt hatte, und ihr Puls beschleunigte sich. Sie gab immer noch vor, zu schlafen, und hoffte entgegen aller Wahrscheinlichkeit, dass sie nicht beim Lauschen erwischt werden würde.

Sie hörte, wie er vor ihr stehen blieb, nahm seinen Geruch wahr und schloss daraus, dass er nur eine Armlänge von ihr entfernt war. Eisern hielt sie die Augen geschlossen.

„Vivienne", sagte er und leichte Belustigung schwang in seiner Stimme mit, „du täuschst niemanden, wenn du so schnell atmest."

Sie öffnete die Augen und sah, dass er ihr seine behandschuhte Hand hinhielt. Den Ausdruck in seinen Augen konnte sie nicht deuten.

„Vivienne", flüsterte Ruari. Er schaute sie aufmerksam an. „Kein Wunder, dass Nicholas so verärgert war, dass sie ihn abgewiesen hat. Sie ist in der Tat eine Schönheit."

„Du bist Erik Sinclair", sagte Vivienne zu ihrem Entführer und er hatte den Anstand, ihre Schlussfolgerung nicht zu leugnen. Er neigte nur zustimmend sein Haupt und beobachtete sie mit wachem Blick. „Warum ich? Warum durchquerst du ganz Schottland zu Pferde, um mich zu holen?", fragte sie leise. „Zwischen hier und Blackleith muss es doch reichlich Maiden geben."

Zu ihrer Verwunderung war es Ruari, der ihr antwortete: „Aber du bist die einzige Maid, die Nicholas Sinclair jemals abgewiesen hat. Und oh, wie sehr ihn das geärgert hat! Allerdings muss ich sagen, sein Bericht über sein Scheitern wurde deiner Schönheit nicht gerecht."

„Es grenzte schon an ein Wunder, dass er es überhaupt zugegeben hat", sagte Erik.

Ruari schnaubte. „Er war weder der Erste, noch wird er der Letzte sein, der mehr zugibt, als klug ist, nachdem er zu viel Bier getrunken hat. Ich bezweifele nicht, dass er es vorgezogen hätte, die Geschehnisse für sich zu behalten, aber das Bier löste seine Zunge und er beging den Fehler, die Geschichte in der Öffentlichkeit zu erzählen, sodass sie sich überall verbreitete." Der ältere Mann lächelte Vivienne an. „Er wurde gründlich verspottet, weil er unfähig gewesen war, dich zu verführen, dessen kannst du sicher sein."

„Aber trotzdem verstehe ich nicht ..." Vivienne hielt inne und starrte Erik mit wachsendem Entsetzen an. „Du hast mich gewählt, nur um deinen Bruder zu ärgern, einzig und allein, um dir das zu nehmen, was er nicht haben konnte? Du hast dich aus Rache für mich entschieden?"

Ein Muskel an Eriks Kiefer zuckte und sein Gesichtsausdruck wurde noch grimmiger. Er begegnete jedoch ihrem empörten Blick, ohne zu blinzeln, und nickte. „Das wäre die einfache Erklärung."

„Da sie der Wahrheit entspricht, ist eine ausführlichere nicht vonnöten." Viviennes Gedanken rasten. „Du musst Alexander erzählt haben, du wärst Nicholas. Da muss er geglaubt haben, er würde eine Ehe arrangieren, die mir zusagt."

Erik zuckte die Schultern. „Ich wusste nur, dass Nicholas dir den Hof gemacht hat und du ihn verschmäht hast. Als ich hörte, dass du noch unverheiratet warst, hielt ich es für wahrscheinlich, dass diese Ehe deiner Familie mehr zugesagt hätte als dir."

„Nicholas wollte den Beischlaf, keine Ehe", gab Vivienne zurück.

Erik zuckte erneut die Achseln.

„Aber du hast nichts anderes getan. Und ich war dumm genug, auf deine Annäherungsversuche einzugehen."

Erik beobachtete sie nur und ließ sie ihre eigenen Schlussfolgerungen ziehen. Seine Selbstzufriedenheit machte Vivienne so wütend, wie nur wenig anderes es hätte tun können. Erik hatte sie gewählt, würde sie benutzen und dann verstoßen, wenn er einen Sohn von ihr bekam. Und er hatte noch nicht einmal so viel Anstand, sich dafür zu schämen.

Es war schwer, zu entscheiden, welcher Bruder weniger Ehre besaß!

„Dann stimmt es also, dass sich jede gute Tat rächt." Vivienne gab sich keine Mühe, ihren Zorn zu verbergen. „Ich habe meiner Familie nichts über das niederträchtige Verhalten von Nicholas Sinclair gesagt, denn ich sah keinen Grund darin, schlecht über einen Mann zu sprechen, der wahrscheinlich nicht zurückkehren würde. Und was ist mein Lohn für diese Höflichkeit? Mein Bruder, der die Sinclair-Brüder und ihre dunklen Pläne nicht kannte, glaubte, dass Nicholas gekommen wäre und um meine Hand anhalten würde. Schlimmer noch, er dachte, ich würde diese Werbung gutheißen."

Ruari schnalzte missbilligend mit der Zunge und fuhr sich mit der Hand über die Stirn. Der ältere Mann setzte sich schwerfällig hin, als ob ihn das, was er gehört hatte, zu stark belasten würde.

Vivienne schaute Erik böse an. „Und was soll mein Schicksal in all dem sein? Du hast mir schon meine Unschuld geraubt und mich entführt. Hast du vor, mich in irgendeinem verlassenen Winkel der

Welt tot zurückzulassen, sobald ich deinen Zwecken gedient habe? Werde ich verstoßen werden und meinen Unterhalt als Dirne in irgendeinem weit entfernten Etablissement verdienen müssen, sobald du dein Kind von mir bekommen hast? Oder wirst du mich nach Kinfairlie zurückbringen, um das Lösegeld zu kassieren, dass mein Bruder geboten hat? Immerhin warst du es, der mich als bewegliches Gut bezeichnet hat."

„Ich habe es dir schon erklärt", erwiderte Erik knapp. „Du sollst einen Sohn von mir empfangen, dessen Vater ich erwiesenermaßen bin, und ich beabsichtige, diesen Sohn als meinen eigenen aufzuziehen. Der Earl von Sutherland wird während deiner Schwangerschaft für deine Sicherheit sorgen. Darauf haben er und ich uns bereits verständigt. Du sollst reicher entlohnt werden, als je eine Kurtisane für ihre Mühe entschädigt wurde. Und was auch immer du danach machst, ist allein deine Entscheidung."

Mehr konnte er nicht sagen, denn Vivienne schlug ihm mit aller Kraft ins Gesicht. „Du Schuft!", schrie sie. „Kein Mann von Ehre behandelt so eine Frau!" Nach ihren Worten und dem Schlag herrschte Stille zwischen den dreien.

Dann pfiff Ruari durch die Zähne. „Dieses junge Frauenzimmer ist alles andere als fügsam."

„Ich bin kein Frauenzimmer", rief Vivienne aus und warf Erik ihren grimmigsten Blick zu. „Du wirst mich festbinden müssen, um mir ein Kind zu machen, und mich ermorden müssen, um es mir aus den Armen zu reißen. Ich werde deinesgleichen nichts überlassen, egal, was es mich kostet."

Eriks Augen funkelten gefährlich blau, als er sie ansah, und seine Worte enthielten eine leise Drohung: „Wenn das notwendig ist, so sei es denn." Er drehte sich auf dem Absatz um und ließ sie rauchend vor Zorn zurück.

„Du wirst dich niemals gegen einen Sinclair durchsetzen, Mädchen, darauf kannst du dich verlassen. Erfülle ihm besser seinen Wunsch, ohne Umstände zu machen, dann hast du es hinter dir", riet Ruari ihr halblaut.

„Im Gegenteil! Ich habe mich schon gegen einen Sinclair durchgesetzt“, gab Vivienne zurück und wandte sich zu dem älteren Mann um. „Und es wird mir wieder gelingen, Ruari Macleod, darauf kannst du dich verlassen.“

~

ERIK STARRTE auf die Dünung und kämpfte gegen sein Bedürfnis an, Vivienne zu besänftigen. Sie war von Wut erfüllt, wie es jede vernünftige Frau sein würde. Es stimmte, dass er sie gewählt hatte, weil sie Nicholas abgewiesen hatte, obwohl Rache nicht sein einziges Motiv gewesen war. Sie war die Einzige, die er kannte, die immun gegen Nicholas’ Anziehungskraft war. In Anbetracht all dessen, was er auf Nicholas’ Betreiben hin erduldet hatte, schien dies Grund genug, sie auszuwählen.

Die Lady könnte dies jedoch anders sehen. Seiner Meinung nach war es besser, weniger zu sagen, als Öl ins Feuer ihres Zorns zu gießen. Beatrice hatte es verstanden, seine Worte so geschickt gegen ihn zu wenden, dass er schon vor langer Zeit gelernt hatte, bei einer wütenden Frau eher weniger als mehr zu sagen.

Erik warf einen Seitenblick in Viviennes Richtung. Ihre Haltung zeigte, dass sie immer noch fuchsteufelswild war. Sie reckte ihr Kinn hoch, hatte die Arme vor der Brust verschränkt und starrte zurück in Richtung Kinfairlie. Das Licht der untergehenden Sonne tanzte auf ihrem Haar, die lose fallenden Locken wehten im auffrischenden Wind.

„Ich verstehe, warum du sie nicht geheiratet hast“, sagte Ruari plötzlich dicht neben ihm „Du kannst nicht wissen, ob sie dir einen Sohn schenkt, bis sie es tut.“

„Und wenn das geschieht und sie es will, dann werde ich sie heiraten, aber nicht vorher.“

„Und wenn nicht?“

„Dann werde ich eine andere Maid in mein Bett holen. Ich habe kaum eine Wahl, Ruari, denn der Earl von Sutherland hat entschieden, dass er mir nur helfen wird, wenn die Erbfolge für Blackleith geklärt ist.“

„Er ist also nicht der Einzige, der des Krieges müde ist." Ruari schüttelte den Kopf. „Aber eins steht fest: Es ist traurig, wenn ein Mann und eine Frau nur auf diese Weise zusammen sind."

„Ich habe mich mit einem Handfasting an sie gebunden", brachte Erik vor, damit der treue Diener seines Vaters ein bisschen besser über ihn dachte.

„Das hast du gemacht?" Ruari nickte beifällig. „Es ist besser als nichts und unter diesen Umständen eine weise Entscheidung."

Die beiden Männer schauten gleichzeitig zu der Lady hinüber, die immer noch kerzengerade dastand und sie nicht im Mindesten zu beachten schien.

„Ein solches Handfasting ist dieser Tage jedoch für die meisten Frauen eine kaum ausreichende Maßnahme", räumte Ruari ein. „Sie wollen den Segen eines Priesters, so wie diese, glaube ich."

„Wenn in einem Jahr alles in Ordnung ist, wird sie ihn bekommen." Erik warf Vivienne erneut einen Blick zu. Er berührte seine Wange, die von ihrer Ohrfeige noch schmerzte, und fragte sich, wie er ihr diese Nacht im Bett begegnen sollte. „Allerdings könnte es ein Ausmaß an Charme erfordern, um sie wieder in mein Bett zu locken, über das ich nicht verfüge."

Ruari schmunzelte. „Da könntest du eine Überraschung erleben, Junge. Sie wäre nicht so zornig auf dich, wenn sie nichts für dich übrig hätte." Er klopfte Erik auf die Schulter. „Und es gibt solche, die eine Frau mögen, die ihre Meinung sagt. Nicht zuletzt eine, die verlangt, dass alle einem hohen moralischen Standard entsprechen. Sie könnte für dein Streben die richtige Partnerin sein."

Erik war nicht sicher, ob das, was der ältere Mann sagte, zutraf, doch er fühlte sich ein wenig ermutigt. Und soweit er wusste, gab es nur eine Möglichkeit, einen Sohn zu zeugen, also würde er noch in dieser Nacht die Wogen wieder glätten müssen. Auch wenn er sonst nicht viel tun konnte, würde er sicherstellen, dass sie für eine gewisse Zeit kein Publikum hatten.

Er zeigte nach Norden. „Wenn du die Küste entlangreitest, wirst du zu einem Wäldchen kommen, noch bevor die Sonne viel tiefer sinkt. Dort werde ich dich in Kürze treffen."

„Was soll das bezwecken?" Der ältere Mann war sichtlich verärgert, dass er fortgeschickt wurde. „So leicht wirst du mich nicht los! Ich habe deinem Vater gelobt –"

„Ich möchte dir nicht ausweichen, Ruari", unterbrach Erik ihn, um eine wahrscheinlich lange Tirade zu unterbinden. „Tatsächlich zweifele ich, ob das überhaupt möglich wäre."

„Und das ist gewiss die Wahrheit! Ich bin durch meine Ehre verpflichtet, dir zu helfen, Junge –"

„Dann hilf mir jetzt und reite los." Erik nahm ein zusammengerolltes Seil aus seiner Satteltasche und bedachte seinen Weggefährten mit einem festen Blick. „Da gibt es etwas, was ich tun muss, bevor wir heute Nacht aufbrechen, und ich will keine Zeugen haben."

Der ältere Mann runzelte die Stirn. „Du kannst nicht vorhaben, das Mädchen zu verletzen. Sie nimmt vielleicht kein Blatt vor den Mund, aber sie ist nicht boshaft und sie tut tatsächlich wenig, um dich zu verletzen." Ruari kniff die Augen zusammen, als er Erik ansah. „Außer, dass sie auch eine unwillkommene Wahrheit ausspricht."

„Ich brauche einen Sohn und sie hat die Bedingungen selbst genannt. Ich habe die Absicht, sie mit weniger drastischen Maßnahmen zu überreden. Wenn die Dunkelheit ganz hereingebrochen ist, werde ich dich bei diesem Wäldchen treffen."

„Natürlich mit der Lady."

„Natürlich, ob sie will oder nicht."

Ruari wirkte skeptisch, als er Vivienne einen weiteren Blick zuwarf. Ihre Haltung hatte sich kein bisschen entspannt. „Ich werde für dich beten, Junge, dass du keine größere Verletzung erleidest, als du schon erlitten hast."

Erik neigte den Kopf. „Dafür danke ich dir."

Als Ruari nickte und davonging, wandte Erik sich um und stellte fest, dass Vivienne sich jetzt zu ihm umgedreht hatte. Sie beobachtete ihn misstrauisch, auf dem Sprung wie ein Reh, das fliehen will, und ihre Haare wehten im Wind. Er hoffte, sie würde keine Schwierigkeiten machen, und ermahnte sich dann, dass ihm das gleichgültig sein sollte.

Nur einen Sohn – mehr brauchte er nicht, um alles in Ordnung zu bringen.

Und er brauchte diesen Sohn bald.

VIVIENNE SCHLUCKTE, als Erik auf sie zukam. Er machte ein grimmiges Gesicht und das Seil, das er bei sich hatte, war kein gutes Zeichen. Sie tat einen Schritt rückwärts und da wurde ihr klar, dass sie genau auf dem Vorsprung stand, hinter sich nur steil ins Meer abfallende Felsen. Unaufhaltsam bewegte er sich auf sie zu und sie bemerkte voll Entsetzen, dass sein Gefährte im Aufbruch begriffen war.

Bedauerlicherweise hatte Ruari eine Reihe interessanter Einzelheiten enthüllt, die sie empfänglicher für Eriks Annäherungsversuche machen könnten, wenn er auch nur eine edle Absicht geäußert hätte, die sie betraf. Dass Erik ihr in dieser Nacht irgendeine Wahrheit anvertrauen würde, bezweifelte sie angesichts des langen Seils.

Drei Schritte von ihr entfernt blieb er stehen. Er belastete sein gesundes Bein, wie sie es zuvor schon beobachtet hatte, und musterte sie. „Letzte Nacht hast du mich mit Begeisterung empfangen", sagte er leise. „Wirst du es in dieser genauso freiwillig tun?"

„Letzte Nacht dachte ich, du wärst mein mir vom Schicksal bestimmter Geliebter", erklärte Vivienne. „Nun hingegen weiß ich, dass du ein Mann bist, der entschlossen ist, sich um jeden Preis an seinem Bruder zu rächen."

Sie hätte schwören können, ein amüsiertes Blitzen in seinen Augen zu sehen. „Ein vom Schicksal bestimmter Geliebter? Ganz gewiss nicht. Ich hielt dich für zu vernünftig, um solch einen Unsinn glauben."

Viviennes Gesicht brannte heiß, als sie nickte, so sehr schämte sie sich für das, was sie angenommen hatte. „Das lag natürlich an Alexanders Geschichte."

„Was für eine Geschichte?"

„Weißt du nicht, was er erzählt hat, um mich dazu zu bringen, in dieser Kammer zu nächtigen?"

Erik schüttelte den Kopf. „Er hat mir nur versprochen, dass du da sein würdest. Er hat mir nicht gesagt, wie oder warum." Schweigend standen sie einen Augenblick da, dann entspannte sich seine Haltung. „Erzähl es mir. Wie hätte solch ein Liebhaber dich gemäß der Geschichte dort finden sollen?"

Vivienne beäugte das Seil und beschloss, dass die Aussichten für die nächsten paar Minuten weniger beunruhigend waren, wenn sie die Geschichte wiedergab. „Indem er mich durch ein Portal zwischen den Reichen erspäht ..."

„Was für Reichen?"

„Die Reiche der Feen und der Sterblichen." So etwas wie ein Lächeln berührte seine Lippen und Vivienne nahm einen zitternden Atemzug. „Die Geschichte, die Alexander erzählt hat, handelte von einer Maid, die drei Nächte hintereinander von einem Liebhaber aus dem Feenreich verführt wurde, der von ihr bezaubert war, und die dann von ihm mitgenommen wurde, um für alle Ewigkeit seine Frau zu werden. Ein Fenster in dieser Kammer soll auf das Feenreich hinausgehen, so sagte er, und nachdem die Maid auf diese Weise verschwand, ward sie nie mehr gesehen."

„Sie wurde also geraubt, so wie du."

„Ihr wurde der Hof gemacht, von ihrer wahren Liebe", verbesserte Vivienne ihn in bestimmtem Ton. „Und der Brautpreis wurde für sie gezahlt – eine rote Rose, eine Feenrose, die aus Eis gemacht war. Sie schmolz und die Spuren sind immer noch auf dem Boden der Halle von Kinfairlie sichtbar, obwohl das Ereignis Jahre zurückliegt."

„Ah, daher kommt es, dass du eine Brautwerbung erwartest, die drei Nächte dauert, und eine rote Rose."

Vivienne errötete nur noch mehr.

Die Belustigung, mit der Erik sie betrachtete, ließ seine Züge auf höchst attraktive Weise weicher erscheinen. Vivienne wünschte, er könnte wieder streng aussehen, denn dann war es einfacher, ihm voll und ganz zu misstrauen. „Und du hast diese Geschichte geglaubt – mit nicht mehr als einem schwachen Fleck auf dem Boden als einzigem Beweis?"

„Es war wahr. Es ist wahr. Ich glaube es immer noch." Vivienne begegnete seinem skeptischen Blick. „Es ist in dieser Gegend nicht ungewöhnlich, dass Sterbliche den Weg ins Feenreich finden, und genauso wenig, dass sie dort hingebracht werden. Vor noch nicht einmal hundert Jahren war Thomas von Erceldoune genau da, obwohl er kurz zurückkehrte, um davon zu berichten."

„Zweifellos ist er nur fern der Heimat herumgestreunt und hat sich bei seiner Rückkehr eine Geschichte zusammengesponnen, die besser klingt als die Wahrheit."

„Er hat bewiesen, wo er war, indem er bereitwillig zukünftige Ereignisse vorhergesagt hat", rechtfertigte Vivienne ihre Sicht der Dinge. „Feen können in die Zukunft schauen, also hat er den Beweis für seinen Besuch erbracht, als seine Voraussagen eintrafen."

„Aber es gibt kein Feenreich. In der gesamten Schöpfung gibt es nur das, was man sehen und anfassen kann."

„Nichts entspricht weniger der Wahrheit, das weiß ich."

„Und doch hast du keinen Liebhaber aus dem Feenreich getroffen und noch viel weniger einen, den dir das Schicksal bestimmt hat."

Dem konnte Vivienne nicht widersprechen. Dennoch trafen sich ihre Blicke. Sie schauten einander lang an, und in dem Moment schien sich der Wind um sie herum zu legen und die Luft zu erwärmen. Vivienne erinnerte sich an ihr instinktives Verlangen nach diesem Mann genauso wie an die Magie, die sie so mühelos gemeinsam in der Turmkammer gewirkt hatten. Sie starrte ihm in die Augen und rief sich das merkwürdige Gefühl ins Gedächtnis zurück, dass sie sich lieben würden, als hätten sie sich schon tausendmal zuvor geliebt, und sie fragte sich, ob sie unwissentlich eine Wahrheit ausgesprochen hatte.

Was, wenn Erik doch der Liebhaber wäre, den das Schicksal ihr bestimmt hatte, auch wenn er ein Sterblicher war? Sie überlegte, ob er wohl dasselbe dachte, denn seine Augen verdunkelten sich zu einem ungebärdigen Indigo. Nicht zum ersten Mal spürte sie, dass ihre Gedanken eins waren, und dies war sicher ein Merkmal derer, die das Schicksal zusammengeführt hatte.

Bei dieser Aussicht schwindelte ihr beinahe. Was, wenn ihr das Glück zuteil geworden war, dass jedes ihrer Begehren erfüllt wurde?

Erik räusperte sich, runzelte die Stirn und löste seinen Blick von ihr. Seine Finger krallten sich plötzlich um das Seil, als würde ihm dessen Bürde und Bedeutung deutlich bewusst. „Also hast du in dieser Kammer geschlafen, weil du dasselbe Schicksal anstrebtest wie dieser Thomas von Erceldoune oder die Maid in Alexanders Geschichte?"

„Und du bist durch das Fenster hereingekommen und hast mich sanft verführt", erwiderte Vivienne, denn sie wusste, sie war keine Törin, selbst wenn sie impulsiv gehandelt hatte. „Daher glaubte ich, dass mir dasselbe passierte wie der verschollenen Maid."

Erik betrachtete sie aus zusammengekniffenen Augen. „Dass ich in Wahrheit ein Sterblicher bin, muss für eine Frau, die einen Feenprinzen erwartet hat, eine große Enttäuschung sein."

„Deine Pläne für meine Zukunft sind es auf jeden Fall." Vivienne las Unsicherheit in seinem Gesicht und wagte zu hoffen, dass er zu Taten getrieben worden war, die nicht in seiner Natur lagen. Sie ergriff die Gelegenheit, stellte sich vor ihn hin, sodass sich ihre Zehen berührten, und tippte ihm mit einem Finger auf die Brust. „Was würde dein Vater über diese Handlungsweise denken, auf die du bestehst? Würde es ihn froh machen, zu hören, dass du bereit warst, eine Frau zu fesseln, um ihr ein Kind zu machen?"

Eriks Augen schossen Blitze. „Mein Vater und seine Meinung sind hierbei nicht von Belang."

Trotz seines Verhaltens blieb Vivienne hartnäckig, denn sie vermutete, dass er sie nicht körperlich verletzen würde. Sie musste wissen, welche Seite von ihm seinem wahren Wesen entsprach. „Wäre dein Vater zufrieden, dass du eine Frau gewählt hast, nur weil sie deinen Bruder abgewiesen hat?"

„Wahrscheinlich. Wenn es nur eine Person in der gesamten Christenheit gibt, die nicht der Anziehungskraft meines Bruders verfällt, zeugt es nur von gesundem Menschenverstand, wenn ich mich mit dieser Person verbünde, um ihm zu entreißen, was er mir gestohlen hat."

Vivienne betrachtete ihn überrascht. „So etwas hast du zuvor nicht gesagt."

Erik fuhr sich mit der Hand durchs Haar und wandte sich mit einem Stirnrunzeln ab. „Warum ich eine Entscheidung treffe, geht dich nichts an."

„Wirklich nicht, obwohl sie mein Schicksal bestimmt?"

Er schaute sie mit einem durchdringenden Blick an. „Nur eins bestimmt dein Schicksal, und das ist deine Fähigkeit, meinen Sohn zu empfangen." Er hob das Seil hoch. „Auf welche Weise dies erreicht wird, ist deine Entscheidung."

„Was für ein edler Gedanke", gab Vivienne zurück. Sie fühlte sich erneut getroffen, dass er in ihrer Anwesenheit nur einen Vorteil sah, und bezweifelte doch mit jedem Moment mehr, dass er das Seil benutzen würde. „Dein Vater ist tot, du hast die Nachricht gerade erst erhalten, und du trauerst nicht einmal um ihn. Stattdessen denkst du nur an dein Vergnügen."

Ärger brachte Vivienne dazu, mehr zu sagen, als sie hätte sagen sollen, doch sie hatte das Gefühl, dass sie nur wenig zu verlieren hatte. „Mein Vater ist seit fast einem Jahr tot und ich trauere jede Minute um ihn. Als uns die Nachricht erreichte, habe ich den ganzen Tag und die ganze Nacht geweint wie ein Baby. Was für ein Verdienst liegt darin, den Sohn eines Mannes auf die Welt zu bringen, der den Verlust seines eigenen Erzeugers nicht betrauert? Vielleicht ist es für alle besser, wenn der trügerische Clan der Sinclairs ausstirbt!"

Sie warf ihr Haar über die Schultern und funkelte ihn an. Dabei ermahnte sie sich im Geiste, sich nicht durch das kalte Licht verunsichern zu lassen, das seine Augen erfüllte. „Mach mit mir, was du willst", forderte sie ihn heraus. „Was du sagst, ist die Wahrheit. Ich bin deine Gefangene. Ich bin nichts weiter als ein bewegliches Gut. Ich wurde verkauft und erworben und ich habe keinen Einfluss darauf, wie mein Schicksal aussehen wird."

Vivienne tippte sich mit dem Finger auf ihre eigene Brust. „Aber ich kann glauben, was ich will, und ich will glauben, dass jede Seele ein Schicksal hat, dass jedem ein Mensch bestimmt ist, der ihn liebt, dass Ungerechtigkeit wiedergutgemacht wird. Und ich weiß, dass es in keinem noch so gearteten Reich verdienstvoll ist, den Tod seines Vaters nicht zu betrauern. Du wirst mich kaum vom Gegenteil überzeugen können. Zeuge deinen Sohn mit mir, und dann kannst du diese Viper an deiner eigenen Brust nähren."

Vivienne ließ ihren erstaunten Entführer stehen, allerdings glaubte sie nicht wirklich, dass sie weit kommen würde. Doch es dauerte lange, bis sie seine Schritte hinter sich hörte, und noch länger, bis seine Hand sie am Ellenbogen festhielt. Er fasste sie sanft an und sie schloss die Augen, um gegen ihre eigene Schwäche anzukämpfen. Sie wusste, wenn er versuchen würde, sie mit seinen Berührungen zu verführen, wäre er erfolgreich.

„Was du sagst, ist richtig." Seine Stimme klang barsch. „Obwohl niemand weiß, was ein anderer leidet, ohne in sein Herz sehen zu können."

Vivienne wusste, sie sollte sich nicht umdrehen, sie sollte seinem Blick nicht begegnen, doch sie tat es trotzdem. Seine Gestalt zeichnete sich gegen den Abendhimmel ab und wirkte so unbewegt und so entschlossen, dass sich ihr ungebärdiges Herz überschlug.

Der Himmel hatte orange und pinke Streifen. Ein paar dunkle Wolken trübten die herrlichen Farben. Die Sterne über ihnen waren schon herausgekommen, obwohl die rot brennende Sonne noch am Horizont zu sehen war. In ihrem Licht sah Eriks Haar rötlicher aus, als es in Wirklichkeit war, und seine Narbe zeichnete sich scharf ab.

Doch in seinen Augen stand Schmerz – ein Schmerz, von dem sie wusste, dass er nicht vorgetäuscht war. „Warum ein Sohn?", wisperte sie.

Er schaute finster über das Wasser. Als er sprach, schimmerte Pein durch jedes seiner leisen Worte hindurch: „Weil meine Töchter verloren sind, wenn ich keinen Sohn vorweise, der unbestreitbar mein Nachkomme ist. Nur dann kann ich Blackleith zurückfordern." Er schaute auf sie herunter. „Und er muss älter sein als jedweder Sohn, den mein Bruder zeugt. Dies sind die Bedingungen des Earls von Sutherland. Die Nachfolge muss gesichert sein, bevor er mir hilft, Blackleith zurückzugewinnen."

„Töchter?", flüsterte Vivienne. Sie spürte, wie ihr Ärger genauso verblasste wie das Licht der Sonne.

„Zwei", gestand er und neigte den Kopf so leiderfüllt, dass in Vivienne der sehnsüchtige Wunsch erwachte, ihn zu trösten. „Ich habe sie ein Jahr lang nicht gesehen und ich kann nicht in Erfahrung bringen, wie es ihnen geht Ich wage nicht zu hoffen, dass Nicholas meine Töchter freundlicher behandelt, als er mit meiner Frau umgegangen ist."

„Er hat sie getötet?"

Erik schüttelte den Kopf und wandte sich ab. Die Geschehnisse, die er mit ihr teilte, überwältigten ihn. Tatsächlich rann eine einsame Träne seine gebräunte Wange hinunter und obwohl er sie nicht wegwischte, nahm sein Gesicht einen erbitterten Ausdruck an.

Diese einzelne Träne stellte Viviennes Schlussfolgerungen mehr in Frage, als es ein ganzer Tränenstrom hätte tun können. Sie musste an einen Felsen denken, der schließlich unter Druck barst, an einen Riss, der an einer Stelle erscheint, wo vorher keiner war.

Darum hatte Erik sie und ihren Schoß begehrt, weil seine tote Frau nicht den Sohn hervorbringen konnte, durch den seine Töchter gerettet werden konnten. Und weil diese beiden Leben auf dem Spiel standen, wagte er nicht, sie zu heiraten, aus Furcht, dass sie keinen Sohn empfangen könnte und er eine andere Maid finden musste, die ihm den Erben gebar, den er so dringend brauchte.

Vivienne konnte nicht leugnen, dass er seine Entscheidung sorgsam getroffen haben musste. Sie sah, wie das Geständnis ihn bedrückte, und wusste, dass es nicht in seiner Natur lag, andere zu täuschen. Sie konnte sich der Anziehungskraft eines Mannes nicht entziehen, der um seiner Kinder willen etwas tat, was nicht seinem Wesen entsprach.

„Du hättest es mir eher sagen sollen."

Seine blauen Augen richteten sich auf sie. „Hättest du diesem Handel denn zugestimmt? Hätte dein Bruder meine Bedingungen angenommen? Ich glaube nicht. Die einzige Möglichkeit, mein Ziel zu erreichen, war der Betrug."

„Damit hast du meine Bündnisbereitschaft gefährdet."

Er schüttelte den Kopf. „Es steht weitaus mehr auf dem Spiel als das. Du musst verstehen, ich werde sie nicht im Stich lassen, egal, was es mich kostet. Ich habe vielleicht nur eine Chance, aber die werde ich bis zu meinem letzten Atemzug verfolgen. Ob du es bist oder eine andere, eine Maid wird meinen Sohn zur Welt bringen. Von nicht weniger hängt das Leben meiner Töchter ab. Ich habe dich auserkoren, aber wenn du mich abweist, werde ich einfach eine andere wählen."

Er starrte mit seinen leuchtend blauen Augen auf sie hinunter und seine Stimme wurde sanfter: „Mir wäre lieber, wenn du dies nicht tust, obwohl ich es verstehen würde, nachdem ich dir die Wahrheit gesagt habe."

Er hätte sich nicht genötigt gefühlt, ehrlich zu ihr zu sein, wenn er keinerlei Wertschätzung für sie empfinden würde, das war Vivienne wohl klar.

Spontan streckte sie ihre Hände aus und umfasste Eriks Gesicht. Sie stellte sich auf die Zehenspitzen und berührte seine Lippen flüchtig mit ihren, nur um ihn zu trösten. Sie schmeckte sein Erstaunen, dann zog sie sich leicht zurück. Ihr wurde bewusst, dass sie ihm helfen wollte, dass sie diesen beiden kleinen Mädchen helfen wollte, obwohl sie wusste, sie sollte dies nicht tun – nicht ohne die Sicherheit eines Ehegelübdes.

„Wie heißen sie?"

„Mairi", sagte er schroff, „und Astrid. Mairi ist dunkelhaarig und sechs Sommer alt, die blonde Astrid ist erst drei." Während er sprach, deutete er ihre Größe mit der Hand an und sein hartes Gesicht schien weicher zu werden.

Es war diese unverhohlene Liebe, die den Ausschlag gab. Schließlich war sie nun keine Jungfrau mehr, dieser Schaden war bereits angerichtet. Doch aus ihrem Verlust konnte etwas Gutes erwachsen, wenn sie sich jetzt nicht von Erik abwandte und wenn sie versuchte, seinen Sohn zu empfangen.

Ihre Lippen folgten einem Impuls und schon während sie sprach, fragte sie sich, ob es ein Fehler war – wenngleich es so schien, als hätte sie keine andere Wahl.

„Ich weiß nicht, ob ich dir geben kann, was du begehrst", wisperte Vivienne und ihr Herz schlug heftig bei dieser Kühnheit. „Ich kann die Zukunft nicht vorhersagen. Aber wenn du mich respektvoll behandelst, will ich um deiner Töchter willen versuchen, dir diesen Sohn zu schenken."

Erik wandte sich zur Seite und warf das Seil weg. Dann schaute er Vivienne in die Augen. In seinem Blick lag Entschlossenheit und noch etwas, was ihr Herz einen Sprung tun ließ. „In diesem Fall, meine Lady, haben wir tatsächlich eine Abmachung", sagte er und legte seinen Mund in einem besitzergreifenden Kuss auf ihren.

Die Freude, die in diesem Kuss lag, verriet Vivienne viel über die ganze Bandbreite seiner Gefühle. Sie schmeckte seine Erleichterung und seine Furcht, seinen Kummer und seine verzweifelte Hoffnung. Sie schreckte nicht vor seiner fordernden Liebkosung zurück und sie wusste, dass sie ihm alles geben würde, um ihm jetzt zu helfen. Sie wusste nicht, ob sie sich richtig entschieden hatte, ob alles gut ausgehen würde, aber sie konnte kein Bedauern empfinden, wenn er sie mit solch hingebungsvoller Leidenschaft küsste. Sie fühlte, sie hatte Anteil an einer großen Geschichte, an der Wiedergutmachung eines Unrechts ungeheuren Ausmaßes, und das würde ihr sicherlich Lohn genug sein.

Es war so lange her, seit jemand ihm Zugeständnisse gemacht hatte, dass Viviennes Angebot Erik verblüffte. Er konnte es sich jedoch nicht erlauben, darüber erstaunt zu sein, denn er wagte es nicht, ihr Zeit zum Nachdenken zu lassen. Er hatte nicht die Absicht, ihr die Gelegenheit zu geben, das Angebot zurückzuziehen, oder einen Grund, es zu bedauern.

Dieser Liebesakt musste genauso wunderbar werden wie der letzte.

Er drückte sie an sich und genoss es aufs Neue, wie bereitwillig sie ihm entgegenkam, wie bedenkenlos sie sich auf ihn einließ. Das Vertrauen eines anderen Menschen war für Erik ein vergessenes Elixier, und dass Vivienne es ihm so großzügig gewährte, berauschte ihn beinahe.

Ihr Kuss war gleichzeitig süß und leidenschaftlich, ganz anders als alle, die er zuvor bekommen hatte, und dies erweckte eine unerwartete Sehnsucht in ihm. Er wünschte, er wäre der letzte Mann, der sich an ihren mannigfachen Reizen ergötzen durfte, und dass ihre Begegnung vom Schicksal herbeigeführt worden war und nicht durch seine Machenschaften. Er wünschte, dieses Abenteuer würde sich als Erfolg für sie beide erweisen.

Für diese Nacht wollte er seine Sorgen beiseiteschieben und sich in Vivienne und der zauberhaften Geschichte verlieren, die sie erzählte.

Er küsste sie innig, entzückt darüber, dass sie so unerschrocken war. Ihre Hand glitt in sein Haar und sie zog ihn ungeduldig näher an sich heran. Sie wölbte sich ihm entgegen und stellte sich auf die Zehenspitzen. Ihre Küsse waren ein Fest und sie bot ihm mehr davon an, als er zuvor je bekommen hatte. Mit einem gerüttelt Maß an Ungeduld streifte er seine Handschuhe ab, denn er wusste, dass Halbheiten ihnen beiden in dieser Nacht nicht dienlich sein würden. Er wollte sie nackt, er wollte sie ganz im letzten Sonnenlicht sehen, er wollte Zeuge ihrer Lust werden.

Seine Hände legten sich auf die Schnüre an den Seiten ihres Kleides und er löste sie, ohne den Kuss zu unterbrechen. Vivienne keuchte, vielleicht, weil der Wind kühl durch ihre Chemise blies, doch er schob seine Finger seitlich unter ihr Kleid, um sie mit seinen Händen zu wärmen. Sie war so schlank, dass er ihre Taille beinahe umfassen konnte.

Obwohl noch eine Lage Stoff zwischen ihnen war, fühlte er ihren Puls unter seinen Handflächen und das heftige Pochen erinnerte ihn daran, wie neu die Liebe für sie war. Er wollte sie nicht erschrecken und ließ seine Hände vorsichtig über ihre Rippen wandern, bis er ihre Brüste umfasste. Als er ihre aufgerichteten

Brustwarzen berührte, unterbrach Vivienne ihren Kuss mit einem Schrei.

Sie stand vor ihm und Erik hielt sie mit einer Hand an ihrem Kreuz fest. Er starrte ihr in die Augen, während er ihre Brustwarze erneut streichelte. Sie schluckte und ihre smaragdgrünen Augen weiteten sich, doch sie tat keinen Schritt von ihm weg. Er schob seinen Daumen über die Brustwarze, spürte, wie sie härter wurde, beobachtete, wie Vivienne die Luft einsog, als er mit seinem rauen Daumen über ihre zarte Haut rieb.

Sie lächelte und er war hingerissen. „Ich mag das", wisperte sie und er konnte sich ein Lächeln nicht verbeißen. „Das habe ich gemerkt."

Sie errötete bei seiner Bemerkung, doch er zog seine Hand nicht weg. Er wiederholte die Liebkosung und ergötzte sich daran, wie ihre Augen dunkler wurden. „Hexerei", flüsterte sie.

Erik schüttelte den Kopf. „Es ist eine Kraft, die viel verlässlicher wirkt als jede Hexerei", erwiderte er und sie lachte. Es klang so fröhlich, dass er fühlte, wie seine Last leichter wurde.

Er beschloss, für diese wenigen Augenblicke seine Verantwortung zu vergessen. Er ließ eine Hand die Fülle ihrer Brust umspannen und hob die andere zur Schnalle ihres Umhangs. Er öffnete diese und ließ ihn zu ihren Knöcheln hinunterfallen. Ihre Kleidung war von edler Qualität, woran er nicht gewöhnt war. Der Stoff glitt wie eine seidene Liebkosung über seine Hände.

Er zog ihr das Gewand über den Kopf und legte es vorsichtig beiseite, dann kehrten seine Finger zu ihren Brüsten zurück. Ihre Chemise bestand aus so hauchzartem Leinen, dass er durch das Material die dunklen Warzenhöfe erkennen konnte, und sie war so fein gewebt, dass sich ihre Brustwarzen darunter abzeichneten.

Er zog sie an sich und küsste sie erneut. Dabei löste er das Band, mit dem die Chemise am Nacken geschlossen wurde. Während er seinen Kuss vertiefte, ließ er seine Hand über ihre Haut wandern und schob den Stoff von ihrem Hals weg. Er hob den Kopf, stellte fest, dass sie beide außer Atem waren, und war erneut versucht, zu lächeln.

Ihm wurde bewusst, dass er jahrelang nicht mehr so sehr in Versuchung geführt worden war, jedoch verzogen sich seine Lippen nicht zum ersten Mal in Viviennes Gegenwart zu einem Lächeln. Sie war Balsam für seine Traurigkeit, ein Sonnenstrahl, der selbst in die dunkelsten Ecken fiel.

Er schaute hinunter auf den Schatz, den er in seinen Armen hielt, mit den Augen verschlang er den Anblick, den die Dunkelheit ihm in der Nacht zuvor versagt hatte. Sie war wirklich eine Schönheit, schöner, als er auch nur im Entferntesten gedacht hatte. Viviennes Haut war weicher als weich, ihr Teint hatte die Farbe weißer Rosenblätter. Die bezaubernden Sommersprossen auf ihrer Nase wiederholten sich in der kunstvollen Verteilung hellerer Sommersprossen auf ihrem Schlüsselbein. Ihre Brüste waren voll genug, um seine Hand auszufüllen, weich genug, um ihn zu verlocken, sie zu berühren. Er hob eine Brust auf seiner Handfläche an, neigte sich darüber und küsste geradezu ehrfürchtig die Knospe.

Der Duft ihrer Haut verwandelte seine Ehrbezeugung in brennenderes Verlangen. Wie von selbst schlossen sich seine drängenden Lippen um ihre Brustwarze, seine Zunge umspielte sie, mit den Zähnen knabberte er an der Spitze, die er gerade mit dem Daumen gereizt hatte.

Vivienne keuchte, dann griff sie in seine Haare und stellte sich auf die Zehenspitzen. Sie küsste sein Ohr, seinen Hals, seine Schulter mit einer Inbrunst, die er gut nachvollziehen konnte. Ihre Leidenschaft entfachte die seine mit erstaunlicher Leichtigkeit. Er schob ihre Chemise weg und verfluchte die Dutzende von Knöpfen, mit denen die Ärmel geschlossen wurden. Sie lachte und gemeinsam befreiten sie sie ungeduldig aus den Fesseln dieses Kleidungsstücks. Dann umfasste er ihre Pobacken, hob Vivienne hoch und drückte sie an sich, sodass sie die Wirkung spüren konnte, die sie auf ihn hatte. Er war für sie entflammt, so wie er noch nie in Liebe zu einer Frau entflammt gewesen war.

Vivienne bewegte ihre Hüften kreisend an seinem Körper, was einer stummen Bitte gleichkam. Er hätte sie hier und jetzt nehmen können, doch er fürchtete, sie zu sehr zur Eile anzutreiben. Stattdessen hob er sie in seine Arme in der Absicht, sie langsamer in der Ruine zu verführen.

Vivienne schüttelte jedoch den Kopf mit unerwarteter Heftigkeit, als sie sah, in welche Richtung er sich bewegte. „Nicht dort", sagte sie und krauste auf die bezauberndste Weise ihr Näschen. „Hier, in den letzten Sonnenstrahlen, ist es besser." Ihre Hand glitt seitlich an seinem Gesicht hinab, ihre Fingerspitzen strichen über seine Lippen. „Ich möchte dich heute Nacht vollständig sehen. Ich will keine Schatten zwischen uns."

Er war verblüfft, dass ihre Wünsche sich so sehr glichen. Die vergangenen Jahre hatten ihn Vorsicht gelehrt: Vieles, was zu gut schien, um wahr zu sein, war oft nicht vertrauenswürdig. Er fragte sich flüchtig, ob er ein Narr war, ihrem unerwarteten Versprechen Glauben zu schenken, und ob sie ihn aus irgendeinem geheimnisvollen Grund absichtlich täuschte.

Dann küsste Vivienne ihn. Ihre Zunge tanzte so kühn mit seiner, dass er ihr nichts abschlagen konnte, vor allem nicht etwas, was er sich selbst so brennend wünschte. Und so ergab sich Erik erneut Viviennes Zauber.

KAPITEL 6

Innerhalb weniger Augenblicke hatte Erik aus ihren beiden Umhängen ein Nest für sie geschaffen. Der mit Pelz gefütterte lag oben und die Lady, die wie Elfenbein schimmerte, saß darauf.

Er kniete sich hin und wollte ihre Strumpfhalter lösen, doch Vivienne trat zum Spaß nach ihm. „Du bist noch vollständig angekleidet. Bevor wir weitermachen, möchte ich so viel von dir sehen, wie du von mir gesehen hast."

Erik hielt inne. Er wollte nicht, dass ihr Feuereifer durch den Anblick seiner Narben gedämpft wurde. „Es besteht keine Notwendigkeit ..."

„Es besteht durchaus eine Notwendigkeit", widersprach sie, richtete sich auf und kniete sich graziös vor ihn hin. „Und weil du schüchtern bist, werde ich dir helfen." Sie fasste nach seiner Gürtelschnalle, dabei sah sie ihn unausgesetzt an. Erik ergriff ihre Hände, um sie aufzuhalten, dann bemerkte er den entschlossenen Zug um ihren Mund. Vivienne hob ihr Kinn, ihre Augen blitzten herausfordernd. Er sah, dass sie wusste, er war nicht schüchtern. Dass sie wusste, was er sich ihr zu zeigen scheute.

Er sah, dass sie keine Angst hatte, zu sehen, was auch immer entblößt wurde.

112

Tatsächlich war sie vor der Narbe in seinem Gesicht nicht zurückgeschreckt. Er nahm seine Hände weg und ließ sie fortfahren.

Sie lächelte, erfreut über ihren Triumph, und öffnete die Gürtelschnalle. Sie legte seine Waffen mit der Vorsicht zur Seite, die angebracht war, dann wandte sie sich ihm erneut zu und schnürte sein Wams aus gekochtem Leder auf. Sie bewegte sich hastig und ging doch zielgerichtet vor. Er beobachtete sie nur. Er wollte in dem Augenblick, den er fürchtete, jede Nuance ihrer Reaktion wahrnehmen. Sie legte seinen Tappert weg und stellte seine Stiefel dazu. Sein Hemd flatterte im Wind und ihre Finger zitterten leicht, als sie sich erhob und nach der Schnur an seinem Hals griff.

Sie hielt seinem Blick stand, während sie das Band aus jeder Öse löste, bis sie es schließlich ganz herauszog, als ihre eleganten Hände nach dem Saum fassten und sie ihm das Kleidungsstück über den Kopf auszog. Ungeduldig schüttelte er das Hemd ganz ab und beobachtete ihren Blick.

Die linke Seite seines Körpers war noch versehrter als sein Gesicht. Der Beweis für den Angriff auf ihn war ihm ins Fleisch geschrieben. Er wusste, es war nicht einfach anzusehen. An einigen Stellen waren die Narben noch dunkelrot.

Erik hätte nicht zu erwarten brauchen, dass Vivienne zögerte, denn das tat sie nicht. Sie hob eine Hand, während ihr Blick flink über seinen Körper huschte, und berührte die schlimmste wulstige Stelle.

„War das Nicholas?", wisperte sie.

„Er hat diejenigen, die das getan haben, ausgesandt."

Sie betrachtete die Narben und zeichnete die auffälligste sanft mit einer Fingerspitze nach. „Er wollte dich tot sehen." Es war eine Aussage, keine Frage. Erik antwortete nicht und sie warf ihm einen lebhaften Blick zu, der an den eines Vogels erinnerte. „Tut es noch weh?"

Er verneinte. Bei ihrem Anblick bildete sich ein Kloß in seinem Hals. Er sah glitzernde Tränen wie Juwelen an ihren Wimpern hängen, die herunterfielen, als sie den Kopf schüttelte über das, was er ertragen hatte.

„Du solltest die Verletzungen dem Kuss der Sonne aussetzen“, sagte sie leise. „Ihre Liebkosung kann vieles heilen.“ Er schluckte, dann beobachtete er ungläubig, wie sie sich hinunterneigte und seine Narbe mit den Lippen berührte.

Bei dieser Geste wurde Erik demütig. Er hatte ihr so wenig gegeben, ihr noch weniger in Aussicht gestellt, und doch gewährte Vivienne ihm ein weiteres unbezahlbares Geschenk.

Alle seine Zweifel an ihr waren töricht, so viel war gewiss.

Bevor Erik etwas sagen konnte, ließ Vivienne ihre Hände mit besitzergreifender Leichtigkeit über ihn wandern. Sie schien zu spüren, dass er überwältigt war, denn sie sprach keck: „Meine Brüder sind nicht so breit gebaut wie du. Und meine jüngeren Brüder haben auch nicht so viele Haare auf der Brust.“

Er merkte, dass seine Lippen sich wieder zu diesem ungewohnten Lächeln verzogen. „Soll mich das ermutigen?“

Sie lachte. „Ich denke schon, denn ich finde dich weitaus anziehender als meine Brüder. Ist das nicht besser?“

„Meiner Meinung nach ja.“

„Und es ist keine Kleinigkeit, dass wir uns so ohne Weiteres einig sind“, sagte sie, während ihre Fingerspitzen zu seiner Brustwarze hinaufglitten und diese reizten, bis sie sich verhärtete. Erik sog scharf die Luft ein, aber Vivienne hörte nicht mit ihrer Liebkosung auf.

„Ich kann dir doch sicherlich meinerseits auch quälende Lust bereiten?“, flüsterte sie. Reine Schalkhaftigkeit stand in ihren Augen, als sie seine Brustwarze küsste und ihre Zunge die empfindliche Spitze umspielte, so wie er es nur Augenblicke zuvor bei ihr gemacht hatte.

Erik flüsterte ihren Namen und drückte sie an sich. Er hob ihr Gesicht zu seinem und küsste sie innig. Dabei spürte er, dass sie lächelte. Sie war fröhlich, wie ein Sonnenstrahl, und stellte sich allem so unverzagt, dass ihre Gegenwart einfach froh machen musste.

Erik beschloss, die Lady mit seiner Gegenwart zu erfreuen. Er legte sie auf das Lager aus Umhängen und nahm ihre Füße in seine Hände, sodass sie nicht wegrutschen konnte. Dann beugte er sich über sie und löste ihre Strumpfhalter mit seinen Zähnen. Dabei küsste er die Innenseite ihrer Knie.

„Das kitzelt", beschwerte sie sich, doch sie lachte und zappelte dabei. Er ließ keine Gnade walten und gönnte ihr keine Pause, sondern zog ihr absichtlich langsam ihre Strümpfe, Strumpfhalter und Schuhe aus. Er ließ seine Zunge in ihre Kniekehle schnellen und küsste ihre Schienbeine. Mit der Nasenspitze schob er erst den Strumpf an dem einen, dann an dem anderen Bein hinunter, wobei er immer wieder innehielt, um an ihrer Haut zu knabbern, sie zu küssen und zu reizen.

Vivienne wand sich so heftig auf dem Pelzumhang, dass sich ihr Haar ganz aus den Zöpfen löste. Sie bat um Gnade, doch er gewährte ihr keine. Sie lachte, bis sie ganz atemlos war, aber das fröhliche Funkeln in ihren Augen trieb ihn weiter an. Er streifte die weichen Stellen an ihren Knöcheln mit den Zähnen, küsste ihre Fußsohle, schob seine Zunge zwischen ihre Zehen. Er verharrte erst, als er ihr die Strümpfe ganz ausgezogen hatte, und dann auch nur, um sich daran zu erfreuen, wie rot sie geworden war und wie zerzaust sie aussah.

Mit einer Spur aus glühenden Küssen bahnte er sich entlang der Innenseite ihrer Beine einen Pfad zu ihrer süßen Hitze. Als sich sein Mund darüber schloss, bäumte sie sich auf und stöhnte, dann spreizte sie einladend ihre Oberschenkel. Er spürte ihre Erregung und das steigerte seine eigene. Er genoss es, wie sie auf seine Liebkosungen reagierte und fühlte, wie dadurch sein eigenes Verlangen doppelt so stark wurde. Er hielt sie, führte sie zu immer größeren Höhen und hielt kurz vor ihrem Orgasmus inne, um aufs Neue zu beginnen. Sie stöhnte, wand sich, verflocht ihre Finger mit seinem Haar.

„Zusammen!", schrie sie und er konnte ihr nicht länger widerstehen. Er warf seine Beinlinge beiseite, stützte sich über ihr ab und sie riss ihn begierig in ihre Arme. Sie legte ihre Hände auf seine Schultern, als er in sie eindrang, dann presste sie ihn an sich und empfing ihn. Er bewegte sich in ihr und es gab für ihn keinen anderen Ort, keine andere Zeit, die eine Rolle gespielt hätten.

Vivienne öffnete die Augen und lächelte ihn an. Ihre Wangen waren gerötet, die Augen glänzten, ihr Atem ging schnell. Sie grub ihre Finger in seine Schultern und schlang ihre Beine um ihn. Sie passte sich seinen Bewegungen an und er sah, wie sich seine Verwunderung in ihrem staunenden Blick widerspiegelte.

Sie teilten den Moment, so wie er ihn noch nie zuvor mit einer Frau geteilt hatte. Beatrice hatte immer weggeschaut, sogar bevor sein Gesicht gezeichnet war, als ob sie ihre ehelichen Pflichten nur über sich ergehen ließe. Vivienne dagegen ergötzte sich am Liebesakt, ihr Begehren war so groß wie seines und sie schämte sich ihrer Leidenschaft nicht. Er mochte es, wie ehrlich sie sich auf Wollust einließ, und ihre Wonne steigerte seine eigene.

Er konnte ihrer Leidenschaft trauen, denn sie war nicht vorgetäuscht.

Erik hätte seiner Bewunderung nicht Ausdruck verleihen können – nicht, solange er sich in ihr bewegte und sie eine Magie um sie herum wirkte, die stärker war als jeder Zaubertrank. In seiner ganzen Welt gab es nichts außer Vivienne. Sie sahen einander an, forderten den anderen heraus, länger durchzuhalten. Erik dachte, sein Körper könnte in Flammen aufgehen, so hitzig strebten sie nach dem Höhepunkt. Er bemerkte, wie sich die Röte in ihrem Gesicht vertiefte, wie sich ihre Hüften ihm entgegenwölbten, er spürte, wie ihre Perle an ihm prall wurde, doch er wartete, bis sie in Ekstase aufschrie.

Erst da ließ er seiner Leidenschaft freien Lauf, erst da brüllte er seinen eigenen Orgasmus hinaus.

Als Erik Augenblicke später seine Stirn an Viviennes Schulter lehnte, voll Ehrfurcht über die Magie, die sie zusammen geschaffen hatten, bedauerte er diese Situation. Er wünschte, er hätte gewusst, was ein Mann und eine Frau miteinander teilen konnten, und dass er es gewusst hätte, bevor er sich eine Gemahlin nahm. Dass er und Beatrice niemals solche Lust miteinander erlebt hatten, fand er schade.

Außerdem wünschte Erik, er wäre Vivienne begegnet, als er noch ungebunden war, dass er ihr den Hof hätte machen können, bevor sein Leben zu dem wurde, was es war.

Er wünschte, er hätte sie getroffen, als er im Herzen noch jung war und so fröhlich wie sie. Er wünschte, sie hätte ihn von seiner besten Seite kennenlernen können, nicht von seiner schlechtesten. Beatrice hatte dieses Geschenk für sich beansprucht, obwohl ihm bewusst war, dass sie sich nie so darüber gefreut hatte wie Vivienne über das Wenige, was er ihr nun bieten konnte.

Es gab so vieles, was nicht ungeschehen gemacht werden konnte. Erik hatte geheiratet, um den Ehrgeiz seines Vaters zu befriedigen, nicht seinen eigenen. Er hat das Beste von sich einer Frau überlassen, der er gleichgültig war, und erst jetzt, wo es zu spät sein könnte, um etwas daran zu ändern, sah er, welch hohen Preis er gezahlt hatte.

Zutiefst erschöpft, doch zufrieden in Viviennes Umarmung, ließ Erik ein einziges Wort des Bedauerns über seine Lippen kommen – ein Wort, das ihn teuer zu stehen kommen würde: „Beatrice", murmelte er und seufzte, als er an das leere Versprechen seines Ehegelübdes dachte.

Er schlief ein, doch lange sollte er nicht schlummern.

Beatrice!

Viviennes Augen flogen auf und sie starrte den Mann an, der halb schlafend auf ihr lag. Beatrice! Wie hatte Erik sie für eine andere Frau halten können, nachdem sie gemeinsam solche Lust erlebt hatten?

Hatte er an Beatrice gedacht, während sie sich liebten?

Hatte er sich vorgestellt, sie wäre Beatrice?

Der Gedanke allein stieß sie maßlos ab. Wie konnte er es wagen!

Erik schlummerte nun, seine Stirn ruhte an ihrer Schulter – wie ein Mann, den seine Taten nicht beunruhigten. Seine Haare glichen einem Fächer und gingen ihm bis zum Rücken, sein Brusthaar kitzelte an ihrem Busen. Sie konnte das Gewicht seiner Beine auf ihren spüren, genauso wie das Kitzeln der Härchen darauf. Obwohl er immer noch den größten Teil seines Gewichts auf seine Unterarme stützte, war Vivienne unter ihm gefangen.

Und genau dort wollte sie nicht sein.

Unter normalen Umständen hätte sie ihn vielleicht schlafen lassen, aber Vivienne war in diesem Moment nicht geneigt, Eriks Wünsche zu berücksichtigen. Sie legte ihre Hände an seine Schultern und drückte dagegen, doch ohne sichtbaren Erfolg.

Er rührte sich noch nicht einmal.

Vivienne drückte fester, Erik seufzte und rollte sich mit einer gemurmelten Entschuldigung auf die Seite. Sein Bein lag immer noch über ihrem, sein Glied presste sich an ihre Seite. Ihr Haar hatte sich um seine Finger gewickelt und sein Gesicht drückte außerordentliche Zufriedenheit aus.

Vivienne wollte sich nicht täuschen lassen. Wahrscheinlich träumte er von seiner geliebten verstorbenen Ehefrau. Sie zog ihre Haare aus seinen Fingern und schob sein Bein zur Seite. Er blinzelte, weil sie sich so ruckartig bewegte, und rührte sich schließlich. Dabei wirkte er wie ein Mann, der aus einem tiefen Traum erwacht.

„Du Schuft!", schrie Vivienne und sprang auf. „Du Schurke! Du Lump! Du Halunke!"

Erik schaute sie offensichtlich verwirrt an.

„Du weißt ganz genau, was du getan hast!" Sie drohte ihm mit dem Finger. „Tu nicht so, als wäre es anders. Es wird dir trotz deiner Hinterlist nicht gelingen, mich umzustimmen."

Sie fand ihre Chemise und zog sie hastig über, denn sie sah schon wieder Begehren in Eriks Augen schimmern. Sie ließ die Knöpfe an den Ärmeln offen und es sah komisch aus, wie sie so lang herunterhingen. „Träume ruhig die ganze Nacht von deiner Frau, wenn du willst", forderte sie ihn auf. „Denn du wirst mich nie wieder anfassen."

Sie wandte ihm zu seiner Überraschung den Rücken zu und sammelte ihre verstreuten Kleidungsstücke ein. Der Nachthimmel war nun tintenblau, die Sterne funkelten am Firmament und der Wind war kühl geworden. Viviennes Hände zitterten so stark vor Zorn, dass sie Schwierigkeiten hatte, die Strumpfhalter an ihren

Strümpfen zu befestigen. Die elenden Ärmel ihrer Chemise waren ihr im Weg und sie wünschte sich herzlich, eine ihrer Schwestern hätte es gestohlen. Es war auch wenig hilfreich, dass sie merkte, wie Erik ihre ungeschickten Versuche, sich anzuziehen, beobachtete, und noch weniger, dass er von ihrem Verhalten verwirrt schien.

Sie rauchte vor Zorn. Wenigstens hätte er seine Unschuld beteuern können. Auch wenn sie gewusst hätte, dass es eine Lüge war, hätte es sie besänftigt, dass ihm ihr Unmut nicht gleichgültig war.

„Hat es dir keinen Spaß gemacht?", fragte er schließlich und erbost warf Vivienne einen Schuh nach ihm.

„Wie viel Spaß hast du gehabt, dass du nach deiner Frau gerufen hast?", fragte sie. „Beatrice!", ahmte sie ihn nach und fuhr dann herum, sodass ihre Röcke flogen. „Wie schön zu wissen, dass ich im Bett nicht von deiner Gattin zu unterscheiden bin."

Erik stand mit einer Hast auf, die ungewöhnlich für ihn war. „Das habe ich nicht getan."

Vivienne stemmte ihre Hände in die Hüften. „Das hast du allerdings getan. Sei nicht so töricht, mir zu unterstellen, ich wäre taub. Ich weiß, was ich gehört habe, und ich hörte, wie der Name deiner Frau über deine Lippen kam."

Erik fuhr sich mit der Hand durchs Haar und runzelte die Stirn. Dann zog er mit ein paar Handgriffen seine Kleidung an. Es schien, als würde er nichts mehr sagen, und allein dieser Gedanke brachte Viviennes Blut erneut zum Kochen. Sie funkelte ihn an, unendlich wütend und nicht bereit, die Sache auf sich beruhen zu lassen.

Erik schien seinen Gürtel mit ungewöhnlicher Sorgfalt zu schließen und sicherzustellen, dass seine Waffen so befestigt waren, wie es seinen Wünschen entsprach.

„Das ist ein feiner Lohn für jemanden, der versprochen hat, dir bei deinem Vorhaben zu helfen", sagte Vivienne, als sie nicht länger schweigen konnte.

Er warf ihr einen Blick zu. „Du wirkst so anziehend, wie eine Walküre aussehen muss", sagte er. „Dieser Anblick allein ist tatsächlich schon ein Geschenk, das du mir machst." Ein unerwartetes

Funkeln erschien in seinen Augen und obwohl Vivienne blinzelte, blieb es dort. „Es könnte die Mühe wert sein, dich in Zukunft erneut zu verärgern."

„Was soll das heißen?"

„Dass du einer dieser Kriegerinnen gleichst, denen man nicht versagen wird, was sie verlangen." Er neigte leicht den Kopf und schüttelte ihn dann. „Obwohl ihr Preis nicht gerade gering ist."

Vivienne wusste nicht, ob sie beleidigt oder geschmeichelt sein sollte, und betrachtete Erik misstrauisch. Sie ahnte den Reiz einer Geschichte, die sie nicht kannte. „Ich weiß nichts über diese Walküren", sagte sie so kühl, wie sie konnte.

„Sie sind die Dienerinnen Odins, des großen Gottes, und sie werden von ihm zu gefallenen Kriegern gesandt, um diese nach Walhalla zu bringen, wo ihr ewiger Lohn wartet." Erik betrachtete Vivienne einen Moment. „Sie sammeln die Seelen dieser Männer ein. Aber sei gewarnt: Ich bin nicht erpicht darauf, meine schon abzugeben."

Vivienne schüttelte den Kopf. „Ich begehre deine Seele nicht."

„Wirklich nicht? Ich dachte, es wäre das Begehren aller Frauen, die Seelen der Männer zu fordern, und du siehst nicht aus wie eine Frau, die sich mit der Hälfte dessen, was ihr zusteht, zufriedengibt." Er warf sich seinen Umhang über die Schultern mit dieser eleganten Geste, die sie so bewunderte, und Vivienne wusste nicht, ob er sie herausfordern oder ihr schmeicheln wollte. „Sicherlich wünschst du dir zumindest, das Denken eines Mannes zu beeinflussen und ihn zum Beispiel zu überreden, das Vorhandensein unsichtbarer Kräfte anzuerkennen, obwohl er weiß, dass es keine gibt." Er bot Vivienne seine Hand, doch sie nahm sie noch nicht.

„Und was für eine Kraft war Beatrice?"

„Eine, über die du nur wenig wissen musst." Erik schaute zum Himmel hinauf, zu seinem Pferd hinüber, das nun erwartungsvoll dastand, und dann zurück zu Vivienne. „Es wird Zeit, loszureiten."

Vivienne verschränkte die Arme vor der Brust und machte keine Anstalten, seine ausgestreckte Hand zu ergreifen. „Warum hast du ihren Namen ausgesprochen?"

Erik schaute weg. „Es ist nicht von Bedeutung."

„Ich finde schon."

„Du wirst keine Antwort von mir erhalten."

„Dann werde ich nicht mit dir reisen."

„Wir haben ein Abkommen getroffen", sagte er in etwas schärferem Ton. „Du hast keine Wahl."

Er war diesmal so klug, sie nicht als bewegliches Gut zu bezeichnen, obwohl Vivienne vermutete, dass er das gedacht hatte.

„Es gibt immer eine Wahl", behauptete sie. „Obwohl manche Entscheidungen schwieriger zu treffen sind als andere. Und Abkommen werden immer wieder gebrochen. Das könnte ich dir beweisen, genauso wie die Existenz des unsichtbaren Feenreichs, wenn ich mich entscheiden würde, dir die Geschichte von Thomas von Erceldoune zu erzählen."

„Und entscheidest du dich dafür?"

Vivienne schaute ihn böse an. Sie war der Ansicht, diese Frage verdiente keine Antwort.

Erik strich sich durch sein Haar und schaute stirnrunzelnd zur Küste, dann traf sie sein durchdringender Blick. „Meine Äußerung geschah unfreiwillig."

„Woher soll ich wissen, ob das stimmt?"

„Weil ich es dir schwöre." Er schaute sie weiterhin fest an. Vivienne merkte, dass ihr fester Wille ins Wanken geriet. „Und ich entschuldige mich dafür, obwohl es unabsichtlich war."

„Es darf nicht noch einmal passieren."

„Sei versichert, dass es nicht mehr vorkommen wird." Er hatte seine Stimme zu einem vertraulichen Flüstern gesenkt und sah sie an, als ob es für ihn nur sie auf der ganzen Welt gäbe. Seine Augen leuchteten vor Entschlossenheit und noch etwas anderem, was Viviennes dummes Herz hüpfen ließ.

„Reite mit mir, Vivienne", drängte Erik sie. Ihr Name klang wie eine Liebkosung aus seinem Munde. „Reite mit mir, bringe zur rechten Zeit meinen Sohn zur Welt und erzähle mir in der Zwischenzeit von diesem Thomas von Erceldoune."

Die Gelegenheit, eine ihrer Lieblingsgeschichten vorzutragen, konnte Annabelle nicht ungenutzt verstreichen lassen, so sagte sie sich zumindest.

Die Wahrheit war jedoch, dass sie Erik Sinclair mit seinem bittenden Blick nur schwer widerstehen konnte.

Bevor sie ihre Entscheidung überdenken konnte, legte sie ihre Hand in Eriks. Ihr Herz setzte einen Schlag aus, als sich seine Finger besitzergreifend um ihre schlossen und sie seine Wärme spürte. Er hob ihre Hand an seine Lippen und küsste ihre Knöchel. Eine beredtere Entschuldigung konnte sie sich nicht wünschen und sie wusste, dass sie gegenüber seiner Anziehungskraft machtlos war.

Es war gefährlich, sich von seiner Unschuld überzeugen zu lassen und an seinen starken Körper gepresst mit ihm zu reiten. Ihm zu versprechen, seinen Sohn zu gebären, ließ sie ebenfalls um ihr Herz fürchten, doch sie hatte es gelobt und würde ihr Versprechen halten.

Tausend Geschichten hatten sie gelehrt, dass – ganz gleich, was die Folgen eines Versprechens waren – es weitaus schlimmere Konsequenzen hatte, wenn man sein Wort brach. Diese Geschichten hatten ihr noch einige andere Lektionen erteilt und sie wagte zu hoffen, dass Erik seinerseits von der Richtigkeit dessen überzeugt werden konnte, was sie glaubte und was ihr lieb und teuer war.

ERIK WAR IMMER NOCH ERSCHROCKEN über den Preis, den er beinahe für seinen Fehler bezahlt hätte. Als Vivienne sich mit funkelnden Augen gegen ihn gewandt hatte, war er sicher gewesen, dass sie ihn zurückweisen und ihm für immer den Rücken zukehren würde. Dieser Gedanke hatte ihn mit tiefer Angst erfüllt.

Er war bereit gewesen, fast alles zu sagen, jedes Versprechen abzugeben, damit sie mit ihm weiterritt. Er wagte nicht, darüber nachzudenken, warum er so viel Wert darauf legte, dass diese Frau gut von ihm dachte, obwohl er sich streng ermahnte, noch keine zarten Gefühle für sie zu entwickeln. Zuneigung zu Vivienne würde jede Entscheidung, die er möglicherweise zu fällen hatte, nur erschweren.

Statt über seine Furcht, sie zu verlieren, beunruhigt zu sein, fühlte Erik eine gewisse Befriedigung, dass er Vivienne überredet hatte, ihre gemeinsame Reise fortzusetzen. Er genoss ihre süßen Rundungen auf seinem Schoß und empfand eine Art Triumphgefühl. Er sagte sich, dass er nur so gesprochen hatte, weil sie seinen Sohn möglicherweise bereits empfangen hatte.

Es konnte keinen anderen vernünftigen Grund für seinen Wunsch geben, sie zu besänftigen.

Vivienne warf ihm über ihre Schulter einen Blick zu. Ihre Augen glänzten schon bei der Aussicht, ihre Geschichte zu teilen, und es verwunderte ihn erneut, wie leicht sie seine Stimmung aufhellen konnte. Obwohl gewaltige Herausforderungen vor ihm lagen, hatte er seit Jahren kein solches Gefühl der Verheißung mehr empfunden.

Erik hatte nie geglaubt, dass sein Vorhaben von Erfolg gekrönt sein könnte. Er hatte es bloß als eine Pflicht angesehen, der er sich nicht entziehen konnte. Nun dachte er an Mairi und Astrid, dass er sie wiedersehen und ihr Lachen wieder hören würde, und ihm schwoll das Herz.

„Es wird erzählt, dass diese Geschichte wahr ist und es vor nur hundert Jahren einen Thomas von Erceldoune gab“, begann Vivienne. „Er soll der Laird der Burganlage von Erceldoune gewesen sein, die sich damals nahe dem Zusammenfluss von Leader und Tweed befand. Melrose Abbey lag ebenfalls in der Nähe.“

„Ich habe von dieser Abtei gehört“, bemerkte Erik. Mit gesenktem Kopf knöpfte Vivienne sorgfältig ihre Ärmel zu. Er wünschte, er könnte ihr Gesicht und ihre geschwungenen Lippen sehen, während sie die Geschichte erzählte. Für den Augenblick begnügte er sich jedoch damit, seine Hand an ihre Taille zu legen.

Sie schien seiner Geste keine Beachtung zu schenken, als ob seine Hand dort hingehörte, und das behagte ihm wahrlich sehr.

„Er wurde auch Thomas der Reimer und der Wahrhaftige Thomas genannt wegen seiner gereimten Geschichten und seiner zutreffenden Prophezeiungen. Während er sich im Feenreich aufhielt, sah er die Zukunft und berichtete davon bei seiner Rückkehr in die Welt der Sterblichen. Nach seinem zweiten Aufbruch und im Laufe der Zeit erwiesen sich seine Vorhersagen als richtig. Hier, denke ich, ist dein Beweis, dass es unsichtbare Dinge wirklich gibt."

Ein Schatten löste sich aus der Dunkelheit, die vor ihnen lag, sodass es Erik erspart blieb, über diese Behauptung zu diskutieren. So einfach war es nicht, ihn von solch närrischen Vorstellungen zu überzeugen, doch er wollte die Kameradschaft, die zwischen ihm und Vivienne entstanden war, nicht trüben.

Erik erkannte Ruaris untersetzte Gestalt.

„Ich bin nicht so weit fortgeritten, wie du wolltest", sagte der Mann barsch. Er drehte die Zügel in den Händen, was zeigte, dass er nicht ganz sicher war, welche Reaktion sein Ungehorsam hervorrufen würde. Er räusperte sich, als Erik nichts sagte. „Sieh mal, ich dachte, es wäre besser, wenn wir uns hier nach Westen wenden würden, statt an dem hohen Turm vor uns vorbeizureiten. Ich wollte das Pferd schonen, indem ich hier auf euch wartete, statt voranzureiten und dann zurückkehren zu müssen."

Erik war nicht wirklich überrascht, Ruari so nahe bei ihnen vorzufinden. Schon während der Auseinandersetzung mit dem älteren Mann hatte er gewusst, dass er ihn nicht so leicht loswerden würde. Sein Vater hatte Ruaris unerschütterliche Verlässlichkeit oft erwähnt.

„Dein Rat ist gut, Ruari, wie so oft." Er beobachtete, wie die Anspannung des älteren Mannes nachließ. „Man kann nie sicher sein, welche Augen geöffnet sind."

„Besonders auf Ravensmuir", sagte Vivienne.

„Aye, Ravensmuir", murmelte Ruari und warf einen Blick über seine Schulter zur Burganlage. „Es kann kein gutes Omen sein, den Namen dieser Burg so häufig zu nennen, und noch schlechter ist es, in ihrer Nähe zu verweilen. Die Leute sagen, dass der Laird von Ravensmuir einen Mausefurz am anderen Ende der Welt hören kann, und ebenso, dass er einem Wanderfalken befehlen könnte, ihm genau diese Maus zum Abendessen zu bringen, wenn er es denn wünschen würde, und dass sein Wille geschähe."

„Das ist sicherlich Unsinn." Erik verbiss sich ein Lächeln.

„Das ist in der Tat Unsinn", stimmte Vivienne zu. „Mein Onkel hat ein gutes Gehör, aber so gut ist es nun auch wieder nicht. Und die Vögel, die ihm gehorchen, sind Raben, nicht Wanderfalken. Falken, die unter dem Befehl des Lairds stehen, findet man auf Inverfyre, der Wohnstatt meines anderen Onkels."

Ruari, der dabei war, seinen Hengst zu besteigen, hielt inne und betrachtete Vivienne voll Entsetzen. „Sowohl Inverfyre als auch Ravensmuir! Du kannst doch nicht mit ihnen allen verwandt sein!"

„Und ob ich das bin!"

„Aber man sagt, es sind Hexer mit unheiligen Kräften. Männer, die der Flut befehlen können und Dämonen anrufen, damit sie ihnen zu Willen sind!"

Vivienne lachte. „Was für ein Unfug!"

Ruari lenkte seinen Hengst auf sie zu. „Erik, Junge, auf das Grab deines Erzeugers, ich fühle mich verpflichtet, dich zu warnen, dass dieser Pfad dich nur ins Verderben führen kann …"

„Im Augenblick führen mich alle Pfade ins Verderben, Ruari." Eriks unbeschwerter Ton strafte seine Worte Lügen. „Doch ich versuche, das am wenigsten düstere Schicksal zu wählen."

„Und du bist dabei nicht sehr erfolgreich, Junge, so viel steht fest."

„Ich danke dir für deinen Rat." Eriks Worte klangen so abweisend, dass Ruari einen Seufzer ausstieß. „Bist du bereit, weiterzureiten? Wir werden deinem Rat folgen und die Straße nach Westen nehmen."

Es war offensichtlich, dass Ruari noch nicht zufrieden war, obwohl sein Vorschlag angenommen wurde. Die Pferde passten sich in der Geschwindigkeit aneinander an und gingen in einen gleichmäßigen Galopp über. Der ältere Mann schüttelte verzagt den Kopf. „Geschichten, die ich über Ravensmuir gehört habe, lassen einem Mann das Blut in den Adern gefrieren und ihn bis ins Mark erzittern. Aye, ich habe von den Raben gehört, die auf dem Turm von Ravensmuir aufgelassen werden, um dem Laird als Spione zu dienen oder um seinen Feinden die Augen auszuhacken."

„Was für ein Unsinn!", wiederholte Vivienne, Lachen schwang in ihrer Stimme mit. „Soweit ich weiß, hat niemals ein Rabe einem Feind die Augen ausgehackt."

„Und ich habe von noch größerer Hexenkraft gehört", fuhr Ruari unbeirrt mit erhobenem Zeigefinger fort. „Der Laird soll sogar mit solchen Vögeln sprechen."

Vivienne schmunzelte. „Wie könnte er auch sonst Nachrichten von weit her erhalten?"

„Durch Boten oder Gesandte vielleicht, so wie die meisten wohlhabenden Leute", schlug Erik vor und Vivienne bedachte ihn mit einem strahlenden Lächeln.

Ihre nächsten Worte ließen sein Herz jedoch zu Eis werden: „Es trifft zu, dass die Kenntnis der Sprache der Raben vom Vater an den Sohn weitergegeben wird." Dieses ungewöhnliche Detail nahm sie offensichtlich leicht. „Und dass Geheimnisse zwischen Laird und Vogel ausgetauscht werden." Mit funkelnden Augen schaute sie sich zu Erik um. „Aber sicherlich wird ein Mann, der unsichtbaren Dingen keine Glaubwürdigkeit zubilligt, einfach davon ausgehen, dass dies eine Fabel und deshalb nicht im Mindesten besorgniserregend ist."

Mit einem Blick zu dem hohen, im Dunkeln liegenden Turm, der hinter ihnen aufragte, ließen sich winzige Punkte am Nachthimmel erkennen. Es mochten durchaus Raben sein, die den Turm umkreisten, und ihre Anwesenheit war beunruhigend.

„Selbstverständlich ist es nicht mehr als eine Fabel", sagte Erik mit einer Bestimmtheit, die er nicht ganz empfand.

Viviennes Augen glitzerten vor fröhlicher Schalkhaftigkeit. „Ich denke, du glaubst mehr von dieser Geschichte, als du zugibst, und das werde ich dir beweisen."

Erik schnaubte. „Das kannst du nicht."

Vivienne zog eine rostrote Augenbraue hoch und wandte ihm dann wieder den Rücken zu. Zu seinem Erstaunen stieß sie einen durchdringenden Schrei aus und reckte ihre Faust gen Himmel.

„Um Gottes willen, was sollte das?" Ruari bekreuzigte sich hastig. „Das Herz könnte einem stehen bleiben bei solch einem Schrei, Mädchen, darauf kannst du dich verlassen. Meinst du, wir müssten jeden in dieser Gegend hier wecken und auf unsere Durchreise aufmerksam machen?"

Vivienne beachtete ihn nicht, so begierig beobachtete sie den Himmel. Erik war überzeugt, dass sie ihn bloß neckte, doch dann hörte er Flügelschlagen. Ein Antwortschrei schallte von oben herab, so laut, dass es ihnen beinahe das Trommelfell zerriss. Eriks Pferd scheute und er richtete seine Aufmerksamkeit darauf, das Tier zu beruhigen. Er streichelte Fafnirs Flanken und sprach mit fester Stimme zu dem Hengst. Dabei hielt er die Zügel straff.

Ein Schatten, dunkler als der Nachthimmel, stieß mit ehrfurchtgebietender Anmut hinab und Vivienne schrie erneut, sodass das Pferd beinahe wirklich durchgegangen wäre. Erik fluchte leise und umklammerte die Zügel, doch sie bemerkte die Gefahr nicht. Ihr Gesicht strahlte vor Freude, als sie ihren Umhang zusammenrollte und über ihren Arm legte, den sie entgegen allen Erwartungen furchtlos und einladend ausstreckte.

„Heilige Mutter Gottes!", schrie Ruari.

Der Rabe landete so schwer darauf, dass sich Viviennes Arm unter seinem Gewicht senkte. Fafnir wieherte angstvoll, als er das unbekannte Rascheln von Federn so dicht hinter seinem Kopf hörte. Er legte seine Ohren an und rannte los. Erik schlang seinen Arm um Viviennes Taille und bemühte sich, den Hengst zu besänftigen.

Doch das Tier war nicht geneigt, ihn zu beachten.

Eine halbe Ewigkeit und mehrere Felder später kehrte Fafnir mehr oder weniger zu seiner vorherigen Gangart zurück. Aber er warf immer noch seinen Kopf nach hinten und trabte für ein paar Schritte seitwärts. Er war unzufrieden mit dem Zuwachs, den die Reisegruppe bekommen hatte. Erik wusste, dass die Ungebärdigkeit im Schritt des Schlachtrosses bedeutete, dass es erneut durchgehen würde, wenn sich der Vogel nicht ruhig verhielt.

Vivienne atmete zitternd aus. „Dein Pferd ist doch sicher abgerichtet?"

„Bist du verrückt, diesen Vogel herbeizurufen?", fuhr Erik sie an. „Siehst du nicht, dass du uns alle mit diesem Wahnsinn in Gefahr gebracht hast?"

Sie wirkte ein wenig schuldbewusst. „Das war nicht meine

Absicht. Alle Pferde, die ich je geritten habe, waren an Vögel gewöhnt."

„Weil sie wahrscheinlich auf Ravensmuir und Inverfyre gezüchtet wurden und gelernt haben, solch ein unseliges Bündnis auszuhalten", fügte Ruari hinzu, der von hinten angaloppiert kam.

Vivienne warf ihm einen verächtlichen Blick zu. „Jeder Adlige der Christenheit jagt mit Falken, und zwar im Sattel seines Pferdes. Das ist nichts Ungewöhnliches und gewiss kein unseliges Bündnis."

„Dann sind Fafnirs Erfahrungen begrenzt", sagte Erik. „Ausgestoßene jagen nicht mit Falken und Hunden."

Er schaute auf den Vogel und war verwundert über seine Größe, er hatte noch nie einen Raben aus solcher Nähe gesehen. Sein Gefieder glänzte schwarz, abgesehen von einem Büschel weißer Federn über seinem linken Auge, das ihm ein mürrisches Aussehen verlieh.

Noch stärker verunsichert war Erik über sein Verhalten, denn in den schwarzen Augen leuchtete etwas, was auf Denkfähigkeit schließen lassen könnte. Der Rabe neigte seinen Kopf und betrachtete Erik mit solch unheimlichem Blick, dass es schien, als könnte er seine Gedanken lesen. Tatsächlich blinzelte die Kreatur noch nicht einmal, sondern betrachtete ihn unbewegt mit glänzenden Augen.

„Wahnsinn und Torheit!", rief Ruari und wies auf den Vogel. „Männer mögen mit Falken jagen, aber ein Wanderfalke ist etwas völlig anderes als ein Rabe, der so bereitwillig auf der Faust einer Frau landet. Bist du mit einer Hexe ins Bett gegangen, Junge? Welchen Preis wird sie von uns verlangen, wenn sie einem wilden Vogel befehlen kann? Zweifellos kann sie den Wind beschwören oder einen Mann mit einem Blick töten. Leid wird aus dieser Wahl erwachsen, dessen kannst du sicher sein."

„Solche Geschichten über Hexen sind Unsinn, Ruari." Erik zwang sich, ruhiger zu sprechen, als er sich fühlte.

Bildete er es sich bloß ein oder musterte der Vogel ihn spöttisch?

„Tatsächlich ist Erik überzeugt, dass nur das wahr ist, was ein Mann in seinen Händen halten kann", sagte Vivienne mit lieblicher

Stimme. „Es muss wohl ein Zufall gewesen sein und nicht mehr, was Medusa auf meine Faust gebracht hat, als ich sie herbeirief."

Vielleicht beabsichtigte Vivienne, ihn zu provozieren, weil er Beatrices Namen ausgesprochen hatte. Erik wollte verhindern, dass sie merkte, wie erfolgreich ihre List war. „Es ist nur vernünftig, wenn man skeptisch gegenüber solchen unsichtbaren und unbewiesenen Fähigkeiten ist."

„Vernünftig!", schnaubte Ruari voller Skepsis. „Es ist bloß töricht, Junge. Tatsächlich lässt du die Hälfte aller in der Christenheit wirksamen Kräfte außer Acht, dazu noch zu deinem eigenen Nachteil. Was ist mit den Wundern, die von Heiligen und mit ihren Reliquien vollbracht wurden? Was ist mit dem Wunder der Messe? Verwandeln sich gewöhnliches Brot und Wein von selbst in den Leib und das Blut Christi? Also, wenn es in dieser Welt nicht mehr gäbe als das, was ein Mensch mit eigenen Augen sehen kann, dann würde sicher vieles unerklärt bleiben."

Erik war sich nur allzu bewusst, dass der Rabe zwischen ihnen hin und her schaute, als würde er ihrem Gespräch folgen.

Als ob er sich erinnern und einem anderen darüber berichten könnte, vielleicht dem Onkel der Lady, dem Laird von Ravensmuir.

Doch das war Unsinn!

„Du bist zu sicher, Ruari, dass diese Kräfte, für die du keine Beweise hast, wirklich existieren", sagte Erik.

Ruari machte eine weit ausholende Geste. „Keine Beweise? Was ist mit den Augen, die du im Kopf hast, Junge? Was mit deinem eigenen Schicksal im Moment? Kannst du abstreiten, dass Schlechtigkeit – gewiss eine unsichtbare Kraft – dafür verantwortlich ist?"

„Mein Bruder ist wohl kaum eine unsichtbare Kraft", erwiderte Erik mit einer guten Portion Humor. Um sich nicht länger mit den Einzelheiten seiner Situation aufzuhalten, zeigte er auf den Vogel und wechselte absichtlich das Thema: „Dies wäre dann also ein Rabe von Ravensmuir?"

„Das ist Medusa", antwortete Vivienne. Der Vogel schien seine Braue aus weißen Federn in stummer Zustimmung hochzuziehen. „Und was wirst du meinem Onkel über uns berichten, wenn du das

nächste Mal durch die hohen Fenster von Ravensmuir fliegst?",
fragte Vivienne den Raben. Dieser legte den Kopf schief, als würde er
ihre Frage überdenken. „Und was wird er von dir wissen wollen über
das, was du heute Nacht gesehen hast?"

„Hexerei und Wahnsinn." Ruari schäumte vor Wut. „Du erlaubst
es der Schlechtigkeit in Person, in deinem Sattel zu reiten, Junge, das
wird zu deinem Schaden sein. Lass nicht zu, dass sie eine Botschaft
mit dem Raben aussendet."

„Ruari, es ist bloß ein Vogel. Er kann nicht mit einem Menschen
sprechen."

„Narr! Er ist mehr als das." Ruari lenkte sein Ross näher heran. Er
versuchte vergeblich, den Raben zu verscheuchen.

Vivienne beugte sich hinunter und flüsterte dem Vogel zu: „Ich
vertraue dir an, Medusa, dass unser Ziel wahrscheinlich Blackleith
ist." Der Rabe legte seinen Kopf schief, als ob er sich dieses Bröck-
chen an Information einprägen würde. Dann schaute er zu Erik
hinüber, als suchte er Bestätigung.

War er so leicht zu durchschauen? Erik hatte nichts über seine
Absicht gesagt, und doch hatte Vivienne sie so leicht erraten, dass er
sich entlarvt fühlte.

Dann gefror ihm das Blut in den Adern. Wer könnte noch etwas
von seinem Plan ahnen? Glaubte Nicholas noch, dass er tot wäre?
Oder hatte ihm jemand die Wahrheit gesagt? Hatte seine Töchter
während seiner Abwesenheit ein verhängnisvolles Schicksal ereilt,
an dem er in seiner Torheit schuld war?

„Es ist unmöglich, dass du so viel weißt!", wandte Ruari ein. „Wie
kannst du so leicht in die Zukunft schauen? Glaube mir, Erik, die
Maid ist in Wahrheit eine Hexe."

„Was ich sage, ist nur sinnvoll", entgegnete Vivienne schnippisch.
„Wie sollte ein Mann den Besitz, den er verloren hat, wiedergewin-
nen, wenn er nicht dorthin zurückkehrt? Wie sollte er seine Töchter
wiederbekommen, wenn er sich nicht zu der Burg begibt, wo sie sich
aufhalten könnten?"

„Du hast ihr von deinen Töchtern erzählt?", fragte Ruari, offensichtlich ungläubig. „Welchem Wahnsinn bist du anheimgefallen,

Junge, dass du deine Geheimnisse mit jeder Seele teilst, die es für angebracht hält, deinen Weg zu kreuzen? Buhlst du darum, zu scheitern? Ich dachte, du strebtest danach, zu triumphieren! Wenn du weiterhin darauf bestehst, anderen zu vertrauen, wird dir das nur Schaden bringen und du wirst erneut scheitern."

Erik fluchte heftig und schüttelte seine behandschuhte Faust gegen den Vogel. Medusa kreischte entrüstet und flog davon. Dabei schlug der Rabe kraftvoll mit seinen mächtigen Schwingen.

Fafnir wieherte, ebenfalls voll Empörung. Nur einen Herzschlag später scheute das Pferd und brach scharf nach rechts aus, weg von den flatternden Flügeln.

Erik und Vivienne wurden nach links aus dem Sattel geschleudert, so plötzlich bewegte sich das Pferd. Er schrie wütend auf, als sie fielen, doch das Ross wurde nicht langsamer. Erik hielt Vivienne fest und federte mit seinem Körper den Sturz ab.

Er schlug auf seiner verletzten Hüfte auf und verzog sein Gesicht vor Schmerz, noch bevor Viviennes leichtes Gewicht auf ihm landete.

Medusa kreiste einmal über der kleinen Gruppe und stieß einen empörten Vogelschrei aus, während Fafnirs rasende Hufschläge in der Ferne verklangen. Ruari brüllte und preschte hinter dem Pferd her, was allerdings nur dazu führen würde, dass der verschreckte Fafnir noch weiter weggaloppierte, ehe er endlich stehen blieb. Es hatte jedoch keinen Zweck, Ruari hinterherzurufen, denn er würde Eriks Warnung vermutlich nicht hören. Und wahrlich, der Krach, den Ruari machte, würde jeden Mönch und jeden Bauern aus dem Bett treiben.

Erik legte seinen Kopf auf den harten, kalten Heideboden, schloss die Augen und seufzte. Seine Hüfte schmerzte, er war erschöpft. Was ihm wie ein einfacher Plan erschienen war, um das Überleben seiner Töchter zu sichern, hatte sich bisher weder als einfach noch als erfolgreich erwiesen.

KAPITEL 7

„Bist du verletzt?", fragte Vivienne und Erik fühlte, dass sie sich über ihn beugte. Ob ihre Fürsorglichkeit echt war oder nicht, sie war willkommen. Tatsächlich überzeugte ihn der Druck ihres Busens gegen seine Brust und das Kitzeln ihres Haars an seinem Gesicht – ebenso wie die Reaktion seines Körpers auf beides –, dass er dem Tod nicht so nahe war, wie er hätte denken können.

Er öffnete die Augen und betrachtete sie. Dabei stellte er fest, dass sie zerzaust und blass war. Sofort machte er sich Sorgen. „Und du?"

Sie schüttelte den Kopf. Dabei löste sich ihr Haar und hing wie eine Wolke über ihm. „Natürlich nicht, denn du hast die Wucht des Sturzes abgefangen."

„Aber?"

„Aber ich habe mich gewundert. Ich bin mein Leben lang geritten und wurde noch nie aus dem Sattel geworfen." Sie zog eine Grimasse, als sie sich aufsetzte, und rieb sich ein Knie. „Es ist keine neue Erfahrung, die ich begrüßen würde."

In dem Augenblick wurde Erik in vollem Umfang bewusst, dass Vivienne ein privilegiertes Leben in Sicherheit geführt hatte. Sie hatte keine Furcht kennengelernt, war keiner Gefahr ausgesetzt gewesen. Sie war von einer großen, wohlhabenden Familie verhätschelt worden, von einer, die dafür sorgte, dass sie auf keinem Pferd ritt, das nicht vollkommen zahm war, von einer Familie, die darauf achtete, dass ihr im Leben nichts zustoßen konnte.

Er wollte seinen Töchtern unbedingt dasselbe Geschenk machen. Dieser Wunsch brachte ihn dazu, sich wiedererstarkt aufzusetzen.

„Du hast meine Frage nicht beantwortet." Vivienne ließ ihren Blick über ihn gleiten und zuckte dabei zurück, was Schuldgefühl oder Mitleid oder beides bedeuten konnte.

„Ich bin nicht schlimmer verletzt, als ich es vorher war", sagte Erik und hoffte, dass es stimmte. Vivienne beäugte ihn ängstlich, während er aufstand und unauffällig prüfte, ob sein Bein sein Gewicht tragen würde. „Es kam überraschend, mehr nicht."

„Ich wusste nicht, dass dein Ross keine Vögel mag."

„Ich eigentlich auch nicht."

„Es tut mir leid." Ihre Wangen röteten sich und es stand ihr. „Ich kenne keins, das nicht mit Vögeln vertraut ist. Ich sehe nun ein, wie dumm es von mir war, anzunehmen, sie würden Pferde nicht stören."

Erik gefiel, dass Vivienne sich nicht scheute, ihre Schuld anzuerkennen, und dass es ihr so leichtfiel, sich für ihren Irrtum zu entschuldigen. Obwohl sie vor Verlegenheit errötet war, begegnete sie ruhig seinem Blick. Dass sie so behütet aufgewachsen war, hatte ihr eine Zuversicht gegeben, die ihr in allen Lebenslagen gute Dienste leisten würde.

„Wie hättest du vorhersehen sollen, was du vorher nicht kanntest?" Er wollte sie nicht für eine Fehleinschätzung verurteilen, selbst nicht für eine, die den Schmerz in seiner Hüfte hatte aufleben lassen. „Das Heim deiner Familie ist kaum vergleichbar mit meinem, selbst zu seinen besten Zeiten."

Sie nickte so zerknirscht, dass er sich wie ein Schuft vorkam, weil er ihr, wenn auch nur kurzzeitig, böse gewesen war. „Ich bin nicht darauf gekommen", sagte sie leise und seufzte. „Dabei hat meine Mutter mir immer versichert, ich hätte einen wachen Verstand."

Darauf konnte Erik wenig erwidern. Vivienne stand auf und

suchte den verstreuten Inhalt einer Satteltasche zusammen, die offensichtlich nicht vollständig zugemacht worden war. Darin waren die Vorräte gewesen. Er sagte ihr jedoch nicht, sie solle das Brot und den Käse im Staub liegen lassen. Sie könnten irgendwann hungrig genug sein, um trotzdem alles aufessen zu wollen.

Er fragte sich, ob Viviennes Fähigkeit, radikale Änderungen in ihrer Situation hinzunehmen, so weit ging, dass sie auch mit Schmutz überzogene Nahrung verzehren würde. Hoffentlich würden sie dies nicht herausfinden müssen.

Erik nutzte es aus, dass sie ihren Blick abgewandt hatte, um sein Bein vorsichtig zu strecken, und zuckte zusammen, als er einen starken schmerzhaften Stich spürte.

„Du bist doch verletzt", sagte Vivienne, die genau im falschen Moment über ihre Schulter schaute.

„Es ist nicht mehr als ein blauer Fleck."

Sie sah ihrerseits skeptisch aus, als sie eine Hand in die Hüfte stemmte und ihn streng musterte. „Dann wette ich, es ist ein großer."

„Du wirst hier niemanden finden, der das Gegenteil behauptet", murmelte er.

„Du hättest unseren Sturz nicht abfangen sollen, nicht mit dieser Hüfte."

Es war eine ganze Weile her, dass Erik einer Frau wichtig genug gewesen war, dass sie mit ihm schimpfte, und er stellte fest, dass er dieses Gespräch genoss. „Um die Wahrheit zu sagen, ich hatte nicht vor, dies zu tun, genauso wie ich nicht vorhatte, auf diese Weise aus dem Sattel zu kommen", sagte er und wurde mit Viviennes Lachen belohnt. „Das war kein Scherz." Er schaute sie grimmig an, doch sie lächelte nur, so wenig schreckte sie sein Gesichtsausdruck.

„Du brauchst mich nicht so böse anzusehen", entgegnete sie. „Du kannst nicht vor mir verhehlen, dass du ehrenhafte Regungen hast und Edelmut dich dafür sorgen ließ, dass ich mir als Folge meiner eigenen Dummheit keine Verletzung zuzog. Keine Frau mit Verstand verurteilt einen Mann für seine Ritterlichkeit, obwohl sie ihn daran erinnern könnte, dass sein Körper nicht unbegrenzt alles ertragen kann." Damit wandte sie sich wieder um und sammelte die verstreuten Lebensmittel ein.

Erik blinzelte. Es war in der Tat lange her, seit ihn jemand für ritterlich gehalten hatte, und noch länger, dass ihm jemand ehrenhafte Regungen zugeschrieben hatte. Er beobachtete Vivienne voll Unbehagen, weil sie Geheimnisse erahnte, die er für verborgen gehalten hatte. Außerdem war er auf der Hut vor ihren Erwartungen.

Glücklicherweise hörte er genau in diesem Moment, dass sich Hufschläge näherten, und es blieb ihm erspart, die Angelegenheit weiter überdenken zu müssen. Er drehte sich um und sah Fafnir, der auf ihn zutrottete. Das Pferd war in einem großen Kreis um sie herumgelaufen und kam nun aus der entgegengesetzten Richtung zurück, wenn auch in einem viel geringerem Tempo. Das Schlachtross blieb ein halbes Dutzend Schritte entfernt stehen und betrachtete Erik scheinbar verwundert, dann senkte es den Kopf, als wollte es sich entschuldigen, während es sich langsam näherte.

„Er sieht so überrascht aus!", sagte Vivienne.

„Als ob er nichts damit zu tun hätte, dass wir nicht länger im Sattel sitzen", grummelte Erik.

Fafnir schnüffelte an Erik und wirkte verwirrt, dass der nicht mehr der Länge nach auf dem Boden lag. Anscheinend war das Schlachtross beruhigt, dass es seinen verschollenen Reiter gefunden hatte, und knabberte an Eriks Haar. In schamloser Begeisterung steckte es die Nase in Eriks Kragen, als würde dieser Äpfel in seinem Hemd herumtragen.

Vivienne lachte. Sie rieb einen Apfel ab, den sie vom Boden aufgehoben hatte, dann kam sie näher, um ihn dem Pferd anzubieten.

„Er braucht nicht dafür belohnt zu werden, dass er uns abgeworfen hat", meinte Erik.

Vivienne ließ sich von seinem barschen Gebaren nicht abhalten. „Er verdient eine Belohnung, dass er zu uns zurückgekommen ist." Sie strich dem Tier über die Nase, während es die Frucht fraß, dann richtete sie ihren glänzenden Blick wieder auf Erik.

Bevor sie ihm weitere Fragen stellen konnte, wandte sich Erik dem Ross zu. „Es war doch bloß ein Vogel", sagte er in liebevoller Entrüstung und rieb dann seinerseits über dessen Nase. Während er dort stand, beugte er sein Bein, um den Schaden durch den Sturz einzuschätzen. Seine Hüfte war steif und schmerzte. Zweifellos war sie grün und blau, doch er würde überleben. Er streckte sein Bein ein- oder zweimal und war erleichtert, als es beweglicher wurde.

„Du musst denken, dass ich nicht mehr Verstand habe als ein Kind." Vivienne beobachtete ihn aus zusammengekniffenen Augen, was er zuvor nicht bemerkt hatte.

„Ich denke, dass du eine Frau bist, die ein privilegiertes Leben geführt hat", erwiderte Erik. Er wollte sie nicht schelten, wenn sie sich doch offensichtlich selbst so harsch verurteilte. „Ich denke außerdem, dass deine Mutter recht hatte und du einen wachen Verstand hast, obwohl das natürlich nicht heißt, dass du alles wissen kannst."

„Es tut mir leid. Es war nicht meine Absicht, dass du verletzt wurdest."

„Meine auch nicht." Erik war sofort zerknirscht, denn sie sah so niedergeschlagen aus. Er streckte die Hand aus, berührte ihre Wange mit einer Fingerspitze und brachte sie dazu, ihm in die Augen zu sehen. „Wenn ich zugebe, dass ich glaube, du kannst einen Raben herbeirufen, obwohl es wider die Vernunft ist, solch eine Fähigkeit anzunehmen, versprichst du dann, es nicht wieder zu tun?"

Da lächelte Vivienne, und ihr Lächeln war so strahlend wie das erste Leuchten der Morgenröte. Der Anblick erwärmte Erik vom Kopf bis zu den Zehenspitzen. „Solch ein Versprechen sollte mit einem Kuss besiegelt werden, findest du nicht?" Sie ging um das Pferd herum und reckte sich, um ihn auf den Mund zu küssen.

Ihre spontane Umarmung war ein seltenes Vergnügen. Kein Mann mit gesundem Menschenverstand könnte ihrer Argumentation widersprechen und so erwiderte Erik ihren Kuss.

~

VIVIENNE WAR ERSTAUNT DARÜBER, dass Eriks Küsse immer verführerischer wurden, je vertrauter sie miteinander waren. Sie legte ihre Hände auf seine Brust und stellte sich auf die Zehenspitzen, denn sie wollte nichts anderes, als ihn richtig zu küssen.

Und ein Kuss schien wahrlich die passendste Entschuldigung für das, was sie auf so törichte Weise angerichtet hatte. Was wie ein Streich begonnen hatte, den sie ihren Geschwistern spielte, war so schiefgegangen, wie sie es niemals erwartet hätte. Im Nachhinein fühlte Vivienne sich wie eine Närrin.

Es hatte zum Beispiel nahegelegen, aus ihrer Erfahrung heraus den Schluss zu ziehen, dass alle Pferde an Vögel gewöhnt waren, wohingegen ihr nun klar war, dass alle Pferde, die sie geritten hatte, vorher sorgfältig abgerichtet worden waren. Erst im Rückblick erkannte und würdigte sie, dass viele Hände dafür gesorgt hatten, dass ihr und ihren Geschwistern nichts zustieß.

Es war nicht so für jede Frau und gewiss auch nicht für jeden Mann. Vivienne begriff, dass es für Erik bestimmt nicht so gewesen war. Als Folge davon war seine Fähigkeit geschärft worden, Gefahren vorherzusehen, denn er stützte sich auf weniger Annahmen als sie.

Doch obwohl sie ihn und sich unwillentlich in Gefahr gebracht hatte, hatte er nicht nur sichergestellt, dass sie keinen höheren Preis bezahlen mussten, sondern ihr auch vergeben. Sobald sein Ärger verraucht war, hatte er ihr den Fehler nicht länger vorgehalten und Vivienne wollte ihn für sein Vertrauen belohnen.

Sie küsste ihn mit Inbrunst und spürte seine Reaktion an ihrem Bauch. Sie lächelte, als er sie noch fester an sich zog, und genoss die Leidenschaft seiner Umarmung. Gleichzeitig überlegte sie, ob sie diese Vereinbarung mit mehr als bloß einem Kuss besiegeln könnten.

Da ließ Ruari ganz in der Nähe mit offensichtlicher Abscheu seine Atemluft entweichen. Erik murmelte einen Fluch, als er seine Lippen von ihren löste, und Vivienne verbarg ein Lächeln.

Ruari schaute sie böse an, die Hände in die Hüften gestemmt. „Hier bin ich, habe ganz Schottland bei der Verfolgung eines Rosses durchquert, das freiwillig zu euch zurückgekehrt ist, und ihr zwei seid so miteinander beschäftigt, dass ihr euch nicht die Mühe macht konntet, mich zurückzurufen und mir zu sagen, dass das Pferd wieder da ist?"

„Ich wusste, Ruari, dass du nicht weit hinter Fafnir sein würdest, weil du so eine große Begabung für Verfolgungen hast", erwiderte Erik, der Vivienne immer noch an sich gedrückt hielt. Sie legte ihre Stirn an seine Brust und versteckte ihre Belustigung in seinem Umhang.

Ruari räusperte sich missbilligend. Er stieg nicht ab, spähte nur vielsagend zum Himmel hinauf und dann zurück zu dem Paar, das sich umschlungen hielt. „Habt ihr vor, diese Nacht noch weiterzureiten? Oder soll ich wieder verschwinden, während ihr daran arbeitet, einen männlichen Erben für Blackleith zu zeugen?"

An seinem Ton erkannte man, dass Ruari noch verärgert war, doch er gab Erik nicht die Möglichkeit, zu protestieren. „Ich hätte gedacht, dass du bei dieser Reise Wert auf Eile legen würdest." Ruari schnaufte. „Zumindest angesichts der Tatsache, dass niemand weiß, was unter Nicholas' Führung geschieht, aber möglicherweise habe ich deine Begeisterung dafür, Gerechtigkeit walten zu lassen, ja missverstanden."

„Dein Ratschlag ist ungewöhnlich klug, Ruari, und ich beabsichtige tatsächlich, in aller Eile nach Norden zu reiten", erwiderte Erik milde.

Ruari schürzte die Lippen und hätte die Auseinandersetzung vielleicht fortgeführt, doch Erik machte Anstalten, sofort aufzubrechen. Er schloss seine Hände um Viviennes Taille und hob sie in Fafnirs Sattel.

Sie beobachtete, wie Erik sein gesundes Bein über den Sattel schwang, um sich hinter sie zu setzen. Ihr fiel auf, dass er sich noch steif bewegte, und sie fürchtete, dass er schwerer verletzt war, als er sie glauben machen wollte. Er wendete das Pferd jedoch und trieb es an, so schnell wie vorher zu laufen, als gäbe es keine Schwierigkeiten.

Er wirkte so sorglos, dass Vivienne das Gegenteil verstand. Sie wusste bereits, dass Erik umso gleichmütiger erschien, je weniger ihm eine Situation zusagte.

Sie sorgte sich, dass der Ritt seiner Hüfte noch mehr schaden würde, doch sie wagte nicht, dies in Ruaris Gegenwart offen anzusprechen. Sie konnte spüren, wie Erik sich wappnete, wie er in regelmäßigen Abständen vor Schmerz die Luft anhielt, und sie knabberte betroffen an ihrer Unterlippe. Nicht nur war sie schuld an seiner Verletzung, sondern sie konnte auch wenig tun, damit sie nicht noch schlimmer wurde.

„Es wird auch Zeit", murrte Ruari, dessen Ross in leichtfüßiger Anmut neben Fafnir galoppierte. „Die Nacht ist schon halb um und man sieht Ravensmuir immer noch am Horizont. Wir können uns wahrlich glücklich schätzen, wenn wir genug Abstand zwischen uns und die Familie der Lady legen, bevor dieser verdammte Vogel das Misstrauen ihrer Verwandten weckt."

„Du brauchst nichts zu fürchten, Ruari. Ich kann nicht wirklich mit den Raben sprechen." Vivienne fühlte sich genötigt, das zuzugeben. „Ich wollte euch beiden bloß einen Streich spielen."

Erik machte ein Geräusch, als wäre er amüsiert, doch Vivienne drehte sich nicht um, um seinen Gesichtsausdruck zu sehen.

„Einen Streich!", rief Ruari aus. „Und was ist lustig daran, einen alten Mann in Angst und Schrecken zu versetzen? Ich dachte, du wärst ein reizendes Mädchen, doch dein Herz ist anscheinend voller Schatten." Ruari drohte Vivienne mit dem Finger. „Es heißt, kein Wind ist kälter als das Herz einer schönen Maid. Willst du beweisen, dass es wahr ist?"

„Ich habe einen Fehler gemacht", verteidigte sich Vivienne. „Es war nicht meine Absicht, einem von euch Schaden zuzufügen. Du und ich, wir stimmen in unseren Ansichten über unsichtbare Dinge überein. Ich wollte nur Eriks Überzeugungen anfechten."

„Ruari, es ist kein Schaden entstanden", sagte Erik bestimmt.

„Kein Schaden?", schnaubte der ältere Mann. „Glaubst du, ich hätte keine Augen im Kopf? Ich habe doch gesehen, wie du dein Ross bestiegen hast. Du magst nicht wünschen, dass die Lady denkt, du bist verletzt, aber ich erkenne die Wahrheit. Am besten wärst du weit weg von diesem üblen Land, im Norden, wo Freund und Feind uns nicht nur bekannt sind, sondern auch keine unheiligen Kräfte besitzen ...“

„Ruari, lassen wir die Sache auf sich beruhen und reiten wir weiter“, sagte Erik.

„Reiten, ja, in der Tat, das sollten wir. Und da du meinen Rat so sehr schätzt, schlage ich vor, dass wir uns direkt nach Queensferry aufmachen und nicht eher rasten, bis wir auf einem Schiff stehen, dessen Segel gehisst sind, und die Flut uns fortträgt. Lass die Breite des Firth of Forth zwischen uns und Ravensmuir liegen, bevor wir schlafen – das sage ich. Wir sollten uns in einem vertrauteren und weniger belebten Gebiet befinden, bevor wir unsere müden Knochen ausruhen. Und das können wir umso besser, wenn wir nicht bei jedem Geräusch aufwachen müssen. Fife würde mir gut passen, Aberdeenshire noch mehr.“

„Es ist zu weit bis Queensferry“, wandte Erik ein. Seine Stimme verriet, dass seine Geduld auf die Probe gestellt wurde. „Die Pferde werden zu sehr belastet.“

„Es ist ein zweitägiger Ritt“, mischte Vivienne sich ein, die Eriks Ansicht mehr Gewicht verleihen wollte. „Selbst wenn wir ohne Pause reiten würden, könnten wir nicht vor Montagmorgen ankommen.“

Ruari schüttelte den Kopf, er war nicht überzeugt. „Die Pferde sind ausgeruht genug, wenn ich das sagen darf, und es sind wackere Rosse, die durchaus in der Lage sind, lange zu laufen, wenn die Umstände es verlangen. Und wenn die Umstände es je verlangt haben, Junge, dann heute Nacht. Ich erschauere bis ins Mark, und das ist das zuverlässigste Anzeichen für drohendes Unheil, das die Menschheit je gekannt hat. Ich fühlte diesen Schauer in der Nacht, in der du gerufen wurdest, um Thomas Gunn zu helfen, und ich spürte ihn wieder in der Nacht, als dein Vater seinen letzten Atem aushauchte. Ein Mann muss auf die Warnungen in seinen Knochen hören.“

„Aber meine warnen mich nicht“, entgegnete Erik.

Ruari schüttelte den Kopf. „Wir sind schlecht beraten, wenn wir länger diesseits des Firth bleiben, als wir müssen. Darauf kannst du dich verlassen, Junge."

„Wir werden nicht tagsüber reiten, Ruari", erwiderte Erik. Vivienne merkte, wie er sein Gewicht verlagerte. Mehr Zeit im Sattel zu verbringen, wäre nicht gut für seine Hüfte.

„Auf der Straße nach Edinburgh wird am Morgen wegen des Marktes viel los sein", sagte sie, obwohl sie sich dessen gar nicht sicher war. „Wir werden in einer Menge nicht gut vorankommen."

„Umso mehr ein Grund, die Pferde rasten zu lassen", schlussfolgerte Erik. „Keins von ihnen ist an volle Straßen gewöhnt."

„Es ist Wahnsinn, Junge!" Ruari raufte sich die Haare. „Wie kann ich dir das bloß klar machen?"

„Das kannst du nicht", sagte Erik abschließend und zum großen Missfallen des älteren Mannes. Dann neigte er sich zu Vivienne hin, sodass Ruari keine Gelegenheit mehr hatte, sich weiter zu beschweren. „Wolltest du nicht eine Geschichte erzählen? Ruari liebt Geschichten, wenn ich mich recht entsinne, und beim Erzählen wird die Zeit schneller vergehen."

„Natürlich." Vivienne bemerkte, dass Ruari in mürrisches Schweigen verfallen war, weil sein Rat nicht befolgt wurde, worüber er äußerst unzufrieden war. Sie wollte die Missstimmung beheben, räusperte sich und begann, vorzutragen:

> *„Thomas der Wahrhaftige lag am Ufer bei Huntly,*
> *Da erspähte er eine Feenfrau.*
> *Die Frau war feurig und kühn*
> *Sie ritt zum Eildon-Baum hin.*
> *Ihr Rock war aus grasgrüner Seide;*
> *Ihr Zaumzeug aus Gold so fein;*
> *In die Mähne des Pferdes verflochten*
> *Waren fünfzig Silberglöcklein und neun."*

„Es ist also eine Geschichte über eine Fee?", fragte Ruari interessiert und seine Miene hellte sich auf. „Ich liebe Geschichten mit schönen Frauen, so viel steht fest." Er warf Vivienne einen vielsagenden Blick zu. „Allerdings hat sie bestimmt ein Herz aus Eis."

„Der Wahrhaftige Thomas zog den Hut,
Verneigte sich tief bis zu den Knien.
‚Nie sah ich auf Erden deinesgleichen.
Heil dir, Maria, Himmelskönigin!‘

‚Wahrhaftiger Thomas‘, sprach sie, ‚oh nein,
Dieser Name gebührt nicht mir.
Die Königin bin ich des Feenreichs,
Gekommen zur Jagd mit der Windhunde vier.‘
Alsdann sprach Thomas kühn zu ihr,
Ihre Schönheit gab ihm die Worte ein:
‚Lady, Ihr habt mir mein Herz gestohlen,
Legt Euch zu mir, lauscht den Vögelein.‘"

„Eine Geschichte über eine Fee, die mit einem Sterblichen ins Bett geht!" Ruari gluckste und zwinkerte Vivienne zu. „Du sorgst für mehr als eine Überraschung, Mädchen, so viel steht fest."

Vivienne wusste nicht, was sie darauf erwidern sollte, also fuhr sie fort:

„Thomas, du weißt nicht, was du erbittest,
Nur deine Wünsche kannst du sehen,
Denn liege ich im Bett mit dir,
Wird meine Schönheit bald vergehen.‘
‚Liebliche Lady, seid mir gnädig,
Wisset, ich will Euch zu Diensten sein.
Legt Euch nieder, liegt bei mir,
Immer will ich bei Euch sein."

„Beharrlichkeit ist der Schlüssel", murmelte Ruari. „Bei jedem Unterfangen ist das der Weg zum Erfolg. Dieser Thomas weigert sich, hinzunehmen, dass sie seine Werbung ausschlägt, und ich sage voraus, dass er für diese Hartnäckigkeit belohnt werden wird."

„Denke noch nicht mal daran, dich in diesem Augenblick dafür auszusprechen, direkt nach Queensferry zu reiten", sagte Erik. „Die Sache ist entschieden, deine Beharrlichkeit wäre nur lästig."

„Es ist, als würde man Perlen vor die Säue werfen", verkündete Ruari, ohne jemanden im Besonderen anzusprechen. Er schlug sich mit der Faust auf die Brust. „Meine Ratschläge gewinne ich aus dem reichen Schatz meiner Erfahrungen und bei meinen klugen Empfehlungen lasse ich mich von meinem guten Herzen leiten, und das alles tue ich nur, damit die, von denen ich abhängig bin, in ihrer Unwissenheit nicht irren."

Dabei gestikulierte Ruari, als ob er den Armen Reichtümer anbieten würde. „Und doch, und doch wird mein weiser Rat, der auf jahrzehntelanger Erfahrung mit guten und schlechten Menschen beruht –", er breitete die Arme aus, „– wie Hühnermist weggeworfen." Er seufzte nachsichtig und hob den Blick zum Himmel, als ob er Stärke suchte, um seine irdische Bürde tragen zu können. „Nehmt es mir nicht übel, Mylord William", sagte er, offenbar an den Geist von Eriks Vater gewandt. „Ein Sterblicher kann nichts anderes tun, als sich zu bemühen, andere zur Vernunft zu bringen."

„Du könntest stattdessen das Wort, das du meinem Vater gegeben hast, brechen und mich meiner Torheit überlassen", schlug Erik vor, was ihm einen bösen Blick von seinem Gefährten einbrachte, weil er ihn derart zu necken wagte.

„Niemals!", erklärte Ruari.

„Dann werden wir die Fähre bis Dienstag erreicht haben."

Ruari biss sichtbar die Zähne zusammen.

Vivienne erzählte weiter:

> *„Thomas, Thomas, du sprichst wie ein Tor,*
> *Denn dieser Ritt hat einen Preis.*
> *Deine Wollust leitet uns fehl,*
> *Doch hält dich nicht ab das, was ich weiß.'*
> *Die schöne Lady legte sich nieder*

> *Bei des Eildon-Baumes Stamm.*
> *Und wenn die Erzählung richtig ist,*
> *War sieben Mal sie mit Thomas zusamm'."*

„Sieben Mal!" Ruari schmunzelte. Die Geschichte lenkte ihn eindeutig davon ab, wie enttäuscht er von Erik war. „Das nenne ich fürwahr eine wollüstige Maid, auch wenn man sagt, dass Feen unheilige Gelüste haben. Und Thomas!" Er pfiff durch die Zähne. „Sieben Mal. Sieben! Das war gewiss ein Mann mit Ausdauer und ungewöhnlicher Kraft."

Vivienne merkte, dass sie errötete. Sie hatte nicht mehr daran gedacht, wie derb diese ersten Verse waren, oder vielleicht hatte sie die Zeilen auch nicht ganz und gar verstanden, als sie sie das letzte Mal gehört hatte. In den vergangenen zwei Nächten hatte sie eine Menge gelernt, das stand fest. Schlimmer noch, sie war neugierig, ob sie und Erik in der Lage wären, sieben Mal kurz hintereinander den Beischlaf auszuüben. An ihrem Gesäß fühlte sie einen Hinweis darauf, dass seine Gedanken in eine ähnliche Richtung wanderten, und ihr Herz setzte in freudiger Erwartung einen Schlag aus.

Dann dachte sie an die nächsten Zeilen und wusste nicht, ob sie sie in dieser Gesellschaft vortragen sollte oder nicht.

„Geht es nicht weiter?", fragte Erik. „So scheint die Geschichte ziemlich kurz und gibt nur wenige Hinweise, dass Thomas das Feenreich wirklich besucht hat. Du hast doch behauptet, sie würde dies beweisen."

„Ich musste mir nur die Worte ins Gedächtnis zurückrufen", schwindelte Vivienne, dann erhob sie erneut ihre Stimme. Sie versuchte, sich für Ruaris Reaktion zu wappnen, denn sie erwartete, dass er fröhlich über diese Strophe lachen würde:

> *„Sie sagte: ‚Thomas, du magst dieses Spiel.*
> *Welche Frau bekäme dich satt?*
> *Du würdest den ganzen Tag lang lieben,*
> *Ich bitte dich, Thomas, bin müde und matt."*

Ruari brüllte tatsächlich vor Lachen. Er lachte, bis ihm die Tränen aus den Augen strömten, doch Vivienne sprach weiter und ließ ihm keine Gelegenheit, eine unzüchtige Bemerkung zu machen.

> *„Thomas schaute mit heiterem Herzen*
> *Die Lady an, die so fröhlich war;*
> *Doch ihr Gesicht war grau geworden,*
> *Und glanzlos hing herunter ihr Haar.*
>
> *Thomas schrie auf: ‚Oh weh und ach!*
> *Dies ist fürwahr ein traurig' Gesicht!*
> *Von dir gewichen ist alle Schönheit,*
> *Die leuchtete vorher wie Sonnenlicht.'*
> *Die Lady stand verdrießlich auf,*
> *‚Ich hab es gesagt, nun ist es so weit.*
> *Wir zahlen den Preis für deine Lust.*
> *Geopfert haben wir meine Schönheit.'"*

„Und ist es nicht oft so?" Ruari schüttelte den Kopf über den traurigen Lauf der Welt. „Die lieblichste Maid sieht weniger schön aus, nachdem sie erobert wurde, darauf kannst du dich verlassen. So mancher Mann ist erwacht, nachdem er sich eine Maid genommen hat, deren Vorzüge ihn blind vor Lust gemacht haben, nur um am nächsten Morgen ihre Fehler zu bemerken."

Vivienne verstummte, als ihr die Ähnlichkeiten zwischen dieser Geschichte und ihrer eigenen bewusst wurden. Sie hatte gedacht, Erik käme aus dem Reich der Feen, und er hatte sie überredet, mit ihm ins Bett zu gehen. Am folgenden Morgen war er kurzangebunden gewesen. Hatte ihr Anblick ihn enttäuscht? Sah er nun Fehler in ihrem Wesen, nachdem ihr Scherz so verunglückt war? Trafen ihre Befürchtungen zu, dass sie nicht so beherrscht wie Madeline war?

Auch die Parallelen zwischen ihrem Einverständnis, für ein Jahr und einen Tag an seiner Seite zu bleiben, und der Abmachung zwischen Thomas und seiner Feenkönigin ließen sich nicht leugnen.

Ein wenig beunruhigt fuhr Vivienne fort:

„Sie sprach: ‚Nun musst du mit mir reiten,
Folge mir, Thomas, sei bereit.
Du musst mir sieben Jahre dienen,
Wie der Zufall es will, in Freud oder Leid.‘
Ihr milchweißes Ross bestieg sie dann,
Der Wahrhaftige Thomas saß hinter ihr;
Und beim Klingen der Glöcklein am Zaumzeug
Rannte ihr Pferd wie der Wind so geschwind.

Es war eine dunkle, lichtlose Nacht;
In Blut sie wateten bis zu den Knien:
Denn alles Blut, vergossen auf Erden,
Fließt in den Flüssen im Reich der Feen.
Dann führte sie ihn zu einer Laube,
Wo Früchte wuchsen in großer Zahl,
Birnen und Äpfel, reif waren sie,
Datteln, Rosen, Feigen und Trauben.

‚Steige nun ab, mein Wahrhaftiger Thomas,
Und bette auf mein Knie dein Haupt,
Du wirst den schönsten Anblick sehen,
Der je einem Mann hat den Atem geraubt.‘“

Ruari lachte. „Aye, ein Mann hat einen schönen Anblick, wenn er seinen Kopf auf die Knie einer Lady legt!“

Vivienne keuchte. An diese Auslegung der Geschichte hatte sie nie gedacht. Erik legte seinen Arm um ihre Taille, als wollte er sie beruhigen. „Er macht nur Spaß“, flüsterte er ihr ins Ohr. „Das ist alles, was ich mir von deiner Geschichte erhofft hatte. Nimm dir seine Bemerkungen nicht zu Herzen. Du hast sicher schon gemerkt, dass er zu viel redet und am glücklichsten ist, wenn er es kann.“

Vivienne drehte sich zu Erik um, lächelte ihn an und fand Ermutigung in seinem festen Blick. Er lächelte selbst leicht und das ließ ihn weniger Furcht einflößend erscheinen.

„Du solltest öfter lächeln", riet sie ihm und wandte sich um, als er vor Überraschung ernst wurde. Nun kam der Teil der Geschichte, den sie liebte, und sie sprach die Worte der Feenkönigin mit Inbrunst:

> *„Oh, siehst du die enge Straße dort,*
> *so dicht bewachsen mit Sträuchern und Dornen?*
> *Das ist der Pfad der Gerechtigkeit,*
> *Vermag nur wenige anzuspornen.*
> *Und siehst du den breiten, breiten Weg,*
> *von dem uns das schmale Flüsschen trennt?*
> *Das ist der Pfad der Schlechtigkeit,*
> *den mancher den Weg zum Himmel nennt."*

„Sie erteilt tatsächlich guten Rat, diese Feenkönigin", meinte Ruari. „Man braucht sicher nicht zu fürchten, auf dem Pfad der Gerechtigkeit einer Menschenmenge zu begegnen."

> *„Und siehst du das hübsche Sträßchen dort,*
> *Das sich durch Farnkraut und Hügel windet?*
> *Das ist der Weg zum Königshof,*
> *Wo du und ich diese Nacht verbringen.*
> *Doch Thomas, halt deine Zunge im Zaum,*
> *Was immer du hör'n oder sehen magst,*
> *Denn sprichst du zufällig nur ein Wort,*
> *Bleibst du für immer an diesem Ort.*
> *Was immer die Leute zu dir sagen*
> *Bitte, antworte niemand, nur mir.*
> *Ich sage, ich forderte einen Tribut*
> *Und entriss die Sprache dir.'*

> *Thomas sah seine Lady an,*
> *Ihre Fröhlichkeit war zurückgekehrt.*

> *Sie war nun wieder so schön und gut,*
> *Saß reich geschmückt auf ihrem Pferd."*

„Und wie konnte das sein?", fragte Ruari. „War es die Heimkehr, die ihre Schönheit wiederhergestellt hat?"

„Ich habe dasselbe gefragt und man hat mir gesagt, dass es noch eine andere Variante dieser Geschichte gibt", erklärte Vivienne. „In dieser Fassung wird die Königin verheiratet und ihr Ehemann hat sie mit einem Zauber belegt, sodass jede Untreue sie ihre Schönheit kosten würde."

„Ah, so konnte er die Wahrheit mit einem Blick erkennen." Ruari nickte. „Das wäre ein nützlicher Zauber für einen Sterblichen mit einer schönen Frau", fügte er ohne nähere Erläuterung hinzu. Er schaute zu Erik hinüber, der nichts dazu sagte.

Vivienne verstand nicht, was Ruari meinte. Wenn er von einer eigenen früheren Ehe sprach, wäre es unhöflich, wenn sie ihn nach Einzelheiten fragen würde. Also sprach sie weiter:

> *„Sie stieß ins Horn und nahm die Zügel,*
> *Auf dass zum Schloss er mit ihr reite.*
> *In die Halle trat sie ein*
> *Mit Thomas an ihrer Seite.*
> *Harfe und Fiedel erklangen,*
> *Dort gab es Zither und Psalter.*
> *Laute und Rebec sangen,*
> *Musik aller Art erschallte."*

„Wenn ich das höre, muss ich an eine Hochzeit denken." Ruari seufzte. „Deine Hochzeit war ein fröhliches Fest, Junge, kein Zweifel. Ich habe fast Löcher in meine Schuhe getanzt. Die Musikanten waren so gut."

Wieder gab Erik keine Antwort, obwohl Vivienne deutlich spürte, dass er sich hinter ihr versteifte. Warum auch nicht? Erik trauerte um seine Frau. Das war jedem klar, der sein Verhalten beobachtete, immer wenn sie erwähnt wurde. Sicher dachte er selbst an das freudige Ereignis und an seinen Kummer, als er seine geliebte Braut später verlor.

Tatsächlich fand Vivienne es taktlos, so leichthin von Eriks Hochzeit zu sprechen. Ruari musste doch wissen, dass Erik tiefe Trauer um seine Frau fühlte. Es war nicht nett von ihm, dass er Erik an glücklichere Tage erinnerte. Ruari jedoch sprach offensichtlich immer alles aus, was ihm in den Sinn kam. Er wollte niemandem schaden, doch er war nicht übertrieben feinfühlig.

Sie erhob wieder ihre Stimme, damit er nicht noch mehr sagte:

„Eines Morgens sprach die Lady:
‚Thomas, deine Zeit ist um.
Eile dich mit aller Macht,
Ich bringe dich zum Eildon-Baum.'
Sein Antlitz traurig, rief Thomas aus:
‚Schöne Frau, gemach, gemach,
Kaum habe ich mich hier erfreut,
Nur sieben Tage und Nächte bis heut.'

‚Wahrlich, Thomas, ich sage dir,
Hast sieben Jahre getanzt und mehr!
Darfst nicht länger bleiben hier,
Darum zurück nach Haus nun kehr.'
Sie brachte ihn zum Eildon-Baum,
Unter grüne Zweige im Morgentau;
Doch Thomas wünschte nicht, dass sie ging:
‚Gewähr mir ein Andenken, schöne Frau.'

‚Harfe oder Karpfen, wähle aus …'"

„Harfe oder Karpfen? Was soll das bedeuten?", fragte Ruari.

„Gerade du musst das doch wissen", erwiderte Erik in unerwartet neckendem Ton. „Du mit deiner Vorliebe für Geschichten."

„Ich weiß es ganz gewiss nicht. Was ist das für eine Wahl, die sie ihm lässt? Eine Harfe oder einen Fisch?"

Vivienne lachte. „Er kann sich für die Musik oder die Sprache entscheiden. Was immer er wählt, er wird sich darin hervortun."

„Ah! Eine silberne Zunge oder silberne Fingerspitzen. Aye, es ist wahr, Feen gewähren oft die Gabe, zu musizieren. Aber ich habe noch nie gehört, dass sie die Gabe des Geschichtenerzählens verleihen." Ruari nickte. „Mir scheint, dass diejenigen, die sie mitnehmen, schon vorher darüber verfügen und das in großem Ausmaß, wenn ihr versteht, was ich meine."

„Aye, ich verstehe es genau", sagte Erik. „Vielleicht glaubst du so sehr an unsichtbare Dinge, weil du ebenfalls von Feen entführt wurdest."

Ruari lachte über diesen Gedanken und Vivienne begriff, dass beide Männer ihre Geschichte nicht für wahr hielten. Entschlossen sprach sie weiter, denn sie wusste, dass Thomas' Prophezeiungen ihre Meinung ändern würden:

> *„Harfe oder Karpfen, wähle aus,*
> *Thomas, entscheide dich.'*
> *,Das Wort steht über der Musik.*
> *Den Karpfen wähle ich.'*
>
> *,Dann, wenn du sprichst, von heute an,*
> *Und wenn du Geschichten erzählst,*
> *Sollst niemals du lügen, wo du auch bist,*
> *Ob du wanderst in Wald oder Feld.'*
>
> *,Meine Zunge ist mein', rief Thomas nun aus.*
> *,Ein schönes Geschenk würd' das sein!*
> *Damit könnt' ich nie handeln oder geh'n*
> *Zum Fest oder Stelldichein.*
> *Könnt' weder mit Prinz noch Bürger sprechen,*
> *Noch buhlen um die Gunst der Frauen.'"*

Ruari lachte herzlich über Thomas' Einwände und Vivienne fuhr fort:

„Schweig still', so sprach die Lady;
Was ich dir biete, muss es sein.
Leb wohl, Thomas, es ist kein Trug,
Darfst länger nicht bei mir sein.'
,Verweil doch, schöne Frau', er frug,
,Erzähl' mir Geschichten fein.'"

„Ah, und das sind dann wohl ihre Prophezeiungen", warf Erik ein, als Vivienne innehielt, um Luft zu holen.

„So ist es", bestätigte Vivienne. „Sie machte viele Vorhersagen über das Schicksal Schottlands und alle haben sich bisher als wahr erwiesen." Sie hob erneut an, doch Erik hielt sie ab, indem er einen Finger auf ihre Schulter legte.

„Dann ist dies eine gute Stelle, um die Geschichte bis morgen zu unterbrechen", sagte er. Er wies auf den östlichen Himmel und Vivienne stellte überrascht fest, dass er bereits hell wurde. Am Anfang der Ballade waren sie an Haddington vorbeigekommen und nun ragte die dunkle Silhouette von Edinburgh vor ihnen auf. Sie war so mit ihrem Vortrag beschäftigt gewesen, dass sie nicht gemerkt hatte, wie viele Meilen sie hinter sich ließen.

„Südlich dieser Straße, gut geschützt vor neugierigen Blicken, befindet sich ein Wasserlauf", sagte Erik und sie wunderte sich wieder, wie gut er diese Gegend kannte. „Ich schlage vor, wir machen dort für den Tag Rast und heute Abend setzt du deine Geschichte fort."

Ruari schien unzufrieden über diese Aussicht. „Nimm wenigstens meinen Rat an, dass wir uns nicht alle an einer Stelle zusammendrängen. Wir könnten zu leicht überrascht und in die Enge getrieben werden."

„Man wird uns nicht verfolgen, Ruari", beharrte Erik mit fester Stimme. „Der Bruder der Lady und ich haben schließlich eine Vereinbarung getroffen."

Ruari schnaubte. „Was natürlich erklärt, warum dieser Mann auf dem Markt von Kinfairlie einen Preis auf deinen Kopf ausgesetzt hat. Ich bin nicht überzeugt, dass diese Vereinbarung etwas wert ist,

Junge, so wie ich nicht ganz überzeugt bin, dass die Lady nicht doch ihre Familie hierhergerufen hat, aber als der pflichtbewusste Diener, der ich bin, werde ich deinem Befehl gehorchen. Du könntest mir zumindest insofern Folge leisten, als du sicherstellst, dass wir nicht leicht entdeckt werden."

Erik neigte zustimmend den Kopf und Ruari geleitete sie zu einem gewundenen Pfad weit nördlich des Waldstücks, auf das Erik gewiesen hatte. Er führte die Pferde durch ein Flüsschen, erschien wiederholt auf der einen und dann auf der anderen Seite und bewegte sich anschließend weiter flussabwärts, bevor er die Pferde wieder die Böschung hinaufsteigen ließ. Vivienne war überzeugt, dass er absichtlich das felsige Ufer wählte. Dennoch verwischte er ihre Spuren mit einer Handvoll Farn, obwohl Vivienne keinen Hinweis entdecken konnte, dass sie dort vorbeigekommen waren.

Schließlich kehrten sie im Kreis zurück zum Ginster und Ruari zeigte auf drei Heuhaufen. Das Heu konnte gerade erst geerntet worden sein. „Von da aus werde ich Wache halten." Ohne einen Blick zurückzuwerfen, stieg er ab und führte sein Pferd weg.

„Er ist verärgert über dich, trotz meiner Geschichte."

„Er macht sich zu viele Sorgen", sagte Erik friedfertig und stieg ebenfalls ab. „Doch an seiner Loyalität besteht kein Zweifel." Er machte Anstalten, Vivienne herunterzuheben, doch sie schob seine Hände von ihrer Taille und glitt allein aus dem Sattel.

„Du bist schlimmer verletzt, als du zugibst", schimpfte sie leise. Das Gras hier war saftig und grün und sie konnte das Plätschern hören, wo das Flüsschen begann. Die Bäume standen dicht um das gurgelnde Wasser herum und Vivienne dachte, dass sie an diesem schattigen Zufluchtsort gut verborgen sein würden.

Sie schaute zu, wie Erik das Pferd in die grünen Schatten führte, und zuckte erneut zusammen, als sie ihn hinken sah. Sie musste dafür sorgen, dass er sich an diesem Tag wirklich ausruhte, anstatt wie sonst die ganze Zeit auf und ab zu laufen, und sie hatte plötzlich eine gute Idee, wie sie das erreichen konnte.

Sie eilte hinter ihm her und packte ihn am Ärmel. „Glaubst du, es ist wahr, was Ruari gesagt hat?"

„Welche von Ruaris Aussagen meinst du? Er sagt eine ganze Menge." Während Erik sprach, nahm er die Satteltaschen ab, dann löste er Fafnirs Sattel und legte ihn auf den Boden. Er warf die Zügel nach vorn über den Hals des Pferdes und Fafnir neigte den Kopf, um an dem dichten Gras zu knabbern.

Vivienne holte die Bürste, die er für das Ross verwendete, und reichte sie ihm. Dabei ließ sie ihm eine Liebkosung zukommen. „Ich meine natürlich die Aussage, dass es für einen Sterblichen ungewöhnlich wäre, siebenmal hintereinander in schneller Folge mit einer Frau zu schlafen." Sie spürte, wie sie errötete, als sie ihren Vorschlag andeutete: „Doch mir scheint, dass es eine gute Maßnahme wäre, um in aller Eile einen Sohn zu zeugen."

Zu ihrer Freude fingen Eriks blaue Augen an zu blitzen und ein schwaches Lächeln umspielte seine Lippen. „Das also scheint dir so?"

Viviennes Wangen wurden noch heißer, als sie nickte.

„Da kann ich dir nur anbieten, mir die größte Mühe zu geben. Schließlich lässt kein Mann von Ehre die Neugier einer Dame unbefriedigt."

„Nicht meine Neugier sollst du befriedigen", erwiderte Vivienne spitzbübisch und wurde mit einem flüchtigen Lächeln belohnt.

Erik legte einen Finger auf ihre Lippen. „Ich würde niemals behaupten, du wärst wollüstig, obwohl es durchaus zutreffen könnte."

Vivienne hatte keine Gelegenheit, etwas zu erwidern, denn schnell ersetzte er die Wärme seiner Fingerspitze durch die Hitze seines Kusses und dagegen hatte sie nun wirklich nichts einzuwenden.

KAPITEL 8

Vivienne erwachte von Hundegebell. Es war nicht einfach nur das Bellen eines Hundes, der einem Bauern am Ort gehörte, sondern mehrere Hunde kläfften gleichzeitig und ziemlich aufgeregt. Vivienne wurde klar, dass es Jagdhunde sein mussten, als sie auch das Donnern von Pferdehufen hörte.

Wer würde so nahe bei Edinburgh jagen?

Sie warf einen Blick auf den dunkler werdenden Himmel und kuschelte sich wieder in Eriks Umarmung, denn sie wollte sich nicht rühren. Zu ihrem Erstaunen rückte er mit brüsken Bewegungen von ihr ab.

„Steh auf!", befahl er. Vivienne hätte vielleicht protestiert, doch seine blauen Augen funkelten. „Sofort!", fuhr er sie an.

Voll Furcht vor dem, was er erahnen mochte, fand Vivienne ihre Stiefel. Sie konnte nur einen anziehen, bevor einzelne Zweige des Gebüschs um sie herum mit einem lauten Knacken brachen. Die bellenden Hunde waren näher gekommen, über ihnen schrien Jagdvögel.

Angstvoll schaute sie auf. Sie waren eingekreist von zähnefletschenden Hunden und stampfenden Rossen. Ein gutes Dutzend Ritter mit geschlossenen Visieren hatten ihre Schwerter gezogen und richteten sie auf Erik und Vivienne.

Sie und Erik waren die Beute, die sie jagten. Die schimmernden Rüstungen und glänzenden Schwerter zeigten, dass sie auf einen Kampf eingestellt waren.

Viviennes Herz hämmerte so sehr, dass sie dachte, es könnte ihr aus der Brust springen. Erik schob sie hinter sich und zog dabei sein Schwert. Mit der anderen Hand steckte er etwas Kaltes in ihren Gürtel.

Es war der Dolch seines Vaters. Das wusste sie, als sie den kühlen Stein im Griff fühlte.

Aber warum hatte er das getan?

Vivienne war verwirrt, doch sie zog ihren Umhang enger um sich, sodass die Waffe nicht zu sehen war. Sie wagte es, ihren anderen Stiefel anzuziehen. Erwartete Erik, dass sie an seiner Seite kämpfen würde? Kannte er diese Männer? Was hatte er getan, als er zuletzt dieses Wegs gekommen war?

„Lasst die Lady in Ruhe und ich werde mich nicht gegen meine Gefangennahme wehren." Eriks Stimme gebot Respekt. „Es besteht kein Grund, dass sie zu Schaden kommt."

Stolz stand er da, mit erhobenem Schwert, als er zu der Gruppe sprach. Die Anzahl seiner Gegner war zu groß für ihn und Vivienne sehnte sich danach, ihm zu helfen, doch sie wusste, sie sollte seinen Dolch verborgen halten, bis sie einen Angreifer überrumpeln konnte.

In den Schatten des Spätnachmittags stand der Atem der Pferde, die offensichtlich schnell galoppiert waren, wie Wolken vor ihren Nüstern. Ein Schwert blitzte auf, als der Mann, der es trug, sein Ross näher herandrängte.

Eine entsetzte Vivienne ließ ihren Blick von der glänzenden Klinge nach oben wandern zum Kopf des Mannes, der sie führte. Er schob sein Visier zurück. Sein Gesichtsausdruck war hart, seine Züge vertraut.

„Alexander!" Vivienne war so erleichtert, dass ihr die Knie weich wurden. Welches Schicksal Erik auch immer gefürchtet hatte, es war nicht eingetreten.

Ihr Bruder hingegen teilte weder ihre Freude, noch nahm er ihre

Worte zur Kenntnis. Eriks Haltung wurde nicht entspannter und die Luft zwischen ihnen knisterte beinahe.

Da erst fiel Vivienne ein, dass Alexander ja einen Preis auf Eriks Kopf ausgesetzt hatte.

„Ihr ist zweifellos schon etwas zuleide getan worden!", sagte Alexander zu Erik. Sein Zorn war unverkennbar. „Ihr habt Euer Versprechen mir gegenüber gebrochen, Nicholas Sinclair, und ich werde dafür sorgen, dass meine Schwester gerächt wird."

Vivienne blinzelte verwirrt, dann erinnerte sie sich, dass Alexander Erik für dessen Bruder Nicholas hielt. Offensichtlich mussten einige Missverständnisse geklärt werden! Sie trat vor und hob einen Finger, um allen Beteiligten zu erklären, wie die Sachlage tatsächlich war. Dies war sicher die beste Möglichkeit, die Anspannung zu zerstreuen.

Erik schob sie so heftig hinter sich, dass sie beinahe über ihren Saum gestolpert wäre. „Und Ihr werdet mich niedermetzeln müssen, um Eure Schwester zurückzubekommen, es sei denn, Ihr garantiert für ihre Sicherheit."

„Legt das Schwert ab", forderte Alexander Erik grimmig auf. „Die Lady ist bei uns sicher, und Ihr könnt nicht gegen uns alle kämpfen. Bewahrt Euch selbst vor Verletzungen und kommt freiwillig mit."

„Es besteht keine Veranlassung für solche Feindseligkeit, denn ihr müsst wissen, es ist alles geklärt", sagte Vivienne fröhlich, doch die Männer beachteten sie nicht. „Ich kann es euch auseinanderlegen, wenn ihr einfach eure Schwerter wieder in die Scheide steckt."

Alexander tat nichts dergleichen. Er stieg ab und schob Eriks Schwert mit der Spitze seiner Klinge zur Seite. „Sie ist meine Schwester", sagte er ruhig, um Eriks Protest zuvorzukommen. „Ich werde ihre Ehre verteidigen. Insofern könnt Ihr Euch davon ausgehen, dass sie bei mir sicherer ist als bei Euch." Dann bot er Vivienne seine Hand, dabei beobachtete er den schweigenden Erik weiterhin unverwandt. „Bist du verletzt Vivienne?"

„Nein, natürlich nicht."

Doch nun sah Alexander nur noch verdrießlicher aus. Seine Finger schlossen sich fest um ihre. „Und seid ihr in einer Kirche gewesen, um die Ehegelübde abzulegen, so wie Nicholas und ich es vereinbart haben?"

Vivienne schaute zwischen den beiden Männern hin und her, die einander mit versteinerten Mienen betrachteten.

„Nein", gab sie zu, „aber wir haben eine Handfasting-Zeremonie durchgeführt."

„Handfastings gibt es bei den Lammergeiers nicht!", brüllte Alexander mit vor Wut funkelnden Augen. „Wir heiraten in Kirchen, mit dem Segen von Priestern, und daher werden unsere Kinder in den Augen Gottes und der Menschen ehelich geboren." Er stieß mit dem Schwert in Eriks Richtung. „Unsere Vereinbarung war, dass Ihr meine Schwester heiratet."

„Das stimmt", sagte Erik leise. „Aber die Lady und ich haben uns für einen anderen Weg entschieden."

Alexander richtete sich höher auf, wenngleich er damit immer noch kleiner war als Erik, und entgegnete mit zusammengebissenen Zähnen: „Ich habe Euch die Gelegenheit gewährt, um die Ihr mich gebeten habt. Ich habe Euch die Ehre meines Vertrauens erwiesen und zum Dank habt Ihr meine Schwester und mich betrogen. Ihr habt meine Gastfreundschaft missbraucht, den Namen meiner Familie beschmutzt und meine Schwester unehrenhaft behandelt."

„Ich tat, was ich für das Richtige hielt."

„Es war aber nicht das Richtige. Ihr schuldet Kinfairlie eine Wiedergutmachung. Das ist es, was ich für richtig halte."

Es war offensichtlich, dass die beiden diesen Konflikt nicht allein beilegen würden. Vivienne trat zwischen sie und hob ihre Hände. „Alexander, du verstehst nicht ganz und ich bin sicher, sobald alles erklärt ist, wirst du –"

„Ich verstehe alles, was ich verstehen muss!" Alexander zog Vivienne grob an seine Seite.

„Aber, Alexander!" Vivienne war entschlossen, zu vermitteln. „Es wurde Unrecht begangen ..."

Ihr Bruder warf ihr einen kalten Blick zu. „In diesem Fall wurde das Unrecht dir zugefügt!" Er war immer noch wütend, und dass es um ihretwillen war, beruhigte Vivienne kaum.

Er tat einen zitternden Atemzug, dann betrachtete er aufmerksam ihr Gesicht. „Ich mache mir nur Sorgen um deine Zukunft, Vivienne", sagte er leise und sie nickte, denn sie wusste, dass dem so war. Seine Stimme wurde noch leiser: „Es geht hier um ein Unrecht, das nicht ungesühnt bleiben darf, denn ich will nicht dazu beitragen, dass unser Land in gesetzloses Chaos abgleitet." Sein Blick ließ sie nicht los. „Es sei denn, du bist entgegen aller Erwartung noch Jungfrau."

Vivienne wurde scharlachrot und konnte kein Wort hervorbringen. Die ganze Gesellschaft schien die Luft anzuhalten, so neugierig warteten sie auf ihre Antwort. Obwohl Alexander leise gesprochen hatte, hatten offenbar alle gehört, was er gesagt hatte. Ein Dutzend Männer, die sie kannte und andere, die ihr fremd waren, beobachteten sie mit unverhohlener Spannung.

Vivienne suchte Eriks eindringlichen Blick. Er blieb stumm, blinzelte nicht und in seinen Augen stand keine Verurteilung. Was sollte sie seiner Meinung nach sagen? An ihren Rippen spürte sie den Griff des Dolches, der seinem Vater gehört hatte, und sie vermutete, er traute ihren Verwandten nicht.

Und das zu Recht. Die Wahrheit würde Erik in den Augen ihres Bruders verurteilen und sie fürchtete, dass Alexander Rache nehmen würde, bevor sein Zorn abgekühlt war.

„Was wirst du mit ihm machen?", fragte sie, ohne ihren Blick von Erik abzuwenden.

„Ich würde die Ohren einer Frau nie mit den Einzelheiten beleidigen", sagte Alexander gnadenlos. „Aber kein Mann, der eine meiner Schwestern entehrt hat, wird je wieder eine Jungfrau in den Schmutz ziehen."

Vivienne fühlte, wie ihr die Farbe aus dem Gesicht wich, denn sie glaubte, dass Alexander das tun würde, was er androhte. Zu Recht sagte man ihm nach, dass er ein sachkundiger Richter und standhafter Hüter des Gesetzes war. Sie wusste, dass er nicht von den Buchstaben des Gesetzes abweichen würde.

Und Erik hatte sein Versprechen gebrochen.

Wenn sie nicht schon empfangen hatte – was unwahrscheinlich

schien –, würde Alexanders Strafe sicherstellen, dass Erik nicht den Sohn bekam, den er brauchte, um seine Töchter und Blackleith zurückzugewinnen.

Sie hielt Eriks Schicksal in ihren Händen. Und er erwiderte bloß ruhig ihren Blick, verlangte nichts von ihr, erwartete nichts, von keinem von ihnen.

Seine Erfahrung hatte ihn gelehrt, nichts anderes von seiner Umgebung zu erwarten. Viviennes Herz zog sich zusammen. Sie wollte ihm so gern helfen, und doch könnte gerade sie es sein, die sein Scheitern herbeiführte, indem sie einfach nur die Wahrheit sagte.

Sie könnte lügen. Es widersprach ihrer Natur, die Unwahrheit zu sagen, und sie wusste, dass sie sich dabei nicht sehr geschickt anstellen würde, doch Vivienne weigerte sich, Erik zu verraten.

„Ich bin noch Jungfrau", erklärte sie mit Nachdruck. Sie fühlte, dass ihre Wangen brannten, hielt ihren Kopf jedoch hoch. „Weil ich in den letzten Tagen unrein war."

Ein weiterer Mann schob sein Visier zurück und Vivienne erkannte ihren Onkel Tynan. „Sprich deutlich, Vivienne, denn es steht viel auf dem Spiel. Willst du damit sagen, dass deine Monatsblutung begonnen hat?"

Vivienne nickte. Um Eriks willen war sie bereit, die Schande zu ertragen, so etwas vor einer Gruppe Männer zugeben zu müssen.

„Schwöre es", verlangte Alexander.

Vivienne schluckte. „Ich schwöre, dass ich noch Jungfrau bin."

Sofort begannen die Männer, miteinander zu flüstern. Eriks Augen verengten sich jedoch. Sie wich seinem vorwurfsvollen Blick aus. Vermutlich gefiel es ihm nicht, dass sie gelogen hatte.

Sicher verstand er doch, dass eine kleine Täuschung unter diesen Umständen weniger kostete als die Wahrheit.

Alexander ließ sich nicht so leicht überzeugen, wie Vivienne gehofft hatte. Seine Zweifel waren nicht zu übersehen. Er musterte sie mit deutlicher Skepsis und sie wusste, er hätte am liebsten ihre Schwestern gebeten, den Zeitpunkt ihrer Monatsblutung zu bestätigen.

Vivienne fürchtete, er würde verlangen, das Blut hier und jetzt zu sehen, und sie sprach hastig weiter, um ihn von einer solchen Forderung abzuhalten: „Schließlich wäre nur ein Barbar mit einer Frau in diesem Zustand ins Bett gegangen."

Erik presste die Lippen aufeinander, sodass sie eine dünne Linie bildeten, und wandte den Blick ab. Vivienne hoffte, dass er größere Abscheu vor ihr vortäuschte, als er tatsächlich empfand.

„Und was sagt Ihr? Seid Ihr mit der Lady ins Bett gegangen?", fragte Alexander Erik.

Erik schien wie versteinert, so lange stand er in wachsamem Schweigen da. „Ich bestätige selbstverständlich die Worte der Lady", sagte er schließlich knapp.

Immer noch würdigte er Vivienne keines Blickes. Vielleicht glaubte er ihre Lüge und war enttäuscht, dass sein Sohn noch nicht gezeugt worden war. Sie sehnte sich danach, ihm die Wahrheit zu gestehen und ihm zu sagen, dass sie ihr Ziel nicht aufgegeben hatte, dass sie nicht blutete, dass ihr Versprechen, seinen Sohn zu gebären, bindender war als diese Lüge, auch wenn sie ihrem eigenen Bruder geschworen hatte, dies wäre die Wahrheit.

Sie hatte das schreckliche Gefühl, er könnte ihr nicht glauben.

„Jedermann weiß, dass nur Ungeheuer gezeugt werden, wenn eine Frau ihre Tage hat", sagte Alexander.

Erik warf ihm einen verächtlichen Blick zu. „Und selbst Barbaren wie ich wünschen keine missgestalteten Kinder."

Alexander schnippte mit den Fingern und setzte sich entschlossen in Bewegung. „Ergreift ihn." Er packte Viviennes Ellenbogen, drehte sich um und marschierte zurück zu seinem Ross. „Wir reiten unverzüglich nach Kinfairlie!"

„Aber Alexander!" Vivienne kämpfte gegen den Griff ihres Bruders an, doch es gelang ihr erst, sich loszumachen, als sie zwischen Alexanders Schlachtross und Tynans schwarzem Hengst gefangen war.

Tynan musterte sie, sein Blick war genauso durchdringend wie der seiner Raben, und Vivienne unterdrückte den Drang, unruhig von einem Fuß auf den anderen zu treten. „Wenn dieser Mann Vivienne nicht verletzt hat, gibt es keinen Grund, die Angelegenheit weiter zu verfolgen", sagte er bedächtig.

„Er hat ein Versprechen gebrochen, das er mir gegeben hat, und muss sich den Konsequenzen stellen", beharrte Alexander.

„Es sei denn, Vivienne entscheidet sich ihn jetzt zu heiraten", schlug Tynan vor. „Tatsächlich könnte ein solches Vorgehen sicherstellen, dass keine bösartigen Gerüchte ihren Ruf beflecken."

Alexander stieß einen Seufzer aus und wandte sich Vivienne zu. „Wenn du darauf bestehst, werde ich keine Einwände gegen diese Verbindung erheben", sagte er und ihr Herz machte einen Sprung. „Obwohl du sicherlich wissen musst, dass ich davon abraten würde. Du kannst dich besser verheiraten, Vivienne, als mit einem Mann, dem eine Lüge so leicht über die Lippen geht, besser als mit Nicholas Sinclair."

Und wieder richtete die Gruppe ihre Aufmerksamkeit auf Vivienne.

HIER WAR VIVIENNES CHANCE, Erik in allen Ehren zu heiraten!

Doch sie wollte keine Ehe ohne Liebe und ein Blick in Eriks Richtung war alles, was sie brauchte, um zu wissen, dass er immer noch seine verstorbene Frau Beatrice liebte. Er betrachtete sie kalt, höchstwahrscheinlich bezweifelte er, dass sie fähig war, ihm einen Sohn zu schenken.

Vivienne konnte offensichtlich nichts daran ändern, dass diese Frau sein Herz weiterhin gefangen hielt, obwohl sie zugegebenermaßen auch nicht viel Zeit gehabt hatte, ihn für sich zu gewinnen. Vermutlich sollte sie froh sein, dass Erik solch eine starke Liebe kennengelernt hatte, eine, die für immer währte, so wie die Liebe in allen großartigen Geschichten, doch sie schämte sich, dass sie darüber enttäuscht war.

Vivienne wandte sich ab und kämpfte gegen die Tränen an, die in ihren Augen brannten. Ihre Entscheidung würde Erik alles kosten, was ihm lieb und teuer war, und diese Aussicht konnte sie nach wie vor nicht ertragen. Eriks Gründe, ein Handfasting zu wünschen, beruhten auf so viel Vernunft, dass sie ihn nicht zwingen würde – nicht zwingen konnte! –, diese aufzugeben.

Seine Töchter hatten etwas Besseres verdient.

Aber genauso wenig würde Vivienne das Versprechen brechen, das sie Erik gegeben hatte. Sie hatte gelobt, dass sie versuchen würde, seinen Sohn zu gebären, und sie beabsichtigte, ihr Wort zu halten. Wenn das bedeutete, dass sie nicht in Ehren heiraten konnte, schien das Vivienne ein niedriger Preis zu sein für die Sicherheit von zwei kleinen Mädchen.

Und das bescherte ihr mehrere Aufgaben. Zuerst hatte sie dafür zu sorgen, dass Erik unversehrt blieb, sodass er einen Sohn zeugen konnte. Außerdem musste sie gewährleisten, dass er frei war, um dies zu tun. Sosehr es ihr auch zuwider war, ihren Bruder und Onkel zu täuschen, Vivienne konnte Eriks Töchter nicht dem Schicksal überlassen, das Nicholas ihnen zugedacht hatte.

Die traurige Wahrheit war, dass Vivienne ihrer eigenen Familie erneut etwas Falsches erzählen musste. Ihre Mutter hatte immer gesagt, dass jede Lüge eine weitere nach sich zog, und es war kein Trost, dass sich diese Warnung nun als richtig herausstellte.

Obwohl Alexanders Überzeugung, dass Erik Nicholas war, sich nun tatsächlich als äußerst nützlich erweisen könnte.

Vivienne blickte noch nicht einmal in Eriks Richtung, damit Alexander ihre Absicht nicht erriet. Sie schüttelte den Kopf und zuckte die Achseln. „Er hat mich weder verletzt noch für ein Lösegeld zurückgegeben, also sprechen seine Taten mehr für ihn, als du es tust, Alexander."

Ihr Bruder wurde rot. „Damit hast du recht", gab er schroff zu.

„Und du bist weit davon entfernt, an dieser Sache unschuldig zu sein", fuhr sie fort, was ihr ein zustimmendes Nicken ihres Onkels einbrachte.

„Ich würde es für klug halten, wenn Vivienne an allen zukünftigen Diskussionen über ihre Hochzeit beteiligt wird", schlug Tynan vor.

„Ich dachte, du liebst ihn", wisperte Alexander. „Als er zu mir kam und seine Leidenschaft bekannte, dachte ich, du hättest alle anderen Verehrer unannehmbar gefunden, weil du Nicholas Sinclair noch liebtest. Es schien perfekt, dass er nun Blackleith besitzt, und ich wollte nur dein Glück sichern."

„Du hast dich geirrt, Alexander", sagte Vivienne, erleichtert, dass sie antworten konnte, ohne wirklich zu lügen. „Ich könnte Nicholas Sinclair niemals lieben, denn er ist hinterlistig und verlogen. Ich bedauere nur, dass ich ihn nicht wegen seiner Taten vor euch angeprangert habe, als er seine Werbung beendete." Sie schaute ihren Bruder und ihren Onkel an und hoffte, entschlossen zu wirken. „Ich werde Nicholas Sinclair nicht heiraten."

Alexander und Tynan nickten zustimmend und Alexander schnippte wieder mit den Fingern als Zeichen für seine Männer, dass sie Erik ergreifen sollten. „Wir reiten in aller Eile nach Kinfairlie", wiederholte er.

„Ich empfehle, heute Nacht in Ravensmuir zu rasten", sagte Tynan in seiner gewohnt ruhigen Art. „Die Pferde sind müde von diesem Tag, und es liegt näher und ist besser für die Bewirtung der Gesellschaft ausgestattet."

„Und ich werde weiterreiten." Eriks Augen verengten sich, seine Miene war undurchdringlich. „Meine Anwesenheit ist wohl kaum erforderlich, da die Angelegenheit so freundschaftlich geregelt wurde."

Vivienne wusste, sie bildete sich nicht ein, dass er das Wort *freundschaftlich* besonders betont hatte. Sie verstand in dem Augenblick, dass er eine andere Jungfrau suchen wollte, die ihm seinen Sohn gebären konnte.

Was, wenn sie schon schwanger wäre? Es würde Monate dauern, bevor sie sicher sein konnte, es sei denn, sie blutete. Ihr war klar, dass Erik nur bereit war, sie zu verlassen, weil er ihre Lüge glaubte. Oh, diese Unwahrheit verursachte bereits unendlich große Schwierigkeiten!

„Sicher solltest du dich auch auf Ravensmuir ausruhen ...", begann sie, doch Alexander unterbrach sie.

„Die Sache ist keinesfalls erledigt, nicht, was Euch betrifft", sagte er kurzangebunden und lenkte sein Pferd vorsichtig zu Erik hin. „Es hat sich nichts an der Tatsache geändert, dass Ihr Euer Wort mir gegenüber gebrochen und mich über Eure Absicht getäuscht habt, und Ihr müsst Euch vor meinem Gericht für Eure Verfehlung verantworten."

Erik beäugte ihn grimmig. „Ihr habt immer noch mein Geld, und das sollte genügen, um die Angelegenheit als geregelt zu betrachten."

Alexander richtete sich im Sattel auf. Vivienne wusste, dass es ihm missfiel, so vor seinen eigenen Mannen herausgefordert zu werden. „In meinem Herrschaftsbereich wird getan, was ich will", sagte er mit ruhiger Autorität. „Und ich habe verfügt, dass Ihr vor meinem Gericht erscheinen werdet, um Euch der Anklage zu stellen."

„Und als freier Mann sage ich, dass ich das nicht tun werde."

„Ich habe das Recht, Euch zu verfolgen, und ich habe das Recht, Euch vor mein Gericht zu stellen, damit der Gerechtigkeit Genüge getan wird."

Erik kräuselte die Lippen. „Und ich habe das Recht, mich den Launen eines Adligen zu entziehen, der seine Schwester für solch eine erbärmliche Summe verkaufen wollte."

Zornig hob Alexander einen Finger und setzte an, etwas zu sagen, doch Erik zog so schnell sein Schwert, dass der Mann neben ihm verwundet wurde, bevor Alexander auch nur einen Laut von sich gegeben hatte.

„Ergreift ihn!", brüllte Alexander.

Eriks Schwert sauste durch die Luft, als er sich seinen Angreifern entgegenstellte. Alexanders Männer bildeten einen Kreis um ihn. Klingen trafen aufeinander, als ein wilder Kampf auf der friedlichen Lichtung ausbrach. Vivienne ächzte, als sie sah, dass sie keine Mühe scheuten, um Erik zu besiegen.

„Er wird ohne guten Grund verletzt werden!", rief sie und stürzte auf die Kämpfenden zu. Sie kam nicht weit, denn ihr Onkel packte sie um die Taille und schwang sie vor sich in den Sattel. „Ich muss ihm helfen!", schrie sie und wehrte sich gegen seinen Griff. „Dies ist ganz und gar ungerecht!"

„Du kannst keinem Mann helfen, der sich selbst verurteilt“, sagte Tynan grimmig, dann wandte er sein Pferd in Richtung Ravensmuir. „Eine Nacht im Kerker von Ravensmuir wird dafür sorgen, dass er von seiner Torheit geheilt wird.“

Vivienne war plötzlich sehr froh, dass Erik ihr den Dolch seines Vaters anvertraut hatte, obwohl sie verzagt war bei dem Gedanken, ihn aus dem Heim ihres Onkels befreien zu müssen. Ravensmuir war eine mächtige Burganlage mit einer vollständigen Ringmauer, vielen Toren und einem furchteinflößenden Kerker.

„Alexander hat den Handel mit ihm abgeschlossen“, hielt Vivienne dagegen, Zorn befeuerte ihre Worte. „Und er hat entsprechend seinen Vertragsbedingungen eine Bezahlung erhalten. Dieser Mann hat mich ehrenhaft behandelt und ihr lohnt es ihm mit Brutalität.“

„Ich will keinen Protest hören.“ Alexander schaute ihr mit stahlhartem Blick ins Gesicht. „Das Glück war dir hold und du solltest dankbar sein, dass du noch einmal davongekommen bist. Überlasse die Einzelheiten mir.“

Vivienne war außer sich, als sie Erik mit Gewalt bezwangen. Er wurde gefesselt und würdelos über den Rücken eines Zelters geworfen. Sein Anblick – zerschlagen und blutend – stärkte ihren Entschluss, ihm zu helfen, wenn nötig ihrer gesamten Familie zum Trotz.

Sie hätte ihren Mund halten sollen, doch sie konnte sich eine Bemerkung nicht verkneifen: „Und so lässt du einen Unschuldigen wie einen Verbrecher fesseln, ohne Grund und nur um deines verletzten Stolzes willen“, sagte sie zu Alexander, dessen zufriedener Gesichtsausdruck sofort verschwand. „Wer ist in dieser Situation der Barbar?“

„Gerechtigkeit muss mit fester Hand zugemessen werden“, erwiderte Alexander, obwohl er errötete, als er seinen eigenen Befehl verteidigte. „In diesen Tagen ist viel Elend in Schottland darauf zurückzuführen, dass Männer nicht zu ihrem Wort stehen und diejenigen, die Verantwortung tragen, die Gerechtigkeit nicht aufrechterhalten. Ich werde nicht so handeln wie sie.“ Damit wendete er sein Ross.

„Du musst das verstehen, Vivienne", flüsterte Tynan ihr zu. „Alexanders Autorität ist gering bei den Männern, die ihm auf Kinfairlie dienen. Sie denken, er ist jung und nicht kampferprobt. Einige suchen eine Gelegenheit, sich ihm zu widersetzen. Er wagte nicht, das Risiko einzugehen, deinen Angreifer ungestraft gehen zu lassen, damit er später nicht von den Männern in seinen eigenen Reihen herausgefordert wird. Er wollte nicht die Sicherheit deiner Schwestern gefährden, indem er in dieser Sache nicht entschlossen handelte. Er musste eine Wahl treffen und entschied sich dafür, seine Autorität am Gericht von Kinfairlie durchzusetzen. Er hätte hier und jetzt Gerechtigkeit walten lassen können, zumindest eine von weniger ehrenwerter Art."

Vivienne antwortete lieber nicht, sie hatte schon zu viel gesagt. Sie wunderte sich über diese Ausführungen, denn sie hätte nicht gedacht, dass Alexander Schwierigkeiten mit den Männern in seinen Diensten hatte. Doch Tynans Bemerkung machte Sinn.

Von ihnen allen hatte sich für Alexander nach dem plötzlichen Tod ihrer Eltern am meisten verändert, denn er war gezwungen gewesen, sofort Laird von Kinfairlie zu werden. Dennoch konnte sie es nicht gutheißen, dass Erik für Alexanders Probleme leiden musste.

Viviennes Bruder Malcolm ließ sein Pferd neben Tynans Ross trotten. Er sagte nichts. Offensichtlich hatte er Tynans ruhige Art angenommen, seit er den Eid geschworen hatte, diesem Mann zu dienen. Er trug eine Variante der Farben von Ravensmuir, die ihn als den Erben des Anwesens kennzeichneten, und saß auf einem von Ravensmuirs schwarzen Hengsten. Malcolm wirkte bereits viel älter und strenger, als sie ihn in Erinnerung hatte.

Erst als die Gruppe von der Lichtung wegritt, fiel Vivienne auf, dass Ruari nicht dabei war. Wahrscheinlich hatten Alexanders Hunde ihn nicht gefunden oder Alexander hatte nicht gemerkt, dass der einzelne Mann mit ihr und Erik reiste. Dass Ruari darauf bestanden hatte, ein Stück weiter weg von ihnen zu schlafen, hatte sich als gut erwiesen.

Genauso wie seine Empfehlung, ohne Pause nach Queensferry zu reiten. Vivienne bedauerte, dass sie seinen Vorschlag nicht unterstützt hatte. Ihr war um Eriks Wohlergehen bange gewesen, allerdings hatte die Rast am Tag letztlich nur dazu geführt, dass er noch mehr Verletzungen davontrug. Sie schluckte, als sie an den kalten Blick dachte, den er ihr eher zugeworfen hatte, und hoffte sehnlichst, dass er ihr vergeben konnte für das, was ihre Familie ihm antat.

Vivienne hoffte auch, dass Ruari furchtlos genug sein würde, um ihnen nach Ravensmuir zu folgen. Schließlich würde sie alle Hilfe benötigen, die sie bekommen konnte, um Erik zu befreien.

Ruari Macleod war davon überzeugt, dass Frauen nichts als Schwierigkeiten brachten – schlimmer noch, dass schöne Frauen eine Quelle maßlosen Ärgernisses waren. Er hatte von Anfang an gedacht, dass Eriks Plan, Vivienne für sich zu beanspruchen, schlecht überlegt war, doch als er den Jungen gefunden hatte, war es bereits geschehen. Er hatte ebenfalls geglaubt, dass es töricht wäre, die Begabungen einer Frau zu unterschätzen, die mit der Familie auf Ravensmuir verwandt war, besonders ihre Fähigkeit, mit den Raben dieser Burganlage zu sprechen. Er war nicht im Geringsten überrascht, dass sich seine Befürchtungen in allen Punkten bestätigt hatten.

Auch war er nicht glücklich darüber, wie es ausgegangen war. Er beobachtete, wie die große Gruppe zurück zu dem vermaledeiten Anwesen ritt. Nun, da sie ihre Beute gefasst hatten, waren alle fröhlich. Er hatte sich näher herangeschlichen und aufmerksam gelauscht, und jeder Gesprächsfetzen, der an sein Ohr drang, hatte ihm missfallen. Der Junge hatte die Maid ehrenvoll behandelt und sie hatte es ihm mit Verrat gelohnt.

Der einzige Gefallen, den sie Erik getan hatte, war, darauf zu bestehen, dass sie ihre Jungfräulichkeit nicht verloren hätte. Ruari hegte keinen Zweifel, dass diese Behauptung nur ihrem eigenen Vorteil diente, denn sie konnte noch gut verheiratet werden, solange niemand glaubte, von ihr wäre bereits gekostet worden. Außerdem könnte ihr Schwur auch den Nutzen haben, dass Erik nicht entmannt wurde.

Dennoch war offensichtlich, dass sie grob mit ihm umgehen würden. Vielleicht hatte der Bruder der Maid ihr nicht wirklich geglaubt.

Es spielte kaum eine Rolle. Ruari folgte der Gesellschaft. Die triumphierenden Angehörigen der Gruppe achteten nicht im Mindesten auf den Lärm, den sie machten. Zwei dunkle Vögel kreisten über dem Kopf des Zuges, wo das Mädchen mit ihren Verwandten ritt, und es war leicht für Ruari, zu erraten, was für Vögel es waren.

Er behielt seine Kapuze auf und blieb so weit zurück, dass er die Leute verloren hätte, wenn ihm ihr Ziel nicht bekannt gewesen wäre.

Ravensmuir. Angst stieg wie schwarze Galle in Ruaris Kehle, doch er musste halten, was er William Sinclair gelobt hatte. Der Junge war seine Verantwortung und er wagte nicht, ihn im Stich zu lassen.

Die Sonne ging wie ein dunkelrotes Auge über dem Schottischen Hochland unter und dicke Wolken zogen am Himmel auf. Sie wurden bedrohlich schwarz, während die Gruppe immer weiter ostwärts ritt. Die Dunkelheit verschluckte die letzten Strahlen der Sonne, als ob sie diese auslöschen würde. Beißend kalter Wind blies Ruari ins Gesicht und er sah es nicht als gutes Zeichen an, dass dieser vom Meer kam.

Vor ihnen lag Ungemach, und schlechtes Wetter ebenso. Beides sagte Ruari nicht zu, und er fragte sich, warum er sich als junger Mann nicht damit begnügt hatte, des Nachts am Feuer seiner Mutter zu sitzen und bei Tag Ziegen zu hüten. Er könnte immer noch dort sein, zufrieden und ein wenig dicklich, vielleicht mit einer Ehefrau, die ihm ab und zu einen Krug Bier bringen würde. Es wäre kein so schlechtes Leben gewesen.

Dann kam ihm William Sinclair in den Sinn, ein großartiger Mann – weitaus bedeutender als jeder andere, dem er in ihrem kleinen Dorf hätte begegnen können, ein Mann, der ihn viel gelehrt hatte, und da wusste er wieder, warum er fortgegangen war.

Viel zu schnell ragte Ravensmuir drohend vor ihnen auf, ein mächtiger Schatten vor dem Hintergrund der wogenden See und den über den Himmel ziehenden Wolken. Ruari erbebte beim bloßen Anblick, als er auf seinem Ross innehielt. Er war erleichtert, als die Vögel hinter der hohen Ringmauer verschwanden und nicht wieder himmelwärts flogen.

Bei Ravensmuir gab es kein Dorf, nur eine einsame Heidelandschaft auf der letzten halben Meile vor den Mauern. Das Tor öffnete sich, um die Gesellschaft einzulassen, und die Gruppe wurde verschlungen wie von einem Dämon, der seinen gierigen Schlund aufriss. Ruari blieb hinter der letzten Dornenhecke stehen, die ein wenig Schutz bot, und bedachte sein Vorgehen. Die ersten schweren Tropfen fielen.

Ruari richtete seinen Tappert und wickelte den Umhang um sich. Er blickte auf das finstere Antlitz von Ravensmuir und zitterte beim Gedanken an das, was er tun musste, um sein Gelübde zu erfüllen.

Doch er kannte William Sinclair gut genug, um zu wissen, dass sein verstorbener Herr keine Entschuldigungen gelten lassen würde. William war nie davor zurückgeschreckt, etwas zu tun, was getan werden musste, so unangenehm die Aufgabe auch gewesen sein mochte.

Ruari war nicht so vermessen, darüber zu spekulieren, ob er im Himmel oder in der Hölle landen würde, wenn er diese Erde verließ, doch er wusste, wo auch immer das war, William Sinclair würde ihn dort erwarten. Er war davon überzeugt, dass dieser Mann ihm jedes Versäumnis bei der Erfüllung seines letzten Wunsches bis in alle Ewigkeit nachtragen würde.

Ruari zog seine Kapuze zurecht, straffte die Schultern und ritt auf die Tore von Ravensmuir zu. Diesmal könnte er bei dem Versuch, dem Jungen zu helfen, sein Leben verlieren, doch es lag keine Ehre darin, sich seinem Versprechen zu entziehen. Er hielt den Kopf hoch, obwohl er fürchtete, dass er gerade eine große Dummheit beging.

Es könnte sein, dass er William eher begegnete, als sie beide erwartet hatten.

Schließlich konnte Ruari weder jonglieren noch singen. Der Laird von Ravensmuir schien keine Söldner zu benötigen und würde auch keine Auskünfte über seine Nachbarn wünschen, da er über einen Schwarm von Vögeln verfügte, die gemäß seinen Wünschen für ihn spionieren konnten. Natürlich hatte Ruari keine derartigen Informationen, aber er hätte welche erfinden können, wenn dies Aussicht auf Erfolg geboten hätte. Ruari könnte eine Geschichte erzählen, obwohl er nur eine kannte, und die war kaum unterhaltsam.

Er hoffte bloß, dass dies genügen würde.

Je näher er diesen dunklen Toren kam, desto mehr Zweifel stürmten auf ihn ein, als ob ein immer längerer Schatten auf sein Herz fallen würde. Ruari hoffte plötzlich dringend, dass Medusa seine Anwesenheit nicht erwähnt hatte, als sie dem Laird berichtete, wo er Vivienne und Erik finden würde.

Sonst würde man seine Ankunft – und seine Absicht – vielleicht vorhersehen.

Ruari schluckte, doch trotz dieser beängstigenden Aussichten verlangsamte er sein Tempo nicht. Vielleicht ging er geradewegs in eine Falle – das wäre den Zauberern von Ravensmuir durchaus zuzutrauen –, doch einem Mann, der am Totenbett eines anderen einen Schwur getan hatte, blieb nicht wirklich eine andere Wahl.

Ruari hoffte, dies würde nicht die letzte Entscheidung sein, die er traf.

Er hoffte auch, dass William Sinclair ihm Anerkennung dafür zollen würde, dass er versuchte, sein Gelübde zu erfüllen, selbst wenn er dabei scheitern sollte.

Als die Gesellschaft heimgekehrt war, rief Tynan nach Bier, das in der Halle von Ravensmuir ausgeschenkt werden sollte. Man hatte ihre Ankunft offensichtlich erwartet – vielleicht durch einen früheren Befehl Tynans, denn die auf Böcken stehenden Tische in der Halle waren gedeckt und aus der Küche drang ein verführerischer Duft nach gebratenem Fleisch.

Vivienne war nicht in der Stimmung, Alexander zu erzählen, wie großartig er war, auch wenn er offensichtlich Stolz auf seine Heldentat empfand. Er ergriff ihre Hand, hielt sie hoch und nahm den Applaus der Mitglieder von Tynans Haushalt entgegen. „Vivienne ist zurückgekehrt, gesund und unversehrt!", rief er. Die gesamte Gesellschaft sowie die Bediensteten brachen in Jubel aus.

Vivienne lächelte, obwohl ihr der Kopf von dem Problem, das vor ihr lag, schwirrte. Wie sollte sie es schaffen, Erik zu befreien? Jedes Tor, das geräuschvoll hinter ihnen zugefallen war, ließ dies unmöglicher erscheinen.

Was, wenn es tatsächlich unmöglich war?

Was, wenn sie Erik nicht helfen könnte?

Malcolm, der einst bei so manchem Streich ihr Verbündeter gewesen war, blieb nun immer in unmittelbarer Nähe von Tynan und zeigte genau dasselbe grimmige Gebaren wie dieser Mann. Es gab keinen Zweifel, auf wessen Seite er stand. Von ihm war keine Hilfe für Erik zu erwarten.

„Lass mich den Gefangenen versorgen", sagte Vivienne aus einem Impuls heraus zu ihrem Bruder. „Er wurde von deinen Leuten verletzt, und es liegt in der Verantwortung eines guten Lairds, sich um seine Gefangenen zu kümmern."

„Dann wird Onkel Tynan dies veranlassen, da kannst du sicher sein", erwiderte Alexander abwehrend. „Komm zu Tisch, damit alle sehen können, dass du gesund und munter bist."

„Ich könnte anbieten, ihm zu helfen."

Vivienne hatte gedacht, dies würde ihr eine Chance geben, Erik zu sehen, doch Alexander schüttelte den Kopf. „Was du brauchst, sind ein Bad, eine warme Mahlzeit und eine lange Nachtruhe", sagte er liebevoll. „Nicht mehr Verpflichtungen."

„Aber –"

„Du wirst dich nicht um den Gefangenen kümmern, Vivienne", sagte Alexander bestimmt. „Ich verbiete es dir." Vivienne schaute ihren Bruder böse an. Noch nie hatte er in solch einem harschen Ton mit ihr gesprochen, und er betrachtete sie, offensichtlich unbeeindruckt, auf dieselbe Weise.

„Es geschieht häufig“, warf Tynan ein, „dass jemand, der ein Martyrium erlebt hat, Zuneigung empfindet für den, der für dieses Martyrium verantwortlich ist.“

„Das macht keinen Sinn“, sagte Alexander.

„Dennoch ist es so.“ Tynan beobachtete Vivienne mit seinem weisen Blick, und sie fragte sich wieder, wie viel von ihrer Zuneigung er zu erkennen vermochte. Er schüttelte den Kopf, dann fasste er sie am Ellenbogen. Er war so ruhig, so selbstsicher, dass es ihr leichtfiel, sich von ihm wegführen zu lassen. „Komm zur Tafel, Vivienne, und erquicke dich bei Bier und Fleisch. Bis zum Morgen wirst du vergessen haben, was du erlebt hast.“

So wie Vivienne zu ihrer Verwandtschaft stand, fragte sie sich, ob die Gerüchte ein Körnchen Wahrheit enthielten. Hatte Ruari recht, als er ihren Onkel als Hexer bezeichnete? Würde Tynan dafür sorgen, dass sie Erik vergaß, indem er heimlich irgendein Kraut in ihr Bier mischte? Ihrer Meinung nach wäre das der größte Frevel, den es geben könnte, denn die Erinnerungen an ihre gemeinsame Zeit gehörten ihr.

Und sie würde noch mehr solche Erinnerungen schaffen.

„Ich bin eigentlich nicht hungrig“, wandte sie ein. „Und ich habe auch keinen Durst.“

Alexander lachte. „Ich wette, du wirst unglaublich hungrig werden, sobald du einen Bissen auf der Zunge schmeckst. Die Verpflegung auf Ravensmuir ist ausgezeichnet, und du siehst blass aus, als hättest du lange keine Nahrung zu dir genommen, Vivienne.“

„Dennoch möchte ich nichts.“

„Was hast du seit gestern gegessen?“, fragte Alexander.

Vivienne blickte zu Boden. „Etwas Käse und Brot. Ein oder zwei Äpfel. Einfache Nahrungsmittel, aber genügend davon.“

Alexander schnaubte.

„Du solltest eine Weile an der Tafel sitzen“, drängte Tynan sie sanft. „Umso besser können alle sehen, dass es dir gut geht. Zweifellos hast du ein Martyrium hinter dir und die Fröhlichkeit wird deine Stimmung heben."

Anscheinend sollte das, was Vivienne wollte, nicht sein. Sie folgte ihnen zur Tafel, prostete der Gesellschaft mit falscher Munterkeit zu und hoffte wider besseres Wissen, dass sie ihrem Bruder und ihrem Onkel bald entwischen konnte.

Es war der Anblick ihrer jüngsten Schwester, der ihre Laune verbesserte. Elizabeth zwängte sich durch die Menge in der Halle und ihre Augen strahlten vor Freude.

„Vivienne!", schrie Elizabeth, als sie die erhöht stehende Tafel erreichte. Vivienne sprang vom Podium und es war ihr gleichgültig, was ihr Bruder dazu zu sagen hatte.

Elizabeth umarmte sie fest und drehte sie freudig im Kreis. Ihre Begrüßung entsprach mehr Viviennes Geschmack. „Wir hatten alle solche Angst um dich! Geht es dir gut?"

„Gut genug." Vivienne hörte Eriks Einfluss in ihrer kurzen Antwort, doch sie brachte es nicht über sich, mehr zu sagen.

„Vielleicht braucht sie die Gesellschaft einer Schwester mehr als eine Mahlzeit an der Tafel", sagte Alexander zu Tynan, der die beiden voll Zuneigung anlächelte. Wie immer besaß Elizabeth das Talent, Alexander zu einer weniger harten Haltung zu bewegen. Das gelang ihr manchmal sogar, ohne dass sie es überhaupt beabsichtigte. Diesmal jedoch fand Vivienne dies nicht irritierend.

Elizabeth löste sich von ihr und musterte Vivienne. „Du siehst nicht aus, als wärst du in guter körperlicher Verfassung."

„Ich bin müde, das ist alles." Vivienne zwang sich zu einem Lächeln. „Wo sind Annelise und Isabella? Sind sie nicht mit euch hierhergekommen?"

Elizabeth verzog das Gesicht, dann senkte sie ihre Stimme zu einem Wispern: „Sie haben nicht die Erlaubnis bekommen, uns zu begleiten. Ich durfte bloß mitkommen wegen Darg."

„Darg?"

„Diese Fee hat uns auf der Suche nach dir geholfen", erklärte Alexander. Er wuschelte Elizabeth durchs Haar, sie jedoch duckte sich unter seiner schweren Hand weg und rollte mit den Augen. „Du bringst mein Haar durcheinander!"

„Während du lieber einen Verehrer in Versuchung führen würdest?", neckte Alexander sie.

Elizabeth errötete und verschränkte die Arme vor der Brust. Dabei scheiterte sie auf der ganzen Linie bei dem Versuch, ihre vollen Brüste zu verstecken. Seit diese sich vor noch gar nicht allzu langer Zeit gerundet hatten, schämte sie sich, und noch unsicherer war sie über die Aufmerksamkeit, die Männer ihr nun schenkten. Sie warf einen argwöhnischen Blick über ihre Schulter auf die überwiegend männliche Gesellschaft und wandte sich dann allein Vivienne zu.

„Darg sagte, du würdest heute Nacht gefunden werden. Sie hat mir sogar einen Vers speziell für Alexander gewährt. *Geschwind, geschwind nach Westen reite; die Maid wird dort gerettet heute. Zwischen dem Fluss und dem Meeressaum, zwölf Schritte vom Kastanienbaum, von nahe dem Tal bei Elphinstone aus, wirst du sie bringen können nach Haus."*

„Und du warst tatsächlich da!", rief Alexander und hob seinen Becher.

Während die Gesellschaft johlte, senkte Elizabeth ihre Stimme, sodass nur Vivienne sie hören konnte: „Ich habe ihnen den Rest nicht erzählt, denn Alexander wäre wütend geworden. Vertraue Malcolm nicht das Geringste von etwas an, was du geheim halten willst", riet sie und warf einen abfälligen Blick auf ihren Bruder. „Seit er hierhergekommen ist, ist er Tynans rechte Hand."

Man hätte vorbringen können, dass Malcolms Entscheidung ihm einen beträchtlichen Vorteil brachte, denn er würde Ravensmuir erben, wenn er Tynan gut diente und sich als Nachfolger heranziehen ließ. Malcolm war zwei Jahre jünger als Vivienne und klug genug zu wissen, dass sich ihm hier eine selten günstige Gelegenheit bot. Sie war sicher, dass er diese nie aufs Spiel setzen würde, und hätte dies Elizabeth auch gleich gesagt.

Doch die Schwestern konnten nicht länger miteinander sprechen. Lärm brach aus, als die Gesellschaft des Gefangenen ansichtig wurde. Die Leute brüllten, stampften mit den Füßen und spuckten aus, als Erik in die Halle getragen wurde. Vivienne wandte sich ab. Sie konnte es nicht aushalten, ihn so zerschlagen und verwundet zu sehen. Noch merkte er nichts von der Lage, in der er sich befand, und Vivienne machte sich Vorwürfe wegen der vielen Verletzungen, die er erlitten hatte.

„Das ist Nicholas Sinclair?", wisperte Elizabeth schockiert. „Und er war einst ein so gut aussehender Mann. Schau dir die Narbe auf seinem Gesicht an!" Sie warf Vivienne einen scharfen Blick zu. „Hat sein Charme genauso nachgelassen wie sein Aussehen?" Sie kräuselte die Nase. „Ich mochte ihn nie, obwohl es vielleicht nur daran lag, dass er dich von unseren Spielen ablenkte. Ich fand immer, dass er zu viel Charme hatte und zu sehr überzeugt von seinen Vorzügen war."

Erik sollte in den Kerker gebracht werden und die Männer setzten sich zufrieden zum Essen an den Tisch. Nach der erfolgreichen Gefangennahme des vermeintlichen Bösewichts waren sie in freudiger Stimmung und begierig, ihre Geschichten zu teilen. Gesang hob an, als Erik fortgetragen wurde, und Tynan rief erneut nach Bier.

Vivienne wollte keine Zeit mehr in dieser Gesellschaft verbringen.

„Können wir nicht allein im Privatgemach der Frauen essen, so wie früher?", fragte sie mit einem Blick auf ihren Bruder. „Ich würde zu gern eine Gelegenheit haben, mit dir zu reden, Elizabeth, ohne dass Alexander jedem unserer Worte lauscht."

„Ich lausche nicht jedem Wort", widersprach Alexander.

„Du versuchst es aber", gab Elizabeth zurück. „Und du bist viel weniger lustig, seit du Laird geworden bist", teilte sie ihm mit der Ehrlichkeit der Jugend mit. „Früher hast du mit uns gescherzt und warst ein liebenswürdiger Gefährte, nun verlangst du dies und das und bist sogar noch strenger, als Papa es je gewesen ist. Kein Wunder, dass Vivienne deine Gesellschaft nicht vermisst hat."

Vivienne sah, wie diese ungezwungene Bemerkung Alexander einen Stich versetzte, denn er wirkte auf einmal niedergeschlagen, doch Elizabeth schien es nicht zu bemerken. Sie warf Tynan ein

Lächeln zu, offensichtlich überzeugt, dass sie sich bei ihm durchsetzen konnte. „Onkel Tynan, du kannst Vivienne nicht zwingen, hier bei euch Männern zu bleiben, nach allem, was sie durchgemacht hat. Sei unbesorgt, ich werde mich um ihr Wohlergehen kümmern."

„Dann geht", erwiderte Tynan amüsiert. Er legte eine Hand auf Alexanders Schulter. „Und möge Gott milder über uns urteilen, als kühne Maiden es tun, besonders wenn wir nicht länger unterhaltsam sind."

Alexander lächelte über die Bemerkung seines Onkels, doch Vivienne sah, dass die Fröhlichkeit seine Augen nicht erreichte. Sie fühlte sich hin- und hergerissen, denn sie ahnte, dass ihr Bruder schwerer an der Bürde von Kinfairlie trug, als sie gedacht hatte.

Sie und Alexander hatten immer ein mehr oder weniger kameradschaftliches Verhältnis gehabt und es schmerzte sie, dass er ihr nicht die Wahrheit anvertraut hatte, und nun verspürte sie den Wunsch, ihn danach zu fragen.

Andererseits war er noch nicht einmal bereit, sich ihre Sicht der Dinge anzuhören, und das war wirklich enttäuschend. Es war deutlich: Das wie auch immer geartete Band zwischen ihnen war nun durchtrennt und Vivienne fragte sich, ob nur sie deswegen traurig war.

Allerdings hatte das wenig Bedeutung, denn sie beabsichtigte, das Versprechen, das sie Erik gegeben hatte, zu erfüllen. Und so folgte sie Elizabeth aus der Halle, wobei sie dem fröhlichen Geplauder ihrer Schwester nur halb zuhörte.

Wie sollte sie aus dieser trutzigen Festung entkommen, ohne entdeckt zu werden? Dass Madeline dies geschafft hatte, war weniger ermutigend, als es hätte sein sollen, denn Vivienne war klar, dass sie an die Leistungen ihrer älteren Schwester nicht heranreichte.

Dennoch würde sie es versuchen müssen.

KAPITEL 9

Elizabeth zog an Viviennes Hand und führte sie zur Treppe. „Ich kann auf jeden Fall etwas Besseres für uns finden als die laute Halle. Die Frau des Kastellans mag mich, weil Darg Gefallen an ihr gefunden hat und sie gern Dargs Verse hört. Mit einem solchen Einfluss könnte ich Lady von Ravensmuir werden!"

„Ich dachte, diese Position wäre Tante Rosamunde zugedacht."

Elizabeth schüttelte heftig den Kopf, dann blickte sie betroffen zu ihrem Onkel zurück. „Äußere noch nicht einmal ihren Namen", riet sie flüsternd. „Onkel Tynan wird äußerst wütend, wenn sie nur erwähnt wird."

„Warum? Er war doch derjenige, der sie weggeschickt hat." In diesem Augenblick war Vivienne nicht geneigt, Verständnis für ihren Bruder und ihren Onkel aufzubringen. „Ich habe die grausamen Worte gehört, die er zu ihr gesagt hat, und ich mache ihr keine Vorwürfe, dass sie gegangen ist."

Elizabeth verzog das Gesicht. „Ich glaube, er liebt sie noch immer. Und Darg meint, dass ihre Bänder miteinander verschlungen sind, zumindest noch im Moment."

Vivienne erinnerte sich nun an diese merkwürdige Sache mit den Bändern. Als Rhys um ihre älteste Schwester Madeline geworben hatte, hatte Darg Elizabeth die Bänder gezeigt, die von jeder Person in der Halle ausgingen. Die Bänder derjenigen, deren Seelen dafür bestimmt waren, zusammen zu sein und sich zu lieben, waren – so wie Elizabeth sagte – miteinander verschlungen.

Darg, die Spriggan, konnte – ebenfalls nach Aussage von Elizabeth – eine Menge Unheil anrichten, indem sie Bänder verknotete oder zerriss, wodurch Hindernisse für die entsprechenden Liebenden entstanden. Elizabeth behauptete, Darg wäre voll Wut über die Bänder von Tynan und Rosamunde hergefallen, weil sie Rosamunde nicht leiden konnte, und die beiden Sterblichen hatten sich daraufhin unerwartet heftig gestritten.

„Das klingt unheilvoll“, stellte Vivienne fest.

Elizabeth nickte. „Mir gefällt nicht, wie Darg das sagt. Sie hat immer noch böse Absichten Rosamunde gegenüber, da bin ich mir sicher.“

Vivienne konnte sich einer gewissen Skepsis nicht erwehren. „Darg könnte lügen.“

Elizabeth zuckte die Achseln. „In dieser Angelegenheit nicht, glaube ich. Sie möchte sich unbedingt an Tante Rosamunde rächen und wartet so dringend auf ihre Rückkehr, dass ich es nicht mehr hören kann. Ich versichere dir, sie ist ganz aufgeregt, auf Ravensmuir zu sein, und wegen ihrer wilden Possen konnte ich überhaupt nicht schlafen.“ Elizabeth gähnte herzhaft. „Obwohl mich in Wahrheit natürlich die Sorge um dein Wohlergehen wachgehalten hat.“

„Mir ging es ziemlich gut.“

Elizabeth bedachte Vivienne mit einem langen Blick, sagte jedoch nichts. „Darg ist davon überzeugt, dass Rosamunde jeden Augenblick nach Ravensmuir kommen wird, obgleich ich ihr gesagt habe, dass unsere Tante geschworen hat, niemals mehr zurückzukehren. Wir haben so viel darüber gestritten, dass mir der Kopf wehtut, aber Darg beharrt darauf.“

Vivienne ließ sich von Elizabeth die Treppe hinauf zu den Kammern über der Halle führen. Sie bekam nur die Hälfte vom Geplauder ihrer Schwester mit.

„Weißt du, was Darg gestern mitten in der Nacht tun wollte?“, fragte die.

Vivienne schüttelte nicht wirklich interessiert den Kopf.

Elizabeth breitete schwungvoll die Arme aus. „Sie wollte in die Höhlen unter Ravensmuir hinuntersteigen. Kannst du dir etwas Verrückteres vorstellen? Alexander würde mir den Kopf –"

Vivienne stockte mitten im Schritt, als ihr ein Einfall kam. „Darg kennt die Höhlen", sagte sie. Die Bedeutung dieses Umstands wurde ihr schlagartig klar. Sie hatte vergessen, dass sich unter Ravensmuir ein Labyrinth erstreckte. Konnte man von den Kerkern in die Höhlen und von dort anderswohin gelangen?

Vivienne wusste es nicht, doch sie dachte, dass sie es bald herausfinden könnte.

„Natürlich kennt Darg sie. Sie hat jahrhundertelang da gelebt." Elizabeth war sich ihrer Sache sicher. „Sie kennt sie vielleicht sogar besser als Onkel Tynan oder unsere Brüder, die dort so oft gespielt haben, als wir Kinder waren." Elizabeth erschauerte. „Ich mag die Höhlen nicht, überhaupt nicht, und ich habe mich geweigert, Darg dorthin zu begleiten. Ich fürchte jedoch, dass sie ohne mich hingehen wird, denn sie ist sehr erpicht darauf."

„Wo ist sie jetzt?"

„Sie sitzt auf deiner linken Schulter, nickt mit ihrer üblichen Schadenfreude und sagt den Rest ihres Verses auf."

Vivienne hatte vorübergehend vergessen, dass der noch weiterging. „Wie lautet der Rest?"

„Geschwind, geschwind nach Westen reite; die Maid wird dort gerettet heute. Zwischen dem Fluss und dem Meeresschaum, zwölf Schritte vom Kastanienbaum, von nahe dem Tal von Elphinstone aus, wirst du sie bringen können nach Haus."

„Das war der Teil, den du Alexander gesagt hast."

„Stimmt." Elizabeth lächelte. „Und das ist der Teil, den ich ihm vorenthalten habe: *Ein Spiegelbild ihrer selbst wird sie sein, nur wenige schau'n ihr ins Herz hinein. Getrennt von einem seltsamen Freier, wird doch diese Jungfrau verändert sein."*

Vivienne fühlte, wie sich ihr Mund angesichts der Wahrheit dieser Aussage öffnete. „Was sagt Darg über die Bänder?"

„Was sie sagt, hat wenig Bedeutung, denn ich kann deines mit eigenen Augen sehen." Elizabeth blickte starr über Viviennes Schulter. „Es ist silbern und schimmert, als wäre es aus dem Staub von Opalen gemacht."

„Und gibt es noch eins?"

„Ein zerfetztes, so dunkelblau wie der mitternächtliche Himmel." Elizabeth zog eine Grimasse. „Es ist fleckig und wirkt schäbig, jedoch hat dieses Blau einen wunderbar leuchtenden Farbton. Es war ein hübsches Band, doch jetzt ist es weniger schön, als es einst war." Sie lächelte Vivienne an, die davon ausging, dass das blaue Band nun auch stärker sein könnte als früher. „Es ist Nicholas' Band, stimmt's?"

Vivienne wollte nicht antworten, denn es könnte sich noch als nützlich erweisen, dass ihre Familie Eriks wahre Identität nicht kannte. „Sind sie miteinander verschlungen?"

„Sie waren es, obwohl das blaue zerrissen ist. Es existiert nur noch ein dünner Faden und ich kann nicht sehen, ob da noch mehr ist oder nicht." Elizabeth runzelte die Stirn. „Wie merkwürdig! Ich frage mich, was das bedeutet."

Vivienne vermutete, es hieß, dass Erik in Gefahr war, entweder wegen Alexanders Rechtsprechung oder einfach wegen seiner Verletzungen. Sie würde ihm noch in dieser Nacht helfen müssen.

Wie sehr wünschte sie sich, sie könnte Darg selbst sehen! Die Unterstützung der Fee wäre von unschätzbarem Wert. Sie warf einen Blick auf ihre Schulter, bemerkte jedoch nichts Ungewöhnliches.

„Sie ist jetzt dort drüben." Elizabeth zeigte auf die Dachsparren. „Sie liebt es, Vögel zu verjagen, die dumm genug sind, sich dort niederzulassen."

Vivienne blickte in die Richtung, die Elizabeth angegeben hatte, und betrachtete jeden Dachsparren genau, doch sie konnte keine Spriggan erkennen.

Elizabeth warf sich auf die Kissen, die in einer Ecke der Kammer am Ende der Treppe aufgestapelt waren, und richtete ihre glänzenden Augen auf Vivienne. „So! Jetzt, wo wir allein sind, musst du mir alles erzählen. Hast du wirklich mit Nicholas im Bett gelegen? War es wunderbar? Hat es so wehgetan, wie Vera immer behauptet?

Ich glaube, sie erzählt uns das nur, damit wir nicht zu neugierig werden. Vielleicht hat Alexander es ihr sogar befohlen, denn wenn jemals ein Mann seine Fähigkeit verloren hat, sich zu vergnügen, dann ist es Alexander seit dem vergangenen Jahr."

„Ich bin noch Jungfrau", log Vivienne erneut. „Meine Periode begann am Freitag, also war ich in diesen Tagen und Nächten unrein."

Elizabeth verzog ihr Gesicht, dann seufzte sie. „Wie bedauerlich! Ich bin sicher, du würdest mir erzählen, wie es ist, wenn du es wüsstest, denn du hast dich nie gescheut, die Wahrheit zu sagen."

Vivienne versuchte, angesichts dieser Gewissheit ihrer Schwester keine Regung zu zeigen.

Dann runzelte Elizabeth die Stirn. „Hast du nicht vor Kurzem erst geblutet?"

Vivienne schüttelte den Kopf. „Du musst mich mit Annelise verwechseln."

„Nein, ich erinnere mich genau, dass du gejammert hast, und Annelise tut das nie. Das ist höchst unnatürlich, findest du nicht? Und es lässt uns andere zimperlich erscheinen."

Vivienne lächelte. „Vielleicht sind wir zimperlich."

„Das steht außer Zweifel", stimmte Elizabeth fröhlich zu. „Eine Frage musst du mir allerdings noch ehrlich beantworten: Kann Nicholas eine Geschichte erzählen? Er muss irgendwelche Vorzüge haben. Du könntest niemals einen Mann lieben, der deine Begeisterung für Geschichten nicht teilt."

„Er spricht wenig", gab Vivienne zu. Erik erzählte keine Geschichten, das wurde ihr bewusst, doch sein Vorhaben würde eine gute abgeben.

Besonders, wenn er mit ihrer Hilfe Erfolg hätte. Sie sah ihn im Geiste vor sich, wie er die Namen seiner Töchter aussprach und ihre Größe andeutete, und ihre Augen wurden feucht.

Es musste einen Weg aus den Verliesen von Ravensmuir geben!

„Ich erinnere mich nicht, dass Nicholas so still gewesen wäre", überlegte Elizabeth. „Seine einzige Leidenschaft schien es zu sein,

Küsse zu stehlen und jedem, der dumm genug war, zuzuhören, seine Vorzüge aufzuzählen."

Vivienne sagte nichts.

„Oh, du musst doch hungrig sein!" Elizabeth sprang plötzlich auf die Füße und eilte zur Tür. Sie bewegte sich genauso zielsicher wie ihre verstorbene Mutter und wegen dieser unerwartet zutage tretenden Ähnlichkeit zwischen Elizabeth und Catherine bildete sich ein Kloß in Viviennes Hals. Sie sah auf einmal, von wem Elizabeth ihre kurvige Figur geerbt hatte, und sie war auch genauso groß wie Catherine und ihr Haar hatte denselben Farbton. Die anderen Schwestern waren schmaler gebaut, vielleicht mehr wie die Frauen in der Familie ihres Vaters.

Diese Trauer um ihre Eltern war nie weit weg, obwohl sie Vivienne nun zu einem äußerst merkwürdigen Zeitpunkt überkam. Dann dachte sie an Erik und fragte sich, ob er dasselbe über den Tod seines Vaters empfand.

Sie vermutete es, so sicher war sie, dass sie in solch grundlegenden Dingen übereinstimmten, obwohl ihr klar war, dass ihre Überzeugung wenig mehr als ein instinktives Gefühl war.

„Übrigens habe ich Onkel Tynan versprochen, mich darum zu kümmern, dass du etwas zu essen bekommst", fuhr Elizabeth fort. „Ich bin gleich zurück – keine Bange, die Frau des Kastellans wird für ein wunderbares Mahl sorgen."

Damit verschwand Elizabeth und es wurde still in der Kammer.

Vivienne sank auf den Kissenstapel. Ihre Finger spielten mit dem schweren Stoff, während sie nachdachte. Die Aufgabe, die vor ihr lag, schien unlösbar. Selbst wenn Vivienne Erik befreien und ihn in das Labyrinth führen könnte, würden sie wahrscheinlich ohne Dargs Hilfe den Weg hinaus nicht finden, bevor Onkel Tynan sie erwischte.

Was bedeutete, dass Elizabeth bei Eriks Flucht helfen musste. Vivienne knabberte an ihrer Lippe. Auf diese Weise würde Elizabeth sich Alexanders Zorn zuziehen. Sie wollte keinen Streit zwischen ihren Geschwistern stiften und hätte es vorgezogen, ihre Schwester in Unschuld und Unwissenheit zu lassen.

Wie fand man eine Fee?

Vivienne hob ihr Kinn. Sorgfältig betrachtete sie die Balken an der Decke und jede Ritze in den Wänden. „Darg?", fragte sie und widerholte dann lauter: „Darg? Bist du noch da? Kannst du bestimmen, welche Sterblichen dich sehen? Wenn ja, bitte ich dich, mich auszuwählen."

Es gab keine wahrnehmbare Antwort. Vivienne wartete und ließ weiter aufmerksam den Blick schweifen in der Hoffnung, einen Schimmer zu erhaschen, der ihr sagte, dass die Fee anwesend war, doch sie sah nichts Ungewöhnliches. Soweit sie es feststellen konnte, war sie allein.

Sie rief wieder und wanderte an den Wänden entlang durch den Raum, doch vergebens. Sie hörte nur den Lärm der feiernden Männer in der Halle unten, ihr dröhnendes Gelächter und ihre Trinklieder.

Entweder war Darg nicht hier oder Vivienne konnte sie nicht sehen.

Sie setzte sich wieder, um auf Elizabeths Rückkehr zu warten, und beschloss, dass sie ihr einfach die Wahrheit, die ganze Wahrheit, sagen und dann hoffen würde, dass ihre Schwester bereit war, ihr zu helfen.

Sie konnte nicht viel anderes tun.

Während sie wartete, zog sie aus dem Gürtel den Dolch, den Ruari Erik vom Totenbett seines Vaters mitgebracht hatte. Es war keine lange Klinge, allerdings war die Scheide reich verziert. Das Heft war kunstvoll aus Metall gearbeitet. Der Griff sah aus wie ineinander verschlungene Seilstränge und in den Knauf war ein blauer Stein von bemerkenswerter Größe eingelassen. Vier Krappen, die wie Klauen geformt waren, hielten den Stein fest. Das Juwel fing das Licht auf höchst ungewöhnliche Weise ein.

Vivienne trat näher an die Lampe heran und bemerkte, dass in das rechteckige Juwel, das so groß war wie die beiden ersten Glieder ihres Zeigefingers, ein Wort und ein Bild eingraviert waren.

Die Inschrift lautete „ABRAXAS", soweit Vivienne es entziffern konnte. Dies sagte ihr nichts und sie fragte sich, ob sie es falsch gelesen hatte. Vielleicht handelte es sich um Initialen oder ein Wort in einer anderen Sprache.

Über den Buchstaben befand sich eine kleine Gestalt, die wie ein Mann aussah – bis Vivienne genauer hinschaute und feststellte, dass der Kopf der eines Vogels war und die Beine eine merkwürdig geschraubte Form hatten. Waren das Fehler des Graveurs oder hatte es eine Bedeutung?

Vivienne wusste es nicht. Aus Neugier zog sie die Klinge aus der Scheide und war erfreut, dass der Stahl sogar im trüben Licht dieser Kammer glänzte. Er war viele Male geschliffen worden und hatte einige Kerben, doch die Schneide war gefährlich scharf. Dieser Dolch war sicherlich gehegt und gepflegt worden und sie fragte sich, wie alt er sein könnte oder welche Kräfte man ihm nachsagte.

Sie überlegte, wie sie Elizabeth überreden könnte, ihr zu helfen, runzelte die Stirn und steckte die Waffe weg. Es lagen wichtigere Rätsel vor ihr als irgendwelche Legenden, die sich um den Erbdolch der Sinclairs rankten.

ERIK ERWACHTE IN EINER DUNKLEN, feuchten Zelle und konnte sich denken, in welcher Burganlage sich diese befand. In der gegenüberliegenden Ecke hatte man ihm eine flackernde Lampe auf dem Boden zurückgelassen und die wild tanzende Flamme ließ unheilvoll wirkende Schatten entstehen. Sein Schwert und sein Dolch waren weg, doch das verwunderte ihn kaum. Er knirschte mit den Zähnen, als er sich daran erinnerte, dass er Vivienne freiwillig die Klinge seines Vaters überlassen hatte.

Keine gute Tat blieb je ungestraft, so viel stand fest. Vivienne hatte das gesagt und in diesem Augenblick konnte er ihr nur zustimmen. Vermutlich sollte er froh sein, dass keiner der rauen Söldner den Dolch, den er geerbt hatte, an sich reißen konnte, doch es tröstete ihn nicht, dass er nun im Besitz der Frau war, die ihn getäuscht hatte.

Denn Vivienne hatte ihn getäuscht, und zwar so geschickt, dass

Erik nie darauf gekommen wäre. Er hatte gedacht, er hätte sie von seiner Sicht der Dinge überzeugt, als sie statt einer Eheschließung ein Handfasting akzeptiert hatte. Er hatte ihr geglaubt, als sie vorgab, um sein Wohlergehen besorgt zu sein, und seinem Plan, in der Nacht eine Pause einzulegen, zugestimmt hatte.

In Wahrheit hatte sie nur sichergestellt, dass sie nicht zu weit ritten, damit ihre Familie sie leichter zurückholen konnte.

Sie hatte ihm nicht wirklich vergeben, sondern nur so getan. Sie hatte es zuwege gebracht, dass sie nahe genug bei Ravensmuir angehalten hatten, damit sie von ihren Verwandten entdeckt wurde. Und es konnte keine Zweifel über ihre Motive geben, denn sie hatte es abgelehnt, ihn zu heiraten, als sie die Chance dazu bekam.

Viviennes Versprechen, ihm zu helfen, war eine Lüge, genauso wie ihr scheinbares Verlangen nach ihm. Es war offensichtlich, dass Erik Sinclair und seine mageren Reize einer Dame wie Vivienne Lammergeier nicht genügten.

Was nur bedeutete, dass er – wieder einmal – dumm genug gewesen war, jemandem sein Vertrauen zu schenken, der es nicht verdiente.

Verbittert starrte Erik auf die Lampe und gestand sich ein, dass sie zweifellos nicht aus Wollust vorgeschlagen hatte, sich siebenmal zu lieben, sondern um zu gewährleisten, dass er danach wie ein Toter schlief. Ihre Familie hatte sie erreicht, bevor er sie überhaupt hatte kommen hören, so erschöpft war er von ihrem Liebesspiel gewesen.

Am schlimmsten war seine Einfalt gewesen, zu glauben, dass ein schönes Fräulein, das im Reichtum aufgewachsen war, ihn anziehend finden könnte, und zu denken, dass sein Ziel es wert wäre, darum zu kämpfen. Die Zeit mit Beatrice hätte ihn lehren müssen, wie gering seine Anziehungskraft auf solche Frauen war, aber nein, er war zu töricht, um aus dieser Erfahrung zu lernen.

Sein Vater hätte ihn daran erinnert, dass er schon immer das Gute in anderen gesehen hatte, bevor er das Schlechte entdeckte – und auch, dass dies eine gefährliche Angewohnheit war.

Erst das brachte ihm zu Bewusstsein, dass sein Vater tot war, dass seine trockenen Bemerkungen nie wieder in der Halle von Blackleith zu hören sein würden. Und das war eine Wahrheit, die Erik in diesem Moment nicht ertragen konnte.

Er setzte sich schnell auf, um diese Gedanken zu vertreiben, und dadurch drehte sich alles um ihn. Sein Kopf dröhnte. Seine Schläfe war feucht und als er sie berührte, waren seine Finger rot verschmiert. Tatsächlich hatte sein Kopf bei der leichten Bewegung so heftig zu hämmern begonnen, dass er den Schmerz in der Hüfte kaum noch spürte.

Er ignorierte beides, rappelte sich hoch und durchquerte die Zelle, um sich die Lampe genauer anzusehen. Im Behälter war nur noch eine Spur Öl verblieben, zweifellos, damit er kein nennenswertes Unheil damit anrichten konnte. Die Flamme tanzte so heftig, weil sie bald verlöschen würde.

Erik nutzte das Licht aus, um sein Gefängnis zu betrachten. Es war viereckig, mit einer so niedrigen Decke, dass er kaum aufrecht stehen konnte. Die Wände bestanden aus zurechtgehauenen Steinen und der Boden aus festgestampfter Erde. Ein Abflussloch befand sich im Boden und daraus lugte die Nasenspitze einer Ratte hervor.

Das Nagetier schien ihn zu beäugen, als wollte es ihn einschätzen.

Erik fragte sich, ob man ihm irgendeinen schrecklichen Fraß vorsetzen oder ihn in der baldigen Dunkelheit zurücklassen würde, damit sich die Ratte und ihre Artgenossen an ihm gütlich tun konnten. Beide Möglichkeiten stellten keine vielversprechenden Aussichten dar.

Er wandte der Kreatur den Rücken zu und lief in der Zelle auf und ab. Zwischendurch blieb er stehen, um an der starken Holztür zu rütteln. Die rührte sich nicht, aber das hatte er auch nicht erwartet.

Der weitere Verlauf von diesem Punkt an war klar: Erik würde dem Laird früher oder später gegenüberstehen, um sich für seinen Wortbruch zu verantworten. Kein anderes Urteil außer *schuldig* war möglich, denn er hatte Vivienne nicht geheiratet. Nun, da alle Zeugen gewesen waren, dass die Lady ihn verschmäht hatte, konnte kein zufriedenstellender Vergleich mehr ausgehandelt werden.

Er schaute noch einmal zur Ratte hinüber und ärgerte sich, dass schon wieder eine ähnliche – und ungerechtfertigte – Anklage gegen ihn erhoben wurde. Wie kam es, dass Frauen immer Zweifel an seiner Potenz säten? Er war überzeugt, dass die meisten Männer in Alexanders Gesellschaft sich gern mit Vivienne verlustiert hätten, ob sie ihre Tage hatte oder nicht. Er war sicher, dass sie in der Halle bei ihrem Bier saßen und Witze über die Impotenz desjenigen machten, der im Stockwerk unter ihnen gefangen saß.

Tatsächlich konnte er ihr Gelächter hören.

Dies würde nicht gut ausgehen, so viel stand fest. Erik erwartete nicht, dass Vivienne ihn verteidigen, geschweige denn rechtzeitig enthüllen würde, dass er nicht sein Bruder Nicholas war.

Stirnrunzelnd betrachtete er sein Schicksal. Verschiedene Bestrafungen waren denkbar. Er könnte entstellt werden, für den Rest seiner Tage durch den Verlust eines Auges oder seiner Nasenspitze oder eines seiner Ohren als Ausgestoßener gebrandmarkt sein. Das beunruhigte ihn nicht besonders in Anbetracht dessen, was er bereits erlitten hatte, auch wenn es wehtun würde. Er streckte sein Bein aus und dachte, dass er ein bisschen weniger Schmerz in seinem Leben gut gebrauchen könnte.

Er könnte dazu verurteilt werden, einen wichtigeren Teil seines Körpers einzubüßen, nämlich die Wurzel allen Übels. Das war keine tröstliche Aussicht. Wenn Erik diese Tortur überleben würde, könnte er nie mehr die Jungfräulichkeit einer Maid für sich beanspruchen und auch nicht den männlichen Erben liefern, den der Earl von Sutherland als Gegenleistung für seine Hilfe verlangt hatte.

Natürlich könnte er auch einfach zum Tode verurteilt werden. Alexander war zornig genug, um eine harte Bestrafung zu fordern. Erik fand, dass dieser Ausgang ihm weniger ausmachen sollte, da er sowieso schon für tot gehalten wurde, doch es war diese Möglichkeit, die ihn verzweifelt gegen die hölzerne Tür hämmern ließ.

Er war noch nicht bereit, zu sterben.

Seine Töchter brauchten ihn.

Erik schlug mit den Fäusten gegen das Holz und rief laut, obwohl er wusste, dass es sinnlos war. Er klopfte noch heftiger und brüllte nach Gerechtigkeit.

Es kam keine Antwort. Über seinem Kopf schien höchstens noch geräuschvoller gefeiert zu werden. Schließlich gab er auf und lehnte die Stirn gegen das Holz. Er bemerkte, dass die Ratte ihm interessiert zuschaute, als wäre sie neugierig, ob seine Kräfte nachließen.

„Es ist wegen der Mädchen", erklärte Erik der Ratte, weil niemand anders da war, der ihm zuhörte. „Es wird niemand übrig sein, der sie verteidigt, wenn ich zu Staub geworden bin." Er zog eine Grimasse und trat ein letztes Mal gegen die Tür. „Auch wenn ich bisher bei meinem Kampf für sie nicht viel erreicht habe."

Für die Ratte war dieses Argument augenscheinlich stichhaltig. Es sah so aus, als würde sie mehrere Male nicken und abwägen, wie begründet Eriks Worte waren. Dann drehte sie sich um und verschwand in einem Loch. Er vernahm ein leises Geräusch von kleinen Pfoten, die über den Boden weghuschten, dann füllte wieder Stille Eriks Ohren.

Er vermutete, Ruari war erfreut, dass seine Prophezeiung eingetreten war. Der Mann konnte die lästige Aufgabe, ihm zu helfen, nicht wirklich gewollt haben. Und nun hatte er die Freiheit, andere Entscheidungen zu treffen. Insofern lag in Eriks Verschwinden also ein Nutzen.

In Wahrheit waren es viele Vorteile: Nicholas würde Blackleith unangefochten behalten, die Kinder würden ihren rechtmäßigen Vater vergessen, Vivienne hatte wahrscheinlich schon zwei oder drei neue Verehrer gefunden, Alexander würde Eriks Geld behalten und der Earl von Sutherland würde keine Schlacht schlagen müssen, die ihm nicht am Herzen lag. Wahrlich, es würde niemand um Erik trauern, wenn der Laird von Kinfairlie morgen besonders auf Rache aus sein würde.

Erik schaute sich in seinem Gefängnis um. Frustriert ballte er immer wieder die Fäuste. Er würde sich nicht ergeben. Er würde bis zu seinem letzten Atemzug für seine Kinder kämpfen und noch erbitterter, wenn dieser nahe schien.

Es gab nur einen Weg aus der Zelle hinaus, und zwar durch die fest verschlossene Tür. Der Abfluss war nicht breiter als sein Handgelenk, bot also auch keine Fluchtmöglichkeit. Erik lief hin und her und richtete seine Willenskraft darauf, dass seine Schmerzen nachließen. Dies könnte die bedrohlichste Lage sein, in der er sich jemals befunden hatte, doch er würde die Hoffnung nicht aufgeben.

Irgendwann würde jemand diese Tür öffnen.

Erik hatte keine Waffe und kein Werkzeug. In diesem Augenblick zischte die Laterne und ging aus. Nun hatte er auch kein Licht mehr. Er hatte nichts, außer seinem Verstand – der sich im Moment als recht kümmerlich erwies – und seinen bloßen Händen.

Aber er besaß auch seinen Zorn und seine Entschlossenheit. Wenn irgendein armer Idiot die Tür öffnete, würde der Mann erfahren, was diese wenigen Vorzüge wert waren. Vielleicht war es vorherbestimmt, dass es übel ausgehen würde, doch Erik wollte sein Los nicht widerstandslos hinnehmen.

Er kauerte sich gegenüber der Tür auf den Boden und lehnte sich mit dem Rücken an die Wand. Er stellte seinen Fuß auf das Abflussloch, denn keine Ratte konnte das Gewicht anheben und es würde eine Weile dauern, bis sich das Tier durch die dicke Sohle gebissen hatte. Diese Stiefel aus dem Süden hatten wenigstens den Vorteil, robust zu sein.

In dieser Haltung ruhte er sich so gut aus, wie es ihm möglich war, und wartete auf seine Gelegenheit.

Zu seinem Erstaunen wanderten seine Gedanken ohne seinen Willen nicht zu allem, was er über die Jahre verloren hatte, sondern zu der Lady, von der er gerade verraten worden war. Er wünschte, er hätte eine letzte Chance, sich Vivienne zu erklären, eine letzte Chance, ihre wunderbaren Augen zum Strahlen zu bringen und den Samen für einen Sohn in ihren Schoß zu pflanzen.

Und das bewies einmal mehr, wie nutzlos sein Verstand war.

ELIZABETH STOLPERTE BEINAHE über den Saum ihres Kleides, so eilig wollte sie zu Vivienne zurückkehren. Sie trug zwei Schalen mit dampfendem Wildeintopf, einen Laib Brot, der noch warm war, und einen Krug Bier. Den Steingutbecher, den sie teilen würden, sowie die geschnitzten Holzlöffel hatte sie in ihren Gürtel gesteckt. Sie fühlte, wie sich der Becher mit jedem Schritt mehr lockerte. Jedoch hatte sie keine Hand frei, um ihn festzuhalten, und die Frau des Kastellans war zu beschäftigt gewesen, um ihr mehr zu helfen, als sie es getan hatte.

Elizabeth hastete durch die Halle und wich geschickt den vielen Männern aus, die sie für ein Dienstmädchen hielten und anfassen wollten. Alles nur wegen ihrer vermaledeiten Brüste! Elizabeth war sicher: Wenn ein Mann ihr jemals wieder in die Augen schauen würde – statt seinen Blick weiter nach unten wandern zu lassen –, würde sie ihn auf der Stelle heiraten.

Natürlich vorausgesetzt, er war gut aussehend, reich und abenteuerlustig.

Sie trat nach einem Mann, der nach ihr greifen wollte und laut lachte, als er sein Bein ausstreckte, damit sie auf seinem Schoß landete. Hätte sie nur ihre eigene Mahlzeit zu tragen gehabt, hätte sie diese abgestellt, um ihm einen Schlag zu versetzen, doch sie wusste, dass Vivienne ausgehungert sein musste. Daher ging sie ihm nur aus dem Weg und begnügte sich mit einem vernichtenden Blick, ehe sie weiterhastete.

Außer Atem von diesen Anstrengungen erreichte Elizabeth den Fuß der Treppe und stieg langsam und vorsichtig hinauf.

Plötzlich wurde mit Bechern auf den Tisch geklopft, um die Aufmerksamkeit der Männer auf irgendeine Ankündigung zu lenken. Elizabeth blieb auf den Stufen stehen und schaute zurück. Der Mann, der versucht hatte, sie zu Fall zu bringen, schaute lüstern in ihre Richtung, doch sie ignorierte ihn.

Alexander stand auf und räusperte sich. Er hätte nicht wichtigtuerischer erscheinen können. Elizabeth knirschte beinahe mit den Zähnen, wenn sie bedachte, wie sehr sich ihr ältester Bruder verändert hatte, der vor dem Tod ihrer Eltern noch so viel unterhaltsamer gewesen war. Er war vor Elizabeths Augen zu einem langweiligen alten Mann geworden, besessen von Ehre und Gerechtigkeit. Sie hätte das nie für möglich gehalten, hätte sie es nicht selbst gesehen.

Ihrer Meinung nach war es höchste Zeit, dass ihm eine der Schwestern einen Streich spielte, so wie er es früher getan hatte. Er war unglaublich selbstgefällig, wenn er seinen Willen bekam, was Elizabeth maßlos ärgerte.

„Dies ist eine Nacht, in der wir eine Geschichte brauchen, denn wir werden alle nicht schnell einschlafen. Und hier ist ein Geschichtenerzähler, der einen Becher Bier braucht. Ich heiße Ruari Macleod willkommen, einen Geschichtenerzähler, der genau zum richtigen Zeitpunkt gekommen ist und an unsere Tür klopfte, als wir sein Talent gerade am dringendsten benötigten."

Ein untersetzter Mann stand vor dem Kopf des Tisches, wo er offensichtlich sein Angebot gemacht hatte, für eine Mahlzeit eine Geschichte zu erzählen. Ihm war anscheinend beklommen zumute, als er sich vor der Gesellschaft verbeugte. Eine große Satteltasche lag zu seinen Füßen. Er war schon älter, hatte eine Mähne aus ungebärdigem rostbraunem Haar, seine Kleidung war aus grobem Stoff und sein Gesicht wurde mit jedem Moment röter. Er blickte sich in der Halle um und als er in den Mittelpunkt der Aufmerksamkeit rückte, wirkte er längst nicht so entspannt, wie man es von einem Geschichtenerzähler erwarten würde. Er räusperte sich ein gutes Dutzend Mal.

Eine Dienstmagd füllte seinen Becher mit Bier auf. Wahrscheinlich dachte sie, es ginge ihm darum. Er nickte ihr zu und verneigte sich dankbar. Dabei stellte er sich so ungeschickt an, dass er das Bier verschüttete. Die versammelten Gäste lachten, weil sie dachten, es wäre ein Spaß, doch das gerötete Gesicht des Mannes färbte sich nur noch dunkler. Seine Unsicherheit wurde erst recht deutlich, als sich die erwartungsvolle Stille in die Länge zog. Er stand stumm da, schaute in die Menge und trat von einem Fuß auf den anderen.

Elizabeth huschte die Treppen hinauf zu Vivienne, die – höchst untypisch für sie – im Zimmer auf und ab lief. Sie drehte sich zu ihrer Schwester um und musste gesehen haben, dass der Becher gleich herunterfallen würde, denn sie nahm Elizabeth schnell die beiden Schüsseln ab. Die zog den Becher im letzten Augenblick aus ihrem Gürtel.

„Gerade noch rechtzeitig", rief Elizabeth triumphierend.

Vivienne erwiderte ihr Lächeln nicht. „Ist Darg hier?"

„Natürlich. Sie zieht kleinere Räume der Halle vor und ist hiergeblieben, um auf den Dachbalken zu tanzen, während ich weg war. Lass dir gesagt sein: Sie wird sich über das Bier hermachen, wenn wir es nicht schnell austrinken."

Elizabeth goss das Bier ein und vernahm Dargs Freudenschrei. „Kannst du das nicht hören?", fragte sie, doch Vivienne schüttelte den Kopf. Elizabeth spürte die Enttäuschung ihrer Schwester und zeigte auf Darg, die sich an einem stabilen Spinnennetz von den Balken herunterschwang, wobei sie die ganze Zeit jubelte.

Die Fee sprang so ab, dass sie auf dem Griff des Kruges landete. *„Etwas für euch, für mich noch viel mehr, Bier schmeckt am besten, ich liebe es sehr."* Sie schmatzte, lehnte sich nach vorne, bis sie das Bier mit dem Mund berührte. Offensichtlich wollte sie wie ein Hund trinken, und zwar alles.

Elizabeth schlug mit der Hand nach der Fee und verschüttete dabei beinahe das Bier. Darg wich aus, huschte über den Rand des Kruges und hockte sich hin.

„Du bist eine Plage!", schrie Elizabeth und stieß die Fee beiseite. Darg sprang auf ihre Schulter, schnalzte mit der Zunge und beschwerte sich. Elizabeth gelang es derweil, Bier in den Becher zu gießen, aus dem sie und Vivienne trinken würden.

Sie bot ihrer Schwester den Becher an und sah, dass Vivienne sie verwirrt betrachtete. „Ich nehme an, du bist nicht verrückt geworden", sagte Vivienne lächelnd, „sondern du willst die Fee vom Bier fernhalten."

„Darg liebt das Bier der Sterblichen viel zu sehr, und wenn sie welches getrunken hat, wird sie verdammt lästig." Um die Absicht der Fee zu durchkreuzen, legte Elizabeth ein Taschentuch auf den Krug und verknotete es. Darg kroch darüber und schaute durch das Gewebe auf das Bier darunter, dann wimmerte sie.

Vivienne war nicht fröhlicher als die Fee. Etwas schien sie zu beunruhigen, vielleicht war sie auch sehr enttäuscht, dass sie die Fee nicht sehen konnte. Elizabeth fiel auf, dass ihre Schwester den Eintopf in der Schüssel hin und her schob, obwohl sie doch eigentlich hungrig sein müsste.

„Du hast noch nicht einen Bissen gegessen. Ich hätte gedacht, deine Schüssel wäre inzwischen leergeputzt" sagte sie neckisch und wurde nur mit einem winzigen Lächeln bedacht.

„Ich bin nicht wirklich hungrig." Vivienne stellte die Schüssel zur Seite. Die Schatten in ihren Augen waren unverkennbar, doch Elizabeth vermutete, ihre Schwester war nicht bereit, über das zu sprechen, was sie belastete. Diese hatte von Natur aus ein fröhliches Herz und sprach immer frei von der Leber weg. Dass sie an diesem Abend zu Schweigsamkeit neigte, kam so selten vor, dass Elizabeth fand, es müsste respektiert werden.

Sie würden reichlich Zeit haben, um sich auszutauschen, denn Elizabeth bezweifelte, dass Vivienne binnen Kurzem heiraten würde. Tatsächlich war sie in einem Alter, in dem eine Hochzeit für sie bald ausgeschlossen sein könnte.

„Ein Geschichtenerzähler ist da." Elizabeth hoffte, das würde Vivienne, die Geschichten so sehr liebte, aufheitern. „Er ist kein sehr guter Erzähler, zumindest bis jetzt nicht, denn er scheint große Schwierigkeiten zu haben, den Anfang zu finden. Dabei ist er alt genug, dass man annehmen würde, er hätte jahrelang Zeit gehabt, um seine Angst vor einer großen Gesellschaft zu überwinden. Vielleicht ist er in Wahrheit gar kein Geschichtenerzähler." Sie zuckte die Achseln und aß etwas von ihrem Eintopf. „Wir könnten uns auf die Stufen setzen, wo man uns nicht sieht, und zuhören."

Vivienne richtete sich auf, ihr Blick wurde lebhafter. „Wie alt ist er?"

Elizabeth überlegte, während sie kaute. „Er hat vielleicht fünfzig Sommer erlebt oder vierzig schwierige. Ich kann es nicht sagen. Auf jeden Fall ist er alt."

Mehr Vermutungen konnte sie nicht anstellen, denn Vivienne schoss die Treppe hinunter. Elizabeth folgte ihr mit ihrer Mahlzeit und als sie um die Ecke lugte, sah sie, dass sich die Miene ihrer Schwester aufgehellt hatte.

„Du kennst diesen Mann", sagte sie. Ihr auf den Kopf zu.

„Sein Name ist Ruari Macleod", erwiderte Vivienne mit Bestimmtheit.

„Weißt du nicht, wie du anfangen sollst, alter Mann?", rief ein kräftiger Kerl aus der Menge. „Bis jetzt ist deine Geschichte ziemlich mager!"

Die Männer krakeelten und das unzufriedene Gemurmel wurde lauter.

„Es war einmal!", rief Vivienne.

Elizabeth spähte zu dem älteren Mann hinunter und sah seine Erleichterung über diese Unterstützung. Er zeigte mit einem dicken Finger zur Treppe. „Aye, das wäre der Anfang der Geschichte. Es waren einmal ein Mann und eine Frau ..."

„Diese Geschichte kennen wir, alter Mann", rief einer der Anwesenden und grölendes Gelächter schallte durch den Raum.

Verärgert fuhr Ruari zu dem Zwischenrufer herum und stieß mit dem Finger in seine Richtung. „Du kennst diese Geschichte nicht, du kannst sie nicht kennen, denn ich bin hier, um sie dir zur erzählen. Es ist meine Geschichte und meine Gabe für euch, obwohl sie von einem anderen Mann erlebt wurde."

„Dann fang jetzt endlich damit an", entgegnete der Mann kein bisschen zerknirscht.

Bei diesen Worten straffte Ruari die Schultern und seine Stimme wurde so laut, dass sie die ganze Halle füllte: „Es war einmal ein Mann, der sein Herz an eine Frau nordischer Abstammung verlor – eine Frau mit Haar so hell wie Flachs und Augen so blau wie die See. Sie war nicht so schön, dass Kriege geführt wurden, um ihre Gunst zu gewinnen, und sie war auch nicht so zart gebaut, dass man sie mit einer Feenkönigin hätte verwechseln können. Sie war einfach eine gute Frau mit einem Herz aus Gold, mit einem klaren Verstand und kräftigen Gliedern, eine Frau, die ihm Söhne gebären und ihn so inbrünstig lieben würde, wie er sie liebte."

„Solch eine Frau könnte ich auch gebrauchen", scherzte jemand, doch seine Gefährten stießen ihn ziemlich unsanft an, damit er still war.

„Und so gestand dieser Mann der Lady, dass er sie verehrte, und bat sie, ihre Hand in seine zu legen. Sie stimmte zu, obwohl er wenig besaß außer seiner Ehre und seiner Klinge. Er war der Jüngste von fünf Söhnen einer alten Familie aus dem Schottischen Hochland, die ihm nicht mehr als ihren Segen geben konnte. Die Lady liebte ihn genug, um seine Werbung anzunehmen, und so wurden sie verheiratet."

Elizabeth sank auf eine Stufe und aß still ihren Eintopf, während sie zuhörte. Sie beobachtete Vivienne, die Ruaris Geschichte mit ungewöhnlichem Interesse lauschte.

„Im Laufe der Zeit und mit viel Mühe schufen sie ein Heim für sich, allerdings lebten sie bescheidener als zuvor. Und nach einiger Zeit gebar die Frau ihrem Ehemann einen Sohn, dessen Haar so hell war wie das seiner Mutter. Weil der Junge auf die Verwandtschaft seiner Mutter kam, gaben sie ihm einen kühnen nordischen Namen: Erik bedeutet *ewiger Herrscher* und erinnert an den großen Helden Erik der Rote."

Elizabeth sah, wie Vivienne nach vorn rutschte. Ihre Mahlzeit war vergessen. Kannte sie einen Mann, der Erik hieß? Elizabeth nicht. Wo könnte ihre Schwester einem solchen Mann begegnet sein?

Der Geschichtenerzähler fuhr fort: „Und so geschah es, dass etwas später Gott diesem Paar noch einen Sohn schenkte, der genauso golden und gesund war wie der erste. Aber wie Gott mit der einen Hand gibt, nimmt er mit der anderen und die Frau starb bei der Geburt des zweiten Sohnes. Der Ehemann wusste nicht, wie er diese Jungen ohne die Frau an seiner Seite aufziehen sollte, und er fürchtete, seine Söhne würden mehr Geborgenheit brauchen, als er ihnen bieten konnte. Daher nannte er den Jungen Nicholas zu Ehren des Heiligen, der bekanntlich die Kinder liebte, und er flehte diesen Heiligen an, er möge seinen beiden Söhnen wohlgesonnen sein."

Moment mal! Elizabeth runzelte die Stirn. Alexander hatte Nicholas Sinclair Viviennes Hand versprochen, der einen älteren

Bruder namens Erik hatte. Die Sinclairs waren eine alte Familie aus dem Schottischen Hochland. Nicholas schmachtete im Kerker, gefangen genommen, weil er den Schwur gebrochen hatte, den er Alexander geleistet hatte.

Dabei war höchst interessant, dass Vivienne zwei Tage und Nächte allein in der Gesellschaft von Nicholas gewesen war. Elizabeth beäugte ihre Schwester und war keineswegs überzeugt, dass Vivienne der Mann im Kerker von Ravensmuir gleichgültig war. Sie bezweifelte ebenfalls, dass ihre Schwester tatsächlich blutete, wie sie so beharrlich behauptete.

Es war vor einigen Tagen nicht Annelise gewesen, das wusste Elizabeth.

Könnte die Ankunft dieses Geschichtenerzählers, den Vivienne erstaunlicherweise kannte, ein Zufall sein? Elizabeth glaubte es nicht. Sie hörte noch aufmerksamer zu, als der Mann fortfuhr: „Obwohl der Vater seine Jungen, so gut er konnte, erzog, hatten beide oft das Gefühl, er würde nur darauf warten, bis auch er entschwinden und zu ihrer Mutter gehen konnte. Während die Jungen aufwuchsen, schien ihr Vater immer mehr an Lebensenergie einzubüßen, wohingegen sie erstarkten. Als sie schließlich groß und kräftig waren und siegreich aus ihren Kämpfen hervorgingen, verließ er sein Bett nicht mehr.

Der ältere Sohn befürchtete, sein Vater würde den Überfluss vermissen, den er in seiner Jugend kennengelernt hatte, und später hatten er beiden Jungen immer wieder erzählt, wie klein ihre Eltern angefangen hatten. Deshalb begann er, ihr bescheidenes Heim auszubauen. Er bekämpfte habgierige Nachbarn auf allen Seiten, sicherte die Grenzen, baute einen steinernen Wohnturm und das alles im Namen seines Vaters. Er ließ sich das nicht als eigenen Verdienst anrechnen, sondern schwor, es wäre dem Plan seines Vaters, dessen Erziehung und Inspiration zu verdanken, dass er die innere Stärke besaß, aus dem Nichts Wohlstand zu schaffen. Er war tapfer im Kampf, bei Abkommen konnte man sich auf sein Wort verlassen und wegen seines Ehrgefühls vertraute ihm jeder.

Der jüngere Sohn dagegen hatte nichts für Arbeit übrig. Er zog es vor, zu genießen, was er anderen mit seinem Charme oder mit einer List abschwatzen konnte, denn er glaubte, nur ein Tor arbeitete hart im Schweiße seines Angesichts und vergoss sein Blut. Er sah gut aus und nutzte das zu seinem Vorteil, um zu bekommen, was er begehrte."

Das passte zu ihren Erinnerungen an Nicholas Sinclair. Elizabeth schaute zu Vivienne hinüber und sah sie grimmig nicken. Sie tippte ihr auf die Schulter. „Wie kannst du dir dann etwas aus Nicholas machen?", flüsterte sie.

Vivienne fuhr überrascht zusammen. „Das tue ich doch gar nicht."

„Aber er ist im Kerker und du machst dir offensichtlich Sorgen um ihn …"

Vivienne schüttelte den Kopf, dann stieß sie einen Seufzer aus. „Es ist Erik Sinclair, der sich im Kerker befindet", gestand sie leise. „Erik hat mich entführt."

Elizabeth öffnete den Mund bei dieser Enthüllung und schloss ihn wieder. Vivienne wandte ihre Aufmerksamkeit erneut dem Geschichtenerzähler zu. Elizabeth wagte kaum zu atmen, denn nun wusste sie, dass sie eine Geschichte hörte, in der Vivienne eine Rolle spielte. Sie stellte ihr Mahl beiseite und beachtete noch nicht einmal das Platschen, als Darg freudig in den halbleeren Becher Bier sprang.

Ruari erzählte weiter: „Die Brüder stritten sich gelegentlich, so wie es nur zwei so unterschiedliche Charaktere tun können. Doch sie verbargen ihre Auseinandersetzungen vor ihrem Vater, denn der Jüngere wollte in dessen Augen nicht schlecht dastehen und der Ältere wollte ihn nicht belasten. Vielleicht verstand der Vater Nicholas' Natur erst ganz und gar, als es zu spät war, oder er wollte die Wahrheit nicht sehen. Ich weiß nicht, was zutrifft, nur, dass es so war."

Elizabeth war wie gebannt von der Ungerechtigkeit, die der Vater durch seinen Irrtum begangen hatte. Darg rülpste, dann kletterte sie aus dem leeren Becher. Auf dem Weg zum Bierkrug schwankte sie leicht. Sie schwang sich am Griff hoch, landete auf dem Taschentuch und begann, ein Loch in das Gewebe zu nagen.

Elizabeth war zu sehr fasziniert von der Geschichte, um sich darum zu kümmern.

„Der ältere Sohn war glücklich verheiratet mit einer Schönheit aus der Gegend namens Beatrice, und mit dieser Liebesheirat wurde ein Bündnis geschlossen. Beatrice bekam zwei Töchter und Erik war so stolz, wie es ein Vater nur sein konnte. Und so schien alles gut, obwohl der jüngere Bruder heftige Eifersucht auf den älteren empfand."

„Diese Geschichte wird immer schlimmer werden", wisperte Elizabeth bange. Vivienne nickte nur kurz, ihre Aufmerksamkeit war allein auf die Stimme des älteren Mannes gerichtet.

KAPITEL 10

„ nd so begab es sich, dass Erik an einem dunklen Tag ohne Vorwarnung von einem Verbündeten, einem gewissen Thomas Gunn, zu Hilfe gerufen wurde. Erik ließ seine Frau, die Kinder und sein Heim gut gesichert zurück, doch es zeigte sich, dass er nicht auf Verrat aus den eigenen Reihen vorbereitet war. Erik kam bei Thomas' Wohnsitz an und fand heraus, dass dort Frieden herrschte und sein Nachbar keinen Notruf ausgesandt hatte."

„Nicholas hat ihn getäuscht!", zischte einer der Anwesenden und Elizabeth war überzeugt, dieser Mann hatte den Schuldigen richtig benannt.

„Aye, es war wirklich Nicholas, aber damals wagte niemand, solch eine kühne Beschuldigung auszusprechen. Als Erik sein Heim verlassen hatte, riss Nicholas den Titel des Lairds an sich, doch die meisten gingen davon aus, dass es diesen Rang nur vorübergehend innehaben würde."

„Dieser Schuft!", schrie ein Mann „Ich wette, er hatte einen Plan, wie er diese Rolle dauerhaft spielen konnte!"

Ruari hob eine Hand. „Wer vermag das mit Sicherheit sagen, außer Nicholas selbst? Ich kann euch jedoch erzählen, dass Erik auf dem Rückweg zu seinem Heim auf der Straße angegriffen wurde, dort, wo er am wenigsten damit rechnete, denn wie ihr euch erin-

199

nern werdet, wusste er nichts über die Änderungen bei sich zu Hause. Er wusste nur, dass die Botschaft, die er von Thomas Gunn erhalten hatte, gefälscht gewesen war.

Und so geschah es, dass Erik auf eigenem Grund und Boden auf einer Straße überfallen, bewusstlos geschlagen und von einer Klippe geworfen wurde. Als er nicht nach Blackleith zurückkehrte, glaubte man, er hätte diese Welt für immer verlassen, und hielt sogar eine Trauermesse für ihn ab. Sein Tod wurde vierzehn Tage lang betrauert. Es heißt, dass sein Pferd ohne ihn zurückkam, und Nicholas ließ verbreiten, er habe endlos lang nach seinem Bruder gesucht, jedoch ohne Erfolg."

„Wo er doch derjenige war, der für sein Verschwinden gesorgt hatte", murmelte ein Mann, und die anderen in der Halle pflichteten ihm bei.

„Das erklärt seine Narben", bemerkte Elizabeth leise, doch ihre Schwester antwortete nicht.

Ruari hielt inne und Elizabeth rutschte bis zum Rand der Stufe vor, so begierig war sie, den nächsten Abschnitt der Geschichte zu hören.

Vivienne, stellte sie fest, hörte genauso aufmerksam zu, obwohl sie nicht ebenso entsetzt von der Geschichte schien. Kannte ihre Schwester diese bereits?

„Er kann nicht wirklich tot gewesen sein!", brüllte einer der Zuhörer, damit Ruari weitererzählte. „Das wäre das Ende deiner Geschichte."

Ruari schüttelte den Kopf. „Erik war dem Tode nah, so viel steht fest, aber das Schicksal war ihm hold. Ein mächtiger Nachbar, der auf die Jagd gegangen war, fand ihn einige Tage nach der Beerdigung. Er erkannte ihn und wollte ihn ehrenvoll bestatten. Stellt euch seine Überraschung vor, als die vermeintliche Leiche plötzlich zu sprechen begann!"

Die Gesellschaft lachte, Vivienne jedoch nicht. Elizabeth beobachtete, wie ihre Schwester den schweren Stoff ihres Kleides wiederholt mit ihren Fingern zusammenknüllte, ohne sich ihrer eigenen nervösen Geste bewusst zu werden, und sie vermutete, dass Vivienne ihr Herz an diesen Erik verloren hatte, dem solches Unrecht angetan worden war.

„Und so hörte Erik von diesem Nachbarn, was in seinem eigenen Heim vorging. Er erfuhr, dass man sich erzählte, er wäre auf der Straße von Banditen überfallen worden, und dass eine Begräbnismesse zu seinen Ehren abgehalten worden war. Erik jedoch konnte das Gerücht über den Verrat seines Bruders nicht recht glauben. Schließlich unterbreitete der Nachbar – der Earl von Sutherland – Erik einen Plan, wie er die Wahrheit seiner Behauptung beweisen könnte. Der Earl von Sutherland schlug vor, Eriks Wohnsitz einen Besuch abzustatten und Erik unter seinen Begleitern zu verstecken, sodass er die Wahrheit mit eigenen Augen sehen konnte."

Elizabeth stand auf und nahm Viviennes Hand. Die Finger ihrer Schwester waren kalt. Vivienne erwiderte ihren Händedruck, doch sie schaute sie nicht an.

„Und so wurde es gemacht, obwohl Erik davon überzeugt war, dass der Earl sich irren musste. Es wurde immerhin schon lange gemunkelt, dass der Earl von Sutherland allzu misstrauisch war. Doch es war genauso, wie der gesagt hatte: Nicholas nannte sich Laird von Blackleith. Er begnügte sich allerdings nicht mit der Oberhoheit über das, was er seinem Bruder gestohlen hatte. Er beanspruchte also nicht nur die Kontrolle über den Familienbesitz, sondern behauptete außerdem steif und fest, die Kinder seines Bruders wären seine eigenen Nachkommen."

„Nein!", schrie jemand aus der Menge.

„Doch!", erwiderte Ruari. „Nicholas sagte, er wäre gezwungen gewesen, die ehelichen Pflichten seines Bruders zu übernehmen, weil Erik dazu nicht fähig gewesen wäre. Niemand hätte geglaubt, dass er nicht den Wunsch hatte, sich mit Beatrice zu vereinigen, denn sie war eine unvergleichlich schöne Frau."

„Und was hat sie dazu gesagt?", fragte ein Gast.

Ruari zuckte mit den Schultern. „Niemand wusste es, denn es gab keine Spur von Eriks schöner und treuer Frau. Der Earl glaubte, sie hätte zu ihrem Gemahl gehalten und wäre dafür getötet worden. Immerhin behauptete Nicholas, anstelle ihres rechtmäßigen Gatten hätte er Beatrice verführt, was Schande über sie gebracht haben muss. Diesmal glaubte Erik den Verdächtigungen des Earls und trauerte um seine treue Frau."

„Solch ein Verrat muss angemessen geahndet werden", rief ein anderer Zuhörer. Die Leute begannen, unzufrieden zu murren, sie standen ganz auf Eriks Seite.

„Aber sicher protestierte doch der Vater", brachte einer der Anwesenden vor.

Ruari schüttelte traurig den Kopf. „Der Vater ließ sich von Nicholas' schönen Reden täuschen und prangerte Erik an. Er nannte seinen ältesten Sohn eine Schande für den Schoß seiner geliebten Frau, verkroch sich zitternd in seinem Bett und ließ zu, dass Nicholas der unangefochtene Laird von Blackleith wurde."

„Es wird ein Kraftakt nötig sein, um diese Geschichte zu einem guten Ende zu bringen", wisperte Elizabeth.

„Allerdings", stimmte Vivienne zu.

„Wie ging es denn nun weiter?", drängte ein Mann ungeduldig.

Ruari hob den Kopf und breitete die Arme aus, als er erneut mit kräftiger Stimme zu der versammelten Gesellschaft sprach: „Es dauerte lange, bis Eriks Wunden heilten, obwohl ich wette, dass einige niemals heilten. Er hinkte ständig, hatte bleibende Narben davongetragen. Sobald er genesen war, hatte er die Wahl: Er hätte seine Heimat für immer verlassen und seinen Lebensunterhalt als Söldner in einem fernen Land verdienen können, aber aus Angst um seine Töchter wollte er in ihrer Nähe bleiben. Allein konnte er jedoch nicht viel ausrichten und er hatte keine Männer, die er an seine Seite rufen konnte. Sein Bruder hatte Blackleith befestigt und nur wenige wussten, dass Erik überlebt hatte, und hätten ihm helfen können.

Als er die Hoffnung auf Erfolg gerade endgültig aufgeben wollte, war ihm – wie es so oft geschieht – das launische Schicksal erneut hold. Der Earl von Sutherland wollte sich nicht in die Streitigkeiten seiner Nachbarn einmischen, doch er hasste es, wenn Unrecht ungesühnt blieb, und deshalb bot er Erik einen Handel an. Der Besuch auf Blackleith hatte ihm fast so viel Verdruss bereitet wie

Erik. Dem Earl lag viel an Beständigkeit und einer klaren Erbfolge. Viel Kummer kommt von Töchtern, so erklärte er oft, und ich glaube, es beunruhigte ihn, dass die Sinclairs nur zwei Töchter als Nachkommen hatten. Der Earl ahnte Böses und er hatte vor, sowohl zukünftige als auch bestehende Unannehmlichkeiten zu beseitigen.

Und so geschah es, dass der Earl von Sutherland Erik Sinclair etwas versprach: Wenn Erik einen Sohn zeugen konnte, der zweifelsfrei sein Nachkomme war, dann würde er, der Earl von Sutherland, nicht nur diesen Sohn verteidigen, sondern auch ein Heer einberufen, um Eriks Besitz, Blackleith, von seinem Bruder Nicholas zurückzuerobern.“

„Erik hat den Handel angenommen“, wisperte Elizabeth.

„Was hätte er sonst tun sollen?“, murmelte Vivienne. Die Schwestern fassten sich an den Händen und ließen einander nicht mehr los. Ihre Knöchel wurden weiß, so fest war ihr Griff.

„Und so suchte Erik die Maid auf, die als Einzige in der gesamten Christenheit bei der ersten Begegnung erkannt hatte, dass sein Bruder ein Skorpion war. Die mit nur einem Blick die Dunkelheit in Nicholas’ Herzen gesehen hatte. Die Frau, von der er glaubte, sie könnte ihm nicht nur den Sohn schenken, den er brauchte, sondern diesem Sohn auch das Urteilsvermögen mitgeben, das er benötigen würde, um zu überleben und Erfolg zu haben.“

Elizabeth schaute Vivienne an und wusste, wer diese Frau war.

„Was wirst du tun?“, fragte sie.

Vivienne schüttelte den Kopf. „Er muss fliehen, noch heute Nacht, bevor Alexander ihn verurteilt.“ Ihr Blick huschte zu Elizabeth. „Ich bitte dich, verrate mich nicht.“

Bei der bloßen Vorstellung rollte Elizabeth mit den Augen. „Natürlich nicht. Aber wie willst du das bewerkstelligen?“

Vivienne begegnete Elizabeths Blick. „Ich hatte gedacht, dass unsere einzige Chance der Weg durch die Höhlen sein könnte.“

„Du hast vor, mit ihm zu verschwinden.“

Vivienne nickte. „Ich habe ihm diesen Sohn versprochen. Ich habe gelobt, mein Bestes zu tun, um schwanger zu werden, und wir haben auch ein Handfasting, das ein Jahr und einen Tag gilt. Ich gehöre an seine Seite."

Elizabeth drückte ihre Schwester schnell an sich. All die Feinheiten, die unausgesprochen geblieben waren, hörte sie in diesen wenigen Worten. Womöglich würde das Vorhaben nicht gut enden, denn alles schien sich gegen Erik Sinclair verschworen zu haben. Es machte ihr Angst, dass sich Vivienne mittendrin befand, und doch konnte sie sich gut vorstellen, dass ihre Schwester letztlich entscheidend für den Erfolg sein könnte.

Elizabeth wollte ihren Teil dazu beitragen. „Ich werde Darg überreden, uns durch die Höhlen zu führen. Mit ihrer Hilfe kann eure Flucht gelingen."

„Das würdest du für mich tun?"

„Natürlich!"

„Aber Alexander wird böse auf dich werden, da bin ich mir sicher."

Elizabeth winkte ab. „Alexander setzt in der letzten Zeit seinen Willen viel zu oft durch. Ich werde mit Freuden die Chance ergreifen, einen seiner Pläne zu durchkreuzen."

Darg stieß einen Schrei aus, als sie durch das Loch fiel, das sie in das Taschentuch genagt hatte. Es platschte, als die Spriggan in den Bierkrug fiel. Sie gab ein gurgelndes Geräusch von sich und Elizabeth fluchte. Sie griff mit der Hand durch das Loch im Gewebe, packte die zappelnde Fee an ihrer Hose und schüttelte sie.

Darg hustete ausgiebig, dann rülpste sie und verbreitete dabei den süßlichen Geruch von Bier.

„Die Unsterblichkeit hat deinen Verstand nicht geschärft." Elizabeth klopfte der Fee kräftiger auf den Rücken als unbedingt nötig. „Wir brauchen heute Nacht deine Hilfe und du könntest es für angebracht halten, nüchtern genug zu sein, um uns diese zu gewähren."

Darg öffnete verschlagen ein Auge und setzte sich auf, ohne etwas zu erwidern. Sie schnüffelte in die Luft, hungrig wie ein Hund auf der Jagd, und ihr Lächeln wurde boshaft. *„Zurück kehrt die Diebin, vom Sturm getragen, die Lust kann er ihr nicht versagen."* Darg begann, gackernd zu lachen, als könnte sie ihre Heiterkeit nicht im Zaum halten. Sie rollte sich auf den Rücken und lachte und lachte und strampelte hilflos mit den Beinen.

Elizabeth konnte sich keinen Reim auf ihr Geplapper machen und hatte auch keine Geduld dafür. Die Spriggan war offensichtlich betrunken und das zu einem höchst unpassenden Zeitpunkt.

„Genug von Rosamunde", sagte Elizabeth angewidert. „Ich habe dir immer wieder erklärt, dass sie nicht zurückkehren wird. Ich bitte dich nur, uns heute Nacht durch die Höhlen zu führen." Darg schaute hin und her, murmelte vor sich hin und würdigte Elizabeth keiner Antwort. Elizabeth schaute zu Vivienne, die sie aufmerksam beobachtete. „Es tut mir leid, aber ich kann nicht garantieren, was Darg heute Nacht tun wird."

„Dann werden wir selbst unser Bestes geben müssen", erwiderte Vivienne. Sie drehte sich um und betrachtete die Gesellschaft mit ungewöhnlicher Entschlossenheit. „Wir werden keine bessere Chance bekommen als diese, und wir dürfen nicht riskieren, sie zu opfern."

Selbst wenn es bedeutete, sich selbst zu opfern. Viviennes Entschluss hieß nichts weniger als das. „Das muss wahre Liebe sein", dachte Elizabeth und merkte, dass sie davon fasziniert war.

Möge diese Nacht für sie alle von Erfolg gekrönt sein. Das wäre nur gerecht.

Vivienne schob sich langsam vorwärts und lauerte am Fuße der Treppe um die Ecke. Sie beobachtete, wie Ruari mit den Schultern zuckte und anscheinend tief in Gedanken versunken langsam in der Halle auf und ab ging. Alle Anwesenden waren still, während sie auf den Fortgang der Geschichte warteten.

„Erzähl es uns", schrie ein forscher Mann. „Erzähle uns, wie er alles, was er verloren hatte, zurückgewann!" Die Leute johlten und klopften mit ihren Bechern auf die Tische. Viele stampften im Überschwang mit den Füßen auf. Alexander und Tynan lächelten sich an. Alexander war offensichtlich mit sich zufrieden, weil er es für richtig erachtet hatte, an diesem Abend einen Geschichtenerzähler einzulassen.

Möglicherweise würde er nicht lange so selbstzufrieden bleiben.

Ruari seufzte und straffte sich. Dabei ließ er seinen Blick über die Gesellschaft schweifen, als würde ihm grauen vor dem, was er zu sagen hatte. „Ich wünschte, ich könnte euch dies erzählen, doch der wagemutige Plan des Earls von Sutherland führte zu nichts. Die Maid, die Erik erwählt hatte, verriet ihn, so wie jeder andere in seinem Leben es getan hatte. Erik starb namenlos, vergessen und ungerächt in einem armseligen Kerkerloch. Ich wage nicht, mir vorzustellen, was aus seinen Töchtern geworden ist."

Einen langen Moment blieb es still in der Halle, während die Männer den Geschichtenerzähler ungläubig anstarrten. Vivienne erhob sich. Sie wusste, dass diese Geschichte für ihre Ohren bestimmt war und sie allein die Macht besaß, ihr ein anderes Ende zu geben.

Erik brauchte sie.

„Nein!", schrie ein Zuhörer. „Das ist nicht gerecht!"

„Nein!", rief ein anderer. „Er kann nicht gestorben sein, bevor er sein Ziel erreicht hat!"

Alexander stand auf und hob die Hände. Er hoffte anscheinend, dass er die Gesellschaft beruhigen konnte. „Ich schlage vor, du findest ein besseres Ende für deine Geschichte, alter Mann", sagte er.

Doch Ruari richtete sich hoch auf. „Ich habe die Geschichte erzählt, wie sie war", entgegnete er. „Dies ist das einzige Ende, das ich kenne, denn es ist die Wahrheit."

„Das ist doch keine Geschichte!", brüllte ein Mann und warf seinen Keramikbecher mit voller Wucht nach Ruari. Der duckte sich und das Gefäß zerschellte am erhöht stehenden Tisch. Schnell folgte ein zweites.

Ein Sturm brach in der Halle los. Geschirr zerbrach auf dem Boden und eine tosende Menge unzufriedener Männer wogte auf den halsstarrigen Geschichtenerzähler zu. Tynan versuchte lautstark, die Ordnung wiederherzustellen, Alexanders entsetzte Rufe waren zu hören und Vivienne wusste, was sie zu tun hatte.

„Jetzt!", schrie sie Elizabeth zu und die beiden jungen Frauen stürzten sich in das Chaos, das in der Halle von Ravensmuir herrschte. Vivienne zog Eriks Dolch aus der Scheide und hoffte wider alle Vernunft, dass sie ihn nicht gegen ihre eigene Sippe einsetzen musste.

„Bring Darg!", rief sie Elizabeth zu.

„Sie läuft uns voraus und benutzt die Köpfe und Schultern der Leute als Trittsteine", antwortete Elizabeth.

Die Schwestern wichen dem Geschirr aus, das durch die Luft flog, und versuchten, nicht auf dem verschütteten Bier auf dem Steinboden auszurutschen. Vivienne rannte auf die Tür zu, die zum Kerker führte, und stieß heftig mit einem Mann zusammen.

Es war Ruari, der eine prall gefüllte Satteltasche über seine Schulter geworfen hatte.

Er betrachtete sie streng, dann stieß er einen Seufzer aus. „Es gibt kein furchterregenderes Omen als die Aufmerksamkeit einer schönen Frau, darauf kann sich jeder vernünftige Mann verlassen."

„Ich will ihm helfen." Vivienne war sicher, dass er sich auf Beatrice bezog. „Mit Hilfe meiner Schwester können wir entkommen."

Ruari wirkte skeptisch. Sein Blick schnellte zu zwei Männern hinüber, die miteinander kämpften, und er schob Vivienne grob aus dem Weg. Dann entschuldigte er sich und streckte die Hand nach Eriks Dolch aus. „Du hast genug Schwierigkeiten verursacht, Mädchen. Lass mich wenigstens das Leben des Jungen retten."

„Du kannst ihm keinen Sohn schenken."

„Und du wirst den Wachmann nie dazu überreden können, dir den Schlüssel auszuhändigen", warf Elizabeth ein. „Du brauchst uns."

Ruari kniff die Augen zusammen und seine Lippen bewegten sich, obwohl er ausnahmsweise schwieg.

„Das ist meine Schwester Elizabeth. Sie kann Feen sehen, auch diejenige, die uns durch einen Geheimgang aus Ravensmuir hinausführen wird." Vivienne hoffte von Herzen, dass es so war.

Ruari dachte einen kurzen Moment nach, seine Miene war besorgt. „Hexerei!", murmelte er. „Und dann auch noch in einer ganzen Familie." Er warf einen Blick zurück auf die aufgebrachte Menge, dann öffnete er unvermittelt die hölzerne Tür. Er verbeugte sich mit der Anmut eines Höflings. „Bitte nach Euch, Myladys", sagte er und tat so, als wäre es sein Vorschlag gewesen und sie würden sich ihm anschließen.

Vivienne hastete die Stufen hinunter und hielt dabei ihre Röcke hoch. Sie täuschte vor, entzückt zu sein, als der Mann, der mit Eriks Bewachung betraut war, aufschaute. „Hamish! Ich bin so froh, dich hier zu finden."

„Mylady Vivienne! Und Mylady Elizabeth! Was bedeutet die Unruhe in der Halle?" Hamish hatte silbernes Haar und war furchtlos im Kampf, sein Gesicht war von seinen Erlebnissen gezeichnet. Er war schlank und muskulös und wegen seiner jahrelangen Kriegserfahrung ein Respekt einflößender Gegner. Seine Ungeduld, sich an der Schlägerei zu beteiligen, war unverkennbar. „Es klingt, als würden wir belagert."

„Das werden wir!", schrie Elizabeth. „Es ist ein schrecklicher Kampf!"

Bei dieser Aussicht leuchteten Hamishs Augen auf.

„Alexander braucht jeden Mann, um Ravensmuir zu verteidigen", fügte Vivienne hinzu.

„Aye, ich höre das Getöse, aber ich kann meinen Posten nicht verlassen." Hamish warf einen finsteren Blick auf die Tür zum Verlies. „Niemand vergreift sich an einer der Damen aus der Familie meines Lairds und bekommt die Möglichkeit, der Gerechtigkeit zu entgehen."

„Amen", sagte Ruari schroff. „Ich bewache den Gefangenen an deiner Stelle."

„Oh ja!", rief Vivienne. „Hamish, dein Schwert wird im Kampf oben benötigt!"

Hamish warf einen schnellen, misstrauischen Blick auf Ruari. „Und wer ist das?"

„Aber du musst doch Ruari kennen." Zu Viviennes Vergnügen machte Elizabeth eine wegwerfende Handbewegung in Richtung des älteren Mannes. Ihre Schwester log eindeutig geschickter als sie. „Er steht seit mindestens zwei Wochen in Alexanders Dienst." Elizabeth lehnte sich weiter zu Hamish hinüber und wisperte: „Aber er ist eher stämmig als kühn in seinem Alter, wenn du verstehst, was ich meine."

Hamish nickte und ließ Ruari nicht aus den Augen.

Vivienne fügte der Geschichte noch etwas hinzu: „Alexander hat ihn zu meinem Begleitschutz ernannt und Ruari ist zuverlässig. Vertraue ihm den Schlüssel zum Verlies an und niemand, tot oder lebendig, wird ihn Ruari entreißen."

Hamish blickte zögernd zur Treppe hinüber, doch dann schüttelte er den Kopf. „Ich sollte auf den Befehl meines Lairds warten."

Ruari lachte auf. „Sogar jemand, der so alt ist wie ich, kann dafür sorgen, dass ein Gefangener in dieser beeindruckenden Burg in seiner Zelle bleibt." Er schaute nach oben. „Und der Laird wird nicht so bald die Gelegenheit haben, dir direkte Befehle zu erteilen, mein Freund. Er braucht jeden Verbündeten!"

Ein Brüllen schallte von der Halle zu ihnen herunter, gefolgt von einem ohrenbetäubenden Krachen. Tynan schrie genau zum richtigen Zeitpunkt nach Ordnung.

Hastig löste Hamish den Schlüssel von seinem Gürtel und hielt ihn dem anderen Mann hin. „Pass auf, dass du nicht hereingelegt wirst."

Ruari nickte. „Ich bin mit den schönen Reden von Nicholas Sinclair wohlvertraut und auch mit der Schlechtigkeit, zu der sie führen. Du kannst sicher sein, dass man mich nicht täuschen kann."

Hamish rannte die Treppen hinauf. Kurz vor der Tür stockte er. „Schwöre mir auch, dass du Lady Vivienne und Lady Elizabeth verteidigen wirst."

Ruari nickte. „Niemals ist eine Frau in meiner Obhut zu Schaden gekommen." Er zog sein eigenes Schwert, als wollte er seine Kampfbereitschaft zeigen. „Die Ladys sind bei mir sicher, bei Weitem sicherer als in der Halle oben. Geh, Mann! Geh und hilf dem Laird!"

Die Blicke der Männer begegneten sich und sie schauten sich einen Augenblick an, dann stürmte Hamish mit einem Schlachtruf hinauf in die Halle. Sie hörten, wie über ihren Köpfen Klingen aufeinandertrafen, bis sich die schwere Tür hinter ihm schloss.

„Endlich!" Vivienne wollte Ruari den Schlüssel aus der Hand nehmen, um Erik schneller zu Hilfe eilen zu können, doch der ältere Mann schüttelte den Kopf.

„Lass mich das tun. Es ist vielleicht nicht alles so, wie du es erwartest."

Angstvoll ließ Vivienne ihre Hand sinken. „Ist Darg hier?", flüsterte sie.

Elizabeth schaute nach oben in eine Ecke des Raumes und nickte.

Ruari steckte sein Schwert schweigend in die Scheide und blinzelte, als er den Messingschlüssel ins Schloss schob. Hinter der Tür war kein Laut zu hören – fürwahr ein schlechtes Zeichen.

Vielleicht hatten sie Erik so hart geschlagen, dass er benommen war.

Vielleicht war er tot. Vivienne verkrampfte die Hände ineinander und betete stumm. Elizabeth kam vorsichtig näher. Ihre Augen waren weit aufgerissen.

Ruari drehte den Schlüssel um und warf ihnen einen ernsten Blick zu.

Vivienne nickte, um zu zeigen, dass sie auf das Schlimmste vorbereitet war, und der alte Mann öffnete langsam die schwere Tür, die mit quietschenden Angeln protestierte.

Auf einmal schwang ihm die Tür mit voller Wucht entgegen. Mit einem Schrei stolperte Ruari rückwärts, während Erik aus seinem Gefängnis sprang. Im Bruchteil eines Augenblicks lag Ruari mit dem Rücken auf dem Boden und Erik kniete auf ihm, die Hände um den Hals des älteren Mannes.

„Nein!", schrie Vivienne und vergaß für einen Moment, dass man sie oben hören könnte.

„Nein!", schrie auch Elizabeth.

Erik nahm die Schwestern offenbar nicht wahr und drückte fester zu. Ruari wurde rot im Gesicht und röchelte.

„Idiot!" Vivienne trat Erik mit aller Macht gegen sein Bein. „Bring Ruari nicht um! Wir sind hier, um dir zu helfen!"

∿

Erik blinzelte mehrmals in dem Bemühen, seine Augen an das plötzliche Licht zu gewöhnen. Als er aus der Zelle herausgestürzt war, hatte er außer der Silhouette in der Türöffnung wenig erkennen können.

Er war bereit, sich seinen Weg heraus aus Ravensmuir zu erkämpfen. So sicher war er gewesen, dass die Tür von jemandem geöffnet werden würde, der ihn einem bösen Schicksal zuführen sollte, dass er darauf vorbereitet gewesen war, diesen Abgesandten zu töten.

Er hatte nicht erwartet, dass eine Frau ihn anschreien würde, und noch weniger, dass sie ihn mit roher Gewalt treten würde. Sie sprang auf seinen Rücken und presste ihre Arme um seinen Hals. Ein Knochen ihres Unterarms drückte ihm auf die Kehle und behinderte den Luftstrom.

Er verstärkte seinen Griff, um zu vollenden, was er angefangen hatte, solange er es noch konnte. Der Raum um ihn herum wurde unscharf und in seinem Kopf begann es noch stärker zu hämmern.

Dann hörte er, wie ihm der Name *Ruari* ins Ohr geschrien wurde.

Und das Gesicht, was unter seinen Händen rot anlief, war ihm tatsächlich bekannt.

Erik hatte nicht gedacht, dass ihm jemand bei seiner Flucht helfen würde. Und er hatte ganz sicher nicht erwartet, dass Ruari versuchen würde, Ravensmuir auch nur zu betreten, geschweige denn, eine Gelegenheit zu finden, ihn rechtzeitig zu befreien. Solch ein glücklicher Zufall war höchst unwahrscheinlich.

Und doch war es Ruari, der in seinem Griff nach Luft rang.

„Ruari!" Erik löste seine Hände und der Mann nahm einen zitternden Atemzug. Erik half ihm, sich aufzusetzen, und klopfte ihm auf den Rücken, während der Ältere mühsam nach Luft schnappte. Ruari hustete und spuckte, röchelte und rieb sich die Kehle. Er bedachte Erik mit einem bösen Blick, der nicht unverdient war.

Entgegen allen Erwartungen war es Vivienne, die von seinem

Rücken herunterrutschte, Vivienne, die ihn daran gehindert hatte, einen schweren Fehler zu begehen.

Sie warf ihm einen noch finstereren Blick zu als Ruari, falls das überhaupt möglich war.

Erik konnte nicht glauben, dass Vivienne seine Flucht ermöglicht hatte. Und doch schmerzte sein Schienbein so stark, wo sie ihn getreten hatte, dass sie keine Ausgeburt seiner Fantasie sein konnte.

Und sein Körper reagierte äußerst stark auf ihre Gegenwart. Ihre Augen blitzten, ihr Haar hatte sich aus dem Zopf gelöst, ihre Wangen waren gerötet – sie sah so verführerisch aus, dass er sich ihr am liebsten gleich gewidmet hätte. Welche Hexenkunst beherrschte sie, dass er bei ihrem bloßen Anblick solche Wollust empfand? Er wünschte sich nichts mehr, als dass er sie über die Schulter werfen und forttragen, sie immer und immer wieder nehmen und jeden Zentimeter ihres Körpers hundertmal kosten könnte.

Aber warum war sie ihm nun zu Hilfe geeilt? Er schaute sich misstrauisch um und sagte sich, dass sie wahrscheinlich hergekommen war, um noch mehr Unheil über ihn zu bringen.

Es waren nur vier Leute im Vorraum des Verlieses. Die vierte Person war ein junges, dunkelhaariges Mädchen, das Vivienne genug ähnelte, um mit ihr verwandt zu sein. Sie schien keine Bedrohung für sein Überleben darzustellen, aber man konnte ja nie wissen!

Er warf einen vorsichtigen Seitenblick auf Vivienne und sein Herz machte einen Sprung, als er sah, dass ihre Augen fest auf ihn gerichtet waren. Ihre vollen Lippen verzogen sich missbilligend und sie nahm einen so tiefen Atemzug, dass ihr Kleid über den Rundungen ihrer Brüste spannte.

„Was für ein Narr bist du, dass du diejenigen angreifst, die hier sind, um dich zu retten?", fragte sie abfällig. Doch ihre Stimme zitterte und er wusste, sie hatte gefürchtet, sein Angriff könnte erfolgreich sein.

Er hätte in der Tat beinahe seinen einzigen treuen Gefährten ernsthaft verletzt.

„Wie kannst du es wagen, den Mann anzugehen, der loyal genug ist, um dir zu helfen?", fuhr sie fort. „Welcher Tor versucht ohne Sinn und Verstand, dafür zu sorgen, dass er nicht gerettet wird?"

Dagegen konnte Erik nicht viel einwenden, also sagte er gar nichts. Außerdem war die Reaktion seines Körpers auf Viviennes Gegenwart beinahe übermächtig. Er entfernte sich einen Schritt von ihr und wandte ihr den Rücken zu. Er würde sich ihrer Anwesenheit genauso bewusst bleiben wie zuvor, doch sie könnte sich durch sein Verhalten beleidigt fühlen.

„Ich danke dir für diese Begrüßung", sagte Ruari unwirsch. „Erinnere mich daran, dass ich dich nie verärgert zurücklasse, Junge, wenn dies das Willkommen ist, das du mir bereitest, wenn du froh bist, mich zu sehen."

„Es tut mir leid. Ich dachte, du kämst, um mich zu meiner Hinrichtung zu führen."

„Ich weiß, was du dachtest, Junge", gab Ruari zurück. „Aber du hättest hinsehen können, bevor du mir an die Gurgel gesprungen bist." Er schauderte und hustete und machte ein größeres Spektakel aus seiner Wiederherstellung, als Erik für angemessen hielt.

Die andere Maid tätschelte mitleidig Ruaris Rücken. Sie war recht hübsch, jung und hatte üppige Kurven.

Ruari, der alte Schlawiner, blühte unter ihrer Zuwendung geradezu auf.

„Oh, du bist die Güte in Person, jeder arme Teufel könnte sich darauf verlassen", säuselte er. „Könntest du mir den Rücken ein wenig massieren, Mädchen? Hat man dir je gesagt, dass deine Berührung heilende Wirkung hat? Ich muss das wissen, denn ich stamme von einer langen und bedeutenden Linie von Heilern ab, und ich sage dir, ich kann diese Gabe in deiner Berührung spüren ..."

„Ein weiser Mann hat mich einst gelehrt, dass der Zeitpunkt des Angriffs entscheidend ist, wenn man einen Gegner überraschen will", murmelte Erik. Er wusste genau, dass Ruari William Sinclairs Rat wiedererkennen würde.

Ruari beachtete ihn nicht. „Hier, Mädchen. Ein bisschen nach links, hier an dieser Schulter. Aye, es kann nicht die Spur eines Zweifels geben, du hast die Hände eines Engels." Er lächelte zu der Maid hoch, die noch fester über seinen Rücken rieb, während er vor Behagen seufzte. „Ein wahrer Engel."

„Eine Entschuldigung gilt nur, wenn sie angenommen wird", sagte Vivienne.

Erik fühlte, wie ihm im Nacken heiß wurde. Er wusste, dass der ältere Mann ihn absichtlich quälte. „Ich habe sofort aufgehört, als ich dich erkannt habe, Ruari. Ich sage es noch einmal: Es tut mir leid."

Ruari schnaubte. „Dein Sehvermögen lässt frühzeitig nach, Junge. Ich hätte gedacht, du würdest mich eher erkennen."

„Du solltest Ruari belohnen für seine Anstrengungen, dich zu retten", meinte Vivienne. „Er war äußerst mutig."

Ruari warf sich in die Brust bei diesem Lob.

„Ich habe ihm gedankt", erwiderte Erik kurz angebunden. „Er lehnt jedoch die Ehre ab, die ich ihm damit erwiesen habe. Sobald wir uns befreit und Ravensmuir verlassen haben, wird genug Zeit sein, diese Angelegenheit zu besprechen."

„Das stimmt allerdings, Junge." Ruari stellte sich endlich auf die Füße. „Dieser leichte Vorteil, den wir im Augenblick haben, hält vielleicht nicht ewig an." Die Männer gaben sich die Hand und wechselten einen Blick. Damit war die Lage geklärt.

„Was geht da oben vor?", fragte Erik. „Es klingt nach einem Kampf. Hat der Laird die Kontrolle über seine Halle verloren?"

Ruari nickte. Vivienne kam an Eriks Seite und legte eine Hand auf seinen Arm.

Ihre Berührung ließ einen verräterischen Schauer über seinen Körper rieseln. Er hätte erwarten müssen, dass sie ihn berühren würde, dass sie erneut versuchen würde, seinen Blick auf sich zu ziehen. Sie musste um die Wirkung ihrer Liebkosung wissen und um die Macht, die sie über ihn hatte. Feurige Funken jagten durch seine Adern von dem Punkt aus, wo ihre Fingerspitzen auf seinem Arm lagen. Er wagte kaum, zu atmen, sie anzusprechen. Noch nicht einmal, in ihre Richtung zu blicken, so unberechenbar war sein Verlangen nach ihr.

Vivienne sprach als Erste. „Dort findet ein Kampf statt", erklärte sie. „Ruari hat ihn ausgelöst, indem er deine Geschichte erzählte."

Seine Geschichte? Ruari hatte seine Geschichte erzählt? Panik flackerte tief in seinem Inneren auf, ein Schrecken, der durch Ruaris zerknirschten Gesichtsausdruck nicht gemindert wurde. „Was soll das heißen?"

„Ich hatte keine andere Wahl, Junge." Dem Mann war klar, dass er einmal in seinem Leben zu viel gesagt hatte. „Ich brauchte eine Geschichte, um in die Halle des Lairds eingelassen zu werden. Ich habe die einzige Geschichte erzählt, die ich kenne."

„Du hattest kein Recht dazu!", entgegnete Erik mit leiser Stimme.

Ruari wusste nur allzu gut, was dieser Ton bedeutete, und trat unruhig von einem Fuß auf den anderen. „Ich weiß, Junge, ich weiß, aber der Zweck heiligt die Mittel –"

Erik unterbrach ihn zornig: „Welchem Zweck dient es, die Seele eines Mannes vor einer Horde von Fremden und Söldnern bloßzulegen?"

„Es war eine wunderbare Geschichte", begeisterte sich Elizabeth, die Eriks Wut entweder nicht bemerkte oder ihr gleichgültig gegenüberstand. „Ruari hat von Euch erzählt und von Nicholas und Beatrice, dem Betrug und von Euren Kindern und –"

Mehr brauchte Erik nicht zu hören. „Um Gottes willen, was hast du gemacht?", schnauzte er und bedauerte beinahe, dass er seinen früheren Angriff abgebrochen hatte. „Du hättest irgendeine Geschichte erzählen können! Du brauchtest nicht diese zu nehmen! Du kannst nicht jedem x-Beliebigen von meinem Leben berichten!"

„Aber –"

„Du hattest kein Recht, diese Geschichte zu erzählen, das weißt du genauso gut wie ich", fuhr Erik fort. „Es ist nicht deine!"

Ruari bedachte den jüngeren Mann mit einem festen Blick. „Aye, es ist deine Geschichte, das stimmt, obwohl die Tatsache, dass ich sie erzählt habe, dafür gesorgt hat, dass du aus der Gefangenschaft freikamst, und dich vor dem sicheren Tod oder vor Verstümmelung bewahrt hat." Ruari schnaubte und Erik wurde klar, dass sein Gefährte beleidigt war.

Aber für Erik hätte es sich genauso angefühlt, wenn man ihm die Kleider vom Leib gerissen hätte, so nackt kam er sich vor. Es war seine Geschichte, und nur seine, und er allein konnte entscheiden, ob er sie teilte oder auch nicht, wie es ihm beliebte.

Diese Wahl hatte man ihm genommen. Nun wussten Vivienne und ihre gesamte Familie, dass sein Name nicht das Geringste wert war, dass er nichts besaß und töricht genug gewesen war, dass man ihn einen Hahnrei nennen und um sein Erbe betrügen konnte. Nicht nur, dass er ein vernarbter Krüppel war, nay, nun hatte Vivienne auch erfahren, dass sein Vater ihn verstoßen hatte, seine Töchter gestohlen worden waren und dass selbst seine bloße Fähigkeit, Kinder zu zeugen, in Zweifel gezogen wurde. Von ihr bezaubert zu werden, das war eine Sache, doch jede Würde in ihren Augen verloren zu haben, eine ganz andere.

Aber nun verstand er, warum sie ihm zu Hilfe gekommen war. Es war nichts weiter als Mitleid, das Vivienne nach ihrem Verrat dazu getrieben hatte.

Doch Erik wollte ihre Hilfe nicht – nicht, wenn Mitleid sie dazu trieb.

WÄHREND ERIK noch vor Wut kochte, machte Ruari viel Aufhebens darum, seinen zerknitterten Tappert glatt zu streichen. „Auf jeden Fall dachte ich, es wäre eine passende Gelegenheit, die Geschichte zu verwenden, obwohl wir dich, wenn du anderer Meinung bist, leicht wieder in dieser Zelle einschließen und sicherstellen können, dass dieser Schlüssel –", er wedelte mit dem betreffenden Gegenstand aus Messing vor Eriks Nase herum –, „dass dieser Schlüssel nie mehr gefunden wird. Zieht Ihr das vor, Mylord?", fragte er in süßlichem Ton. „Ich möchte Eurem Wunsch, zu sterben, sicherlich nicht entgegenwirken, indem ich mein eigenes Leben riskiere, um Euch zu retten."

Erik hob eine Hand, doch er bekam nicht die Möglichkeit, etwas zu sagen. Ruari setzte seine Tirade fort und hielt kaum inne, um Luft zu holen: „Fern soll es mir liegen, der ich bloß ein Diener bin, anzunehmen, du wolltest lieber leben als sterben. Fern soll es mir liegen, der ich nur ein bezahlter Begleiter bin, auch wenn ich einem Mann gelobte, dir zu helfen, der mir, sollte ich versagen, Rache bis in alle Ewigkeit schwor. Fern soll es mir liegen –" Seine Stimme wurde lauter.

Vivienne trat zwischen die Männer. Ihre Augen funkelten auf höchst beunruhigende Weise. „– Hamish mit zu viel lautem Gerede zu seiner Aufgabe zurückzurufen", unterbrach sie ihn spitz.

Als sich Erik und Ruari ihr zuwandten, schüttelte sie den Kopf, als würde sie ungezogene Kinder schelten. „Wenn du unbemerkt entkommen willst und dafür eine Ablenkung schaffst, solltest du genug Verstand haben, diese Ablenkung auch zu nutzen."

Diese Vernunft, die zur rechten Zeit in ihrem Argument zum Ausdruck kam, ließ Eriks Ärger verrauchen.

„Ja, in der Tat." Ruari wurde noch röter, während er seinen Gürtel richtete.

Vivienne ging zu der Bank hinüber, wo der Wachmann gesessen haben musste, und griff nach einer Waffe, die Erik wohlbekannt war. „Und hier ist dein Schwert", sagte sie.

Zu Eriks Verwunderung reichte sie es ihm, sodass er wieder bewaffnet war. Er fragte sich, was sie beabsichtigte, als er mit Freuden das Gewicht der vertrauten Klinge in seiner Hand spürte. Ihr Handeln machte keinen Sinn, wenn man bedachte, was sie zuvor getan hatte.

Vielleicht hatten sie ihn zum Spaß befreit. Man hörte allerlei über ruchlose Belustigungen, die Adlige im Süden verlangten, und tatsächlich gab es tausend kleine Unterschiede, die diese Landstriche fremdartig erscheinen ließen. Vielleicht lag noch eine größere Herausforderung vor ihm und selbst Vivienne sah es nicht als gerecht an, wenn er keine Waffe hatte. Obwohl Erik Gerüchten nicht viel Gewicht beimaß, beunruhigte ihn diese Aussicht zutiefst.

Offensichtlich teilten die Schwestern seine Befürchtungen nicht, was kein gutes Zeichen war. Die jüngere nickte und sagte knapp: „Wir müssen in den Höhlen sein, bevor sie merken, dass wir weg sind."

„Welche Höhlen?", fragten Ruari und Erik wie aus einem Mund.

„Das Labyrinth, das sich unter der Burganlage von Ravensmuir erstreckt", erklärte Vivienne. „Es gibt viele verborgene Zugänge und zahlreiche entlang der Küste. Dies bietet die beste Chance, unbemerkt zu fliehen."

„Es ziemt sich nicht für Frauen, solche Pläne zu schmieden", sagte Ruari barsch. Man merkte deutlich, dass er Eriks Unbehagen teilte, denn er schaute ebenfalls über seine Schulter und dann nach oben. Immer noch schallte Lärm aus der Halle heraus. Die Männer wechselten einen verunsicherten Blick.

Vivienne zog eine Augenbraue hoch. „Und was wäre dein anderer Fluchtplan? Wir können wohl kaum unbemerkt die Halle durchqueren, denn Erik ist groß und wurde schon als der Gefangene meines Onkels zur Schau gestellt."

Ruari errötete und wusste ausnahmsweise einmal nichts zu sagen.

„Aber wie sollen wir den Weg finden, wenn es wirklich ein Labyrinth ist?" Erik machte sich nicht die Mühe, seine Skepsis zu verbergen.

„Wir folgen natürlich der Spriggan", antwortete Elizabeth.

„Was soll das heißen?", jaulte Ruari und bekreuzigte sich heftig.

„Eine Spriggan ist eine Fee", erklärte Vivienne.

„Ich weiß, was eine Spriggan ist", brauste Ruari auf. „Allerdings kommt von ihnen und ihresgleichen nicht viel Gutes." Er schob sich näher an Erik heran. „Spriggans sind boshafter als die meisten anderen Feen, was wirklich kaum für sie spricht. Und man sagt, sie können ihre Form auf Wunsch verändern, so groß werden wie ein Haus und so erschreckend wie ein Sturm auf See." Er senkte seine Stimme. „Nur furchterregende Hexer würden behaupten, über eine so unheilige Kreatur zu gebieten." Er bekreuzigte sich erneut.

Vivienne schlug diese Warnung in den Wind. „Die Spriggan heißt Darg und ist nicht so furchterregend, wie du behauptest. Leider kann nur Elizabeth Darg sehen, aber sie hat uns ihre Hilfe zugesagt."

„Dieses Kind befiehlt der Spriggan?", fragte Ruari ehrfürchtig und betrachtete die jüngere Schwester mit neuer Ehrfurcht.

„Du warst derjenige, der behauptet hat, ihre Berührung hätte heilende Wirkung", erinnerte Erik den älteren Mann, der daraufhin bleich wurde. Erik hingegen glaubte nicht an die Anwesenheit dieser Spriggan.

Er umfasste sein Schwert fester. Zwar war er ganz und gar davon überzeugt, dass ihm eine Falle gestellt wurde, doch das ließ ihn kalt. Er konnte und würde gegen jeden Mann kämpfen, nun, da er aus der Zelle befreit worden war und sein Schwert zurückbekommen hatte. Erik brauchte bei dieser Herausforderung bloß zu triumphieren, um Ravensmuir als freier Mann zu verlassen, so viel stand fest.

Die Lammergeiers hatten den Irrtum begangen, nicht zu begreifen, wie dringend er diesen Sieg benötigte.

KAPITEL 11

Die Schwestern schienen nichts von den Bedenken der Männer zu bemerken. Sie drehten sich gleichzeitig um und nahmen Fackeln von der Wand. Die Erwähnung von Feen und Labyrinthen kam ihnen so leicht über die Lippen, dass Erik umso mehr überzeugt war, dass die Geschichte nicht stimmte.

„Hier entlang", sagte Elizabeth und wies auf die gegenüberliegende Mauer aus behauenen Steinen. Ein Schatten war dort, wo sie die Fackel weggenommen hatte, verborgen gewesen und dieser Schatten bewegte sich, als sie ihn berührte. Ein Spalt erschien zwischen den Steinen und die Schwestern schoben ihre Hände hinein und drückten. Ein Zugang öffnete sich.

Vivienne blickte zu Erik zurück. Entschlossenheit leuchtete aus ihren Augen und noch ein anderes Gefühl, das sein Herz auf höchst ungebärdige Weise hüpfen ließ. Er sagte sich, es wäre nur natürlich, dass sein Körper so stark auf sie reagierte, denn sie war schön und er kannte bereits die Intensität ihrer Leidenschaft.

Dennoch hoffte er, dass Vivienne nicht für die Flucht aus dem Labyrinth würde bezahlen müssen.

Das Licht der Flammen vergoldete ihr rotbraunes Haar und streichelte ihre Wange. Dadurch wirkte sie königlich und für ihn unerreichbar. Ihre Lebensfreude verursachte ihm einen Kloß im Hals, das kühne Funkeln in ihren Augen erweckte das Verlangen in ihm, aufs Neue bei ihr zu liegen.

Einen gefährlichen Augenblick lang, als sich ihre Blicke trafen und nicht wieder losließen, kümmerte es Erik nicht, ob sie die Brut von Reliquienhändlern und Dieben war oder ob sie ihn zu Gefangenschaft und Folter verurteilt hatte. Er sah nur, dass sie furchtlos auf der Schwelle zu einer grauenerregenden Dunkelheit stand. Ihr Mut beruhte nicht auf Torheit, denn er konnte die Intelligenz in ihrem Blick erkennen, die ihn ihre Verwegenheit umso mehr bewundern ließ.

Und in diesem wirkmächtigen Moment, als die Zeit stillstand, wusste Erik Sinclair nur, dass er wieder mit Vivienne zusammen sein wollte, und zwar für so viele oder so wenige Augenblicke, wie es möglich war, denn jede Zeitspanne, die er in ihrer Gesellschaft verbringen konnte, würde jeden Preis wert sein, der ihm dafür abverlangt wurde.

Er begriff, dass dies die wahre Bedrohung war, die von Vivienne ausging, dieser Nachfahrin von Hexern, die solch unheilige Verführungskraft besaß. Sie hatte ihn verraten, und ohne ein Wort der Erklärung oder Entschuldigung von ihr war er bereit, zu vergessen, was er wusste, und ihr aufs Neue zu vertrauen – oder zumindest wieder mit ihr ins Bett zu gehen. Sein Körper trotzte seiner Vernunft, und seine Begierde würde ihn dazu bringen, Fehler zu machen.

Er wusste es besser, als sich so leicht verführen zu lassen.

Erik zwang sich zu einer grimmigen Miene und wappnete sich gegen Vivienne. Er nahm eine Fackel und ging an ihr vorbei, als wartete sie nicht auf ihn, als wären ihre Augen nicht voller Erwartung, als würde sich sein Inneres nicht bei ihrem Duft zusammenziehen. Er kämpfte gegen das Gefühl an, sich wie ein Schurke zu benehmen, als ihr Gesicht Enttäuschung verriet.

Er vertraute Vivienne nicht, er wagte es nicht. Sie hatte ihn nur gerettet, um ihn in noch größeres Verderben zu führen. Das Mindeste, was sie tun würde, war, ihn in einem Labyrinth zurückzulassen, damit er herumwanderte, bis er hungers starb oder verdurstete. Eine Fee, die nur für eine der Schwestern sichtbar war, würde ihm keine Rettung bringen.

„Es könnte durchaus eine Falle sein, aber ich vermute, wir haben keine andere Wahl, Junge", murmelte Ruari und sprach damit unbewusst Eriks Gedanken aus. Er legte den Kopf schief, als plötzlich ein Krachen den Lärm über ihnen ertönte. „Wir werden diese Halle nicht unbeobachtet durchqueren können."

Erik nickte und hob sein Schwert. „Ein Mann kann nur den Weg wählen, der weniger verhängnisvoll erscheint, und das Beste hoffen", antwortete er, als er über die steinerne Schwelle trat.

Zu seiner Überraschung befanden sich dort Stufen, die in den Felsen gehauen waren und nach unten führten. Ein Hauch Seeluft traf seine Nase und Hoffnung keimte in ihm auf, dass er wirklich von Ravensmuir entkommen konnte.

Es war genug, um ihn in die Dunkelheit schreiten zu lassen und der tanzenden Flamme von Elizabeths Fackel zu folgen.

~

WIE ELIZABETH HÄTTE AUCH VIVIENNE es vorgezogen, die Höhlen unter Ravensmuir nicht zu betreten.

Im Unterschied zu Elizabeth vertraute Vivienne nicht wirklich darauf, dass die Spriggan sie aus dem Labyrinth hinausführen würde. Sie wagte nicht, ihre Furcht zu zeigen – nicht, wenn Ruari und Erik diesen Plan offensichtlich so kritisch betrachteten, doch ihr Herz setzte einen Schlag aus vor Angst, als sie in die Kühle des Labyrinths trat.

Es war so dunkel. Die flackernden Fackeln schienen die endlose Schwärze an diesem Ort kaum zu erhellen und die Hitze der Flammen vertrieb auch nicht die Kälte, die aus dem Felsgestein drang.

Vivienne wusste, dass es tausend Wegabzweigungen gab, tausend falsche Korridore, mehr als tausend Sackgassen. Dieses Netzwerk aus Gängen war teilweise von der Natur geschaffen und teilweise von Menschen erweitert worden, die Verstecke suchten. Es war wie die Wabe in einem Bienenstock und Vivienne war immer überzeugt gewesen, dass dort Knochen in den Ecken lagen von Menschen, die in die Höhlen eingedrungen waren und nicht mehr hinausfinden konnten.

Sie hoffte, sie würden sich nicht dazugesellen.

„Ihr solltet den Durchgang schließen", sagte Elizabeth bestimmt und zeigte auf die breite Öffnung hinter ihnen. Da Ruari der Letzte war, der über die Schwelle schritt, bekreuzigte er sich, murmelte offenbar ein Gebet und streckte dann den Arm aus, um ihrer Aufforderung nachzukommen. Der Kerker verschwand, als der große Stein sich hörbar an seinen Platz zurückschob.

Vivienne schluckte, denn die Schatten wurden noch tiefer und die Luft schien kälter, als sie es gerade noch gewesen war. Ihre Fackeln flackerten im Zug, dann brannten sie wieder ruhiger. Sie konnte das Pfeifen des Windes und die Brandung hören.

Ein Sturm war aufgezogen, erinnerte sie sich, aber hier fühlte sie sich ihm noch mehr ausgeliefert als innerhalb der hohen Festungsmauern von Ravensmuir.

„Da ist Zugwind", sagte Erik. Seine Worte hallten um sie herum wider. „Man riecht das Meer."

Tatsächlich neigten sich die Flammen nun alle nach hinten in die Richtung des Kerkers. Vivienne atmete tief ein. Der Beweis, dass es irgendwo unter ihnen eine Öffnung gab, beruhigte sie.

Sie mussten sie nur finden.

„Hier geht es lang", sagte Elizabeth mit einer Zuversicht, die Vivienne nicht teilte, und lief die breiten Stufen aus behauenem Stein hinunter. Sie verschwand schnell aus dem Blickfeld, denn der Weg wand sich in Biegungen nach unten, obwohl das Licht ihrer Fackel die anderen weiter voranführte.

Es gab kein Geländer, nur die Felswand, an der man sich abstützen konnte, und die Stufen waren uneben und nicht gleich hoch. Gelegentlich floss ein Rinnsal die Felswand hinab und platschte in einen unsichtbaren Wassertümpel tief unter ihnen. Mit jedem Schritt wirkte die Dunkelheit unheilvoller und das Licht der Fackeln konnte ihre Geheimnisse kaum bannen. Jedes Mal, wenn eine Öffnung sich wie ein riesiges Maul auf der einen oder anderen Seite des Weges öffnete, fragte sich Vivienne, welche Bedrohungen dahinter lauerten.

Sie hätte leicht stolpern können, doch Vivienne bat keinen der beiden Männer um Hilfe. Womöglich waren die noch besorgter als sie. Ruari murmelte immer und immer wieder sein *Vaterunser* und der Klang beruhigte Vivienne mehr, als sie zugeben wollte. Erik war so angespannt wie eine Bogensehne, doch er sagte überhaupt nichts.

Der Weg führte sie immer weiter abwärts, die Kühle des Erdreichs umfing sie. Erik hielt sein Schwert und seine Fackel hoch und die Männer blieben bei jeder Öffnung stehen, bevor sie daran vorbeigingen. Beide beobachteten wachsam ihre Umgebung, als ob sie ebenfalls eine unangenehme Überraschung erwarten würden. Vivienne fühlte Eriks Misstrauen, doch sie wollte nicht vor den anderen mit ihm streiten.

Und sie wusste, dass sie sein Vertrauen eher mit einer Tat zurückgewinnen würde als mit jedem Versprechen, das sie ihm geben könnte. Sobald er mit ihrer Hilfe von Ravensmuir geflohen war, konnte sie ihm ihre Schuldlosigkeit besser darlegen.

„Warum um Gottes willen würde ein Mann ein solches Gewirr unter seiner Burg hinnehmen?", fragte Ruari schließlich.

„Meine Familie hat jahrelang mit religiösen Reliquien gehandelt", erwiderte Vivienne, der sehr wohl bewusst war, dass dies ihren Angehörigen nicht zur Ehre gereichte. „Mein Urgroßvater, der Ravensmuir erbaut hat, begann damit. Er hat dieses Land, so erzählt man sich, wegen der natürlichen Höhlen in Besitz genommen und diese dann zu einem Labyrinth erweitern lassen."

„In Besitz genommen oder gestohlen?", fragte Erik leise und Vivienne errötete, als sie seinen verurteilenden Ton hörte. Sie vermutete, dass kein rechtschaffener Mensch Verdienste in der Geschichte ihrer Familie und der Quelle ihres Reichtums erkennen würde.

„Zweifellos gestohlen", erwiderte Ruari. „Es gab immer Gerüchte über die Lammergeiers und ihren schimpflichen Handel. Höhlen wie diese kommen einer Familie, die dunkle Taten und Raubgut verstecken muss, sehr gelegen." Er schnaubte. „Kein redlicher Mensch würde sie brauchen."

„Nennst du dich selbst unredlich?" Vivienne war wohl bewusst, dass die Vergangenheit ihrer Familie befleckt war, doch sie wollte ihre Verwandten trotzdem verteidigen. „Denn offensichtlich brauchst du sie ebenfalls heute Nacht."

Die Männer wechselten einen Blick, doch sie erwiderten nichts.

Vivienne erzählte weiter. Sie lechzte danach, die bedrückende Stille zu durchbrechen. „Mein Großvater wollte das Reliquiengeschäft nicht fortführen und benutzte sein Schiff, um stattdessen mit Tuch zu handeln. Er brachte Seide und Goldbrokat aus Arabien mit und auch Kleinodien, die an den Höfen der Könige und Barone begehrt waren."

„Was den ungewöhnlichen Wohlstand deiner Familie erklärt", murmelte Ruari. „Obwohl dieser Reichtum im Grunde unehrenhaft erworben wurde."

Vivienne ging auf den Vorwurf nicht ein. „Der Bruder meines Großvaters hat den Reliquienhandel heimlich für einige Jahre weiterbetrieben, bevor er ihn aufgab", setzte sie hinzu.

„Wie konnte er das im Verborgenen tun?", fragte Ruari. In dem Augenblick holten sie Elizabeth ein, die überlegte, welche der beiden Abzweigungen an einer Gabelung sie nehmen sollten. Sie nickte und lief mit wehendem Rocksaum nach rechts weiter, was sie wieder nach unten führte.

„Es gab viele Wege, die in das Labyrinth hineinführten, und Gawain kannte sie alle." Vivienne hoffte, dass ihre Schwester wirklich den richtigen Gang gewählt hatte. „Er kam ohne das Wissen seines Bruders hierher und nahm sich von dem Schatz, was er begehrte. Als er mit dem Handel aufhörte, waren noch zahlreiche Reliquien vorhanden, so viele, dass die letzten erst dieses Jahr versteigert wurden."

Elizabeth setzte die Geschichte fort: „Sie wurden versteigert, weil unser Onkel Tynan, der jetzt Laird von Ravensmuir ist, beschlossen hat, die Reliquien endlich loszuwerden. Sie waren die Ursache für einen Familienstreit."

„Worum genau ging es in dem Streit?", wollte Ruari wissen. Offenbar war er genauso begierig, dass das Gespräch weitergeführt wurde, wie Vivienne.

„Ich denke mal, ein Familienmitglied wollte die Reliquien haben, weil diese selbst in unseren Zeiten wertvoll sind", bemerkte Erik grimmig.

„So war es tatsächlich", bestätigte Vivienne. „Unsere Tante setzte den Handel fort."

„Tante?", fragten die Männer wie aus einem Mund.

„Ja. Rosamunde hatte viel von ihrem Stiefvater Gawain gelernt und führte das Familiengeschäft weiter."

Ruari pfiff durch die Zähne. „Eine Frau, die mit religiösen Reliquien handelt! Sie muss wirklich furchtlos sein."

„Das ist sie." Vivienne runzelte die Stirn. „Wir haben sie immer Tante genannt, obwohl sie in Wahrheit nicht mit uns blutsverwandt ist. Gawain, der Bruder meines Großvaters, nahm sie auf, als sie als Baby ausgesetzt wurde. Er und seine Frau zogen sie an Kindes statt groß."

„Das war also derselbe Bruder, der den Reliquienhandel weiterführte?", hakte Ruari nach.

Vivienne nickte. Eriks missbilligendes Schweigen lastete auf ihr. Sie wusste, dass ihre Familiengeschichte nicht ehrenhaft war. Ebenfalls deutlich spürte sie das Gewicht des Familienerbstücks, des Dolches, der noch in ihrem Gürtel verborgen war. Sie hatte keinen Zweifel, dass die Sinclairs eine glorreichere und heldenhaftere Vergangenheit hatten. „Genau der Bruder war es."

„Und Darg hasst Rosamunde abgrundtief", fuhr Elizabeth fort. „Die Spriggan", fügte sie erklärend hinzu, als Ruari sie verwirrt anblickte. „Darg dachte schließlich, dass der herrenlose Reliquienschatz ihr gehören würde, und als dann Rosamunde kam, um etwas davon wegzunehmen, fühlte Darg sich beraubt. Sie ist entschlossen, sich zu rächen, obwohl ich ihr immer wieder gesagt habe, dass Rosamunde nie mehr nach Ravensmuir zurückkehren wird."

„Wegen des Streits mit dem Laird." Ruari nickte grimmig. „Wenn er die Reliquien versteigern würde, wäre er ihr Diebesgut ein für alle

Mal los. Ich muss deinem Onkel zustimmen: Ein Mann kann eine solche Schande in seiner Burg nicht so einfach dulden."

Vivienne biss sich auf die Zunge. Obwohl die Geschichte viel mehr beinhaltete, stand es ihr nicht zu, die Einzelheiten mit anderen zu teilen. Genauso wenig würde es Eriks Ansichten über die moralischen Vorstellungen ihrer Familie verbessern, wenn sie zugäbe, dass Tynan und Rosamunde eine langjährige intime Beziehung geführt hatten.

„Sollten wir nicht schon längst wieder nach oben steigen?", fragte sie Elizabeth stattdessen. „Wir sind doch sicher auf dem Weg zu den Ställen? Wir können nicht immer nur abwärts gehen, ohne die große Höhle zu erreichen, die einen Zugang zum Meer gewährt."

„Oder das Meer selbst", setzte Ruari grimmig hinzu.

„Das habe ich Darg gesagt." Elizabeth schaute wieder nach oben. Sie nahm einen tiefen Atemzug. „Sie hat ein solches Tempo heute Nacht. Wir werden ganz außer Atem sein, wenn wir an unserem Ziel ankommen."

„Das macht wenig Sinn." Erik hielt inne. „Wenn wir weiter nach unten laufen, landen wir direkt im Meer."

„Oder wir sind in einer Ecke gefangen, wenn die Flut kommt", murmelte Ruari und blieb neben dem jüngeren Mann stehen.

Vivienne blickte erschrocken in ihre Richtung. „Daran habe ich gar nicht gedacht."

„Vielleicht kennt deine Schwester nicht wirklich den Weg." Erik schaute sie anklagend an.

„Sie kennt ihn nicht", räumte Vivienne ein. „Aber die Fee kennt das Labyrinth gut."

Erik zog eine Augenbraue hoch. „Wenn tatsächlich eine Fee hier ist." Es war deutlich, dass er dies nicht glaubte. Er hielt inne und blickte sich um. In ihrer Nähe erspähte er ein halbes Dutzend Öffnungen im Gang. „Ich schlage vor, wir teilen uns in Gruppen auf und suchen einen Pfad, der wieder nach oben führt."

„Ein vernünftiger Plan", meinte Ruari.

„Aber wir werden uns verirren, wenn wir uns trennen", wandte Vivienne ein und wiederholte damit die Begründung, die man sie ihr

Leben lang gelehrt hatte. In Wahrheit fürchtete sie sich davor, allein in diesem Labyrinth herumzuwandern. „Wie sollen wir uns dann wiederfinden?"

„Darg!", rief Elizabeth und stürzte ungeachtet dieser Bedenken die Treppe hinunter, offenbar hinter der Fee her.

Vivienne folgte ihrer Schwester ein halbes Dutzend Stufen und blieb stehen, wo sie die Männer noch sehen konnte. „Elizabeth!", schrie sie. „Warte auf uns!" Aber Elizabeth rannte weiter. Das Licht ihrer Fackel wurde mit besorgniserregender Geschwindigkeit schwächer.

„Ruari und ich werden uns unseren eigenen Weg suchen, wohingegen ihr, du und deine Schwester, der Fee folgt", sagte Erik, während Vivienne gegen den Drang ankämpfte, Elizabeth hinterherzulaufen.

„Wir müssen zusammenbleiben", beharrte sie, während Ruari links in eine Öffnung hineinschaute. „Wir müssen!"

„Dieser Weg führt nach oben." Ruari winkte Erik zu sich. „Wo immer er auch endet, ich würde wetten, dass es günstiger auskommt als das, was wir hinter uns gelassen haben. Schließlich kann es nur besser werden." Ruari strebte in den Gang hinein. Seine Stiefel knirschten auf dem Gestein und seine Fackel schwärzte die Felswände.

„Ruari, nein!", schrie Vivienne. „Wir müssen zusammenbleiben."

„Nay, das ist nicht länger nötig", sagte Erik ruhig.

Sein Ton brachte Vivienne dazu, ihn anzusehen, und sein harter Gesichtsausdruck zerriss ihr förmlich das Herz. „Du meinst, du willst mich hier allein zurücklassen?", beschuldigte sie ihn und war bestürzt, als Erik dies nicht abstritt. „Aber wir sind durch ein Handfasting miteinander verbunden! Und ich habe versprochen, dir einen Sohn zu gebären."

„Und ich bin deine Täuschungen leid. Du hast dafür gesorgt, dass wir nicht nur verfolgt, sondern auch gefunden wurden, indem du gestern Abend darauf gedrängt hast, früh Halt zu machen."

„Ich habe nichts dergleichen getan. Du warst verwundet. Wenn wir weitergeritten wären, hätten sich deine Verletzungen nur noch verschlimmert."

„Und wie haben deine Verwandten uns dann gefunden?"

„Es war die Fee, Darg, die ihnen den Weg gewiesen hat."

Erik rieb sich mit der Hand über die Augen und schaute weg. „Es gibt keine Fee, Vivienne. Vielleicht hast du es nicht darauf angelegt, gefunden zu werden, vielleicht hast du mich nicht auf der ganzen Linie belogen. Vielleicht hat uns deine Familie nur mit Hunden gejagt. Es spielt kaum eine Rolle. Unsere Wege trennen sich jetzt, bevor ich in irgendeine Falle deiner Familie tappe."

„Was für eine Falle? Ich habe dir gerade geholfen, zu entkommen!"

„Zu welchem Zweck?"

Vivienne keuchte, als sie die Verachtung in seinem Gesicht sah. „Du kannst nicht glauben, dass ich dir nur zur Flucht verholfen habe, um dich einer noch größeren Gefahr auszusetzen! Du kannst nicht glauben, dass ich dich verraten habe!"

Er warf ihr einen kühlen Blick zu. „Hast du das nicht getan? Als wir umzingelt waren, wurde ich gefangen genommen und geschlagen, nur weil du geleugnet hast, mit mir verbunden zu sein ..."

„Nein! Ich habe gelogen, damit Alexander nicht dafür sorgt, dass du nie einen Sohn bekommen kannst." Vivienne überstürzte sich beim Sprechen in ihrer Hast, ihm alles zu erklären. Erik schaute sie so unbewegt an, dass sie wusste, sie konnte ihn nicht von ihrer Unschuld überzeugen. „Alexander hätte dich auf der Stelle entmannen können, so wütend war er."

„Er ist rachsüchtig, dein Bruder."

„Er will uns beschützen." Vivienne holte tief Luft, um ruhiger zu werden. „Ich fürchte, die Verantwortung für vier Jungfrauen lastet zu schwer auf seinen Schultern."

„Nach meiner Rechnung ist er nur für drei Jungfrauen verantwortlich, doch du scheinst anders zu zählen als ich", sagte er mit harter Stimme. „Denn du hast deinem Bruder gegenüber behauptet, du wärst noch unberührt."

„Was hätte ich sonst tun sollen? Wäre es dir lieber gewesen, wenn ich zugelassen hätte, dass er das Schlimmste tut?"

Erik betrachtete sie, als würde er überlegen, ob sie die Wahrheit sprach. „Du bekundest Besorgnis um mich und doch hast du es abgelehnt, mich zu heiraten."

Der wahre Grund für ihre Weigerung lag ihr auf der Zunge, aber in diesem Moment, wo Erik sie noch nicht einmal zu mögen schien, wollte sie nicht von Liebe sprechen. „Weil du dich für ein Handfasting ausgesprochen hast", sagte sie stattdessen und zwang sich, besonnen zu klingen, als hätten nur logische Gründe sie überzeugt.

In Wahrheit dachte sie an die schöne Beatrice und wie schlecht sie im Vergleich mit dieser vorbildlichen Ehefrau abschneiden musste, die seine Ansprüche bis in den Tod verteidigt hatte.

„Deine Begründung für ein Handfasting ist gut nachvollziehbar", sagte sie behutsam, als er nichts erwiderte. „Denn du wirst eine andere Maid brauchen, wenn dein Same in meinem Schoß keine Früchte trägt. Ich möchte nicht riskieren, dass dein Vorhaben scheitert, indem ich verlange, dass du den Erwartungen meiner Familie nachgibst. Ich wollte das Schicksal deiner Töchter nicht so leichtfertig aufs Spiel setzen."

„Und was gewinnst du dabei?"

„Die Chance, zwei kleinen Mädchen zu helfen."

Erik runzelte die Stirn und wandte sich unvermittelt ab. Vivienne dachte, er wollte weggehen, doch er spähte nur in den Gang hinein, in dem Ruari verschwunden war.

Offensichtlich beruhigt wandte er sich ihr mit wachem Blick wieder zu. Er sprach jetzt langsamer, schien sie weniger stark zu verurteilen. „Zweifellos hätte mich dank deiner Verwandten morgen ein düstereres Schicksal erwartet als bloße Misshandlung."

„Möglicherweise, wenn ich nicht dafür gesorgt hätte, dass du fliehen kannst."

Dennoch musterte Erik sie so scharf, dass es Vivienne vorkam, als würde er versuchen, ihre Gedanken zu lesen. Gelassen erwiderte sie seinen Blick und hoffte, er erkannte, dass ihre Absichten ehrlich waren.

„Vielleicht soll dies deiner Familie Zerstreuung bieten", mutmaßte er mit leiser Stimme. „Schließlich befinden sich in dieser Burg viele, die sich für Falken, Pferde und Hunde interessieren. Vielleicht soll ich nun erneut die Jagdbeute sein." Er trat einen Schritt zurück. „Vielleicht gerate ich nur vom Regen in die Traufe."

„Meine Familie würde so etwas Entsetzliches nicht tun!", rief Vivienne aus. „Wie kannst du so sicher sein, dass ich dir übelwill?"

„Wie könnte ich dir vertrauen nach allem, was passiert ist?", fragte er seinerseits mit lauter werdender Stimme. „Seit ich nach Kinfairlie kam, ist alles schiefgelaufen ..."

„Schon lange davor lief alles schief."

Erik fuhr sich mit einer Hand durchs Haar und sagte entschlossen: „Durch diesen Plan sollte sich alles ändern, und doch geschieht das nicht. Offensichtlich habe ich mich wieder getäuscht. Da das Schicksal mir eine Chance bietet, zu überleben, will ich sie ergreifen. Ich werde dir und deiner Schwester nicht länger folgen. Es wäre Irrsinn, den kleinen Vorteil, den ich im Augenblick habe, zu opfern."

In dem flackernden Licht starrten sie einander schweigend an. Vivienne wusste nicht, was sie sagen sollte, doch ihr war klar, sie konnte nicht zulassen, dass er seinen Weg ohne sie weiterging. Sie wusste, sie konnte ihm helfen, sie hielt den Schlüssel zu seinem endgültigen Erfolg in den Händen, denn sie hatte so ein Gefühl, dass ihre Begegnung kein reiner Zufall war. Doch wie sollte sie einen Mann wie ihn, der so sehr an allem Unsichtbaren zweifelte, davon überzeugen?

„Hierher, Junge!", brüllte Ruari aus einiger Entfernung. „Ich komme gut voran und bald werde ich den Weg zurück zu dir nicht mehr finden können. Ich kann die Ställe schon beinahe riechen, darauf kannst du dich verlassen!"

Erik hielt Viviennes Blick unbeeindruckt stand. „Was zwischen uns war, wird unser Geheimnis bleiben, solange ich lebe", schwor er mit solcher Inbrunst, dass sie ihm glaubte. „Du brauchst von mir keine Auswirkungen zu befürchten, die eine lose Zunge haben könnte." Sie setzte zu einer Antwort an, doch er hob die Hand. „Und ich werde dafür sorgen, dass Ruari ebenfalls Stillschweigen bewahrt.

Verheirate dich gut und vertraue darauf, dass niemand enthüllen wird, dass du keine Jungfrau mehr bist. Lebe wohl, Vivienne."

Vivienne starrte ihn an. Sie war bis ins Mark erschüttert, dass er sie tatsächlich verlassen wollte, und unglaublich verzweifelt über den Aufruhr in ihrem Herzen. Er stand so entschlossen da und war so sicher, dass er allein auf sich gestellt gewinnen konnte, so edel, dass er sterben würde bei dem Versuch, seine Töchter zu retten.

In dem Moment begriff sie, dass sie, so unwahrscheinlich es auch sein mochte, ihr Herz an Erik Sinclair verloren hatte. Möglicherweise konnte sie seine Zuneigung nie gewinnen, doch sie durfte ihn nicht gehen lassen. Liebe, das wusste Vivienne Lammergeier, war etwas zu Seltenes und zu Wertvolles, um weggeworfen zu werden.

Es war Liebe, die letztendlich zu Eriks Erfolg führen würde.

Doch sie wagte nicht, dies vorzubringen, noch nicht.

Daher schüttelte sie den Kopf und nannte andere Gründe: „Erik, das kannst du nicht machen. Wenn du uns und Darg verlässt, wirst du dich nur verirren. Du bringst dich und deine Töchter wirklich in Gefahr. Ich schwöre, ich will dir nichts Böses. Ich schwöre, ich wusste nicht, dass meine Familie uns verfolgte, und ich versuche nur, die Sache in Ordnung zu bringen."

„Vivienne ..."

„Erik, ich würde mit dir gehen. Ich würde versuchen, dir einen Sohn zu gebären. Ich würde jedes Versprechen halten, das ich dir gegeben habe."

„Aber warum?"

Vivienne wagte nicht, die Wahrheit zu sagen, die auch für sie selbst noch so neu und zerbrechlich war. Spontan gab sie ihm deshalb eine bodenständigere Erklärung. Sie verringerte den Abstand zwischen ihnen, indem sie einen schnellen Schritt auf ihn zu machte, reckte sich und streifte seine Lippen mit ihren.

Erik rührte sich nicht. Er stand so vollkommen still, dass sie fürchtete, er würde sie erneut abweisen. Unbeirrt schob Vivienne ihre Hand in das Haar in seinem Nacken und senkte ihren Mund auf seinen. Sie küsste ihn mit sanfter Inbrunst, um ihm eine Reaktion zu entlocken.

Erik blieb bewegungslos, während sie ihn küsste, und sie hätte denken können, dass ihre Bemühungen erfolglos wären, hätte sie ihre Hand nicht an seinem Hals entlanggleiten lassen. Sie spürte, wie sein Puls unter ihrer Handfläche hämmerte, und da wusste sie, dass er nicht so unempfänglich für ihre Liebkosungen war, wie er sie glauben machen wollte.

Er fühlte das Band zwischen ihnen ebenfalls, obwohl er immer noch leugnete, dass es stark war.

Ermutigt legte Vivienne ihre Fackel ab und umfasste sein Gesicht mit den Händen. Sie stellte sich auf die Zehenspitzen, damit sie ihn voll und ganz auskosten konnte. Sie küsste ihn wieder und wieder und drängte ihn, ihre Küsse zu erwidern. Sie hörte, wie er nach Luft schnappte, spürte seine Erektion und küsste ihn weiter. Sie ließ ihre Zunge zwischen seine Lippen gleiten und wurde mit einem Keuchen belohnt.

Und dann bröckelte sein Widerstand in erstaunlicher Geschwindigkeit. Er schlang seinen Arm um ihre Taille und hob sie an seine Brust, mit seinem Kuss eroberte er ihren Mund in unverkennbarer Leidenschaft, als ob er sie mit Haut und Haaren verschlingen wollte. Vivienne küsste ihn voll Freude zurück. Sie wusste, sie hatte seine Entscheidung ins Wanken gebracht, sie konnte seine Liebe gewinnen.

Erik unterbrach den Kuss unvermittelt und löste sich von ihr. Er betrachtete sie aus zusammengekniffenen Augen. „Du verfügst über die allgemeinen Hexenkünste einer Frau", sagte er. „Dennoch würde kein Mann von Vernunft diesen trauen. Dreh dich um und kehre zu dem zurück, was du kennst. Lebe wohl, Vivienne."

Damit wandte Erik sich um und wollte seinem Gefährten folgen. Er erhob seine Stimme und rief dem älteren Mann zu: „Ruari! In welche Richtung muss ich gehen, um dich zu finden?"

„Nein!", schrie Vivienne und hastete hinter ihm her. Sie holte tief Luft. Obwohl sie wusste, dass ein Geständnis Eriks Meinung über sie nicht verbessern würde, war dies der einzige Weg, um ihn davon abzuhalten, sie zu verlassen. „Ich habe über meine Regel gelogen", gab sie zu und Erik erstarrte.

Er schaute über seine Schulter. „Was soll das heißen?"

„Ich musste Alexander zurückhalten, deshalb habe ich gelogen. Ich blute noch nicht. Ich habe seit über zwei Wochen nicht geblutet. Du kannst mich nicht verlassen, denn es könnte gut sein, dass dein Samen gerade in meinem Schoß aufkeimt."

Erik fluchte und seine Miene verfinsterte sich. Vivienne hielt den Atem an, denn sie konnte sehen, dass er ihr nicht ganz glaubte und doch versucht war, diese Möglichkeit in Betracht zu ziehen.

Bevor er antworten konnte, schrie Elizabeth irgendwo weit unter ihnen: „Darg!" Offensichtlich war sie angsterfüllt. „Nein, Darg, nein!"

Ein laut platschendes Geräusch war zu hören, das Vivienne vor Schreck erstarren ließ. Eine Frau schrie.

„Elizabeth!", rief Vivienne, doch niemand antwortete ihr.

Nur einen Herzschlag später fluchte Ruari ausgiebig. Sein Ausruf hallte durch den Gang, den er genommen hatte. Es rumste, als wäre jemand gestürzt, und Steine polterten. Ein starker Wind wehte plötzlich die Treppe herauf und blies Eriks lodernde Fackel so leicht aus wie ein Atemhauch eine Kerze.

Vivienne war von Dunkelheit umgeben. Sie war unsicher, wo sie stand, und hatte noch weniger Ahnung, wo ihre Gefährten sein könnten. „Erik?", wisperte sie. Ihr Mund war vor Furcht ganz trocken.

Sie konnte ihn atmen hören, doch er antwortete nicht, und das war überhaupt kein gutes Zeichen.

DIESE FRAU BRACHTE ihn um den Verstand. Erik wagte nicht, lange in Viviennes Nähe zu bleiben, nicht, wenn es so einfach für sie war, ihn zu überreden, zu was auch immer sie wollte. Er war bereit gewesen, sie zurückzulassen, bis sie zugab, dass sie über ihre Regel gelogen hatte. Er wusste nicht, was die Wahrheit war, ob sie blutete oder nicht, ob sie ihn belogen hatte oder ihren Bruder, aber er wagte nicht, sie zu verlassen, wenn sie seinen Sohn in sich tragen könnte.

Zumindest redete er sich das ein. Tatsächlich jedoch konnte er sich nicht so einfach von dieser Frau abwenden. Selbst wenn er das Schlechteste von ihr dachte, ihr Kuss versengte seine Seele. Er konnte Wahrheit nicht von Täuschung unterscheiden, nicht, wenn sie ihn mit solch schwindelerregender Hingabe küsste.

Er fürchtete, sie hatte gelogen, nur um ihn dazu zu bringen, das zu tun, was sie wollte.

Erik war sich der Lady, die hinter ihm stand, sehr wohl bewusst, erst recht, als sie seinen Namen flüsterte. Die Angst, die ihre Stimme zittern ließ, passte gar nicht zu ihr. Dies brachte ihn dazu, sich umzudrehen und seine Hand nach ihr auszustrecken. Sie war so kühn, diese Maid, so entschlossen, dass er vermutete, sie musste zutiefst verängstigt sein, um Anzeichen solcher Schwäche erkennen zu lassen.

„Vivienne?" Er tastete nach ihr.

Er hörte, wie sie einen Schritt auf ihn zu tat und zitternd einatmete, dann fühlte er, wie ihre Finger seine berührten. „Ich hasse diese Höhlen", sagte sie und versuchte, ihre Angst mit einem Lachen zu verschleiern, das ihre Furcht allerdings nur noch deutlicher machte.

Ihr vorgetäuschter Mut brachte Erik dazu, seine Finger beschützend mit ihren zu verschlingen und sie näher an seine Seite zu ziehen. „In der Dunkelheit ist es nicht anders als im Licht", sagte er. „Wir stehen immer noch in einer Höhle unterhalb der Burganlage."

„Es erscheint viel schlimmer", erwiderte sie und lehnte dann unerwartet ihre Wange an seine Brust. „Bitte, lass mich nicht zurück, Erik, nicht allein in dieser Düsternis."

Eriks Arm legte sich um Viviennes Taille, ehe er darüber nachdenken konnte, ob dies ein weiser Impuls war. In der Dunkelheit waren seine anderen Sinne schärfer. Er konnte die Süße ihrer Haut sowie den intensiven Geruch ihrer Furcht wahrnehmen. Ihr Haar wand sich um seinen Arm und seine Finger wie feine Seide, die Wölbung ihres Busens presste sich an seine Brust. Er spürte ihren Atem an seinem Hals und wusste, sie hatte ihren Kopf zurückgelehnt. Ihre Lippen waren sicherlich geöffnet und sie würde seinen Kuss nicht verschmähen.

Doch dieser Weg war gepflastert mit zu vielen Versuchungen.

Tatsächlich wäre es der perfekte Augenblick gewesen, ein Komplott gegen ihn in Gang zu setzen. Er hatte sogar sein Schwert sinken lassen und achtete nicht länger auf seine Umgebung.

„Nay", sagte er entschlossen und schob die Lady ein Stück von sich weg. „Das ändert gar nichts."

„Aber ..."

„Ruari!", brüllte er, bevor sie Einwände erheben konnte.

Es kam keine Antwort, nur ein gedämpftes Ächzen. War Ruari angegriffen worden? Oder war er gestürzt?

„Ich habe eine Stufe übersehen, Junge", rief der Mann mit schwankender Stimme. „Und dabei habe ich meine verdammte Fackel fallen lassen. Ich bin wie ein Blinder – nay, wie ein Blinder mit Humpelbein."

Erik seufzte erleichtert auf. „Ich komme, Ruari!", schrie er, und um den älteren Mann zum Lächeln zu bringen, fügte er hinzu: „Darauf kannst du dich verlassen."

Ruaris schnaubendes Gelächter hallte in dem steinernen Gang wider.

„Lebe wohl", sagte Erik, obwohl er nicht sehen konnte, wo sich die Lady befand. Er hörte sie atmen, aber Vivienne kehrte nicht an seine Seite zurück. Ein anderes Gefühl als Furcht lag jedoch in der Luft und er dachte, es könnte Ärger sein.

Gegen seinen Willen konnte er die Sache nicht auf sich beruhen lassen. „Du äußerst keine Einwände mehr gegen meinen Aufbruch", sagte er. „Bedeutet das, du bist mit meinem Handeln einverstanden?"

„Nein", entgegnete sie scharf. „Es bedeutet, dass ich meinen Atem nicht verschwenden will bei dem Versuch, dich von der Wahrheit zu überzeugen. Meine Mutter riet davon ab, einen Mann jemals um etwas zu bitten, was einem zusteht."

War ihr Verlangen nach ihm so schnell verschwunden? Erik war wie vor den Kopf gestoßen bei diesem Gedanken und, wenn er ehrlich war, auch ein bisschen enttäuscht.

Zu seiner weiteren Überraschung klang Viviennes Ausatmen wie ein Lachen. „Glaube nicht, dass du mich los bist, Erik Sinclair", sagte sie mit ungewöhnlicher Hartnäckigkeit. „Du magst mich hier zurücklassen, aber ich werde dir folgen. Schließlich weiß ich, wo du hinwillst, und kenne das Ziel, das du anstrebst."

Erik wünschte, er könnte sie in diesem Moment sehen. Bestimmt hatte sie ihr Kinn hochgereckt und ihre Augen brannten vor Entschlossenheit. Ihre Wangen würden gerötet sein und ihre Lippen aufgeworfen, und das zeigte, dass sie seinen Einwänden trotzte und zugleich einen Kuss von ihm forderte. Er hatte es richtig erkannt: Sie war eine leibhaftige Walküre und vielleicht war es Torheit, sich so heftig dagegen zu wehren, dass sie seine Seele vereinnahmte.

Oder möglicherweise war ihre Kraft auch nur ein weiterer Bestandteil ihres unwiderstehlichen Zaubers.

Erneut schallte von unten ein Schrei zu ihnen herauf, wonach ein Platschen folgte, das Eriks gemurmelten Fluch verschluckte.

„Ich komme, Elizabeth!", rief Vivienne, doch Erik nahm das Beben in ihrer Stimme wahr. Er hörte, wie ihre Hände über die Felswand glitten, und begriff, dass sie sich bis zu ihrer Schwester vorantasten wollte.

Was immer er über die Ziele der Lady denken mochte, er konnte nicht weggehen und sie ihre Schwester allein suchen lassen, nicht in Anbetracht ihrer Furcht vor der Dunkelheit.

Er sagte sich, dass er sich nur revanchierte, dass er ihr nur half, Elizabeth zu finden, weil sie ihm geholfen hatte, aus Ravensmuirs Kerker zu entkommen. Es machte Sinn, obwohl ihm bewusst war, dass dies nicht alle seine Beweggründe zusammenfasste.

Er wollte einfach noch nicht von Vivienne getrennt werden.

„Ich hole dich gleich, Ruari!", rief er. Erst würde er Elizabeth finden, dann Vivienne in der Gesellschaft ihrer Schwester und der angeblichen Feen-Führerin zurücklassen. Danach würde er Ruari suchen, sich um dessen Verletzungen kümmern und dann könnten sie sich beide auf den Weg machen.

Erik streckte den Arm aus und nahm Viviennes Hand. Er hoffte, dass er nicht irgendeinem Plan zum Opfer fiel, den sie mit ihrer Familie ausgeheckt hatte. „Du tastest dich an der rechten und ich an der linken Wand entlang", befahl er einer schweigsamen und wahrscheinlich erstaunten Vivienne. „Wir werden jeden Schritt gemeinsam machen. Wenn du nicht zu hastig bist, sollten wir ohne Zwischenfall nach unten steigen können."

Wie so viele von Eriks Vorschlägen schien es eine Vorgehensweise zu sein, die mühelosen Erfolg versprach. Dies und Viviennes Anwesenheit hätten ihn vor möglichen Komplikationen warnen müssen.

VIVIENNE HÖRTE WEIT ENTFERNT ein Platschen in der tiefen Schwärze, die vor ihnen lag. Das Geräusch wurde mit schwindelerregender Geschwindigkeit von den Wänden zurückgeworfen. Im Hintergrund war Gewisper, möglicherweise von Stimmen.

„Elizabeth?", schallte ihr Ruf durch die Höhlen.

Es kam keine Antwort, nur ein weiterer gedämpfter Schrei.

Vivienne würde es sich nie verzeihen, sollte Elizabeth ein schlimmes Schicksal ereilen, besonders nachdem sie ihre Schwester überredet hatte, ihr zu helfen. Sie hastete so schnell voran, wie sie konnte.

Zu ihrer Erleichterung schien Erik dies für genauso dringlich zu halten und nach wenigen Augenblicken musste sie sich beeilen, um mit ihm mithalten zu können. Für jede Stufe machte er nur einen langen Schritt, während sie zwei oder drei brauchte. Er bewegte sich mit einer Sicherheit, die sie nicht besaß, in die Dunkelheit hinein. Sie erreichten einen Punkt, wo mehrere Gänge zusammentrafen, doch Erik zögerte nicht, als er seine Wahl traf.

Sie hätten im Labyrinth allein sein können, denn außer dem Echo ihrer Schritte und dem Tropfen von Wasser in der Ferne war nichts zu hören. Ganz schwach konnte Vivienne das Rauschen des Meeres erahnen. Obwohl sie wusste, dass Geräusche in den Höhlen täuschen konnten und Elizabeth und Ruari ebenfalls im Labyrinth waren, ließ die Tatsache, dass von beiden kein Laut zu vernehmen war, sie Eriks Hand noch fester umklammern.

Zu ihrer Erleichterung schien es ihn nicht zu stören, dass sie so ängstlich nach ihm griff. Er bewegte sich mit einer Sicherheit, um die sie ihn nur beneiden konnte, als ob er daran gewöhnt wäre, sich an dunklen Orten zu verirren.

Sie erreichten eine zweite Kreuzung. Durch eine der Öffnungen wehte eine salzige Brise herein. Vivienne nahm auch den Geruch einer verloschenen Fackel wahr, obwohl sie dessen Ursprung nicht entdecken konnte.

„Hier lang", sagte Erik, ohne zu zögern, und trieb Vivienne wagemutig voran.

„Woher weißt du das? Was, wenn du dich irrst?", fragte sie. Sie selbst hätte wertvolle Zeit verloren, indem sie alle Möglichkeiten gegeneinander abgewogen hätte.

„Nur ein Weg an jeder Kreuzung führt nach unten", erklärte er. „Deine Schwester hat immer den absteigenden Pfad gewählt."

„Sie folgte Darg", korrigierte Vivienne ihn und hörte sein verächtliches Schnauben.

„Ihr Duft kommt aus dieser Richtung, ebenso wie der Geruch der erloschenen Fackel", erklärte er in geduldigem Ton. „Merkst du das nicht?"

„Was für einen Duft hat sie?"

Sie spürte, dass er mit den Schultern zuckte. „Ich kann es nicht erklären. Es ist der Geruch von Wärme, von einer Person und daher anders als der von dem Stein und dem Wasser in unserer Umgebung."

Vivienne überlegte, was für einen Duft sie wohl hatte und ob er ihn so verführerisch fand wie sie den Duft seiner Haut. Doch sie wagte nicht, ihn zu fragen, er wirkte so grimmig. „Du weißt also, wie du jemanden verfolgen kannst, der keine Spur hinterlässt."

„Alle Männer und Frauen lassen Spuren auf ihrem Weg zurück, auch wenn sie sich bemühen, das zu vermeiden. Ruari hat mich gelehrt, sie zu erkennen."

„Und er hat seine Fähigkeit genutzt, um dich zu finden."

Auf einmal griff Erik ihre Hand fester und zwang sie, abrupt stehen zu bleiben. Er brauchte sie nicht aufzufordern, still zu sein – nicht, nachdem er so plötzlich innegehalten hatte. Vivienne rührte sich nicht. Sie fragte sich, was er wahrnahm, denn sie merkte, dass er vor lauter Wachsamkeit geradezu vibrierte.

Sie konnte nichts sehen.

Sie konnte nichts hören.

Sie versuchte, den Duft ihrer Schwester auszumachen, ohne Erfolg.

Was Vivienne roch, war das Parfüm ihrer Tante Rosamunde. Sie hatte diesen verführerischen Duft immer nur in der Gegenwart ihrer Tante bemerkt. Er war exotisch und ungewöhnlich und sie fühlte, wie Erik überrascht aufmerkte, als er offensichtlich einen Hauch davon bemerkte.

Vivienne strengte ihre Ohren an und hörte schwach das Ächzen von Männern bei der Arbeit, die gedämpften Schritte von Stiefeln auf Stein. Ein weiterer Schrei ertönte, mehr wütend als angstvoll, und sie konnte raten, wer ihn ausgestoßen hatte.

In diesem Augenblick machte für sie alles vollkommen Sinn, die Geräusche von unten und Dargs Beharren darauf, immer tiefer hinabzusteigen.

„Tante Rosamunde!", wisperte sie Erik aufgeregt zu. „Das ist ihr Parfüm. Sie muss trotz allem nach Ravensmuir zurückgekehrt sein."

„Vielleicht ist es nicht deine Tante", erwiderte Erik leise.

„Sie muss es sein", beharrte Vivienne. „Nur wenige kennen das Labyrinth und noch weniger würden es besuchen wollen."

„Dessen kann man sich nicht sicher sein. Wenn das Labyrinth nicht genutzt wird, könnte jeder Neugierige es erforscht haben."

„Aber warum?"

„Einen geheimen Zugang zu einer wohlhabenden Burganlage zu finden, wäre Grund genug." Erik klang erbittert. „Deine Schwester könnte entführt worden sein, um von dem Laird oben ein Lösegeld zu fordern."

Viviennes Herz überschlug sich vor Schreck, dann wurde ihr klar, dass er sich irren musste. „Aber was ist mit dem Parfüm?" Sie zog Erik weiter. „Es ist nur Rosamunde. Wir müssen uns in der Nähe der großen Höhle befinden, in der so viele Reliquien gelagert wurden. Ich war einmal darin, mit Onkel Tynan. Es gibt einen einfachen Weg von dort zu einer Grotte, die sich zur See hin öffnet. Sie ist groß genug, um ein kleines Boot darin zu verbergen, sodass Waren von der Höhle aus auf das Schiff geladen werden können …"

Erik hielt jedoch halsstarrig an seiner Meinung fest: „Warum sollte diese Rosamunde nach Ravensmuir zurückgekehrt sein, wenn sie nicht nur geschworen hat, dies nicht zu tun, sondern auch die Reliquien, die sie begehrt, nicht mehr da sind?"

Das ließ Vivienne innehalten.

Früher hätte sie behauptet, ihre Tante wäre aus Liebe zu Tynan zurückgekommen, allerdings glaubte sie das nun nicht mehr, nachdem ihr Onkel Rosamunde abgewiesen hatte. Sie vermutete, dass diese zugegen war, doch sie hatte den Verdacht, dass sie sich nicht mit ihrem früheren Geliebten versöhnen, sondern sich rächen wollte. Aber diese düsteren Gedanken sprach sie nicht aus.

Sicher wusste er bereits genug über die unehrenhaften Machenschaften ihrer Familie.

Stattdessen ließ sie Erik glauben, er hätte sie überzeugt, dass es nicht ihre Tante wäre. „Vielleicht hast du recht", sagte sie zögernd.

„Dennoch müssen wir Elizabeth finden", entgegnete Erik. Er hob sein Schwert und schlich noch geräuschloser weiter als zuvor. Vivienne folgte ihm auf dem Weg nach unten, sie hielt sich an seine Anweisungen und hoffte wider alle Vernunft, dass ihre Familie nicht dafür sorgen würde, dass sie mit dem Makel eines weiteren Skandals behaftet wurde.

Jedoch hatte sie das Gefühl, ihre Hoffnung würde sich nicht erfüllen.

KAPITEL 12

Mit Vivienne dicht hinter ihm folgte Erik vorsichtig dem abschüssigen felsigen Gang. Nachdem sie um eine Ecke gebogen waren, wurde es heller und das machte den Weg etwas einfacher. Die Geräusche, die geschäftiges Treiben verrieten, wurden ebenfalls lauter, das Scharren von Stiefeln auf Stein und das leise Grollen tiefer Männerstimmen waren mit jedem Schritt deutlicher zu hören.

Zeitweise schrie eine Frau, was äußerst verstörend war. Erik bog um eine Ecke und eine erleuchtete, breite Türöffnung erschien vor ihnen. Er drückte Vivienne flach gegen die Wand hinter sich und lauschte.

Es gab keine Geräusche, die darauf schließen ließen, dass sie verfolgt wurden. Er schaute zurück zu Vivienne und wollte ihr sagen, sie sollte hier warten, doch ein Blick auf ihren entschlossenen Gesichtsausdruck zeigte ihm, dass sie sich dazu nicht überreden lassen würde. Lautlos zog er sein Schwert und hob einen Finger, um zu verhindern, dass sie protestierte. Er schlich sich näher heran und spähte um die Ecke.

Was immer Erik erwartet haben mochte, dies war es nicht.

Hinter der Öffnung lag eine große Höhle. An den Wänden brannten viele Fackeln und es war so hell, als würde der Raum von der Mittagssonne erleuchtet. Ein breiter Riss zog sich durch den Boden, die zerklüfteten Ränder ließen es so aussehen, als hätte sich dieser Spalt erst kürzlich aufgetan. Das dunkel glitzernde Wasser darin wurde von jemandem verspritzt, der wild um sich schlug.

„Ich kann nicht schwimmen!", brüllte diese Person, deren Stimme ihr Geschlecht verriet. Es war die Frau, deren Schrei sie wiederholt gehört hatten.

Viviennes Schwester vollführte derweil einen merkwürdigen Tanz auf dem Rand der Kluft. Abwechselnd hielt sie der Gestalt im Wasser ihre Hand hin, um ihr zu helfen, und schlug dann wieder nach einem unsichtbaren Angreifer. „Darg, nein!", schrie sie. Sosehr sie sich auch bemühte, sie kam nicht an die Frau in der Spalte heran.

Diese klammerte sich an den steinernen Rand, dann sprang sie nach oben. Sie ächzte, als sie die Hände auf das Felsgestein stemmte und sich hochzog. Ihre Hüften kamen bereits aus dem Wasser, sie war nass bis auf die Knochen. Plötzlich stieß sie einen Schmerzensschrei aus. Ihre linke Hand zuckte vom Rand weg, dann fiel sie mit einem lauten Klatschen zurück ins Wasser.

„Sie hat mich gebissen", brüllte sie, als sie wieder an die Oberfläche kam. Dann fluchte sie so unflätig, dass Erik die Augen aufriss. Elizabeth trat nach etwas, was Erik nicht sehen konnte. Er hätte denken können, sie wäre verrückt, doch auf ihren Tritt folgte ein leiseres Platschen ein Stück weiter unten.

„Rosamunde!", schrie Vivienne. Sie duckte sich unter Eriks Arm hindurch, offensichtlich nicht beunruhigt von dieser eigenartigen Szene, rannte durch die Höhle und fiel neben ihrer Schwester auf die Knie. „Du hältst Darg zurück und ich helfe Tante Rosamunde."

„Ich kann Darg nicht mehr sehen", beschwerte sich Elizabeth und Erik verbiss sich die Bemerkung, dass niemand die angebliche Spriggan sehen konnte. „Sie muss untergegangen sein." Das Mädchen runzelte die Stirn mit einer Besorgnis, die niemand sonst teilte. „Sie kann doch nicht ertrunken sein?"

„Ich würde sie mit Freuden höchstpersönlich ersäufen", murmelte ihre Tante und sah so wütend aus wie eine nasse Katze, als es ihr mit Viviennes Hilfe gelang, aus der Spalte zu klettern. Erstaunt stellte

Erik fest, dass sie wie ein Mann gekleidet war, mit Beinlingen, hohen Stiefeln und einem Hemd, das schon mal weißer gewesen war. Ihr Tappert war länger, als es für einen Mann üblich war, und reichte ihr fast bis zu den Knien.

Die Kleidung sah aus, als wäre sie einst vornehm gewesen, denn es gab reichlich Goldstickereien an den Säumen und sie war aus Tuch in tiefstem Schwarz gefertigt. In diesem Augenblick jedoch tropften daraus große Pfützen auf den Felsboden und der Saum hing schief. Ihre Stiefel quietschten, wenn sie ging, obwohl der Zuschnitt und das Leder einst fein gewesen sein mussten. Sie trug ihr langes Haar offen und es war ebenfalls nass und dunkel.

Ihre Augen funkelten vor Wut und sie wandte sich zu den Männern um, die emsig hinter ihr arbeiteten. Erik sah nun, dass einige Holzkisten an den Wänden des Raumes aufgestapelt waren. Sie waren alt und fleckig, die Ecken angeschlagen, als hätten die Behälter keinen Wert. Dennoch wurden sie eindeutig fortgebracht.

Erik fragte sich, was darin sein mochte, doch er hielt es für besser, nicht zu fragen.

Ein Drittel der Höhle war völlig leergeräumt. Einige Männer brachten Kisten durch eine erleuchtete Öffnung auf der anderen Seite hinaus und kamen mit leeren Händen zurück. Sie waren angezogen wie Kerle von üblem Ruf, mit Flicken auf den Knien und Kleidung aus abgetragenem Stoff. Ihre Schultern waren nass, ihr Haar ebenfalls. Erik nahm an, dies bedeutete nicht nur, dass es stark zu regnen begonnen hatte, sondern auch, dass diese Leute irgendwie nach draußen kamen.

Sein Herz tat einen Sprung bei der Aussicht, dass seine Flucht aus dem Labyrinth von Ravensmuir zum Greifen nahe war.

Ein stämmiger Mann mit einem goldenen Ohrring schien die Bemühungen zu beaufsichtigen, denn er beobachtete die anderen aufmerksam und beschimpfte diejenigen, die ihr Tempo verringerten.

Rosamunde schrie ihm zu: „Du hättest mir zu Hilfe kommen können, Padraig, statt belustigt zuzusehen."

Der Mann lächelte. „Du hast immer verdammtes Glück, Rosamunde, zu viel, um zu ertrinken." Sein Lächeln wurde zu einem breiten Grinsen. „Und vielleicht würde es mir zusagen, keine Anweisungen mehr von dir zu bekommen."

„Und zweifellos auch, mein Schiff zu kapern", murmelte Rosamunde und wrang sichtlich aufgebracht ihren Tappert aus. „Alle Menschen sind gleich, so viel steht fest, denn jeder denkt nur an seinen eigenen Vorteil."

Rosamunde beäugte Vivienne, die nicht von der Stelle wich, sich jedoch für Fragen wappnete. „Und was machst du in diesen Höhlen? Solltest du nicht sicher in deinem Bett auf Kinfairlie liegen?" Rosamunde bedachte Elizabeth mit einem strengen Blick. „Deine Abwesenheit hätte ich ebenfalls zu schätzen gewusst, wenn dieser Satan dann auch nicht hier gewesen wäre."

Elizabeth sank auf die Knie, den Blick starr auf die Wasseroberfläche gerichtet. „Da stimmt etwas nicht. Darg ist nicht wiederaufgetaucht."

Rosamunde schnaubte. „Auf Nimmerwiedersehen, hoffentlich." Sie stemmte ihre Hände in die Hüften und sah Vivienne mit stahlhartem Blick an. „Also?"

„Wir helfen einem Gefangenen, zu entkommen", begann Vivienne.

Rosamunde schaute sich vielsagend um, dann hob sie eine Augenbraue. „Und das mit einigem Erfolg, denn hier ist keine Spur von ihm zu sehen."

Bevor Vivienne ihn rufen konnte, trat Erik aus den Schatten heraus. Rosamunde betrachtete ihn abschätzend und mit einer Kühnheit, die für Frauen ungewöhnlich war. Er hatte jedoch keine Gelegenheit, sich vorzustellen, denn in diesem Moment entschied sich Elizabeth, nicht länger zu warten.

„Darg muss in Gefahr sein." Sie streifte ihren Mantel und die Schuhe ab. „Ich glaube nicht, dass sie schwimmen kann."

„Darg ist unsterblich!", wandte Vivienne ein.

„Die Welt wäre ein besserer Ort ohne diese rachsüchtige Spriggan", bemerkte Rosamunde säuerlich.

„Sie wäre schon einmal beinahe in einem Becher Bier ertrunken!", rief Elizabeth verzweifelt, dann sprang sie in die mit Wasser gefüllte Spalte.

Rosamunde fluchte erneut, dann rief sie nach Padraig. Der rannte quer durch die Höhle auf sie zu, doch Erik kam als Erster an die Stelle, wo Elizabeth hineingesprungen war. Das Mädchen war noch nicht wieder an die Oberfläche gekommen. Erik ließ sein Schwert und seinen Umhang fallen, dann sprang er ihr hinterher.

Das Wasser war unglaublich kalt und schwärzer als schwarz. Erik erschauerte, dann zwang er sich, die Augen zu öffnen. Er entdeckte Elizabeth tief unter sich. Er schwamm zur Oberfläche zurück, holte tief Luft und tauchte erneut, um sie zu erreichen.

Da sah Erik, dass eine lange Ranke Seetang ihren Weg in diese Spalte gefunden hatte. Die Bewegung dieses dunklen Wedels und des Wassers war ein Zeichen, dass die Gezeiten des Meeres sich hier noch auswirkten.

Was bedeutete, dass die See tatsächlich ganz nah sein musste.

Erik dachte zuerst, dass Elizabeth sich im Tang verheddert hätte, doch sie gestikulierte aufgeregt, als er bei ihr war. Sie führte seine Hände zu einer Stelle, wo sich Stränge der Pflanze verknotet hatten, und zu seinem Erstaunen fühlte er kleine Arme und Beine, die sich darin verfangen hatten.

Sehen konnte er nur den Tang, doch seine Finger logen nicht.

Es musste Darg sein.

Die Spriggan hing wahrscheinlich dort fest.

Dass die Fee tatsächlich existierte, war so überraschend für ihn, dass Erik einen Moment brauchte, bis er merkte, dass das Zappeln der Kreatur schwächer wurde. Elizabeth zerrte an der Pflanze, aber diese war robust und widerstand ihren Bemühungen. Erik schob seine Finger in die miteinander verschlungenen Ranken und versuchte ebenfalls, sie zu zerreißen, jedoch ohne Erfolg.

Elizabeth war schon zu lange unter Wasser. Ihr galt Eriks erste Sorge und er drückte sie entschieden zur Oberfläche. Sie kämpfte gegen ihn an, führte seine Hand zu dem um die Spriggan gewundenen Seetang. Erik nickte heftig, dann schob er sie wieder nach oben.

Mit offensichtlichem Widerwillen gehorchte sie, doch er zweifelte nicht, dass sie bald zurück sein würde. Ihm selbst wurde der Atem knapp, doch Darg saß beängstigend fest. Während Erik versuchte, den Tang zu lösen, wurde der Körper der Spriggan schlaff und ihm war klar, er musste die Fee unverzüglich befreien. Er würde dieses Gewächs ohne Elizabeths Hilfe nie wiederfinden und er wollte, dass sie an der Oberfläche blieb.

Er zerrte, doch es schien, als hielte der Seetang die Spriggan nur umso fester in seiner Umklammerung, als würde er mit der Fee einen eigenen Kampf ausfechten. Er rang mit der Pflanze, wünschte, er hätte ein Schwert, und spürte, wie ihm die Brust schmerzhaft eng wurde.

Mit einer allerletzten Kraftanstrengung, bevor er selbst dringend zur Wasseroberfläche zurückkehren musste, wickelte sich Erik die Ranken um die Faust und zog mit aller Macht daran.

Das Gewächs riss irgendwo weiter unten ab. Die Einzelheiten interessierten Erik nicht. Mit der Spriggan in seiner Hand schoss er nach oben. Er durchbrach die Wasseroberfläche und rang nach Luft.

Zu seiner Erleichterung stand Elizabeth zitternd und nass am Rand der Spalte. Rosamunde hielt sie fest und Erik vermutete, sie hatte der Maid verboten, noch einmal in die Tiefe zu tauchen.

Er ertappte sich dabei, dass er diese Tante, die nicht wirklich eine Tante war, mochte – diese Frau, die ihr Leben wie ein Mann lebte, und trotzdem die Küken in ihrer Obhut so leidenschaftlich schützte wie eine Henne.

Rosamunde hatte einen Umhang um Elizabeths Schultern gelegt. Das Mädchen bebte am ganzen Körper. Mit strenger Miene sagte Rosamunde: „Es ist Wahnsinn, sein Leben für solch eine undankbare Kreatur zu riskieren." Doch Elizabeth war taub für die tadelnden Worte ihrer Tante.

„Habt Ihr sie herausgeholt?" Elizabeth fiel auf die Knie und strahlte, als Erik ihr die Spriggan übergab.

Ihre tiefe Besorgnis erinnerte ihn an die Zuneigung seiner ältesten Tochter für ein zu kleines Lämmchen, das einmal auf Blackleith geboren wurde. Mairi war entschlossen gewesen, es zu retten, doch ihr Wille war nicht gegen den der Natur angekommen. Er hegte keinen Zweifel, dass Mairi ihr eigenes Leben gegeben hätte, um das Tier zu retten, und dass sie ein solches Risiko eingegangen wäre, ohne einen zweiten Gedanken daran zu verschwenden, so wie Elizabeth es für die Spriggan getan hatte. Obwohl seit dem Tod des Lämmchens vier Jahre ins Land gegangen waren, bildete sich bei der Erinnerung daran ein Kloß in Eriks Hals.

„Es könnte zu spät sein", sagte er.

Elizabeth machte eine hohle Hand, legte den unsichtbaren Störenfried vorsichtig hinein und entfernte sorgfältig den Tang. Sie drückte mit einer Fingerspitze auf etwas und ein kleiner Schwall schwarzes Wasser ergoss sich auf den Stein. Ein leises Husten war zu hören, ein Geräusch, das Erik kaum wahrnehmen konnte, dann kam noch mehr Wasser. Elizabeth lächelte erleichtert.

„Und?", fragte Rosamunde.

„Sie hat überlebt!" Elizabeth schaute Erik mit leuchtenden Augen an. „Mit Eurer Hilfe. Ich danke Euch von Herzen!"

„Was für ein Glück, dass diese elende Kreatur lebt und mich demnächst noch besser anfallen kann", sagte Rosamunde trocken. Sie verbeugte sich in Eriks Richtung, ihr Sarkasmus war nicht zu übersehen. „Auch ich danke Euch für Eure Gefälligkeit in dieser Sache."

Inzwischen reichte Padraig Erik seine fleischige Hand, um ihm aus der Spalte herauszuhelfen. Eriks Gesicht musste Bände gesprochen haben, denn der Mann flüsterte ihm zu: „Das ist nicht das Seltsamste, was ich in dieser Familie erlebt habe. Ihr stellt Euch besser auf mehr Ereignisse dieser Art ein, wenn Ihr vorhabt, in ihrer Gesellschaft zu verweilen."

Erik stemmte sich auf dem Rand der Spalte ab und hievte sich ohne Unterstützung aus dem Wasser, denn er wusste nicht, ob er diesen Leuten vertrauen konnte. Padraig schnaubte und wandte sich ab. Er war entweder nicht überrascht oder beleidigt. Erik war es gleich.

Denn in diesem Augenblick erschien Vivienne neben ihm. Bewunderung stand in ihren Augen, aber auch Besorgnis. „Bist du verletzt?"

„Ich bin nur nass", erwiderte er barsch. Er war sich durchaus bewusst, dass Rosamunde ihn mit einem strafenden Blick maß. „Und das wird mir wohl kaum schaden."

„Wir alle müssen wenigstens einmal im Jahr baden", fügte Padraig hinzu.

„Danke, dass Ihr Darg geholfen habt." Elizabeth strahlte vor Freude über das ganze Gesicht, was Erik erneut an seine Tochter erinnerte.

Er fühlte sich elend, wenn er bedachte, was er verpasst hatte. Wie oft war Mairi seit seinem Aufbruch von Blackleith entzückt gewesen über etwas, was er für selbstverständlich hielt? Wie viele solcher Momente hatte er verpasst? Und was war mit Astrid? Sie sprach noch kaum, als er seinem Nachbarn zu Hilfe geeilt war. Inzwischen konnte sie bestimmt sprechen und laufen und versuchte wahrscheinlich, ihre ältere Schwester bei jeder Kleinigkeit zu übertreffen.

„Obwohl ich Elizabeths Freude über diese Tat nicht teile", warf Rosamunde ein, „möchte ich Euch danken, dass Ihr Elizabeth geholfen habt. Ich hätte mich für viel verantworten müssen, wenn ihr in meinem Beisein etwas zugestoßen wäre."

„Keine Ursache." Erik wandte sich ab. Er fühlte wieder Verzweiflung, wenn er bedachte, was er an seinen habgierigen Bruder verloren hatte. „Ich muss meinen Gefährten einholen, nun, da die Schwestern in sicherer Obhut sind."

Rosamunde hielt ihn zurück, indem sie eine Fingerspitze auf seinen Arm legte. „Ich würde wetten, Ihr wurdet auf Ravensmuir nicht gerade willkommen geheißen."

„Das ist Erik Sinclair", warf Vivienne ein. „Alexander hat ihm meine Hand versprochen, seitdem jedoch seine Meinung geändert. Er hat ihn eingekerkert, aber Erik und ich sind durch ein Handfasting miteinander verbunden und ich habe zugestimmt, ihm dabei zu helfen, seinen verlorenen Besitz zurückzugewinnen."

„Ah." Rosamunde ließ diese kurze Äußerung bedeutungsschwanger klingen. Ihr Gesichtsausdruck verhärtete sich. „Und ich soll also glauben, dass er im Unterschied zu allen anderen Männern, die ich kenne, meine Unterstützung ebenfalls verdient?"

„Ich benötige Eure Unterstützung nicht", entgegnete Erik schnell. „Ich werde einfach meinen Gefährten wiederfinden und dann mache ich mich auf den Weg."

Rosamunde schien diese Behauptung skeptisch zu betrachten. „Was ist Euer Ziel?"

„Blackleith, mein Familiensitz."

„Den sein verlogener Bruder an sich gerissen hat", warf Vivienne ein. „Wir müssen das Anwesen zurückfordern und das Wohlergehen von Eriks Töchtern sicherstellen."

„Genau wie in der Geschichte", rief Elizabeth mit weit aufgerissenen Augen, dann nieste sie. Vivienne wickelte den Umhang noch fester um die Schultern ihrer Schwester.

Rosamunde schürzte die Lippen. Solche Zeugnisse beeindruckten sie nicht. „Und wo ist der nächste Hafen?"

„Ich brauche keinen Hafen", sagte Erik, „denn wir beabsichtigen, zu reiten."

Rosamunde lächelte. „Ihr werdet ein Pferd benötigen, um so weit reiten zu können, und ich stelle fest, dass Ihr keins habt."

„Wir werden zu den Ställen hinaufsteigen."

„Um die zu finden, werdet Ihr großes Glück haben müssen und noch mehr, um unbemerkt zu entkommen." Rosamunde stützte eine Hand in ihre Hüfte. „Als ich das letzte Mal hier war, bewachte der Laird seine wertvollen Schlachtrosse mit seltenem Eifer. In seinen Diensten befanden sich sage und schreibe zwanzig Stallknechte und immer nur die Hälfte durfte gleichzeitig schlafen."

Erik runzelte die Stirn über dieses unliebsame Detail.

Rosamunde fuhr fort: „Ich dagegen habe ein Schiff und könnte geneigt sein, Euch die Überfahrt zu Eurem Ziel zu gewähren."

„Warum?"

Rosamunde lächelte schief. „Natürlich wäre es eine gewisse Genugtuung für mich, wenn ich Alexanders Pläne durchkreuzen könnte. Er kniet für meinen Geschmack zu nah bei Tynans Füßen."

„Und der Laird von Ravensmuir ist Euer geschworener Feind?", fragte Erik mit einem vielsagenden Blick auf die Kisten, die immer noch aus den Höhlen hinausgetragen wurden.

Rosamunde lachte. „Man könnte sagen, dass er mir in gewisser Weise noch etwas schuldig ist. Zumindest würde ich das behaupten. Nennt mir Euer Ziel, denn der Sturm wird nicht weniger."

Erik war unsicher, ob er diesem Angebot trauen konnte oder nicht. Doch Rosamundes Blick war fest und sie würde wohl kaum mit dem Laird von Ravensmuir verbündet sein, denn offensichtlich bestahl sie ihn ja.

„Sutherland –", begann Erik. Weiter kam er nicht, denn Elizabeth nieste erneut.

„Sutherland!" Rosamunde fluchte leise. „Der Herbst rückt näher und dieser Sturm ist über uns und Ihr wollt, dass ich nach Sutherland segele? Jeder mit Verstand segelt in südliche Richtung, zumindest nach Rotterdam, wenn nicht nach La Rochelle oder gar zum Mittelmeer."

„Sizilien", mischte sich Padraig ein. „Ich stimme für Sizilien."

„Du hast keine Stimme", informierte Rosamunde ihn. Sein verschmitztes Lächeln verriet Erik, dass Padraig das wusste.

„Ich sehne mich nur danach, Einfluss zu haben." Der Seemann legte eine Hand auf sein Herz.

Rosamunde lachte überrascht auf. „Den wirst du nicht so bald bekommen", sagte sie, dann tippte sie mit dem Finger auf Viviennes Schulter. „Es ist ein glücklicher Zufall, dass du meine Lieblingsnichte bist", sagte sie voll Zuneigung.

„Und was ist mit mir?" Elizabeth nieste wieder.

„Du warst meine Lieblingsnichte, bis du dich in die Gesellschaft dieser heimtückischen Fee begeben hast."

„Darg ist eine Spriggan", betonte Elizabeth. Ihre Würde litt allerdings ein wenig unter ihrem ständigen Niesen. „Aus ihrer Sicht bist du eine Diebin und sie will sich an dir rächen."

„Was für ein Unsinn!", gab Rosamunde zurück, dann schrie sie auf und sprang mit der Hand auf dem Gesicht rückwärts. „Etwas hat mich in die Nase gebissen!" Tatsächlich bildete sich mit alarmierender Geschwindigkeit ein roter Abdruck auf Rosamundes Nasenspitze.

„Darg." Elizabeth untermalte diese Erklärung mit einem laut-starken Niesen.

„Sag dieser Darg, sie soll mich in Ruhe lassen", verlangte Rosamunde. „Ich habe genauso viele Rechte an Ravensmuirs Schatz wie sie."

„Sie sieht das anders."

Rosamunde begann, wild herumzutanzen, als wollte sie einem Schwarm wütender Bienen ausweichen. „Sie ist in meinem Hemd", kreischte sie. „Mach, dass sie aufhört! Bändige deine Spriggan, Elizabeth!"

Elizabeth legte den Kopf schief, um zu lauschen, und stellte ein paar Fragen, dann nickte sie.

Rosamunde stand still, als der Angriff offenbar endete, doch sie schaute sich argwöhnisch um. „Wo ist sie?"

„Auf deiner Schulter", antwortete Elizabeth. „Darg möchte einen Handel mit dir abschließen."

„Oh nein!", protestierte Rosamunde. „Der Schatz kann nicht zurückgegeben werden. Alles, was ich je genommen habe, wurde verkauft, und viel von dem eingenommenen Geld ist ebenfalls weg."

„Sie will wegen eines Objektes verhandeln, ihres Lieblingsstücks."

Rosamunde kniff die Augen zusammen. „Welches ist das?"

„Der silberne Ring an deiner linken Hand."

Rosamunde hob ihre Hand und Erik sah, dass ein breiter silberner Ring an ihrem Zeigefinger prangte. Er bestand aus massivem Silber, aber sein Wert ging offensichtlich darüber hinaus. Beide Schwestern blickten ernst drein, als er nur erwähnt wurde, und Padraig erstarrte. Die Bestürzung aller war deutlich zu erkennen.

Es war zweifellos ein Erinnerungsstück und bedeutete Rosamunde viel mehr als sein beträchtlicher Wert.

Rosamundes Gesichtszüge wurden weicher, als sie den Ring betrachtete. „Er gehörte nie zu dem Schatz", sagte sie mit Nachdruck. „Über diesen Ring werde ich nicht verhandeln, denn er kann nie das Lieblingsstück deiner Spriggan gewesen sein."

Elizabeth sprach leise mit Darg, nieste, dann schüttelte sie den

Kopf. „Sie begehrt ihn, weil er für dich wertvoll ist. Sie nennt es einen angemessenen Ausgleich, etwas zu verlangen, was du wertschätzt, im Tausch für etwas, was sie wertgeschätzt hat."

Rosamunde lachte, jedoch klang ihre Fröhlichkeit gezwungen. „Dieses billige Ding bedeutet mir nichts", sagte sie, doch sie zog den Ring nicht vom Finger.

Vivienne und Elizabeth schauten sie mitleidig an. Rosamunde blickte zwischen den beiden hin und her, doch als sie die Stimme erhob, sprach sie von etwas anderem: „Ich werde diese Narrenreise nach Sutherland machen, obwohl ich keine Ahnung habe, wie lang es dauern wird, bis der Wind günstig steht. Ich nehme an, Ihr würdet den Hafen von Wick vorziehen?"

Erik vermutete, dass der Themenwechsel kein Zufall war, und zuckte mit den Schultern. „Helmsdale würde mir besser passen. Das ist zwar kleiner, doch es liegt weiter südlich."

„Mir sind kleine Häfen lieber." Rosamunde wandte sich an Padraig, der wieder die Arbeiter beaufsichtigte. Während sie miteinander gesprochen hatten, war die Höhle mehr oder weniger leer geräumt worden. „Padraig, du bringst Erik und Vivienne bitte zum Schiff und wartest dort auf mich."

„Aber –", protestierte Vivienne.

„Ich muss meinen Gefährten holen", sagte Erik. „Ich werde ihn nicht zurücklassen, denn er hat mir treu gedient."

„Ein Ehrenmann also", bemerkte Rosamunde spöttisch und seufzte. Erik war nicht sicher, ob sie sich über ihn oder ihre eigenen Erfahrungen mit Ehrenmännern lustig machte, daher erwiderte er nichts. „Warum seid Ihr nicht dreißig Jahre älter, Erik Sinclair?"

Rosamund ließ ihm keine Zeit, zu antworten, und strebte auf den Gang zu, aus dem Erik und Vivienne gerade gekommen waren. Elizabeth nieste wieder, Rosamunde packte sie im Vorbeigehen am Arm und zwang das Mädchen, sich ihrem schnellen Schritt anzupassen. „Komm mit, Elizabeth, du brauchst ein heißes Bad. Unter meiner Obhut sollst du noch nicht einmal an einer Erkältung leiden."

„Aber Darg –"

„Es ist bei allen Verhandlungen üblich, jeder Partei Zeit zu lassen, seine oder ihre Vorgehensweise zu überdenken", sagte Rosamunde nüchtern. „Ich finde Eriks Gefährten schneller, als jeder von euch es könnte. Wie heißt er?"

„Ruari Macleod. Er ist gut dreißig Jahre älter als ich –", begann Erik.

Mehr konnte er nicht sagen, bevor Rosamunde laut auflachte. „Das könnte interessant werden. Ich sehe euch in Kürze. Padraig, bereite alles für die Abreise vor und sorge dafür, dass meine Nichte nicht zu Schaden kommt." Sie ergriff eine Fackel und führte Elizabeth in den Gang, während das Mädchen erneut heftig nieste.

Die Schwestern riefen sich Abschiedsworte zu, dann tippte Padraig Erik auf den Arm. Er zeigte in den Gang, den die Männer genommen hatten, und die drei machten sich auf den Weg zum Schiff.

Vivienne warf ihm einen triumphierenden Blick zu, als wollte sie ihn dazu verleiten, ihr wieder zu vertrauen. „Auf diese Weise kommen wir schneller nach Blackleith", sagte sie. „Was für ein glücklicher Zufall, dass Rosamunde heute Nacht hier war."

„Es ist nicht der Zufall, sondern der Neumond, der sie in diesen Hafen führt", erwiderte Padraig. „Und die Aussicht, dass ihr das, was sie nimmt, viel einbringen wird."

„Neumond war vor vier Nächten", stellte Erik fest und der Seemann sah ihn mit wachen Augen an.

„Das ist kurz genug her, um uns nützlich zu sein. Man kann sich nicht immer darauf verlassen, dass der Wind tut, was der Mensch will."

Erik warf einen misstrauischen Blick auf die Lady und dachte an ihre Beteuerung, nicht zu bluten. Wenn sie nicht log und tatsächlich sein Kind unter dem Herzen tragen sollte, würde sich ihre Situation verschlechtern, wenn er sie verließ. Erik war bewusst, dass er sein Verlangen nicht zügeln konnte, wenn es um Vivienne ging. Daher beschloss er, lediglich bei ihr zu bleiben, bis sie wieder blutete.

Dann würde sich zeigen, ob sie tatsächlich in anderen Umständen war oder nicht. Er würde nur ehrenvoll ausharren, bis die Natur erweisen würde, was geschehen war. Er würde zu allem stehen, was er bis jetzt getan hatte, doch er würde Vivienne nicht wieder anrühren.

Er würde einfach abwarten und den Lauf der Dinge beobachten. Erik sah die Lady noch nicht einmal an, als er seine Entscheidung traf, denn es würde einfacher sein, wenn sie glaubte, sie hätte ihn verärgert.

Sie sagte, sie hätte vor zwei Wochen geblutet, und ihm war bekannt, dass sie es in weiteren vierzehn Tagen wieder tun würde, es sei denn, sie erwartete ein Kind. Mit etwas Glück würde die See rau bleiben und sie würden diese zwei Wochen benötigen, um Sutherland zu erreichen. Wenn sie nicht mit seinem Sohn schwanger war, konnte er sie ohne Bedauern im Schutz und in der Obhut ihrer Tante zurücklassen.

Oder zumindest mit so wenig Bedauern, dass Vivienne nichts davon zu erfahren brauchte.

WAS DIE DREI NICHT BEMERKTEN, als sie durch die Höhlen zu dem kleinen Boot gingen, war, dass sie nicht allein reisten. Eine Spriggan – genauer gesagt, eine Spriggan, die leise Flüche gegen eine bestimmte Frau ausstieß – hockte auf Viviennes Kapuze. Diese Spriggan zitterte und blickte sich voll Groll um, während sie auf das wartende dunkle Schiff zuruderten. Sie flitzte über die Decks hinunter in den Bauch des Schiffes und kicherte, als sie sich in der einzigen Kabine versteckte.

Darg machte es sich in einer pelzgefütterten Kapuze gemütlich und lachte gackernd über ihren Triumph. Sie wusste sehr gut, wer diese einzige luxuriöse Kabine bewohnen musste. Nun konnte sie auf Rosamunde warten und in aller Ruhe Rache nehmen.

Darg wusste auch, sie würde diesen Silberring bekommen, bevor alles getan war.

Das Schiff war schon lange beladen, als Rosamunde in die Höhlen zurückkehrte, und die See war aufgewühlt, während sie zum Schiff gerudert wurde. Sie hob voll Genugtuung eine Hand und zeigte auf Ruari, den sie im Labyrinth gefunden hatte.

Ruari war bleich wie eine Schüssel Milch, als er über die Reling kletterte, doch jede Bemerkung, die er vielleicht gemacht hatte, wurde vom Wind davongetragen. Er umklammerte seine Satteltasche, als hinge sein Heil davon ab. Erik half ihm, das Deck zu überqueren, denn der ältere Mann hinkte mit seinem verletzten Knöchel.

Anscheinend brauchten die beiden Viviennes Zuwendung nicht.

Wolken ballten sich über ihren Köpfen zusammen und alle drei wurden auf Rosamundes Befehl hin ins Innere des Schiffes befördert. Noch bevor sie diese Zufluchtsstätte erreichen konnten, klatschte plötzlich starker Regen aufs Deck und die Wogen hoben das Schiff wie ein kleines Spielzeug hoch.

Vivienne bezweifelte, dass sie die Einzige war, die fürchtete, das Schiff könnte ans felsige Ufer geworfen werden. Sie schaute zurück und sah Ravensmuir, das sich von den schnell dahinziehenden Wolken abhob, ein dunkler Schatten unter einem Unheil verkündenden Himmel.

Rosamunde begann, ihren Männern Befehle zuzurufen. Der Sturm war heftig, doch er änderte seine Richtung und blies vom Ufer weg, während er seine volle Kraft entfesselte. Auf Rosamundes Anordnung hin entrollten die Matrosen hastig die Segel und drehten sie unter erheblicher Anstrengung in den Wind.

Das Schiff wurde aufs Meer hinausgetrieben, weg von den Felsen und in größere mögliche Gefahren. Tatsächlich drohten die See und der Wind es auseinanderzureißen und die Menschen darauf in bodenlose schwarze Tiefen fallen zu lassen.

Vivienne fragte sich, ob ihre Eltern solch einen Sturm erlebt hatten, bevor ihr Schiff unterging. Sicher hatten sie dieselbe Furcht empfunden wie sie nun.

Doch es war niemand da, mit dem sie in dieser Nacht ihre Angst teilen könnte, geschweige denn, der sie tröstete. Erik wickelte sich in seinen Umhang, um zu schlafen, als hätte er vergessen, dass Vivienne überhaupt da war. Ruari kauerte sich dicht an Eriks Seite und vergrub sich ebenfalls in seinem Umhang. Die beiden Männer hätten allein in irgendeinem Gasthaus sein können, so wenig Aufmerksamkeit widmeten sie Vivienne und so wenig Besorgnis über das Wetter zeigten sie.

Vivienne dagegen saß schlaflos da, lauschte und fühlte sich einsamer als je zuvor in ihrem ganzen Leben.

Es dauerte lang, bis Rosamunde sich in ihre Kabine zurückzog, denn das Ruder benötigte in dieser Nacht eine feste Hand.

Es dauerte noch länger, bis jemand bemerkte, dass der Silberring, den Darg begehrte, Rosamundes Finger nicht mehr zierte.

ES WAR SPÄT, als der Laird von Ravensmuir zu seinem Gemach hinaufstieg. Tynan fand keinen Geschmack am Krieg und noch weniger an einem, der seinen jungen Verwandten zu nahe kam. Er mochte es nicht, wenn sich Söldner in seiner Halle aufhielten, auch wenn es sich um die handelte, die auf der Burganlage von Kinfairlie bei seinem Neffen in Dienst standen. Ebenso wenig gefiel es ihm, wenn Söldner in seiner Halle Kämpfe ausfochten, selbst wenn sie damit nur ihr Missfallen über eine Geschichte bekundeten.

Wenigstens hatte der Geschichtenerzähler so viel Verstand gehabt, sich aus dem Staub zu machen, und in seiner Abwesenheit hatten sich die Leute in der Halle nach und nach beruhigt. Tynan selbst hatte nicht eher schlafen wollen, bis der letzte Söldner eingeschlummert war. Er hatte in der Halle gesessen und Wein aus dem letzten Fässchen genippt, das von Bordeaux herbeigeschafft worden war, und er hatte sich dabei ertappt, dass er den Verlust Rosamundes bedauerte.

Es war kein Trost für ihn, dass ein Sturm aufgekommen war, und erst recht nicht, dass dieser nun um die Steinmauern tobte. Er und Rosamunde hatten sich oft während eines Sturms äußerst leidenschaftlich geliebt und daher erfüllte ihn ein Schmerz, der aus Erschöpfung und Sehnsucht geboren war, als er die Treppe hinaufstieg. Er hörte, wie der Wind die Fahne flattern ließ, die über den hohen Türmen von Ravensmuir gehisst war, und wie die See das Ufer peitschte.

So stark schien Rosamundes Gegenwart in dieser Nacht, dass Tynan sie beinahe vor sich sah. Er konnte sich die Frau, die sein Herz gestohlen hatte, mit Leichtigkeit in Erinnerung holen, eine Frau mit rotgoldenem Haar und einem verwegenen Lächeln und Wagemut im Blick, eine Frau, die er nie wiedersehen würde. In seiner Vorstellung küsste sie ihre Fingerspitzen wie für einen stillen Gruß, als ob sie ihm für immer Lebewohl sagen würde, dann wandte sie sich ab, das schwarze Tuch ihres Umhangs wehte, als sie floh.

Ihm war das Herz schwer, als er in sein Gemach trat. Er setzte seine Laterne ab, hielt einen Span hinein und steckte damit das Holz an, das in der Feuerschale aufgeschichtet war.

Und da, während das Holz knisterte und Funken sprühte, roch er den exotischen Duft von Rosamundes Parfüm.

Tynan fuhr zusammen, dann schnupperte er. Der Geruch bestand nicht nur in seiner Einbildung. Er war tatsächlich vorhanden.

Doch es war mitten in der Nacht. Nicht ein Laut war in seiner Burg zu hören. Nur das Geräusch des Windes, der zwischen den Steinen pfiff, drang an sein Ohr. Das Gemach war kalt, ungewöhnlich kalt. Sein Herz hämmerte, als hätte er Eindringlinge in seinen Mauern wahrgenommen.

Da war ein kalter Zug.

Und diese kühle Luft trug den Duft zu ihm. Es war kein alltäglicher Duft, sondern das Parfüm, das ihn in seinen Träumen verfolgte, und es brachte Tynan dazu, seine Laterne hochzuhalten und sein Gemach zu durchqueren.

Die Geheimtür am anderen Ende des Raumes, die zu dem Labyrinth unterhalb von Ravensmuir führte, stand offen. Tynan hielt inne und starrte darauf. Er wusste, dass er sie abgeschlossen hatte. Dennoch war sie sperrangelweit geöffnet und der Geruch des Meeres stieg aus der Dunkelheit zu ihm herauf. Auf dem Boden waren nasse Fußabdrücke und obwohl sie trockneten, kannte er die Größe und Form dieser Stiefel gut.

Rosamunde war hier gewesen. Er hielt die Luft an bei dieser reizvollen Wahrheit, obwohl sie sicherlich schon wieder gegangen war. Er hatte sich zu lang unten aufgehalten und sie unabsichtlich verpasst.

Aber Tynan musste es genau wissen. Er konnte sich nicht entscheiden, ob er über ihre Anwesenheit eher entzückt oder verärgert war. Zumindest hätten sie sich jetzt in den Höhlen tief unter Ravensmuir heftig gestritten. Er hatte ihr sechs Hengste aus seinen eigenen Ställen überlassen, um sicher zu sein, dass sie seine Schwelle nie wieder überschreiten würde.

Doch Rosamunde war zurückgekehrt.

Im geheimsten Winkel seines Herzens war der Laird von Ravensmuir froh darüber.

Tynan ergriff die Laterne und trat in die Dunkelheit. Er erschauerte auf der obersten Stufe, so wie immer, dann stieg er zielstrebig in die verborgenen Höhlen hinunter. Unter seinem Stammsitz befand sich ein regelrechtes Labyrinth, in dem einst eine beeindruckende Sammlung von religiösen Reliquien und Schätzen aufbewahrt worden war. Die wertvollsten Stücke waren versteigert worden, denn Tynan hegte nicht den Wunsch, den Handel weiterzuführen, den seine Familie früher betrieben hatte, und er hatte gedacht, dass es sich nicht lohnen würde, sich mit dem Rest abzugeben.

Bald zeigte sich, dass Rosamunde anders darüber dachte. Tynan blieb stehen und hielt seine Laterne hoch, um eine kleine Kammer zu inspizieren. Sie war leer, dabei wusste er, dass sie mindestens eine alte Kiste enthalten hatte, als er das letzte Mal vorbeigekommen war.

Tynan eilte weitere Treppen hinunter, seine Schritte beschleunigten sich immer mehr, als er noch mehr leere Kammern entdeckte. Die Höhlen unter seiner Burg waren geplündert worden, als er abgelenkt gewesen war.

Tynan erreichte die größte Höhle und blieb entgeistert stehen. Hier hatten einige Kisten gestanden. Er wusste nicht, was darin war, denn der Inhalt war nicht angerührt worden. Sie hatten nicht so ausgesehen, dass man ihnen einen zweiten Blick geschenkt hätte, denn sie waren alt und beschädigt gewesen, das Holz von Wasser und Schimmel fleckig. Es war leicht gewesen, Rosamunde zu glauben, die ihm versichert hatte, sie wären ganz oder fast leer und es wäre die Mühe nicht wert, sie loszuwerden.

Tynan vermutete, er hätte stärker auf eine Überprüfung dringen müssen, ob die Kisten wirklich nichts von Wert enthielten, doch Rosamunde – die diese Kammern besser kannte als er – hatte den Inhalt als wertlosen Plunder abgetan.

Er hatte ihr vertraut und war getäuscht worden.

Man hatte ihn beraubt.

Er war ein Narr gewesen.

Tynan fluchte und trat gegen einen Stein. Seine Sehnsucht wich Zorn. Der Stein prallte gegen die Wand und verschwand dann durch eine Türöffnung. Er hörte, wie dieser eine andere Treppe hinuntersprang und mit einem Platschen weiter unten aufschlug.

Wenn es hier etwas Wertvolles gegeben hatte, hätte er es nutzen können, um Ravensmuirs Zukunft in diesen dunklen Zeiten zu sichern.

Nun war es weg.

Tynan fluchte erneut. Seit George, der Earl von March, im Jahr zuvor verstorben war, waren viele Schwerter geschwungen worden, um die regionale Herrschaft von Archibald Douglas anzufechten. Der Tod hatte Tynans Bruder Roland viel zu früh ereilt, denn dadurch war sein unerfahrener Neffe Alexander Laird von Kinfairlie geworden und das ausgerechnet zu einem Zeitpunkt, als sich die Ländereien in einer äußerst schwierigen Lage befanden.

Tynan hatte viel Geld und Mühe aufgewendet, um den Krieg von den Toren von Ravensmuir und Kinfairlie fernzuhalten, und gehofft, dass die Familie die Unruhen gut überstehen würde, bis wieder Stabilität herrschte.

Doch es hatte sich gezeigt, dass diese Stabilität schwer zu erreichen war, und die Armee in seinen Diensten, die marodierende Soldaten von Douglas, Dunbar und Abernethy vom Zugang zu seiner Burg fernhielten, war teuer. Zu seiner Schande musste Tynan gestehen, dass er wünschte, er würde über die verlorenen

Einnahmen für die Reliquien verfügen, selbst wenn diese von zweifelhafter Herkunft waren.

Seine Schatzkammer war fast leer und Rosamunde hatte ihm die letzte Chance genommen, sie wiederaufzufüllen. Selbst wenn sie gewusst hätte, dass Ravensmuir auf dem Spiel stand, zweifelte Tynan, dass es ihr etwas ausgemacht hätte. Sie hatte sich immer lustig gemacht über seine Liebe zu einem Haufen alter Steine, wie sie sich ausdrückte, und am Ende hatte sie ihm vorgeworfen, dass ihm Ravensmuir wichtiger war als sie.

Doch Ravensmuir war sein Vermächtnis und seine Verantwortung, der Ort seines Familienerbes. Die Burg war etwas, was man ihn zu schätzen gelehrt hatte.

Dieser Verantwortung hatte er alles geopfert – vergebens. Das Abkommen, das nicht unterzeichnet worden war, lag in seiner Schatzkammer. Es brachte sein Blut zum Kochen, machte sein Opfer sinnlos. Es würde ihn kosten, was noch übrig war von allem, was ihm lieb und teuer war.

Tynan war zu oft ein Stachel im Fleisch von Archibald Douglas gewesen, sodass der wohl kaum geneigt war, ihm günstigere Bedingungen anzubieten. Nach den Klauseln des Abkommens würde Ravensmuir stehen bleiben, doch der Laird würde seine Autorität verlieren. Als Tynan dagegen protestierte, hatte Douglas die Bedingungen noch weiter verschärft.

Die Oberhoheit über Ravensmuir würde dann und nur dann erhalten bleiben, wenn Tynan mit einer Braut aus der Douglas-Familie, die man für ihn auswählen würde, einen Sohn bekam.

Doch Tynan hatte seinen Neffen Malcolm zu seinem rechtmäßigen Erben eingesetzt, um die Nachfolge auf Ravensmuir zu sichern. Für Ravensmuir war er bereit gewesen, eine Douglas zu heiraten, aber er war keinesfalls willens, seinem Neffen das Erbe zu versagen. Er hatte Rosamunde aufgegeben und nichts dadurch gewonnen.

Er verfluchte seine eigene Torheit, drehte sich um und machte sich auf den Rückweg zu seinem Gemach. Er hätte selbst den kleinsten Geldbetrag dafür nutzen können, die Vertragsbestimmungen abzumildern, doch dank Rosamunde war alles Geld weg.

In den Höhlen war es still, der verführerische Parfümduft wurde mit jedem Moment schwächer. Tynan stieg die Stufen zu seinem Zimmer wieder hinauf. Er schloss die Geheimtür, lehnte sich dagegen und betrachtete das Feuer in der Schale und die Annehmlichkeiten in seinem Raum.

Erst jetzt entdeckte er etwas, was ihm vorher entgangen war. An seinem privaten Rückzugsort, auf dem mit Vorhängen versehenen Bett, glänzte etwas. Es sah wie ein Stern aus, der sich gefangen in den Schatten der Kissen drehte, doch es konnte kein Stern sein.

Höchst misstrauisch trat Tynan näher heran. Er hielt seine Laterne höher und der Gegenstand funkelte, als wollte er ihn vorwärtslocken. Er war silbern und rund und schimmerte auf der indigofarbenen Seide.

Es war ein Ring.

Doch nicht irgendeiner. Es war der Ring, den er Rosamunde geschenkt hatte. Den Tynans Vater seiner Mutter angesteckt hatte. Den Merlin Ysabella als Zeichen seines Schutzes gegeben hatte.

Es konnte nicht zwei Ringe wie diesen geben. Er war aus Silber und groß genug, um den Fingerknöchel einer Frau ganz zu bedecken. Drei Sterne und drei Namen zierten ihn: die Namen der drei Könige, die das Jesuskind in Bethlehem aufgesucht hatten.

Rosamunde hatte ihn am Zeigefinger ihrer linken Hand getragen.

Es war das einzige Geschenk, das Tynan ihr je gemacht hatte. Es gab nur sehr wenig, womit er eine Frau hätte erfreuen können, die über die Meere segelte und sich selbst die luxuriösesten Güter beschaffte. Doch diesen Ring hatte er ihr geschenkt und geglaubt, sie würde die Bedeutung dieser Geste verstehen.

Vielleicht hatte sie sie verstanden, denn sie war ein ziemliches Risiko eingegangen, um ihm das Schmuckstück zurückzugeben und ihm so ihre Verachtung zu zeigen.

Tynan schluckte, nahm den Ring und spürte das beträchtliche Gewicht in seiner Handfläche. Es kam ihm so vor, als wäre er noch warm, obwohl das unmöglich war. Erst als er ihn hochhielt, sah er, dass er an einem langen, rotgoldenen Haar hing.

Er stand da, sein Herz brannte. Rosamunde hatte ihm das einzige Geschenk zurückgegeben, das er ihr gemacht hatte, und als Ausgleich das Vermächtnis in den Höhlen genommen, das er ihr versagt hatte. Und auf diese Weise hatte sie das Schicksal von Ravensmuir besiegelt.

Wie konnte sie es wagen?

Was hatte sie noch gewagt?

Tynans Faust schloss sich fest um den kalten Silberring, während Wut in ihm aufflammte, und er riss das Haar ab. Dann stürmte er die Treppe wieder hinunter zu seinem Kerker. Er hatte einen Verdacht und fand diesen bestätigt.

Sein Gefangener, Erik Sinclair, war weg. Tynan wettete, dass seine Nichte Vivienne ebenfalls verschwunden war, denn Rosamunde hatte ihre Fähigkeit, ganz mühelos Ärger zu machen, bestimmt nicht verloren. Er knirschte vor hilfloser Wut mit den Zähnen. Diese Rache – diese Vergeltung für seine harten Worte – ging zu weit.

Es war eine Verhöhnung, die nicht unbeantwortet bleiben konnte.

Tynan schob den Ring wieder auf den kleinen Finger seiner linken Hand, wo er ihn jahrelang getragen hatte, bis er ihn Rosamunde überlassen hatte, und er fühlte sich lebendiger, als er sich in Wochen gefühlt hatte.

Denn zwischen ihm und Rosamunde war noch nicht alles geklärt. Solange sie die Reliquien hatte, gab es eine Chance, dass er sie ihr wieder abnehmen konnte.

Tynan lief beinahe in Elizabeth hinein, so unerwartet war ihre Anwesenheit auf der Treppe. Die Maid blieb stehen, als sie ihn sah, errötete und wandte sich um. Sie wollte zu den Frauengemächern laufen.

„Stehen bleiben!", brüllte Tynan in einem Ton, der keinen Widerspruch duldete. Elizabeth hielt inne, ihr Blick war wachsam. Tynan winkte sie mit einem Finger heran. „Du wirst mir jetzt erzählen, was sich heute Nacht im Labyrinth zugetragen hat." Sie öffnete den Mund, um zu protestieren, doch Tynan schüttelte den Kopf. „Leugne nicht, dass du etwas davon weißt. Du bist noch zu spät unterwegs, um nichts von Rosamundes Besuch mitbekommen zu haben."

Ein Trotz, der ihm immer bekannter vorkam, leuchtete in den Augen von Tynans jüngster Nichte auf, die ihm am liebsten war. „Darg ist verschwunden. Ich muss sie erst finden."

„Für den Moment kann die Spriggan sich um ihr eigenes Wohlergehen kümmern, so wie sie es mehrere hundert Jahre lang getan hat." Tynan schaute Elizabeth böse an. Er wusste um die Wirkung seines Blickes. „Du jedoch wirst sofort mit mir kommen und mir alles erzählen, was du weißt."

Er drehte sich um und strebte auf den Raum zu, den er benutzte, um Ravensmuirs Geschäfte zu führen. Tynan wusste genau, dass seine Nichte ihm folgen würde. Er hörte, dass Elizabeth ungehalten seufzte, und stockte, als sie ihm plötzlich nachrief: „Ich werde dir nichts über Rosamunde erzählen."

Tynan fuhr herum und stellte fest, dass seine Nichte ein eigensinniges Gesicht machte. „Und warum nicht, wenn ich fragen darf?"

„Weil du grausam zu ihr warst und sie war immer nett", erwiderte Elizabeth in ihrer unverblümten Art, die immer typischer für sie wurde. „Sie liebt dich und du hast zu sehr im Zorn mit ihr gesprochen. Ich mache ihr keinen Vorwurf, dass sie dir Ärger bereitet, denn ihr steht eine Entschuldigung zu."

Nach dieser Erklärung warf Elizabeth ihr Haar nach hinten, lief in die Frauengemächer und schloss die Tür fest hinter sich.

Sie hatte sich ihm noch nie zuvor widersetzt.

Tynan starrte schockiert auf die Tür, während sich der Schlüssel im Schloss drehte und ein Mädchen, das nicht älter als zwölf Sommer war, eine Tür in seinem eigenen Haus vor ihm verschloss.

Schlimmer noch, er wusste, dass Elizabeth recht hatte.

Vivienne war noch wach, als Rosamunde in den Bauch des Schiffes hinunterstieg, was die ältere Frau sofort bemerkte. Sie bedeutete Vivienne, ihr an Deck zu folgen.

Zu Viviennes Überraschung war es Morgen. In dem dunklen Laderaum hatte sie nicht gemerkt, wie die Zeit vergangen war. Der Himmel war noch stets bedeckt, doch die Wolken erinnerten an glatte Zinnteller und der Wind wehte nur schwach. Es sah nach Regen aus, doch im Moment war es trocken. Das Meer war noch aufgewühlt und sie konnte in keiner Richtung eine Küstenlinie erkennen.

Rosamunde musste gespürt haben, dass sie das ängstigte. „Es ist sicherer, sich an einem unbekannten Ufer während eines Sturms von Felsen und Untiefen fernzuhalten", sagte sie tröstend und lächelte bedauernd. Vivienne konnte Schatten unter den Augen ihrer Tante sehen, was nicht überraschend war angesichts der Nacht, die sie hinter sich hatten. Doch die feinen Linien des Alters auf Rosamundes Gesicht, die in diesem Licht hervortraten, erschreckten Vivienne.

Rosamunde hatte immer so jung und vital gewirkt, doch nun wurde Vivienne bewusst, dass ihre Tante dreißig Sommer älter sein musste als sie. Die Jahre schienen sich plötzlich in Rosamundes Gesichtszüge eingegraben zu haben.

Rosamunde lächelte betrübt. „Allerdings hatte ich nicht erwartet, so weit aufs Meer hinausgetrieben zu werden."

„Wo sind wir?"

„Ich bin nicht ganz sicher", antwortete ihre Tante sorgloser, als Vivienne es je sein könnte. „Die Nordsee ist riesig. Wir können einen Kurs aufzeichnen, wenn heute Nacht die Sterne herauskommen."

Vivienne warf einen Blick auf die Wolken über ihnen. „Und wenn sie verdeckt werden?"

„Dann warten wir, bis wir sie sehen können." Rosamunde warf Vivienne einen scharfen Blick zu. „Du verstehst doch, dass es besser ist, weit von der Küste entfernt zu sein?"

„Ich vermute, das macht Sinn."

Rosamunde schlang einen Arm um Viviennes Schultern. „Du wurdest gestern Nacht bestimmt an deine Eltern und ihren tragischen Tod erinnert. Bedenke, dass ich die Meere besser kenne als die meisten anderen, die sie befahren, um Handel zu treiben. Ich habe tausend Stürme überlebt, viel schlimmere als den von letzter Nacht, und ich werde noch tausend weitere überleben." Mehr als alles andere überzeugte die Entschlossenheit, die in Rosamundes Augen stand, Vivienne davon, dass dies der Wahrheit entsprach.

Sie stand neben ihrer Tante an der Reling. Unwillkürlich empfand sie das rhythmische Wogen der See als beruhigend. Sie war wirklich erschöpft, vielleicht noch mehr, als Rosamunde es sein könnte.

„Ich hatte gedacht, ich könnte dich im Bett mit Tynans Gefangenem vorfinden", sinnierte Rosamunde schließlich.

Vivienne zuckte die Schultern. „Ich vielleicht auch." Sie wusste nicht genau, warum Erik sie abgewiesen hatte. Vivienne hegte den Verdacht, dass seine Ablehnung eine tiefere Ursache hatte als Erschöpfung und dass er ihr immer noch nicht vertraute und sie auf Ravensmuir zurückgelassen hätte, wenn er die Wahl gehabt hätte.

Diese Möglichkeit machte sie so niedergeschlagen, dass sie sich fragte, ob ihr Unterfangen zum Scheitern verurteilt war. Sie hatte sich ihm bereits ganz versprochen, sie hatte ihm die Wahrheit gesagt, doch anscheinend nichts dadurch erreicht. Der Mann hatte zu viele Geheimnisse, als dass sie sicher sein könnte.

Spontan zog sie Eriks Dolch aus ihrem Gürtel und reichte ihn Rosamunde. „Was kannst du mir über diese Waffe sagen? Sie trägt eine Inschrift."

Rosamunde nahm den Dolch und drehte ihn in den Händen. Sie studierte sorgfältig den Griff, bevor sie die Klinge aus der Scheide zog. Der Stein im Heft schien ihr größtes Interesse zu erregen und offensichtlich fasziniert betrachtete sie ihn von allen Seiten.

„Gehört der Dolch ihm?", fragte sie, obwohl ihr Ton erkennen ließ, dass sie diese Schlussfolgerung bereits gezogen hatte.

„Ein Familienerbstück."

„Natürlich." Rosamunde zeigte auf das Juwel. „Das ist ein alter Saphir, er ist bemerkenswert raffiniert geschliffen, was in unseren Zeiten nicht nachgeahmt werden könnte. Hast du die Inschrift gesehen?"

„ABRAXAS?"

Rosamunde nickte. „Das soll der Name Gottes sein, obwohl es viele solcher Namen gibt, insbesondere JHVH für Jehova. Dies ist ein griechisches Wort und viele halten es für einen Schutzzauber." Sie schaute hoch. „Die griechischen Buchstaben, aus denen das Wort ABRAXAS besteht, bilden die Summe 365, und dies soll ein Zeichen für die Macht des Wortes sein."

„Dies entspricht auch der Anzahl der Tage im Jahr", sagte Vivienne, die an ihr Handfasting denken musste.

Rosamunde nickte erneut. „Und es ist ebenso die Anzahl der Äonen in Gottes Schöpfung, die Anzahl der Ränge in der Hierarchie der Engel und angeblich die Anzahl der Knochen im menschlichen Körper." Sie lächelte. „Man sagt, es sei eine starke Zahl, die immer und immer wieder in der Welt verkörpert wird, die Gottes Hände geschaffen haben." Sie zuckte die Achseln. „Oder es könnte auch einfach eine Zahl sein." Sie tippte wieder auf den Stein. „Dieser Edelstein wurde vor mindestens tausend Jahren geschliffen und ist wegen seines Wertes immer wieder neu eingefasst worden."

„Dann ist er älter als der Dolch?"

„Natürlich. Die Familie muss seinerzeit recht wohlhabend gewesen sein, wenn sie es sich leisten konnten, solch ein Kleinod zu besitzen und zu vererben." Rosamunde lächelte, während sie das Spiel des Lichts in dem Juwel betrachtete. „Aber einem Saphir wird auch nachgesagt, dass er ein edler Stein für Könige und Königinnen ist und angeblich die stärksten eisernen Fesseln zerschneiden kann."

Ihr Lächeln wurde breiter, als Vivienne nichts erwiderte. „Was für ein Pech, dass er die Klinge nicht hatte, als er in Ravensmuirs Kerker saß, denn dann hätte er deine Hilfe nicht benötigt."

Bei dieser Bemerkung war Vivienne nicht nach einem Lächeln zumute.

Rosamunde wandte ihre Aufmerksamkeit wieder dem Dolch zu. „Und ein Saphir soll jedem, der in seine Tiefe blickt, große Freude schenken, obwohl ich wetten könnte, dass der Besitzer noch größere Freude empfindet." Sie schaute mit einem abschätzenden Ausdruck auf dem Gesicht hoch. „Ich würde einen guten Preis für diese Waffe zahlen."

Vivienne war entsetzt. „Nein! Ich kann sie nicht verkaufen. Es steht mir nicht zu, sie jemand anders zu überlassen."

„Sie befindet sich doch in deinem Besitz."

„Erik hat sie mir anvertraut. Dennoch gehört sie rechtmäßig ihm, denn er hat sie von seinem Vater geerbt."

„Ah." Rosamunde musterte Vivienne aufmerksam. „Du glaubst, dass du diesen Mann liebst", stellte sie offensichtlich belustigt fest.

„Wenn ich das täte, wäre es kein Grund, zu lachen", erwiderte Vivienne empört.

Rosamunde schüttelte den Kopf und schaute einen Moment übers Meer, dann richtete sie ihre Augen wieder auf Vivienne. Sie gab ihr den Dolch zurück. „Du bist noch zu jung, um dir einer solchen Sache sicher zu sein, oder andersherum, vielleicht bist du dir auch so sicher, weil du noch jung bist."

„Was soll das heißen?"

Rosamunde antwortete nicht, sondern warf Vivienne nur einen durchdringenden Blick zu. „Was du klären musst, Vivienne, ist, ob du seine Geschichte liebst oder die Wahrheit über ihn. Ersteres macht einen Mann nicht aus, und wir beide wissen nur allzu gut, dass du eine Vorliebe für Geschichten hast."

„Ich kenne den Unterschied zwischen Erzählung und Wahrheit", entgegnete Vivienne ein wenig selbstgefällig. Rosamunde schien nicht überzeugt, aber das war ihr gleichgültig. „All das hat jedoch wenig Bedeutung."

„Und warum?"

„Weil er eine andere Frau liebt." In dem Augenblick setzte leichter Nieselregen ein, der die beiden Frauen und das Schiff in einen silbrigen Nebel hüllte. Es war kühl und Vivienne erzitterte leicht, doch sie war noch nicht bereit, ihrer Tante von der Seite zu weichen.

Sie wählte ihre nächsten Worte sorgfältig, denn wenn irgendjemand eine Lösung für ihre Nöte wusste, dann Rosamunde. „Kennst du ein Mittel, wie man einen Mann dazu bringen kann, eine Frau zu lieben, Rosamunde? Sicher kann man ihm doch helfen, die Wahrheit vor seinen Augen zu sehen?"

Bei der bloßen Vorstellung lachte Rosamunde. „Es gibt keinen Zaubertrank, der einen Mann in Liebe zu dir entbrennen lässt, Vivienne, zumindest kenne ich keinen. Siehst du die Anzeichen meiner Unwissenheit nicht überall?" Sie wies mit einer abfälligen Geste auf das Schiff und seine Ladung.

„Ich dachte, du würdest dein Leben auf dem Meer lieben."

„Noch mehr liebte ich einen Mann und ich gab alles auf, was ich war, und alles, was ich begehrte, als Zeichen dieser Liebe." Rosamunde wurde ernst, während sie sprach. „Aber meine Zuneigung wurde nicht erwidert. Er fühlte sich bemüßigt, zwischen mir und seinem Besitz zu wählen. Es war einfach für ihn, einen Haufen Steine jedem Verdienst vorzuziehen, den ich vorweisen konnte. Das wäre eine demütigende Lehre für jede Frau, und für mich war sie vielleicht noch härter." Rosamunde schien Viviennes Enttäuschung zu bemerken, denn sie legte tröstend eine Hand auf die Schulter ihrer Nichte. „Wenn du jedoch möchtest, dass ein Mann dich begehrt, kannst du das leicht erreichen."

„Wie?" Vivienne fühlte plötzlich Hoffnung. Sicher würde Erik sie mehr schätzen, wenn sie tatsächlich seinen Sohn gebären würde. „Gibt es einen Trank dafür?"

Rosamunde lächelte traurig. „Das ist keine Hexerei, Vivienne. Damit ein Mann dich begehrt, musst du lediglich ihn begehren." Sie zuckte mit den Schultern. „Ob dich das befriedigt, wenn du wirklich seine Liebe willst, ist eine völlig andere Frage."

Vivienne war bestürzt, ihre sonst vor Leben sprühende Tante so traurig zu sehen. „Elizabeth sagt, dass die Erwähnung deines Namens Onkel Tynan wütend macht. Sie hat den Verdacht, dass er dich liebt."

Rosamundes Lächeln wurde säuerlich. „Dann hat er eine ungewöhnliche Art, es zu zeigen." Damit wandte sie sich entschlossen ab. „Du darfst heute und diese Nacht gern meine Kabine benutzen, denn ich werde nicht schlafen, bis unser Kurs feststeht. Schließe die Tür ab und mache, was immer du willst." Sie warf einen durchdringenden Blick über ihre Schulter. „Natürlich werde ich Alexander gegenüber vorgeben, nicht zu wissen, was du getan hast. Du bist alt und klug genug, deine eigenen Entscheidungen zu treffen, denn du wirst mit den Folgen leben müssen."

Vivienne schenkte der Warnung keine Beachtung, sondern dankte ihre Tante bloß. Sie war gewiss, dass ein Sohn Erik dazu bringen würde, wenigstens Zuneigung für sie zu empfinden.

Und es gab nur eine Möglichkeit, um diesen Sohn zu erschaffen.

Vivienne fand Erik bei Ruari, der über der Reling hing und sich die Seele aus dem Leib spuckte. Der Wind war kälter geworden, der Regen nahm zu und Ruari blickte äußerst grimmig drein. Er umklammerte immer noch seine Satteltasche und Vivienne nahm an, dass diese seine letzten Habseligkeiten enthielt.

Sie blieb neben ihnen stehen, als der ältere Mann sich gerade wieder vornüberbeugte. Erik warf ihr nur einen kurzen Blick zu.

„Wie schlecht geht es ihm?", fragte sie, denn sie vermutete, falls sie ein Gespräch führen würden, musste sie es beginnen.

„Schlecht genug, um ihn zum Schweigen zu bringen“, erwiderte Erik mit trockenem Humor. Er schaute Vivienne weiter an, als sie leicht lächelte.

„Geht es dir besser oder schlechter, Ruari?“, fragte sie besorgt. „Der Sturm lässt nach und die See wird mit jeder Minute ruhiger.“

„Selbst wenn sie vollständig ruhig wäre, wäre es für mich noch zu viel“, jammerte Ruari und klammerte sich an der Reling fest. Er atmete schwer und sein Gesicht war bleich, aber er schien sich etwas besser zu fühlen.

„Unten ist Käse und Brot und etwas Bier“, riet Vivienne. „Ein Stück Brot könnte deinen Zustand verbessern.“

Ruari stöhnte bei dem bloßen Gedanken und würgte erneut, doch er brachte nur sehr wenig heraus.

„Du hast in der letzten Zeit nicht viel gegessen“, meinte Erik. „Bestimmt bist du inzwischen ganz leer.“

„Vielen Dank für diesen Witz“, gab Ruari zurück. „Vielleicht könntest du diese Tatsache mal meinem Magen erklären.“

„Möglicherweise wäre es besser, nach unten zurückzukehren“, empfahl Erik seinerseits. „Ein Eimer würde jetzt genügen und du liefest auch weniger Gefahr, dich zu erkälten.“

„Ich bleibe lieber hier“, entgegnete Ruari eigensinnig.

„Ich aber nicht“, erwiderte Erik. „Doch ich wage nicht, dich allein zu lassen. Komm mit nach unten, Ruari. Ich verspreche dir, einen Eimer zu besorgen, der dir gute Dienste leisten wird.“

Ruari warf ihm einen düsteren Blick zu. „Du machst dir einen Scherz aus dem Unwohlsein eines alten Mannes.“

„Keineswegs. Ich sorge nur für dein Wohlergehen, so gut ich kann. Wenn schon an nichts anderes, denke wenigstens an die Dame. Sie wird zweifellos entschlossen sein, auch bei dir zu bleiben.“

Ruari schaute Vivienne böse an. „Das ist nicht nötig“, sagte er.

Sie lächelte. „Ich mache mir aber Sorgen um dich“, antwortete sie aufrichtig.

Zu ihrer Freude hellte sich Ruaris Miene auf. „Das könnte mich vielleicht überreden, hinunterzugehen.“ Er schaute ein letztes Mal zur Reling und drohte Erik mit dem Finger. „Es muss auf jeden Fall ein großer Eimer sein. Selbst auf einem Schiff will ich mich nicht als schlechter Gast erweisen."

„Ah, du bist also von Rosamunde hingerissen", neckte Erik ihn zu Viviennes Erstaunen. „Ich wusste, du musstest nur eine Frau treffen, die verwegen ist, damit sie deine ewige Zuneigung gewinnen kann."

Ruari richtete sich auf und seine Augen glänzten, so wie Erik es zweifellos beabsichtigt hatte. „Ich habe lediglich Achtung vor Rosamunde, so wie vor jedem, der unerschrocken genug ist, diesem Wetter zu trotzen, um einem anderen zu helfen."

„Ich vermute, es ist mehr als das", erwiderte Erik milde.

„Sie ist ein wahrer Engel!", schnaubte Ruari und setzte zu einer Tirade an, als ob er völlig wiederhergestellt wäre: „Sie hat mich gesucht und gefunden, als ihr mit euch selbst beschäftigt wart. Sie riskierte Leib und Leben, um mich zu retten, und ich bin nicht so ein Schuft, dass ich ihr eine solche Großzügigkeit vergelten würde, indem ich mich im Laderaum ihres Schiffes erniedrige. Schließlich ist dieses Schiff voll beladen mit unglaublich wertvollen Materialien, mit Gold und Seide und Reliquien. Ich würde mich nicht so schändlich aufführen, dass ich solche Schönheit beschmutze, geschweige denn ihren Handel gefährde. Darauf kannst du dich verlassen."

„Wenn es dir gut genug geht, um Vorträge zu halten, dann geht es dir auch gut genug, um dich nach unten zu begeben", entgegnete Erik, doch er fasste den älteren Mann am Ellenbogen, um ihn zu stützen, als sie über das rutschige Deck liefen.

Vivienne nahm Ruaris anderen Arm. Er war etwas unsicher auf den Beinen und rutschte einmal aus. Eriks Hand hielt ihn jedoch fest, sodass der ältere Mann nicht stürzte. Dennoch umfasste er den Rand der Luke, die nach unten führte, mit unverhohlener Erleichterung.

Ruari schaute plötzlich mit leuchtenden Augen durch den Regen zu Erik auf: „Du zahlst mir wider Erwarten zurück, was dein Vater mir schuldet."

„Was redest du da für einen Unsinn?", fragte Erik freundlich.

„Ich habe ihm gut gedient, mehr als vierzig Jahre, ohne mich zu beklagen, doch erst auf seinem Sterbebett bemerkte William Sinclair, dass er keine Gelegenheit gehabt hatte, die Schuld zu begleichen. Er stellte fest, dass ich nie krank war, nie verwundet wurde, dass er nie eine Chance gehabt hatte, mir eine Gefälligkeit zu erweisen."

Ruari stieß einen Seufzer aus und sah sich mit einem bedauernden Blick um. „Ich glaube, wenn wir je mit einem Schiff gereist wären, hätte er diese Gelegenheit wahrscheinlich bekommen, aber er blieb immer in der Nähe von Blackleith." Der ältere Mann starrte Erik an und lächelte schwach. „Ich danke dir, Junge, dass du mir Freundlichkeit gezeigt hast, wenn andere sich möglicherweise abgewandt hätten. Du übertriffst deinen Vater noch, darauf kannst du dich verlassen."

Ruari stieg die Leiter hinunter, kam jedoch auf seinen wackligen Beinen nur langsam voran. Viviennes Haar löste sich aus ihrem Zopf und der Wind biss ihr ins Gesicht. Sie beobachtete Erik und sah, dass er über die Worte des älteren Mannes gerührt war.

Als er ihr bedeutete, dass sie als Nächste die Leiter hinuntersteigen sollte, legte sie eine Hand auf seinen Arm, lehnte sich zu ihm hinüber und wisperte ihm zu: „Rosamunde bietet uns ihre Kabine an, damit wir uns weiter bemühen können, deinen Sohn zu zeugen."

Erik sah schockiert aus. „Du hast ihr davon erzählt?"

Vivienne richtete sich auf. „Meine Tante weiß, was es bedeutet, das Ziel eines anderen als erstrebenswert zu erachten, und sie kennt die Tragweite eines gegebenen Wortes."

Erik schaute weg, dann zurück zu Vivienne. Der Regen ließ sein blondes Haar dunkler erscheinen. Seine Augen wirkten leuchtender blau als zuvor und wieder spürte Vivienne seine Lebenskraft.

Sie hatte keinen Zweifel, dass er ihren Vorschlag verlockend fand, und verstand nicht, warum er zögerte, ihn anzunehmen.

„Du wünschst dir doch diesen Sohn."

„Ich bitte dich nur, zu bedenken, was du tust, bevor du es tust."

„Ich habe bereits zugesagt, ein Jahr und einen Tag auf dieses Ziel zu verwenden."

Er betrachtete sie weiter und sie wusste, er war noch nicht überzeugt.

„Warum hast du mich mitgenommen, wenn du nicht vorhattest, das Bett mit mir zu teilen?"

„Weil dein Schoß vielleicht schon Frucht trägt und ich habe die Verantwortung für dich, bis wir es genau wissen."

Das war kaum ein herzerwärmender Gedanke. Trotzdem ließ Vivienne sich nicht davon verunsichern, denn seine Augen blickten so lebhaft, dass dies seinen gleichgültigen Ton Lügen strafte.

Sie legte eine Hand auf seinen Arm. Dabei fühlte sie, wie Erik sich versteifte. Sie schaute ihm in die Augen und ihre Fingerspitzen beschrieben liebkosend einen Kreis auf seiner Haut. Sie wusste nicht, wie man einen Mann verführte, doch sie versuchte, ihren Eifer für den Liebesakt zu zeigen, und ging in dem gleichen langsamen Tempo vor, das er angeschlagen hatte, um ihre Leidenschaft zu wecken.

Erik schluckte sichtbar und sie dachte, er bisse die Zähne zusammen. „Es ist nicht notwendig, diesen Akt zu vollziehen", sagte er. „Wir können alles so lassen, wie es ist. Wenn du ein Kind gebierst, werde ich Anspruch darauf erheben. Wenn nicht, kannst du bei deiner Tante bleiben."

„Ich würde mich nicht nur auf das verlassen, was wir bereits gemacht haben." Vivienne schob sich enger an Erik heran, sodass sich ihr Busen über seinen Unterarm schob. Ihr Kleid war noch nass, ihre Haut kühl genug, dass ihre Knospen hart geworden waren. Sie rieb ihre Brüste über seinen starken, muskulösen Arm und diese Bewegung ließ ihre eigene Haut vor Verlangen prickeln und sie hörte, wie er die Luft anhielt.

„Komm in mein Bett, Erik Sinclair", flüsterte sie und bemerkte, wie eine Flamme in seinem Blick aufloderte.

„Lieber nicht."

„Ich bin deine beste Chance, in aller Eile einen Sohn zu zeugen", murmelte Vivienne. Sie ließ ihre Fingerspitze über seine Lippen gleiten, den Blick fest auf ihn gerichtet. Sie spürte, wie ihn ein Zittern überlief, und erschauerte selbst angesichts ihrer eigenen Kühnheit. Dann wandte sie sich um und stieg die Leiter hinunter. Dabei hoffte sie verzweifelt, dass er ihr Angebot annehmen würde.

Rosamunde schaute von ihrem Platz im Bauch des Schiffes hoch und nickte einmal. Vivienne war sicher, dass ihre Tante an Deck zurückkehren würde, um den Himmel und die See im Blick zu behalten. In der Zwischenzeit rieb Ruari mit einem Tuch über sein nasses Haar und umarmte mit dem anderen Arm einen stabilen Eimer, der neben ihm stand. Eine Feuerschale qualmte und erfüllte den Raum mit Wärme, auch wenn der Rauch in Viviennes Augen brannte. Viele der Seeleute unter Deck schlummerten oder schnitzten etwas und nahmen ihre Freizeit, solange sie es konnten.

Padraig hockte neben der Feuerschale. Nun erhob er sich und bot Ruari einen dampfenden Becher mit irgendeinem Trunk an. Ruari roch vorsichtig daran, bevor er das Gebräu mit einem dankbaren Lächeln annahm.

Vivienne wartete am Fuß der Leiter, bange, was Erik nun tun würde. Würde er sie abweisen, nachdem sie so kühn gewesen war? Er trat neben sie und betrachtete die anderen Männer nur kurz, ehe sein Blick bei Ruari verweilte. Der ältere Mann winkte, als wollte er ihn beruhigen. Dass Erik nicht an Ruaris Seite eilte, genügte. Mehr Ermutigung brauchte Vivienne nicht.

„Ich begehre dich", wisperte sie und sah, dass das Feuer in Eriks Augen erneut aufflammte, genau wie Rosamunde es vorhergesagt hatte. Sie nahm seine Hand in ihre, lächelte über die unterschiedliche Größe und zog ihn Richtung Rosamundes Kammer.

Zu ihrem Entzücken folgte er ihr. Seine Augen waren jetzt von einem so dunklen Blau, dass sie beinahe schwelten.

ERIK WAR WIEDER wie verzaubert und es war ihm egal. Viviennes Haar war dunkel gefleckt vom Regen und Tropfen glitzerten auf ihren Wangen wie Tau auf Blütenblättern. Sie schloss die Tür zur Kammer hinter sich ab und lehnte sich dagegen. Dabei beäugte sie ihn durch ihre Wimpern. Es faszinierte ihn, wie sie gleichzeitig so scheu und so keck aussehen konnte, so unschuldig und doch so aufreizend, aber es gelang ihr mit Leichtigkeit.

Er hatte geglaubt, stark genug zu sein, um auf dieser Reise Abstand von ihr zu halten, doch ihr Verlangen nach ihm, selbst wenn es vorgetäuscht sein sollte, konnte er unmöglich ignorieren. Widerstand gegen ihre Reize war zwecklos, wenn sein Körper bereits Partei für ihre Seite ergriffen hatte.

Außerdem – daran erinnerte er sich – war der Schaden bereits angerichtet. Sie war nicht mehr unschuldig. Es gab nichts mehr zu verlieren, wenn er ihre Einladung annahm, dafür aber die Chance, mit einem Sohn belohnt zu werden.

Zumindest redete Erik sich das ein.

Rosamundes Kammer war einfach gestaltet. Es war bloß eine vom Rest des Frachtraums abgetrennte Kabine. Die Wände waren gebogen und aus Holz – wie das gesamte Schiff – und alles schaukelte auf beruhigende Weise. Zwei Laternen waren am hinteren Ende befestigt. Die Flammen brannten weit genug von der Wand entfernt und die Ölbehälter zu klein, um eine Feuergefahr darzustellen, wenn Öl verschüttet wurde. Erik konnte hören, wie der Regen gleichmäßig auf das Deck über ihren Köpfen prasselte, wodurch der Raum noch mehr wie ein heimeliger Zufluchtsort wirkte.

Es stand wenig in der Kammer außer einem Bett, das in den Rumpf des Schiffes eingebaut war. Es hatte einen breiten Rand, sodass man auch bei rauester See nicht hinausfallen würde. Das Bett war groß genug für zwei Personen, obwohl jemand mit Eriks Größe sich zusammenrollen musste, um hineinzupassen.

Die Matratze war dick und offensichtlich mit Daunen gefüllt, was Rosamundes Vorliebe für Luxus verriet. Dutzende von Fellen verteilten sich auf dem Bett, die seidigen Pelze in den verschiedensten Farbtönen waren bunt zusammengewürfelt. Erik konnte die Tiere nicht identifizieren, die sie einst geschmückt haben mussten, denn kein Wolf oder Eichhörnchen wies solche Streifen und Flecken auf.

Bettzeug aus Samt und Seide lag zusammengefaltet an einem Ende. Die Vorhänge aus fein gewebter Wolle ließen sich zuziehen und bildeten so eine weitere Abschottung gegen den übrigen Raum unter Deck. Kissen in allen Formen und Farben lagen auf dem Bett und auf dem Boden verstreut. Vivienne und Erik standen schweigend da und starrten dieses wunderbare Bett an, während Erik sich vorstellte, was sie darauf anstellen könnten. Die Luft schien von der Hitze seiner Begierde zu flimmern.

Doch er würde darauf warten, dass die Lady ihn bat, erneut zwischen ihre Beine zu kommen. Dass sie so kurz nach ihrer kühnen Einladung zögerte, erweckte Zweifel in ihm, ob sie wirklich nach ihm verlangte. Später sollte es keine Klage gegen ihn erhoben werden, er hätte sie gegen ihren Willen genommen.

Erik würde warten, selbst wenn es ihn beinahe umbrachte.

Ein Klopfen an der Tür ließ sie beide zusammenfahren, dann schob Vivienne den Riegel zurück. Rosamunde stand vor der Kabine, ein wissendes Lächeln auf ihren Lippen. Sie brachte einen Eimer mit dampfend heißem Wasser und einen großen, unregelmäßig geformten goldenen Ball. Er schien porös zu sein.

„Ein Schwamm", erklärte sie, als sie Eriks Verwunderung sah. „Und Wasser zum Waschen. In der Schublade unter dem Bett ist Rosenöl, falls ihr Duft wünscht, und auch Honig, wenn ihr Verführung wollt."

Honig?

Erik nahm den Eimer und schaute tief ins dampfende Wasser hinein, während er darüber nachdachte, was man mit Honig alles machen könnte. Vivienne nahm den Schwamm. Sie tauchte ihn in den Eimer, dann drückte sie ihn aus, sodass Wasser herausströmte. Sie lachte und wiederholte das, offensichtlich war ihr dieses Wunderwerk genauso unbekannt wie ihm.

Rosamunde lächelte, ihre Augen blitzten schalkhaft. „Ich werde euch nur stören, wenn ich etwas zu essen bringe", sagte sie, zwinkerte ihnen zu und schloss die Tür wieder.

Vivienne holte tief Luft, sodass sich ihre Brüste hoben, dann schaute sie zu Erik auf. In ihren Augen stand derselbe Schalk wie in Rosamundes.

„Honig", wiederholte sie und grinste frech. „Allerdings würde ich mich vor einer solchen Verführung gern reinigen." Sie schob den Riegel wieder vor.

Erik stellte den Eimer in eine Halterung, die er am Boden entdeckt hatte, dann blickte er Vivienne wieder an. Sie betrachtete ihn mit einem Lächeln, das ihn bis in die Zehenspitzen erwärmte, und bevor er etwas sagen konnte, hob sie die Hand zur Schnalle ihres Umhangs.

„Du hast immer Leidenschaft in mir geweckt", flüsterte sie. „Nun möchte ich dich gleichermaßen verführen." Ihr Umhang glitt zu Boden, wobei sie Erik nicht aus den Augen ließ. Der wusste, dass er nicht verführt zu werden brauchte, sein Körper war bereits ganz und gar bereit, doch er richtete sich nach Viviennes Tempo. Sie setzte eine Fingerspitze mitten auf seiner Brust auf. „Du brauchst nur dazustehen und zuzuschauen. Ich mache den Rest."

Erik begriff, dass Vivienne sich vor ihm entkleiden wollte, und ihm wurde der Mund trocken. Er benötigte keinen Honig, nur das Funkeln in ihren Augen und das einladende Lächeln, bei dem sich ihre Mundwinkel hoben.

Es kostete ihn Mühe, ruhig dazustehen und zuzusehen, wie sie sich mit frustrierender Langsamkeit ihrer Kleidung entledigte.

Sie löste die Schnur an der einen Seite ihres Kleides und ließ sich verdammt viel Zeit beim Herausziehen. Sie bedachte ihn mit einem Lächeln, dann zog sie mit aufreizender Bedächtigkeit die Schnur auf der anderen Seite aus jeder Öse. Als das Kleid offen hing, hob sie den Saum langsam, Stück für Stück, und enthüllte zuerst ihre Knöchel, die sich als Schatten unter dem Hemd abzeichneten, dann ihre schön geformten Waden.

Diese Frau war geradezu dafür gemacht, ihn zu verlocken, dessen war sich Erik sicher. Er ballte die Fäuste und schaute weiter zu.

Nachdem sie das Kleidungsstück entnervend langsam noch höher gehoben hatte, zog sie es schließlich über den Kopf und warf es beiseite. Durch das feine Leinen ihrer Chemise konnte Erik ihre rosigen Brustwarzen sehen, die sich keck aufgerichtet hatten, und den rotbraunen Schatten von Schamhaar zwischen ihren Schenkeln. Ihre Rundungen konnte er durch das Tuch nur als verführerische Umrisse erkennen.

Erik wollte sein eigenes Wams öffnen, doch Vivienne ergriff seine Hände, um ihn zurückzuhalten. „Lass mich das machen", wisperte sie. Ihre Augen waren so dunkel von Verlangen, dass ihm die Knie weich wurden. Sie küsste seine Fingerknöchel, einen nach dem anderen, ihre weichen Lippen schenkten ihnen reichlich Aufmerksamkeit. Dann küsste sie seine Handflächen und stieß mit ihrer Zungenspitze unerwartet gegen seine Haut.

„Vivienne!" Er knurrte es beinahe, doch sie beeilte sich nicht. Ihre Zungenspitze schnellte zwischen seine Finger und er reagierte so stark, dass er nach Luft schnappen musste.

Vielleicht stammte sie wirklich von einer Linie von Zauberern ab, denn sein Verlangen nach ihr schien nie gestillt. Stattdessen wurde es jedes Mal stärker, wenn sie miteinander im Bett waren, jedes Mal, wenn er sie schmeckte.

Vivienne lächelte und löste sich von ihm. Dann öffnete sie mit derselben Bedächtigkeit die Schnur ihrer Chemise. Erik schluckte, fasziniert von jedem Stückchen zarter Haut, das sichtbar wurde. In schmerzhafter Langsamkeit öffnete sie die unzähligen Knöpfe an den Ärmeln. Endlich fiel die Chemise ebenfalls zu Boden und bauschte sich um ihre Knöchel wie eine Wolke unter den Füßen eines Engels.

Vivienne trat anmutig aus dem Stoff heraus, dann schüttelte sie die Chemise aus und hängte sie mit größerer Sorgfalt an einen Haken, als seiner Meinung nach angemessen war. Sie musste sich nach diesem Haken recken und streckte dabei ein Bein nach hinten. Er bewunderte die Rundung ihrer Pobacken und die bezaubernde Linie ihres Rückens. Für einen Augenblick erwog er, sie um ihre schmale Taille zu fassen und seine Qual zu beenden, doch dann schenkte sie ihm solch ein Lächeln, dass er diesen Gedanken aufgab.

Sie genoss diese Verführung und er war nicht Schuft genug, um ihr dies zu versagen.

Vivienne hob ihr Kleid und ihren Umhang auf und hängte sie ebenfalls an den Haken. Dabei gestattete sie ihm einen so ausführlichen Blick auf ihre Pobacken, dass Erik vermutete, sie spürte seinen Blick auf ihrem Körper. Er bewunderte, wie stark ihre glatten Beine aussahen, und sein fiebriges Begehren steigerte sich noch mehr.

Sie schenkte ihm ein kokettes Lächeln, als sie begann, ihr Haar zu lösen. Sie stand vor ihm, nur mit Strümpfen, Strumpfbändern und

Stiefeln bekleidet, und zog das Band am Ende ihres Zopfes auf. Wie immer bändigte der ohnehin nur ein Drittel ihres Haares. Der Rest hatte sich schon vorher aus seinen Fesseln gelöst und lockte sich um ihr Gesicht.

Er musste sie bewundern, er konnte nicht anders, und er versuchte nicht, seine Ehrfurcht vor ihrer Schönheit zu verbergen. Viviennes Lächeln wurde breiter und diesmal machte es Erik nichts aus, dass jemand anders seine Gedanken so leicht lesen konnte. Vivienne legte ihren Kopf zurück und schüttelte mit geschlossenen Augen ihr Haar, während er hungrig zuschaute.

Er lehnte sich nach vorn und küsste ihre Halskuhle. Sie keuchte auf und er küsste besitzergreifend ihren Mund, wobei er seine Hand in Taillenhöhe über ihren Rücken wandern ließ. Als er die Finger hob und an ihre Wange legte, spürte er, wie ihr Puls auf höchst verlockende Weise heftig pochte.

Erik ließ sie los und trat zurück. Er war sehr zufrieden, dass er ihr diese Röte in die Wangen getrieben und ihre Augen zum Glänzen gebracht hatte.

Tatsächlich zeigte sich, dass diese ungewohnten Beinlinge einen deutlichen Nachteil gegenüber seiner üblichen Kleidung aufwiesen. Sie boten wenig Raum für die begeisterte Reaktion seines Körpers auf Vivienne und er sehnte sich erneut nach der Bequemlichkeit seines lockeren Hemdes und der langen Bahn aus Schottenstoff, die von einem Gürtel gehalten wurde.

Vivienne griff nach der Schnur seines Wamses. Sie warf ihm einen Blick durch ihre Wimpern zu und bedachte ihn mit einem sinnlichen Lächeln. Sie war errötet, jungfräulicher, als ihr wohl lieb gewesen wäre, doch Erik fand diesen Gegensatz äußerst anziehend.

Sie löste die Schnur, Loch für Loch, dann zog sie sie ganz heraus und warf sie beiseite. Danach schob sie ihre Hände unter das Kleidungsstück aus gekochtem Leder und spreizte ihre Finger, als sie die Hände über seine Brust wandern ließ. Er neigte den Kopf, konnte der Gelegenheit, sie zu küssen, nicht widerstehen, doch sie wich seinen Lippen aus und küsste stattdessen die Kuhle in seinem Hals.

Dem Wams folgte sein Hemd, das aufreizend langsam geöffnet

wurde. Danach drängte sie ihn spielerisch aufs Bett, setzte sich mit dem Rücken zu ihm auf ein Bein und zog ihm den Stiefel aus. Ihre Pobacken berührten seinen Oberschenkel, der schöne Schwung ihrer Hüften verlockten ihn, sie anzufassen. Er legte seine Hände um ihre Mitte und zog sie hoch auf seinen Schoß. Er stahl ihr noch einen tiefen Kuss, bevor sie sich erneut aus seiner Umarmung wand.

Sie war atemlos, als sie ihm tadelnd mit der Fingerspitze auf die Nase tippte, und ihre Augen glitzerten. „Du sollst verführt werden und nicht selbst verführen."

„Ich bin doch bereits verführt", wandte er ein. „Deine Aufgabe ist erfüllt."

„Ich habe soeben erst damit begonnen", gab sie zurück. Sie bewegte sich so auf seinem Schoß, dass sie den Beweis für seine Erregung spüren musste. Dann stand sie jedoch wieder auf, setzte sich auf das andere Bein und ihre Hände schlossen sich um den zweiten Stiefel.

Wieder gehorchte Erik ihren Anweisungen nicht. Er fasste sie um die Taille. Ihm gefiel, dass seine Hände sie fast ganz umspannten. Das Schaukeln des Schiffes kam ihm zu Hilfe. Vivienne drehte sich zu ihm um und fiel zurück auf seinen Schoß. Erik legte seine Hand in ihren Nacken und umschlang ihre Mitte mit dem anderen Arm. Dabei küsste er sie ausgiebig. Sie wölbte sich ihm entgegen, ihre Zunge tanzte mit seiner, sie schob ihre Finger in sein Haar, als sie zusammen über das Bett rollten.

Er liebte es, dass sie nicht schüchtern war, dass sie ihm ihre Leidenschaft nicht vorenthielt. Er liebte es, dass sie so feurig auf seine Liebkosungen reagierte und ihr Liebesspiel genauso genoss wie er.

Vivienne lachte und ihre Augen funkelten, als sie ihren Kuss unterbrach. Sie streckte sich auf Erik aus und stützte ihre Hände auf seinen Schultern ab. „Was für ein weiches Bett", murmelte sie. „Wir werden hier gut schlafen."

„Möglicherweise schlafen wir überhaupt nicht", erwiderte Erik, dann rollte er sich herum, sodass sie unter ihm zu liegen kam. Er küsste sie wieder ausgiebig und sie erwiderte seine Liebkosungen.

Sie war rot im Gesicht und lächelte, als er seinen Kopf hob, dennoch drohte sie ihm mit dem Finger. „Du solltest doch nichts tun", protestierte sie.

Erik zog ihr einen Stiefel aus und schloss seine Finger um ihren Knöchel. Er beugte sich nach unten, um ihre Strumpfbänder mit den Zähnen zu lösen. Vivienne keuchte auf, als er langsam mit dem Daumen im Kreis über ihren Knöchel rieb, und stöhnte vor Lust, als er ihre Kniekehle küsste. Es dauerte eine Weile, bis er beide Strumpfbänder und Strümpfe entfernt hatte, doch die Lady beschwerte sich nicht.

Er wurde nur einen Herzschlag lang vorgewarnt, sah nur für einen Moment den Mutwillen in ihren Augen, bevor sie sich hinunterneigte und die Schnüre seiner Beinlinge mit den Zähnen aufzog. Er fürchtete, dass er das Gewebe zerreißen würde, dass die Beinlinge des Earls von Sutherland seine Erregung nicht im Zaum halten könnten. Dass Vivienne ihn durch den Stoff liebkoste, ihn mit den Fingerspitzen reizte, machte ihn beinahe wahnsinnig.

Er lehnte sich zurück, biss die Zähne zusammen und ließ sie tun, was sie wollte, damit er sie überraschen konnte, wenn sie mit ihm fertig war. Sie quälte ihn, folgte seinem Beispiel, indem sie seine Kniekehlen küsste, während sie die Beinlinge hinunterschob. Kaum waren sie auf dem Boden gelandet, griff Erik schon nach ihr, doch sie stand bereits wieder auf ihren Füßen.

Sie öffnete die Schublade unter dem Bett und nagte in entzückender Konzentration an ihrer Unterlippe, während sie den Inhalt durchforstete. Sie rümpfte die Nase über das Etikett der ersten Flasche, die sie herausnahm, legte sie zurück und hob eine andere hoch. Sie zog den Stopfen heraus und es roch in der Kammer nach Rosen in voller Blüte. Vivienne goss reichlich von dem Duftöl ins heiße Wasser, doch Erik erhob Einspruch: „Ich werde riechen, als wäre ich in einem Bordell gewesen!"

„Wer außer mir wird dich riechen?"

„Ruari zum Beispiel."

„Aber gerade er wird doch wissen, dass du nicht in einem Bordell gewesen sein kannst." Sie tauchte den Schwamm ins Wasser und drückte ihn aus, wobei sie Erik einen weiteren guten Blick auf ihre Pobacken gewährte. „Und er weiß besser als alle anderen, dass du einen Sohn brauchst. Wird er nicht denken, dass Rosenduft ein kleiner Preis dafür ist?" Sie stemmte eine Hand in ihre Hüfte, während sie ihn ansah, und das Licht der Laternen tauchte ihren Körper in die Farbe der Morgenröte. „Immerhin duftet das besser, als wir beide im Moment riechen."

„Das stimmt allerdings."

„Und ist es dir wirklich wichtig, was Ruari heute über deine Taten denkt?"

Erik musste zugeben, dass dem nicht so war. Er brauchte es nicht auszusprechen, denn nun, da er seine Beinlinge abgelegt hatte, waren seine Gedanken kein Geheimnis mehr.

Viviennes Augen glänzten, als sie sich entschlossen wieder auf das Bett kniete. Sie fuhr mit dem Schwamm über seine Brust und warme Wassertropfen hinterließen dort eine feuchte Spur. Dann liebkoste sie seine Erektion damit. Der Schwamm war weich und kitzelte leicht, ihre Finger waren warm, ihre Bewegungen kräftig. Erik entzog sich ihr, weil er sonst seinen Samen bestimmt zu früh vergossen hätte.

„Möchtest du nicht gewaschen werden?", fragte sie.

„Ich könnte es schneller selbst machen." Er hörte die Anspannung in seiner eigenen Stimme. Sie schloss die Hand mit dem Schwamm um seinen Penis und bewegte sie auf und ab, über die ganze Länge. Erik war klar, dass er nicht viel mehr von dieser Aufmerksamkeit ertragen konnte.

Dann beugte sich Vivienne über ihn, ihr Haar streifte seinen nackten Körper und sie küsste seine Kieferpartie. Ihre Berührungen wurden immer sicherer. Schließlich küsste sie ihn auf das Ohrläppchen. „Du hast mir da unten mit deiner Zunge Freude bereitet", flüsterte sie. „Es wird Zeit, dass ich mich revanchiere."

Bevor er protestieren konnte, glitt sie seine Brust hinab und presste ihre Lippen auf seine Erektion. Erik fiel zurück aufs Bett und stöhnte laut, als er begriff, dass er ihren leidenschaftlichen Überfall nicht verhindern konnte.

Und nun begann Vivienne wirklich, ihn lustvoll zu quälen. Erik wollte sie nicht zwingen, aufzuhören. Sie begegnete ihm mit einer wilden Hemmungslosigkeit, die ihr neu war, und gab sich mit frischem Elan ihrer beider Leidenschaft hin. Er war verzaubert, entzückt, verlor sich in ihrer Anziehungskraft.

Er gab sich dem Moment hin, machtlos, etwas anderes zu tun.

Es dauerte lang, bis sie einschlummerten, befriedigt, ihre Gliedmaßen ineinander verschlungen. Erik fühlte eine ungeheure Trägheit und seine Augen schlossen sich wie von selbst. Er zog die Felle über sich und Vivienne und genoss es, ihren weichen, warmen Körper neben sich zu spüren.

Sie schmiegte sich enger an ihn und legte ihre Lippen an sein Ohr. Er dachte, sie würde ihn küssen wollen, und lächelte unwillkürlich bei dieser Aussicht.

Stattdessen murmelte sie: „Ich liebe dich." Dass ihr diese Worte über die Lippen gekommen waren, hatte sie vielleicht gar nicht bemerkt, so schlaftrunken sprach sie.

Doch Eriks Augen flogen auf und danach war es ihm unmöglich, einzuschlafen. Er schaute sie ungläubig an, aber sie schlummerte friedlich ein. Er schaute stirnrunzelnd auf die gezimmerten Wände der Kabine und lauschte dem Regen und dem Echo dieser drei Worte in seinen Gedanken.

Hatte Vivienne gelogen, um ihn noch mehr zu umgarnen?

Oder schuldete er dieser Lady weit mehr als das, was er ihr bisher gewährt hatte? Erik konnte nicht sicher sein und diese Frage plagte ihn die ganze Nacht.

Mit drei gemurmelten Worten hatte Vivienne alles verändert.

KAPITEL 14

*E*twas stimmte nicht.

Vivienne wusste nicht, was es war, doch am Morgen erwachte sie allein in der Kammer. Auf der Suche nach Erik kletterte sie hinauf an Deck und sah, dass das Schiff von dichtem weißem Nebel umgeben war. Die Segel hingen feucht am Mast herunter und die See war spiegelglatt. Ein Seemann läutete in regelmäßigen Abständen eine Glocke, offensichtlich auf Rosamundes Befehl hin. Es gab noch nicht einmal die Spur eines Windhauchs, geschweige denn einer Menschenseele.

Sie hätten über den Rand der Welt gesegelt sein können. Schlimmer noch, Erik schien entschlossen, sie zu meiden. Jedes Mal, wenn sie an seine Seite trat, ging er hastig weg und würdigte sie kaum eines Blickes.

Erik schien sich große Mühe zu geben, Vivienne auszuweichen, was keineswegs einfach war auf einem Schiff dieser Größe. Sie fühlte sich völlig verlassen, wenn er sie nicht berührte, ohne das kleinste Anzeichen von Zuneigung von ihm, und sie fragte sich, was sein Benehmen zu bedeuten hatte.

Was hatte sie getan?

Vivienne fürchtete, dass die Änderung in seinem Verhalten weniger mit ihr als mit der Aussicht zu tun hatte, nach Hause zu kommen. Zweifellos war dadurch die Erinnerung an Beatrice stärker geworden. Vivienne vermutete, dass Erik sich von ihr abwandte, weil er die Liebe nicht beschmutzen wollte, die er der Mutter seiner beiden geliebten Töchter geschworen hatte.

Das war nicht der Lohn, der einer treuen Geliebten in all den Geschichten gewährt wurde, die Vivienne kannte! Sie hatten sich mit einem Handfasting aneinander gebunden und sie jedenfalls hatte nicht die Absicht, dies zu vergessen.

Rosamunde zuckte nur die Schultern wegen des Wetters und die Seeleute gingen entspannt damit um. Am zweiten Tag fingen jedoch einige Matrosen an zu murren und am dritten war deutlich unzufriedenes Gemurmel zu hören.

Das Wetter machte allerdings keine Anstalten, sich zu ändern, und Erik begann, auf dem Deck hin und her zu laufen. Zweifellos wartete er ungeduldig darauf, die Angelegenheiten auf Blackleith erledigen zu können.

Schlimmer war noch, dass Rosamunde ihren Kompass nicht finden konnte, obwohl sie schwor, dass sie ihn immer an demselben Ort aufbewahrte. Keiner der Männer auf dem Schiff gab zu, ihn bewegt zu haben, und Rosamunde suchte zunehmend übel gelaunt danach.

Am fünften Tag fand sie ihn genau da, wo er die ganze Zeit hätte sein müssen.

Der Kompass war jedoch nutzlos. Er schien verhext zu sein. Vivienne schaute verwundert zu, wie Rosamunde ihn hochhielt und er sich pausenlos im Kreis drehte. Der Kompass war nicht in der Lage, den Nordpol anzuzeigen.

Die Seeleute begannen, über Hexerei zu munkeln, und dieses eine Mal hielt Ruari den Mund. Erik lief noch energischer auf und ab, seine unregelmäßigen Schritte hallten bis spät in die Nacht auf dem Deck wider.

Kaum war der Kompass wiederaufgetaucht, konnte Rosamunde ihre Aufzeichnungen nicht finden. Weil sie sich nicht auf die Beobachtungen anderer Seeleute verlassen wollte, hatte sie ihre zahlreichen eigenen Erfahrungen zusammengetragen und die

Windrichtungen an bestimmten Orten notiert und die Form der Küsten aufgezeichnet. Sie war oft zwischen Ravensmuir und Sizilien gesegelt und das Buch enthielt alle ihre Beobachtungen, damit sie sich besser orientieren konnte nach solch einem Sturm, wie sie ihn gerade erlebt hatten.

Doch dieses Buch war nicht aufzufinden. Wieder gab keiner in der Mannschaft zu, es angerührt, geschweige denn von dem sicheren Platz in Rosamundes Kabine weggenommen zu haben. Ruari half Rosamunde, das ganze Schiff abzusuchen, und das taten sie mit verbissener Ausdauer, doch vergeblich.

Am achten Tag tauchte das Buch genau an der Stelle auf, wo es die ganze Zeit über hätte liegen müssen.

Doch alle Notizen über die Nordsee waren entfernt worden.

Kein Unwetter hatte je so gewütet wie Rosamunde in ihrem Zorn über diese Geschehnisse. Sogar Padraig, der in ihrer Gegenwart immer kühn auftrat, wich ihr an diesem Tag offensichtlich aus. Rosamunde durchwühlte jeden Winkel des Schiffes, sie ließ Schachteln auspacken und Fässer umdrehen, sie kippte die Schubladen in ihrer Kabine aus und erklärte sich berechtigt, die Habseligkeiten aller Männer zu durchforsten. Sie verhörte jedes Lebewesen auf diesem Schiff.

Alles umsonst.

Vivienne begann zu fürchten, dass sie nie wieder Land sehen würden.

NATÜRLICH LIEß Rosamunde ein kleines magisches Wesen bei ihren Verhören aus. Die Spriggan Darg wusste, wo die Seiten des Buches waren, denn sie hatte sie versteckt. Sie hatte auch den Kompass verhext. Diese Spriggan lachte herzlich über den Erfolg ihrer Taten.

Erik war es, der das schwache Echo davon hörte, Erik, der es besser wusste, als an unsichtbare Dinge zu glauben. Und der nicht fassen konnte, dass jemand kühn genug war, sich auf Rosamundes Kosten lustig zu machen. Er hörte dieses Echo der Fröhlichkeit mitten in der Nacht, als alle anderen schlummerten und er allein an Deck auf und ab ging.

Er fürchtete, den Verstand und damit den letzten seiner mageren Vorzüge verloren zu haben.

Am zehnten Morgen rief eine verstörte Rosamunde sie alle in ihrer Kammer zusammen. Erik sorgte dafür, dass zwischen ihm und Vivienne genug Abstand war. Sie schaute ihn verwirrt an, verunsichert über sein zugeknöpftes Verhalten.

Auf keinen Fall wollte Erik ihr dies erklären. Nähe zu Vivienne würde seine Gedanken zerstreuen und dazu führen, dass Wollust seine Fähigkeit verringerte, alles angemessen zu bedenken, was er wusste. Er wagte noch nicht einmal eine flüchtige Berührung und wünschte, es gäbe eine Möglichkeit, um jetzt festzustellen, ob sein Same in ihr aufging, denn dann wären seine Verpflichtungen klar. Noch dringender wünschte er sich, er könnte sicher sein, dass er nicht überschnappte.

Vivienne hatte ein anderes Kleid angezogen, wahrscheinlich ein Geschenk von Rosamunde, und Erik zweifelte nicht, dass es ihn verführen sollte. Und das tat es auch fast. Das ockerfarbene Gewand war so geschnitten, dass es ihre ausgeprägten Rundungen unterstrich und sie noch kühner zur Schau stellte als ihr vorheriges Kleid. Die Säume und Ärmelaufschläge waren reich in blauen und grünen Farbtönen bestickt und ihre neue Chemise schien safrangelb zu sein. Ihr Haar war über ihre Schultern gekämmt und die rotbraunen Locken glänzten in dem Licht, das die Kabine erleuchtete.

Begierde loderte wie eine Stichflamme in Erik auf und er war gezwungen, wegzusehen. Im Geiste hörte er erneut ihr schlaftrunkenes Liebesgeständnis und war bis ins Innerste aufgewühlt.

„Ich weiß nicht, was wir tun sollen", gestand Rosamunde der kleinen Gruppe, die sich in ihrer Kabine versammelt hatte. „Ohne meine Aufzeichnungen kann ich nicht sicher sagen, wo wir uns befinden. Ohne unseren Aufenthaltsort zu kennen, kann ich keinen Kurs festlegen. Wir können nicht ewig auf dem Meer treiben, aber wir können es auch nicht wagen, an feindlichen Ufern an Land zu gehen."

„Gibt es hier so viele feindliche Häfen?", fragte Erik und wurde dafür mit einem harten Blick bedacht.

„Ich habe jahrzehntelang einen gefährlichen Handel getrieben", erwiderte Rosamunde kurz angebunden. „Daher gibt es mehr feindlich als freundlich gesinnte Häfen, zumindest, was mich betrifft." Sie lief aufgebracht in der Kammer auf und ab. „So etwas ist mir noch nie passiert", murmelte sie, dabei war ihre Verärgerung mehr als deutlich. „Irgendein Idiot spielt mir einen Streich und er wird teuer für diese Unverfrorenheit bezahlen."

„Könnte sich einer Eurer Feinde auf diesem Schiff versteckt halten?", wollte Erik wissen.

„Wo?" Rosamunde machte eine schwungvolle Armbewegung. „Hier gibt es kein Versteck."

Da war sich Erik nicht so sicher, wenn er von den Erfahrungen ausging, die er mit Verrat gemacht hatte. „Könnte einer Eurer Männer mit Geld oder einer ähnlichen Gegenleistung in Versuchung geführt worden sein, einem anderen zu dienen?"

Rosamunde dachte nach. „Es ist möglich, wenn auch unwahrscheinlich. Padraig und ich sind beide dafür bekannt, dass wir unsere Männer gut entlohnen und dafür sorgen, dass alle offenen Schulden vollständig beglichen werden."

„Mehr als das", ergänzte Padraig mit grimmigem Gesicht. „Nur wenige würden es wagen, uns heutzutage zu hintergehen."

Rosamunde und Padraig wechselten einen Blick und Erik vermutete, dass sie in ihrem Leben ein gerüttelt Maß an Rache geübt hatten.

Er jedenfalls hätte sie nicht herausgefordert. Er wusste es besser, als nach Einzelheiten zu fragen, und entschied sich dafür, sie beim Wort zu nehmen.

Vivienne biss sich auf die Lippe, als ob sie wüsste, dass ihr Vorschlag nicht willkommen sein würde, dann sagte sie: „Vielleicht begleitet uns die Spriggan Darg. Nur sie hegt einen Groll gegen dich."

„Und dazu noch ungerechtfertigterweise." Rosamundes Augen funkelten wütend. „Ich habe Elizabeth gesagt, sie soll ihre Fee im

Zaum halten. Ich kann den Schatz nicht nach Ravensmuir zurückbringen, nicht jetzt, also kann ich keinen Handel mit ihr abschließen."

„Aber was ist mit Eurem Ring?" Erik hatte Rosamundes leeren Finger bemerkt. „Der Silberring, den die Spriggan als ihren Anteil verlangt hat? Wenn Ihr ihn der Fee übergeben habt, hat sie doch sicher keinen Grund, sich zu beklagen."

Rosamundes Augen verengten sich, doch bevor sie antworten konnte, wandte sich Vivienne verwundert Erik zu. „Du erkennst die Existenz der Spriggan an?"

Erik hatte die Spriggan gefühlt, als sie sich im Seetang verfangen hatte, und er war ziemlich sicher, von wem das bösartige Lachen stammte, das er seitdem gehört hatte. Er war jedoch nicht bereit, dies offen zuzugeben und ging deshalb nicht auf Viviennes Frage ein.

Zu seiner Überraschung errötete Rosamunde wie ein Mädchen und senkte den Blick. „Der Ring ist weg. Ich besitze ihn nicht mehr."

„Aber wenn Ihr ihn der Spriggan gegeben habt, sollte es keinen Streitpunkt mehr geben", setzte Erik vorsichtig hinzu.

Ruari schnaubte. „Feen sind unberechenbare Wesen. Nichts spricht dafür, dass diese Darg die Abmachung einhalten würde, selbst wenn sie den Handel sofort akzeptiert hätte, und erst recht nicht Tage nach dem Abschluss."

Aber Rosamundes Unbehagen fand Erik interessant.

„Es stand mir nicht zu, ihr den Ring auszuhändigen", sagte sie schroff. Ihr Blick flackerte, als ob sie lieber überall hinsehen würde, nur nicht zu den anderen. „Er wurde seinem rechtmäßigen Besitzer zurückgegeben. Damit ist er sowohl meinem als auch dem Zugriff dieser Spriggan entzogen."

Erik hörte einen leisen Schrei, der Frustration zu verraten schien. Er überlegte, dass Darg darauf bestehen könnte, dieser Ring gehörte rechtmäßig ihr.

„Was bedeutet", schloss er, „dass es keine Möglichkeit gibt, die Spriggan zufriedenzustellen, denn ihre Bedingungen sind unerfüllbar." Ein Gewicht landete auf seiner Schulter und er hörte nahe an seinem Ohr ein leises Gackern. Anscheinend plapperte die Spriggan etwas, um ihre Zustimmung auszudrücken, obwohl er ihre Worte nicht verstehen konnte.

Vielleicht sprach sie in einer ihm unbekannten Sprache.

„Der Ring ist auf Ravensmuir", gab Rosamunde zu. „Es ist nämlich Ravensmuirs Ring und gehört von Rechts wegen dorthin."

„Warum hast du ihn dort gelassen?", fragte Padraig. „Wir könnten für alle Zeit auf See verschollen bleiben, wenn du den Ring nicht hast, mit dem wir verhandeln könnten."

Rosamundes Wangen blieben rot und Erik vermutete, dass sie nur die halbe Geschichte erzählt hatte. „Ich dachte, diese Spriggan würde bei dem Ring bleiben und wir wären sie so ganz leicht los."

Padraig schüttelte den Kopf und rieb sich über die Stirn. „Stattdessen sind wir dem Untergang geweiht, dazu verdammt, auf See verloren zu gehen, weil die Fee ihren Anteil nicht bekommen kann." Er bedachte Rosamunde mit einem strengen Blick. „Es sei denn, du kannst einen anderen Handel abschließen, der dem Dämon zusagt."

Rosamunde schürzte die Lippen. Sie lief hin und her, runzelte die Stirn, verschränkte die Arme vor der Brust. Mit wachen Augen sah sie sich in der Kammer um und suchte offensichtlich nach irgendeinem Anzeichen, dass die Spriggan unter ihnen weilte.

Erik spürte, wie sich das leichte Gewicht auf seiner Schulter näher an seinen Hals verlagerte. Er wagte nicht, sich zu bewegen, denn er wusste nicht, was die Kreatur vorhatte. Eine winzige Klaue krallte sich in sein Ohrläppchen, dann klangen Worte in sein Ohr. Es waren Worte, die nicht von etwas so Menschlichem wie Atem getragen wurden, doch Worte, die er dennoch hörte.

Als er ihre Bedeutung erkannte, wiederholte er sie laut: *„Schulden sind zahlbar oder offen, auf Nachsicht von Feen könnt ihr nicht hoffen. Nur den Ring der Könige fordere ich, ganz gleich von welcher Hand, er ist für mich. Rosamunde mag tot oder lebendig sein, ich bekomme den Preis, er ist mein."*

„Seit wann sprichst du in Versen, Junge?" fragte Ruari sichtlich erstaunt. „Was soll dieser Unsinn? Du brauchst diesen Ring nicht."

Erik fühlte, wie es ihm im Nacken heiß wurde. „Es ist die Spriggan. Ich kann sie hören und dies sind ihre Worte. Ich wiederhole sie bloß.“

Vor Staunen öffnete Vivienne den Mund. „Du kannst die Spriggan sogar hören?“

„Es scheint so.“ Erik war es ziemlich peinlich, dass sich nun erwiesen hatte, wie sehr er sich getäuscht hatte, und dann auch noch vor allen anderen. Die kleine Klaue zupfte an seinem Ohrläppchen, dann hörte er das Wispern wieder: *„Schuld wird beglichen auf vielfache Weise, mit jedem Tag erhöh'n sich die Preise. Sag ihr, das Angebot muss sich wandeln. Bin ich auch Fee, so werd' ich doch handeln.“*

Erik wiederholte dies ebenfalls und die Anwesenden wechselten Blicke miteinander. Rosamunde seufzte und starrte einen langen Moment auf ihre Stiefel, bevor sie anhob: „Wenn ich nach Ravensmuir zurückkehre, was bedeuten würde, dass ich meinen Schwur breche, diese Schwelle nie wieder zu überschreiten –“

„Ein Schwur, den du aus freien Stücken bereits gebrochen hast“, warf Padraig ein und erntete einen finsteren Blick.

Rosamunde überkreuzte die Arme vor der Brust und sah ganz und gar unzufrieden aus mit dem, was sie sagen wollte. „Wenn ich das tue und wenn ich gelobe, dass ich versuchen werde, den Ring zurückzubekommen, während ich dort bin, wird die Spriggan uns dann helfen?“ Die Art, wie sie sprach, verriet, was sie über dieses Vorhaben dachte. „Solange wir auf See sind, gibt es keine Möglichkeit, den Ring zu beschaffen.“

Alle blickten erwartungsvoll zu Erik hinüber, doch er konnte kein Wispern hören. Sein Ohr wurde nicht mehr festgehalten und er spürte auch nicht mehr das Gewicht auf seiner Schulter. Er schaute sich um und suchte nach einem Hinweis, dass die Spriggan immer noch bei ihnen war. Er konnte Darg weder sehen noch einen Laut von ihr hören.

Sein Blick fiel auf Rosamundes Buch, das wieder einen dicken Stapel Pergamente enthielt. „Haben sich Eure Aufzeichnungen wiedergefunden?“

Rosamunde fuhr herum, keuchte auf und stürzte sich beinahe auf die Mappe. Ihre Miene hellte sich auf, als sie die Seiten darin durchblätterte. „Sie sind alle wieder da", sagte sie verwundert. „Und so säuberlich eingeordnet, als wären sie nie weg gewesen."

Die Glocke läutete stärker an Deck und die Seeleute schrien durcheinander. „Der Nebel lichtet sich", rief einer. „Er löst sich mit ungewöhnlicher Geschwindigkeit auf. Kommt und seht es euch an!"

Padraig hastete aus der Kabine, dann knarrte die Leiter, als er an Deck kletterte. „Ha!", schrie er, als er nur halb aus der Luke herausgestiegen war. „Er spricht die Wahrheit. Ich kann das Blau des Himmels sehen."

Rosamunde lachte laut. Sie umklammerte das Buch mit beiden Händen und hielt es hoch. „Wir segeln nach Schottland!", rief sie mit unübersehbarer Freude. „Wir brechen noch heute auf, erst nach Helmsdale und von dort nach Ravensmuir."

Padraig zog den Kopf wieder ein und bedachte Rosamunde mit einem grimmigen Blick, bevor er Erik anschaute. „Und Ihr könnt Eurer Fee erzählen, ich werde dafür sorgen, dass dieses Versprechen erfüllt wird."

„Du?", fragte Rosamunde lächelnd. „Dein Wort ist wenig wert."

„Ich mag die See lieben, aber nicht so sehr, dass ich darauf verschollen sein möchte", gab Padraig zurück. „Tatsächlich verliere ich die Lust an solchen Abenteuern. Ich werde diese Reise mit dir beenden, Rosamunde, denn das habe ich zugesagt, und das tue ich, obwohl auf mein Wort so wenig wert ist. Doch ich sehne mich nach der Sonne von Sizilien. Von dieser Insel werde ich nicht mehr fortsegeln."

Er kletterte danach ganz an Deck und ließ Rosamunde erstaunt zurück. Sie folgte ihm erst einen Moment später.

Ruari schaute Erik belustigt an und Vivienne schob sich vorsichtig näher an ihn heran. Sie lachte und ihre Augen blitzten.

„Also dich hat die Spriggan auserwählt", stellte Ruari höchst amüsiert fest.

„Darg schlägt sich auf unsere Seite, während wir dich davon überzeugen, dass es Unsichtbares gibt", fügte Vivienne hinzu.

„Es waren bloß ein oder zwei Verse", sagte Erik barsch, als ob sie eine Kleinigkeit aufbauschen würden, und beide lachten über sein Verhalten.

Ruari drohte ihm mit dem Finger. „Du kannst nicht gegen die Wahrheit ankämpfen, Junge, so viel steht fest. Wenn du leugnest, was alle anderen deutlich erkennen können, wird es dir auf die eine oder andere Weise auch deutlich gemacht werden.“

„Und du kannst eine Fee nicht austricksen“, fügte Vivienne hinzu. „Sogar Rosamunde hat das gelernt.“

„Wahrscheinlich hat er die Fee die ganze Zeit schon gesehen“, neckte Ruari ihn und warf Vivienne dann einen vielsagenden Blick zu. „Doch er wollte das Bett so viele Nächte wie möglich mit dir teilen. Schließlich warst du entschlossen, ihm die Macht des Unsichtbaren zu zeigen.“

Vivienne öffnete den Mund und schloss ihn wieder, ohne etwas zu sagen. Ihre wunderbaren Augen füllten sich mit Schatten, als sie Erik ansah.

Vielleicht wusste Ruari nicht, dass Erik und Vivienne das Bett nicht mehr teilten. Erik war das gleichgültig. Wegen seiner Bemerkung und der Enttäuschung der Lady verlor er in diesem Moment das Gefühl von Kameradschaft, das er eben noch empfunden hatte. „Nur ein Schuft würde einer ganzen Gesellschaft allein zu seinem eigenen Vergnügen solche Ungelegenheiten bereiten.“ Damit wandte er sich von Vivienne ab.

Nur ein Schuft raubte einer Maid die Jungfräulichkeit und heiratete sie dann nicht in allen Ehren. Es war, als würde Erik nicht nur die Stimme der Spriggan hören, sondern auch die seines Vaters.

Vielleicht war es nicht so überraschend, dass die Fee und sein Vater so entschieden einer Meinung waren, was Verpflichtungen anging.

DARG SCHIEN beträchtlichen Einfluss auf das Wetter zu haben. Der Wind änderte sich, sobald Rosamunde ihren neuen Handel mit der Spriggan abgeschlossen hatte, und das Schiff wurde förmlich zurück an die schottische Küste getrieben. Sie näherten sich dem Firth of Forth und die gesamte Mannschaft jubelte wie aus einem Mund, als die Küste in Sicht kam.

Das Ruder wurde mit vereinten Kräften gewendet und das Schiff segelte nordwärts. Sie kamen ungewöhnlich schnell voran und Vivienne wusste, dass Erik seine Heimat bald wiedersehen würde. Er stellte sich an die Reling, wies Ruari auf die eine oder andere Besonderheit der Küste hin und seine Aufregung war beinahe mit Händen zu greifen.

Erik würdigte Vivienne keines Blickes, obwohl sie mehrfach nachts im Schiffsbauch aufgewacht war und seinen Körper neben sich gespürt hatte. Er hatte sie nicht berührt, geschweige denn liebkost, aber der Wind war schneidend kalt und Vivienne war froh über seine Wärme.

Sie hoffte, sie würde mit der Zeit mehr von ihm bekommen, und betete, dass sie seinen Sohn bereits unter dem Herzen trug.

Doch als Vivienne die Wahrheit erfuhr, war es anders, als sie es sich gewünscht hatte. Mitten in der Nacht, als der fast noch volle Mond hoch über den klaren Himmel zog, erwachte sie und spürte ein warmes Rinnsal zwischen ihren Oberschenkeln. Sie schob die Decken beiseite und ließ das Mondlicht auf ihre Beine scheinen. Das rote Blut dort drehte ihr das Herz im Leibe um. Es gab keinen Zweifel mehr.

Es war ihr nicht gelungen, Eriks Sohn zu empfangen.

Viviennes Tränen flossen, weil sie versagt hatte. Sie war so sicher gewesen, dass sie mit ihren Bemühungen dafür sorgen würden, dass die Angelegenheit schnell geregelt wurde.

Sie säuberte sich hastig und band sich einen Streifen Leinenstoff um, dann wickelte sie sich fester in ihren Umhang. Erik atmete tief und regelmäßig und sie scheute sich, ihn mit solchen Nachrichten zu wecken. Sie kuschelte sich enger an seinen warmen Körper, denn in ihrer Enttäuschung fühlte sie die Kälte noch stärker. Sie beschloss, ihm erst am Morgen die Wahrheit zu sagen, und zwang sich dazu, wieder einzuschlafen.

In der Dunkelheit reifte ein Entschluss in ihr. Sie war weit davon entfernt, dieses Ziel aufzugeben. Während der Zeit ihres Handfastings gab es noch zwölf weitere Monde und das bedeutete zwölf weitere Chancen, einen Sohn zu empfangen.

Es war noch nicht alles verloren.

ERIK HATTE GEMERKT, dass Vivienne sich in der Nacht bewegt hatte. Er hatte sie vor Schreck aufkeuchen hören und durch die Wimpern beobachtet, wie sie das Blut auf ihren Oberschenkeln entdeckte. Er wusste, was dieses Blut bedeutete, und war enttäuscht, dass es kein bleibendes Band zwischen ihnen gab.

Ihre Bestürzung rührte ihn. Sie glaubte sich unbeobachtet und außerdem schien ihre Reaktion aus ihrem tiefsten Inneren zu kommen. Da begriff er, dass sie sich wirklich gewünscht hatte, seinen Sohn zu gebären, dass sie das Scheitern genauso stark empfand wie er, dass er ein Schuft gewesen war, an ihr zu zweifeln. Als sie sich wieder neben ihn ins Bett kuschelte, spürte er ihre Tränen, die auf seine Schultern fielen.

Vivienne hatte ihn nicht belogen. Dieser Wahrheit konnte er sich nicht entziehen. Entgegen seinen Erwartungen hatte sie ihre Familie belogen, und das hatte sie getan, um ihn bei seinem Bestreben zu unterstützen.

Als Gegenleistung hatte Erik alles genommen, was sie ihm anbot, und ihr nichts zurückgegeben.

Aber er hatte auch nichts zu geben, nicht bevor er Blackleith zurückforderte. Kein Mann konnte in Ehren anbieten, eine Frau zu ehelichen, ohne über Besitz und die Mittel zu verfügen, für sie und die Kinder, die sie haben könnten, aufzukommen. Mit seinem Misstrauen hatte er Vivienne Unrecht getan, aber es würde seinen Fehler nur verschlimmern, wenn er sie jetzt gering achten würde, indem er ihr ein leeres Versprechen gab, von dem er nicht wusste, ob er es erfüllen konnte.

In diesem Augenblick wollte Erik Vivienne trösten, er wollte ihr die Tränen von den Wangen wischen und sie zum Lächeln bringen.

Er wollte dafür sorgen, dass ihre Augen wieder strahlten, doch er wagte nicht, ihr zu zeigen, dass er wach war.

Es kostete ihn alle Kraft, seinen Arm nicht fest um sie zu schlingen. Wie im Schlaf drehte er sich um und berührte ihre Schläfe mit seinen Lippen, während sie ihr Gesicht an seiner Brust vergrub. Ihr Haar breitete sich über sie beide, sie lagen unter ihren Umhängen und er spürte die Weichheit ihrer Haut an tausend Stellen seines Körpers.

Und Erik wurde bewusst, dass sie noch auf andere Weise miteinander verbunden waren. Er liebte Vivienne, ihre Spontaneität und ihr Selbstvertrauen, er liebte es, dass sie keine Gefahr fürchtete, dass sie jeden Preis bezahlen würde, um ein gerechtes Ziel zu erreichen. Er liebte es, dass sie sich wie eine Blüte unter seinen Liebkosungen öffnete und sie wie für einander geschaffen schienen. Keine andere Frau würde je sein Herz so sehr berühren wie sie. Er liebte es, dass sie sich ganz und gar hingab im vollen Vertrauen darauf, dass ihre Gaben noch reichlicher vergolten werden würden.

Er wollte derjenige sein, der ihr das gab, was ihr zum Ausgleich zustand.

Er liebte sie, doch er hatte nicht das Recht, ihr das zu sagen.

Noch nicht.

Erik würde ihr seine Liebe nur gestehen, wenn er siegreich war. Er fürchtete, Vivienne würde ihn selbst dann erhören, wenn er ihr allein seine Liebe anbot, selbst wenn er ein Gescheiterter bleiben würde.

Doch sie hatte etwas Besseres als nur Liebe verdient. Ihr standen Reichtum und Sicherheit zu, Heim und Herd, ein Ehemann und eine vielversprechende Zukunft. Erik konnte ihr nicht das Ende der Geschichte bieten, das sie verdiente, nicht an diesem Morgen, und wenn er ihr das nie bieten könnte, würde Vivienne nichts von seiner Liebe zu ihr erfahren.

Er wusste jedoch, dass er sich sein Leben lang nach ihr sehnen würde. Er wollte ihre Mädchenträume erfüllen und ihr diese drei Nächte der Brautwerbung und diese rote Rose aus Eis schenken. Es mochte sich als unmöglich erweisen, doch Erik wünschte sich eine Chance, es wenigstens zu versuchen.

Als Vivienne erneut tief schlief, schlüpfte Erik vorsichtig aus dem Bett. Gepriesen sei Ruari, der an dieser Satteltasche festgehalten hatte, denn sie enthielt den Tartan, das gelbe Hemd und die festen Lederstiefel, in denen Erik sich wohler fühlte. Er ließ die im Süden übliche Kleidung liegen, die der Earl von Sutherland ihm zur Verfügung gestellt hatte, und zog sich an, wie er es gewöhnt war. Er holte den Dolch seines Vaters unter Viviennes zusammengeknüllter Kleidung hervor, denn er vermutete, dass er ihn brauchen würde, und schob ihn hinten in seinen Gürtel.

Er starrte auf sie herunter, beobachtete, wie das Mondlicht auf ihrer Wange spielte, und prägte sich ihre Züge ein. Er würde Vivienne Lammergeier nie vergessen und pries seinen Instinkt, der ihn gedrängt hatte, die eine Frau auszuwählen, die seinen Bruder verschmäht hatte.

Er mochte ihr im Augenblick nur wenig zu bieten haben, doch er würde sie nicht ohne eine Erinnerung an ihn zurücklassen. Erik nahm die silberne Nadel, die seine Mutter als ihren wertvollsten Besitz angesehen hatte – die silberne Nadel, die seinen eigenen Umhang geziert und Viviennes Blick mehr als einmal auf sich gezogen hatte –, und legte sie neben die Hand der Lady.

Ihre Finger schlossen sich fest um das silberne Schmuckstück. Sie seufzte im Schlaf, rollte sich auf die Seite, und legte die Faust mit der Nadel darin auf ihre Brust.

Erik sah diese kleine Geste als gutes Omen an.

Ein letztes Mal berührte er mit einer Fingerspitze ihre Wange. Das Herz tat ihm weh, als sie lächelte, ihre Lippen gegen seine Handfläche drückte und ihre Wimpern dabei nur ganz schwach flatterten. Eine Haarlocke wickelte sich um seine Finger, als ob sie ihn für immer fest an ihrer Seite halten wollte.

Vivienne seufzte erneut, ihr Atem so leicht wie eine Sommerbrise, ihre Wangen zeigten noch stets Spuren ihrer Tränen. Erik schwor sich, dass er in Ehren zu ihr zurückkehren oder bei dem Versuch sterben würde.

Die Lady verdiente nicht mehr und nicht weniger als alles, was er ihr geben konnte.

~

LEISE WECKTE ERIK RUARI. Er erlaubte sich selbst keinen Blick zurück. Der ältere Mann schien seine Absicht zu erraten, denn er zog sich schnell an und hastete hinter Erik an Deck.

Ruari fragte nicht nach Vivienne.

Im Westen erhob sich in unmittelbarer Nähe die zerklüftete Küste. Nebel zog in Schwaden über die silbrige See. Der große, runde Mond versank am Horizont und die wenigen Wolken im Osten waren bereits von perlmuttfarbenem Licht angehaucht. Zu Eriks Erleichterung hielt Padraig Wache. Wie er es erwartet hatte, war dieser Seemann schnell bereit, sich bestechen zu lassen. Eilig und leise wurde eine Vereinbarung getroffen.

Erik und Ruari ruderten in dem geliehenen Boot ans Ufer, Padraig kauerte zwischen ihnen. Keiner der Männer sprach und sie nickten sich kaum zu, als Erik und Ruari im seichten Wasser aus dem Boot kletterten. Mit kraftvollen Schlägen ruderte Padraig zurück zum Schiff.

Erik schritt durchs Wasser an Land. Er genoss es, dass er sich in seinem Tartan frei bewegen und dass das Wasser durch die Löcher in seine alten Stiefel eindringen konnte. Seine Füße und Beine würden wieder trocken sein, bevor sie eine Meile gelaufen waren, während ein Mann, der die Kleidung des Südens trug, einen Tag und noch den nächsten durchweicht blieb.

Erik fand es schön, den Felsen unter seinen Sohlen zu spüren und jenseits der Hügel das Heidekraut leuchten zu sehen, das in voller Blüte stand. Er folgte flussaufwärts dem Lauf des Helmsdale, dessen Krümmungen und Windungen ihm so vertraut waren wie die Linien in seiner Hand. Er wusste, wo er einen Köder auswerfen musste, um Lachs zu fangen, wo kleine Meeresperlen zu finden waren, wo jeder der uralten Steine Wache stand. Er sog die frische, kühle Luft tief in sich ein und fühlte, wie sich innere Ruhe und Zufriedenheit wieder in ihm ausbreiteten.

Erik war zu Hause.

Er fühlte neue Hoffnung, neue Aussicht auf Erfolg. Als er zuletzt so nahe bei Blackleith gestanden hatte, war er sich nur seines endgültigen und unvermeidlichen Misserfolges sicher gewesen.

Vivienne hatte Erik gelehrt, Verheißung zu sehen, wo er selbst keine entdecken konnte. Sie hatte ihm beigebracht, zu glauben, dass alles möglich war. Und nun, da seine Kräfte wiederhergestellt waren und er sich so gesund fühlte wie nur möglich, stellte Erik fest, dass er der Begegnung mit seinem Bruder ungeduldig entgegensah, wie auch immer sie enden würde.

Erik wurde auch bewusst, dass er nicht mehr so sehr davon überzeugt war, seinem eigenen Verderben entgegenzugehen. Vielleicht war es verrückt, doch diese Hoffnung machte es einfacher für ihn, Rosamundes Schiff und der Lady, der sein Herz bis in alle Ewigkeit gehören würde, den Rücken zuzukehren. Diese Zuversicht erleichterte es ihm auch, Blackleith erneut sein Gesicht zuzuwenden.

„Willst du von hier aus die Burg des Earls von Sutherland aufsuchen?", fragte Ruari.

Erik schüttelte den Kopf. „Wir gehen direkt nach Blackleith. Der Earl wird mir keine Hilfe gewähren ohne den Sohn, den er als Bedingung verlangt hat."

Ruari zögerte. „Der Earl hat Gutes und Schlechtes in sich, das steht fest, doch er könnte offen für eine Bitte um Hilfe sein. Schreibe einen möglichen Verbündeten nicht so schnell ab, Junge, denn es ist in der Tat schwierig, einen Mann zu finden, der geneigt ist, einem beizustehen."

Erik schüttelte erneut den Kopf. „Dies ist allein mein Kampf."

„Nicholas könnte viele Männer in seiner Burganlage haben, denn jeder Narr kann Söldner anheuern."

„Ich werde ihm allein gegenübertreten und der Bessere wird gewinnen." Erik warf seinem Gefährten einen Blick zu. „Du hast die Wahl, Ruari, ob du mich begleiten willst, denn ich würde dir nicht empfehlen, eine törichte Reise anzutreten. Es wäre nicht recht, dies von dir zu verlangen, nachdem du meinem Vater so treu gedient hast."

Ruari reagierte sichtbar gereizt und schaute den jüngeren Mann böse an. „Du wirst nicht ohne mich gegen diese Ungerechtigkeit ankämpfen, Junge, darauf kannst du dich verlassen. Ich habe einen Eid auf das Juwel im Dolch der Sinclairs geleistet und ich habe genug Verstand, um zu wissen, dass solch ein Eid nicht ohne verhängnisvolle Auswirkungen gebrochen werden kann. Ob du gewinnst oder verlierst, ich werde ganz sicher nicht von deiner Seite weichen." Der ältere Mann presste seine Lippen grimmig aufeinander und zog seinen Gürtel enger. „Nicht weniger schulde ich deinem Vater."

Es war eine Haltung, die Erik wertschätzte, obwohl sie nicht das beste Omen für Erfolg war. Die beiden Männer wechselten einen Blick, dann liefen sie in grimmigem Schweigen in den Wald hinein.

Vivienne erwachte allein mit etwas Kaltem in der Hand. Erik war weg, das merkte sie sofort. Ruari ebenfalls, wie sie bald feststellte.

So wie die Satteltasche, die Ruari getragen hatte.

Sie öffnete ihre Faust und keuchte auf, als sie darin die silberne Nadel fand, die Erik an seinem Umhang getragen hatte. Sie schloss daraus, dass er sie verlassen und ihr dieses schöne Stück als Geschenk gewährt hatte.

Aber sie waren doch durch das Handfasting miteinander verbunden!

Vivienne kleidete sich hastig an und ging an Deck. Es war früh, so früh, dass der Himmel noch kaum vom Morgenlicht berührt wurde. Es sah so aus, als würde das Wetter gut werden, und die Matrosen rührten sich bereits. Sie sprachen davon, die Segel zu hissen, nach Süden zu fahren, bald einen Hafen zu erreichen.

Vivienne hielt sich an der Reling fest. Zwei Silhouetten im seichten Wasser zogen ihren Blick auf sich. Sie erkannte die beiden männlichen Gestalten genauso wie den Mann, der das kleine Boot zurück zum Schiff ruderte. Sie wartete an der Strickleiter auf Padraig, denn sie wusste, was sie zu tun hatte.

„Padraig, ich bitte dich, bring mich auch ans Ufer."

Der Mann stockte auf der Leiter. Er hielt das Tau des kleinen Bootes in der Hand. Schweiß überzog sein Gesicht vom Rudern gegen die Wellen und seine Miene war nicht gerade ermutigend. „Du weißt es besser, als mich um so etwas zu bitten", sagte er barsch, dann kletterte er an Deck. „Rosamunde würde mich in Stücke reißen, ließe ich dich allein an einem einsamen Ufer zurück."

„Ich wäre nicht allein", beharrte Vivienne und griff nach seinem Ärmel, als er sich an ihr vorbeidrängen wollte. „Bitte, Padraig, ich muss mit Erik gehen. Ich brauche deine Hilfe."

Der Mann schüttelte bedächtig den Kopf. „Du kannst nicht von mir verlangen, dass ich dich in Gefahr bringe. Solch ein Verhalten widerspräche jeder Verpflichtung, die ich deiner Familie gegenüber habe."

„Aber Erik und ich, wir haben uns mit einem Handfasting aneinander gebunden."

„Solche Gelübde kümmern mich nicht." Er warf ihr einen durchdringenden Blick zu und sein Ton wurde sanfter: „Er hat dich zurückgelassen, Vivienne. Siehst du nicht, was das bedeutet?" Er wandte sich ab und hatte offensichtlich vor, sie dort stehen zu lassen.

Vivienne reckte ihr Kinn. Erik wollte Blackleith allein zurückerobern, das war ihr genauso klar wie, dass er ihren Beistand benötigte, wenn das gelingen sollte. Sie war unsicher, was sie tun sollte, doch sie wusste, sie waren dazu bestimmt, zusammen zu sein.

Selbst wenn sie dem Schicksal nachhelfen musste.

„Wenn du mich nicht unterstützt, werde ich Rosamunde überreden." Sie bezweifelte allerdings, dass sie dies bewerkstelligen konnte. „Und sie wird mich nach Blackleith bringen und damit vielleicht die Fee verärgern, weil sich ihre Rückkehr nach Ravensmuir verzögert."

Padraig schaute sie über seine Schulter hinweg finster an. „Du wirst sie nicht dazu bringen können. Nicht, wenn die Fee und ich uns dagegen aussprechen." Er schüttelte den Kopf und seine Stimme wurde wieder sanfter: „Du befindest dich hier in keiner einfachen

Situation, Vivienne, doch eine Frau von Verstand sollte die Wahrheit anerkennen, die vor ihren Augen liegt." Erneut wandte er ihr den Rücken zu und lief zur Mitte des Schiffes.

Vivienne war nicht bereit, diesen Umstand hinzunehmen. Sie holte tief Luft und schaute nach unten. Dabei sah sie das Glänzen von Silber in ihrer Hand.

„Ich werde dich bezahlen", rief sie plötzlich mit neuem Mut.

Padraig hielt inne und drehte sich halb zu ihr um. Ein amüsiertes Lächeln umspielte seine Lippen. Sein Gebaren wirkte leicht spöttisch, was Vivienne ärgerte. „Wie? Du hast kein Geld, womit du mich in Versuchung führen könntest."

„Ich habe etwas Besseres als Geld." Vivienne atmete tief ein, streckte ihre Hand aus und bot ihm die silberne Nadel dar, die Erik ihr gerade geschenkt hatte.

Es war offensichtlich, dass Padraig die Nadel erkannte. Seine Augen verengten sich und sein Blick schnellte zwischen dem Schmuckstück und Vivienne hin und her. Dann schluckte er und schüttelte den Kopf. Dabei tat er einen Schritt rückwärts. „Du kannst mir das nicht überlassen. Es ist sicherlich dein einziges Geschenk von ihm. Es gibt Gegenstände, Vivienne, deren Wert über ihren Marktpreis hinausgeht. Du kannst mir die Nadel nicht geben."

„Ich werde es aber tun", beharrte Vivienne, obwohl ihr die Worte beinahe im Hals stecken blieben. „Es ist nur ein wertloses Ding und nichts im Vergleich damit, bei ihm zu sein. Ich muss ihm folgen, Padraig. Der Preis dafür ist gering."

Padraig fluchte. Er spuckte auf das Deck, dann blickte er Vivienne böse an, und als er erneut sprach, knurrte er fast. „Behalte deinen Schatz", murmelte er.

Vivienne fürchtete, er würde sie damit abweisen, doch er strebte plötzlich zurück an ihr vorbei und ergriff ihren Ellenbogen. „Ich hoffe, du hast alles, was du brauchst, bei dir, denn wir brechen sofort auf. Ich möchte nicht, dass Rosamunde mich erwischt."

„Danke, Padraig", jubelte Vivienne, glücklich über seine Zustimmung. Sie reckte sich und küsste ihn auf seine raue Wange. „Alles wird gut, Padraig, du wirst sehen."

„Es wird so sein, wie es sein wird. Das ist alles, was wir sicher wissen." Er wischte sich über die Wange, dann half er ihr, über die Reling zu klettern. „Verschwende keine Zeit mit solchem Unsinn", sagte er unwirsch, als sie ihm erneut dankte, doch der Glanz in seinen Augen verriet Vivienne, dass er ihre Dankbarkeit zu schätzen wusste.

Sie setzte sich in das Boot und versuchte, so leicht wie möglich sein. Sie befestigte die Nadel auf ihrem Umhang und betrachtete die Küste genau, während Padraig näher heranruderte. Ihr Herz machte einen Satz, als sie die beiden Männer erspähte, die gerade die Felsen emporklommen.

„Da!", sagte sie und Padraig brummte zustimmend.

KAPITEL 15

„Es sieht so aus, als würden wir bald Besuch bekommen", sagte Ruari. Erstaunt schaute Erik über seine Schulter zurück. Sein Gefährte sprach die Wahrheit: Padraig ruderte erneut auf das Ufer zu. Im Boot mit ihm befand sich eine kleinere, ihm wohlbekannte Gestalt.

Der Glanz der Morgenröte auf dem Gewirr aus rotbraunem Haar bestätigte, wer die Frau war, die immer näher kam. Vivienne musste ihn erspäht haben, denn sie winkte fröhlich, sobald sich Eriks Blick auf sie richtete.

Als ob er erfreut sein müsste, sie zu sehen

Als ob es nur ein Versehen gewesen wäre, dass er sie zurückgelassen hatte.

Er fluchte mit ungewöhnlicher Heftigkeit.

Ruari lachte, was Erik kaum tröstete. „Es gibt kein schrecklicheres Ungemach als eine schöne Frau", sagte er. „Es sei denn, es ist eine schöne und eigensinnige Frau."

Erik hatte darauf keine Antwort. Zu sehr war er verärgert, dass Vivienne ihm gefolgt war. Er kletterte wieder zum Wasser hinunter, entschlossen, dafür zu sorgen, dass Padraig Vivienne zurück auf Rosamundes Schiff brachte, zurück zu ihrer Familie, wo sie vergleichsweise sicher war.

Vivienne musste seine Absicht jedoch geahnt haben, denn sie stieg aus dem Boot, bevor er sie erreichen konnte. Bis über die Knie stand sie im Wasser und schob mit erstaunlicher Kraft das Boot mit Padraig zurück in tieferes Wasser.

„Halt!", schrie Erik.

Vivienne warf ihm einen trotzigen Blick zu und ging dann in noch tieferes Wasser, um Padraig und dem Boot einen weiteren stärkeren Stoß zu geben.

„Dieser verdammte Seemann!" Erik sprang die letzte Geröllfläche hinunter und mit einem Satz ins seichte Wasser. „Du wirst sie nicht hierlassen!", brüllte er.

„Rudere, Padraig, rudere!", schrie Vivienne. Sie war anscheinend durchaus bereit, das kleine Boot noch weiter hinauszustoßen, wenn es nötig wäre.

Padraig grinste, während er die Ruder ins Wasser tauchte. Der goldene Reif in seinem Ohrläppchen blinkte und er sah wahrlich wie ein verrufener Halunke aus. „Ich wünsche Euch Glück", rief er Erik zu, „denn dieser Lady mangelt es nicht an Entschlossenheit." Dann begann er zu rudern.

„Ich wünsche euch allen Glück, Padraig, bei eurem Vorhaben auf Ravensmuir", rief Vivienne und winkte. Padraig sagte nichts, er kämpfte mit voller Kraft gegen die Wellen an.

„Nay", brüllte Erik. „Komm zurück und hole die Lady ab, du Schuft!"

„Das wird er nicht tun", erklärte Vivienne, und dass sie da so sicher war, erschreckte ihn.

Er wusste, dass sie recht hatte. Was sollte er also tun? Er konnte sie nicht allein am Ufer zurücklassen. Er konnte nicht mit Vivienne auf dem Rücken zu Rosamundes Schiff hinüberschwimmen, besonders dann nicht, wenn sie nicht dorthin wollte.

Viviennes Augen funkelten gefährlich, als sie ihre Röcke anhob und auf ihn zustrebte. Es war ein Funkeln, das Erik verriet, die Lady würde nur eine Lösung dieses Dilemmas akzeptieren. Die silberne Nadel seiner Mutter blitzte an Viviennes Umhang. Wenn er sie getragen hatte, hatte sie nie so geglänzt.

„Wir sind durch ein Handfasting verbunden", begann sie hitzig, „und noch nicht einmal ein Monat davon ist verstrichen. In einem Jahr kannst du mich nach Kinfairlie zurückbringen, wenn wir dann entscheiden, uns wieder zu trennen."

„Wenn wir so lang überleben", gab Erik zurück. „Ich dachte, du wärst eine vernünftige Frau. Welcher Aberwitz trieb dich, mir zu folgen?"

„Du brauchst mich", erwiderte Vivienne schlicht, dann blieb sie mehrere Schritte von ihm entfernt stehen. Ihre Röcke wogten um sie herum und bewegten sich mit den Wellen, die Stickerei am Saum leuchtete unter Wasser. Haarsträhnen wehten um ihre Schultern und über ihr Gesicht, und es sah so aus, als wären ihre Sommersprossen in den letzten Tagen zahlreicher geworden. Ihr heller Blick schwankte nicht, ihr Rücken war so gerade wie ein gut geschliffenes Schwert und ihre gesamte Erscheinung verriet Entschlossenheit.

Sie war beherzt und atemberaubend, eine Walküre, die gekommen war, um seine Seele zu holen, und Erik fühlte wenig Neigung, sich gegen diese Eroberung zur Wehr zu setzen.

„Ich brauche keine Frau an meiner Seite, wenn ich mich in Gefahren wie diese begebe." Er hatte das Gefühl, er müsste gegen ihre Anwesenheit Einspruch erheben.

Vivienne stemmte die Hände in die Hüften und sah ihn zornig an. „Vielleicht könntest du die Gründe, warum du meine Hand begehrst, noch einmal für mich aufzählen? Es muss tausend Maiden zwischen hier und Kinfairlie geben, und doch hast du für mich eine solche Reise unternommen. Es wäre nur vernünftig, wenn du dafür eine Veranlassung gehabt hättest."

Erik spürte, wie es ihm im Nacken heiß wurde, denn er konnte sich denken, in welche Richtung diese Auseinandersetzung gehen würde. „Die weißt genau, was die Antwort darauf ist."

„Hilf meiner Erinnerung nach", verlangte sie.

„Weil du die einzige Person warst, die sich von Nicholas nicht täuschen ließ", gab er zu. Dabei war ihm vollkommen bewusst, dass er sich bereits geschlagen geben musste. „Aber du hättest bei deinen

Verwandten bleiben sollen. Trotz deines guten Urteilsvermögens möchte ich dich nicht in Gefahr bringen."

Viviennes plötzliches Lächeln war so strahlend, dass Erik blinzelte und sein Herz einen Schlag aussetzte. „Weil du in Wahrheit ritterlich bist."

„Das nicht so sehr –", begann Erik.

Aber die Lady unterbrach ihn: „Oh doch." Ihr Blick schien plötzlich aufmerksamer und so scharfsichtig, dass Erik fürchtete, sie könnte jeden seiner Gedanken lesen. „Du sorgst dich um mein Wohlergehen, weil du mich liebst."

Erik starrte sie an. Er wusste, er sollte ihrer Behauptung widersprechen, er sollte vorgeben, dass dem nicht so wäre, bis er ihr seine Gefühle bei einem ehrenhaften Heiratsversprechen gestehen konnte, doch die Worte wollten ihm nicht über die Lippen kommen.

Vivienne lächelte unverzagt und legte ihre Hand auf die Nadel, die er ihr geschenkt hatte. „Die Taten eines Mannes verraten oft mehr als seine Worte", sagte sie leise. „Du liebst mich, so wie ich dich liebe, und so sind unsere Schicksale auf ewig miteinander verbunden. Du magst nicht aus dem Feenreich stammen, dennoch bist du durch das verzauberte Fenster von Kinfairlie geklommen, um mein Herz zu gewinnen."

Erik war sprachlos, dass sie ihn so leicht durchschauen konnte. Ihre kühne Erklärung hätte ihn mehr beunruhigen sollen, doch er wusste, dass es die Wahrheit war. Er erwiderte nichts, denn er war froh, nicht von ihr getrennt zu sein, selbst wenn es Wochen dauern könnte, Blackleith wieder in Besitz zu nehmen. Ihre Anwesenheit würde die Sache erschweren, aber gleichzeitig würde ihm dieser Lichtpunkt Mut geben.

„Du wirst dich aus allen Kämpfen heraushalten", bestimmte er und beachtete ihr triumphierendes Lachen nicht. Zweifellos hatte sie erraten, warum er das Thema gewechselt hatte. „Und du wirst mir nicht bei jeder Entscheidung, die ich treffe, widersprechen, sondern tun, um was ich dich bitte."

Viviennes Lächeln wurde nur noch breiter. „Ich werde tun, was auch immer getan werden muss", sagte sie überzeugt. Dann warf sie einen spitzbübischen Blick zu Ruari hinüber und ahmte den Mann nach: „Darauf kannst du dich verlassen."

Erik lächelte gegen seinen Willen. Sie tat einen Schritt auf ihn zu, hoheitsvoll und ganz und gar überzeugt, dass ihr Standpunkt gerechtfertigt war. „Sag mir, was deine Augen mir verraten", schmeichelte sie. „Sag mir, dass meine Anwesenheit dich froh macht, dass du dir die Tage und Nächte ohne mich an deiner Seite nicht vorstellen könntest." Sie legte ihre Hand auf seinen Arm und hob ihr Gesicht zu ihm auf. Ihre Augen leuchteten und ihre vollen Lippen verzogen sich zu einem kecken Lächeln. „Sag mir, dass du mich wirklich vermisst hättest."

Erik blieb die Antwort erspart. Vivienne wollte sich weiter auf ihn zubewegen, doch sie musste auf etwas unter Wasser ausgerutscht sein. Sie schrie auf, als ihr die Füße plötzlich weggerissen wurden.

Erik fing sie im letzten Moment auf, bevor sie im Meer landete. Er drückte sie fest an seine Brust, drehte sich um und ging zum Ufer zurück. „Aye, es tut einem Mann gut, Maiden vor ihrer eigenen Torheit zu retten", murmelte er.

Vivienne lachte und trat mit den Füßen, augenscheinlich unbeeindruckt von seinem schroffen Gebaren. „Ihr lügt, Sir", neckte sie ihn und Erik spürte, dass er lächelte.

„Vielleicht ist deine Anwesenheit nicht ganz so unwillkommen", räumte er ein. Er konnte der Versuchung nicht widerstehen, neigte sich zu ihr herunter und küsste das Lächeln von ihren Lippen.

Er hatte nur vorgehabt, sie kurz zu umarmen, sodass sie still wurde, doch wie immer war Viviennes Leidenschaft äußerst verführerisch. Sie küsste ihn mit außerordentlicher Intensität zurück, mit demselben Hunger, den er nach ihr verspürte, und ihm wurde deutlich bewusst, wie lange er ohne ihre wunderbaren Liebkosungen hatte auskommen müssen. Diese Hitze, die er so gut kannte, flammte in ihm auf und sein Griff verstärkte sich. Sein verräterischer Körper war mehr als bereit, die Zärtlichkeit der Lady zu erwidern, obwohl er nicht in der Lage war, in Ehren um sie zu werben.

Als er sie fest in seinen Armen hielt, merkte er, wie zierlich gebaut seine Lady war, wie verletzlich sie sein konnte. Er dachte an

Beatrices Schicksal, fürchtete um seine Töchter und noch mehr um Vivienne. Erik vertiefte seinen Kuss. Er wusste, sie würde seine Sorge schmecken und es würde sie nicht im Mindesten kümmern.

„Aye, und genau deshalb sind wir so weit gereist, Junge", rief Ruari. „Damit du besser im Wasser stehen und dir eine Krankheit holen kannst, für die es keine Heilung gibt. Es würde deinem Bruder sehr gelegen kommen, wenn du am Fieber sterben würdest, noch bevor du seine Tore erreichst. Also wirklich, warum sonst sind wir durch ganz Schottland gefahren, außer damit ihr zwei im Meer in Hitze geraten könnt?"

Mit einigem Widerstreben beendete Erik die Umarmung und ging weiter zum Ufer. Er stellte Vivienne auf ihre Füße, dann besprach er die beste Route mit Ruari. Vivienne wrang ihre Röcke aus und schien darauf bedacht, die Geschwindigkeit, mit der sie Blackleith erreichen würden, nicht zu verlangsamen.

Sie kletterten erneut die Felsen hinauf, als die Sonne über den Horizont stieg, und begannen ihren Weg landeinwärts. Erik war der Einzige, der auf die See zurückblickte. Die Segel auf Rosamundes Schiff hatten sich entfaltet und blähten sich im Wind; es bewegte sich bereits gen Süden.

Es gab kein Zurück, von nirgendwoher konnte Hilfe kommen. Es war eine Sache zwischen ihm und Nicholas – und denjenigen, die Nicholas während Eriks Abwesenheit an seine Seite gerufen haben mochte.

AM NACHMITTAG WURDE ES DUNKLER, als sich Wolken mit schiefer-farbenen Bäuchen über den Himmel schoben und unheildrohend zusammenballten. Der Wind kam in Böen und war kälter als vorher. Erik hatte das Gefühl, freiwillig in einen Albtraum zurückgekehrt zu sein. Die Narbe auf seinem Gesicht schien zu brennen, sein Fleisch erinnerte sich offenbar an die Stelle, wo es derart verletzt worden war, und sein Hinken wurde ausgeprägter.

Ein Schauer überlief ihn, als er die Grenze zu den Ländereien von Blackleith überschritt, doch Erik hoffte, dass die anderen seine Reaktion nicht bemerkten.

Bald ragte an beiden Seiten hohes, dichtes Gebüsch auf. Es überwucherte die Straße und behinderte die Sicht auf den aufgewühlten Himmel.

Erik verharrte, bevor er in die dunklen, tiefen Schatten dieses Tunnels aus Ranken und Dornen trat. Er schluckte. Seine Erinnerungen an diesen Ort waren nicht weniger düster.

„Hier war es also?", fragte Ruari leise, der neben ihm ging, obwohl ihm die Antwort bereits klar war.

Erik holte tief Luft. Für einen Moment fürchtete er, dass er diese Stelle nicht passieren konnte. Er erinnerte sich an Vivienne auf der Schwelle zum Labyrinth unter Ravensmuir und an die Entschlossenheit, die in ihren Augen stand. Er schaute sie an und sah, dass sie ihn so aufmerksam beobachtete wie ein Spatz eine Brotkrume.

Sie kam an seine Seite und berührte ihn flüchtig am Arm. „Es ist ein abscheulicher Straßenabschnitt", sagte sie nachdenklich und spähte nach vorn, in die Schatten hinein. „Als würde der Ort eine Erinnerung an ein Unrecht bewahren, das hier begangen wurde."

Erik begriff, dass sie die Geschichte dieses Ortes erraten hatte und ebenso den Grund, warum er hier so aufgewühlt war. Er schaute wieder die Straße hinunter und versuchte, sie mit ihren Augen, ohne seine Erinnerungen, zu sehen und die Schatten wichen ein wenig zurück. „Es ist nur ein Straßenstück", sagte er kurz angebunden, obwohl er es selbst nicht glaubte. „Es kann keine Erinnerung an einen Verrat besitzen."

Sie neigte ihren Kopf zur Seite, um ihn anzublicken, und er fühlte Bewunderung über ihre Entschlossenheit in sich aufwallen. Er war überzeugt, dass nichts sie dazu bringen würde, zu verzagen, und dass sie sich jeder Situation mit Zuversicht stellen würde, ganz gleich, wie unheilvoll sie erschien.

Er wünschte sich dringend, dass sie seinen Töchtern solche Zuversicht einflößte.

„Dann lass uns weitergehen", sagte sie so gelassen, als sprächen sie über das Durchqueren einer Wiese. „Denn auf einem bloßen Straßenstück gibt es nichts zu fürchten, selbst wenn Büsche den Weg beschatten."

Sie hatte recht. Erik trat in die Dunkelheit, die diesen Teil der Straße verschluckte. Ruari lief an einer Seite, Vivienne auf der anderen. Der ältere Mann zog sein Schwert und Erik tat dasselbe. Nach drei Schritten hatten die Schatten sie verschlungen, die sich um sie drängten, und die Ranken schienen versteckte Andeutungen zu wispern.

Der Weg kam Erik länger vor, als er ihn im Gedächtnis hatte. Bei jedem Schritt überfielen ihn lebhafte Erinnerungen an die Angriffe, denn er war diese Straße seitdem nicht mehr gegangen.

Hier war sein Pferd gestürzt, hier hatte die Klinge seine Wange getroffen, hier war er in die Sicherheit des Waldes gekrochen, der ihn in sich aufnahm. Hier hatte er blutend gelegen, was ihm wie eine Ewigkeit erschienen war.

Hier hatte er das Bewusstsein verloren und war sicher gewesen, dass er niemals mehr aufwachen würde.

Auf dieser Strecke durchlebte er seinen schlimmsten Albtraum noch einmal, obwohl er sich trotz allem Viviennes Anwesenheit deutlich bewusst war. Sie duftete nach Blumen und Sonnenschein, sie war ein Leuchtfeuer auf diesem heimtückischen Weg, der seine Vergangenheit wieder lebendig werden ließ. Ihre Schritte verharrten nicht und sie fiel auch nicht hinter ihn zurück.

Eriks Körper war mit Schweiß überzogen, als sie am anderen Ende dieses Straßenabschnitts ankamen, und die plötzliche Helligkeit des Sonnenlichts ließ ihn blinzeln. Er schaute zurück, erschauderte am ganzen Leib und sah doch nur einen im Schatten liegenden Straßenverlauf hinter sich.

„Es ist bloß ein Stück Straße." Viviennes Blick verriet, dass sie wusste, es war mehr als das.

Spontan hob Erik Viviennes Hand an seine Lippen und küsste ihre Knöchel. Ihm war klar, dass ihre Stärke ihn durch diese Dunkelheit geführt hatte.

Er konnte nur hoffen, dass er die Chance erhalten würde, diese Stärke für alle Zeit an seiner Seite zu spüren.

~

AM SPÄTNACHMITTAG des zweiten Tages erhaschte Vivienne ihren ersten Blick auf Blackleith. Sie standen ein gutes Dutzend Schritte vom Waldrand entfernt, das Unterholz reichte ihnen bis zur Hüfte, die Bäume bildeten eine Kuppel über ihnen, die so prächtig war wie die einer Kathedrale. Unheildrohende Wolken schoben sich vor die Sonne, die bereits sank, doch ihre Strahlen berührten die Blätter über ihren Köpfen und tauchten sie in ein prachtvolles goldenes Licht.

Die Burg von Blackleith stellte eine ungewöhnliche Kombination aus normannischer Bauweise, lokalen Traditionen und einem großen Maß an Genialität dar. Sicherlich war sie nicht so glanzvoll wie die Festungen im Süden, weder so wuchtig wie Ravensmuir noch so kunstvoll gestaltet wie Kinfairlie, doch sie war wehrhaft und von beträchtlicher Größe.

Sie hatte ein quadratisches Fundament, der Sockel bestand aus behauenen Steinen, die so fest miteinander verbunden waren, dass der Wind wahrscheinlich nicht hindurchpfeifen konnte. Die Wände waren dick, um die Wärme besser im Gebäude zu halten. Ebenerdig gab es nur ein Tor und unterhalb des zweiten Stockwerks keine Fenster.

Diese großen Steine setzten sich bis zu zwei Mannshöhen fort. Die Wände darüber bestanden aus kleineren, runderen Steinen, die passend nach Form und Größe übereinandergeschichtet worden waren. Die Zwischenräume waren mit Flechtwerk und Lehm ausgefüllt.

„Die großen Steine wurden weiter südlich gehauen", erklärte Ruari, „auf den Ländereien des Earls von Sutherland. Sie wurden den Fluss hinaufgeschleppt, wenn der Wasserstand niedrig war, in Kähnen, die von Männern am Ufer an Seilen gezogen wurden."

„Aber es sind verschiedene Steine", stellte Vivienne fest.

„Die anderen stammen aus dieser Gegend, es hat allerdings einige Zeit in Anspruch genommen, sie zusammenzutragen." Ruari nickte weise, als hätte er die Steine selbst gesammelt.

„Es sähe schöner aus, wenn das ganze Gebäude aus demselben Stein bestünde", meinte Erik, „aber die Kosten wären für mich zu hoch geworden."

„Du hast das bauen lassen?", fragte sie, bevor ihr einfiel, dass Ruari dies in seiner Geschichte erzählt hatte.

„So, wie es ist."

Vivienne hörte eine Warnung aus Eriks Stimme heraus, als wollte er andeuten, dass er nicht sehr wohlhabend war. Das kümmerte sie nicht wirklich, aber wenn ihm das nicht klar war, würde sie sich nicht herablassen, es ihm mitzuteilen.

Sie begann zu zweifeln, ob ihre Entscheidung, sich ihm anzuschließen, richtig gewesen war. Obwohl er an dem Ort, wo er überfallen worden war, ihre Hand festgehalten hatte, obwohl er diese – wie es schien – vor Dankbarkeit geküsst hatte, ließ er sie dann los, als ob die bloße Berührung seine Haut versengen würde. Vivienne konnte sich Eriks Verhalten nicht erklären. Sie fragte sich jedoch erneut, ob ihn die Nähe zu Blackleith an die große Liebe erinnerte, die er und seine Frau Beatrice füreinander gehegt hatten.

Sie reagierte nicht auf seinen Kommentar und schaute auf die Burganlage, die er zurückgewinnen wollte. Das Dach war dick mit Stroh gedeckt und die Fenster hatten stabile Holzläden, die über den Öffnungen verriegelt werden konnten, wenn der Wind stark wehte.

Ruari schien sich selbst zu einer Art Führer ernannt zu haben, denn für Vivienne zählte er begeistert die Vorzüge von Blackleith auf. Sie konnte Erik hinter sich spüren, seinen Blick, der auf ihr ruhte, doch sie hatte das Gefühl, es war höchste Zeit, dass er ihr seinerseits auch ein wenig Ermutigung zukommen ließ.

Ruari zeigte auf das Gebäude. „Innerhalb der Burg wird das Erdgeschoss als große Halle und für die Unterbringung von Gästen genutzt. Während wir dort lebten, beanspruchte Erik immer die obere Etage für sich und seine Familie. Dieses Stockwerk ist mit einer Leiter erreichbar. Und es ist natürlich groß genug, um in Kammern unterteilt zu werden. An einer Seite verläuft der Schornstein. Auf diese Weise verbreitet sich die Wärme des Feuers im gesamten Gebäude."

„Äußerst schlau", sagte Vivienne.

Ruari nickte. „Allerdings. Im Dach ist ein einzelnes Loch, durch das der Rauch austritt. Blackleith ist auch die erste Burg in ganz Sutherland, die von einem so tiefen Graben umgeben ist, dass das Wasser darin immer dunkel und kalt ist. Der Earl hielt diese Anlage für sehr vernünftig und sprach davon, auch so einen Graben um Dunrobin zu ziehen."

Vivienne fiel auf, dass auf Blackleith keine Fahne mit Wappen im Wind flatterte wie auf den Sitzen ihrer Familie. „Ist dies das Dorf von Blackleith?", fragte sie und deutete auf eine Gruppe von Bauernkaten vor ihnen.

„Aye, und mit einer kleinen Kirche", bemerkte Ruari. „Siehst du das Häuschen mit der dunklen Tür? Dort wohnt der Schmied. Er verfügt über so außergewöhnliche Fähigkeiten, dass sogar der Earl seine Lieblingswaffen von ihm reparieren lässt. Es gibt auch eine Mühle, die von einem Müller betrieben wird, der seine Einnahmen mit dem Laird teilt."

Unterhalb des Dorfes grasten Schafe, die sich weiß gegen das lilafarbene Heidekraut abhoben. Ein paar Hühner pickten in der Erde herum. Felder dehnten sich nach Westen entlang dem nördlichen Flussufer aus, doch sie lagen brach. Es hatte den Anschein, dass Blackleith einst mehr floriert hatte.

Am Rand der Felder spielten Kinder und Vivienne wandte sich an Erik. „Sind deine Töchter dabei?"

Er schüttelte den Kopf. Zweifellos hatte er bereits nach ihren vertrauten Gesichtern Ausschau gehalten und seine Miene war düster.

Vivienne zwang sich, fröhlich zu klingen: „Allerdings würden sie wohl kaum mit den Kindern der Bauern spielen. Bestimmt sind sie in der Burg."

Sie sah, dass Eriks Augen zur Kirche hinüberwanderten. Sie folgte seinem Blick und hielt die Luft an, als sie daneben einen kleinen Friedhof entdeckte. Er dachte doch sicher nicht, dass Nicholas so junge, unschuldige Kinder getötet hatte?

„Nicholas geht auf jeden Fall großzügig mit dem Geld um, das nicht ihm gehört", beschwerte sich Ruari und zeigte mit Nachdruck auf ein Gebäude unterhalb der Burg, das neu wirkte. „Geld gibt man am leichtesten aus, wenn man keine Rechenschaft darüber ablegen muss. Darauf kannst du dich verlassen. Einmal habe ich von einem Mann gehört, der in den Diensten des Earls stand und die ganze Strecke nach London gereist ist, um drei Nelken zu besorgen, damit er besseren Gewürzwein für den Earl herstellen konnte. Und dann verlangte er, dass der Earl ihm seine Auslagen zurückerstattete und für das Einstellen seines Rosses und seine eigene Unterbringung bezahlte, genauso wie für jeden Bissen, den er in den Mund gesteckt, und für das Bier, das seinen Bauch gefüllt hatte. Nun, dieser Mann besaß Unverfrorenheit, und davon nicht zu wenig!"

„Es ist ein Stall und er ist eindeutig neu", sagte Erik. „Aber wozu benötigt Nicholas einen Stall? Auf Blackleith gibt es nur den alten grauen Ackergaul und der ist gut an die Baracke gewöhnt, die neben der Kate des Schmieds steht."

Sie blickten alle zur Behausung des Schmieds hinüber, aber dort war kein graues Pferd angebunden.

„Wo ist der Ackergaul?", fragte Ruari aufgebracht. „Was hat er mit ihm gemacht? Und wie sollen die Bauern ihre Felder ohne ihn bestellen?"

„Ich bin nicht sicher, dass sie das getan haben", überlegte Erik.

Vivienne schaute genauer hin und sah, was er meinte. Es sah aus, als wären die Felder dieses Jahr gar nicht beackert worden. Auf jeden Fall war das, was dort wuchs, keine ihr bekannte Feldfrucht.

„Es sind weniger Schafe, als ich erwartet hätte, vielleicht halb so viele wie in früheren Jahren", stellte Erik mit offensichtlichem Missfallen fest. „Und ich habe den Eindruck, dass die Kinder mager sind."

Die Frau des Schmieds trat aus dem Haus und schimpfte mit den Kindern, und Ruari fluchte leise. „Sie ist nur noch die Hälfte von dem, was sie mal war." Voll Sorge verzog er seinen Mund zu einem schmalen Strich.

Vivienne konnte sich denken, was aus dem Wohlstand von Blackleith geworden war, denn sie erinnerte sich an Nicholas' Vorliebe für feine Kleidung.

Drei Knappen verließen in diesem Augenblick die Burg. Ihre seidenen Tapperts glänzten im Sonnenlicht. Sie waren feist, diese drei, und sie lachten laut, während sie zu dem neuen Stall hinüberliefen.

Die Frau des Schmieds betrachtete sie mit unverhohlener Feindseligkeit. Sie verschränkte die Arme vor ihrer Brust und schaute sie böse an, nachdem sie die Kinder zu sich gerufen hatte. Sie huschten ins Haus, als hätten sie Angst vor den stolzen jungen Männern.

„Knappen?" Ruari rümpfte die Nase. „Wozu braucht der Laird von Blackleith Knappen? Es gibt hier in der Gegend keine Turniere. Darauf kann sich jeder denkende Mensch verlassen. Zweifellos hat er jeden Abend Musikanten in seiner Halle und Dichter an seiner Tafel. Vielleicht sind reihenweise Perlen auf seinen Beinlingen aufgenäht und jeden Abend werden Juwelen in sein Bier gemahlen." Mit einer ausladenden Geste wies Ruari auf das Dorf. „Während die Leute, die unter ihm arbeiten, dazu verdammt sind, zu verhungern, weil sie keinen Ackergaul haben. Bestimmt hat er die alte Mähre für eine lächerliche Summe verkauft. Dein Vater wird sich im Grabe herumdrehen, da bin ich mir sicher."

„Pst, Ruari, sonst hört man dich."

Ruari schnaubte und hätte trotz Eriks Warnung vielleicht noch mehr gesagt, wenn die Knappen nicht genau in diesem Moment sechs prachtvolle Rosse aus dem Stall geführt hätten. Stattdessen blies er in Ehrfurcht und Erbitterung den Atem aus, murmelte einen Fluch und fuhr sich mit der Hand durch sein Haar. „Es ist kein Wunder, dass die Frau des Schmieds so verärgert ist. Sie war immer freundlich, aber solch eine Geldverschwendung würde die Süße aus dem reifsten Apfel vertreiben."

Vivienne beobachtete, wie weitere Männer Falken mit Hauben auf behandschuhten Fäusten herausbrachten und prächtige Sättel auf die Pferde gelegt wurden. Deren Fell glänzte, so gut wurden sie gefüttert, und sie reckten stolz ihre Hälse. Es waren zweifellos wertvolle Rosse, doch es war nicht klar, wie Nicholas sie sich leisten konnte.

Die Müllerin trat aus ihrer Kate, warf der Frau des Schmieds einen Blick zu und betrachtete die Tiere dann mit Verachtung. „Wir sollten vom Laird verlangen, dass er uns eines seiner Pferde überlässt", rief sie der anderen zu. Die Knappen taten, als würden sie sie nicht bemerken, doch Vivienne war überzeugt, dass sie ihre Worte hören konnten. „Damit unsere Kinder in diesem Winter nicht verhungern."

„Ich weiß nicht, was er sich vorstellt", gab die Ehefrau des Schmieds zurück. „Was sollen wir essen, wenn die Lämmer auf dem Tisch des Lairds landen und ein Mann eine Hand verlöre, wenn er auch nur ein Eichhörnchen im Wald finge? Ein Kind wird bestimmt nicht groß und kräftig, wenn es nur von Zwiebeln lebt."

„Ich habe gehört, Pferdefleisch lässt sich gut essen", erwiderte die erste Frau. „Obwohl Hunger tatsächlich der beste Koch ist."

Die Knappen blickten die beiden böse an, doch sie würdigten sie keiner Antwort.

„Er würde sie alle für solch ein Verbrechen abschlachten", murmelte Ruari und Erik zweifelte kaum daran. „Es ist deutlich, dass diese Rosse mehr geschätzt werden als alles andere."

„Wie lange wird eine Mutter zusehen, wie ihre Kinder hungern?", fragte Vivienne. „Möglicherweise sind die Leute eines Tages so verzweifelt, dass es ihnen gleich ist, wie seine Vergeltung aussehen könnte."

Eine Fanfare erklang und ein Spielmann sprang durch das Portal der Burg. Dabei blies er in sein Horn. Er war ebenfalls in feine Seide in leuchtenden Farben gekleidet und verneigte sich tief, als er zurück zu dieser Türöffnung blickte.

Die beiden Dorfbewohnerinnen machten höhnische Gesichter, doch ihre Mienen wurden ausdruckslos, als eine Gruppe von vier Adligen durch das Tor trat. Vivienne begriff, dass sie nicht bereit waren, den Zorn des Lairds offen herauszufordern.

Denn es war kein anderer als Nicholas Sinclair, der von Kopf bis Fuß prächtig gekleidet die Brücke über den Burggraben überquerte. Sein Haar glänzte im Sonnenlicht, die Juwelen an seinen Fingern funkelten. Er lachte über eine Bemerkung des anderen Mannes, der mit ihm ging. Diese stattliche Gruppe schritt auf die gesattelten Pferde zu.

Die Kleidung der Frauen war so prunkvoll, dass sie ein Vermögen gekostet haben musste. Ihre eng geschnürten Mieder waren mit Hermelin abgesetzt, ihre geschlitzten Ärmel hingen bis zum Boden und waren wie die Röcke mit Goldstickerei gesäumt und über und über mit Edelsteinen besetzt. Beide trugen Handschuhe aus gefärbtem Leder und hatten ihre Haare hoch aufgetürmt unter aufwendigen Hauben, die mit großen Federn verziert waren. Zwei Bedienstete huschten hinter der Gruppe her. Sie kicherten miteinander und zogen eine Grimasse über den Schlamm unter ihren Füßen.

Vivienne wandte sich ihren Begleitern zu. Sie wollte eine Bemerkung über die prächtige Kleidung der Frauen machen, doch der geschockte Ausdruck auf den Gesichtern der Männer ließ sie verstummen. Erik schien seinen Blick nicht von der Frau abwenden zu können, die den Arm seines Bruders nahm. „Was habt ihr denn?", fragte sie. „Ihr müsst doch erwartet haben, Nicholas hier zu sehen."

Erik schluckte und senkte den Kopf.

Ruari schaute Vivienne an. In seinen Augen stand Mitleid. „Die Frau, die neben Nicholas geht –"

„Sie ist so reich gekleidet wie eine Königin und sieht höchst zufrieden mit sich selbst aus", warf Vivienne ein. Sie verstand nicht, warum sie so entgeistert waren. „Ihr müsst doch so feine Kleidung auf eurer Reise gesehen haben. Natürlich haben die Bauern mit ihrem Geld dazu beigetragen und das ist schockierend, aber ..."

„Es ist Beatrice", knurrte Ruari.

Vivienne schaute entsetzt zwischen den beiden Männern hin und her. Eriks Gesicht hätte aus Stein gemeißelt sein können. „Aber doch nicht Beatrice, Eriks Frau. Die ist tot."

Ruari schüttelte den Kopf. „Sie scheint äußerst gesund zu sein."

Und da begriff Vivienne das ganze Ausmaß der Herausforderung, die vor ihr lag. Kein Wunder, dass Erik aussah, als wäre er zur Salzsäule erstarrt. Seine geliebte Frau lebte noch!

Sie wandte sich wieder um und betrachtete Eriks Gemahlin.

Tränen verschleierten ihren Blick. Sie hatte sich gründlich geirrt: Nicht nur liebte Erik seine Gattin, sie lebte auch noch!

Was bedeutete, dass Vivienne niemals seine Zuneigung gewinnen würde.

Ihre Spontaneität hatte sie in eine Sackgasse geführt.

~

BEATRICE LEBTE!

Erik traute seinen Augen kaum. Mehrere Dinge, die ihn immer verwirrt hatten, ergaben nun auf schreckliche Weise einen Sinn.

Warum hatte es keinen Hinweis auf ihre Anwesenheit gegeben, als er in Begleitung des Earls nach Blackleith zurückgekehrt war? Warum war niemand bereit gewesen, den Earl klar und deutlich über ihr Schicksal in Kenntnis zu setzen? Erik vermutete, sogar Nicholas wusste, dass der Earl von Sutherland eine sofortige Ehe zwischen ihm und der Witwe seines verstorbenen Bruders nicht befürworten würde.

Doch Beatrices Überleben war von ungeheurer Bedeutung: Erik hatte, wenn auch unabsichtlich, Ehebruch mit Vivienne begangen. Er hatte gesündigt, und er glaubte nicht, dass irgendein Richter aufgrund seiner Unwissenheit Milde walten lassen würde. Wie gründlich hatte er überhaupt nach Beatrice gesucht?

Also hatte er Vivienne auf zweifache Weise beschmutzt: einmal, indem er ihr die Jungfräulichkeit geraubt hatte, und noch einmal, indem er Ehebruch mit ihr begangen hatte. Sie noch einmal zu lieben, kam nicht in Frage. Nicht, solange er unsicher war, wie die ganze Angelegenheit geregelt werden würde.

Erik drängte Ruari und Vivienne zurück in die Schatten, während er überdachte, was die beste Vorgehensweise wäre. Die vier von Blackleith bestiegen inzwischen ihre Pferde und nahmen Jagdfalken auf die Faust. Die drei Knappen saßen auf drei edlen Zeltern auf und die Rosse machten sich geruhsam auf den Weg zum Wald.

„Glaubst du, der Laird wird Almosen von seiner Tafel verteilen, wenn er einen Hirsch erlegt?", fragte die Frau des Schmieds.

Die Müllerin zuckte die Achseln. „Er wird wohl alles selbst aufessen oder es seinen Hunden vorwerfen, ehe er denen, die unter ihm stehen, milde Gaben gewährt, darauf kannst du dich verlassen."

„Aye, da sprichst du die Wahrheit." Die beiden wechselten einen resignierten Blick, dann kehrten sie mit hängenden Schultern in ihre Katen zurück.

Erik schaute Vivienne kaum an. „Du wirst dich hier weiter versteckt halten", sagte er kurz angebunden. Er wollte nicht ihr Leben aufs Spiel setzen. Er hatte sie schon zur Sünde verleitet und so ihre Seele gefährdet, deshalb brachte er es nicht über sich, sie richtig anzusehen, so schuldbeladen fühlte er sich. „Und ich will keinen Widerspruch hören."

„Natürlich", erwiderte Vivienne so zahm, als wäre sie eine ganz andere Frau.

Da schaute Erik sie an und war erschüttert, wie bleich sie war. Niedergeschlagen stand sie da, so wie er sie noch nie zuvor gesehen hatte, und das Funkeln in ihren Augen war erloschen. Sie seufzte und setzte sich. Anscheinend hatte sie jeden Drang verloren, überhaupt irgendetwas zu tun.

Ein Schuldgefühl durchzuckte ihn. Es war offenkundig, dass sie genauso schwer an ihrer gemeinsamen Sünde trug wie er.

Erik wusste nicht, was er sagen sollte. Gleichzeitig konnte er nicht ohne ein tröstendes Wort fortgehen, denn er wusste nicht, ob er zurückkehren würde. Er machte einen Schritt auf sie zu, doch sie wandte ihr Gesicht ab. Dennoch hatte er den Schimmer ihrer unvergossenen Tränen gesehen. „Es tut mir leid", sagte er leise. „Ich hatte keine Ahnung."

„Das weiß ich", wisperte Vivienne und ihre erste Träne fiel. „Genauso wie ich weiß, dass nur mein törichtes Vertrauen an allem schuld ist."

„Du magst vieles sein, Vivienne Lammergeier, aber töricht bist du nicht."

Sie schaute durch ihre Tränen hindurch zu ihm auf und schaffte es, zittrig zu lächeln. „Ich danke dir für diese liebenswürdige Bemerkung, obwohl ich fürchte, dass du mehr Tugenden in mir siehst, als ich tatsächlich habe."

„Unmöglich", erwiderte Erik, und einen intensiven Moment lang hielten ihre Blicke einander fest. Er sah ihre Hoffnung, er erriet, was sie sich von ihm wünschte, und er war schmerzlich versucht, es ihr zu gewähren.

Aber er würde ihr erst seine Liebe schwören, wenn er ehrenvoll danach handeln konnte, nicht nur, um die Tränen einer Frau zu trocknen.

Er neigte sein Haupt in einem stummen Gruß, wandte sich ab und bedeutete Ruari mit einem Fingerschnippen, dass er mitkommen sollte. „Wir werden die Pferde der Bediensteten an uns bringen, denn sie scheinen keine geübten Reiterinnen zu sein", sagte er. „Dann werde ich Nicholas verfolgen, wohin auch immer er fliehen mag."

Der ältere Mann nickte, brummte etwas und bedachte Vivienne mit einem väterlichen Blick. Er trat an ihre Seite und legte eine Hand auf ihre Schulter. Erik hörte seine barschen Worte: „Diese Geschichte ist noch nicht zu Ende, Mädchen, darauf kannst du dich verlassen. Du weißt genauso gut wie ich, dass die einzige Torheit, die du begehen kannst, darin besteht, die Hoffnung aufzugeben, ohne zu merken, dass der Erfolg so nah ist. Alles sieht am düstersten aus, kurz bevor sich die Dinge zu den eigenen Gunsten entwickeln, so wie die Nacht kurz vor dem Morgengrauen am dunkelsten wird."

„Danke, Ruari, für deinen vernünftigen Rat", sagte Vivienne und der ältere Mann blies vor Stolz die Backen auf.

„Und es ist sicherlich ein gutes Zeichen, dass jemand meine Meinung zu schätzen weiß", sagte er mit gezwungener Fröhlichkeit. Dann ging er sichtlich ungeduldig an Erik vorbei, als hätte er auf den jüngeren Mann gewartet. Er schnippte sogar mit den Fingern dabei. „Komm, Junge, die Jagd kann nicht beginnen, solange man sich mit Gesprächen aufhält."

Vivienne und Erik wechselten einen Blick, der Eriks Herz erwärmte, bevor er sich zu Ruari umwandte. Die beiden Männer rannten los und liefen um die Wiese herum, wobei sie in den schützenden Schatten des Waldes blieben.

Ein Donnergrollen war in der Ferne zu hören und die Sonne wurde endgültig von dunklen Wolken verschluckt. Diese Wolken türmten sich immer höher und schwärzer am Himmel auf und es donnerte erneut, als sollte dies Nicholas Sinclair warnen, dass der Tag der Abrechnung nun gekommen war.

Erik wusste, keine Warnung konnte seinen Bruder auf das vorbereiten, was ihn erwartete.

Es passte nicht zu Rosamunde, Furcht zu empfinden, doch sie spürte sie bis ins Mark, als sich Ravensmuir oben auf der Klippe über ihrem Schiff in die Höhe erhob. Sie näherten sich am frühen Abend der Küste. Das hatte sie zuvor nur selten getan. Doch diesmal sah Rosamunde keinen Grund für eine List.

Tatsächlich hoffte sie, dass Tynan ihr begegnen würde. Sie musste ihn in jedem Fall aufsuchen, denn um die rachsüchtige Spriggan zufriedenzustellen, brauchte sie den Ring, den sie ihm zurückgegeben hatte.

Die Seeleute waren verstummt. Sie konnten, wie Rosamunde wusste, abergläubisch sein und würden nur noch mehr zögern, einer Frau zu dienen, wenn sie erfuhren, dass diese von einer bösartigen Fee heimgesucht wurde. Padraig stand an ihrer Seite wie ein Vormund, der entschlossen war, darauf zu achten, dass seine Schutzbefohlene eine unangenehme Aufgabe erfüllte.

Ihr Verhältnis war angespannt, seit Rosamunde erfahren hatte, dass Vivienne mit Padraigs Hilfe an Land gegangen war. Als sie erwachte, war das Schiff jedoch schon meilenweit südlich und es gab keine Möglichkeit mehr, Erik und Vivienne zu verfolgen. Nun, da sich ihr Zorn gelegt hatte, musste Rosamunde zugeben, dass Padraig es gut gemeint hatte.

Das hielt sie allerdings nicht davon ab, sich um ihre Nichte zu sorgen.

An diesem Tag zogen Wolken auf. Der Himmel war bereits rosa angehaucht und die Burganlage hob sich dagegen ab. Rosamunde musste einräumen, dass Ravensmuir für einen Haufen alter Steine eine gewisse Erhabenheit ausstrahlte, die dem Betrachter Bewunderung abverlangte.

„Wir können noch nicht einmal wissen, ob die Spriggan noch bei uns ist", beklagte sie sich. Sie war genauso gereizt darüber, dass sie dem Willen eines anderen gehorchen sollte, wie über die Tat als solche.

Padraig schnaubte. „Ich bezweifele, dass sie dich gerade jetzt verlassen würde. Dieses Wesen scheint deinen Absichten zu misstrauen, auch wenn ich nicht die geringste Ahnung habe, warum."

Rosamunde ging nicht auf diese Bemerkung ein. Wenn es nach ihr ging, konnte Padraig gut und gern den Rest seiner Tage auf Sizilien verbringen, denn er war in der letzten Zeit äußerst mürrisch geworden und hatte kein Blatt vor den Mund genommen.

Andererseits hatte sie seit dem Streit mit Tynan auch nicht ihre übliche Liebenswürdigkeit an den Tag gelegt. Die Klippen, die hoch über ihnen aufragten, warfen ihren Schatten auf das Schiff und Rosamunde erschauerte.

„Ich werde allein in die Höhlen gehen", sagte sie unvermittelt. „Denn ich weiß nicht, was passieren wird, und ich will keinen von euch in Gefahr bringen."

„Ich werde dich begleiten." Besorgnis ließ Padraigs Stimme tiefer klingen.

„Nein, diesmal nicht." Rosamunde wandte sich dem Mann zu, der am längsten von allen mit ihr gesegelt war. Das Haar an seinen Schläfen war silbern geworden und an den Augenwinkeln durchzogen feine Falten seine gebräunte Haut. Seine Augen waren schmaler geworden, obwohl sie immer noch eine leuchtende Farbe hatten, und er lachte weniger, als er es einst getan hatte. Rosamunde hatte plötzlich eine Vision von ihm, wie er auf eben diesem Schiff nach Süden segelte, ohne dass sie am Ruder stand. Sie wurde oft von solchen Visionen heimgesucht und wusste, sie tat gut daran, ihnen nicht zu misstrauen.

Sie legte ihre Hand auf seinen gebräunten Unterarm. Ihr war klar, dass es ihr letzter Abschied war, und sie fühlte Furcht vor dem, was vor ihr lag. „Nimm das Schiff", sagte sie mit belegter Stimme. „Bring mich an Land, dann nimm das Schiff und segele südwärts nach Sizilien."

Padraig runzelte die Stirn. „Aber was ist mit der Ladung?"

„Verkaufe alles. Da, wo du einen guten Preis dafür bekommst, und behalte den Erlös." Rosamunde konnte ihn nicht ansehen. Es war nicht ihre Art, solch ein großes Geschenk zu machen, und sie fürchtete, Padraig würde es stolz verschmähen, obwohl es ihm zustand.

„Aber –"

„Ich bin es dir schuldig nach all den Jahren, die du mir treu gedient hast."

„Aber das Schiff?"

„Verkaufe es ebenfalls oder behalte es. Das ist mir gleichgültig, Padraig." Rosamunde stieß einen Seufzer aus und schaute noch einmal hinauf zum dunklen Ravensmuir. „Ich habe Reichtum besessen und ich bin geliebt worden. Liebe ist besser." Sie drängte ihre Tränen zurück und zwang sich zu einem Lächeln, denn er dachte offensichtlich, sie hätte den Verstand verloren. „Es wird dir gut ergehen", sagte sie schroff. „Das habe ich vorausgesehen und wir wissen, dass alles, was ich sehe, auch eintritt."

Padraig nahm ebenfalls einen zitternden Atemzug. Sein Blick schweifte hinauf zu den Klippen, die vor ihnen aufragten. „Und was siehst du für dich selbst?"

Rosamunde schüttelte den Kopf.

Nun war es Padraig, der wegschaute. Er furchte seine Stirn. „Ich habe immer gesagt, dass du weiter blickst als die meisten, aber nicht sehen kannst, was vor deinen Augen liegt", sagte er in barschem und zugleich herzlichem Ton. „Sei vorsichtig, Rosamunde, auch wenn es nicht in deiner Natur liegt. Diese Fee will dir übel, und selbst wenn du ihr den Ring aushändigst, ist ihr Rachedurst möglicherweise noch nicht gestillt." Er senkte die Stimme. „Und sollte dich die Fee verschonen, der Laird von Ravensmuir tut das vielleicht nicht."

„Das macht nichts", erwiderte Rosamunde. Sie wusste, dass es stimmte. „Mein Schicksal liegt hier, so wie es immer war, und der einzige Weg voran führt durch die Höhlen von Ravensmuir." Sie wandte sich um und schüttelte seine Hand, damit sie den Abschied nicht noch schwerer machte als nötig. „Lebe wohl, Padraig. Möge der Wind immer deine Segel füllen, wenn du ihn brauchst."

Zu ihrem Erstaunen umarmte er sie fest, dann ließ er sie plötzlich los. Er starrte auf das Deck, seine Lippen bewegten sich einen Augenblick stumm, bevor er die passenden Worte fand. Über diese war sie so überrascht wie selten zuvor: „Wir haben hunderte Male Rücken an Rücken gekämpft, Rosamunde, und ich werde dich stets als meine Freundin betrachten." Er sah sie an, sein Gesichtsausdruck war grimmig, als wollte er sie herausfordern, mit ihm zu streiten. „Du bist immer meine einzige Freundin gewesen, doch du warst für mich so wertvoll, dass ich keine anderen Freunde brauchte."

„Kein Mensch hat je einen Freund gehabt, der treuer war als der, den ich in dir gefunden habe", antwortete sie.

„Ich schon", entgegnete er.

Sie schauten beide weg, Padraig aufs Meer hinaus und Rosamunde auf den dunklen Eingang zu den Höhlen. Nie hatten sie einander so tiefempfundene Worte gesagt und Rosamunde war klar, sie hätten das nie getan, wenn sie nicht beide befürchten würden, dass dies ihr endgültiger Abschied war.

„Ich werde auf die Flut warten", sagte Padraig mit heiserer Stimme. „Es dauert noch ein Weilchen bis zum Gezeitenwechsel. Wenn du mich brauchst, wenn du das Schiff brauchst, musst du mich nur rufen."

Rosamunde wusste, sie würde ihn nicht rufen, egal, was sie in den Höhlen erwartete. Sie wusste auch, dass sie Padraig nicht von dieser einfachen Wahrheit überzeugen konnte. Ihr Schicksal erwartete sie hier, wie auch immer es aussehen mochte, das spürte sie bis ins Mark. Sie empfand Furcht, so wie sich jeder vernünftige Mensch vor einer solchen Abrechnung fürchten würde.

Doch seinem Los konnte man nicht entgehen. Es würde auf sie warten und ihre Schritte immer wieder zurück nach Ravensmuir lenken, bis sie dem, was ihr bestimmt war, ins Auge blickte.

Sie entschied, sich ihrem Schicksal jetzt zu stellen.

Dann trennten Rosamunde und Padraig sich hastig und schweigend, denn es gab nichts mehr zu sagen. Unter den aufmerksamen Blicken der angeheuerten Matrosen kletterte sie die Strickleiter hinunter und nahm die Ruder des kleinen Bootes, das an dem Schiff vertäut war. Kraftvoll ruderte sie auf den schwarzen Schlund der Höhlen zu. Sie schwelgte in ihrer eigenen Stärke und genoss es, wie das Seewasser auf ihre Haut spritzte. Das Meer hob sie hoch und schien sie vorwärtszuschieben und die Sonne ließ die Wasseroberfläche so glitzern, als wäre sie mit Edelsteinen geschmückt.

Rosamunde fühlte sich quicklebendig und dankbar für die reichen Gaben, die sie empfangen hatte. Sie war immer gesund gewesen, hatte eine große Liebe erlebt und immer ungewöhnlich viel Glück gehabt. Sie hatte dem Tod mindestens ein Dutzend Mal ein Schnippchen geschlagen, dem Schicksal wieder und wieder bessere Bedingungen abgerungen und sie hatte nie einen Mann auf See verloren.

Erst als der kühle Schatten der Klippen sie umfing, fragte sich Rosamunde, ob sie das Glück, das ihr zugedacht war, aufgebraucht hatte und nun nichts mehr übrig war.

In diesem Augenblick glaubte sie zum ersten Mal, dass sie die Spriggan lachen hörte.

Dargs Lachen klang ganz gewiss nicht heiter.

Rosamunde band ihr Boot fest, ohne einen Blick zurück auf ihr Schiff zu werfen, als sie in die Grotte hineinschritt. Gegenwärtig spaltete ein breiter Riss, der tief unten dunkles Wasser enthielt, den Weg vom Wassertümpel in die große Höhle. Rosamunde erinnerte sich noch gut, wie unheimlich es gewesen war, als sie bei ihrem letzten Besuch in der Spalte gefangen war. Mit einem Feuerstein, den sie immer bei sich trug, zündete sie eine Fackel an und hielt sie hoch, während sie weiter in das Labyrinth hineinging.

Sie fragte sich, ob die Spriggan sie begleitete oder nicht, doch sie hatte keine Möglichkeit, das herauszufinden. Sie konnte das Wesen nicht sehen und wenn es seine Schritte den ihren anpasste, so lachte es zumindest nicht länger.

Rosamunde bewegte sich schnell und zielstrebig. Sie folgte dem Weg, den sie so gut kannte wie die Linien in ihrer Handfläche. Sie würde zu Tynans Gemach hinaufsteigen, beschloss sie, denn dort hatte sie den Ring zurückgelassen und da war es am wahrscheinlichsten, dass sie Tynan allein begegnen würde. Falls nicht und falls sie den Ring nicht mehr vorfand, würde sie sich etwas Neues einfallen lassen.

Das Labyrinth hatte Rosamunde nie beunruhigt, obwohl sie über die Jahre viele Menschen kennengelernt hatte, die es verstörend fanden. Sie hatte es immer nur als Gänge angesehen – nützliche Gänge, die mit nützlichem Zeug angefüllt waren – und als einen Irrgarten voll faszinierender Überraschungen. An diesem Tag jedoch roch es dort anders, fand sie. An diesem Tag konnte sie die Bedrohung fühlen, die von den Mauern ausstrahlte.

Vielleicht lag es daran, dass das Labyrinth leerer war, als sie es je erlebt hatte. Oder daran, dass die Reliquien in den zuvor hier aufgestapelten Kisten einen gewissen mystischen Schutz dargestellt hatten, der nun nicht mehr da war.

Vielleicht hatte Rosamunde auch einfach nur Angst.

Sie beschleunigte ihre Schritte, ging um ein paar Ecken herum, ohne Vorsicht walten zu lassen, was nicht typisch für sie war, und strebte, ohne zu zögern, in die einzelne große Höhle hinein, von der die meisten Wege abzweigten.

Sie blieb so plötzlich stehen, dass sie beinahe das Gleichgewicht verloren hätte.

Eine weitere Fackel warf ihr Licht auf den behauenen Felsboden auf der anderen Seite des Raumes. Der Mann, der diese Fackel hielt, stand fest in seinen Stiefeln da. Er rührte sich nicht, doch sie fühlte seinen Blick, der auf ihr ruhte. Gegen ihren Willen schlug ihr Herz höchst unregelmäßig.

Denn der Mann, der sie erwartete, war Tynan Lammergeier, Laird von Ravensmuir, die Liebe ihres Lebens.

~

VIVIENNE HATTE SCHON dutzende Male durch eine unüberlegte Entscheidung einen falschen Weg eingeschlagen, doch sie hatte sich noch nie so gründlich geirrt wie jetzt. Sie saß niedergeschlagen im Wald nahe Blackleith. Es kümmerte sie wenig, dass die ersten dicken Regentropfen fielen. Sie zog ihre Kapuze über den Kopf, stützte das Kinn auf ihre Faust und seufzte.

Erik und Ruari waren losgerannt und nun zwischen den Bäumen nicht mehr zu sehen. Nicholas und seine Jagdgesellschaft waren im Wald verschwunden, der von hier aus wie ein dunkler Fleck aussah. Die beiden unzufriedenen Frauen hatten ihre Katen wieder aufgesucht, die Kinder waren nach Hause zurückgekehrt und sogar die Hühner waren fort.

In ihrem ganzen Leben hatte sie sich noch nie so allein gefühlt.

Schlimmer noch: Sie trug selbst Schuld an ihrem Schicksal. Tatsächlich war ihre Lage unklar. Wäre sie Madeline, hätte sich am Ende alles vollkommen zusammengefügt, doch Vivienne hatte nie Madelines Fähigkeit besessen, die Einzelheiten wahrzunehmen, die ihren Absichten zuwiderliefen. Sie unterschätzte oft, wie groß die Herausforderung war, der sie sich stellte, und in diesem Fall würde ihre Entscheidung, Erik zu folgen, nur ihr eigenes Schicksal beeinflussen.

Alexander würde nun niemals einen Gemahl für sie finden, davon war sie überzeugt. Tatsächlich kümmerte das Vivienne wenig, denn der einzige Gatte, den sie wollte, war ein Mann, der offensichtlich schon eine Ehefrau hatte.

Sie hoffte jedoch sehnlichst, dass ihr kühner Entschluss kein schlechtes Licht auf den Charakter ihrer noch unverheirateten Schwestern warf und deren Heiratschancen nicht schmälerte.

~

DIE BEDIENSTETEN WAREN SO UNBEHOLFEN, wie Erik vermutet hatte. Es war ihm und Ruari ein Leichtes, sich von hinten an die zwei

Frauen heranzuschleichen, denn sie nahmen nichts von ihrer Umgebung wahr.

Außer, wo sich ihre Herrin befand. Die beiden verunglimpften die Wahl ihrer Kleidung und ihr Benehmen mit ungezügeltem Spott, doch sie achteten darauf, dass diese sie nicht hören konnte. Sie blieben am Rand des Waldes und ließen ihre Pferde grasen, während sie über die Seidenkleider lachten, die ihre Lady ausgewählt hatte.

„In diesem Goldton sieht sie wie eine Tote aus", gluckste die eine.

„Und die Stickerei eignet sich besser für einen Wandteppich als für den Kleidersaum einer Adligen", fügte die andere hinzu.

„Und doch bezahlt Lord Henry weiterhin den Preis für jede ihrer Marotten. Ist der Mann mit Blindheit geschlagen oder liebestrunken?"

Die zweite Zofe lachte. „Es kümmert ihn nicht, wie viel es kostet, dass sie blind bleibt."

„Was soll das heißen?"

„Das wirst du erfahren, wenn er dich eines Nachts allein in der Speisekammer findet."

„Du kannst doch nicht meinen, dass er mit dir ins Bett geht?", keuchte die erste.

Die andere war offensichtlich nicht bereit, alle ihre Geheimnisse zu teilen. „Dieser verdammte Regen", murrte sie. „Ich habe immer das Gefühl, ich muss mich erleichtern." Sie stieg ab, ließ die andere mit ihren tausend Fragen zurück und ging in den Wald hinein.

Glücklicherweise war das Stück Seil, das Erik benutzt hatte, um die Mauern von Kinfairlie hinaufzuklettern, immer noch in der Satteltasche. Nun würde es ihm von Nutzen sein, das stand fest. Er zog es vorsichtig aus der Tasche und schlich hinter der Zofe her. Sie war gerade dabei, ihr Hemd zu heben, und auf keinerlei Bedrohung gefasst, als Erik sich auf sie stürzte.

Im Nu lag sie verschnürt auf dem Waldboden, ihre Augen vor Erstaunen weit aufgerissen. Sie konnte nur einen Protestlaut ausstoßen, bevor Erik ihr ein Stück Stoff in den Mund schob.

Dieser kleine Laut genügte jedoch, um die Neugier der anderen

Bediensteten zu erregen. „Adele?", fragte sie, dann hörte Erik, dass sie ebenfalls abstieg. „Adele? Bist du ausgerutscht?"

Sie konnte nichts weiter fragen, bevor Erik ihr dasselbe Schicksal zuteilwerden ließ wie ihrer Gefährtin. Die beiden Frauen zappelten hilflos am Boden. „Ich brauche eure Pferde", sagte Erik zu ihnen. „Ihr werdet freigelassen, wenn alles geklärt ist."

Dieses Versprechen schien sie nicht zu beruhigen, doch er hatte keine Zeit, sie weiter zu beschwichtigen. Er und Ruari schwangen sich in die Sättel und ritten Nicholas hinterher.

VIVIENNE WUSSTE NICHT, wie lange sie verzagt dasaß. Es regnete heftig, als sich sechs Pferde in wildem Galopp über die Wiesen näherten. So schnell war ihr Hufschlag, dass Vivienne sich erhob, überzeugt, dass sie schlechte Nachrichten ankündigten.

Doch Erik war nicht dabei. Es waren drei Adlige von der Jagdgesellschaft, die zwei Frauen und der andere Mann, gefolgt von den drei Knappen. Alle waren bis auf die Haut durchnässt, die feine Kleidung sah vom Regen durchweicht aus.

Beatrice schleuderte ihren Jagdfalken geradezu zu einem Knappen hinüber, dann marschierte sie in die Burg. Alles in Vivienne sträubte sich dagegen, dass jemand eine angebundene Kreatur mit einer Haube – also ein hilfloses Wesen – so schlecht behandelte. Ein Wanderfalke war ein edler Jäger, der Respekt verdiente für seine Natur und allein schon im Hinblick auf die Kosten für Erwerb und Training. Als Tochter einer Familie, die sich der Ausbildung solcher Vögel und dem Handel damit widmete, war Vivienne empört.

Am liebsten würde sie diesen Vogel freilassen, nur um sicherzustellen, dass er solch einer Behandlung nicht noch einmal ausgesetzt wurde. Es würde genügen, die Frau, die mit ihrer bloßen Existenz Viviennes Traum in tausend Stücke zerschlagen hatte, leicht zu stoßen und es war vielleicht kleinlich, aber es wäre eine Tat, die dem Vogel helfen würde, der sich nicht selbst helfen konnte.

Vivienne bewegte sich vorsichtig auf den Rand des Waldes zu.

Das andere Paar blieb auf den Pferden sitzen, obwohl sich die Frau bitter über das Wetter beklagte. Die Knappen verdrückten sich. Sie eilten mit den Falken zum Stall. Ihre Zelter standen mit gesenkten Köpfen da, sie waren offensichtlich unzufrieden, im Regen zurückgelassen zu werden.

Dann liefen zwei der Jungen auf die Burg zu, hielten aber auf dem Weg inne, um schnell ein paar Worte mit dem Mann zu wechseln, während der dritte kaum einen Blick zum Gebäude hinüberwarf, bevor er seinen Zelter bestieg und dem Tier die Sporen gab. Er galoppierte in die Richtung, aus der die Gesellschaft gerade gekommen war, und er tat es so hastig, als würde er fürchten, erwischt zu werden.

Durch den Aufbruch dieses Knappen spürte Vivienne, dass etwas im Gange war. Diese Leute mussten Erik gesehen haben, dass sie so schnell aus dem Wald herausgekommen waren. Allerdings war ihr Plan für Vivienne alles andere als deutlich. Sie würde lauschen und vielleicht konnte sie eine Einzelheit aufschnappen, die Erik nützlich war. Von allen Gebäuden war der neue Stall dem Waldrand am nächsten und sie bewegte sich auf diese Stelle zu. Dabei blieb sie vorsichtig in den Schatten, obwohl es in diesem Regen für die Gesellschaft schwieriger sein würde, sie zu sehen.

„Sieh mal", sagte die Adlige. Ihre schrille Stimme drang mühelos an Viviennes Ohren. „Der feinste Damast, der in Paris zu bekommen ist, der edelste Samitstoff aus Konstantinopel, und alles ruiniert. Welcher vernünftige Mensch würde in diesen üblen Gefilden verweilen? Wenn es mal nicht regnet, hat der Regen nur Augenblicke zuvor aufgehört oder er wird Augenblicke später wieder beginnen." Sie schauderte ausgiebig. „Und die Reise ist den Fahrpreis kaum wert. Ich sage dir, Henry, wenn ich gezwungen bin, mir noch einen Hasen einzuverleiben, vor allem einen, der noch alle Knochen hat und als dünner Vorwand für eine Senfsoße dient, kreische ich vor Wut."

„Wir reisen bald ab, Liebste", erwiderte der Mann ruhig. Er war augenscheinlich an das Verhalten seiner Frau gewöhnt, obwohl er grimmig gen Himmel schaute. „Müssen wir denn sofort heute Nacht aufbrechen?", klagte er. „Sicher wird der Regen bis zum Morgen aufgehört haben."

„Meiner Meinung nach können wir nicht früh genug abreisen. Allerdings ist es nicht gerade die feine Art, dass Beatrice uns an einem Abend wie diesem zur Tür hinaustreibt. Ich wusste immer, dass sie unter ihrer feinen Kleidung von niedriger Herkunft ist. Warum verweilen wir überhaupt noch länger? Warum warten wir auf Beatrice und ihre garstigen Kinder?"

An dieser Stelle spitzte Vivienne die Ohren. Sie schlüpfte um den Stall herum und lauschte angestrengt, um noch mehr zu hören.

„Natürlich, weil ich ihr gelobt habe, dass wir sie schützen werden, Liebste."

Verdrossen ging die Frau auf ihren Mann los. „Aber warum? Wofür um alles in der Welt sind zwei kleine Mädchen gut? Wenn es Jungen wären, könntest du sie dafür ausbilden, dir zu dienen, aber Mädchen? Man muss sie verheiraten und kleiden und gewiss werden sie so eitel sein wie ihre Mutter, und das wird dich letzten Endes teuer zu stehen kommen. Und wofür? Man kann ja kaum behaupten, dass sie von adliger Geburt sind, und ich bezweifele, dass sie schön genug sind, um nur aufgrund ihrer eigenen Vorzüge eine gute Partie zu machen. Letzten Endes sind Mädchen unerträglich. Sieh nur, wie unzuverlässig diese Zofen waren. Sie konnten sich noch nicht mal im Sattel halten. Es ist mir gleichgültig, ob sie die ganze Woche benötigen, um zur Burg zurückzulaufen. Beatrice mag sich ihrer Fähigkeiten bedienen." Sie warf den Kopf nach hinten. „Ich weiß nicht, was du dir dabei gedacht hast, solch eine Vereinbarung zu treffen."

„Beatrices Töchter werden eine passende Bereicherung des örtlichen Klosters sein", sagte der Mann leise und seine Frau starrte ihn voll stummer Bewunderung an.

Vivienne hätte beinahe laut aufgekeucht, so groß war ihr Schock. Das konnten sie Eriks Töchtern doch nicht antun! Es war eine Sache, sein eigenes Kind einem Leben in innerer Einkehr zu weihen, doch niemand hatte das Recht, dies mit dem Kind eines anderes zu tun.

Wie konnten sie es wagen, solche Pläne zu schmieden?

Doch offensichtlich hatte sie nicht falsch gehört. Die Frau lächelte. „Oh Henry, du bist schlau. Wir spenden etwas, und das, ohne unsere Schatzkammer zu leeren. Werden wir denn nicht für ihren Unterhalt aufkommen müssen?"

„Verlass dich auf mich, meine Liebe. Ich werde auf irgendeine Weise ein gutes Geschäft mit ihnen machen." Henry lachte kurz auf. „Wenn das Kloster sie nicht will, wie sie sind, können wir sie schließlich auch als Dienstboten verkaufen."

Niemals! Über ihre neue Entschlossenheit, Eriks Töchtern zu helfen, vergaß Vivienne die Falken.

Die Frau kicherte. „Wir werden also doch einen Vorteil davon haben, dass wir dieses scheußliche Domizil besucht haben. Ich mag deinen Plan sehr, Henry." Sie lächelte, denn Beatrice zerrte zwei kleine Mädchen aus der Burg von Blackleith. „Und hier sind eure lieben Engelchen", rief sie in honigsüßem Ton.

Die beiden Mädchen verhielten sich kaum wie Engelchen. Vivienne merkte deutlich, dass sie ihre Mutter nicht freiwillig begleiteten, als würden sie ahnen, welches Schicksal sie erwartete. Das jüngere Kind schlurfte missmutig hinter ihr her, bis Beatrice etwas murmelte, es um die Taille fasste und mühsam hochhob.

„Komm, meine liebe Astrid", sagte sie, als ob das Mädchen nur herumtrödeln würde. Eine junge Dienstmagd von vielleicht fünfzehn Sommern schlüpfte mit zusammengekniffenen Augen durch das Portal von Blackleith, um zuzuschauen. Sie machte keine Anstalten, Beatrice zu helfen, sondern verschränkte ihre Arme vor der Brust und wich nicht von der Stelle.

„Sie scheinen dich nicht verlassen zu wollen, liebe Beatrice", sagte die Adlige zuckersüß.

„Sie haben schon geschlafen", betonte Beatrice. „Und ein Kind, das plötzlich geweckt wird, ist oft nicht gerade sanftmütig." Sie drückte einen Kuss auf Astrids Schläfe und das Kind fauchte sie ganz offen an. Beatrice ließ ein falsches Lachen hören. „Oh, sie ist so an ihre Kinderfrau gewöhnt, dass sie mich kaum erkennt, wenn sie schläfrig ist."

Das kleine Mädchen unterstrich diese Bemerkung mit einem

heftigen Tritt gegen das Bein ihrer Mutter. Beatrice verzog das Gesicht, dann schwang sie das Kind in ihre Arme und presste seine Arme und Knie fest gegen ihren Oberkörper. Astrid begann, mit voller Kraft zu treten und zu kämpfen. Beatrice ging auf das adlige Paar zu, Entschlossenheit in ihren Augen.

„Komm, Erin, du könntest mir hierbei helfen", sagte Beatrice zu dem Mädchen, dass an der Tür stand.

Die Dienstmagd schüttelte den Kopf und rührte sich nicht.

„Ich werde dafür sorgen, dass du für diesen Ungehorsam ausgepeitscht wirst", sagte Beatrice, während sie das zappelnde Kind weiter festhielt.

Erin lächelte. „Dafür müsstet Ihr mich erst erwischen." Damit drehte sie sich um und floh in den Wald.

Die drei Adligen schauten ihr nach, fassungslos über diese Aufsässigkeit.

„Man kann keine vernünftige Kinderfrau in diesem Land finden, so viel steht fest." Beatrice sprach offensichtlich mit zusammengebissenen Zähnen. „Ihr könnt euch vorstellen, welche Schwierigkeiten ich habe. Ich bin davon überzeugt, dass den Mädchen die Reise nach Süden guttun wird, und ihr werdet nicht bereuen, dass ihr mir diesen kleinen Gefallen getan habt. Wirklich, normalerweise sind sie unglaublich lieb."

Die Ältere, Mairi, lief mürrisch hinter ihrer Mutter her und hatte offensichtlich auch nicht die Absicht, lieb zu sein.

„Beeile dich", fuhr Beatrice das Kind an, dessen Gesichtsausdruck störrisch wurde, während die Mutter sich umdrehte, um ihre Gäste strahlend anzulächeln.

Mit drei jüngeren Schwestern und einem Haushalt, in dem es nicht immer friedlich zugegangen war, erkannte Vivienne das Funkeln in Mairis Augen. Sie stellte sich auf Ärger ein – den Ärger, den ein wütendes kleines Kind machen konnte.

Mairi bewegte sich mit ungewöhnlicher Schnelligkeit. Sie machte einen Satz nach vorn und trat absichtlich auf den Rocksaum ihrer Mutter. Mit der Ferse bohrte sie den fein bestickten Stoff so rachsüchtig in den Matsch, dass Vivienne wusste, es gab keine Zuneigung zwischen der Mutter und diesem Mädchen.

Beatrices Säume waren so lang und aufwendig, dass sie ein halbes Dutzend Schritte machen konnte, bevor sie merkte, was das eine Kind getan hatte, während sie mit dem anderen kämpfte. Erst dann spannte sich der Stoff um ihre Knie. Beatrice hatte nur noch genug Zeit, um zu keuchen und die Wahrheit zu erkennen, ehe sie über ihre weiten Röcke stolperte und in den Schlamm fiel. Astrid nutzte es aus, dass sich der Griff ihrer Mutter gelockert hatte, und sprang aus ihren Armen. Vivienne sah, wie Mairis Gesicht vor boshafter Zufriedenheit aufleuchtete, als Beatrices Kleid hörbar zerriss.

Mit erstaunlicher Geschwindigkeit sprang Beatrice auf und schlug Mairi voll ins Gesicht. Es platschte, als das kleine Mädchen in den Matsch stürzte und empört zu schreien anfing. Mit einer heftigen Bewegung riss Beatrice ihre Säume aus dem Dreck, packte Astrid und setzte der Adligen das Kind auf den Schoß.

Die Frau zuckte angewidert zurück. „Ich kann das Kind nicht halten!", schrie sie und hob ihre Hände, als würde sie sich davor fürchten, das Mädchen auch nur zu berühren. Sie schaute sich entsetzt um. „Sicher gibt es doch eine Magd oder ein Kindermädchen oder irgendeine Person, die sie begleiten kann. Sieh, wie das Kind mein Kleid beschmutzt. Henry!"

Astrid warf einen Blick auf das Gesicht der Frau und begann, lauthals zu weinen. Beatrice versuchte, Mairi hoch- und zu dem Paar hinzuzerren, aber das Kind war groß und schwer genug, sodass es nicht einfach gegen seinen Willen bewegt werden konnte.

Inzwischen brachten die Knappen mehrere prall gefüllte Satteltaschen aus der Burg. Unbeirrt beluden sie die beiden Zelter, die noch im Regen standen.

„Ihr müsst mit Henry und Arabella mitgehen", befahl Beatrice der protestierenden Mairi. „Sie werden euch hübsche Geschenke geben, schöne Kleidung und so köstliches Essen, dass ihr denkt, ihr wärt im Paradies."

Mairi schaute ihre Mutter böse an. „Begleitest du sie?", fragte sie argwöhnisch.

Beatrice lächelte für ihre Gäste. „Ich weiß, dass du mich vermissen wirst, Mairi, aber ich muss im Augenblick hierbleiben. Wir sehen uns bald wieder." Sie beugte sich hinunter, um die Wange des Kindes zu küssen, doch Mairi stieß sie weg und ließ einen schlammigen Handabdruck auf Beatrices Wange zurück.

Das kleine Mädchen stand aus dem Schlamm auf, ging zu Henrys Steigbügeln hinüber und hob ihre Arme. „Hoch", verlangte sie und Henry schien nicht zu wissen, was er tun sollte.

Vivienne konnte sich vorstellen, dass dieses Paar plötzlich die Vorzüge der zwei Bediensteten sah, die sie im Wald zurückgelassen hatten.

Und da kam ihr ein Einfall. Sie zog ihren Umhang fester um sich, um ihr feines Kleid besser zu verbergen. Ihr Umhang war verschmutzt, daher würde er keinen Verdacht erregen. Sie versteckte hastig Eriks Nadel darunter, dann trat sie aus den Schatten. Ihre Kapuze hatte sie über ihr Haar gezogen.

„Ich würde gern meine Hilfe anbieten", sagte sie und die Gruppe fuhr erschrocken herum und sah sie an.

„Wer bist du?", fragte Beatrice.

„Ich bin eine Dienerin, eine Freie, die in den Dienst einer adligen Familie treten möchte. Beim Earl von Sutherland hörte ich, dass es weiter im Norden einen vornehmen Wohnsitz gibt, wo meine Fähigkeiten vielleicht benötigt werden, und aus diesem Grund kam ich von so weit hierher."

„Welche Fähigkeiten hast du?", fragte Arabella.

„Ich war eine Amme", log Vivienne. „Und ich war für kleine Mädchen verantwortlich. Ich kann sie die Kunst des Stickens und gute Umgangsformen lehren."

„Warum hast du deine vorige Anstellung verlassen?", erkundigte sich Beatrice.

Vivienne wünschte, sie könnte auf Kommando rot werden. „Ich hatte Angst", begann sie und bemühte sich, eine plausible Erklärung zu ersinnen. Henry betrachtete sie mit einem abschätzenden Blick, der sie wirklich erröten ließ, und da hatte sie eine Idee. „Ich hatte

Angst, wieder Amme zu werden", sagte sie und die Frauen nickten gleichzeitig.

Arabella stupste Henry mit einer Fingerspitze an. „Glücklicherweise brauchst du in unserem Haushalt solche Befürchtungen nicht zu haben – oder, Henry?"

„Natürlich nicht, meine Liebe", erwiderte der Mann mit einigem Unbehagen. „Aber bist du sicher, dass wir eine solche Frau benötigen? Immerhin wäre das ein weiterer Esser an unserem Tisch."

„Hoch!", verlangte Mairi. Astrid griff nach einer Perle, die auf Arabellas Kleid aufgenäht war, und zwar mit solcher Kraft, dass das Kleinod vom Stoff abriss. Die Perle fiel in den Schmutz und rollte weg. Vivienne beeilte sich, sie aufzuheben und der Adligen zurückzugeben.

„Du musst weit gereist sein." Arabella musterte sie aufmerksam, als sie die Perle annahm.

„Die Wollust von Mylord war in der Tat stark ausgeprägt." Die Flecken auf Viviennes Wangen wurden bei diesem Geständnis noch dunkler.

Die Frau betrachtete sie ganz offen, dann nickte sie. „Wenn du einen anderen Adligen in meinem Heim verführst, werde ich dafür sorgen, dass du ausgepeitscht wirst."

„Verstanden, Mylady." Vivienne neigte den Kopf, wie die Bediensteten in Kinfairlie es taten. „Es ist meine Absicht, Euch zufriedenzustellen, Mylady." Vivienne unterstrich diese Aussage, indem sie Astrid vom Schoß der Frau hob und sie fest an sich drückte. Das Kind schaute sie misstrauisch an, doch zu Viviennes Erleichterung schrie es nicht.

„Baldwin, du wirst mit Algernon reiten und der Bediensteten den anderen Zelter überlassen", befahl Henry seinen Knappen. „Kommt, wenn wir sofort losreiten, können wir vor Mitternacht die Gastfreundschaft des Earls in Anspruch nehmen."

Es war Mairi, die Viviennes List beinahe vereitelt hätte, denn als sie einmal auf ihrem Schoß saß, schlüpfte sie unter Viviennes Umhang. Vivienne dachte, die Mädchen würden frieren, und ließ es nah an sich heranrücken, doch Mairi hob ihre Hand, um die silberne Nadel zu berühren.

Ihre Finger schlossen sich darum und Vivienne blieb beinahe das Herz stehen. Der Griff und das plötzliche Verstummen ließen sie fürchten, dass das Kind die Nadel erkannte.

„Schhhh", wisperte sie dem Mädchen zu. Dabei versuchte sie, nicht die Aufmerksamkeit des adligen Paares zu erwecken, das genau vor ihr ritt. „Du brauchst nicht zu weinen. Wir werden schon bald in einem warmen Bett liegen mit gutem Essen im Bauch."

Mairi betastete die Nadel weiter. Ihre Augen blickten lebhaft. Sie waren von einem intensiven Blau, das an Erik erinnerte – und schauten verständnisinniger, als es in ihrem Alter der Fall sein sollte. Sie begegnete Viviennes Blick so ernst, die Finger fest um die Nadel geschlossen, dass diese sich fragte, inwieweit sich das Kind an seinen Vater und dessen angeblichen Tod erinnerte.

„ICH HABE DAS SCHIFF GESEHEN", sagte Tynan und räusperte sich, als ob er sich in diesem Augenblick genauso unbehaglich fühlte wie Rosamunde.

Sie erwiderte nichts.

„Ich sah das Schiff und wusste, dass du zurückkehrtest. Ich hatte gehofft, du würdest allein kommen."

„Warum?" Rosamunde wagte nicht, auf Freundlichkeit zu hoffen nach den barschen Worten, die er zu ihr gesagt hatte, als sie das letzte Mal auseinandergegangen waren.

Tynan senkte den Kopf und schien über Gebühr fasziniert von seinen Stiefelspitzen. „Weil ich dich um Vergebung bitten muss und in solchen Situationen fehlt mir das Geschick."

Rosamunde spürte, wie ihr Widerstand nachließ, denn sie wusste, Entschuldigungen kamen diesem stolzen Mann genauso schwer über die Lippen wie ihr. „Dir fehlt in keiner Situation das Geschick."

Er verzog den Mund zu einem flüchtigen Lächeln, was seine Miene bloß für einen Moment gelöster aussehen ließ, doch dann kehrte die Anspannung zurück und er runzelte erneut die Stirn. „Danke, aber du bist zu freundlich." Tynan kam ein paar Schritte näher und Rosamunde sah neue Sorgenfalten um seine Augen.

Vielleicht war diese Zeit der Trennung für ihn genauso schwierig gewesen wie für sie. Es war ein verlockender Gedanke.

Tynan schluckte sichtbar. „Ich habe das Schlimmste von dir gedacht, als du Rhys FitzHenrys Werbung um Madeline unterstützt hast, statt dich nach der Wahrheit zu fragen." Er bezog sich auf ihren lautstarken Streit über das Wohlergehen ihrer Nichte. Er hatte vor Monaten stattgefunden, jedoch konnte die bloße Erinnerung daran Rosamunde immer noch zur Weißglut bringen. „Ich nahm an, er wäre wirklich ein Verräter, weil man ihn deswegen angeklagt hatte, aber du musst gewusst haben, dass falsche Anschuldigungen gegen ihn erhoben wurden."

„So war es."

„Ich bitte um Verzeihung, dass ich geglaubt habe, du hättest Madeline ohne guten Grund in Gefahr gebracht. Ich war zu sehr in Sorge, um zu sehen, dass dies gar nicht zu dir gepasst hätte, denn du hast die Deinen immer beschützt."

Rosamunde neigte zustimmend ihren Kopf. „Und du hast zu Recht vermutet, dass ich mich mit Schurken abgab. Es ist bekannt, dass ich das getan habe."

„Ich war ungerecht." Tynan räusperte sich wieder und tat einen weiteren Schritt auf Rosamunde zu. Nun konnte sie das Funkeln in seinen Augen sehen und hören, wie schnell sein Atem ging. Konnte es sein, dass er sich genauso beklommen fühlte wie sie?

„Und ich bitte um Verzeihung", fuhr er fort, „denn dein Vorwurf, dass ich dich ungerecht behandelt habe, traf zu. Ich wusste, dass du glaubtest, ich wollte dich heiraten, als wir uns entschlossen haben, die Reliquien zu versteigern, und dennoch habe ich meine wahren Absichten nicht deutlich gemacht. Ich wusste, du glaubtest, unsere Zukunft würde beginnen, als wir eine weitere gemeinsame Nacht verbracht haben, und ich konnte es nicht über mich bringen, dir die Wahrheit zu gestehen – doch ich konnte es auch nicht ertragen, mich von dir zu trennen, ohne dich ein letztes Mal geliebt zu haben.

Ebenso war es falsch von mir, dir jegliches Vermächtnis von Ravensmuir zu versagen."

Nun räusperte sich Rosamunde und trat einen Schritt näher. „Ich hätte nichts stehlen sollen", räumte sie ein und wurde mit einem kurzen Lächeln von Tynan belohnt.

„Du wurdest provoziert."

„Ich war wütend."

Er senkte den Kopf. „Ich war ein Narr."

Beinahe hätte Rosamunde ihre Arme nach ihm ausgestreckt, doch dann wurde ihr bewusst, dass er nun nichts anderes versprochen hatte. Sie wartete und beobachtete ihn genau. Er hob seine linke Hand und sie sah den Silberring blitzen, den sie zuvor getragen hatte. Er zierte seinen kleinen Finger und bedeckte beinahe den Knöchel.

Sie schaute hoch und sah, dass Tynan sie betrachtete. „Heirate mich, Rosamunde", wisperte er heiser. „Wenn du mir vergeben kannst."

„Aber was ist mit Ravensmuir?"

Er seufzte, runzelte die Stirn und schaute weg. „Ich fürchte, es ist verloren."

Zorn flammte in Rosamunde auf und sie hob ihr Kinn. „Also würdest du dich mit mir versöhnen, weil du nichts mehr übrig hast, was du schützen musst? Ich werde keines Mannes Trost sein!"

Tynan hob eine Hand, um ihren Wortschwall aufzuhalten, und schüttelte den Kopf. „Archibald Douglas würde mit mir verhandeln, doch je länger ich das hinauszögere, desto härter werden seine Bedingungen. Er treibt mich jeden Tag weiter in den Ruin. Ich war bereit, eine Frau aus seiner Familie zu heiraten, um den Vertrag zu besiegeln, wenn das Ravensmuir retten würde, doch ich bin nicht bereit, meinen Neffen Malcolm zu verleugnen."

„Sie werden Ravensmuir nur fortbestehen lassen, wenn du einen Erben mit einer Frau aus ihrer Familie zeugst", vermutete Rosamunde und Tynan nickte.

„Und Malcolm wird mit nichts dastehen, obwohl ich gelobt habe, ihn zu meinem Erben zu machen." Tynan hob eine Faust, Zorn loderte in seinen Augen. „Eine Zusage sollte man einhalten und ein Mann sollte die Schwüre eines jeden respektieren, mit dem er verhandeln will. Douglas hingegen misst Versprechen keine Bedeutung bei, die nicht seinem Ehrgeiz dienen. Ich werde seine Forderungen nicht länger hinnehmen, obwohl dies bedeutet, dass ich ihn nicht so leicht von meinen Toren fernhalten kann."

„Ravensmuir wird von seinen Nachbarn belagert werden", stellte Rosamunde leise fest.

„Wir werden ganz sicher bestürmt werden." Tynan zuckte die Schultern, seine Augen glühten. „Vielleicht wäre Ravensmuir sowieso angegriffen worden. Vielleicht hätte die Braut, die sie für mich ausgesucht hätten, das Fallgitter für sie geöffnet. Ich weiß es nicht. Es ist mir gleichgültig." Seine Stimme wurde lauter. „Ich wurde zu sehr bedrängt und das lasse ich nicht länger zu." Er zog den Ring von seinem Finger und bot ihn Rosamunde an, sein Blick entschlossen. „Heirate mich, Rosamunde, denn ich liebe dich wirklich."

Aber Rosamunde zögerte. Hier hatte sie alles, von dem sie geglaubt hatte, sie würde es sich wünschen, und doch hielt ein schreckliches Vorzeichen sie zurück. Sie schaute auf den Ring, den sie einst getragen hatte, und erzitterte, denn sie sah ihn als ein dunkles Omen an. In dem Moment fürchtete sie, dass Tynans Liebe zu Ravensmuir einmal mehr zwischen sie kommen würde.

„Ich soll dich heiraten, weil es dich nicht länger kümmert, was die Nachbaren über deine Braut denken?", neckte sie ihn.

Tynan lachte. „Sie sind ein hinterlistiger Haufen und Kriegstreiber. Keinen Menschen von Verstand könnte es kümmern, was sie denken." Er zeichnete die Rundung ihrer Wange mit einer Fingerspitze nach und ein Feuer leuchtete in seinen Augen auf. Seine Stimme war heiser, als er fortfuhr: „Ich habe dich vermisst, Rosamunde. Nimm meinen Ring an und komm zurück in mein Bett."

„Ich dachte, ich wäre keine angemessene Herrin für Ravensmuir."

„Nur weil ich töricht genug war, dies zu behaupten. Ich hatte Unrecht."

„Aye, das hattest du", sagte Rosamunde. „Was für ein Glück für dich, dass ich eine Frau bin, die vergeben kann."

„Das bist du nicht, und deshalb wäre deine Vergebung ein außerordentliches Geschenk." Tynan zog eine Braue hoch.

Sie war eine Törin, weil sie Angst hatte, das anzunehmen, was sie sich ersehnt hatte, wenn es in ihre Reichweite kam. Kein Schatten lag vor ihr, nur die ungewohnte Aussicht, an einen anderen Menschen gebunden zu sein.

Rosamunde lächelte und trat weiter vor. Damit überbrückte sie den letzten Abstand zwischen ihnen. „Ich denke, wir nehmen unsere gegenseitigen Entschuldigungen an." Sie hob ihre Hand. Tynan hielt den Ring zwischen Daumen und Zeigefinger und Rosamunde lächelte, als er ihn ihr wieder ansteckte. Das Silber schimmerte, der Ring glitt an ihrem Finger hinunter und da erfüllte ein hässlicher Schrei die Höhle.

KAPITEL 17

Als Erik und Ruari die Verfolgung der Jagdgesellschaft aufnahmen, fielen gerade die ersten dicken Regentropfen vom Himmel.

„Dies ist vorteilhaft für uns", stellte Ruari erfreut fest. „Die Frauen werden bestimmt zur Burg zurückwollen. Und wenn die Gesellschaft umkehrt, werden wir ihrer sicher habhaft werden können."

Sie trieben die Zelter an und die Rosse galoppierten den Pfad entlang, der ins Unterholz des Waldes geschlagen worden war. Vor ihnen lag ein heller Punkt, dann brachen die Pferde auf eine Lichtung durch. Der Wechsel war überraschend, nicht zuletzt, weil plötzlich ein Wolkenbruch auf sie niederging.

Erik spuckte und schüttelte das Haar aus seinen Augen. Sein Pferd verlangsamte seinen Schritt und dann sah er, warum.

Auf der anderen Seite der Lichtung kam eine Gruppe von vier Rossen aus dem Wald.

Die Pferde wieherten sich an. Bevor Erik seine Kapuze über den Kopf ziehen konnte, fluchte Nicholas lautstark. Beatrice schrie ihrem Tier etwas zu, schlug es in die Seite und trieb es an, links an Erik vorbeizulaufen. Die anderen Pferde rannten hinterher, das adlige Paar im Sattel sah nass und verwirrt aus.

Nicholas hätte sich ihnen vielleicht angeschlossen, doch Erik brüllte laut. Er gab seinem Ross ein Kommando und hielt auf seinen verräterischen Bruder zu. Ruari bewegte sich schnell an seine linke Seite und gemeinsam sorgten sie dafür, dass Nicholas nicht zur Burg fliehen konnte.

Nicholas wendete sein Pferd plötzlich und jagte in entgegengesetzter Richtung davon, zurück in den Schutz des Waldes. Erik erriet sofort das Ziel seines Bruders und trieb sein Pferd an, die Verfolgung aufzunehmen.

Von dieser Stelle an ging es bergauf. Der höchste Punkt war ein kahler Hügel, den Erik gut kannte. Von oben konnte man bis zur Nordsee blicken. Erik und Nicholas hatten als Jungen oft da gespielt, denn dort gab es eine alte Gruppe von aufrecht stehenden Steinen, die zahlreiche Verstecke boten.

Es begann, in Strömen zu gießen, doch der kalte Regen kümmerte Erik nicht. Sein Puls beschleunigte sich und er trieb den Zelter immer stärker vorwärts, obwohl er dadurch Ruari weit hinter sich ließ.

Er galoppierte zur Spitze des Hügels, der kahl war bis auf eine Fülle von kniehohem, blühendem Heidekraut. Im Steinkreis vor ihm vollführte Nicholas eine scharfe Wende mit seinem Pferd. Als ein Blitz über den Himmel zuckte, scheute das Tier.

„Die Abrechnung kommt, Nicholas", schrie Erik.

Sein Bruder lachte. „Doch sicherlich nicht von dir? Vertraust du mir nicht mehr, mein Bruder?"

„Du hast mich schon vor langer Zeit gelehrt, was für ein Wahnsinn das wäre", erwiderte Erik. Er brachte sein Pferd im Kreis zum Stehen und stellte sich seinem Bruder im Regen. So durchweicht sah Nicholas' Tappert weniger prachtvoll aus und seinem goldenen Haar fehlte der gewohnte schimmernde Glanz. Es hatte ihn immer gestört, wenn er nicht möglichst gut aussah, und er blickte Erik böse an, als ob der den Regen herbeigerufen hätte.

Dann grinste er. „Allerdings hat es sehr lange gedauert, bis du diese Lektion gelernt hast. Ich muss zugeben, ich dachte, du würdest es nie begreifen."

„Es ist weniger niederträchtig, gut über seine eigene Verwandtschaft zu denken als schlecht." Erik zückte herausfordernd sein Schwert.

Nicholas holte plötzlich voller Wut aus und die Klingen trafen aufeinander. Nicholas' prallte an Eriks ab, so schnell hatte der sein Schwert zur Verteidigung gehoben.

„Du warst immer verdammt flink." Nicholas griff erneut an.

Diesmal jedoch zielte er auf das Pferd. Erik fluchte und versuchte, die Klinge seines Bruders abzuwehren, doch er kam nicht heran und sie traf den Hals des Tieres.

Das Ross wieherte vor Furcht und Nicholas lachte. Es war nur eine leichte Verletzung, doch das Pferd war verängstigt und in Nicholas' Augen stand tödliche Entschlossenheit. Erik schwang sich aus dem Sattel und brauchte kaum die Flanken des Zelters zu berühren, damit das Tier floh.

Nicholas' Lächeln wurde breiter. „Nun sind die Chancen ausgeglichener", sagte er und schwang seinerseits die Waffe in Eriks Richtung. Ihre Klingen klirrten, als sie sich immer wieder kreuzten. Nicholas' Schlachtross tänzelte zur Seite und schnaubte, als der es zwang, im Kreis um Erik herumzulaufen. Von hinten stieß er nach unten zu und brachte Erik eine Schnittwunde bei, die quer über seine Schultern verlief.

Erik schwang sein Schwert und hätte seinen Bruder mit reiner Körperkraft beinahe vom Pferd gerissen. Dies brachte ihn auf eine Idee. Er wagte es nicht, seine ganze Stärke im Kampf einzusetzen, um das Tier nicht zu verletzen. Er wartete, bis Nicholas mit seinem Schwert erneut ausholte, und hieb dann plötzlich kraftvoll zu.

Nicholas schrie vor Schmerz auf, als die Klinge in die Innenseite seines Oberarms drang. Seine Augen funkelten zornig und er stieß mit seiner Waffe sofort mit gefährlicher Wucht nach unten. Erik duckte sich unter dem mächtigen Schlachtross durch und riss auf der anderen Seite den Fuß seines Bruders aus dem Steigbügel. Das sowie der Schwung, den Nicholas selbst hatte, ließen ihn zu Boden stürzen.

Nicholas fluchte. Er rollte sich im Fallen ab, kam wieder auf die

Füße und verengte die Augen. Sein Schlachtross floh mit schlackernden Zügeln den Hügel hinunter und brachte sich in Sicherheit.

Erik beging den Fehler, dem Tier hinterherzublicken. Einen Herzschlag lang schaute er weg und in dem Augenblick stach Nicholas zu. Am Rande seines Gesichtsfeldes nahm Erik das Blitzen der Klinge wahr und sprang zurück.

Der Stahl verletzte seinen Arm, es war ein tiefer und sauberer Schnitt. Die Wunde blutete stark, doch er ignorierte den Schmerz. Erneut hob er sein Schwert. „Du könntest wenigstens einen ehrenhaften Kampf führen", sagte er.

Nicholas lächelte. „Bis jetzt hat mir meine Taktik gute Dienste geleistet", erwiderte er und zog eine Augenbraue hoch. „Kein Mensch hat dich hier vermisst, Erik, so viel steht fest. Deine Frau hat mehr Vergnügen in meinem Bett, deine Töchter nennen mich Vater und Blackleith hat noch nie so floriert. Unser eigener Vater kannte die Wahrheit, als er dich eine Schande für den Schoß unserer Mutter nannte."

„Hast du ihn ehrenvoll begraben? Oder war dir das zu lästig?"

Ihre Klingen trafen mit einem lauten metallischen Klirren aufeinander. Die Brüder wichen zurück und umkreisten einander misstrauisch.

Nicholas gluckste. „Die Toten erzählen keine Geschichten, Erik, und ich werde dieses Schweigen nicht brechen. Der alte Mann ist nicht mehr. Zuletzt war er auf meiner Seite. Zumindest habe ich ihn am Ende von meinen Verdiensten überzeugt."

„Hast du das?"

„Kannst du dir nicht vorstellen, wie es mich geärgert hat, immer mit dir verglichen zu werden? Mit dir! Mit dir, der du keine Lüge, keine heuchlerische Geschichte über die Lippen bringen konntest, der du keine Frau bezaubern konntest, die nicht schon vernarrt in dich war, und der du dich nie um dein Aussehen gekümmert hast. Und doch hat unser Vater niemals aufgehört, deine Leistungen zu loben und meine Unzulänglichkeiten zu bemängeln. Es war, gelinde gesagt, ermüdend." Nicholas lächelte. „Ich fand es herrlich, dass er am Ende vollkommen abhängig von mir war, dass er um

Gnade betteln musste, um dreimal am Tag eine Mahlzeit zu bekommen."

„Du kannst ihn nicht so erniedrigt haben!"

Nicholas lächelte nur.

Dann keuchte er vor Entsetzen über die Gewalt von Eriks Angriff. Erik schwang seine Waffe mit aller Macht und trieb Nicholas rückwärts gegen einen Stein. Sein Schwert verharrte genau unter dem Kinn seines Bruders und Nicholas ächzte, als sich auf der Klinge ein dünner Blutfaden mit dem Regenwasser mischte.

„Du wirst in der Hölle schmoren für diesen Verrat", knurrte Erik. „Du wirst brennen, und das zu Recht, weil du den Mann, dem du dein Leben verdankst, so entehrt hast."

Nicholas' Blick wurde härter. Er schürzte die Lippen, dann spuckte er Erik ins Auge.

Erik blinzelte, und eine bessere Gelegenheit brauchte sein Bruder nicht, um unter der schweren Klinge hervorzuschlüpfen. Sie verfolgten einander um die Steine herum, die Schwerter klirrten, ihre Füße rutschten im Matsch aus und dann verlor Erik seinen Bruder aus dem Blick.

Er drehte sich langsam um sich selbst und lauschte aufmerksam. Er hörte nichts außer dem rauschenden Regen, er sah nur das Heidekraut, das davon niedergedrückt wurde.

„Ha!", schrie Nicholas unmittelbar zu seiner Rechten. Erik fuhr herum, doch es war zu spät. Nicholas hatte seine Klinge unter den Griff von Eriks Schwert geschoben. Weil seine Finger glitschig vom Regen waren, konnte Erik seine Waffe nicht fest genug halten, sodass es seinem Bruder gelang, sie ihm aus der Hand zu schlagen und wegzustoßen.

„Wie traurig, dass du nicht ehrlich kämpfen kannst wie ein Mann mit Anstand", sagte Erik.

„Ich will siegen, egal, auf welche Weise", erwiderte Nicholas.

„Du siegst, indem du betrügst, denn nur so kannst du gewinnen." Erik begegnete dem Blick seines Bruders. „Vivienne Lammergeier sagte das und zweifellos kennt sie dich weitaus besser als ich."

Nicholas erstarrte. „Vivienne? Du bist Vivienne begegnet?"

Erik zog seinen Dolch und nickte. „In der Tat, das bin ich, und du hast es richtig gesagt: Die Lady ist ein Wunder."

Schockiert stand Nicholas da. „Du bist doch nicht mit ihr ins Bett gegangen?"

Erik lächelte bloß.

Nicholas stürzte sich auf ihn. Schwert und Dolch trafen in wilder Heftigkeit aufeinander, die Klingen kreuzten sich gefährlich nah an Eriks Gesicht. Er schlug zurück, stöhnte von der Anstrengung, und es gelang ihm, Nicholas' Wange zu streifen.

Der Mann schrie auf, als er zurücksprang und die Hand an sein Gesicht hob. „Entstelle mich nicht!"

„Er schuldet dir sicher nicht mehr und nicht weniger", warf Ruari ein, der plötzlich hinter einem Stein hervorkam. Nicholas drehte sich um und richtete seine Waffe gegen Ruari. Sein Schwert war jedoch groß und schwer und Erik nutzte den Augenblick. Er stürzte sich auf seinen Bruder und verletzte ihn an der Hand.

Das Schwert fiel zu Boden. Nicholas' Blut strömte. Er wich zurück und stieß an einen Stein, sein Blick schnellte zwischen Ruari und Erik hin und her. „Das ist also das Ende? Du tötest deinen eigenen Bruder wie einen Hund und lässt ihn unbeweint auf diesem Hügel zurück?"

Erik zögerte.

„Du hast versucht, deinem eigenen Bruder dasselbe anzutun", bemerkte Ruari. „Und du hattest keinen Grund."

„Hör auf mit deinem Geschwätz!", zischte Nicholas und warf dann einen verstohlenen Blick auf das Gelände außerhalb des Steinkreises.

„Dein Knappe ist tot", sagte Ruari ungerührt. „Ich hätte den Jungen am Leben gelassen, doch er war entschlossen, mein Ende herbeizuführen. Ich konnte nicht viel mehr tun, als für seines zu sorgen. Was für ein Schuft bist du, dass du einem Jungen in diesem Alter beibringst, bis zum Tod zu kämpfen, selbst wenn der Feind ihm überlegen ist?"

Nicholas presste die Lippen aufeinander, doch er würdigte Ruari keiner Antwort. Er richtete seinen durchdringenden Blick auf Erik.

„Willst du mich wirklich töten, mein Bruder? Wir könnten uns versöhnen und Blackleith gemeinsam führen. Beatrice würde mit Freuden zu dir zurückkehren, zumindest, wenn ich es ihr befehle, davon bin ich überzeugt."

Ruari schnaubte.

Erik spürte keinen Drang, seinen letzten Verwandten zu töten, ehe er nicht sicher war, was Nicholas' Absichten waren. Der Regen prasselte auf sie herunter, Donner grollte. Nicholas leckte sich über die Lippen, in seiner Angst atmete er schnell und eine Erinnerung wurde in Erik wach.

Eine schreckliche Wahrheit erfüllte seine Gedanken, eine Überzeugung, die keine Entschuldigung für seinen Bruder zuließ. Erfüllt von neuer Entschlossenheit bedeutete Erik Ruari mit einer ungeduldigen Geste, dass er sich zurückziehen sollte.

Ruari tat, was er wollte, doch mit offensichtlichem Widerstreben.

Erik nahm seinen Dolch unter dem begierigen Blick seines Bruders in die linke Hand. Dann drehte er die Handfläche langsam nach oben, löste die Finger und warf die Waffe weg.

Nicholas verschwendete keinen Augenblick. Mit ausgestreckten Fingern stürzte er sich auf Erik.

Doch der war vorbereitet. Blitzschnell griff er hinter sich und zog den Langdolch seines Vaters aus seinem Gürtel, während sich Nicholas' Finger um seinen Hals schlossen. Er hob die Waffe und trieb sie zwischen Nicholas' Schulterblätter. Als die Klinge eindrang, beobachtete er, wie sich die Augen seines Bruders weiteten.

Nicholas' Griff lockerte sich in dieser tödlichen Umarmung und sein Blick wurde vor Schmerz glasig.

„Heute regnet es", wisperte Erik. „So wie es an dem Tag geregnet hat, als mir diese Narben zugefügt wurden."

Nicholas starrte ihn an und Erik wusste nicht, ob er seine Worte verstand.

Doch sie mussten noch ausgesprochen werden.

„In Zeiten der Gefahr werden die Sinne eines Mannes schärfer. Ich erinnere mich an das Geräusch der Atemzüge meines letzten Angreifers, ich erinnere mich an das Geräusch seiner Stiefel auf der

Straße, den Rhythmus seiner Schritte. An seinen Geruch." Erik hob die schlaffen Finger seines Bruders von seinem Nacken und für einen Augenblick stützte er Nicholas' Gewicht mit seinen Händen. „Heute rieche ich ihn wieder. Du hast doch sicher nicht geglaubt, ich würde es vergessen!"

„Du solltest es nie erfahren", wisperte Nicholas. „Du solltest nicht leben und dich erinnern können."

Erik ließ seinen Bruder zu Boden fallen und sterben, im Dreck und allein. Er machte einen Schritt über Nicholas hinweg, zog den Langdolch seines Vaters aus dessen Rücken und trat aus dem Steinkreis.

Obwohl er wusste, dass er das Richtige getan hatte, fühlte er keinen Stolz auf seine Tat. Erik begann, die alte Waffe der Sinclairs im Heidekraut abzuwischen. Er wollte sie reinigen vom Blut eines Sinclairs. Dabei merkte er, dass ihm Tränen über das Gesicht liefen, die sich mit dem Regen mischten, und er war sich bewusst, dass Ruari dicht an seiner Seite war.

„Lass mich die Klinge säubern, Junge", murmelte der ältere Mann und Erik überließ ihm den Dolch.

Er würde nie wieder auf diese Anhöhe steigen, denn er würde nie vergessen, dass er selbst das Blut vergossen hatte, das den Hügel befleckte.

Der ältere Mann legte eine Hand auf Eriks Schulter und seufzte. „Es gereicht einem Mann zur Ehre, wenn er eine unangenehme Aufgabe erledigen kann, und erst recht eine, die erfüllt werden muss. Dein Vater wäre stolz auf dich, Erik Sinclair, darauf kannst du dich verlassen."

„Mein Vater würde heute mit mir weinen, Ruari", sagte Erik leise. „Daran besteht kein Zweifel."

IN DEN HÖHLEN von Ravensmuir gellte im selben Augenblick ein schriller Schrei in den Ohren von Rosamunde und Tynan.

„Königsring aus Silber fein, schwört euch die Treue, doch er ist MEIN!"

Ein wilder orangefarbener Wirbel tauchte mitten in der Höhle auf. Er war von so feuriger Farbe, dass Rosamunde dachte, er käme von den Fackeln. Aber es war keine Flamme, sondern eine Wolke des Zorns.

„Um Gottes willen, was ist das?", schrie Tynan.

„Ich fürchte, es ist die Spriggan", konnte Rosamunde gerade noch sagen, bevor die Wolke nach oben explodierte. Gestein brach aus der hohen gewölbten Decke der Höhle und Stücke fielen um sie herum auf den Boden.

„Trügerische Diebin, die Versprechen verletzt, ich will meinen Ring, und ich will ihn JETZT!"

Doch es blieb keine Zeit, um auf die Forderung der Spriggan einzugehen. Tynan fluchte und schob den Ring ganz über Rosamundes Finger. Sie wusste nicht, ob er das instinktiv oder bewusst tat. Er fuhr herum und zog sein Schwert. Rosamunde zückte ihres, obwohl sie vermutete, es war nutzlos im Kampf gegen diesen Feind.

Währenddessen schrie Darg ohrenbetäubend vor Wut. Die Wolke, in der sie sich manifestierte, wurde wieder um die Hälfte größer und wallte gegen die Felswände. Zu Rosamundes Schrecken fielen nun Steine aus den Tunnelwänden und prasselten um sie herum auf den Boden oder stürzten in die Spalte. Staub wirbelte auf, doch die Wolke wurde immer noch größer.

Der Fels begann zu ächzen, als könnte er dem Ausmaß von Dargs Wut nicht standhalten. Risse erschienen und verbreiteten sich wild über die Oberfläche des Gesteins, und mit jedem Schrei, den die Spriggan ausstieß, klafften sie weiter auf.

„Die Höhlen stürzen ein!", brüllte Tynan über dem Lärm. Er ergriff Rosamundes Hand und zusammen rannten sie auf den Gang zu, der nach oben in das Privatgemach von Ravensmuir führte.

Die Wolke kreischte noch schriller und ein breiter Riss tat sich im Felsen über der Öffnung auf. Rosamunde wusste, sie würden den Durchgang nicht rechtzeitig erreichen, dennoch rannten sie und Tynan noch schneller. Über ihren Köpfen löste sich ein gewaltiger Gesteinsbrocken und rollte mitten in den Korridor. Er versperrte den Durchgang und hüllte sie in eine Staubwolke ein.

Tynan zögerte nicht. Er lief auf eine Öffnung zu, die zu den Ställen führte. Ein Blitz schien über ihren Köpfen aufzuzucken, als sie ihre Schritte in eine andere Richtung lenkten. Er durchbohrte die staubgefüllte Luft und schlug in den Stein ein. Die Felswände knarzten und vibrierten und ein weiterer Brocken fiel ihnen in den Weg.

„Wir sitzen in der Falle!" Rosamunde drehte sich um sich selbst, während mehr Steine die anderen Durchgänge verschlossen. Sie schaute auf, als ein lautes Krachen durch die Kammer hallte. Sogar der Boden bewegte sich bei dem Gepolter und Rosamunde fürchtete das Schlimmste.

Eine Spalte öffnete sich in der hohen gewölbten Decke aus Stein und wurde mit alarmierender Geschwindigkeit breiter. Tynan folgte ihrem Blick und fluchte. Hoch über ihnen hörten sie das Geräusch von knirschendem Gestein und nachgebenden Wänden.

Rosamunde begriff, dass dies mehr war als das Labyrinth, das einstürzte. Ganz Ravensmuir brach um sie herum zusammen. Ein Gang nach dem anderen wurde verschüttet und die mächtige Anlage in die Knie gezwungen.

Und keine Seele wusste, dass sie und Tynan unter den Steinen gefangen waren.

„Wir sind verloren", wisperte Tynan und wollte sie in seine Arme ziehen.

Rosamunde war nicht so schnell bereit, aufzugeben. Sie wusste, was die Spriggan von ihr wollte, und die Fee hatte ihr Schiff vom Nebel befreit. Die Schuld musste beglichen werden. Sie zog den Ring, den Tynan ihr gerade erst übergestreift hatte, vom Finger und warf ihn mitten in die bedrohliche orangefarbene Wolke, die sie angriff.

„Was machst du da für einen Blödsinn?", rief Tynan und stürzte sich in die Wolke, um den Ring zu erhaschen. „Das ist der Ring meiner Mutter!"

„Lass ihn!", schrie Rosamunde über das Bersten von Stein, doch er hörte nicht auf sie. Sie sah, wie er auf die Knie fiel und den Ring verzweifelt im Geröll suchte. Sie schaute nach oben auf das zerbröckelnde Gestein und blickte sich dann um. „Schau mal, Tynan!", rief sie plötzlich erleichtert. „Wir haben einen Ausgang übersehen!"

Und da war tatsächlich einer, der in einem merkwürdigen goldenen Licht erstrahlte, als wollte er sie locken, näher zu kommen.

Tynan schaute hoch. „Das ist kein Gang, den ich kenne."

„Nichtsdestotrotz ist er da."

„Du weißt nicht, wohin er führt."

„Das ist wohl kaum von Belang!"

„Das Ganze gefällt mir nicht", beharrte er.

„Mir gefällt das da nicht!" Rosamunde zeigte nach oben, als sich die Decke der Höhle zu verschieben begann. Ein Hagel von Steinchen ging auf sie nieder und sie sah Blut an Tynans Schläfe.

„Tynan, beeile dich!", rief Rosamunde und stürzte auf die leuchtende Öffnung zu. Sie nahm an, er würde ihr folgen. Gerade noch rechtzeitig gelangte sie hindurch, hatte kaum Zeit, das eigenartige goldene Licht wahrzunehmen, das vor ihr leuchtete, bevor es erneut krachte.

Ein ohrenbetäubendes Dröhnen erfüllte die Höhle, die sie gerade verlassen hatte, während reichlich Gestein herabfiel. Der Staub erstickte sie fast und sie sah, dass sie allein war. Rosamunde spähte durch die Öffnung, doch von Tynan war keine Spur zu entdecken und sie wusste, vor welcher Erfahrung sie sich gefürchtet hatte: Tynan hatte sich einmal mehr für Ravensmuir entschieden.

Rosamunde drehte sich um, Tränen schossen ihr in die Augen, was sie gar nicht von sich kannte. Ein weiterer Steinschlag ging mit solcher Heftigkeit in den Höhlen von Ravensmuir nieder, als ob eine rachedurstige Gottheit das Labyrinth für alle Ewigkeit verschließen wollte. Sie bekam keine Gelegenheit, ihren weiteren Weg zu wählen: Ein Gesteinsbrocken traf sie an der Stirn und Rosamunde Lammergeier verlor das Bewusstsein.

VIVIENNE WUSSTE NICHT GENAU, wie sie mit Eriks Töchtern entfliehen sollte. Die Mädchen waren so klein, dass sie nicht rennen oder kämpfen konnten. Vivienne würde sie alle drei verteidigen und ihre Flucht bewerkstelligen müssen. Sie war nicht sicher, ob sie ihr vertrauten – warum sollten sie auch? – oder ihren Aufforderungen Folge leisten würden. Sie wusste auch nicht, wie sie für ihre Sicherheit sorgen sollte, sobald sie diese Gruppe verlassen hatten.

Vielleicht konnte sie warten, bis sie näher an Ravensmuir oder Kinfairlie herangekommen waren, die Mädchen dann entführen und mit ihnen in die Obhut ihrer Familie fliehen. Dies hing natürlich davon ab, ob Henry und Arabella bis nach Kinfairlie reiten würden.

Wieder einmal schien es, als hätte sie sich mehr zugetraut, als sie tatsächlich leisten konnte.

Es lief all ihren Bestrebungen zuwider, dass Arabella und Henry begonnen hatten, darüber zu streiten, ob es sinnvoll wäre, beim Earl von Sutherland zu übernachten. Da der Earl ihres Wissens der Einzige war, der Eriks Töchter wiedererkennen könnte – obwohl er bei seinem Interesse an der Sicherung der Erbfolge kleine Mädchen vielleicht nicht beachtet hatte –, war diese Entscheidung für Vivienne von erheblicher Bedeutung.

Sie lauschte schamlos und versuchte, eine Möglichkeit zu finden, wie sie die Entscheidung beeinflussen könnte, die sie letztendlich treffen würden. Astrid döste an ihrer Brust, den Daumen fest in den Mund geschoben, während Mairi hinter ihrer Schwester saß, das Gesicht Vivienne ebenfalls zugewandt. Vivienne glaubte, das ältere Mädchen würde ebenfalls dösen, wenngleich ihre Finger immer noch über die glatten Konturen der silbernen Nadel strichen.

„Ich kann keinen Vorteil darin sehen, zu so später Stunde haltzumachen", wiederholte Henry mindestens zum sechsten Mal. „Es ist unziemlich, einen Gastgeber so spät zu wecken und um Gastfreundschaft zu bitten."

„Du denkst doch sicher nicht, dass ich bei solchem Wetter reite, ohne zumindest eine warme Mahlzeit, ein heißes Bad und eine weiche Matratze zu bekommen?", gab Arabella zurück. „Die Uhrzeit ist kaum von Belang. Wie sollen wir die Strecke zwischen den Wohnsitzen schaffen? Wenn du nicht darauf bestanden hättest, diese Kinder mitzunehmen, könnten wir jetzt schon Meilen weiter sein."

„Wenn du nicht darauf bestanden hättest, Beatrice von Blackleith zu besuchen, wären wir noch nicht mal in dieser kalten Gegend."

„Und was hätte ich tun sollen? Es gab unzählige Gerüchte über sie und ihren reichen Landbesitz im Norden, und die Geschichten, die ich gehört habe, ließen diesen wirklich wie das reinste Paradies erscheinen. Ich habe kein Wort davon geglaubt. Auch die Gräfin nicht. Doch ich hatte keine Wahl, ich musste herkommen, nachdem ich diese Wette mit ihr verloren hatte. Sei versichert, Henry, ich hätte sehr gern gewonnen. Es hätte mir gutgetan, mir vorzustellen, wie sie sich statt meiner in diesem elenden Land aufhält. Zweifellos wird sie sich über mich lustig machen. Du musst dafür sorgen, dass sie nur Gutes über diese Reise hört. Vielleicht sollten wir ihr erzählen, dass Beatrices Reichtum so groß ist, dass man ihn nicht beschreiben kann." Arabella gluckste bei dieser Vorstellung. „Dann wird sie sich bemüßigt fühlen, hierherzureiten, um es mit eigenen Augen zu sehen."

„Erzähle ihr, was immer du deiner Meinung nach erzählen musst, meine Liebe. Ich brauche bloß zu wissen, was ich sagen soll."

„Henry, du bist ein äußerst galanter Mann." Arabella trommelte mit den Fingern auf seinem Arm. Sie senkte ihre Stimme zu einem wollüstigen Raunen: „Vielleicht sollten wir am Wohnsitz des Earls anhalten und nach seinem allerbesten Bett für unser Vergnügen fragen."

Die Knappen rollten mit den Augen und verbissen sich das Lachen.

„Wenn es Euch genehm wäre, Mylady, ich glaube, den Kindern würde eine Pause heute Nacht guttun", wagte Vivienne zu sagen.

„Ihre Laune kann sich nur verbessern", erwiderte Arabella hochmütig und winkte dann ab. „Mir ist ihre Laune egal, Mädchen. Das ist dein Problem, bis ich sie brauche. Kinder sollte man nicht beachten, bis sie sich als nützlich erweisen."

Henry schaute über seine Schulter. Seine Augen verengten sich, als er auf seine kleine durchnässte Schar schaute. Sein Blick blieb überlang an Vivienne hängen. Sie dachte, dass sie dem Ausdruck in seinen Augen zu viel Bedeutung beimaß, aber nur, bis er zu sprechen anhob.

„Ich denke, was das Dienstmädchen sagt, ist vernünftig, Arabella", gab Henry zu bedenken, obwohl Vivienne zweifelte, dass es ihm um die Kinder ging. „Ein schönes, weiches Bett kommt mir in dieser Nacht sehr gelegen." Er zwinkerte Vivienne dreist zu, während seine Frau sich aufplusterte, ohne sein Verhalten zu bemerken.

Die beiden Knappen stießen einander an und warfen Vivienne anzügliche Blicke zu und die vermutete, sie hatte die Gefahren dieser Situation deutlich unterschätzt.

~

VIVIENNE WAR aus ihrem Versteck verschwunden.

Keine Spur von ihr war zu sehen und das beunruhigte Erik. Es war, als wäre sie nie bei Blackleith gewesen, und ihre Abwesenheit machte Ruari ebenfalls unruhig. Die Pferde waren vom Hügel zum Stall zurückgekehrt und standen zitternd im Regen.

Erik ließ Ruari außerhalb der Befestigung von Blackleith zurück. Es war ganz still im Dorf, und er fragte sich bange, was er drinnen vorfinden würde. Ruari stand am Tor Wache und nickte einmal, bevor Erik in die rauchigen Schatten der Burg schlüpfte.

Keine einzige Fackel brannte in der großen Halle, obwohl im Kamin noch glühende Kohle lag. Es war totenstill, als ob es niemanden innerhalb dieser Mauern gäbe. Kein Kind weinte oder lachte, noch nicht mal die Atemzüge eines Schlafenden waren zu hören. Furcht presste Eriks Herz zusammen und er fragte sich, was Beatrice mit ihren Töchtern gemacht hatte.

War sie mit ihnen nach Süden geflohen und spurlos verschwunden?

„Ich dachte mir, dass du noch am Leben sein könntest", sagte sie so unerwartet, dass Erik zusammenfuhr.

Dann entdeckte er sie. Sie saß in der sonst leeren Halle am Tisch mit einem Becher vor sich. Sie sah so hübsch aus wie immer, doch ihr Mund war verkniffen, was er früher nicht gewesen war, und ihr Blick schien durchtriebener.

Aber vielleicht hatte er nur die Wahrheit vor seinen Augen nicht erkannt.

Beatrice lächelte, als ob nicht so viel Zeit und Verrat zwischen ihnen stände, dann nahm sie einen Schluck aus ihrem Becher. „Der Earl von Sutherland hat auch im günstigsten Falle kein Fingerspitzengefühl und er hat neulich ein paar gezielte Fragen gestellt."

„Wo sind Mairi und Astrid?"

Beatrices Lächeln wurde breiter. „Ich bin überrascht, dass du nach ihnen fragst. Wünscht sich nicht jeder Mann einen Sohn?"

„Sie sind meine Kinder und du hast kein Recht –", begann Erik, doch Beatrice unterbrach ihn.

„Das ist der letzte Wein." Sie stand auf und schlenderte auf ihn zu, den Becher in der Hand. Sie bot ihm das Trinkgefäß an. „Möchtest du einen Schluck?"

„Du begrüßt mich wirklich sehr beflissen."

Sie zog eine Grimasse. „Ich hatte den Verdacht, dass du am Leben warst. Ich fürchtete, du wärst zurückgekehrt, als ich Ruari sah. Es war unvermeidlich, dass du mit Nicholas um Blackleith kämpfen würdest, genauso unvermeidlich wie dein Triumph."

Sie betrachtete ihn und er konnte ihre Gedanken nicht erraten. „Du hattest immer schon ein verdammtes Talent, zu überleben, und Nicholas ist trotz seiner vielen Fähigkeiten kein so guter Schwertkämpfer, wie er sein könnte." Sie lachte ohne Fröhlichkeit. „Zumindest mit dem Schwert, das er gegen dich erhebt." Sie prostete Erik mit dem Becher zu, nahm dann einen tiefen Zug und betrachtete ihn über den Rand hinweg. „Wie viel interessanter wäre es gewesen, wenn du mit Nicholas um mich gefochten hättest."

Erik schnaubte. „Warum sollte ich um die Gewogenheit einer Frau ringen, die nur an sich selbst denkt?"

Zorn flammte in ihren Augen auf und er erwartete beinahe, dass sie ihn schlagen würde. Stattdessen musterte sie ihn und verzog ihr Gesicht. „Du würdest das Herz einer jeden Maid in Angst und Schrecken versetzen mit dem, was aus deinem Gesicht geworden ist.

Gottlob wirst du nie wieder in mein Bett kommen." Ihr Lächeln wurde bitter. „Aber Nicholas auch nicht, und das ist dir zu verdanken. Ich vermute, du hast ihn tot zurückgelassen?"

„So ist es."

Da wandte sie ihr Gesicht ab und er fragte sich, ob ihr trotz allem doch ein anderer Mensch etwas bedeutet hatte.

„Wo sind Mairi und Astrid?"

„Fort."

„Wo?" Als sie nicht antwortete, packte er sie am Arm und zwang sie, ihn anzusehen.

Beatrice gluckste. „Ich habe keine Ahnung. Und das ist das Schöne daran: Ich weiß es nicht und kann es dir deshalb nicht sagen, selbst wenn du mir das Schlimmste antust. Tatsächlich hast du mir ja schon alles genommen, was mir wichtig war. Und ich habe dir genommen, was dir wichtig ist."

„Du kannst sie nicht verletzt haben!"

Beatrice lächelte nur, und zwar so selbstsicher, dass Erik sie am liebsten geschüttelt hätte, bis ihre Knochen klapperten. „Warum sollte es dich kümmern? Ich zweifele sogar ernsthaft daran, dass sie deinen Lenden entsprungen sind."

Erik betrachtete sie schockiert. „Ich dachte, das wäre nur ein Gerücht ..."

„Ein Gerücht, das in der Wahrheit wurzelt. Sicher hast du dir doch nicht eingebildet, dass du mich mit deiner Schwerfälligkeit im Bett und deiner Unfähigkeit, mir süße Komplimente zu machen, befriedigen könntest? Ich war eine Schönheit mit hundert Verehrern, die an meine Tür klopften. Barone und Prinzen haben mich begehrt, mir wurde von Männern der Hof gemacht, die dir um Längen überlegen waren." Sie trat einen Schritt zurück und betrachtete ihn mit Verachtung. „Und doch habe ich Erik Sinclair geheiratet, den Erben eines bescheidenen Besitzes, einen Mann, der noch nicht einmal eine Frau mit poetischen Worten preisen könnte, um sein Leben zu retten. Hast du dich nie gefragt, warum ich das getan habe?"

„Ich habe mich jeden Tag über mein Glück gewundert", sagte Erik vorsichtig.

Beatrice lachte hart. „Und das ist mein Geschenk für dich, lieber Ehemann. Ich war keine Jungfrau mehr, als ich in unserer Hochzeitsnacht in dein Bett kam. Tatsächlich fürchtete ich, dass ich die Frucht aus dem Samen eines anderen Mannes in mir trug, und ich war klug genug, meinen Vater nicht mit solchen Neuigkeiten zu verärgern. Er hätte mich auspeitschen lassen, bis ich geblutet hätte, und Narben im Fleisch verführen keinen Mann. Ich musste selbst dafür sorgen, dass ich heiratete, und zwar schnell, und das war genau der Augenblick, als du an die Tore meines Vaters kamst, um dich mit ihm zu verbünden. Du warst mir nützlich, Erik Sinclair, nicht mehr als das."

„Und als du wusstest, dass du kein Kind trugst?", fragte Erik, denn er wollte die ganze Wahrheit, egal, wie grausam sie war. Sie konnte Mairi nicht gemeint haben, denn dieses Kind war erst geboren worden, als sie ein Jahr verheiratet gewesen waren.

Beatrice schlenderte zurück zum Haupttisch und genehmigte sich noch mehr Wein. „Es macht dir doch nichts aus, wenn ich mir selbst etwas eingieße? In dieser Burg herrscht ein verdammter Mangel an Bediensteten, aber wie ich gehört habe, war das immer so auf Blackleith." Sie bedachte ihn mit einem listigen Blick, während sie nippte. „Als klar wurde, dass ich nicht schwanger war, habe ich meinen Liebhaber wieder mit Freuden zwischen meine Schenkel gelassen. Wird nicht erzählt, dass es nur eine Frau in der gesamten Christenheit gibt, die Nicholas Sinclair abgewiesen hat? Es war sehr leicht, mit ihm zusammenzukommen, da wir im selben Haus lebten."

Erik wandte sich von diesen unwillkommenen Neuigkeiten ab, die sie ihm mit so viel boshafter Freude mitteilte. „Also hast du mit ihm kopuliert."

„Oft." In der Erinnerung und wegen des Weins schnalzte Beatrice genießerisch mit der Zunge. „Es ist reizend, dass du so sicher bist, es sind deine Töchter, während ich deine Überzeugung nicht teile."

Erik sagte nichts, denn er war überrascht, wie wenig sie ihm wehtun konnte.

Beatrice zuckte mit den Schultern. „Und schließlich passte es mir nicht länger, mit beiden Brüdern zu schlafen."

Erik schaute hoch. „Du hast es geplant", murmelte er. Nun begriff er, wer Nicholas geholfen hatte, ein solches Vorhaben zu ersinnen.

Beatrice lächelte.

„Du brachtest mir das Schreiben, das angeblich von Thomas Gunn kam. Du warst es, die mich drängte, meinem Nachbarn zu helfen."

Sie lachte. „Und du warst zu töricht, um zu merken, dass ich dich getäuscht habe." Sie trank ihren Wein aus, warf den Zinnbecher auf den Tisch und breitete theatralisch ihre Hände aus. „Und nun hast du also das, was du am meisten begehrst, zurückgefordert", spottete sie. „Deine Speisekammer ist öde, deine Schatzkammer leer und deine Bauern haben Hunger. Deine Felder liegen brach und du hast kein Saatgut für das Frühjahr. Deine ganze Verwandtschaft ist tot, deine Frau verachtet dich und deine Kinder sind für immer verloren. Wie fühlt sich deine siegreiche Rückkehr nach Blackleith an, mein Gemahl?"

Erik steckte sein Schwert in die Scheide und wandte sich von ihr ab. „Es ist wenig anders, als ich erwartet hatte", sagte er leise. „Denn ich habe schon früh in meiner Ehe gelernt, dass ich nichts Gutes von meiner Frau zu erwarten hatte. Du hast einen Irrtum begangen, Beatrice, als du mir diese Töchter geschenkt hast, denn sie sind das Gold in meiner Schatzkammer."

„Hörst du mich nicht? Sie sind wahrscheinlich nicht von dir."

„Das macht nichts. Es sind meine Töchter in den Augen des Gesetzes und weil ich sie als solche ansehe."

„Aber sie sind fort!"

„Sie können nicht weit weg sein. Ich werde suchen, bis ich sie finde, und ich werde sie in Ehren großziehen oder bei dem Versuch sterben."

Sie stürzte sich auf ihn und ergriff seine Schulter, sodass er sie ansehen musste. „Ich dachte, du würdest mich töten."

Erik schüttelte den Kopf. „Ich habe kein Bedürfnis, meine Hände mit deinem Blut zu beschmutzen."

„Verachtest du mich nicht?"

Erik musterte seine Ehefrau und fragte sich, wie er ihre Selbstsucht hatte übersehen können. Er schüttelte den Kopf und löste ihre Hand von seiner Schulter. „Nay. Ich habe Mitleid mit dir. Lebe wohl, Beatrice."

Damit wandte er sich erneut ab, um Blackleith ein weiteres Mal zu verlassen. Seine Gattin vertrieb er aus seinen Gedanken. Seine Töchter mussten bei dem adligen Paar sein, das mit Nicholas zur Jagd ausgeritten war. Sicher würden sie nach Süden zum Domizil des Earls von Sutherland reisen, vielleicht sogar dort haltmachen. Im Hafen hatte kein Schiff gelegen, allerdings hätten sie auch nördlich nach Girnigo reiten können, der großen Burg, wo die Verwandten des Earls lebten.

Mit vereinten Kräften sollten er und Ruari in der Lage sein, ihre Reiseroute herauszubekommen. Sein Schritt beschleunigte sich, denn er war entschlossen, seine Töchter wiederzufinden, bevor es zu spät war, und er war überzeugt, dass ihm das gelingen würde.

„Du Schuft!", hörte er Beatrice hinter sich schreien. Der Zinnbecher verfehlte knapp seinen Kopf und prallte gegen die Wand. Erik schreckte zusammen, dann schaute er zurück.

Mit von Wut verzerrtem Gesicht schwang sie ein Messer und stürzte auf ihn zu. Sie war verdammt nah. Erik begriff, dass er kaum Zeit hatte, seine eigene Waffe zu ziehen, als er ein Pfeifen direkt neben seinem Ohr hörte.

Eine Klinge sauste an ihm vorbei und die Spitze bohrte sich in Beatrices Brust. Sie keuchte auf und machte einen Schritt rückwärts. Ihre Hand sank auf die Wunde, aus der Blut strömte.

Erik sah, dass es der Langdolch seines Vaters war. Der Saphir im Griff funkelte, als ob er ihm zuzwinkern würde.

Beatrice berührte den Griff der Waffe, die in ihren Körper eingedrungen war, hustete und schüttelte den Kopf. „William hat mich immer verabscheut." Sie hustete erneut, sackte gegen die Wand und betrachtete Erik mit einem hasserfüllten Blick. „Es passt zu ihm, dass er für mein Ableben sorgt."

„Es war nicht William, der den Dolch geschleudert hat", sagte Ruari missbilligend, „obwohl sicherlich sein Geist der Klinge den richtigen Weg gewiesen hat. Ich kann nicht so gut zielen, auf diese

Tatsache kannst du dich verlassen." Er nickte Erik zu. „Mit diesem Langdolch konnte dein Vater auf vierzig Schritte Abstand ein Haar spalten, und es ist ihm immer gelungen, jemanden, der das nicht glaubte, mit seinem Geschick zu erstaunen."

Beatrice rutschte an der Wand herunter und brach auf dem Boden zusammen. Ihre Augen schlossen sich, sie hustete schwächer.

„So gut habe ich noch nie geworfen. Ich selbst habe Beatrice auch nie gemocht", fügte Ruari hinzu.

Erik tat einen Schritt vorwärts, um Beatrice für ihre letzten Augenblicke in eine angenehmere Position zu bringen. Ruari hielt ihn mit einer leichten Berührung zurück. „Komm dieser Viper nicht zu nah!", riet er und wies mit dem Kopf auf das Messer, das sie noch umklammerte. „Dafür, dass sie im Sterben liegt, hält sie den Griff sehr fest. Lass sie, denn sie wird mausetot sein, wenn wir zurückkehren."

Bei diesen Worten öffnete Beatrice ihre Augen ein wenig und spuckte auf den Boden. Ohne Worte zeigte sie so, dass seine Empfehlung gut war. Dann sackte ihr Kopf auf ihre Schulter und Erik dachte, sie wäre tot.

Er wandte ihr den Rücken zu, denn sein Kampf war noch nicht vorbei. Er musste seine Töchter aufspüren und er hoffte, dass sie nicht zu spät kamen.

Denn es lag Wahrheit in dem, was Beatrice behauptet hatte. Sie hatte versucht, ihm alle Verheißung zu nehmen, die es für ihn bedeutet hätte, Blackleith zurückzubekommen, indem sie ihn ohne Wohlstand, ohne Familie und ohne seine eigenen Kinder zurückließ.

Aber Erik hatte Viviennes Treue erlebt und er würde nie mehr derselbe sein. In diesem Augenblick mochten seine Aussichten düster erscheinen, doch er wusste, er würde seine Töchter finden.

Und er würde Vivienne finden, was auch immer mit ihr geschehen war. Er würde ihr bis ans Ende der Welt folgen, wenn es nötig wäre, obwohl er ihr nur wenig zu bieten hatte außer sich selbst.

Er konnte nur hoffen, dass dies genügen würde.

KAPITEL 18

Zu Viviennes Bestürzung waren die Tore des Earls von Sutherland verriegelt und der Wächter war nicht bereit, seinen Laird mitten in der Nacht zu wecken, um einer vorbeikommenden Gruppe von Reisenden einen Gefallen zu tun. Als Henry wortreich gegen diesen Mangel an christlicher Nächstenliebe protestierte, zeigte der Wachmann ihm eine verlassene Scheune.

Im Dach war ein Loch und in den Balken raschelten zahlreiche Vögel. Gelegentlich landete ein Wurfgeschoss von oben mit einem feuchten Klatschen auf dem Boden aus festgestampfter Erde. Arabella wollte über die Angelegenheit diskutieren, doch Vivienne war zu müde. Sie trug die Mädchen in eine Ecke, die weniger stark mit Vogelkot beschmutzt war, breitete ihren Umhang über sie alle und schlief ein.

VIVIENNE ERWACHTE, als sie die Hand eines Mannes auf ihrer Brust spürte und eine scharfe Klinge über ihren Hals fuhr. Sie vermutete, dass einige Stunden vergangen waren, denn es war heller und der Regen fiel weniger stark. Über ihren Köpfen grollte kein Donner mehr.

Henry hockte neben ihr. Seine Reithose war offen und gab seinen Schwanz frei. Der sah in der Dunkelheit bleich aus und wippte voller Vorfreude.

„Hebe deine Röcke und sei leise", drängte er sie wispernd.

Vivienne sah ihn stirnrunzelnd an. Sie hoffte, ihr kühnes Auftreten würde ihn von seinem Vorhaben abbringen. „Nicht vor den Kindern", schimpfte sie empört und bemühte sich nicht, ihre Stimme zu dämpfen.

Die Klinge drückte sich fordernder gegen ihren Hals und Vivienne hielt die Luft an. „Du hast still zu sein", wiederholte Henry. „Oder ich werde dafür sorgen, dass du für immer verstummmst."

„Aber die Kinder –"

„Schiebe sie zur Seite. Sie werden nichts merken, und wenn doch, sind sie gut vorbereitet für ihre Zukunft."

Vivienne stockte wieder der Atem, so stark war ihre Abneigung gegen diesen Mann. Sie war heilfroh, dass sie Eriks Töchter begleitete, denn sie würde irgendwie dafür sorgen, dass sie Henrys Einflussbereich entkamen.

Sie schob Astrid vorsichtig von ihrem Schoß und das Kind wimmerte leise, als es bewegt wurde. Vivienne beruhigte das Mädchen und hüllte es fester in ihren pelzgefütterten Umhang. Dann hob sie auch Mairi hoch, die viel schwerer war. Henry ließ ihr genug Platz, um die Mädchen mit dem Umhang zuzudecken, und Vivienne sah, dass Mairis Augen glänzten, als sie sich öffneten.

Sie legte eine Hand auf Mairis Stirn und hob vorsichtig ihre Lider hinunter. Zu ihrer Erleichterung tat Mairi, was sie wollte.

„Das ist eine schöne Nadel", sagte Henry. „Du musst einem Laird viel Freude bereitet haben, dass er dir solch ein wertvolles Geschenk gemacht hat."

„Ein Mann von Ehre hat es mir als Erinnerungsstück überlassen", entgegnete Vivienne.

Henry gluckste. „Zweifellos hat er einem Vollblutweib wie dir mehr als das als Erinnerungsstück überlassen."

„Das hat er tatsächlich getan. Er hat mir seine Liebe geschenkt und meine Erinnerungen an ihn. Das sind unbezahlbare Andenken."

Henry grinste höhnisch. Solche Einzelheiten interessierten ihn nicht. „Aye, und ich würde wetten, du hast auch von deiner früheren Herrin gestohlen, wenn ich mir deine Kleidung so ansehe. Hebe deine Röcke, Weib. Erfreue mich oder ich werde dein Erinnerungsstück, und vielleicht nicht nur das, meiner Frau geben. Sie liebt Schmuck und ich liebe es, ihr welchen zu schenken." Ein Lächeln huschte über sein Gesicht. „Es führt dazu, dass sie weniger Fragen stellt."

„Ihr werdet mir das Leben nehmen müssen, ehe Ihr diese Nadel bekommt." Viviennes Stimme klang leise und entschlossen.

Henry schlug ihr voll ins Gesicht, dann bewegte er sich so, dass er mit seinem ganzen Körper auf ihr zu liegen kam. Vivienne schrie auf und er zwängte seine Hand zwischen ihre Zähne. Er schmeckte nach Schweiß, sein Gewicht zerquetschte sie beinahe und sie spürte, wie sein Schwanz sich einen Platz zwischen ihren Schenkeln suchte. Sie kämpfte ohne viel Erfolg gegen ihn an, wütend, dass sie so missbraucht werden sollte.

Da brüllte Henry plötzlich und missachtete damit seinen eigenen Befehl, leise zu sein.

Mairi, die Vivienne zu Hilfe geeilt war, hielt sein Haar in ihrer Faust und biss erneut in sein Ohr.

„Dieses Kind ist nicht besser als ein Tier!", schrie Henry. Er versuchte, das Mädchen zu ohrfeigen. Dabei bewegte er sich so, dass Vivienne ihn von ihrer Brust stoßen konnte. Sie sprangen auf. Henry schwang seine Faust, um Mairi zu treffen, und weil er das versucht hatte, versetzte Vivienne ihm einen so harten Schlag ins Gesicht, dass er rückwärts taumelte.

Die kleine Astrid war sofort hinter ihm. Sie trat ihm absichtlich in die Kniekehlen, sodass er der Länge nach auf den Rücken fiel. Dabei tanzte sein entblößter Schwanz in der Morgenbrise.

Die Mädchen kicherten und Vivienne konnte sich ein Lächeln nicht verkneifen. „Ich danke euch für eure Hilfe", sagte sie und die wahrhaft tapferen kleinen Heldinnen drängten sich an ihre Seite.

Henry stemmte sich auf seine Ellenbogen, in seinen Augen stand Wut, doch Arabella unterbrach, was immer er hätte sagen können:

„Henry? Henry! Was tust du da, außerhalb unseres Bettes?“ Sie trat aus den Schatten auf der gegenüberliegenden Seite der Scheune. Ihr Haar hing herunter, ihre Chemise war zerknittert. „Und was ist das für ein Lärm? Weißt du nicht, wie früh am Tag es ist? Dir muss inzwischen doch klar sein, wie dringend ich eine erholsame Nachtruhe brauche!“

Beim Klang der Stimme seiner Frau verlor Henrys Schwanz alle Begeisterung.

Arabella blieb neben ihm stehen, ihre Empörung war nicht zu übersehen. „Henry!“

Der Mann setzte sich auf, rieb sich über die Stirn, schaute Vivienne und die zwei Mädchen böse an und zog unter dem eisigen Blick seiner Frau seine Beinlinge wieder hoch.

Er drohte ihr mit dem Finger, doch Vivienne ließ ihm keine Gelegenheit, sie zu verleumden.

„Euer Ehemann ist in der Nacht über mich hergefallen, Mylady, wie jeder sehen kann, der seine fünf Sinne beisammenhat“, sagte Vivienne. Sie war davon überzeugt, dass bisher keine Bedienstete es jemals gewagt hatte, Arabella die Wahrheit zu offenbaren.

Doch die Lady wusste anscheinend über die Taten ihres Mannes Bescheid, denn sie atmete tief ein und erbleichte. Als sie zu ihm hinunterblickte, presste sie die Lippen aufeinander.

„Ich bin sicher, Ihr versteht, dass ich nicht in einem Haushalt bleiben kann, in dem ich damit rechnen muss, nachts bedrängt zu werden“, setzte Vivienne hinzu.

„Aber du kannst nicht aus meinen Diensten scheiden, bevor ich darauf vorbereitet bin“, wandte Arabella ein, denn sicherlich war sie diejenige, die ihren Willen bekommen wollte.

„Ich habe jedes Recht dazu“, gab Vivienne zurück. „Euer Mann darf mich nicht in der Nacht überfallen. Außerdem werde ich diese beiden Kinder unter meine Fittiche nehmen, denn es ist nicht gewährleistet, dass sie in Eurem Haushalt nicht einem ähnlichen Missbrauch ausgesetzt sind.“

„Aber sie wurden in unsere Obhut gegeben“, wandte Arabella ein.

Sie dachte eindeutig an den Nutzen dieser Spende an das Kloster, zumal Henry für seine Sünden büßen musste.

„Und ich habe genug Verstand, um zu wissen, dass Ihr sie nicht wirklich wollt." Vivienne nahm die Mädchen an die Hand und sie schauten zu ihr hoch. Der vorsichtige Optimismus in ihrem Blick brach ihr beinahe das Herz, denn in der letzten Zeit war ihnen übel mitgespielt worden. Sie lächelte beide nacheinander an und drückte ihre Hände, erfreut, dass sie den Druck erwiderten. „Ich habe die Hoffnung, sie ihrem rechtmäßigen Vater zurückgeben zu können."

„Aber der ist doch tot, nicht wahr, Henry? Beatrice sagte, ihr erster Ehemann wäre tot. Da bin ich ganz sicher."

„Dann hat sie Euch angelogen, denn erst gestern war er noch nicht tot."

„Die Nadel." Mairis Stimme klang hoffnungsvoll. Sie stellte sich auf die Zehenspitzen und Vivienne beugte sich hinunter, sodass das kleine Mädchen mit den Fingerspitzen über die silberne Nadel streichen konnte. „Ich erinnere mich an die Nadel."

„Ja, euer Vater hat mir seine Nadel geschenkt. Sollte das Schicksal uns hold sein, wird er sie bald wieder in seinen Händen halten."

„Aber das kannst du nicht tun!", protestierte Arabella. „Du kannst nicht einfach bestimmen, was geschehen soll. Du bist nur eine Magd, wenn auch eine, die erst kürzlich in meinen Dienst getreten ist. Du solltest mir gehorchen!"

Vivienne richtete sich hoch auf. „Ich bin eine Adlige mit genauso vielen Rechten, wie Ihr sie habt. Mein Name ist Vivienne Lammergeier. Wenn Ihr Grund zur Klage über mich habt, dürft Ihr diese gern am Gerichtshof meines Bruders, des Lairds von Kinfairlie, vorbringen. Seid jedoch gewarnt: Er wird dafür sorgen, dass der Gerechtigkeit Genüge getan wird."

Damit nahm Vivienne ihren Umhang und führte Eriks Töchter ins erste Licht der Morgensonne. Sie wandte ihre Schritte gen Blackleith und es war ihr gleichgültig, wie lange sie brauchen würden, um so weit zu laufen.

Damit der lange Weg kürzer erschien, begann sie, den Mädchen die Geschichte vom Wahrhaftigen Thomas zu erzählen.

Thomas hatte jedoch kaum seine Feenkönigin getroffen, als sie hinter sich Hufschläge auf der Straße wahrnahmen. Vivienne blieb stehen, unsicher, wer da wohl angeritten kam. Dann hörte sie, dass auch von vorne Pferde auf sie zugaloppierten.

Sie stand mitten auf der Straße, ihr Haar gelöst, mit nassen Stiefeln, Eriks Nadel an ihrem Umhang, während seine Töchter ihre Hände umklammerten. Sie bemerkte die auffällige schwarze Färbung von Ravensmuirs Hengsten, ehe sie das Wappen ihres Bruders Alexander erkannte und ihren Bruder Malcolm entdeckte, der an seiner Seite ritt. Elizabeth saß auf einen weiteren Hengst. Die Nachhut bildeten drei vertrauenswürdige Männer von Ravensmuir. Aus den Mäulern der schwarzen Hengste schlugen beinahe Flammen, während sie die Straße entlangrasten, und ihr Fell glänzte im Morgenlicht.

Bei ihrem Anblick drängte Vivienne Tränen der Freude zurück. „Das ist mein Bruder", sagte sie zu den Mädchen. „Er ist hergekommen ist, um für mein Wohlergehen zu sorgen. Wir haben nichts zu befürchten." Dann drehte sie sich um und wusste, sie hatte die Wahrheit gesprochen, denn von der anderen Seite ritt Erik Sinclair auf einem kastanienbraunen Schlachtross auf sie zu. Ruari Macleod war dicht hinter ihm, doch Vivienne hatte nur Augen für Erik.

Der sprang aus dem Sattel und rannte das letzte Stück zu ihr hin. Mairi erkannte ihn und stieß einen Freudenschrei aus. Er hob sie hoch und wirbelte sie herum, während sie lachte. Astrid war zurückhaltender, denn ihr Gedächtnis reichte weniger weit zurück, obwohl auch sie ihre Hand ausstreckte und an seinen Haaren zog.

Dann stand er da, die Kinder bei seinen Knien, mit Augen, die wie Saphire funkelten. „Ich habe die Hoheit über Blackleith zurückerlangt", sagte er. Anscheinend war er sich Alexanders Blick bewusst, der auf ihm ruhte. „Und meine Frau Beatrice ist tot. Ich habe wenig zu bieten, Vivienne, denn mein Heim ist bescheidener als das, was du gewöhnt bist, doch ich liebe dich von ganzem Herzen." Ihr schwoll das Herz, als er seine Hände nach ihr ausstreckte. „Willst du mich heiraten, Vivienne Lammergeier?"

Vivienne hatte einen solchen Kloß im Hals, dass sie kein Wort hervorbringen konnte. Sie schüttelte vor Verwunderung den Kopf und durch diese Bewegung fielen ihre Tränen zu Boden. Dann sah sie Eriks Bestürzung. „Ich will", sagte sie heiser. „Ich will, mit großer Freude."

Er lachte, schloss sie fest in seine Arme und küsste sie mit solcher Leidenschaft, dass es ihr gleichgültig war, wer ihnen zusah.

Denn so unwahrscheinlich es auch scheinen mochte und so wenig sie es selbst erwartet hatte, ihre Suche hatte sie genau dorthin geführt, wo sie am liebsten sein wollte.

Es stellte sich heraus, dass Alexander und Malcolm Ravensmuir am Morgen nach Eriks Flucht verlassen hatten, um ihn sowie Ruari und Vivienne zu verfolgen. Tynan hatte es abgelehnt, sie zu begleiten, und hatte erwähnt, dass es Zeit wurde, dass Malcolm solche Verantwortlichkeiten übernahm. Elizabeth war wegen Darg mitgekommen, weil sie die Einzige war, die die Fee sehen konnte, und nun war sie enttäuscht, verkünden zu müssen, dass sich die Spriggan nicht in ihrer Gesellschaft befand.

Das hatte Erik sich bereits gedacht.

Die Gruppe aus Kinfairlie hatte am Wohnsitz des Earls von Sutherland verweilt, weil sie sicher waren, dass Vivienne und Erik daran vorbeikommen oder schließlich dort eintreffen mussten. Alexander hatte auch die Rosse zurückgebracht, die der Earl Erik und Ruari geliehen hatte, was eine große Erleichterung für Erik war. Einmal wiedervereint, kehrten sie alle dorthin zurück.

Es zeigte sich, dass der Earl sehr erfreut war über Eriks Rückkehr, denn er hatte zahlreiche Bedenken, die Blackleiths Verwaltung betrafen. Eine Gruppe wurde ausgesandt, um die Leichen von Nicholas und Beatrice zu bergen, damit sie ehrenvoll begraben werden konnten, und um die beiden Bediensteten zu befreien. Die Frauen waren froh, dem Haushalt von Henry und Arabella entkommen zu sein, und sie boten schnell an, auf Blackleith zu dienen.

Und zur Freude aller – und unter besonderem Beifall von Alexander, Laird von Kinfairlie – hielt der Earl von Sutherland es für angemessen, Erik und Vivienne in seiner eigenen Kapelle vermählen zu lassen. Der Priester verzichtete auf das Aufgebot und Erik hörte, wie der Earl Vivienne erzählte, dass ein Sohn wahrlich ein willkommener Zuwachs wäre.

~

AM MORGEN nach der Feier seines zweiten Ehegelübdes erhob sich Erik Sinclair früh. Er saß lange da, sah zu, wie das erste Sonnenlicht Viviennes Wange streichelte, und lächelte darüber, wie tief sie schlief.

Sie hatten sich bis in die späte Nacht geliebt und er beschloss, sie lange schlummern zu lassen, wenn sie das wünschte. Sie brauchten sich nicht zu beeilen, um nach Blackleith zurückzukehren.

Sehr zufrieden verließ er die Kammer und sah nach seinen Töchtern. Sie schliefen aneinandergekuschelt, Astrid lutschte noch am Daumen. Mairis Augen öffneten sich, als er sie beobachtete, und sie streckte ihre Arme nach ihm aus, wie sie es getan hatte, als sie ganz klein gewesen war. Erik nahm sie hoch, und setzte sie ungeachtet ihres Gewichts auf seine Hüfte. Sie legte so vertrauensvoll ihren Kopf an seine Schulter, als ob er nie weg gewesen wäre, und ihr süßer Duft riss Erik beinahe das Herz entzwei.

An der Tafel des Earls nahm er sein Frühstück ein, mit Mairi auf seinen Knien. So früh waren noch nicht viele wach und die, die bei ihm saßen, sagten wenig. Er nahm ein paar verspätete Gratulationen entgegen und schüttelte die Hände einiger Männer, die ihm zum Teil vertraut und zum Teil unbekannt waren.

Mairi stibitzte ihm flink seine Honigwabe. Der Schalk blitzte aus ihren Augen bei diesem Erfolg und Erik überließ sie ihr gern.

Als er vom Tisch aufstand, kam die Köchin zu ihm. „Der Earl hat gesagt, ich soll Euch einige Speisen anbieten, Sir, für Eure Heimreise nach Blackleith und ein kleines bisschen für den kommenden Winter."

Erik nickte dankbar. „Ich habe keine Ahnung, welche Vorräte wir dort vorfinden werden. Insofern ist mir dieses Angebot äußerst willkommen."

Die rundliche Köchin strahlte und schnippte mit den Fingern unter Mairis Kinn. „Der Winter wird früh genug vor der Tür stehen und die Kinder brauchen jeden Tag eine warme Mahlzeit."

„Ich kann behilflich sein", bot Erik an.

Die Köchin schüttelte den Kopf. „Ich lasse Euch alles bringen, Sir, allerdings müsst Ihr eine Möglichkeit finden, es zu befördern. Ich habe nicht einen Sack im Haus, auf den ich verzichten kann."

„In meinen Satteltaschen befindet sich wenig Wichtiges. Ich werde sie leeren."

Die Köchin nickte und eilte geschäftig davon. Erik holte seine Satteltaschen und setzte sich in eine Ecke der Halle. Mairi hockte sich neben ihn, betrachtete jeden Gegenstand, den er herausnahm, und harrte erwartungsvoll auf den nächsten.

In der Tasche, die Ruari auf das Schiff mitgenommen hatte, war wenig genug, doch die, die Fafnir mitgebracht hatte, war noch schwer. Darin lagen mehrere verschrumpelte Äpfel sowie ein Stück Brot, das hart genug war, um als Waffe benutzt zu werden. Der Enterhaken war noch da und könnte sich in Zukunft als nützlich erweisen. Das Bier in der Lederflasche roch nicht so, dass man Lust bekommen hätte, davon zu trinken.

„Was ist das?" Mairi rümpfte die Nase über den Geruch eines Bündels. Sie drehte und wendete es ungeduldig in ihren kleinen Händen, so überzeugt war sie, dass Erik ihr einen Schatz oder ein Schmuckstück mitgebracht hatte.

Er wünschte, er hätte es getan, doch er wusste, er hatte nichts, was sie interessieren könnte.

Erik ahmte ihren Gesichtsausdruck nach und hoffte, sie so wenigstens zum Lächeln zu bringen. „Sehr alter Käse, der vielleicht älter ist als du."

„Er stinkt."

„Das tut er tatsächlich. Ich glaube, dass selbst die Hunde des Earls ihn nicht fressen würden", erwiderte Erik und sie lachte. Dann hüpfte sie durch die Halle, packte dabei das Stück Käse aus und hielt es einem der Hunde des Earls hin. Das Tier schnüffelte nur einmal daran, dann schaute es verachtungsvoll weg.

Unverdrossen kehrte Mairi zurück und reichte Erik den Käse. Der wollte ihn auch nicht haben, doch er nahm das Stück trotzdem an. „Der Hund mag es nicht", sagte sie. Sie wühlte in der Satteltasche und zog das zweite der beiden Hemden heraus, die der Earl ihm überlassen hatte. Sie rümpften gleichzeitig die Nase, als sie das Kleidungsstück ausschüttelte.

„Wir werden den Gestank nach Käse nie herausbekommen!", meinte Erik und Mairi legte das Hemd beiseite.

„Wem gehört es?"

„Ich habe es getragen. Der Earl hatte es mir geliehen."

„Soll ich es ihm zurückgeben?"

„Besser nicht", sagte Erik und sie lächelten einander an. „Lassen wir ihn glauben, es wäre verloren gegangen."

„Es wird unser Geheimnis sein", teilte ihm seine älteste Tochter feierlich mit, die nicht ahnte, wie wertvoll solche Geheimnisse für ihren Vater waren. Sie wandte sich wieder der Tasche zu, doch fand nur wenig Interessantes.

Wirklich alles darin stank nach altem Käse. Erik ließ sie einen Moment offen stehen, weil er hoffte, der Geruch würde nachlassen, bevor die Köchin das Essen für ihn brachte.

„Aber was ist mit dieser?", fragte Mairi, die ihre Aufmerksamkeit auf die erste Satteltasche gerichtet hatte.

„Sie ist leer." Erik wedelte hoffnungsfroh mit der Lasche der anderen Tasche, doch es schien keinen Unterschied im Geruch zu machen.

„Darin ist etwas", beharrte Mairi und streckte ihre Hand aus. „Was ist das?" Etwas Glattes und Rotes leuchtete auf ihrer Handfläche. Es ähnelte so sehr einem Blutstropfen, dass Erik vor Schreck beinahe das Herz stehen geblieben wäre.

Doch es war kein Blut. Es war zwar ein leuchtender Tropfen und so rot wie frisches Blut, aber es war hart wie ein Edelstein und so kalt wie Eis.

„Was ist das?", fragte Mairi erneut, als Erik es in seinen Händen drehte.

„Es sieht aus wie ein Juwel", erwiderte er. „Obwohl ich es nie zuvor gesehen habe."

„Vielleicht hat jemand es dir gegeben, als du nicht hingesehen hast", meinte Mairi mit glänzenden Augen. „Vielleicht hat jemand es in deiner Tasche versteckt, damit du es mir geben kannst." Sie lächelte, ganz überzeugt von ihrem Einfall.

Da kam Erik eine Idee, was seine Tochter da vielleicht gefunden hatte. Das Juwel war immerhin kalt und hatte eine tiefrote Färbung. Er schloss es in seiner Hand ein, während er nachdachte, und als er seine Hand öffnete, um es erneut zu betrachten, war der Tropfen größer geworden.

Es sah nun aus wie eine Blütenknospe und Erik lächelte. Darg, die Fee, hatte ihm wohl eine Gabe zukommen lassen zum Dank, dass er ihr in der Höhle das Leben gerettet hatte, denn nur sie allein konnte ihm diese rote Rose aus Eis geschenkt haben, die er brauchte, um seiner neuen Ehefrau ihren Wunsch zu erfüllen.

„Was ist das? Ich glaube, du weißt es", sagte Mairi ihm mit kindlicher Überzeugung auf den Kopf zu.

Erik lächelte. „Ich glaube, ja." Er nahm seine Tochter auf den Arm und hielt das Feenkleinod fest in seiner Hand. „Lass uns Astrid holen und zu Vivienne gehen. Sie wird uns eine Geschichte erzählen."

„Ist es die Geschichte über den Wahrhaftigen Thomas?"

Erik lächelte, denn seine Töchter drängten Vivienne bereits, diese Geschichte wieder und wieder zu erzählen. „Nein, nicht die."

„Ist es eine Geschichte über den roten Tropfen?"

„Das und mehr." Er gab Mairi einen Nasenstüber. „Und wenn ihr brav seid und aufmerksam zuhört, kann es gut sein, dass dieser magische Stein – denn darum handelt es sich – etwas ganz Besonderes tun wird."

„Als ein Geschenk für mich?"

„Als ein Geschenk für uns alle und eine Erinnerung daran, dass es vieles gibt, was wir nicht sehen oder erklären können."

Kurz darauf waren sie alle zusammen in der Kammer, die er und

Vivienne geteilt hatten. Die Mädchen mit ihren erwartungsvollen Gesichtern waren in Viviennes pelzgefütterten Umhang gehüllt. Erik legte das Juwel auf den Boden vor sie hin und zog alle drei in seine Umarmung. Vivienne legte ihren Kopf an seine Schulter. Ihr Lächeln verriet ihm, dass auch sie die Bedeutung des Schmuckstücks erraten hatte.

„Es war einmal in weiter Ferne eine Burg, die als Kinfairlie bekannt war", begann sie. „Und diese Burg brannte bis auf die Grundmauern nieder. Sie wurde vom Laird von Ravensmuir wiederaufgebaut, einem großen und gut aussehenden Mann, dessen Frau die einzige überlebende Nachfahrin von Kinfairlie war, und er ließ ihr Erbe aufs Neue errichten, um sie wieder lächeln zu sehen – so wird es erzählt."

„Ein lieber Mann", meinte Mairi und kuschelte sich tiefer in den Umhang.

„Ein wirklich netter Mann", stimmte Vivienne zu und tauschte ein Lächeln mit Erik aus. Er betrachtete seine Töchter und wusste, dass Vivienne sie mit ihren Geschichten bereits in ihren Bann gezogen hatte. Er wusste auch, sie würden sie in kurzer Zeit als ihre wahre Mutter ansehen. Er lehnte sich zurück und beobachtete den roten Edelstein, der begonnen hatte, ein weiteres Blütenblatt zu bilden.

„Kinfairlie hatte einen Kastellan, der sich um die Wohn- und Vorratsräume kümmerte, während der Laird und die Lady nicht da waren, und der besaß einen Schlüssel zu jeder Tür", fuhr Vivienne fort. „Dieser Kastellan hatte eine Frau und eine Tochter, ein schönes Kind, das es liebte, in der Burg zu spielen. Da diese neu erbaut worden war und man annahm, dass das Mädchen innerhalb der Mauern nicht zu Schaden kommen könnte – außerdem muss hinzugefügt werden, dass sie reichlich Charme besaß, mit dem sie andere überreden konnte –, durfte sie innerhalb der Wände von Kinfairlie überall hingehen, wo sie wollte."

Der rote Edelstein glich schon mehr einer Knospe, obwohl diese noch klein war. Erik sah, dass seine Töchter die Augen schlossen und Vivienne sich darauf konzentrierte, ihre Geschichte zu erzählen, und er freute sich darauf, dass seine Kinder gleich überrascht sein würden.

Das Kleinod wurde dicker, wie eine Knospe, bevor sie aufspringt.

„Doch der Kastellan und seine Frau wussten nicht, dass es eine alte Geschichte über Kinfairlie gab, ein Gerücht, dass Kinfairlie ein Portal zwischen dem Feenreich und der Welt der Menschen war." Daraufhin öffneten beide Mädchen die Augen und betrachteten sie voll ehrfürchtigem Staunen. „Außerdem war es bekanntermaßen schon mal geschehen, dass ein Liebhaber aus dem Feenreich eine sterbliche Maid durch das Portal erspäht und nach einem einzigen Blick sein Herz ganz und gar an sie verloren hatte. Im Dorf wurde erzählt, dass männliche Feen ihre sterblichen Liebsten drei Nächte lang umwarben, sie dann für immer entführten und als Brautpreis eine einzige dunkelrote Rose aus Eis zurückließen."

So verbrachten sie einen guten Teil des Morgens. Das Sonnenlicht spielte auf dem Haar von Eriks Frau und Töchtern, Viviennes Geschichte hielt sie in einem aus Mythen gewobenen Kokon gefangen.

Und als Vivienne das letzte Wort der Erzählung ausgesprochen hatte, wies Erik auf das Kleinod. Er genoss das Staunen seiner drei Gefährtinnen, denn sie waren von der Geschichte so gefesselt gewesen, dass sie die Verwandlung nicht bemerkt hatten.

Das Juwel war eine leuchtend rote Rose geworden, die so kalt war, dass sie aus Eis hätte gemacht sein können, und als Vivienne sie voll Verwunderung hochnahm, sah Erik die schimmernde Pfütze, die sie auf dem Boden zurückließ.

„Du hast mir das geschenkt", sagte Vivienne und mehr Dank als ihr Lächeln würde er niemals brauchen.

„Dein Brautpreis", sagte er mit ungewöhnlich heiserer Stimme. „Obwohl ich kein Liebhaber aus dem Feenreich bin and dir mehr als nur drei Nächte des Liebeswerbens bieten will."

Vivienne lachte. „Die Rose lügt dennoch nicht. Uns hat das Schicksal füreinander bestimmt …“

„Und unsere Wege werden sich niemals trennen“, stimmte Erik zu, bevor er Viviennes Lippen küsste.

Denn dies war in der Tat ein gutes Omen.

∾

ÜBER DEN AUTOR

Die mit Preisen ausgezeichnete Bestsellerautorin Claire Delacroix hat über siebzig Romane und Erzählungen veröffentlicht. Ihr erstes Buch, „Romance of the Rose", erschien 1993. Ihre Werke sind USA-Today-Bestseller und gehören auch landesweit zu den bestverkauften Büchern. Ihr mittelalterlicher Liebesroman „The Beauty" war ihr erstes Werk, das es auf die Bestsellerliste der New York Times schaffte.

Claire Delacroix ist das Pseudonym, das Deborah Cooke für ihre historischen und fantastischen Liebesromane benutzt. Sie schreibt auch moderne und paranormale Liebesgeschichten unter ihrem eigenen Namen und veröffentlichte außerdem Bücher als Claire Cross. 2009 wurde sie Writer in Residence der Toronto Public Library. Es war das erste Mal, dass die Stadtbibliothek von Toronto dieses Residenzstipendium im Genre „Liebesroman" vergab. 2012 wurde Deborah Cooke die Ehre zuteil, vom Verband amerikanischer Liebesromanautoren und -autorinnen (Romance Writers of America, RWA) zur Mentorin des Jahres ernannt zu werden. Sie steht ebenfalls auf der Ehrenliste dieses Verbandes.

Claire lebt mit ihrer Familie in Kanada und strickt leidenschaftlich gern.

http://Delacroix.net